S.F.
V.

Hubert Fichte

WOLLI INDIENFAHRER

Roman

S. Fischer

Die Interviews sind leicht gekürzt.
Wolfgang Köhler hat die Anmerkungen zu seinen Interviews
im Februar 1977 verfaßt.

Erweiterte Fassung der »Interviews aus dem Palais d'Amour«

Umschlag Peter W. Schmidt
Satz und Druck Poeschel & Schulz-Schomburgk, Eschwege
Einband Ludwig Fleischmann, Fulda
Printed in Germany 1978
ISBN 3 10 020703 3

Wolli Indienfahrer

Wolli I

Sommer 1969

Fichte: Wolli, wie alt bist du jetzt?
Wolli: Ich werde nächsten Monat 37.
Fichte: Du hast eine ziemlich schwere Operation hinter dir.
Wolli: Das war eine Magenoperation.
Fichte: Was ist dir da weggeschnitten worden?
Wolli: Ja, das war ein Zwölffingerdarmgeschwür, und da sind $^2/_3$ vom Magen weggeschnitten worden, also medizinisch heißt das Billroth II, diese Operation, und $^1/_3$ Magen ist noch drin.
Fichte: Und jetzt, hast du irgendwelche Nachwirkungen?
Wolli: Überhaupt nicht. Im Dezember bin ich aus dem Krankenhaus rausgekommen, da mußte ich die ersten drei Wochen noch ein bißchen vorsichtig sein, aber habe schon eine Woche später wieder angefangen zu rauchen, und seit Januar kann ich alles essen, alles trinken und rauchen, und leben, als wenn ich niemals etwas gehabt hätte.
Fichte: Fühlst du dich nun besser als vorher?
Wolli: Logisch, ich fühle mich richtig dufte wieder.
Fichte: Wo hast du damals gelegen?
Wolli: In Klein-Flottbek, in der Privat-Klinik Dr. Guth, ich weiß nicht, ob das Schleichwerbung ist, aber das war sehr gut da.
Fichte: Wieviel hast du bezahlt dafür?
Wolli: Ja, ich war in keiner Kasse drin, also mit allem drum und dran 8 300 Mark, aber ich habe gelegen 1. Klasse mit allem Pi-Pa-Po.
Fichte: Wolfgang, womit verdienst du dein Geld?
Wolli: Ich habe eine gewerbliche Zimmervermietung auf St. Pauli, das ist der Ausdruck, den man hier für Bordell oder für Puff gebraucht, weil es in Deutschland ja keine Bordells gibt, und die Unterhaltung eines Bordells oder bordellartigen Betriebs unter Strafe gesetzt wird, deswegen sind die stadt- und landbekannten ›Eros-Center‹ alles nur Mädchen-Wohnheime. Jedenfalls nach Auffassung der Staatsanwaltschaft.
Fichte: Und du besitzt so ein Mädchen-Wohnheim oder . .
Wolli: Ich bin Pächter von einem solchen Mädchen-Wohnheim.
Fichte: Wie würdest du deinen Beruf angeben?
Wolli: Ja, unter Kollegen würde ich sagen: Puff-Boß, und auf dem Papier, Hanseatischer Kaufmann, also Voll-Kaufmann der

Hansestadt Hamburg. Das ist natürlich ein Flachs, ich habe von Kaufmannszeug überhaupt keine Ahnung.

Fichte: Wer kam auf die Idee, dieses Mädchen-Wohnheim zu bauen? Wer sind die Bauherren?

Wolli: Ja, diese Idee lag eigentlich ziemlich nahe, die wirklichen Bauherren, das ist irgendwie die Stadt und das ist der Senat, der gesagt hat, die Mädchen sollen von der Straße weg, und da sollen wie in Düsseldorf und in Stuttgart Mädchen-Wohnheime, also Eros-Centren, Eros-Häuser errichtet werden, das hat angefangen mit dem Eros-Center hier, da ist der Bauherr Herr Willi Bartels aus Hamburg, und dann hat eine Gesellschaft Hamburger Kaufleute, ich will da jetzt nicht die Namen sagen, jedenfalls ganz honorige und solide Hamburger Kaufleute, mit Büros am Jungfernstieg, für 8½ Millionen Mark ein zweites Eros-Center gebaut, was sie »Palais d'Amour« nennen.

Ein ganz blöder Name. Kann sich niemand was drunter vorstellen. Kann sich niemand merken. Die Kaufleute und die Lieferanten können das nicht schreiben.

Fichte: Was heißt honorige Kaufleute, Rechtsanwälte, Zahnärzte . .

Wolli: . . so in diesem Stil. Die haben das gebaut, das ist mit dem Senat besprochen worden, das ist besichtigt worden von Gesundheitsbehörden, Sittenpolizei und Ordnungsämtern und so weiter und so fort, immer mit der Zusicherung, daß es eines Tages, sobald diese Häuser fertig sind, zum Sperrgebiet kommt; das ist natürlich nie zum Sperrgebiet gekommen; die Huren laufen genau noch auf allen Nebenstraßen so weiter, nur da sind jetzt eben zwei halbleere Eros-Centren, die hier in Hamburg stehen.

Fichte: Und die Leute, die da nun ihr Geld für hingaben, hatten vom Senat quasi die Garantie: In dem Moment, wenn die beiden Häuser fertig sind, erlassen wir eine Bestimmung, daß die Mädchen nicht mehr auf der Straße stehen dürfen?

Wolli: Ja, eine Garantie, das ist schwer zu sagen. Der Senat würde sich dagegen sträuben, aber mündlich ist diese Garantie schon in etwa gegeben worden.

Fichte: Und wie bist du nun daran gekommen? Du wolltest da mieten?

Wolli: Ja, ich arbeite schon etwa 10 Jahre auf St. Pauli, hab mal nen Strip-tease-Laden gehabt, mal ein Spiel-Kasino, vorher angefangen als Portier, Kellner, Geschäftsführer und so weiter, ja, und dann hatte ich so paar Mark zusammen, und dachte, da kannst du dir richtig was in den Sack reinknallen, wenn du so einen Puff hast, denn das ist ja ein alter Spruch, also mit dem Puff wird viel Geld verdient, ja und wer will nicht gerne viel Geld verdienen mit wenig Arbeit, das wollte ich auch.

Fichte: Und was nennst du nun paar Mark? Was hast du da jetzt reingesteckt?

Wolli: Reingesteckt habe ich so etwa 60 bis 70 000 Mark, da ist aber die Kaution von 25 000 Mark dabei.

Fichte: Und was hast du dafür gekriegt?

Wolli: Da habe ich dafür gekriegt: 17 Zimmer und 1 Salon, also meine Etage im »Palais d'Amour«.

Fichte: Aha, und das, was du da reingegeben hast, das Geld, also diese etwa 45 000 Mark, die sind Baukostenzuschuß?

Wolli: Nein, diese Zimmer waren möbliert, nur der Salon nicht, den Salon mußte man selbst möblieren, dann habe ich in jedes Zimmer einen Musikschrank reingestellt und so kleine Möbelsachen, noch Bettwäsche und Spiegel über den Betten, na so Pi-Pa-Po alles, und das hat das eben gekostet, dann die Courtage für den Rechtsanwalt und dergleichen mehr.

Fichte: Und was mußt du jetzt an Miete an die Besitzer dieses Puffs zahlen?

Wolli: Pro Appartement 465 Mark im Monat.

Fichte: Und du vermietest die Zimmer weiter.

Wolli: Ich vermiete die Zimmer weiter.

Fichte: An die Mädchen. Und was müssen die Mädchen dafür bezahlen?

Wolli: 34 Mark pro Tag, so etwa 1 000 Mark im Monat.

Fichte: Nun ist es aber so, das Schmalz, was man gewöhnlich in einem Puff verdienen will, ist doch mehr.

Wolli: Es ist wesentlich mehr, vor allem weil auf diese Miete von 34 Mark kommt noch mal die 11% Mehrwertsteuer, da sind das schon etwa nur noch 30 Mark, dann haben die Mädchen bis abends um 6 Uhr frei essen, das freie Essen beinhaltet: Brot,

Butter, Marmelade, Honig, Kaffee, Kakao, Zucker, Eier, ja alles solche Sachen, die ganze Nacht frei Kaffee trinken.

Da war ich auch der einzige, der das gemacht hat. Und wenn die Mädchen da mitgezogen hätten, wär das auch gegangen. Aber schließlich kamen dann auch alle die, die gar nicht mehr oben arbeiten. Die fingen an zu essen wie die Geisteskranken. Das war gedacht für die Tagfrauen. Da waren dann manchmal Frühstücksrechnungen von 60 Mark. Die tranken manchmal 20 Tassen Kaffee.

Dann sind diese Zimmer nie ganz voll belegt, weil das Sperrgebiet nicht durchgekommen ist, aber für sämtliche Zimmer, ob belegt oder nicht belegt, ist Miete zu zahlen an die Gesellschaft, dann entstehen oft Mietschulden bei Mädchen, Mädchen bleiben weg, machen Blockschulden usw., also daß das Geschäft nicht sehr groß ist.

Fichte: Gibt es da noch andere Verdienstmöglichkeiten?

Wolli: Ja, die Verdienstmöglichkeit ist der Getränkeausschank, der aber auch untersagt worden ist, der uns ehemals zugesichert worden ist, daß wir Getränke ausschenken dürfen, wie das normalerweise in jedem Bordell ist, aber der Senat will das eben auf das Primitivste runterdrücken, der will da eben so einen reinen Befruchtungsstall, na, Befruchtungsstall ist falsch, die sollen ja nicht befruchten, aber so einen reinen Vögelstall da drausmachen, daß die Männer eben zur Tür reinkommen, und daß sie nicht die Möglichkeit haben, mit der Frau paar vernünftige Worte zu sprechen, sondern sich hinsetzen, die Hosen runterziehen, aufeinanderklettern und wieder weglaufen. Denn wenn die eine halbe Flasche Sekt trinken können, oder einen Whisky zusammen, dann wäre da irgendwie eine Atmosphäre geschaffen und dann könnte das alles ein bißchen gepflegter sein, aber das soll eben nicht sein, weil das ja kein Bordell ist, sondern ein Mädchenwohnheim, und in einem Mädchenwohnheim da wird ja nicht ausgeschenkt, in einer Privatwohnung.

Fichte: Wird da nun tatsächlich nicht ausgeschenkt?

Wolli: Ja, da möchte ich nicht drüber sprechen.

Heute kannst du Getränke ausschenken.

Fichte: Ein Jahr hast du den Puff ungefähr, was lag da nun monatlich für ein Verdienst drin oder kannst du den nicht nennen?

Wolli: Ja, den kann ich nicht direkt nennen, aber ich kann das sagen, daß sieben Etagen im »Palais d'Amour« sind, und daß ich seit dieser Zeit, seit Juli, der einzige bin, der von der alten Besatzung, von den alten Pächtern noch drin ist, weil die andern pleite gemacht haben oder gesehen haben, daß da überhaupt kein Geld drin liegt, und aufgehalten haben und am Samstag der letzte wieder, daß heute wieder eine Etage leer steht.

Fichte: Also, du hast doch paar Mark dabei gemacht.

Wolli: Paar Mark gemacht, aber jedenfalls nicht so, wie man das gedacht hat, das ist der Beweis, daß die anderen alle Geld drin verloren haben und rausgegangen sind.

Fichte: Jetzt bist du ja ein besonders sozialer Chef. Du erzähltest eben selbst, du würdest den Mädchen also Kaffee geben, sie könnten dort sogar essen, und außerdem hast du, glaube ich, sehr großzügige Weihnachtsgelder vergeben, und es gab sogar eine Tombola . .

Wolli: Für alle 10 Tage mietfrei zu Weihnachten, für jede Frau. Ich meine, ich bin wahrscheinlich das einzige Mädchen-Wohnheim, was im Jahr vier Wochen Urlaub den Mädchen gibt und wenn sie krank sind, brauchen sie keine Miete zu bezahlen. Das sind alles Sachen, die woanders eigentlich nicht üblich sind.

Fichte: Ja.

Wolli: Und deswegen, aus diesen Gründen, würde ich sagen, daß meine Etage noch so einigermaßen geht, also daß ich mich nicht gezwungen sehe, die aufzugeben.

Fichte: Kannst du mir sagen, wie hoch die Weihnachtsgelder waren, die du dort deinen Angestellten gegeben hast?
Ich glaube, du arbeitest selbst nicht dauernd dort, du hast dort einen Wirtschafter . .

Wolli: zwei Wirtschafter . .

Fichte: zwei Wirtschafter sogar, die sich abwechseln?

Wolli: Die sich abwechseln Woche um Woche.

Fichte: Und du arbeitest im Moment gar nicht oben?

Wolli: Ich arbeite oben selbst nicht mit, weil ich ewig unterwegs bin, neue Mieterinnen anzuwerben und so die Buchführung und die anderen Sachen.

Fichte: Und wieviel Geld hast du im Weihnachtsmonat deinen Angestellten mehr gegeben?

Wolli: Den Mädchen habe ich jeder 10 Tage mietfrei gegeben, und dann so eine Weihnachtstombola mit Essen und Trinken und alles.

Fichte: Reichlich Essen und Trinken?

Wolli: Ja, reichlich Essen und Trinken, aber das ist ja nicht so teuer, ich meine der Alkohol und die Getränke im Warengroßeinkauf, also das ist vielleicht eine Sache von 500 Mark, so eine ganze Weihnachtsfeier dann.

Fichte: Aber wenn ich mich recht erinnere, gab es doch im »Palais d'Amour«, nein, im Eros-Center mal eine Weihnachtsfeier, wo dann nicht genug Suppe war, nicht, da kam dann noch eine dazu.

Wolli: Ja, das war bei einem so ganz beknackten Chef, der hat einen Teller Spargelsuppe, so aus der Tüte hingegeben, und da mußten die Mädchen die Getränke selbst kaufen, aber der ist ja auch ganz schön pleite gegangen.

Fichte: Aber Geld hast du also deinen Angestellten nicht gegeben?

Wolli: Den Mädchen nicht, die bei mir arbeiten, und den Wirtschaftern, da möchte ich nicht so viel drüber sagen.

Fichte: Hattest du nicht mal die Idee, wenn das hier gut liefe, daß deine Etage im »Palais d'Amour« eine Kommune werden sollte? Ich glaube, du hast das Bild von Marx an der Wand und in den . .

Wolli: . . und auch von Mao,

Fichte: . . und auch von Mao, ja,

Wolli: und von Che. Das stimmt nicht ganz, was du da sagst, nicht wenn das gut liefe, sondern unwichtig, wie das liefe, hatte ich die Absicht, das so zu machen, daß ich von dem Gesamt, was da reinkommt in dem Geschäft, 50% bekomme und 50% am Jahresende für alle, die ein Jahr da auch gearbeitet haben, verteilt wird.

Damit der solide Bürger es versteht: 50% von dem Puffverdienst, nicht von dem, was die Mädchen verdienen. Denn das wäre ja ein riesiger Reibach, wenn ich 50% von der Kuppe kriegte. Da würdest du ja kein Mädchen reinkriegen. Die Loddl würden sagen: Das ist ein Weicher!

In Berlin war das ja früher stickum mal so, bei den unregistrierten Puffs. In den offiziellen Puffs ja nie. Also: Ich wäre bereit gewesen, von meinem Nettoverdienst den Mädchen wieder 50% abzugeben. Haben wir sogar jetzt noch mal wieder beraten, haben die Mädchen selbst gesagt, das gäbe hier Mord und Totschlag. Die Luden würden das einsehen. Aber die Mädchen selbst würden pöbeln: Die hat schon soviel getrunken! Und die ..

Unter uns gesagt: Ich würde dabei mehr verdienen – oder wenigstens das gleiche verdienen mit weniger Mühe. Denn das ist ja das Modell von Zeiss, Jena. Zeiss, Jena, verdiente so ja auch viel mehr.

Aber ich habe gesehen, daß das nicht möglich ist, weil die Frauen zu viel wechseln und die Mentalität der Mädchen, die da arbeiten, so ist, daß das nicht zu verwirklichen ist.

Ich hab das fertiggekriegt, sitz bei der Weihnachtsfeier mit den ganzen Puffbossen und rede für die Unabhängigkeit der Mädchen. Haben die Loddl sich aber gefreut!

Fichte: Glaubst du nun, daß diese Form des Sozialismus sich mit Prostitution verbinden läßt?

Wolli: Auf jeden Fall. Aber Prostitution ist bei uns hier in der Bundesrepublik eine Sache, die geduldet wird, aber zu gleicher Zeit nach dem Strafgesetzbuch verfolgbar ist, weil jeder, der an eine Prostituierte ein Zimmer vermietet, sich der Kuppelei mehr oder weniger schuldig macht, und dann fehlt der Prostituierten die Werbemöglichkeit, und dem Besitzer oder dem Pächter so eines Mädchenwohnheims fehlt auch jede Werbemöglichkeit und jede Möglichkeit, daß das wirklich ein lukrativer Betrieb wird, weil das mit Gewalt halb im Untergrund gehalten wird, vom Staat aus, na ja, ihr könnt, aber machts nicht zu grau und so, und aus dem Grund kann man da nichts Richtiges und Ganzes machen.

Fichte: Glaubst du, daß es überhaupt in jeder sozialistischen Gesellschaft immer Prostitution geben wird?

Wolli: Das wird es nicht geben, denn es gibt weder in der DDR, noch in Rußland, noch im heutigen Kuba Prostitution, aber da gibt es nicht nicht Prostitution, weil die Bedürfnisse nicht da sind, sondern weil das staatlich verboten ist. Ich meine, das hat mit Sozialismus nicht viel zu tun. Den einzigen Weg, den ich sehe, daß die Prostitution verschwinden würde, das wäre, in dem man zur Sexualfrage wesentlich großzügiger würde, ich denke da z. B. an Schweden oder Dänemark, es ist in Schweden schwer eine Prostituierte zu kriegen .. und in Dänemark auch.

Fichte: Woher kommen nun die Mädchen, die bei dir mieten?

Wolli: Die kommen aus allen möglichen Städten und auch aus breitgestreuten gesellschaftlichen Schichten. Die Prostituierten sind nicht blöde, die sind nicht asozial, obwohl ein großer Teil davon, bestimmt 60% möchte ich sagen, aus zerrütteten Familien kommen, Heimkinder sind, aber es gibt auch welche, die Mittelschule haben, die eine abgeschlossene Berufsausbildung haben, also daß auf keinen Fall der Schnitt der Prostituierten intelligenzmäßig unter dem Niveau der Arbeiter im allgemeinen liegt.

Fichte: Hattest du nicht sogar einen Fall von einem Mädchen, das verheiratet war, und die um die ..

Wolli: .. mehrere Fälle,

Fichte: .. die mit dem Wissen ihres Gatten arbeiteten, um sich den Hausstand zu verdienen?

Wolli: Ja, ja, ja.

Fichte: Und die dann nach dieser Zeit, wenn sie das Geld zusammen haben, wieder ganz bürgerliche Mädchen werden, und sich nie weiter prostituieren würden?

Wolli: Zumindest haben sie den Wunsch, das zu werden, wie weit das erreichbar ist, bei denen, die jetzt bei mir arbeiten, das weiß ich nicht, aber ich kenne welche, die schon Prostituierte waren, also bevor ich das »Palais« hatte, die ganz vernünftige Leute wieder geworden sind, ich bezeichne auch nicht die Prostitution als eine unvernünftige Sache, das brauchen deswegen keine unvernünftigen Leute zu sein, aber die ganz bürgerliche Leute wieder geworden sind.

Fichte: Da war doch die Geschichte von einem Mädchen, was schwanger war, das furchtbar geschlagen wurde von ihrem Zuhälter, und du hast dieses Mädchen wochenlang dort wohnen lassen?

Wolli: Drei Monate.

Fichte: Die hat dort immer gegessen, und sie sollte nun, glaube ich, ein bißchen sauber machen . .

Wolli: Ja, das ging schlimm aus, daß sie nicht sauber gemacht hatte, und sich als Wirtschafterin aufgespielt hat, und so als kleine Chefin aufgespielt hat, na ja, das war eine ausgesprochene Schlampe, aber das ist nicht unbedingt typisch, das gibt genauso welche, wo das hätte ganz anders sein können.

Ja, son kleiner Teufel war das. Die kriegte richtige Unteroffiziersallüren. Die sollte nur der Wirtschafterin etwas helfen. Da fing die an, rumzupesen da oben, Stella, eine Pudelgurke! Die Mädchen wollten schon ausziehen!

Fichte: Und wie war deine Reaktion?

Wolli: Entschuldige, ich habe unterbrochen. Meine Reaktion war darauf so, als sie direkt Unfrieden stiftete, und andere Mädchen, die da gearbeitet haben, so sauer waren, daß sie ausziehen wollten, dann habe ich gesagt, du mußt ausziehen, und habe ihre Sachen in ein Hotel bringen lassen, und noch 10 Tage lang das Hotel bezahlt für sie, und habe gesagt, ja, jetzt versuch mal, wie du weiterkommst.

Fichte: Hat sie nun tatsächlich in dieser Zeit, als sie schwanger war, nichts verdient?

Wolli: Sie hat kaum verdient, würde ich sagen.

Fichte: Sie ist also nicht nebenbei noch anschaffen gegangen.

Wolli: Ja, das kann ich nicht unbedingt ausschließen, also ein bißchen wird sie vielleicht bei Stammkunden angeschafft haben, wo sie nach Hause hin gegangen ist oder in irgendwelchen miesen Kneipen am Hafen, das weiß ich nicht, jedenfalls im »Palais d'Amour« hat sie nicht gearbeitet.

Sie grüßt mich heute nicht mal. Aber ihr Nicht-Grüßen ist auch so ne Art Peinlichkeit: Klatscht der mir nun eine?

Vielleicht ist sie jetzt auch schon tot, bei der Frühsterblichkeit auf dem Kiez in letzter Zeit.

Fichte: Macht dir nun dieses ganze Gewerbe, dieser ganze Puff da noch Spaß?

Wolli: Spaß eigentlich nicht.

Fichte: Was hast du für weitere Pläne, möchtest du ihn so schnell wie möglich los werden?

Wolli: Wenn ich was Besseres finden würde, ja. Ich kümmere mich im Moment darum, irgendwie umzusatteln, in eine andere Sache.

Fichte: Was ist das für eine Sache?

Wolli: Auch wieder auf diesem Gebiet, Nachtlokale oder ne andere Art Mädchenwohnheim, aber nicht mit diesen schwierigen Bedingungen, wie dieses »Palais d'Amour«.

Fichte: Was wären das für Bedingungen?

Wolli: Ja, eine behördlich konzessionierte Absteige mit einem Lokal unten. Wo ich nicht die hohe Miete bezahlen muß. Und wo die Miete für die Mädchen statt 34 Mark etwa 20 Mark betragen darf, denn dann ist es kein Problem, Mädchen zu kriegen, wenn man dann sozial und vernünftig zu den Mädchen ist, dann hat man auch seinen Laden voll.

Wie in Lübeck zum Beispiel: Jeder Puff ist dort ein Lokal mit der Steige oben. Eine Straße wie die Herbertstraße. In Lübeck ist der Puff sehr heiß. Da kommen auch welche rein, die nur trinken oder Klapperjas spielen, und die Mädchen hüpfen zwischen rum. Viel bessere Atmosphäre. Besser als wenn sie mit dem Arsch auf dem Hof stehen!

Fichte: Deine Frau geht doch auch auf den Strich.

Wolli: Ja.

Fichte: Warum läßt du sie auf den Strich gehen?

Wolli: Ja, das ist jetzt schwer drauf zu antworten.

Fichte: Verdienst du was dabei? Hältst du die Hand auf?

Wolli: Ich muß dir darauf so antworten: Ich will nicht gern ein Zuhälterverfahren am Hals haben, deswegen antworte ich da gar nicht drauf.

Wird man sagen: Ganz schön ehrlicher Junge, 1969. Lügt nicht viel rum. Und wo ich lüge, gleich zweimal hintereinander, da merkt man es auch gleich.

Fichte: Was geschieht also mit dem Geld, das sie anschafft?

Wolli: Das verbraucht sie für sich selbst.

Fichte: Du sparst glaube ich, für sie?

Wolli: Sie spart von diesem Geld. Sie hat ja aufgehört anzuschaffen, etwa ein dreiviertel Jahr, in dem Moment, als wir das »Palais« genommen hatten, dann hat sie nicht mehr gearbeitet, dann hab ich ihr Taschengeld gegeben, sie hat den Haushalt gemacht, aber die Finanzfrage ist jetzt dermaßen mies im »Palais«, daß sie aus diesem Grund wieder arbeiten geht, weil sie mit dem Taschengeld, was da über ist, nicht auskommt. Und weil sie nicht einsieht, wenn sie jahrelang anschaffen gegangen ist, daß sie jetzt, wo wir selbständig sind, ihren ganzen Lebensstil viel mehr einschränken muß als früher, wo sie eine Prostituierte war, und da hat sie gesagt, ich schaff jetzt wieder zwei, drei Monate an, bis ich ein paar Mark hab, daß ich mir Kleider kaufen kann und so weiter, und dann höre ich wieder auf zu arbeiten. Und ich sehe nicht ein, warum ich ihr das verbieten soll, nachdem sie jahrelang anschaffen gegangen ist.

Fichte: Sie ist also mit ihrer Beschäftigung einverstanden.

Wolli: Ja, das ist ihr ganz eigener Wille. Ich würde nie sagen, sie solle anschaffen gehen, mir wäre das lieber, sie würde zu Hause bleiben.

Heute nimmt einem das keiner ab. Was heißt das? Heute gibt es mehr so Loddl. Denk an Helga mit dem »Killer«. Guck Jürgen an und Jürgen ist bestimmt ein Geldgieriger. Erinnerst du dich, ich hab ihr damals 1 000 Mark Taschengeld gegeben.

Fichte: Wie sieht das nun bei anderen Mädchen aus. Können die Mädchen nicht ohne Zuhälter?

Wolli: Ja, es gibt einige Fälle, die ich kenne, daß sie ohne Zuhälter können, aber im großen und ganzen nicht.

Fichte: Und was heißt das?

Wolli: Ja, weil jeder Mensch eine Geborgenheit sucht, und auch so ein Mädchen, die die ganze Nacht abends an der Straßenecke steht, die will morgens nach Hause kommen, und jemand haben, mit dem sie sich unterhalten kann, und sei es, mit dem sie sich streiten kann, der sie lieb in den Arm nimmt, denn im Gegensatz zu der Meinung vieler Leute haben die Prostituierten genauso ein Sexualleben und ein Liebesbedürfnis wie jede andere Frau auch, und das suchen sie bei einem Mann, und welcher Mann soll das sein? Ein solider Kaufmann der wird nicht mit einem Mädchen gehen, daß an der Ecke steht, also dem Mädchen bleibt keine Auswahl ihrer Freunde, eben bloß der Kiez und das sind eben mehr oder weniger Zuhälter, selbst wenn das ein Junge ist, der als Tischler arbeitet oder am Hafen arbeitet, und die Woche vielleicht 200 Mark verdient, was die Frau in einer Nacht verdient, manchmal 300, 400 Mark in einer Nacht, dann kommt irgendwann mal der Moment, daß die Frau sagt: Paß mal auf, ich will gern, wenn ich morgens Feierabend mache, daß du bei mir bist, daß wir zusammen noch in ein Frühlokal gehen, und ein bißchen Liebe machen, uns ein bißchen unterhalten. Und nicht, daß der Mann dann zwei Stunden oder drei Stunden, nachdem sie kommt, zur Arbeit geht, daß sie sich überhaupt nicht sehen, und dann sagt sie: Diese 200 Mark, die du die Woche bringst, auf die können wir gern verzichten, dann mach du ein bißchen Haushalt und puzzle da bißchen um mich rum, sei lieb zu mir.

Fichte: Wieviel Kunden haben die Mädchen durchschnittlich an einem Abend?

Wolli: Ja, das kommt eben darauf an, wie das Mädchen aussieht, und was sie für Qualitäten hat, aber bestimmt so sieben bis acht Kunden, würde ich sagen.

Fichte: Also wenn ein Mädchen so jeden Abend sieben bis acht Kunden hat, denkt doch der Laie, müßte sie sexuell befriedigt sein, wie ist das tatsächlich?

Wolli: 90%, vielleicht sogar 95% aller Prostituierten, die gehen zur Prostitution, oder stellen sich an die Ecke oder an die Mauer, wie ein anderes Mädchen in die Fabrik geht oder eine Verkäuferin nach Karstadt zur Arbeit geht, das ist für sie weder eine geile Sache, noch eine erregende Sache, das ist einfach eine Arbeit, die sie macht wie jede andere Arbeit, und die ganz unabhängig ist von ihrem sonstigen Sexualleben. Ich meine, das kann passieren, daß alle zwei Jahre vielleicht mal ein Typ kommt, wo sie schwach wird, aber das sind ausgesprochene Ausnahmen.

Fichte: Und was geschieht dann, wenn sie schwach wird bei diesem Typ?

Wolli: Ja, mit dem macht sie dann ein bißchen mehr Liebe, dann ist das eben für sie kein Geschäft mehr, aber das sind solche Ausnahmen, wie, ja wie einer der ständig Toto spielt oder Lotto, der wird wohl auch mal nen kleinen Gewinn richtig haben.

Fichte: Wie erreicht ein Mädchen, daß sie, wenn sie von einem Mann, von einem Kunden gestoßen wird, dabei nichts empfindet?

Wolli: Ich erkläre das psychologisch so, daß die Erregungskurve bei einer Frau im großen Ganzen sowieso länger ist, als bei einem Mann. Die Frau steht da unten, da spricht sie irgendein Typ an, der ihr gar nicht zusagt, sie sieht in dem Mann das Geld, und der ganze Akt dauert etwa eine Viertelstunde in dem Zimmer, da wird gleich bezahlt, dann ist es dieses, doch irgendwie unpersönliche Kundenzimmer, der zieht die Hose aus, und daß die Frau gar nicht Gelegenheit hat, überhaupt hoch zu kommen, einmal will sie das nicht, und dann ist es so wenig ihr Typ, daß noch nicht mal der Anfang der Erregungskurve erreicht wird, oder wenn der Mann vielleicht durch irgendwelche sexuellen Praktiken, sei es durch Cunnilingus oder irgend so ne Scheiße, sie anfängt zu erregen, dann schiebt sie den schnell weg und sagt, das tut mir weh und das ist nicht die richtige Stelle und so, um sich wieder unten zu halten, also keine wirkliche Liebe zu machen.

Fichte: Aha, also die Prostituierte kommt, deiner Meinung nach, am Morgen nach Hause, wie eine Frau von ihrer Arbeit kommt, mit genau den gleichen sexuellen Bedürfnissen wie jede andere berufstätige Frau.

Wolli: Ja, ich würde sagen, nicht mit den gleichen, vielleicht sogar mit etwas weniger, denn im Laufe der Zeit, wenn sie länger anschaffen geht, ich nehme da mal schon ein halbes Jahr, dann kommt irgendwie ein Ekel und eine Abscheu dem Mann gegenüber raus, weil die meisten Männer, die zu Prostituierten gehen, nicht nett sind und sie nicht als Mensch betrachten, sondern eben als eine Ware, die sie für 20, 30 oder 50 Mark gekauft haben, und zu der man jede charmante Art oder jedes Umwerben, sei das auch noch so durchsichtig, fallen lassen kann, sondern ganz brutal sagt, was man will und überhaupt nicht auf die Frau eingeht dabei, oft noch beleidigend und mies ist, vor allen Dingen wenn sie fertig sind, dann, sie behandeln wie den letzten Dreck und dann kommt eine unwahrscheinliche Abneigung dagegen, dann sind perverse Kunden, die irgendwelche miese Sachen verlangen, vor denen die Frau sich ekelt, und das alles führt dazu, daß eine gewisse Ablehnung dem Mann gegenüber kommt, und daß sie morgens oft so sauer ist, aber nicht weil sie sexuell abgespannt ist, sondern überhaupt angeekelt ist und ihre Ruhe haben will, daß sie nicht unbedingt, also jeden Tag das Sexuelle dabei sucht oder daß man sagt, eine Prostituierte, die ist besonders agil oder so, das ist dabei nicht der Fall. Es gibt natürlich auch welche, die besonders agil sind, aber der Schnitt wird wesentlich agiler, wenn sie eine Woche im Urlaub sind und einigermaßen im normalen Leben wieder drin stehen, dann hat sie auch wieder mehr Lust, Liebe zu machen, auch mit ihrem Mann.

Die größte Freude machst du ja deiner Frau, die so richtig fleißig ist, wenn du ihr sagst: An deinem freien Tag gehen wir in den Sex-Club und machen Gruppen-Sex mit hundert Stück! – Da haben sie so richtig Bock drauf, die Bräute: Die ganze Woche stehe ich an der Mauer und an meinem freien Tag ficken sie mich dann auch noch umsonst! Da laß mich lieber anschaffen, da gibts was für und da kann ich zwischendurch mal verschnaufen.

Mauli war mal so abgebrüht und hat sich 500 Mark Taschengeld extra geben lassen in Paris, dafür, daß sie mit in den Sex-Club gegangen ist.

Fichte: Du sagtest, daß die Kunden der Straßenmädchen besonders rüde seien, ohne jede Form. Wenn ich durch die Straßen hier gehe, habe ich als Mann den Eindruck, daß gerade die Straßenmädchen besonders rüde seien, und nicht die geringste Lust hätten, auch nur ein Gespräch oder ein Lächeln zu riskieren. Du glaubst also, wenn ein Mann da oben in dem Zimmer wäre und nun versuchte, scheuer, sensibler, freundlicher mit dem Mädchen zu sein, daß das Mädchen sehr wohl auf diese feinere Form der Annäherung reagieren könnte.

Wolli: Auf jeden Fall, zumindest kommt sie dann aus dem Zimmer raus und sagt, das war mal wirklich ein netter Kerl, so was hast du ganz selten.

Fichte: Was sind nun die Perversionen, die von den Mädchen verlangt werden?

Wolli: Das ist auch wieder jeweils verschieden. Von den Straßenmädchen, die für 20 und 30 Mark an der Ecke stehen, werden weniger Perversionen verlangt, als von Call girls oder von Mädchen die bei »Lausen« oder im »Cherie« oder in Anschaff-Lokalen sitzen und einen Preis von 100 Mark als Taxe haben, denn die Mehrzahl der perversen Kunden kommt aus gesellschaftlich gehobenen Kreisen, zumindest haben sie ein paar Mark, während der Freier, der zu den Straßenmädchen geht, aus finanziell nicht so begüterten Kreisen kommt, der sich eben ein Mädchen für 20 oder 30 Mark kauft, deswegen sind die Kunden in guten Anschaff-Lokalen wesentlich charmanter und netter, weil da am Tisch eine Unterhaltung mit den Mädchen zustande kommt, als die, die eben von ihrer Hafenschicht kommen, eine sehen, und sagen, na ja, ich will jetzt mal nen fremden Körper besteigen, ist es nicht die, ist es die. Die fragen auch oft nach dem Preis, außerdem gefällt ihm vielleicht eine, die will 30 Mark haben, daneben steht eine, die ihm viel weniger gefällt, die sagt 25, dann gehen sie mit der für 25 mit.

Fichte: Die Preise liegen also im »Palais d'Amor«, dem Eros-Center so um die 20-50 Mark . .

Wolli: »Palais d'Amour« 30 Mark ist das, was gekobert wird im Eros-Center auch. Manche kobert mit 20, aber das sind ganz wenige, unter kobern versteht man das, was sie veranschlagen.
Heute kobern sie für 30. Aber für 50 wird erst gefickt. Nicht mal die Sittenpolizei sagt mehr was, wenn sie für 30 Mark nur wichsen.
Die Perversitäten, die auch von billigen Straßenmädchen oft verlangt werden, das ist im großen und ganzen Schlagen, also das sind Masochisten, die geschlagen werden wollen, daß ist, was man jede Nacht auf einer Etage mit 17 Mädchen, na bestimmt ein bis zwei Mal erlebt, daß einer Prügel haben will.
Selten ist, daß einer was vorgefickt haben will. Einmal hab ich auch vorgefickt. Der Freier wollte dann hinterher gleich losma-

chen, aber am liebsten erst den Saft lecken, wo ich reingespritzt habe.

Oder das Zugucken bei lesbischen Praktiken, daß sie sagen, hole noch eine Freundin zu und so, irgend wie so eine Art Gruppen-Sex.

Fichte: Das kostet sie dann schon ziemlich viel?

Wolli: Nicht ziemlich viel, das Schlagen kostet auch nicht mehr als 50 Mark.

In der Herbertstraße werden sie blöde, wenn sie das hören. Jetzt kostet das 10 Mark pro Schlag. Für 50 darf er die Stiefel küssen. Muschi zeigen kostet 100 Mark. Aber wenn einer kommt und sagt: Ihr braucht nicht ficken, ich geb euch einen Halben, haut mir mal ordentlich auf den Arsch! – Dann schicken sie ihn auch nicht wieder runter.

Mauli sagte: Da könnt ich drauf spritzen, einen Freier zu schlagen. Da würd ich noch zu bezahlen! – Da kommt das dann mal alles raus!

Ich meine, das kommt auch im großen und ganzen drauf an, was die Frau für ein Gefühl hat: wieviel Geld hat der Mann, wie stark ist er gefüllt, kann ich von dem 100 oder 200 Mark rausklingeln, also man versucht so viel rauszuklingeln wie möglich ist, und was eben nicht ist, das ist eben nicht.

Vollgesogen wie eine Natter, sagen sie, wenn einer reich ist.

Fichte: Dann habt Ihr doch auf jeder Etage mehrere Gummischwänze. Wozu dienen die?

Wolli: Also die Gummischwänze haben die Mädchen selbst, die können sie ja in einschlägigen Geschäften frei kaufen, die dienen dazu, um bei dem Mann einen Analcoitus vorzunehmen. Das ist ein Wunsch, der gar nicht so sehr selten ist, obwohl man nicht sagen kann, daß das jeden Tag vorkommt, aber bestimmt zwei, drei Mal die Woche, und daß Mädchen sich dann mit so einem Gummischwanz selbst befriedigen sollen, eben lesbische Praktiken damit vorführen sollen, wo die Männer zugucken wollen.

Früher ja. Heute gibt es auf der Etage keinen Gummischwanz mehr und kaum ein Massagegerät, keinen Analstrip, kein Plastikei, keinen Analfinger.

Fichte: Die Vorstellung, die der gewöhnliche Sterbliche von Zuhältern hat, ist die, daß der Zuhälter sein Mädchen beschützt. Es kommt also ein Freier, der fängt Streit mit dem Mädchen an, haut ihr eine runter, dann kommt der Zuhälter, setzt ihn an die Luft, haut ihn durch. Hast du Mauli auf diese Weise schon beschützen müssen?

Wolli: Ich habe Mauli auf die Weise noch nie beschützt, und kenne selbst im Moment nicht einen, der seine Frau auf diese Weise beschützt, also das ist der Brecht'sche Zuhälter aus der Dreigroschen-Oper, wo das damals so in Querstraßen sich abspielte, in düsteren Ecken irgendwo, also den Zuhälter gibt es heute nicht mehr. Der Zuhälter, der heute rumläuft, und das wird sicher die nächste Frage sein, die du stellst, das ist ein reiner Parasit, der gar nichts machen will, vielleicht seine Frau abends zur Arbeit bringt und morgens wieder abholt und ansonsten von ihrem Geld mehr oder weniger gut und faul leben will.

Fichte: Bist du nun eifersüchtig auf die Männer, mit denen Mauli an einem Abend zusammen war?

Wolli: Nein.

Fichte: Gar nicht?

Wolli: Nein.

Fichte: Ist es nun umgekehrt so, daß du irgendwie vielleicht sogar ein bißchen drauf stehst, dir vorzustellen, wie sie mit einem anderen Mann was macht.

Wolli: Nein, auch nicht. Also zumindest nicht mit einem zahlenden Freier, das wäre was anderes, wenn wir eine Party machen bei Gruppen-Sex und so, dann könnte ich das ganz witzig finden, aber die Freier, das sind, na ja, da bin ich so wenig eifersüchtig, als wenn jetzt Mauli in der Bäckerei arbeiten würde und da würden Arbeiter kommen, die Brötchen bei ihr kaufen, da könnte ich auch eifersüchtig sein, daß sie vielleicht beim Bezahlen mal ihre Hand mit anfassen, wenn sie die Münzen da reinlegen.

Fichte: Hast du andere Zuhälter als Freunde?

Wolli: Als Freunde nicht, aber als Bekannte.

Fichte: Würdest du dich selbst prostituieren?

Wolli: Ja. Das käme auf die gesellschaftlichen Verhältnisse an, auf die sexualpolitischen Verhältnisse, wenn das jetzt ein Land gäbe oder wenn das hier so wäre, daß eben Frauen Männer kaufen wollten, und ich könnte damit in verhältnismäßig kurzer Zeit sehr viel Geld verdienen, denn das können die Prostituierten, daß sie nicht viel Geld liegen haben, das ist ihre Sache, weil sie das leicht wieder ausgeben – dann würde ich das machen.

Fichte: Du würdest also für Geld ziemlich viel machen.

Wolli: Ich würde für Geld alles machen überhaupt, außer Dingen, die anderen Menschen schaden, und Sachen, die ich nicht möchte, daß sie mit mir gemacht werden, ganz brutal gesagt, ich würde mich, für viel Geld, obwohl ich nicht homosexuell bin, aber wenn einer kommt und mir viel Geld gibt, dann würde ich mich in den Arsch ficken lassen, von dem, für viel Geld.

Na, für so viel Geld war das auch nicht. Wenn sie nicht soviel hatten, bin ich aus Neugier auch für weniger, und wenn sie gar nicht wollten, dann hab ich noch was dazugegeben, dann wurde aus der Tille ein Freier. Das waren nur mal so Versuche, die auf der Neugier basierten.

Ich würde aber auf keinen Fall für noch so viel Geld irgendwie ein Gewehr nehmen und zur Bundeswehr einrücken und noch nicht mal auf Pappkameraden schießen, weil ich das viel obszöner und viel beschissener finde als alle Schweinerei, die es auf der ganzen Welt gibt, das würde ich nicht machen.

Ach, ja, ach ja!

Für kein Geld.

Fichte: Wenn nun sehr viel Geld geboten würde, was würdest du noch tun? Analcoitus ist ja im Augenblick, wo der Paragraph aufgehoben ist, doch etwas . .

Wolli: Ich denke dabei nicht an den Paragraphen, ich hab das so betrachtet, daß ich selbst eben nicht homosexuell bin, und daß das für mich eine ziemlich putzige Sache wäre, wenn das noch ein Mann wäre, der mir vielleicht auch noch nicht mal sehr sympathisch wär, aber wenn der eben eine große Summe bieten würde, ich meine im Moment würde ich das nicht machen, weil ich es nicht nötig habe, aber in dem Moment, wenn ich es nötig hätte, dann würde ich alles das machen, um zu Geld zu kommen,

Wie er sich da rumwindet!
weil ich meine, daß das Leben nur lebenswert ist, wenn man Geld hat, und je mehr man Geld hat, desto lebenswerter und desto schöner kann ich mir das Leben gestalten, und das ist ja genau so eine Prostitution, wenn ich in irgendeiner Fabrik arbeite, und dafür 150 oder 200 Mark mich die ganze Woche von dem Meister da ankeifen lasse und mich da vollpöbeln lasse, dann prostituiere ich mich da jeden Tag acht Stunden für ein Minimum an Geld, und so prostituiere ich mich eine halbe Stunde für genau das gleiche, was ich da den ganzen Monat kriegen würde, oder zwei Monate kriegen würde.

Fichte: Nun kommt aber ein ganz mieser Kerl und will ungeheure Perversitäten von dir. Würdest du die auch für Geld tun?

Wolli: Das kommt darauf an, wie weit ich dabei mein Selbst verkaufe oder meine eigene Ehre dabei verliere, also wie weit, ich sag, bis zu dem Moment, weiter geht das nicht, dann kann ich mich nicht mehr im Spiegel angucken, dann bin ich ein Drecksack, das würde ich nicht machen.

Fichte: Wann würdest du glauben, daß du dich nicht mehr im Spiegel angucken kannst?

Wolli: Auf jeden Fall, wenn ich bewußt anderen Menschen Böses zufüge.
Das ist ein ganz Lieber!

Fichte: Das wäre für dich das Hauptkriterium.

Wolli: Das Hauptkriterium überhaupt. Wenn ich in den Spiegel gucke, dann will ich Gott im Spiegel sehen.

Fichte: Warum handelst du nicht mit Rauschgift?

Wolli: Ich würde auch mit Rauschgift handeln, aber nur Rauschgifte, von denen ich überzeugt bin, daß sie nicht schlimm sind, z. B. hätte ich nichts dagegen, jemand ein Stück Haschisch zu verkaufen, weil ich weiß, daß das nicht schädlich ist und nicht schlimm ist, aber ich würde für kein Geld mit Heroin oder mit Kokain oder mit Morphium handeln, wo ich weiß, daß die Leute davon süchtig werden und irgendwo mal in welchen Zellen dann elendig zugrunde gehen, voll abhängig werden von dem Zeug.

Fichte: Du handelst auch nicht mit harmlosen . .

Wolli: Ich handle auch nicht mit harmlosen Drogen, aber nicht aus ethischen Gründen, sondern einfach weil mir die Lampe, der Knast, den es dafür gibt, wenn ich ein Stück Haschisch verkaufe, und mir vielleicht dafür 20 oder 50 oder 100 Mark in die Tasche zaubern kann, zu hoch ist, das steht in keiner Relation dazu.

Fichte: Es ist einfach, hier auf St. Pauli Stoff zu bekommen?

Wolli: Das ist einfach.

Fichte: Guten Stoff.

Wolli: Ja.

Fichte: Wird hier viel betrogen?

Wolli: Nein. Man kriegt guten Stoff, nur der Preis ist sehr variabel, also wenn keiner eine Ahnung hat, dann muß er wesentlich mehr bezahlen, als einer, der ein bißchen Ahnung hat, aber daß er richtigen Dreck kriegt, also wenn er den in die Zigarette dreht oder daß das keine Wirkung hat, daß er, was weiß ich, getrockneten Kuhmist kriegt oder so, das habe ich jedenfalls noch nie gesehen.

Bis auf den schlauen Wolli. Mir haben sie im »Grünspan« mal gepreßten Schnupftabak für 50 Mark verkauft. Wird dir richtig kotzig. Schmeckt ekelhaft.

Im »Grünspan« waren auch so richtige Ratten.

Fichte: Was wird hier hauptsächlich gehandelt?

Wolli: Also eigentlich Haschisch, Marihuana auch seltener.

Fichte: Und es ist schwer LSD zu bekommen?

Wolli: Nicht so sehr schwer, wenn man paar Leute kennt, die damit experimentieren mit LSD, und dann kommt man auch schnell ran.

Fichte: Du hast doch vor einiger Zeit noch mit der Vorführung von Fick-Filmen Geld verdient. Warum machst du das nicht weiter?

Wolli: Ja, weil ich da nie Geld verdient hab damit, sondern weil das meine Leidenschaft war, zumindest ist es das, was ich dem Gericht gesagt habe, und weil ich jetzt vor einem neuen Prozeß mit diesen Sachen stehe, dann kann ich nicht viel anderes dazu sagen, also das ist meine Leidenschaft, ich guck mir gerne die Filme an, und dazu hab ich sie, und wenn ich Bücher doppelt hab, dann hab ich sie deswegen doppelt, weil ich die einklebe in Alben, daß ich beide Seiten einkleben kann, das klingt unglaubwürdig, aber das Gericht muß mir das Gegenteil beweisen. Deswegen kann ich darauf nicht antworten.

Fichte: Gut. Du warst also wiederholt angeklagt.

Wolli: Ja, drei- oder viermal.

Haussuchung haben sie sieben Mal gemacht.

Fichte: Und es gibt da einen sehr spektakulären Prozeß. Kannst du den kurz schildern, wie du dort ankamst, als ein völlig sexuell Höriger?

Wolli: Ja ich weiß, daß wäre sehr schön, den zu schildern, aber da ist ja auch die Möglichkeit, daß die Richter und der Staatsanwalt, die ich in meinem nächsten Prozeß habe, dieses Interview hören, und da muß ich mir das verkneifen, so gern ich das schildern würde.

Fichte: Und so gern ich das hören würde . .

Wolli: Ja.

Fichte: Was waren das für Filme?

Wolli: Ja, das waren Filme, die in Skandinavien frei verkäuflich sind, die in England zum großen Teil hergestellt werden, normale Geschlechtsszenen zu dritt, zu viert, Gruppen-Sex, ja einfach so nette anregende Vögel-Filme, die jeder Mensch, der einigermaßen normal ist und nicht völlig impotent ist, sich ganz gerne anguckt. Dabei möchte ich die Richter und die Staatsanwälte nicht ausschließen, die das natürlich von Amts wegen nicht dürfen.

Fichte: . . deshalb haben sie ja die Möglichkeit, sie durch die Polizei einziehen zu lassen. Besteht im Moment eine große Nachfrage noch, nach solchen Filmen?

Wolli: Die Nachfrage ist nicht mehr so groß, wie sie einmal war, weil das furchtbar einfach ist, an diese Sachen ranzukommen, und sich die Sachen von Skandinavien schicken zu lassen, mit so einem Reiseunternehmen für 13 Mark übers Wochenende nach Skandinavien zu fahren, und da einzukaufen.

Heute kostet es ja nur noch eine Mark, als Butterfahrt nach Dänemark.

Deswegen ist die Nachfrage nicht mehr so riesig, sie ist aber immer noch so groß, daß schwedische Verlage Bücher in Deutsch drucken, in einer Auflage von etwa 10 bis 15 000 Stück pro Band, die alle schwarz über die Grenze geschmuggelt werden, und irgendwie abgesetzt werden, denn das sind Verlage, die zum Teil schon Band 30 und Band 40 rausgegeben haben, und wenn sich das nicht rentieren würde, und die Nachfrage wäre nicht, dann würden sie das nicht machen.

Fichte: Wie reagierten Frauen auf solche Filme, anders als Männer, grundsätzlich anders?

Wolli: Nein, im großen und ganzen positiv. Natürlich ist das auch nicht der Schnitt der Frau, die dann kommt, wenn ein Ehepaar hochkommt und fragt: Können Sie uns ein paar pornographische Filme zeigen?, dann hat der Mann mit der Frau sicher darüber gesprochen, und sie hat im voraus ihr Einverständnis gegeben, aber ich bin überzeugt, daß auch 90% aller Frauen, wenn der Film ästhetisch und gut gemacht ist, also nicht ganz miese und unappetitliche Typen da agieren auf der Leinwand, das schon ganz gerne mal sehen, denn das beste Beispiel sind ja die Oswalt-Kolle-Filme, Helga-Filme und so weiter, wo die Leute nicht hingehen, um sich aufklären zu lassen, denn so verblödet sind die Menschen nicht, daß sie nicht wissen, was sie mit ner Frau alles machen sollen, und durch den Oswalt-Kolle-Film wird er in den anderhalb Stunden auch nicht schlauer, sondern weil sie einfach hoffen, daß sie da ein paar Nacktitäten sehen, ne Muschi sehen, und ein bißchen Schweinkram sehen, wo sie sich ein bißchen dran ergötzen können. Die Mehrzahl der Leute betreiben wohl Selbstbefriedigung dabei, aber zu homosexuellen Handlungen kommt das ganz minimal, meistens ist der Wunsch, wenn Männer allein kommen, denn das ist ja die Regel, der Wunsch nach ner Frau, wo ist hier irgendwo ein duftes Mädel aufgreifbar, mit der ich die Filme zusammen gucken kann, also dieser Wunsch ist dabei der vorherrschende, nicht?

Fichte: Nun bist du einmal einem Typ begegnet, der ungeheure sadistische Wünsche hatte?

Wolli: Ja, ja, einmal einer, aber der wollte Filme sehen, wo die Bäuche aufgeschnitten werden und die Köpfe abgeschnitten, und war dann ziemlich verwundert, daß so etwas nicht gedreht wird, aber er sah dann ein, als ich ihm sagte, daß eben dafür schwer Darsteller zu finden seien, die sich den Kopf abschneiden lassen wollen. Ja, das hat er dann eingesehen, aber das sind Ausnahmen, solche Typen.

Fichte: Wurden dir solche Filme nun auf die Dauer nicht langweilig?

Wolli: Die werden genauso langweilig wie irgendein Playboy-Magazin und wie ein anderer Film, wenn man die ein paar Mal gesehen hat, dann guckt man sie nicht mehr an, dann sind sie natürlich langweilig, aber wenn man sich nicht jeden Tag hinsetzt und Filme sieht, sondern ab und zu mal, und man hat wieder einen neuen Film, dann finde ich das ganz dufte.

Fichte: Du begleitest im Augenblick einen Boxer auf seinen Veranstaltungen. Interessierst du dich persönlich fürs Boxen?

Wolli: Nicht so sehr.

Fichte: Bist du mit ihm befreundet?

Wolli: Ich bin mit ihm befreundet.

Fichte: Hast du je selbst geboxt?

Wolli: Nein. Ich nehme ihm die Zeit beim Training und so weiter, weil ich weiß, daß das ne harte Sache ist, beim Boxtraining vor allen Dingen, so 20 bis 30 Tage vor dem Kampf, daß er dann mit keiner Frau zusammen sein kann, um sich fit zu halten, dann ist das immer schön, wenn er jemand bei sich hat, der den ganzen Kram mit ihm mitmacht, rumflachst, mit ihm ins Kino geht und so, ihn auf andere Gedanken bringt, denn bei einem Großteil der Boxer so eine gewisse Nervosität vor dem Kampf ist doch da, wenn es ein schwerer Gegner ist und wenn der Kampf in wenigen Tagen stattfindet, daß das ganz schön ist, wenn er dann jemand bei sich hat, daß er nicht so viel an diese Sachen denkt, und im Schnitt will dann so ein Boxer nicht so allgemeine Boxberater um sich haben, die den ganzen Tag nur vom Boxen sabbeln und dumme Ratschläge geben, obwohl sie selber nicht viel Ahnung haben, sondern einfach, jemand, der ihm die Zeit vertreibt.

Fichte: Schaut da irgendwas später mal für dich raus?

Wolli: Logisch macht man sich dabei den Gedanken, aber wie ich das Boxgeschäft in Deutschland sehe, dann wäre das ein noch viel größerer Pudel, als sich das ganze Eros-Center zu kaufen, weil das noch mieser aussieht, hier in Deutschland.

Fichte: Du siehst auch keine Möglichkeit, im Wettgeschäft ne Mark zu machen.

Wolli: Im Wettgeschäft eigentlich nicht, denn wenn man wettet und es steht fifty-fifty, dann ist das irgendwie eine Spielleidenschaft, dann muß das wohl sehr viel Glück sein, da ne Mark zu machen, das ist das gleiche, als wenn ich ins Spielkasino gehe, und in dem Moment, wenn ich weiß, daß vielleicht beim Boxen oder irgendwo eine Verschiebe startet, und ich wette dann, dann ist das kein Wetten, sondern dann ist das irgendwie ein Betrug und dann weiß ich, der soll eben gewinnen, aber das ist in Deutschland wohl nicht so üblich. Deswegen wette ich gar nicht.

Fichte: Du wettest nicht. Du würdest auch nicht auf solche Verschieben bauen oder eine solche Verschiebe selbst anfangen?

Wolli: Das will ich nicht unbedingt sagen.

Fichte: Hast du dir solche Überlegungen angestellt?

Wolli: Solche Überlegungen, die hab ich mir angestellt.

Fichte: Wie sähe das aus, praktisch?

Wolli: Ja, das sähe aus, daß ein Boxer gekauft wird, der sich nach der 4. oder 5. Runde dann auf den Rücken legen muß, aber das ist gar nicht so einfach durchzuführen. Da würde nämlich den meisten Veranstaltern eine ganz große Bürde vom Herzen genommen, wenn das so einfach wäre, aber da ist eine ganze Menge boxverständiges Publikum, das sind die Beauftragten Bundesdeutscher Berufsboxer, und die sehen auch, wenn eine Verschiebung steigt. Für meine Begriffe war z. B. eine Verschiebung geplant in dem Kampf Weiland – Bailey in Kiel, und das hat das ganze Publikum gesehen, und auch der Herr Sewald vom BdB, der da saß, deswegen sagte er nach der 7. Runde: Meine Herren, jetzt wird geboxt, bzw. daß der Bailey das versteht, no boxing, no money, und dann hat der Bailey angefangen zu boxen, obwohl der Weiland sieben Runden lang vorn lag, und hat ihn in anderthalb oder zwei Minuten vier Mal auf die Bretter geschickt. Also das war meiner Meinung nach, ich meine, ich habe da keinen Beweis, aber eine 100% Verschiebung, die da starten sollte, daß der Bailey den Kampf verliert, daß der Weiland noch ne Weile im Boxgeschäft ist, aber das ist nicht so einfach durchzuführen, denn interessant ist eine Verschiebung nur, wenn das ein guter Boxer ist, der überall bekannt ist, und wenn der sich auf die Bretter legt, dann sinkt seine Gage zwangsläufig in weiteren Kämpfen, die er hat, wesentlich, und da müßte man sehr viel Geld dafür bezahlen, daß er das Risiko eingeht, und wenn ich irgendeinen ganz unbekannten Typ da aus den Staaten rüberhole, den kein Schwein kennt, ja, dann ist die ganze Verschiebe nicht mehr interessant, wenn der gegen irgendeinen boxt, den kein Teufel kennt hier, und gewinnt.

Fichte: Was verdienst du im Monat? Rund?

Wolli: Können wir weglassen. Wäre mir lieber.

Fichte: Dann sagst du mir auch nicht, was du auf der Bank hast?

Wolli: Auf der Bank hab ich so gut wie gar nichts, einen Tausender, und verdienen tu ich ungefähr 800.

Fichte: Mit welchen Banken arbeitest du zusammen?

Wolli: Mit der Commerzbank.

Fichte: Du hast keine ausländischen Banken.

Wolli: Nein.

Fichte: Und was gibst du ungefähr im Monat aus? Gibst du mehr aus als du hast oder legst du was zurück?

Wolli: Das kann ich ja nicht, also ich kann nur das ausgeben, was ich hab. Nein, Schulden mache ich nicht. Ich habe grundsätzlich was gegen Ratenkauf, gegen alle diese Sachen, insofern bin ich ein ganz unmoderner Kaufmann.

Fichte: Und du legst dein Geld an, wenn du welches hast, in Aktien oder legst du es nur auf der Bank fest?

Wolli: Ich leg es zum Teil auf der Bank fest, kauf mir Bilder, aber das ist so ne Mischung aus Hobby und aus Bedürfnis und natürlich auch ein Schielen nach einer wertbeständigen Sache, daß man sich lieber Bilder kauft von Malern, von denen man denkt, daß sie steigen.

Fichte: Wir haben bis jetzt davon gesprochen, wie du dein Geld verdienst und vielleicht können wir jetzt davon sprechen, wie du es ausgibst. Wie ernährst du dich? Was ißt du, wo kaufst du ein?

Wolli: Aber ich habe vorhin ganz vergessen, dann kaufe ich natürlich viele Bücher auch, das ist ein Hobby von mir, weil ich gern lese, aber das ist eine Sache, die ja nicht so sehr teuer wird.

Fichte: Gibst du viel für Essen aus?

Wolli: Ja, ziemlich viel.

Fichte: Kaufst du im Delikatessengeschäft?

Wolli: Verschieden. Man kann heute bei Karstadt kaufen, da gibt es einfache Sachen und da gibt es auch ziemlich viel Delikatessen.

Fichte: Was ißt du gerne?

Wolli: Eine richtige gute normale Hausmannskost, und ab und zu mal Leckereien, ich meine, man ißt mal gern Kaviar, aber wann macht man das, wenn ich genügend Geld in der Tasche habe, und gehe aus, dann esse ich auch gern mal einen Hummer,
Ja, Hummer eß ich gerne. Kann ich aber nicht mehr gut ab mit dem Magen – Hummermayonnaise,
aber das sind so Leckereien, die wahrscheinlich jeder Mensch gern ißt, und ansonsten ganz normales Essen wie Wiener Schnitzel mit Gemüse und Sauerbraten, also normales Essen.

Fichte: Gibst du viel für dein Wohnen aus?

Wolli: Nein, eigentlich nicht.

Fichte: Du hast eine Reinemachefrau?

Wolli: Ja, eine Reinemachefrau, die einmal in der Woche kommt.

Fichte: Planst du, dir eine größere Wohnung einzurichten?

Wolli: Ja. Ich plane das aus dem Grund, weil meine Wohnung auf der Großen Freiheit liegt, und weil da ja doch ein ziemlich großer Krach ist, und wenn ich mal vierzig Jahre bin, dann möchte ich gern so weit sein, daß ich, na vielleicht am Tag zwei Stunden noch arbeiten muß, sei es um Buchführung und mich ums Geschäft kümmern, und daß ich ansonsten in einer ruhigen Wohngegend wohne und nicht direkt hier auf dem Kiez.

Fichte: Gibst du viel für Kleidung aus?

Wolli: Nein.

Fichte: Aber du ziehst dich gerne hübsch an.

Wolli: Ja, ich ziehe mich gerne verpopt an, ich kaufe bei Selbach und die Boutiquen, also in dieser Art, das ist jetzt keine Schleichwerbung für Selbach, aber das sind tatsächlich die duftesten.

Heute macht man das nicht mehr. Heute kann man nicht sagen, daß ich viel mache mit den Haaren. Heute ziehe ich mich fast schlampig an. Die Mädchen oben sagen: Also so sollte mein Kerl rumlaufen!

Ach, was solls, den Balg behängen! Einen Führer müßte man haben! Einen Guru, ein Vorbild. Wenn ich Gandhi gekannt hätte.

José als Vorbild ist ein bißchen wenig, oder Opa und Hubert – das ist wieder mit viel Arbeit verbunden.

Einen Heiligen, mit dem man rumzieht. Mitte vierzig wird es Zeit, das Irdische abzustreifen.

Ja, ich ziehe mich gern ein bißchen auf Hippie an, weil ich den sogenannten Zuhälter- oder St. Pauli-Look überhaupt nicht mag.

Fichte: Du hast also Hosenanzüge aus sehr bunten Stoffen, ziehst rosa Anzüge an . .

Wolli: . . trage die Haare lang und fühle mich ansonsten als Hippie und Blumenkind, als flower power.

Fichte: Liebst du Parfums?

Wolli: Ja, eigentlich nicht, ich liebe Rasierwasser, Gesichtswasser, aber direkt mich nun mit Parfum bestäuben, das finde ich nicht so sehr dufte.

Fichte: Rauchst du viel?

Wolli: Ja.

Fichte: Wieviel Zigaretten am Tag?

Wolli: 30 - 40.

Heute weniger geworden. Heute will man ja gar nicht mehr rauchen. Auch viel Reklame.

Fichte: Aber trinken tust du nicht.

Wolli: So gut wie gar nicht.

Fichte: Für Rauschgift gibst du viel Geld aus?

Wolli: Ja, Rauschgift ist verboten, und deswegen kann ich gar keins ausgeben, aber wenn das nicht verboten wäre, da würde ich einen Teil dafür ausgeben.

Fichte: Was für Sorten würdest du bevorzugen?

Wolli: Ich würde bevorzugen Haschisch und viermal im Jahr LSD.

Fichte: Und warum nur viermal im Jahr?

Wolli: Weil ich mit mehreren Ärzten gesprochen habe, und mich so für Rauschgift und diese Sachen natürlich interessiere, schon weil das jetzt in der Presse groß besprochen wird, und mir hab sagen lassen, daß LSD im Körper Zellen zerstört, und jede Sache, die den Körper direkt kaputt macht, der bin ich irgendwie sehr kritisch gegenüber, und nun weiß ich nicht, was da wirklich dran ist, mit dem LSD, denn LSD wird ja als Rauschgift etwa sechs Jahre verwandt, in der Heilbehandlung wohl seit 1935 in Irrenhäusern, in der Psychiatrie, aber ich meine, viermal im Jahr würde ich das machen, wenn das nicht verboten wäre, Haschisch würde ich immer, wenn ich Lust hab, rauchen, was weiß ich, viermal die Woche oder fünfmal die Woche.

Fichte: Gibst du viel für Lebensversicherungen, Krankenversicherung aus?

Wolli: Nein. Bin ich weder noch.

Inzwischen ist man nicht lebensversichert, aber krankenversichert. Nach der Magenoperation. Wenn man mal die Schwalbe bekommen hat. 8 000 Mark! Was meinst du?! Wenn wir in Indien nicht versichert gewesen wären! Das Tropeninstitut 182 Mark am Tag und hinterher 2 800 Mark Krankengeld ausbezahlt bekommen.

Fichte: Was sammelst du für Bilder?

Wolli: Ich liebe Generalizce sehr, sehr liebe ich Magritte, der natürlich unerschwinglich ist, ansonsten finde ich Hausner ganz gut, Bellmer, obwohl Bellmer, doch die Graphiken sind ganz nett.

Fichte: Wo kaufst du?

Wolli: Diese Graphik von Magritte habe ich bei einem mir bekannten Kunsthändler gekauft, wo ich sie verhältnismäßig billig bekommen habe, für 400 Mark, es war etwa vor einem Jahr, und heute steht diese Graphik, denn die ist signiert, so mit 1 200 Mark im Kurs.

Fichte: Warum sammelst du überhaupt?

Wolli: Ja, eines Teils als Geldanlage und dann auch, weil mir das unwahrscheinlich viel Freude macht; also wenn du mich jetzt fragen würdest, möchte ich irgendwo lieber in Urlaub fahren oder irgendwas ganz Tolles machen oder möchte ich ein Bild haben, was mir wirklich sehr gut gefällt, dann würde ich mir lieber das Bild hinhängen, denn wenn ich dann so dasitze, und rauche, und guck mir den Generalizc an, ist das ein ganz phantastisches Gefühl. Nicht das phantastische Gefühl, daß ich sage, ich hab jetzt ein teures Bild an der Wand hängen, sondern das Bild gibt mir irgend etwas, da kann ich träumen, darüber nachdenken, und dann bin ich mit drin in dem Bild, das finde ich sehr dufte.

Fichte: Du hast zwei Bellmer-Mappen, glaube ich, erworben.

Wolli: Hm, die De Sade-Mappe und die »Madame Edwarda«. *Die hab ich dann verkauft. Weil Mauli weg ist und ich den Puff halb weggeben mußte, hab ich alle Bilder verkauft.*

Fichte: Was sind die Maler, die du am meisten liebst?

Wolli: Ja, ich liebe sehr einige Bilder von Rubens, dann lieb ich sehr Salvador Dali, Magritte sehr, und eines der schönsten Bilder, das ich je gesehen habe, das ist dieser Fisch von Generalizc. Und Kurt Halbritter.

Fichte: Würdest du dir nun auch Bilder hinhängen von Malern, die du überhaupt nicht ausstehen kannst, nur weil du glaubst, die würden einmal im Wert steigen?

Wolli: Nein, wenn ich sehr viel Geld hätte, und ich würde mit einer ziemlichen Sicherheit glauben, daß die Bilder im Wert steigen, würde ich mir diese Bilder kaufen, aber nicht in den Räumen aufhängen, in denen ich immer wohne.

Fichte: Gibt es Maler, die du ausgesprochen haßt?

Wolli: Maler, die ich ausgesprochen hasse? Nein, die kann es gar nicht geben, weil ich überhaupt nichts ausgesprochen hassen kann, was sich mit Geist beschäftigt und was freundlich ist. Ich kann sagen, dem seine Gedankenwelt liegt mir nicht oder zu dem habe ich keinen Zugang. Selbst in einer Malerei, die einem gar nicht sehr liegt, wenn man sich dann lange mit beschäftigt und versucht, den Moment zu finden, aus welchem heraus der Künstler das Bild gemalt hat, dann ist doch irgend was drin. Ach, vergessen habe ich, Chagall lieb ich auch sehr, nicht alles, aber manche Sachen finde ich von Chagall sehr sehr toll.

Fichte: Was gibst du ungefähr im Monat für Bücher aus?

Wolli: Ja, was soll ich da sagen. 3 bis 400 Mark.

Fichte: Und was für Bücher kaufst du?

Wolli: Ja, ich kaufe mehr Bücher, als ich eigentlich kaufen sollte, ich meine, das Vernünftigste wäre, wenn man in einer Leihbibliothek sich anmeldet und da Bücher liest und Bücher, die einem so gut gefallen, daß man sagt, die wird man irgendwann noch ein zweitesmal oder drittesmal lesen, die sollte man kaufen. Ich sammle einigermaßen gut geschriebene Pornographie, ich denke da an die Olympia-Press, dann sammle ich alles, was über den Stierkampf rauskommt, weil mich der Stierkampf sehr interessiert, und dann verschiedene Schriftsteller, die ich selbst sehr toll und gut finde, wo ich mir alles kaufe, was sie schreiben, was rauskommt.

Fichte: Welche Schriftsteller sind das?

Wolli: Ja, da möchte ich sagen jetzt, was meine liebsten Schriftsteller sind, würde ich sagen Marcel Proust, Allan Ginsberg, Ferlinghetti, Corso, also das sind die amerikanischen Beatschreiber. Das »Geheul« finde ich sagenhaft von Ginsberg. Dann habe ich sehr gern gelesen Feuchtwanger, ich denk da an »Jud Süß« oder die »Josephus Trilogie«, dann habe ich sehr sehr gern gelesen James Jones, »Verdammt in alle Ewigkeit« und die »Entwurzelten«, »Der tanzende Elefant« und dieses Taucherbuch. »Die Kraftprobe« ist schon nicht mehr so gut. Aber »Verdammt in alle Ewigkeit« halte ich für eines der besten Bücher, die ich überhaupt gelesen habe. Das sind so Schriftsteller, die ich besonders liebe. Jetzt müßte ich ja eigentlich sagen, weil ich dich so gut leiden kann, daß ich Hubert Fichte »Die Palette« auch so sehr liebe, ich habe alle Bücher von Hubert Fichte und kauf mir alle und lese sie auch mehrere Male, aber es wäre gelogen, wenn ich sagen würde, der gehört unter meine drei oder vier Lieblingsschriftsteller. Obwohl ich sie gut finde.

Heute schon nicht mehr. »Pubertät« ist für mich gleich mit

»Schoeps« – eines meiner zehn wichtigsten Bücher, und »Xango« natürlich auch. Im »Grünspan«, da kamen Dinger vor, die fand ich so heiß, daß ich die auch gut finden würde, wenn ich dich nicht persönlich kennen würde.

Fichte: Und die drei oder vier Schriftsteller sind wer?

Wolli: Ja, das ist ganz witzig jetzt, da würde ich auf jeden Fall Marcel Proust mit nennen, obwohl ich noch lange nicht alles von dem gelesen habe, Proust, das ist so ein Schriftsteller, wo man in der Wohnung sein muß, na, Kerzen anzünden, klingt irgendwie zu kitschig, aber wo man sich ganz rein vertiefen muß. Mein Leben ist im Moment zu hektisch, um Marcel Proust weiter zu lesen, aber ich will das auf jeden Fall noch machen, sobald ich ein bißchen Zeit habe. Aber Schriftsteller, die ich noch sehr liebe: Stendhal »Rot und Schwarz«,

Und als wir uns kennenlernten, da standest du nicht auf Stendhal. Heute wäre Léautaud dabei. Montherlant, Romain Gary: »Der Tanz des Dschingis Cohn« und »Der Hund von Beverly Hills«.

auch Dostojewskij »Schuld und Sühne« finde ich ganz gut. Wen soll ich noch nennen, »Der stille Don« von Scholochow finde ich sehr schön.

Fichte: Klassische Schriftsteller?

Wolli: Ja, Brecht ist natürlich ganz, ganz wichtig, vor allen Dingen der frühe Brecht, den liebe ich sehr seiner Einstellung wegen, der späte Brecht ist natürlich als Dramatiker und Theaterschreiber ganz ausgefeilt und ausgeklügelt, ganz toll, aber er hat mir zu viel vom Dichter geopfert, um Politiker zu sein oder um Aufklärung zu machen oder Agitation, während der frühe Brecht, ich denke da an »Baal«, »Trommeln in der Nacht«, »Dickicht der Städte«, die nicht so sehr gemacht sind, da ist er noch ursprünglicher, da sind ganz tolle Bilder und Redewendungen drin. Ich habe mich ziemlich viel mit Sartre beschäftigt, den ich auch sehr gern mag, da sind bei Sartre ganz, ganz tolle Sachen drin, aber Sachen, die mir auch wieder nicht so sehr gefallen, während ich Camus auch sehr gern habe, und da sagtest du mir, ich soll Proust lesen, ich soll Strindberg lesen und Kafka. Mit Strindberg komme ich noch nicht so ganz klar, habe ich aber auch noch nicht so sehr viel von gelesen. Aber diese Empfehlung Proust, das war eine ganz, ganz große Sache. Ich weiß nicht, ob ich da so schnell alleine draufgekommen wäre. Ich hatte da immer so ein bißchen Abneigung, oh, das ist ein so tierisch langweiliger Schriftsteller, also so ein Ding, das kannst du gar nicht lesen, und war ganz überrascht, wie phantastisch ich den fand.

Fichte: Hast du das Buch als langweilig empfunden?

Wolli: Überhaupt nicht. Ich finde das Buch ganz toll, ich meine, du entsinnst dich, im Krankenhaus habe ich das angefangen zu lesen, wie wir uns das erste Mal am Telefon dann drüber unterhielten, da sagte ich, also im Zeitraffer schreibt der Proust ja nicht gerade, das war so mein Gefühl nach den ersten zwanzig oder dreißig Seiten, da muß man sich ein bißchen reinlesen, das ist vielleicht genau wie im »King-Ping-Meh«, das ist auch ein ganz phantastisches Buch, was man eigentlich alle vier bis fünf Jahre einmal wieder lesen sollte, und wo man sich auch reinlesen muß, nach den ersten hundert Seiten ist es ganz, ganz toll und da ist man traurig, wenn das Buch alle ist, das Buch ist in keinem Fall zu lang, das geht gar nicht, das ist nicht kürzer zu machen. Ich wünschte, ich könnte so schreiben oder es gäbe einen Schriftsteller, der unsere Zeit so beschreibt, obwohl man auch die Eitelkeiten von Proust überall durchschimmern sieht, aber die nimmt man gerne in Kauf.

Fichte: Und du glaubst, daß Proust sich bewußt hingesetzt hat, in der Absicht, ich will jetzt diese Verlogenheit, diese Hohlheit, diese Intrigen aufdecken, oder glaubst du, daß Proust so sehr in diesen Intrigen, in diesen Hohlheiten befangen war, und nur weil er so sehr darin befangen war und sie eben ausschrieb, es für uns deshalb so ungeheuer gesellschaftskritisch erscheint?

Wolli: Das Letztere. Ich glaube, daß Proust ganz sehr in dieser Gesellschaft drin verwickelt war, also ich habe den Proust »Auf der Suche nach der verlorenen Zeit« noch nicht zu Ende gelesen, diese drei Bände, aber irgendwie scheint mir durch, daß der Proust selbst sehr gern einer dieser Grafen oder Fürsten gewesen wäre. Ich glaube nicht, daß er bewußt kritisieren wollte.

Fichte: Du hast sehr viel bei der Lektüre gelacht?

Wolli: Na, so witzig wie der junge Proust bei seiner ersten Jugendliebe diesen Vater da nachäfft, die na, wie hieß er doch, dieser Makler da, ja, diesen Swann, wie er diesen Swann nachäfft, und dann so ganz schockierende Sachen wie im 2. Band, also im 1. Band im 2. Teil, wie diese Frau plötzlich mit ihm verheiratet ist, mit diesem Swann, das ist, das war eine direkte Schockwirkung. Und dann wie er diese alte Tante da oben beschreibt, diese »eingebildete Kranke«, die sich da nicht vom Bett aufrichten kann, oder die Haushälterin, die da so intrigiert, daß kein anderer ran kommt an diese Tante, und das sind Sachen, die ich so köstlich finde, also ich habe selten so herzlich in Büchern gelacht, wie bei dem Proust.

Fichte: Was für Bücher gefallen dir nun absolut nicht?

Zwei Drittel von allem, was du auf dem Markt rumfliegen siehst. Die Jungschriftsteller, die mit ihren halbverdauten Problemen auf das Publikum losgehen.

Alle Bücher, wo die Gewalt verherrlicht wird. Wo das Brutale, das Brutal-Männliche, das Kerlige, das, was Lee Marvin im Film bringt, diese gefallen mir alle nicht.

Fichte: Genet?

Wolli: Ja, Genet kann ich nicht sagen, daß er mir nicht gefällt, ich halte Genet sogar für einen der ganz wichtigen Schriftsteller des 20. Jahrhunderts, denn Genet hat eine unwahrscheinliche Sprache und Genet dringt in Tiefen vor und deckt Tiefen auf, gerade in diesen Strichjungenmilieus, die bisher kein anderer Schriftsteller, außer vielleicht John Rechy »Nacht in der Stadt«, das ist auch sehr gut, schonungslos und auch in seiner ganzen Ekelhaftigkeit bloßgestellt hat. Der Genet hat den Mut, ›ja‹ zum Häßlichen und Miesen zu sagen, und Genet ist ja mal irgendwie ein Jesus der Deklassierten oder so was.

Fichte: Und eine ähnliche Tendenz siehst du bei John Rechy?

Wolli: Nicht eine ähnliche Tendenz, bei John Rechy sehe ich eine unbestimmte Wahrheit, ich habe nie ein Buch gelesen, z. B. über das Hurenmilieu oder über die weibliche Prostitution, was so hinhaut, wie der John Rechy das Strichjungenmilieu beschreibt, das liegt vielleicht daran, daß ein Intellektueller eher eine Zeit zum Strichjungen wird bzw. homosexuelle Kontakte eingeht, wie eine intellektuelle Frau eine Hure wird oder wie ein intellektueller Mann ein Zuhälter wird, und dann darüber schreiben kann, *Hab ich inzwischen gelesen: »Die Römerin« von Moravia.* das sind Schreibtischbücher, wenn der Rechy, na ja, ich will dem Mann nicht zu nahe treten, und ich weiß es nicht, aber für mich ist dieses Buch erlebt.

Fichte: Für dich ist homosexuell sein ganz eng mit Geld verbunden, enger als die sogenannten normalen sexuellen Befriedigungen. Du sagtest eben . .

Wolli: Ja, nicht unbedingt, das mag jetzt, nach der Lockerung des Paragraphen 175 sich etwas lösen, diese enge Verbindung mit Geld. Aber der Homosexuelle ist vielmehr auf käufliche Liebe angewiesen, denn ein Normaler, der hat die Möglichkeit, nach einer gewissen Zeit zu heiraten und bleibt dann bei seiner Frau, na gut, er geht vielleicht ab und zu mal fremd oder nicht, das kommt wieder darauf an, wo er wohnt, ob er in einem Dorf wohnt oder in einer großen Stadt wie in Hamburg, wo das Fremdgehen natürlich näher liegt, weil das einfacher ist, in großen Tanzlokalen, als in einem kleinen Nest. Diese Möglichkeit des langen und offiziellen Zusammenlebens mit einem anderen Menschen hat der Homosexuelle nicht so sehr, wenn dann der Homosexuelle älter wird, 40 oder 50 Jahre, dann ist er sexuell noch nicht abgestorben, und dann ist die Möglichkeit einen Kontakt zu finden schwerer, ohne Geld, als wenn er zu Strichjungen geht, es wird ihn mehr oder weniger zu Strichjungen treiben oder zu jüngeren Leuten oder er wird die Leute beschenken, weil er sagt, daß die nichts sagen, und die sich hörig machen, denn es gibt ja eine ganze Menge Homosexuelle, die gar nicht den Homosexuellen suchen, sondern die einen normalen Kerl suchen, und wer ist der normale Kerl, das ist irgendwie doch mit Geschenken oder Gegenleistung Geld oder so weiter verbunden.

Fichte: Kommen wir noch mal auf Rechy zurück. Kennst du auch das zweite Buch »Numbers«, wie findest du das?

Wolli: Das finde ich wesentlich schlechter, obwohl ich mir vorstellen kann, daß das für einen Homosexuellen sehr interessant ist, dieses Aufeinanderfolgen der laufenden Blaserei, was er da macht, und daß sich dieser Junge selbst bestätigt fühlt, aber die Tiefe wie »Nacht in der Stadt« sehe ich da nicht drin. Ich denke da z. B. an die Anfangszene mit dieser Frau, also die finde ich ausgesprochen illustriert und kitschhaft.

Fichte: Gibst du viel Geld für Platten aus?

Wolli: Ja, sehr viel.

Fichte: Was kaufst du für Platten?

Wolli: Ja, ich grüße alle meine Freunde mit Beat und so High-Musik, Undergroundplatten,

Das sind die, die ich heute am wenigsten spiele. Das ist eine pubertäre Sache. Das hat alles mit der Pfeife zu tun, das sind nicht mehr die Probleme der 40 und 50jährigen. Ein 45jähriger schreit nicht: I can get no satisfaction. Miles Davis steht immer noch für mich.

und dann Jazz.

Fichte: Reist du gern?

Wolli: Ja.

Fichte: Und was für Reisen planst du, was für Reisen hast du schon gemacht?

Wolli: Ich war mehrere Male in Spanien, eben weil ich mich für den Stierkampf sehr interessiere.

Das ist heute auch nicht mehr. Heute sucht man die Auseinandersetzung mit dem Leben und dem Tod auf einer etwas stilleren Ebene, nicht mehr im Zirkus. Diese Auseinandersetzung geschieht ganz still mit dir. Damals haben dich immer deine Eier gedrängt, haben immer rumort. Heute nicht. Ich suche die Sprache, die man nicht mehr denken kann. Das ist so ganz mulmig. Das ist das, wenn du dich denken läßt. Das andre, was dich heute juckt, wie dich früher die Eier gejuckt haben, das ist nicht mehr von dieser Welt.

In Teneriffa, in England, in Skandinavien, Frankreich, Belgien, Holland. Planen, wenn ich genug Geld hätte, wäre natürlich eine Reise um die Welt. Ich möchte gern mal nach Bombay oder nach Singapur, nach Japan oder so. Aber ich reise an und für sich gern.

Fichte: Für deine Schönheit und deine Gesundheit gibst du nicht so viel Geld aus?

Schönheit – geil!

Wolli: Nein, wenn ich daran denke, daß ich so einmal im Jahr zum Friseur gehe, und mir das sonst selber schneide, kann ich nicht sagen, daß ich allzuviel ausgebe. Für Massage und Gesichtsmassage auch nicht so viel, es sei denn, daß ein dufter Massagesalon mit Damen .. aber dann gebe ich doch nicht so viel für Schönheit aus, sondern mehr für die satisfaction.

Fichte: Wolltest du nicht mal die Haare operieren lassen?

Wolli: Nein, bis jetzt, finde ich, wenn ich die so bißchen in die Stirn reinkämme, daß die Geheimratsecken bedeckt sind, und mir da so eine Hippie-Frisur zulege, daß das noch ganz dufte ist, aber wenn das natürlich zur Glatze käme, sicher würde ich die mir operieren lassen, bzw. ein Toupet aufsetzen oder irgendwas, weil ich finde, daß auch ein Mann versuchen soll, so angenehm auszusehen, wie das möglich ist.

Bedingt sage ich das sogar heute noch. Ich würde das nicht bei mir machen, aber gut finden, wenn das andre machen.

Fichte: Deine Zähne läßt du dir im Moment machen?

Wolli: Das ist eine ziemlich teure Sache, weil die total vergammelt sind und da möchte ich gern Jackett-Kronen drauf haben und Brücken und so, das es wieder ästhetisch und nett aussieht, wenn man lacht.

Fichte: Gehst du viel in Spielsalons?

Wolli: Nein.

Fichte: Verspielst also kein Geld.

Wolli: Habe ich mal eine ganz kurze Zeit gemacht, als hier an der Ecke Freiheit son Bakkarat-Kasino, nein nicht, wie heißt das, dieses Bakkra-Roulette, aber eigentlich minimal. Jetzt überhaupt nicht mehr. Ich gehe gern in die Dattel-Automaten.

Heute auch nicht mehr.

Aber da kann man nicht vom vielen Geld-Verspielen sprechen, weil das Spaß macht, so die Reaktionsfähigkeit zu prüfen an diesen Dingern.

Fichte: Und fürs Stoßen, legst du da viel an?

Wolli: Direkt in Bars viel hinlegen um zu bumsen, wohl nicht so sehr, aber mit dem allen, was drum und dran kommt, mit dem Sekt Trinken und dies und das, wenn man mal ins Séparée geht oder so, doch wohl ne ganze Menge. Zumindest mehr, als ich eigentlich gerne möchte.

Wer macht das nicht?! Heute nicht mehr. Heute stoß ich meine Alte, das kostet nichts und ist angenehmer, als wenn ich irgendwelche Pudel stoß.

Fichte: Ja. Ist dir das nun nicht unangenehm zu bezahlen?

Das muß gerade Fichte sagen!

Du siehst gut aus,

Danke.

du hast einen ziemlichen Ruf als großer Sexual-Boß auf St. Pauli,

Wolli: Danke, danke, hört ihr Bräute . .

Fichte: Ist dir das nicht unangenehm?

Wolli: Nein.

Inzwischen tut auch Jürgens raus. Inzwischen tun sie alle raus. Den Zahn haben sie nur, wenn sie jung sind und frisch auf dem Kiez: Ich lege nie hin! – Wenn sie ein bißchen Überblick haben, reißen sie alle raus.

Nein, überhaupt nicht. Ich sehe das so, ich würde nicht zu Mädchen gehen, die mich nur für Geld mitnehmen.

War ihm doch noch ein bißchen peinlich. Jetzt wäscht er sich schon wieder rein. Für was nimmt sie dich denn mit?!

Ich meine, gut, das hab ich auch schon gemacht, in anderen Städten oder wenn mich mal die Laune so packt, wenn ich sage, die ist ganz dufte, aber das ist nicht das, was ich eigentlich gern mache, aber ich gehe in ein Nachtlokal rein, und wenn ich da eine kennenlerne, die dufte ist, mit der ich dann Sekt trinke, also ist ja da schon eine indirekte Bezahlung, die hohen Sektpreise und im Séparée so ein bißchen losmache, dann gebe ich ihr hinterher ganz gerne 100 Mark oder 150 Mark, ohne daß sie danach fragt, weil ich sage, ja Gott, guck mal, die ist so dufte, und die will ja auch was verdienen. Ich meine, das soll man machen, ich finde das nicht schlimm.

Absolut korrekt. Wenn eine nett ist und nicht gleich schreit, sie will was haben, sollst du sie dann bestrafen und ihr nichts geben?!

Fichte: Machst du das regelmäßig?

Wolli: Wellenweise. Ich habe manchmal so vier Wochen, da bleibe ich ganz brav zu Hause und lese bloß oder höre mir Musik an, dann kommt so eine richtige Laufzeit, wie bei so einem Köter, ob das mit dem permanenten Vollmond zu tun hat, weiß der Teufel, dann renne ich da ewig rum, obwohl das nicht das ist, was ich nun sehr dufte finde.

Da schreibt der Montherlant so schön drüber. Er gebraucht auch das Bild vom Köter.

Im Suff lieg ich nun unten. – Bespuckt mich! Zertretet mich! Und gleich hinterher spring ich auf und will sie alle schlagen. Ich bin Gott! Ihr seid alles Ratten! Meine Sklaven!

Fichte: Und was kostet dann so ein Abend?

Wolli: Das ist verschieden, aber 3 bis 400 bestimmt.

Das war damals viel. Weißt du, was die heute im Play-Boy-Club verlangen – ohne Ficken? 586 Mark für eine Flasche Sekt. Gehen auch welche rein. Da müßte ich ja gehirnamputiert sein, wenn ich da nüchtern reinginge!

Fichte: Wenigstens.

Wolli: Ja, wenigstens.

Fichte: Und höchstens?

Wolli: Ja, das kommt darauf an, wie weit man eben die satisfaction bei der ersten, zweiten oder dritten erreicht hat, oder wie weit man da noch in der Gegend rum spinnt, da hat man vielleicht noch ein bißchen Alkohol getrunken, oder irgend so was gemacht, daß es eben schwer ist, ins Bett zu kommen. Aber das ist mehr oder weniger beeinflußt durch das ganze Milieu hier, denn ich weiß, wo ich ein viertel Jahr in Spanien war, dann war ich sexuell fast wie son normaler vernünftiger Bürger. Aber hier die dauernde Aufreizung, ich gucke zum Fenster raus, dann sehe ich die Strip-tease-Lokale, dann sehe ich die Huren auf der Straße rumlaufen, dann gehe ich rüber ins Geschäft, da hört man nur da Sexus und so, und das heizt doch irgendwie an.

Fichte: Auf den Strich bist du selbst nie gegangen?

Wolli: Nein.

Fichte: Hast du noch nie eine Mark dafür bekommen, daß du irgendwie mit einem Kerl was gemacht hast?

Wolli: Hör mal, ich hab mir schon mal ne Mark dafür geben

lassen, aber das war putzigerweise, wo ich richtig Geld hatte oder bzw. nicht schlecht verdient hatte, daß ich das überhaupt nicht nötig hatte, ich hatte ungefähr 1 000 Mark in der Tasche und hab mir 20 Mark geben lassen, daß ich mit einem mal gewichst habe, aber das war irgendwie der Reiz des Bezahltwerdens, das Gefühl, wie ist das, wenn man bezahlt wird, und das war irgendwie so ein gewisser Kitzel, der eigentlich mehr im Kopf war als im Unterleib, obwohl der Unterleib da auch mit angesprochen hat.

Fichte: Weitgehendere Sachen hast du nie mit Kerls gemacht?

Wolli: Nein, eigentlich nicht.

Fichte: Und du würdest das auch nicht gerne tun?

Wolli: Das will ich nicht unbedingt sagen, also ich würde mich

Wolli: Ja, jetzt würde ich sagen, ja, aber 100%ig würde ich mich wenn irgendwie ein ganz dufter Typ käme, bei einer Party, wenn noch eine Frau dabei ist, und so, liegt das voll drinne. Das würde ich auch nicht schlecht finden, sondern könnte mich da voll reinknien.

Fichte: Das wäre aber die Bedingung, es muß eine Tante dabei sein?

selbst bezeichnen als 75% heterosexuell und 25% homosexuell, nicht dabei festlegen, also wenn das irgendwie ein Kerl ist, den ich vielleicht sehr dufte finde, der mich selber sehr begehrt und so, dann wäre vielleicht der Stolz oder der Kitzel dabei, daß einer auf einen so richtig Jagd macht, liegt wohl drinne, ich weiß dann aber nicht, wie weit ich sexuell dann wirklich gut wäre, das wäre so bißchen eine Scheu, die mich dann vielleicht zurückhalten würde, weil ich ja doch irgendwie auf Frauen stehe.

Fichte: Was machst du mit Mädchen?

Wolli: Alles was man mit Mädchen machen kann, alles was sie gern hat.

Fichte: Ja, und worauf stehst du am meisten?

Wolli: Bumsen, lecken, schmusen. Also ich bin an und für sich ein ziemlich normaler Junge, würde ich mal sagen, ich stehe weder darauf, verprügelt zu werden, noch stehe ich drauf, eine zu verprügeln. Ich stehe drauf, richtig schöne Liebe zu machen und alles was schön ist, dabei zu tun. Vor allen Dingen so, daß das Mädchen wirklich befriedigt ist, also für mich ist das toller, wenn die Frau paarmal oder richtig befriedigt wird, als die eigene Befriedigung, ich empfinde mit der Frau da irgendwie mit, und finde das ganz toll, wenn die richtig da ist.

Fichte: Und du hast dir nie vorgestellt, was du mit einem Kerl machen würdest?

Wolli: Ja, du meinst so in Onanievorstellung – eigentlich nicht. Ich meine, wenn ich mit nem Kerl ins Bett gehe, dann würde ich wohl genau dasselbe machen wie bei einer Frau, dann würde ich alles machen. Zumindest würde ich mir das vorstellen, aber ich habe kaum darüber nachgedacht oder bin kaum auf eine Idee gekommen, wenn ich mal so um den Block gerannt bin und dachte, jetzt möchteste dir was zum Bumsen suchen oder finden, daß ich da in irgendeinen Homo-Laden gegangen bin, das habe ich eigentlich noch nie gemacht, dann renne ich rum, wo Bräute sind.

Fichte: Aber du bist doch gelegentlich mal auf Klappen gegangen, was fandest du da geil, und was hast du da gemacht?

Wolli: Ja, auf Klappen fand ich irgendwie geil, wenn man da, ja, wenn man da pißt und andere stehen oder irgendeiner steht daneben und giert dir auf den Schwanz und kriegt dabei einen hoch und zeigt seinen Schwanz, das ist irgendwie das Begehrtwerden, was mich dann reizt, so daß ich sage, für den bin ich eben so begehrenswert, für den bin ich ein ganz begehrenswertes Sexualobjekt, und das ist vielleicht irgendwie der weibliche Faktor in mir. Ich weiß nicht, ob das bei anderen Männern auch so ist oder der eitle Faktor, daß man eben begehrt wird und . .

Fichte: Und in der Sauna ist das ähnlich?

Wolli: Da eigentlich kaum, also da denke ich nicht viel an Schweinkram, weil ich Sauna an und für sich sehr gut finde.

Fichte: Aber du hast doch da so böse Spielchen getrieben mit so armen kleinen Jungs, die hinter dir her waren.

Wolli: Ja, arme kleine Jungs, das waren mehr arme ältere Herrn. Wenn man dann so dasitzt und sieht, einer giert einem dauernd auf den Schwanz und hat da einen hoch und so, da habe ich so böse Spielchen getrieben, mich so ein bißchen hingesetzt, daß er den so richtig sehen kann, und wenn er davon überzeugt war, daß ich auch homosexuell bin und ihn dufte finde, und er hat so richtig einen hoch, dann habe ich so geringschätzig auf den Schwanz geguckt, den Kopf geschüttelt, und gesagt: Ne, das ist nicht! oder so, aber das ist eigentlich mies und böse, das soll man nicht machen. Ich meine, der kann auch nichts dafür, das wäre genau das gleiche, als wenn das ne Tante mit mir macht in einer gemischten Sauna, dann wäre man auch irgendwie beleidigt, sauer darauf, aber manchmal kann man sich so was nicht verkneifen.

Das ist nämlich ganz dufte, wenn die dann so erschrocken gukken, und der Schwanz fällt dann so langsam in sich zusammen und der denkt, so schlecht ist der doch gar nicht, warum schüttelt der Junge, der doch offensichtlich doch ein bißchen homosexuell ist oder ganz auf mich Bock hatte, wenn mein Schwanz gerade dufte steht, warum schüttelt der dann den Kopf, als wenn ich ihm da nun so einen Minischwanz da vorzeige, das ist ein bißchen link, aber es macht einem doch ein bißchen Spaß.

Heute würde ich den echt aufbauen, weil ich das nun echt Scheiße finde. Das war wohl noch der Nachhall von Joe. Das ist doch nun ein ganz mieses Ei, jemandem das Gefühl geben, er hat einen linken Schwanz. Aber vielleicht hat man sich da was vorgemacht, weil man nicht schwach sein wollte. Pöbel ich hier immer rum, man soll nichts Böses machen, und mach was, was ich ganz link finde.

Als ich 54 auf die Abendschule ging in Gelsenkirchen als Bergarbeiter, kam am Bahnhof einer, der nicht gut aussah und hatt' ich richtig Angst. Geh mit ihm hintern Bahnhof. Hat er mir einen abgewichst und ich ihm auch. Vom Geld war keine Rede. Überhaupt, wenn man so lange rumläuft, der Puff ist zu und man will noch rasseln, geht man mitmal auf die Klappe und steht mit einem Schwulen.

In meiner Zeit als Bergmann hat man geträumt vom Puff, bin ich mit dem Bus gefahren, von Marl nach Gelsenkirchen, umgestiegen nach Essen. Zwei Mal im Monat, immer wenn es Geld gab, mit siebzig Mark. – Einmal mit 1 000 Mark durch den Puff gehen!

Heute – ich brauch nur die Helga anzurufen, das ist eine richtige Sprachbraut und die ist auch richtig geil, macht Dinge, auf die ich richtig kann, mit auf den Tisch fesseln und: Du darfst nicht!

So auf Telefonsex kann ich. Hab ich mal auf eine Annonce in Dänemark angerufen, aber sie konnte nur sechs Worte deutsch, ich nur zwei Worte dänisch. Haben wir da richtig rumgegrunzt: Jucka det mycket?

Läßt ja heute alles nach. Heute liest man die Bhagavadgita und Gandhi, ist ja auch keine Sexliteratur!

Fichte: Kannst du auf Fummel-Tanten?

Wolli: Oh, das ist eine schwere Frage, auf Fummel-Tanten kann ich schon irgendwie, weil die unwahrscheinlich gut aussehen oft, aber dann stört mich eben dran, daß ich weiß, daß das eine Fummel-Tante ist, und da kann ich wieder nicht mehr drauf.

Fichte: Ja, was stört dich daran?

Wolli: Ne, da stört mich dran, das ist ein Kerl, der nichts mehr von hat, denn ich habe mit Fummel-Tanten öfter gearbeitet, ich war mal ganz früher, als ich nach Hamburg kam, Portier an einem Fummel-Laden, dann habe ich selbst bei mir im Nachtclub mal Fummel-Tanten beschäftigt gehabt, die menschlich zum Teil ganz dufte waren, habe mit ihnen gesprochen, und ich weiß, daß die absolut kein Sexualgefühl haben, daß das etwa einer totalausgeräumten Frau entspricht, daß das alles sich irgendwie geistig bei denen abspielt, daß das doch mehr oder weniger ein Rumtasten an einem toten Stück Fleisch ist.

Stimmt vielleicht gar nicht. Eine hat mir gesagt, daß sie jetzt besser kann als vorher.

Fichte: Hast du mit Fummel-Tanten mal zusammengelebt?

Wolli: Zusammengelebt eigentlich nicht, ich meine, ich habe mit Fummel-Tanten schon gestoßen, zwei- oder dreimal, aber das ist nicht der wahre Jakob.

Fichte: Warst du nicht mal ne Zeitlang bei Carla?

Wolli: Ja, das war, wo mirs mal ganz mies ging, so ein paar Monate, aber das war kein Zusammenleben, das war nicht irgendwie ein Liebesverhältnis, das war eigentlich so ein Pennerverhältnis von mir aus, daß man wußte, wo man pennen kann,

und das war nicht eine Sache, daß ich irgendwas für die Carla empfunden hab.
Würde ich gern mal wiedersehen. Sie soll ja irgendwo an der Staatsoper in den Kulissen rummusen. Die Carlageschichte: Ich war bei Heini vom Pferdemarkt in der Lila Bar. Da hab ich Portier gestanden und die Carla hat als Fummeltante gearbeitet. Das war ein hinreißender Künstler. Die wohnte bei Hagenbecks Tierpark in einem Gartenhäuschen. Da hab ich auch gepennt. Sie hatte schöne kindliche Augen. Die war ja auch nicht richtig schwul. Teufelsanbeterin. Die trug dann eine Kauhilfe, so ein Bein aus Kunststoff, ohne einzelne Zähne. Hatte ich vorher mal reingehauen.
Also: Sie konnte ja nicht auftreten, ohne daß sie Reißzwecken und Glassplitter und Blaukuppennägel aus ihrer Streichholzschachtel auf die Bühne warf. Und hinterher sollten die Tänzerinnen mit nacktem Arsch sich darin herumwälzen und ihre Liebesschau vollführen. Und da wollte natürlich keine mehr auftreten nach der Carla. Und das konntest du ihr 100 Mal sagen – sie hat es immer wieder gemacht. Das war der größte Nervi, den du dir vorstellen kannst. Aber da hab ich ihr noch gar keine reingehauen.
Sie saß da mit einem Gast und sagte mit Mal: Du Scheiß-Zuhälter hast mir überhaupt nichts zu sagen. Und ich mit meinem schönen schwarzen Anzug, als Herr Geschäftsführer. Das hätte sich keine Frau getraut zu sagen und so vorm Gast . . Und da schüttet sie mir ihr Getränk an.
Sie hatte ja immer so eine Federperrücke auf und die hab ich ihr abgerissen. Da kam ihre Glatze zum Vorschein. Und dem Freier fiel der Kiefer runter: Carla mit Glatze und Ohrringen, geschminkt. Da ging sie ja nun auf mich los. Mit allen Vieren gleichzeitig, und ich hab ihr ein paar geklatscht.
Ja, und da lagen dann so ein paar Scherben auf dem Boden. Aber die Zähne waren wohl damals schon nicht echt. Wachs und Silberpapier hatte sie sich, ehe sie die Kauhilfe hatte, da immer reingesteckt.
Und dann hat sie mich in ihre Verwünschungsschau mit einbezogen, aber nur eine Zeitlang.

Dann haben wir uns wieder vertragen. Hat mir auch leid getan hinterher, denn sie ist ja überall, wo sie aufgetreten ist, richtig ausgemistet worden. Was hat sie gekriegt? 20 Mark am Abend. 100 Mark war sie dicke wert am Abend. Die Leute sind echt nur wegen ihrem Auftritt gekommen, auch im Pfeifers Gang.

Fichte: Hast du Angst vor Geschlechtskrankheiten?

Wolli: Ja, Angst natürlich, aber mäßig, wenn ich mit irgendeiner Frau geschlafen habe, wo ich denk, na ja, die hat sich bißchen schnell rumkriegen lassen, die treibt sich rum, dann gehe ich am nächsten Tag zum Arzt, und lasse mir einen Abstrich machen und dann eine Spritze geben, also insofern habe ich nicht Angst.

Fichte: Hast du mal den Syph gehabt?

Wolli: Ne. Tripper, ja.

Fichte: Wie oft?

Wolli: Von 1959 bis 1960 sechsmal oder siebenmal, glaube ich, da sagte schon der Arzt, du kriegst bald die Kontrolle, da hatte ich aber so eine Seuche, da konnte ich die duftesten Bräute aufreißen in diesem Jahr, sei das im Tanzlokal, sei das in einer miesen Piesel, ja, die hatten alle den Tripper, weiß der Teufel, wie das zuging, seit der Zeit nie wieder, doch ein einziges Mal, ich glaube 1968 noch mal. Also vorher habe ich ihn nie gehabt, in dem einen Jahr sechs- oder siebenmal und dann wieder neun Jahre überhaupt nicht bzw. einmal.

Ja, das war ein Teufelsjahr. Entweder den Tripper oder Filzläuse.

Ich meine, da war man ein besoffenes Tier und dann geht man vielleicht auch mal mit ner Frau los, mit der man normalerweise vielleicht nie über die Straße gehen würde, weil man sich schämen würde, weil das eben so ein richtiges altes abgeklappertes Reff ist.

Eine richtige Säuferin war das. 65. Ein Teufelsvieh. Die hab ich tanzen lassen. Elvis. Hab sie die Titten über die Schulter werfen lassen. Sie kriegte 10 Mark pro Tanz. War aber auch so geldgierig, daß sie immer noch mal tanzte. Tutti Frutti. Immer schneller. Ich dachte, die stirbt. Sie hatte gar kein Kleid mehr an. Einen Mantel und Bleyleunterwäsche. Hab ich gefickt, den Teufel, und hol mir einen Tripper von dem Raben.

Fichte: Machst du was, um Geschlechtskrankheiten vorzubeugen?

Wolli: Eigentlich nicht.

Fichte: Sind Geschlechtskrankheiten unter Zuhältern und Straßenmädchen besonders verbreitet?

Wolli: Das will ich auch nicht unbedingt sagen. Natürlich wird es auf St. Pauli mehr Geschlechtskrankheiten geben oder mehr Leute, die sich infizieren, als wollen mal sagen in Hummelsbüttel, oder in Winterhude, aber das ist einfach, weil eben hier auf die Anzahl der Menschen relativ mehr gebumst wird, in einem Vergnügungszentrum, aber bei Huren, die einigermaßen was auf sich halten, ich kenne mich nicht so sehr in den Kreisen der ganz miesen Hafen-Flittchen aus, die vielleicht auf Fischdampfern mitfahren oder irgend so was, da weiß ich das nicht, aber da gibt es kaum Geschlechtskrankheiten. Also ich bin mir ziemlich sicher, wenn ich mit einem Mädchen gehe, die Geld dafür nimmt, die an der Ecke steht, die die Kontrolle hat, daß ich mir da, na zu 99% nichts weghole, wenn ich jetzt ins Ballhaus Zentrum oder in irgendein anderes Tanzlokal, also ich will nicht nur das Ballhaus Zentrum speziell ansprechen, ich dachte nur daran, weil das ein großes Tanzlokal ist, wo viele bürgerliche Frauen hinkommen, und wenn ich da eine am ersten Tag wegfiedeln könnte, ich meine manchmal gibts das ja, sogar jetzt häufiger als früher, dann würde ich sagen, na, die hat sich aber ganz schnell aufs Kreuz gelegt, die hat keine Kontrolle, da ist eher die Chance sich was wegzuholen, als bei einer Hure.

Fichte: Glaubst du, daß die Sauberkeit eine große Rolle spielt?

Wolli: Nein.

Fichte: Glaubst du nicht, daß sich Zuhälter und Straßenmädchen verhältnismäßig mehr waschen, daß sie sich deshalb weniger infizieren?

Wolli: *Das ist wichtig, was ich jetzt sage.*

Ja, Straßenmädchen und Zuhälter und alles was im Nachtbetrieb dort dranhängt, das sind wahrscheinlich die körperlich saubersten Menschen in der Gesellschaft, denn das kann man sich von vielen Straßenmädchen immer wieder bestätigen lassen, daß die Freier ziemlich schmutzig sind, und wenn einer vor oder nach dem Akt sich wäscht, und saubere Wäsche an hat, ein sauberes Geschlechtsteil hat, daß die Leute oder die Mädchen dann denken, na, der macht bestimmt die Krumme, das ist ein Zuhälter oder ein Bandit, weil nämlich die alten bürgerlichen Säue sich nicht waschen und richtig verdreckt und verschissen sind.

Jeden Morgen, wenn ich aufstehe, geh ich in die Badewanne, und alle Luden, die ich kenne, genauso. Auch die im Knast richtig sauber sind, das sind die Luden, das sind die Banditen. Wenn du mal mit Zufallsverbrechern zusammen bist, mit Soliden, dann stinkt die Zelle, kannst nicht aushalten.

Teilweise so, daß man sagen kann, daß sie sich drei bis vier Tage bestimmt nicht gewaschen haben. Das ist natürlich nicht 100%, es kommen natürlich auch welche die sauber sind, aber der Schnitt, der zu den Straßenmädchen für 30 Mark kommt, ist nicht sehr gepflegt. Ich meine, ich habe von verschiedenen Huren mir sagen lassen, auch von ausländischen Huren, daß die Deutschen gerade so ziemlich die größten Schweine sind, das erlebt man weder in Italien, noch in Frankreich, noch in Spanien, die sehen wohl obendrauf oft gammliger angezogen aus. Der Deutsche kommt mit einem korrekten Haarschnitt, der kommt mit einem weißen Kragen, aber mit beschissenen Hosen angelaufen.

Fichte: Hast du viele Freunde?

Wolli: Nein.

Fichte: Wann bezeichnest du jemand als deinen Freund?

Wolli: So, daß ich sagen würde, wenn mirs gut geht, gehts dem mit gut, und wenn mirs schlecht geht, dann geht es dem mit schlecht.

Fichte: Was verlangst du von einem Freund?

Wolli: Ja, was soll ich darauf sagen. Daß ich immer ein angenehmes Gefühl habe, wenn ich ihn sehe, daß er mir nie auf die Nerven fällt, sondern ich freue mich eben immer, wenn ich ihn sehe, der ist mir permanent angenehm, und der denkt im großen und ganzen ähnlich wie ich zu den Problemen des Lebens. Und da gibt es ganz wenige Leute, die so sind.

Fichte: Würdest du für einen Freund alles tun?

Wolli: Für einen wirklichen Freund, alles das, was ich für mich tun würde.

Fichte: Glaubst du, daß es wichtig ist, einen Freund zu haben?

Wolli: Wichtig, will ich nicht sagen. Einen Freund, den hat man oder den hat man nicht. Einen Freund, den kann man nicht suchen, und ich weiß nicht, ob es wichtig ist, einen Freund zu haben, wichtig vielleicht nicht unbedingt, aber es ist sehr schön.

Fichte: Wenn du dich entscheiden müßtest, mit einem sehr guten Freund oder mit einer Frau zusammen zu leben, was würdest du wählen?

Wolli: Meinst du jetzt auch in sexueller Beziehung, in allem oder einfach eine Wohngemeinschaft, will ich mal sagen?

Fichte: Sagen wir Lebensgemeinschaft. Ein Freund sagt zu dir, komm, ich habe eine dufte Wohnung . .

Wolli: . . wahrscheinlich mit dem Freund . .

Fichte: Mit dem Freund? Wenn ein Freund sagt, du mußt dich jetzt entscheiden, du wohnst mit mir oder du wohnst mit einer Frau zusammen, würdest du sagen: gut, ich lasse meine Frau und wohne mit dem Freund zusammen.

Wolli: Ne, das würde ich nicht sagen, weil ich mit meiner Frau jetzt acht Jahre zusammen bin und das ist mein bester Freund und da würde ich natürlich nie sagen, du mußt weg, das käme mir vor wie ein Mord. Aber das nicht gerechnet, mit wem möchte ich lieber zusammen leben, wahrscheinlich mit dem Mann, denn ein Mann versteht den anderen Mann doch in vielen Sachen besser, als eine Frau den Mann versteht. Eine Frau gibt mir eine gewisse Geborgenheit, irgendwas Mütterliches, was wohl jeder Mann dabei sucht, dann der Sexus dabei und alles, aber das reine Zusammenleben, das Unterhalten und Um-den-Block-gehen und alles, das ist wohl mit einem Mann besser. Bei einer Frau spielt eben das Sexuelle eine große Rolle; nun bezeichne ich mich vielleicht als nicht ganz normal in sexueller Beziehung, vielleicht bin ich etwas erotoman oder weiß der Teufel. Aber bei einer Frau ist eben bei mir der Sex das Wesentlichste und Maßgebendste. Ich könnte mir nicht vorstellen, mit einer Frau lange zu leben ohne Sex. Also ne Frau ist für mich Sex.

Fichte: Hast du sadistische Neigungen?

Wolli: Nein.

Fichte: Rächst du dich?

Wolli: Nein.

Fichte: Hast du dir nie sadistische Dinge ausgedacht?

Wolli: Nein, nein, nein.

Fichte: Du wärst also nicht bereit, das geringste Sadistische auszuüben?

Wolli: Gemischt wieder. Ich wäre dazu bereit, wenn ich jetzt mit einer Frau Liebe mache und die wäre masochistisch veranlagt, und ich würde merken, die würde ihre volle Befriedigung dabei kriegen, und das wäre ihr irgendwie ganz toll, wenn ich sie auspeitsche und so was, dann würde ich das machen, aber nicht, wenn sie das nicht will.

Fichte: Aber du hast doch mal gesagt, du möchtest einen Komponisten haben, und dem möchtest du dann die Hände abhacken, und solche Dinge.

Wolli: Was? Was will ich, einen Komponisten . .

Komponisten? Einem Pianisten, das wäre schon linker.

Ich hab mir heute wieder was ganz Sadistisches ausgedacht: Als wir uns damals wegen Heino gestritten haben, hab ich doch das Interview zurückgezogen, weil wir so gepest haben. Hab ich mir gedacht, wenn wir nun die Interviews durchgearbeitet haben, fang ich wieder an zu pesen.

. . aus Flachs, irgend so, ich kann mich gar nicht mehr auf das Dings besinnen, ich will doch keinem die Hände abhacken.

Vor die Frage gestellt wahrscheinlich. Ich meine, ich weiß nicht, ob ich so groß wäre, aber theoretisch wäre für mich das, was mir mehr liegen würde, ob ich jetzt einem die Hände abhacken soll oder mir würden die Hände abgehackt, würde ich wohl mehr dazu neigen, daß ich sage, mir werden die Hände abgehackt, als daß ich will, daß ich immer damit leben muß, daß ich einem andern die Hände abgehackt habe.

Das ist gar keine Überlegung mehr, keine drei Minuten. Auch weil ich dann ein Alibi hätte, nichts zu tun. – Wie kann man wichsen ohne Hände?

Fichte: Du würdest also für kein Geld der Welt jemanden verstümmeln.

Wolli: Wenn es nicht in einer Affekthandlung geschieht. Eine Affekthandlung stelle ich mir jetzt so vor, wenn ich vielleicht jetzt hoch käme, ins Geschäft, und es hätte einer meine Frau ermordet, ihr den Hals durchgeschnitten oder irgend was, ein Sadist, ein Freier, daß ich dann vielleicht reinkommen könnte und den unter den Füßen tottrampeln könnte oder sagen du altes Schwein, den kastrieren und was weiß ich, mit dem Knüppel dreiviertels totschlagen, das läge höchstwahrscheinlich drin, aber wenn ich auch nur zwei Tage Zeit hätte nachzudenken, würde ich den noch nicht mal prügeln dafür, sondern ich würde sagen, das ist ein ganz ganz armes Schwein, was ist das für ein armer Mensch, der muß zum Psychiater und so, denn der leidet da selbst drunter, denn das macht er ja nicht aus irgendwelcher Bosheit, um mir was anzutun, das ist ein schlimmer Zwang unter dem der Mann leidet, dann würde ich ihm 100%tig noch nicht mal eine Ohrfeige geben.

Fichte: Wolfgang, du möchtest gerne schreiben. Warum schreibst du im Moment nicht?

Wolli: Ja, ich habe im Moment keine wirkliche innere Ruhe zum schreiben.

Fichte: Wann willst du schreiben?

Wolli: Sobald ich wieder innere Ruhe habe oder daß mein Leben so ist, daß ich vom Kiez weggehen kann, mich in eine Sache voll reinvertiefen kann, und das, würde ich sagen, das sind höchstens drei Jahre noch.

Aber ich halte schreiben für mich nicht so ungeheuer wichtig, schreiben ist für mich auch wieder irgendeine Art der geistigen Selbstbefriedigung. Ich habe mal ziemlich viel geschrieben vor ungefähr zehn, zwölf, dreizehn Jahren, da glaubte ich noch, ich kann die Welt damit verändern oder na, wie vielleicht viele junge Leute schreiben, und heute weiß ich, daß das Schreiben, außer für mich selbst, nicht wichtig ist, weil ich da nichts mit erreiche, ich will vielleicht auch nichts mehr mit erreichen heute.

Fichte: Aber du strebst es trotzdem noch an?

Wolli: Ja.

Fichte: Was bezeichnest du mit innerer Ruhe, was nimmt dir hier die innere Ruhe?

Wolli: Ja, daß man doch oft mit Leuten zusammen sein muß, die man gar nicht mag, daß man mit diesen Leuten sprechen muß, daß man stundenlang im Geschäft oder so zubringen muß, in einer ganz anderen Welt, und dann morgens mit Leuten wieder um den Block gehen, na es ist irgendwie eine Faulheit, man hat einfach nicht richtig die Zeit dazu, obwohl man stundenmäßig doch die Zeit hätte, wenn man sich hinsetzen würde, ich kann nicht schreiben in St. Pauli, ich weiß nicht warum.

Fichte: Was würdest du schreiben wollen?

Wolli: Ja eines Teils sehr realistisch und dann auch wieder sehr träumend.

Fichte: Also Prosa?

Wolli: Ne. Lyrik auch, Prosa und Lyrik, Theaterstücke. Was für ein Stoff mir am besten geeignet schien.

Fichte: Und hast du da irgendwelche Vorbilder?

Wolli: Ja, das ist schwer. Ich hatte viele Vorbilder, aber die Vorbilder, die wechseln doch alle so ziemlich, je älter man wird oder je länger man in einem Milieu ist, desto schwieriger wird das, gültige Aussagen darüber zu machen. Ich wäre sehr froh, wenn ich ein Buch über den Kiez, über Huren und Zuhälter schreiben würde, was so intensiv wäre und so wahr und gut gemacht, wie »Verdammt in alle Ewigkeit« über das Militärproblem in Amerika. Also dann würde ich sagen, ist mir das Buch gelungen, ich weiß, »Verdammt in alle Ewigkeit« habe ich vor acht oder neun Jahren mal verschenkt und die Widmung reingeschrieben: So ein Buch möchte ich einmal schreiben. Also dann würde ich sagen: Jetzt hast du was ganz ganz Großes gemacht.

Fichte: Welche Leute möchtest du mit deinen Büchern ansprechen?

Wolli: Jetzt kommen wir wieder zu der vor-vorhergehenden Frage. Wen kann man ansprechen, das ist gar nicht so wichtig. Ich möchte jeden damit ansprechen, der sich dafür interessiert, dem die Bücher gefallen.

Das gilt auch für das Malen.

Fichte: Würdest du experimentell schreiben wollen oder einfach und realistisch?

Wolli: Das kommt auf den Stoff an und auf das, was ich beschreiben will, auch vielleicht auf meine momentane Stimmung. Ich würde mir gar nichts vorstellen, ich will so oder so schreiben, ich würde so schreiben, wie mir das im Moment einkommt. Und wie ich das eben für das Thema am besten halte. Ginsberg ist ein realistischer Schriftsteller, nur das ist eine andere Art von Realismus. Der James Jones, der bringt den normalen Menschen, und der Ginsberg, der bringt die Rausch-Generation, und wenn man mal sich mit Drogen beschäftigt hat, dann sind diese Vorstellungen und das, was der Ginsberg sagt, vollkommen realistisch, denn man kann ja nicht sagen, was einer jetzt in seinem Drogenrausch erlebt, das ist nicht da, das ist genau so da wie der, der ganz normal auf der Straße geht. Deswegen kann Ginsberg diese Sachen nicht anders schreiben, genau wie Burroughs in »Naked Lunch« oder in »Junkie« nicht anders schreiben kann, oder Ferlinghetti nicht anders schreiben kann, das ist durchaus realistisch, das ist nur ein Realismus, der auf einer anderen Ebene liegt.

Fichte: Du hast inzwischen einige Schriftsteller kennengelernt und weißt etwa, wie die leben. Findest du diese Art zu leben gut und möchtest du auch das Leben eines deutschen Schriftstellers führen?

Wolli: Oh, das ist eine schwere Frage, ich würde sagen, es gibt nicht das Leben eines deutschen Schriftstellers, jeder deutsche Schriftsteller lebt anders. Ich kenne Schriftsteller, die leben ziemlich bohèmehaft, ich kenne welche, die sind ganz bürgerliche Leute, die schreiben eben ihr Pensum am Tag, und man kann nicht sagen, der deutsche Schriftsteller lebt so, genau wie man nicht sagen kann, der deutsche Puff-Boß lebt so oder der deutsche Zuhälter lebt so, ich meine, wo meine Frau nur anschaffen gegangen ist und ich habe ein bißchen gekellnert, dann ist das wahrscheinlich nicht üblich, daß der Zuhälter ne große Buchsammlung hat und für 4 bis 500 Mark Bücher im Monat kauft und mit seiner Frau dann, bevor sie abends anschaffen geht, vielleicht ins Museum geht und sich Bilder anguckt, aber das ist genauso drin, wie der eine deutsche Schriftsteller sich viel auf St. Pauli rumtreibt, und der andere, nehmen wir Habe oder damals Edschmid, sich unter den oberen Zehntausend, sich nur in der High Society wohlfühlt und der andere, sei das Grass, der sich auf dem politischen Parkett rumtreibt.

Fichte: Wo bist du geboren?

Wolli: In Sachsen.

Fichte: Was ist dein Vater?

Wolli: Der hat eine Autoreparatur, KFZ-Schlosser-Meister und eine Fahrschule.

Fichte: In Sachsen?

Wolli: In Sachsen noch.

Fichte: Und deine Mutter ist im Haushalt?

Wolli: Ist im Haushalt.

Fichte: Hat deine Familie Verständnis für deine literarischen Ambitionen?

Wolli: Sehr viel, mehr als für mein Kiez-Leben. Diese literarischen Ambitionen würden sie jederzeit fördern und ermuntern mich immer wieder zu schreiben.

Fichte: Und wie erklärst du ihnen das, was du im Augenblick hier machst?

Wolli: Ich erkläre das damit, daß ich Geld verdienen will, und Geld unbedingt verdienen will, und daß ich nicht abhängig sein will, daß ich aufstehen kann, wann ich will und nicht wann morgens ein Wecker klingelt, nicht irgendwo hingehen muß, und sagen, ich möchte da anfangen, was soll ich jetzt machen, sondern daß ich mein Leben so einteilen kann, wie ich es will, und sie wissen, davon konnte ich sie überzeugen, daß ich hier nichts Böses tu, denn das ist nichts Böses und nichts Verwerfliches, einen Puff zu haben, das ist nichts Böses, eine Frau auf den Strich zu schicken oder, auf den Strich zu schicken ist vielleicht ein falsches Wort, mit einer Hure zusammenzuleben, wenn man sie anständig behandelt, wenn man mit dieser Frau auch leben würde, wenn sie keine Hure wäre, das sind alles keine bösen Sachen, böse Sachen sind nur was anderen Menschen schadet.

Fichte: Sind deine Eltern literarisch interessiert?

Wolli: Ja. Meine Mutter, das ist die Tochter eines Berufsschuldirektors, da war das schon, also von Familie an ein Interesse an solchen Sachen da, und mein Vater, der ist allen geistigen

Sachen, allen Künsten sehr aufgeschlossen gegenüber, und hat auch eine ziemlich große Bibliothek.

Fichte: Du hast also in deiner Kindheit schon viel mit Literatur zu tun gehabt?

Wolli: Ja, ja, sehr viel. Ich habe mir schon Bücher gewünscht, da war ich vier Jahre alt, da konnte ich noch nicht lesen, da bin ich jedesmal auf Bücher zugegangen, also Bücher faszinierten mich schon immer, schon der Rücken, der Geruch von dem Buch, ein Buch anzufassen, das finde ich ganz toll.

Fichte: Hat dir dein Vater viel vorgelesen oder aufgesagt?

Wolli: Sehr viel vorgelesen, sehr viel aufgesagt, der kannte den ganzen »Faust«, also den ganzen ersten Teil, vollkommen auswendig, alle Rollen, und den zweiten Teil so etwa zur Hälfte, und wenn er ein bißchen was getrunken hat, also mein Vater war nicht besoffen, aber wenn mal ein Familienfest war, dann hat er uns den »Faust« vorgeführt und wir sind von klein auf, meine Geschwister auch, eigentlich sehr damit vertraut.

Fichte: Wie verlief deine Kindheit?

Wolli: Gut. So daß ich sagen könnte, ich habe die duftesten Eltern, die es überhaupt geben kann.

Fichte: Was sind die hervorstechenden Ereignisse in deiner Kindheit gewesen?

Wolli: Ja, die erste Liebe, da war ich noch ziemlich jung, so etwa 13 oder 14, das würde ich als das hervorstechendste Ereignis bezeichnen.

Fichte: Hast du vom Krieg nichts mitbekommen?

Wolli: Ja, doch, aber bei uns sind nie Bomben gefallen, ich bin aus einer kleinen Stadt, da sind 13 000 Einwohner, eigentlich die Schrecken des Krieges habe ich nicht mitbekommen.

Fichte: Warst du in der Hitler-Jugend?

Wolli: Ja, bei dem Pimpfen damals, und die Nazis haben mich insofern beeindruckt, als ein Onkel, in Marl, der war ein ausgesprochener Nazihasser und hat immer auf die Nazis geschimpft, und dann bin ich ziemlich früh auch mit den Gedanken vertraut gemacht worden, daß doch nicht alles so hinhaut.

Fichte: Hast du was von den Bombenangriffen auf Hamburg gehört?

Wolli: Gehört ja, aber mehr von den Bombenangriffen auf Dresden, weil das nur 40 km von uns weg ist. Aber ich würde sagen, das wird ein Kind nicht so sehr beeinflussen, wenn es noch nie eine Bombe hat fallen sehen und noch nie zerbombte Gegenden gesehen hat.

Fichte: Und hörtest du während des Krieges davon, daß es KZ's in Deutschland gibt?

Wolli: Nein.

Fichte: Hast du von den Judenverfolgungen gehört?

Wolli: Nein.

Fichte: Bei Kriegsende warst du also 13 Jahre alt. Es fällt also ungefähr das Ende der Nazizeit mit dem Beginn deiner Pubertät zusammen?

Wolli: Ja.

Fichte: Wie wirkt sich das aus, wie fing bei dir die Pubertät an?

Wolli: Nun ja, indem ich in meine Schwester verliebt war. Ich war damals so dreizehn, vierzehn, meine Schwester elf, zwölf, als ihre Brüste anfingen zu wachsen, da war man neugierig, hat Doktor gespielt und so die ersten Sachen, und dann hatte ich eine 20 Jahre ältere Freundin, eine Lehrerin, die, glaube ich, auch heute noch in meiner Erinnerung, eine sehr begehrenswerte Frau war, und die mich in die Sexualität eingeweiht hat, also die mich verführt hat, obwohl ich damals glaubte, ich bin der ganz große Verführer, heute weiß ich, daß ich der Junge war, der verführt worden ist, aber auf eine sehr schöne Weise verführt worden ist, das hat mir so viel Freude gemacht, daß das auch heute noch irgendwie das ist, was ich am tollsten finde. Ich glaube, wenn man Gott am ähnlichsten ist, das klingt wieder alles ein bißchen theatralisch, aber daß wir der Ewigkeit in dem Moment des Orgasmus nahe sind und in dem Moment, wo wir wirklich lieben und wo wir einen anderen Körper umklammern, dann sind wir da.

Fichte: Die Sexualität hat also für dich keinen Schock bedeutet?

Wolli: Nein.

Fichte: Hast du sehr lange onaniert oder war das gleich eine Verbindung mit dieser Frau?

Wolli: Ne, eigentlich vorher. Ich habe weiter onaniert, als ich mit dieser Frau verbunden war und auch später noch, weil ich das ganz dufte finde, genau wie ich heute noch ab und zu onaniere.

Fichte: Und Verbindung mit Schulkameraden?

Wolli: .. so homosexuelle Schulerlebnisse, nee! Also ich meine, wir haben uns wohl hingestellt, geguckt, wessen Schwanz am längsten ist, ein bißchen dran herum gewichst.

Fichte: Also mit vierzehn Jahren hattest du schon ein ausgeprägtes sexuelles Verhältnis mit einer älteren Frau?

Wolli: Mit sechzehn, nein zwischen fünfzehn und sechzehn.

Fichte: Und wie lange dauerte das?

Wolli: Ungefähr zwei Jahre.

Fichte: Nach Kriegsende wurde Sachsen kommunistisch.

Wolli: Ja. Also sagen wir sowjet-russisch. Kommunistisch ist vielleicht nicht ganz richtig.

Fichte: Wie wirkte das auf dich?

Wolli: Ja, wahrscheinlich so, wie es auf jeden anständigen jungen Menschen wirken muß, und ich glaube, daß ich damals doch ein anständiger junger Kerl war, als eine ganz große phantastische Offenbarung, als das A und O, als die Lösung aller .. Ich bin dann in die Kommunistische Partei eingetreten, habe mich da politisch betätigt mit Agitation usw.

Ich war im Wismuthbergbau, im Uranbergbau mit achtzehn. Vorher hatte ich Autoschlosser ausgelernt in der Werkstatt meines Vaters. Nachdem ich von der Oberschule runtergeflogen war. Das ist eine lange, komplizierte Geschichte. Da ging das erste bei mir schief, weil ich ja nie Autoschlosser werden wollte. Mein Vater war ein guter Ausbilder, aber von allen Lehrjungen hat wohl einer nie soviel Prügel gekriegt, wie ich, ich meine, alle Lehrjungen in seinem Leben zusammen. Weil ich den Mann zur Verzweiflung gebracht habe. In der selbständigen Autowerkstatt nur kommunistische Agitation getrieben und war absolut faul und unbrauchbar in der Arbeit. Der einzige, den ich nicht ansprang, war mein Vater. Kein Gehilfe wollte mit mir arbeiten. Wenn mir mal ein Gehilfe einen Klatscher gab, und das war damals in der Ausbildung Mode, dann sprang ich den mit einem Hammer an. Wir haben uns bis ins Büro meines Vaters

hineingeprügelt, wo Kunden dabei waren. Das hat es noch nie gegeben.
Warum bin ich von der Oberschule geflogen?:
Die Direktorin war in der Nazizeit zehn Jahre in Haft gewesen. Sie war eine jüdische Kommunistin aus Wien. Sie war eine sehr emotionale und politisch ganz überzeugte Frau. Und sehr verbittert durch die lange Haft. Sie war 56 Jahre alt. Ihr Mann war ein russischer Kunstmaler. Ich war auf Grund meines Interesses für den Kommunismus einer ihrer Lieblingsschüler. Wie alt war ich damals? 15. Auf einmal find ich in der Bibliothek meines Vaters das Buch »Weltgeschichte in Umrissen« von Graf Yorck von Wartenburg. Und da steht so ein Kapitel drin über das Judentum. Das war so ein richtiger Judenfresser aus den 20ger Jahren. Das hat mich ziemlich beeindruckt. Ein paar Tage später gibt unsere Direktorin uns einen Aufsatz zu schreiben, über das Judentum. Schreib ich doch: Daß die Juden immer nur zum Unglück in der Welt beigetragen haben und daß es ganz gut gewesen wäre, wenn es Hitler geglückt wäre, sie auszurotten. Sie war nicht genug Pädagogin und Psychologin. Sie hat mich von einem Tag auf den anderen rausgeschmissen. Sie hat mir ein ganz schlechtes Abgangszeugnis gegeben. Sie hat geschrien wie eine Wahnsinnige. Meine Eltern hassen sie daraufhin. Aber ich bring ihr heute noch Blumen auf ihr Grab. Für mich ist es menschlich verständlich. Sie hatte in Waldheim gesessen und Hitler hatte das Handbeil eingeführt und da hat sie immer gehört, wie die Köpfe abgehackt werden. Ich hatte die Thesen von Wartenburg aufgegriffen, wie man eine Fensterscheibe einschmeißt.
Da ging das nun aber los zu Hause. Was sollen wir machen? Mein Vater hat einen Canossagang zu ihr gemacht. Nützte nichts. Bei ihr war die Klappe gefallen. Also wenn einer die Weichen nach St. Pauli gestellt hat, dann war das diese Frau. Auf die stand ich auch erotisch. Die hatte so schöne Beine. Das war auch eine Kraftprobe. So ne Art Fickerei.
Als ich dann neunzehn war, bin ich freiwillig in die Volkspolizei gegangen und dann habe ich mich sehr beengt gefühlt, nicht nur durch diesen politischen Zwang, durch diese Nicht-Möglichkeit

des weiteren Orientierens, sondern einfach nur das Hinnehmen von Vanille-Pudding ist gut, Schokoladen-Pudding ist schlecht. Da habe ich die ersten Zusammenstöße gehabt, und indem ich dann sah, daß der Kommunismus, der jetzt praktiziert wird, eben nicht das ist, was ich mir vorgestellt habe, und wenn ich heute Marx lese oder Engels oder Lenin, dann ist das auch nicht mehr diese Lebensform, die ich für richtig oder für durchführbar halte.

Fichte: Du bist also dann in den Westen gegangen?

Wolli: Ja.

Fichte: Mit wieviel Jahren?

Wolli: 1953, da war ich einundzwanzig.

Fichte: Was hast du alles gemacht? Wo bist du überall gewesen?

Wolli: Ja, vom Osten, also ich bin zuerst nach Berlin gegangen in dieses Flüchtlingslager, dann bin ich nach Marl gekommen, da hab ich im Bergbau gearbeitet eine Zeit, zwei Jahre, in Marl-Hüls, dann in einer chemischen Fabrik als angelernter Chemie-Arbeiter, hab die ganze Zeit immer geschrieben, ganz minimal in paar Zeitungen mal ab und zu was veröffentlicht, dann bin ich zum Cirkus gegangen, dann zum Rummelplatz, ja und dann nach St. Pauli gekommen.

Fichte: Wann hast du das erste Mal die Krumme gemacht und wo?

Wolli: Das erste Mal eigentlich bewußt in Aachen, unbewußt mal ne Zeit in Essen, da hab ich nicht gewußt, daß das Mädchen anschaffen geht, die mir ab und zu mal Essen bezahlt hat und so was, und bewußt in Aachen, wo ich mir direkt hab Geld geben lassen und mit der Frau gewohnt habe paar Wochen.

Fichte: Warst du verheiratet?

Wolli: 1960, also mit 28, habe ich geheiratet und mich 63 scheiden lassen.

Fichte: Und wo hast du deine jetzige Frau kennengelernt.

Wolli: Da hatte ich in Berlin einen Strip-tease-Laden, da hat sie als Tänzerin angefangen zu arbeiten, nachdem sie aus einem Fürsorgeheim geflitzt ist.

Fichte: Warst du da noch verheiratet?

Wolli: Ja.

Fichte: Das Mädchen war damals wie alt?

Wolli: 19. Ich habe Mauli kennengelernt in Berlin 1961, und ich sagte, 63 habe ich mich scheiden lassen, also ich lebte mit meiner Frau zusammen und da tauchte Mauli auf, dann lebte ich so, na, mehr oder weniger mit beiden zusammen. Ich lebte etwa ein Jahr vor der Scheidung schon fest mit Mauli zusammen und meine Frau in einer anderen Wohnung.

Fichte: Fiel dir diese Trennung von deiner ersten Frau schwer?

Wolli: Nein. Ja, sehr schwer.

Fichte: Hast du nicht versucht, Mauli los zu werden?

Wolli: Nein, eigentlich nicht. Ich fühlte mich nur unanständig, meiner ersten Frau gegenüber, weil ich mit meiner ersten Frau mich sehr gut verstanden habe und weil das ein ganz patentes Mädel war und auch noch ist. Ich meine, das war irgendwie eine miese Handlung, also wenn ich jetzt vielleicht mal vor dem Lieben Gott stehen müßte, ich meine, ich glaube nicht an den Lieben Gott, oder an den Bilderbuch-Lieben-Gott, und ich würde gefragt, was hast du Böses gemacht, dann wäre das vielleicht das einzige, was ich sagen würde, daß ich meine Frau verlassen habe, denn die habe ich kennengelernt, wie sie anschaffen ging, und die hatte bei mir doch ein ziemlich gutes Leben und war, was heißt, in vernünftigen Händen, aber jedenfalls nicht in den Händen von irgendeinem primitiven Loddl, und nachdem wir uns getrennt haben, ich habe mich allein schuldig scheiden lassen, hab ihr die Wohnung gegeben und alles, hab nichts weiter mitgenommen als meine Anzüge und Hemden, dann ist sie doch ziemlich runtergekommen, und die ist heute auch 29 oder 30 Jahre alt, und ich weiß, daß sie ganz anders dastehen würde, sozial und finanziell, wenn sie noch mit mir zusammen wäre, und ich weiß, daß sie das auch weiß, und das ist eine Sache, die mich bedrückt, drum würde ich ihr auch immer, wenn sie wieder auftauchen würde, ich meine, die arbeitet übrigens bei mir im Betrieb jetzt seit vierzehn Tagen wieder, würde ich ihr helfen, und wenn sie krank würde, würde ich ihr das Krankenhaus bezahlen, und solche Sachen, obwohl mich eigentlich nichts mehr an sie bindet, aber ich mag sie eben noch gut leiden, ich fand das ein bißchen

Freundschaftsbruch, daß ich von ihr weggegangen bin, aber ich habe Mauli kennengelernt und das war für mich, was soll ich sagen, die Offenbarung oder was, das war eben für mich die Frau, mit der ich leben wollte, und ich war da noch verhältnismäßig jung, und soll ich so was nicht machen, und dann vielleicht an irgendeiner Sehnsucht kranken und das führt auch zu nichts, das wäre genau so ein Betrug an meiner damaligen Frau gewesen, wenn ich mit der weiter gelebt hätte.

Fichte: Waren das menschliche Eigenschaften, war das Maulis Intelligenz, Maulis Sensibilität oder war das eine Art sexueller Abhängigkeit?

Also die Intelligenz war es wohl sicher nicht. So wortreich und unterhaltsam, wie sie war!

Wolli: Alles zusammen. Die Person als ganze, als solche. Also das war, als ich sie sah, für mich die Traumfrau, ich war in die Frau unsagbar verliebt, im ersten Moment verliebte ich mich, wo ich sie das erste Mal gesehen habe, wo sie überhaupt den Mund aufgemacht hat, wo die reinkam.

Hatte am Nachmittag noch richtig gefickt. Meine Frau war hinter der Bar, faß die Erika an den Arsch. Als Mauli reinkam, bin ich blaß geworden, hab zu meiner Frau gesagt: Du, unsere Ehe ist kaputt. – Eine halbe Stunde später hab ich mit Mauli im Separée gefickt und von Stund an mit ihr gelebt.

Das ist der Teufel, das ist die Verblendung. Die Treue, das ist das Maß der Ehrenhaftigkeit, sagt Hindenburg.

Fichte: Aber hast du nicht einmal verzweifelt versucht, dich von Mauli zu trennen, als du noch mit deiner Frau verheiratet warst?

Wolli: Ja, als Mauli dann wieder geschnappt wurde, weil sie aus dem Jugendheim geflüchtet war und dann wieder hingekommen ist ein halbes Jahr, dann habe ich wieder mit meiner Frau zusammen gelebt, und wollte auch weiter mit ihr zusammen leben, aber wenn ich ganz ehrlich zu mir selbst war, habe ich immer gewußt, wenn Mauli wiederkommt, daß ich wahrscheinlich oder 100% wieder mit Mauli zusammen lebe und das war auch irgendwie ein mieses Ei von mir, indem ich meine Frau in dem Glauben gelassen habe, daß wir doch wieder zusammen leben. Also ich habe da gar nicht so bis zum Ende diese Frauen vor mir selbst verantwortet.

Fichte: Mauli riß also wieder aus?

Wolli: Mauli ist als unverbesserlich entlassen worden.

Fichte: Mauli kam wieder in eure Wohnung . .

Wolli: Nee, sie schrieb einen Brief, daß sie wieder da ist, dann bin ich gegangen und hab sie geholt und von dem Tag an mit ihr zusammen gelebt, bin am nächsten Tag ausgezogen von zu Hause, also von Erika, meiner ersten Frau.

Fichte: Hast du sie nicht mal weggeschickt?

Wolli: Nein. Ja, das war ein ziemlich mieses Ei, das war in Berlin, da hatten wir ziemlich viel getrunken in einer Bar, und ich sagte, wenn du mich so liebst, dann töte dich für mich. Also, das war praktisch so eine Geschichte der O., die auch ein bißchen . . Vorhin fragtest du mich, ob ich ein bißchen sadistische Neigungen hätte, also damals muß ich sie doch gehabt haben, ich wollte sehen, was sie macht und so.

Fichte: Und was machte sie?

Wolli: Ich hab gesagt, ich erschieß mich hinterher auch, und sie hat sich natürlich nicht erschossen und furchtbar geweint und war ganz fertig, und da hab ich gesagt, du bist eine feige Sau, und da waren zwei Patronen drin, die ich erst gegen die Wand abgeschossen habe, und sie mußte in dem Glauben sein, daß nun auch noch mehr Patronen drin sind, aber mehr waren nicht drin, und da hab ich gesagt: du bist zu feige, du liebst mich nicht, und hab paarmal in die Luft geschossen, und da war eben nichts mehr drinne, also das war irgendwie, na wie soll man sagen, eine frivole Handlung, würde ich sagen, ein Spiel, ein ganz hochgezüchtetes Spiel, was man eben nicht spielt.

Fichte: Sie ist aber nicht gegangen und hat versucht sich umzubringen.

Wolli: Ich hab ja dabei gestanden im Keller, nein, das hat sie nicht gemacht.

Fichte: Und wenn sie es getan hätte, dann wäre die Pistole nicht geladen gewesen.

Wolli: Genau, und das war ja das ganz Miese dabei, wenn die Pistole geladen wäre, dann wäre das ein ganz frivoles Spiel gewesen, aber irgendwie das Miese dabei war, daß sie eben nicht geladen war. Ich habe zu dieser Zeit mehrere solche Frivolitäten gemacht, das war 61, da hab ich das erste Mal im Leben Geld gehabt, etwa 500 Mark jeden Tag für mich zum Ausgeben durch dieses Nachtlokal, und mein großes Vorbild, das war ein Mensch, den ich damals als Freund bezeichnet habe, der Nachtlokale hatte, mit dem ich dieses Lokal halbe halbe gemacht hab, der irrsinnig schön aussah, jede Frau ist ihm hinterher gelaufen, und der ist sehr sadistisch veranlagt, der die Frauen wie Dreck und Mist behandelt hat, aber finanziell und geschäftlich ein ganz ganz großer Erfolgsmensch war, und der war mir oder all den Jungs, die wir damals zusammen waren, für uns war es das große Vorbild, und er hat eben solche Sachen gemacht, den Mädchen Ohrfeigen gegeben und dann gesagt, wenn ich dich küssen soll, muß ich dir erst eine klatschen, mußt du mich um Schläge bitten, vor mir knien und so Sachen, und das fanden wir eben für groß und für dufte, obwohl das natürlich eine ganz unreife Sache ist. Zu der Zeit habe ich viel getrunken und das sind Sachen, die ich heute nicht mehr machen würde, und das war irgendwie nicht ganz ich selbst, sondern das war eine Nachahmung von diesem Mann.

Fichte: Wann bist du denn nach St. Pauli gekommen?

Wolli: 59, oder Ende 58 Anfang 59, das weiß ich gar nicht so ganz genau.

Fichte: Gehörst du im Augenblick zu den Großen von St. Pauli?

Wolli: Ja, zu den Großen würde ich nicht direkt sagen, die Großen, da bezeichne ich so von 1 Millionengrenze an. Da gibt es mehrere hier.

Fichte: Davon gibt es aber nicht viele, davon gibt es vier oder fünf.

Wolli: Ja, mehr nicht.

Fichte: Und wieviele gibt es dann, die deine Mäuse haben.

Wolli: 30.

Fichte: 30?

Wolli: 30, 40 höchstens.

Fichte: Du gehörst also zu den . .

Wolli: 25, 30, würde ich mal sagen.

Fichte: Was die ganz Großen verdienen, hast du mir schon gesagt. Was machen die nun mit ihrem Geld?

Wolli: Haben einen großen Wagen, haben ein eigenes Haus mit Swimmingpool, sind viel auf Reisen.

Fichte: Sammeln die auch Bilder?

Wolli: Ja, um sich selbst zu bestätigen oder um vielleicht Bekannten zu zeigen, ich habe teure Bilder an der Wand hängen.

Fichte: Nicht um Geld anzulegen?

Wolli: Na ja oder auch. Aber ich kenn keine davon, aber ich bin überzeugt, daß die in ihren Wohnungen natürlich Bilder haben die teuer sind, aber weil sie teuer sind.

Fichte: Ja, was zum Beispiel?

Wolli: Alte Gemälde zum Teil, aber zum Teil auch ziemliche Kitsch-Bilder, die im Gegensatz zu der sonstigen sehr teuren Wohneinrichtung stehen, liegt durchaus drinne, daß du mal Fischerköpfe an der Wand sehen kannst und so miese Heidelandschaften für 250 Mark und so, Serienproduktion.

Fichte: Haben die Leibwächter?

Wolli: Nein.

Weil die sich selbst ganz gut bewegen können oder sagen können durch ihre Verbindungen . .

Wer würde denen was tun?! Da kannst du ja auswandern auf St. Pauli.

Fichte: Wie vergnügen die sich nun?

Wolli: Sie wetten, spielen Karten und haben Frauen wie jeder andere auch. Sie leben das Leben, was ein Mensch, der viel Geld hat, lebt, aber keinesfalls das Leben, was man so in Gangsterfilmen sieht oder im sogenannten St. Pauli-Film, daß die nun von einer Orgie zur anderen taumeln und da nun die große Schau abziehen, sondern die leben ein gutes bequemes Leben eines Geschäftsmannes, der mit harter Arbeit und mit Rücksichtslosigkeit, aber trotzdem auf eine verhältnismäßig faire Weise oder auf eine gesetzlich einigermaßen legale Weise sein Geld verdient hat, also St. Pauli darf auf keinen Fall mit dem Film-Chicago der 20er Jahre verwechselt werden.

Fichte: Gibt es auf St. Pauli organisierte Banden?

Wolli: Nein.

Fichte: Hättest du nicht mal Lust gehabt, das Leben der Unterwelt hier auf St. Pauli zu organisieren?

Wolli: Ja.

Fichte: In welcher Weise zu organisieren?

Wolli: Einfach in einer Weise, die mehr Geld einbringt, auf eine ruhigere und vernünftigere Art. Interessiere mich – das habe ich schon paarmal gesagt – für Geld, und glaube, daß ich auch kein schlechter Kaufmann bin, und ich bin der Überzeugung, wenn sich zehn Nachtlokalbesitzer, mal alleine von der »Freiheit« oder zehn Leute von der »Freiheit« zusammentun, sei das im Sparverein oder Kegelklub oder wie man das nennt oder Interessengemeinschaft, und jeder bezahlt so und so viel Aufnahmegebühr, das wäre eine begrenzte Zahl von Leuten und so und so viel Monatsbeitrag, der auch ziemlich hoch sein könnte, von diesem Geld wird nach einem Jahr das erste Lokal gekauft, nach einem weiteren Jahr das zweite, dann könnte man das wie eine Art Vergnügungsmonopol herstellen, daß sich die einzelnen Lokale nicht untereinander Konkurrenz machen, sondern in diesem Lokal wird Film gezeigt, da wird dieser Art Strip-tease gezeigt, da wird die Art Strip-tease gezeigt, und alle unliebsamen Typen, denen könnte man das unmöglich machen, daß sie irgendwo arbeiten. Unter unliebsamen Typen meine ich so faule Leute, die irgendwie der Polizei Sachen stecken, kleine Unkorrektheiten, die überall mal vorkommen, auch Schläger, ausgesprochene Nepper, die die Gäste verprügeln und ausnehmen und alles so unkoscheres Volk, will ich mal sagen, dann könnte man eine richtige grade Linie reinbringen und da würde jeder dabei mehr verdienen, als das ständige gegeneinander Anrennen, obwohl man sagt, Konkurrenz fördert das Geschäft. Aber ich bin überzeugt, daß ein monopol-kapitalistischer Betrieb mehr abwirft als eben kleine Betriebe.
Wir saßen ja schon einmal an einem Tisch, um uns darüber zu unterhalten. Auf meine Anregung. Da saßen ein paar Große mit dabei. Aber das wurde nichts.
Im Berlin der 20er Jahre ging das noch mit den Ringvereinen. In Paris geht das heute noch.

Fichte: Und warum ging das nicht?

Wolli: Ja weil die Mehrzahl von den Leuten, die dafür in Frage kommen, so von sich selbst überzeugt sind, daß jeder der Boß sein will, daß jeder das Sagen haben will, und das ging nicht, das ging vielleicht aus diesem Grund nicht, weil keiner da war, der soviel persönliches Ansehen bei jedem einzelnen hatte, zu gleicher Zeit so und so viel Geld hatte und soweit Respektsperson war oder ist, daß sich jeder gerne unterordnen würde, und auf der anderen Seite, so daß das auch nicht ganz demokratisch vor sich ging, das war schon mal geplant so was mit abstimmen und so weiter, dann über Beschlüsse, daß eben viele sagen, ja, ich bin ja viel mehr als der oder andere wieder sagen, ich habe ja meinen Strom jetzt schon im Trockenen, ich habe meine Millionen liegen, was soll ich mich mit der Scheiße da einlassen und so. Jedenfalls ist es eben nicht gegangen. In Paris gehen solche Sachen und in Marseille gehen solche Sachen, aber ich weiß nicht, warum es auf St. Pauli nicht geht. Ich möchte da noch mal betonen, mir steht, ich stelle mir da nicht Ringvereine, wie damals in dem Vornazi-Berlin vor, keine Verbrecherorganisation, sondern heute ist der Strip-tease-Besitzer, der Puff-Boß und der Spielkasino-Besitzer auf St. Pauli nicht mehr der Nepper und der Gangster, der er vielleicht vor fünfzehn Jahren mal war, sondern heute sind das tatsächlich kühl rechnende und hart um ihr Geld arbeitende und feilschende Geschäftsleute. Und das drängt sich auf, das alles etwas koordiniert wird hier.

Fichte: Hättest du dich also ganz gerne als der König von St. Pauli gesehen?

Wolli: Wieso ich? Also ich habe überhaupt nicht den Trieb danach, in diesem Verein der Mächtigste zu sein oder der, der das Sagen hat, ich will mich gar nicht als König sehen, das siehst du ja, daß ich mich nicht protzig anziehe, mir keine Brillantringe auf die Finger stecke und mit dem großen Ami-Wagen fahre –, aus wirtschaftlichem Interesse würde ich das für sehr gut halten.

Fichte: Die Leute, die heute zur Unterwelt von St. Pauli gehören, womit verdienen die am meisten Geld?

Wolli: Es gibt keine Unterwelt von St. Pauli, wie in jedem Vergnügungszentrum ziehen sich arbeitsscheue Elemente oder

Leute, die irgendwo durch Einbruch oder durch Raubüberfall zu Geld gekommen sind, die wollen das Geld ausgeben, die wollen gut leben, die ziehen unter anderem nach St. Pauli, die gehören aber nicht zu St. Pauli, die können eine kurze Zeit dazugehören, so lange sie ihr Geld hier ausgeben. Aber die sind gar nicht vergleichbar mit den Nachtlokalbesitzern, ich meine einer von diesen Leuten kann auch mal zu einem Nachtlokal kommen eine kurze Zeit, aber der wird nicht typisch für St. Pauli sein, eben in jedem Hafen gibt es Schläger, in jeder Spelunke gibt es Gauner und Ganoven, die da verkehren, aber das ist nicht die Unterwelt von St. Pauli. Logisch verdienen auf St. Pauli Zuhälter Geld, auf St. Pauli gibt es viele Prostituierte, 80% der Prostituierten, die haben einen festen Freund, der, da führt kein Weg vorbei, auch wenn manche davon noch arbeiten, sei es als Kellner, sei es als Portier, sei es vielleicht auch als Seemann oder der eine oder andere als Autoverkäufer oder Vertreter, die doch irgendwie Zuhälter sind, weil die Frau das Hauptpotential des Geldes verdient, und wenn sie zusammen in Urlaub fahren, dann will sie ihren Kerl dabei haben und dann ist eben ein großer Teil Geld dabei, was die Frau angeschafft hat. Aber das bezeichne ich nicht als Unterwelt in diesem Sinn, gerade wenn man in Deutschland das Wort Unterwelt hört, dann denkt man an Al Capone-Filme, dann sieht man die Männer mit dem großen Hut und mit der Maschinenpistole in der Hand, dann sieht man Rififi und alles diese Sachen, das ist in St. Pauli nicht.

Fichte: Es gibt doch aber so etwas wie einen Ehrenkodex auf St. Pauli?

Wolli: Es wäre sehr schön, wenn dieser Ehrenkodex auf St. Pauli noch bestehen würde. St. Pauli ist die einzige Stadt mit einem großen Kiez, die ich kenne, wo überhaupt kein Zusammenhalt in der Unterwelt ist, sondern wo ein reines Kasper-Theater herrscht; wenn ich jetzt z. B. eine Hure nach Paris bringen will, und die soll sich da in dieser oder jener Straße hinstellen, am Place Pigalle oder irgendwo, dann ist in der Straße ein Boß und da ist einer, der das Sagen hat, und da muß ich im Moment etwa dreitausend Neue Franken, das sind ungefähr 2 700 Mark, abstecken, daß die Frau da stehen kann, und wenn da einer mit pornographischen Bildern handeln will, dann kann der nicht mit ein paar Bildern in der Tasche da in Paris auf dem Kiez rumlaufen und die verkaufen und in irgendeinem Hotel wohnen, der läuft zwei Stunden, dann kommt irgend jemand, der sagt: Paß mal auf, mein Freund, das geht nicht, was verkaufst du hier für Bilder, komm mal mit. Und das ist in St. Pauli nicht. Und eine, ob sie die Kontrolle hat oder nicht, die stellt sich an die nächste Ecke zwischen die ganzen Huren hin und die kobern alle für 30 Mark und die sagt 20 Mark, da wird ein bißchen gemeutert und die steht weiter da, und wenn dann ihr Zuhälter kommt und die anderen Zuhälter machen mit dem Krach, dann liegt drin, daß der sagt, nun paßt mal auf, haltet mal das Maul, sonst zeig ich euch bei der Polizei an. Da wird kurz rumgemault und rumgenörgelt und: das ist aber ein mieser Stubben, aber der sitzt jeden Tag weiter in der Kneipe und seine Hure steht auch weiter da und er kassiert jeden Tag das Geld. Das ist das, weshalb in St. Pauli eine Unterwelt ohne Unterwelt ist, denn zu einer Unterwelt gehört ein Ehrenkodex, der früher mal da war, man spricht noch von dem Ehrenkodex, daß manch einer mit manch einem nicht spricht, weil der ein linkes Ding gemacht hat, aber der ist auf keinen Fall isoliert, der hat genauso viele Bekannte und Freunde die mit ihm sprechen, wie er vorher auch hatte.

Fichte: Aber du hast mir doch mal erzählt, wenn jetzt einer deiner Freunde hier zu Mauli ginge und versuchte mit Geld oder auch ohne Geld mit ihr zu schlafen und du wüßtest nichts davon, dann müßtest du ihm eine Abreibung erteilen, weil sonst deine Ehre hier, deine Stellung hier auf St. Pauli gefährdet sei.

Wolli: Ja, das ist so eine Sache, die noch in etwa da ist. Aber das liegt einfach daran, daß ein Freier anonym zu einer Prostituierten geht, und für die Prostituierte ist der Freier ein, irgendein Ding, ein Gegenstand, während eine Prostituierte, die ein bißchen was auf sich hält, nie mit einem Freund oder einem Bekannten, den sie jeden Tag wiedersieht und der irgendwie im gleichen Betrieb arbeitet, für Geld schlafen geht. Das sind ganz ganz große Ausnahmen, und vor allen Dingen nicht mit einem

Freund von ihrem Mann, mit dem sie verkehrt, den sie öfter sieht, weil sie sich da eben nicht als Ding nehmen lassen will, weil der weiß, das ist eine Persönlichkeit und das ist eine Frau und das ist eben ein Wesen, die hat ein Profil, das ist keine anonyme Sache mehr, und deswegen wäre das kaum drin, also das würde wahrscheinlich auch keiner machen, von meinen guten Bekannten oder von Freunden, das wäre vollkommen unüblich, das könnte passieren, wenn er vielleicht besoffen wäre, dann käme er am nächsten Tag und würde sich entschuldigen und sagen: du, ich hab da Scheiße gemacht, gestern war ich besoffen, ich hab die nicht richtig erkannt und das ist ein Ding, was irgendwie nicht üblich ist, mit was soll ich das vergleichen jetzt mal, na, genau so wie das unüblich ist, wenn jetzt Arbeiter in der Fabrik zusammen arbeiten vielleicht, und der eine sagt, ich kann dir günstig was besorgen durch meinen Bruder, der arbeitet da in der und der Firma, da kriege ich Prozente, da kannst du das billig kaufen, und der würde vielleicht ein Rundfunkgerät kaufen für 400 Mark von dem Bekannten und ne Woche drauf würde er sehen, daß dieses Rundfunkgerät aus der Metro gekauft ist für 280 Mark und wäre regulär betrogen worden, also etwa so wäre der Ehrenkodex da.

Fichte: Und wie sehen die Strafen aus?

Wolli: Das kommt wieder auf die Mentalität des einzelnen an, aber im großen und ganzen würde der dann versuchen ihn zu verprügeln.

Fichte: Mehr nicht?

Wolli: Mehr kaum.

Fichte: Sind die Leute, die hier in St. Pauli im Nachtgeschäft tätig sind, sehr abergläubisch?

Wolli: Das kommt wieder auf den Grad der Intelligenz an. Die Prostituierten sind im großen und ganzen sehr abergläubisch, aber es ist auch ein Aberglaube, den man sich so ein bißchen angelacht hat, man macht das eben halt mit, daß man nicht ne Fahrkarte im Laden hinwirft.

Fichte: Beim Kartenspiel?

Wolli: Ja, ich weiß nicht wieviel Aberglaube da wirklich ganz tief drin ist. Zum Beispiel wenn ich da an Ulli denke, den ich für einen ziemlich intelligenten Jungen halte, wenn der ein paar Partien verloren hat, daß er sagt, ich weiß, an was das liegt, ich muß einmal rund um den Sessel laufen, dann weiß der auch, daß das nicht anders wird, aber das ist irgendwie so ein Gag oder so; Mensch, das muß doch mal anders werden und so, verflucht noch mal und so, aber ein richtiges Glauben daran, ist wohl nicht.

Fichte: In den gängigen St. Pauli-Filmen sieht man nun allerhand grausame Dinge.

Wolli: In diesen Filmen: das einzige, was davon wahr ist und sichtbar ist, das ist die stinkende und grenzenlose Faulheit der Drehbuchautoren, die am Schreibtisch ihre Dinger zusammenschmieren und vielleicht vier- oder fünfmal auf dem Kiez rumlaufen, und da irgendeinem Mädchen erzählen, sie sind Filmautoren, ein, zwei Flaschen Sekt ausgeben, und sich dann für bare Münze irgendwelchen Schrott verkaufen lassen, weil sie selbst zu faul sind oder zu wenig einfühlsam, um sich eben hier einzufühlen und eine wahrhafte Story zu schreiben, deswegen kommen diese miserablen St. Pauli-Filme raus, denn das ist ja das, was der Durchschnittsbürger in der Provinz von St. Pauli sehen will, zumindest glaubt das der Filmautor, und wahrscheinlich will er es auch sehen, sonst könnten viele von diesen Schrott-Filmen nicht doch zu Kassenerfolgen werden, genauso wie das eben nicht St. Pauli ist, was Hans Albers besingt: »Auf der Reeperbahn nachts um halb eins«, vielleicht war es das mal vor 30 Jahren, ich weiß es nicht, oder vor 40 Jahren, aber jedenfalls jetzt ist es das nicht. Ich glaube, daß die Mehrzahl der Drehbuchautoren das weiß, daß das Kitsch ist, aber na ja, das Volk frißt es, und dann gib ihm mal die Scheiße!

Fichte: Also es wird hier auf St. Pauli nicht gefoltert.

Wolli: Auf St. Pauli wird nicht gefoltert. Sicher nicht gefoltert, obwohl im Moment dieser Zeitungsartikel oder dieser Prozeß da ist mit dieser Sache da in Flensburg, wo dieser Mann nackend zwischen zwei Wagen gebunden worden ist. Ja, das ist eine Sache, die passieren kann, die auch in St. Pauli passiert, die aber genau so in jeder x-beliebigen Fabrik passieren kann, wenn sich paar Fabrikarbeiter in die Haare kriegen, da kann auch so was passieren, es wird nicht mehr gefoltert, als, nehmen wir an, bei der Bundeswehr, als im Bergbau, als in jeder Sache, wo viele Leute zusammen arbeiten, wo Entgleisungen vorkommen. Du meinst unter Foltern, daß die Leute eben verprügelt würden auf St. Pauli, wenn einer dagegen ist, dann wird er mit drei, vier Mann zusammengeschlagen und so. Das war einmal vor etwa acht oder neun Jahren noch öfter der Fall, als es so einige Leute gab, die, ja in die Nachtlokale reingingen, aber in teure Nachtlokale, für viel Geld tranken, und dann nach der Rechnung gefragt haben, daß der Kellner sagte: Nein, nein ihr wart die Gäste und wir freuen uns, daß ihr hier wart, einfach weil er Angst hatte, einen Betrag zu sagen, was heute überhaupt nicht mehr ist.

Fichte: Und es ist auch hier nicht so, daß bestimmte Besitzer von Nachtlokalen Geld hinlegen müssen . .

Wolli: . . ein Terror . . überhaupt nicht. In keiner Weise. Also du könntest als Hubert Fichte, wenn du jetzt, sagen wir mal, 50 000 hast, hier irgendwo ein Lokal aufmachen, das deinen Neigungen, deinen Ideen entsprechen würde, sei das ein Prostituiertenlokal, sei das ein Homosexuellen-Lokal, Strip-tease-Laden, Spielkasino, da würde nie einer reinkommen, der mit dir Krach und Protest macht, weil du nicht vom Kiez bist; da kann natürlich passieren, daß ein betrunkener Flegel reinkommt und du mit dem eine Prügelei kriegst, aber das wäre nicht typisch für St. Pauli . . und wenn dich die Leute leiden mögen, dann kann passieren, daß der Laden so gut läuft, daß in einem halben Jahr die ganzen Banditen zu dir hinkommen, also unter Banditen bezeichne ich alles, was auf dem Kiez lebt.

Fichte: Gibt es hier bezahlte Totschläger?

Wolli: Nein.

Fichte: Ich glaube dein bewunderter Freund in Berlin gehörte dazu . .

Wolli: Ja, du meinst diese Sache. Ja, das ist eine Sache, die es hier auch geben könnte, aber ich muß wieder sagen, die es genau so in jeder Fabrik gibt. Wenn ich irgend von jemand jetzt mal aufgebügelt würde, auf ne miese unfaire Weise, der mich richtig unter die Füße nimmt, ich krieg mit einem Schlägerei, und wenn ich dann am Boden liege, tritt er mir noch ein paar Mal ins Gesicht und so ne Sachen. Ich würde mit dem Mann nicht fertig werden, dann würde ich losgehen, würde mir irgendwoher ein paar Jungs holen, sei das aus dem »Sahara« oder aus Lehmitz oder am Hafen unten, und würde sagen, paßt mal auf, ihr kriegt jeder einen Hunderter, haut ihn mal richtig auf die Schnauze drauf. Und ich würde dabeistehen und zugucken, aber genau das gleiche passiert im Bergbau, passiert in jeder Fabrik, der würde vielleicht sagen, ich lade dich zum Bier ein, du kriegst paar Zigaretten oder er hat eben Freunde, die für ihn gerade stehen und sagen: wir bügeln das aus. – Aber die Möglichkeit, solche Leute zu finden, für Geld, die gibt es in jeder Großstadt, die gibt es auf jedem Hauptbahnhof, das ist eine klare Sache, das ist aber wieder nicht typisch für St. Pauli. Ich wüßte keinen hier, zu dem ich gehen könnte, sagen: leg den mal um oder stech den mal ab für so und so eine Summe. – Obwohl ich überzeugt bin, daß man auch welche finden würde.

Fichte: Was dich an deinem Freund so faszinierte, war die Bösartigkeit?

Wolli: Nein, das war eigentlich nicht das, was mich an ihm faszinierte. Das war das, was mich irgendwie abstieß, aber ich dachte damals viel darüber nach, ob das die einzige Chance ist, zu Geld zu kommen. Fasziniert hat mich sein Erfolg, den er auf der ganzen Linie hatte, den er bei Frauen hatte, den er in Verhandlungen bei Männern hatte und den er geschäftlich hatte. Was mich heute aber nicht mehr fasziniert, das ist so, daß ich na also doch einigermaßen in auskömmlichen Verhältnissen lebe, will ich mal sagen. Man sieht die Dinge, wenn man satt ist, mit anderen Augen oft, als wenn man hungrig irgendwo rumläuft, dann faszinieren einen viele Sachen, dann fasziniert einen der Erfolg als solcher, eben weil man hungrig ist. Im großen und ganzen habe ich versucht, eine Zeit den Menschen irgendwie nachzumachen, das war so eine Art Idol, aber der übte eigentlich auf alle Leute, mit denen er zusammen war, auf alle jungen Leute, eine ziemliche Faszination aus.

Fichte: Und diese Faszination ging noch so weit, daß du, glaube ich, mal dabei warst als er . .

Wolli: .. möchte ich nicht so gerne reden.
Immer noch nicht.

Fichte: Wie ist das Verhältnis der Polizei hier zur Unterwelt oder zu den Leuten ..

Wolli: Ja, ich weiß, was du meinst. Im großen und ganzen gar nicht schlecht. Zu Leuten, die nicht allzuviel Schweinkram machen, die auch mal kleine krumme Dinger machen, also unter kleinen krummen Dingern verstehe ich, wenn jetzt ein reicher Gast in irgendein Lokal reinkommt, daß da vielleicht ein bißchen mehr auf die Rechnung gesetzt wird, wie er wirklich gehabt hat, oder daß dem ein bißchen viel vorgeschaukelt und viel versprochen wird und so, also diese Dinger, die überall ein bißchen vorkommen hier, da ist das Verhältnis ziemlich kollegial und eigentlich ein gutes Verhältnis. Was natürlich nicht zutrifft für irgendwelche Typen, mit denen die Polizei Ärger hat, was weiß ich, ein Zuhälter, der an der Ecke steht und seiner Frau die Augen blau haut und die Nase blutig kloppt, daß die dann zur Polizei gerannt kommt und sagt, der nimmt mir mein ganzes Geld weg und verprügelt mich. Ich meine im großen und ganzen sind das dann auch ziemlich miese Typen, da ist das Verhältnis natürlich nicht allzu gut.

Fichte: Glaubst du, daß Polizisten hier bestochen werden?

Wolli: Ja, man glaubt so manches.

Fichte: Gut. Polizisten waren bei dir, um Filme, die du dir selbst vorführtest, zu beschlagnahmen. Wie spielte sich das ab?

Wolli: Das spielte sich eigentlich ganz korrekt ab, die kamen mit einem Hausdurchsuchungsbefehl und sagten: Ja, wir suchen die pornographischen Sachen, wo haben Sie das? – Da habe ich gesagt, Kameraden, dann sucht nicht so sehr viel, schmeißt mir die Wohnung nicht durcheinander, ich lege euch das auf den Tisch hin, und habe die Sachen auf den Tisch hingelegt, das war ausreichend genug, dann haben sie noch ein bißchen gesucht und noch so einiges andere zu Tage gefördert, aber das spielte sich eigentlich in einer ganz friedlichen Atmosphäre ab, ich hab so ein bißchen gelästert, aber ich konnte den Polizisten nicht böse sein darüber, das ist ihr Job und die kriegen den Haussuchungsbefehl vom Richter, was sollen sie weiter machen, warum soll ich da nun rumkreischen und rumpöbeln, dann schmeißen die mir die ganze Wohnung durcheinander, das spielte sich so ziemlich mit Lachen ab. Ich habe gesagt: Da habt ihr mal was richtiges Duftes zum Wichsen heute abend.

Fichte: Im Augenblick will der Amtmann Falk doch die Portiers von der Straße weghaben.

Wolli: Ja, das habe ich schon so gerüchteweise gehört, aber das ist eine Sache, die genauso wenig kommen wird wie das Sperrgebiet, was der Amtmann Falk will und wollte, das sind die Übergriffe, die Portiers oft gemacht haben, früher sehr viel mehr als heute, heute sieht man das nicht mehr oft, daß sie Leuten den Weg sperren und am Ärmel rumzerren und in die Lokale reinschieben, also der will die Belästigungen weg haben und er glaubt vielleicht, weil immer wieder mal Belästigungen vorgekommen sind, daß das eben nur geht durch ein rigoroses Durchgreifen, aber dafür gibt es keinerlei rechtliche Handhabe, also der Senat der könnte sagen, die Portiers dürfen nicht mehr als ein oder zwei oder drei Meter, sei es wieviel, von ihrem Lokal weggehen und die dürfen Leute nicht ansprechen bzw. nicht belästigen, vollsabbeln, denn oft hört man, daß die Portiers mit ausgesprochen unflätigen und obszönen Angeboten an Leute, auch an Ehepaare, rangehen und da versprechen, was in dem Laden drin ist, das schon, was weiß ich, irgendein solider Mann, der vielleicht mit seiner Schwester oder ein Lehrer, der aus dem Ruhrgebiet da lang kommt, die Frau die ganz solide Worte und alles nur kennt, sich beleidigt fühlt, da irgend so sagt, na ihr alten geilen Böcke, wollt ihr mal richtig ficken sehen oder so was, dann kann ich mir vorstellen, daß das schon als Belästigung empfunden werden könnte, und diese Dinge will der Amtmann Falk wohl weg haben. Aber da ist nie eine rechtliche Handhabe zu untersagen, daß ein Portier in dem Eingang steht, der den Leuten die Tür aufmacht und die Leute rein und raus läßt.

Fichte: Lebt der Amtmann Falk nicht ziemlich gefährlich?

Wolli: Nein.

Fichte: Ist er beliebt hier auf St. Pauli?

Wolli: Beliebt ist der Amtmann Falk wohl nicht. Aber Leute, die

ein bißchen nachdenken, und da gibt es ja auch eine ganze Menge hier, und sich Gedanken machen über Übergriffe, die in St. Pauli zweifelsohne vor Jahren waren, die werden dem Amtmann Falk in vielen Sachen Recht geben und sagen, vieles ist schon richtig, und wo viel Licht ist, ist viel Schatten, und wo gehobelt wird, fallen Späne, aber ich habe eigentlich keine Aversion oder Antipathie gegen den Amtmann Falk. Ich meine, ich habe mit dem Amtmann Falk noch nie gesprochen und ich kenne den Mann nicht, aber was er im großen und ganzen gemacht hat, da wären viele Dinge dabei, wenn ich an seiner Stelle wäre, die ich auch so machen würde.
Denk ich auch heute noch so. Alles in allem war der Amtmann Falk eine positive Figur für St. Pauli. Der hat einen ziemlichen Wild-West so geregelt, daß keiner mehr Angst hat, hier durchzulaufen. Als ich 59 auf der »Freiheit« Portier stand, da war es völlig normal, daß drei, vier Mal die Nacht jemand auf die Straße geschmissen wurde mit blutiger Nase. Heute siehst du das gar nicht mehr. Heute ist das andre Extrem, daß jeder ohne Geld in ein Lokal gehen kann und ne große Zeche machen und nachher nicht bezahlen und kein Kellner und kein Chef traut sich, den anzuschreien, denn das ist schon Beleidigung. Da gibt es welche, die direkt darauf ausgehen. Einer, der Schecks verteilt über 15 000 Mark. Der tagelang durch die Puffs zieht, ein Flagellant und der dann mit der Konzessionsbehörde droht. Das ist der Schrecken der Puffboß' von St. Pauli. Einer der ekelhaftesten Freier für die Mädchen. Die Behörden ermuntern die Leute dazu, indem sie den Leuten vorbehaltlos Recht geben: Das sind unzüchtige Verträge. Im trunkenen Zustand unterschriebene Schecks. Der St. Paulianer ist auf der Stufe des Juden im Dritten Reich. Du bist nur gut zum Steuern zahlen und jede Werbemöglichkeit wird dir genommen.
Heute ist eine Frau ausgezogen. Ich weiß schon, warum ich son bißchen spare und was liegen haben will. Die Frauen, das sind alles die alte Garde, als ich selbst noch rumgelaufen bin. Aber wenn die mal ausziehen. Die sind alle schon jahrelang bei mir oben. Oder wenn die alt werden, dann hast du einen Großmutterpuff. Und dann mußt du neue kriegen und rumlaufen.

Wer soll das tun? Ich bestimmt nicht. Jetzt mit den Frauen drinne krieg ich für den Puff hundert Mille – aber leer keinen Pfennig, wie die Geschäfte jetzt auf St. Pauli laufen.

Fichte: Denken so viele Leute auf St. Pauli?

Wolli: Ja, Leute, die einigermaßen Gehirn haben, die denken so.

Fichte: Hast du eine ungefähre Ahnung, wieviele Asoziale hier auf St. Pauli leben?

Wolli: Würde ich sagen, da leben auf St. Pauli nicht sehr viele. Dabei klammere ich die Zuhälter aus, weil ich überzeugt bin, daß das nicht mehr lange strafbar sein wird, und mir ist auch kein Fall von Zuhälterei bekannt, wo ein Zuhälter bestraft worden ist, weil er Zuhälter war, sondern bestraft wird, und bestraft muß werden und ganz hart, der erpresserische Zuhälter und der räuberische Zuhälter. *Richtig.* Aber ich meine, eine Frau die anschaffen geht, kann mit ihrem Geld machen, was sie will, und wenn sie das einem Mann gibt, den sie leiden mag und gibt ihm das freiwillig, sei das nun auf irgendwelche Sprüche von ihm oder warum auch, das ist ihre ganz alleinige Sache und das geht verteufelt keinen Menschen was an, das geht nur die Polizei was an, wenn diese Frau ihm nicht mehr Geld geben will und der Mann zwingt sie, ihm Geld zu geben, und verprügelt sie und nimmt Geld weg, und dann ist das ein Delikt, was für mich nicht Zuhälterei ist, sondern das ist Raub und das ist Diebstahl und das ist Erpressung.

Fichte: Wieviel Zuhälter meinst du gibt es auf St. Pauli? Grobe Schätzung.

Wolli: Auf St. Pauli wohnt ja ein großer Teil der Zuhälter gar nicht. Wieviel Frauen sind in St. Pauli registriert, etwa 2 000 Huren und 2 000 oder 1 500 wird es noch »Schwarze« geben, also Nicht-Registrierte, nehmen wir an, 3 000 Zuhälter. Also 3 000 Männer die von dem Geld der Frauen leben.

Fichte: Und wieviel sind davon erpresserische und räuberische Zuhälter wie du sie nennst?

Wolli: Wenn es hoch kommt 10 %. Ganz, ganz, ganz hoch. Ich würde sagen, ganz minimal, weil das auf die Dauer nicht geht, auf die Dauer geht das wahrscheinlich bei 2, 3 %, das sind rein psychopathische Momente, wenn eine Frau einen Mann immer weiter unterstützt, den sie haßt. Aber im großen und ganzen ist der Zuhälter so gut wie die Frau und die Frau hat den Zuhälter, den sie haben will, denn sie wählt sich ja den Zuhälter aus, das ist ja nicht so, daß die an irgendeiner Ecke steht, dann kommt der Zuhälter auf sie los und sagt, paß mal auf, du mußt mir jetzt Geld geben, sonst verprügele ich dich, da würde die Frau verwundert gucken und sagen, da kommt ein Mann, der will von mir Geld haben und verprügelt mich.

Fichte: Es hat vor einigen Jahren Zuhälter aus Wien gegeben, die mit ihren Mädchen angereist kamen, und versuchten sich in Hamburg zu etablieren. Haben sich hier einige Wiener Zuhälter halten können?

Wolli: Einige Wiener Zuhälter haben sich hier halten können, das gibt eine ganze Reihe von Wiener Prostituierten, Österreicherinnen, die hier in Hamburg arbeiten, obwohl das verboten ist, obwohl Österreicher nicht geschrieben werden, aber das steht ja auch, in der Presse ist da schon paar Mal darüber geschrieben worden, dann heiratet man eben einen Deutschen und läßt sich scheiden und dann ist sie eben eine Deutsche und kann hier anschaffen gehen.

Was heute nicht mehr geht. Man muß heute wohl fünf Jahre verheiratet sein als Ausländerin, ehe man anschaffen kann.

Und der ganze Krach mit den Wiener und Hamburger Zuhältern, der kam wohl daher, weil einige Hamburger Frauen dann nicht mehr genug verdient haben, weil die Wienerinnen im Schnitt fleißiger waren und länger dagestanden haben und da kam eine Pöbelei, nach und nach vielleicht auch aus anderen persönlichen Gründen, daß da noch ein paar Wiener kamen, die versucht haben, Frauen von anderen hier anzumachen, aber ein wirklicher Zuhälterkrieg, wie das die Presse ganz gerne hinstellt, der war hier nicht vorhanden. Dann waren ein paar persönliche Dinger, daß mal eine Messerstecherei war zwischen Hamburger und Wiener Zuhältern, das ging aber nicht so sehr darum, daß das Wiener Zuhälter waren, die den Hamburgern das Gebiet streitig gemacht haben, sondern das war auch so persönlicher Krachkram.

Fichte: Es ist aber doch immerhin ein ziemlich heißes Pflaster hier. Wie hast du es nun geschafft, du gibst dich nicht brutal? Mußt du Geld geben, damit man dich in Ruhe läßt, mußt du sehr geschickte Intrigen spinnen?

Wolli: Nein, weder noch. Ich habe hier angefangen als Portier, obwohl mich keiner kannte. Durch diesen Mann, wie ich mal sagte, der mein Vorbild war, der mich in seinem Laden beschäftigt hatte als Portier. Ja, da war ich nach kurzer Zeit akzeptiert, ich habe meine Arbeit gemacht, ich war zu allen Leuten nett und höflich, ich bin kein Kraftmeier, ich habe nicht das Gefühl, wenn ich irgendwo in eine Kneipe reinkomme, daß ich da groß und stark sein muß und alles auf mein Kommando hören muß, ja ich war nett und freundlich und im Laufe der Zeit lernt man die Leute kennen und dann wird man akzeptiert, da sagen die, das ist ein glatter, netter Junge, ja und dann habe ich mein Geld gespart, und bin so langsam weitergekommen und das ist auch akzeptiert worden, also ich habe mich vielleicht zwei-, dreimal in den zehn oder elf Jahren geprügelt.

Fichte: Wie verliefen diese Prügeleien?

Wolli: Ja, das war ganz am Anfang, da habe ich mich geprügelt, wo ich ganz neu war, mit einem, den ich aus einem früheren Lokal kannte, wo ich so ein bißchen hier rumgepennert hatte, denn ich kam mit dem Rummelplatz hierher, und der mich dann anpöbelte, ja meinst du, du bist was Besseres jetzt als Portier und so, und guck mal, wie er sich fühlt, der war angetrunken, ja da wurde dann eine Prügelei draus, also das war verhältnismäßig eine unwichtige Prügelei und dann vielleicht zwei-, dreimal mit Gästen, aber im Lauf der ganzen Zeit, mit betrunkenen Gästen, die direkt handgreiflich zu Frauen wurden und nicht bezahlen wollten, Tische umwarfen und solche Sachen.

Fichte: Wie ist da deine Taktik?

Wolli: Das kommt darauf an, ich bin so lange in der Defensive wie ich sehe, daß der Funken der Chance drin ist, es nicht zu einer Prügelei kommen zu lassen. Also wenn ich jetzt in ein Lokal reingehen würde, und da würde mich einer anseibeln, da würde ich sagen, ja guck mal, denn ich trag doch die Haare etwas länger als der Durchschnittsbürger, obwohl ich nicht sie bis auf die Schulter runter trag, aber guck mal an, wie der aussieht, der Schwule da, mit seinem bunten Hemd und seinem Haarschnitt und so, da würde ich nicht viel sagen, das kommt natürlich auch auf die Stimmung an, aber im großen und ganzen würde ich wahrscheinlich ruhig sitzen bleiben, wenn ich merke, der will das unbedingt zum Protest kommen lassen, selbst wenn ich wüßte, daß er schwächer ist als ich, daß ich den ohne weiteres wegfiedeln könnte, dann würde ich bezahlen und würde sagen, ja du hast recht, oder würde sagen, Mensch, laß mich doch in Frieden, ich habe eben die Haare bißchen länger, du hast sie kürzer, Herr Gott, was habe ich dir nun getan und so, also ich versuche auf keine Weise, daß das nun ein Protest wird, weil ich das scheußlich finde, wenn sich Leute schlagen. Und im großen und ganzen kann man mit der ganz großen Mehrzahl der Leute auch dabei auskommen, da spielt vielleicht auch eine Rolle mit, daß ich nicht sehr groß bin, ich bin 1,70 Meter groß und nicht sehr breit, also daß ich eigentlich ein kleiner Kerl bin, der einen Schläger nicht so sehr reizt, als wenn vielleicht da auch ein Koffer steht, so ein richtiger Brecher, wo der sagt, das will ich unbedingt wissen und dann bring ich auch fertig, selbst wenn ich weiß, er ist schwächer, zu sagen, Mann was pöbelst du mich nur an, willst du mich nun verprügeln, ich sehe, daß du stärker bist, du bist besser, ich kann mich nicht keilen, ja was hast du denn nun davon, wenn du mir nun jetzt auf die Schnauze haust, ich habe eine blutige Nase, lieg da, dann bist du auch noch lange kein Held, was soll die Scheiße da.

Fichte: Ja, aber so geht das nicht immer ab?

Wolli: Aber zu 90% geht das so ab.

Fichte: Gut, und die 10%, wie geht das dann vor sich, wenn es nun der Schrank von dir wissen will, der steht drauf auf Prügelei und der rempelt nun dich und deine Frau so lange an, bist du dich verteidigen mußt?

Wolli: Ja, dann versuche ich auch, ihn richtig zusammenzuhauen, indem ich ihn entweder boxe oder an seinen Sachen auf den Fußboden runterziehe und mit dem Fuß trete. Nicht weil ich ein Sadist bin oder weil ich Leute gern mit dem Fuß trete, sondern weil ich meine Chancen kenne und weiß, daß ich nicht viel in den Armen drin habe, daß ich einen größeren Kerl nicht mit dem Faustschlag niederhauen kann, weil ich auch nicht boxen kann, daß ich die Punkte genau weiß und rechnen kann, wo ich hinhauen muß. Aber ich bin am Körper nicht schlecht, wenn ich den dann runtergerissen habe und ich warte so lange, bis er wieder hoch kommt, dann habe ich die Chance, zu 90 %, den Arsch voll zu kriegen, weil das wahrscheinlich kein ganz Schwacher ist, der Prügelei sucht, und einer, der Prügelei sucht, prügelt sich oft und der kann auch ein bißchen was, und dann ist das meine einzige Chance, eben mit dem Fuß zu treten oder draufzuspringen, am Hals zu würgen und sagen: Paß auf, ich hau dir jetzt die Flasche auf den Kopf und sonst was oder hör auf. Das ist natürlich auch das, was ich vorher mach, wenn das irgendwie möglich ist, und ich bin der Meinung, vielleicht im Gegensatz zu vielen bürgerlichen Leuten, wenn irgendeiner sich prügeln will und Leute, die sich nicht prügeln wollen, anpöbelt, eine Prügelei herausfordert, dann ist das ganz falsch, mit den Menschen fair zu prügeln. Warum soll irgend so ein Ochse zu Hause losgehen, der nur Spaß dran hat an dem Abend, wenn er sich richtig verkeilt hat, und dann bin ich ja für den nicht ein bezahlter Sparringspartner, der sagt: Ja, irgendeinen such ich mir, und der prügelt sich dann fair mit mir, mit dem keil ich mich dann rum, dem hau ich jetzt die Nase blutig oder zerreiß ihm die Klamotten. Ich meine, das sind Leute, die müssen es so auf die Schnauze kriegen, daß ich befürworte, daß sie dem mit den Füßen die Zähne reintreten, daß er sagt: Paß mal auf, das geht doch nicht so, das war zumindest für zwei, drei Jahre meine letzte Prügelei, die ich gemacht habe, denn wenn der ganz fair vielleicht ein paar Fausschläge kriegt, sagt der: Na ja, bei dem hab ich Pech gehabt; dann geht er weiter, um seine sadistischen Gelüste zu stillen, bis er einen findet, den er richtig verprügelt, und ich sehe nicht ein, warum ich zu so einem Menschen fair sein soll. Das ist was anderes, wenn ich mit irgendeinem Bekannten jetzt ein Wortgefecht habe, und das wird immer hitziger und das kommt zu einer Prügelei von beiden Seiten, ich kann mir das nicht sehr vorstellen, dann ist natürlich eine ganz faire und korrekte Prügelei da, aber wenn das so ein Schläger ist, bin ich auch dafür, daß zwei oder drei Mann auf den mitlosspringen und den richtig auf die Gurke hauen, so daß er meinetwegen auch eine Woche im Krankenhaus liegt.

Bin ich heute noch 100% dieser Meinung. Obwohl ich viel in mir überwunden habe, meine ich, man soll dem ins Gesicht treten, man soll ihn zumindest so demolieren, daß er eine Zeit gebrochene Knochen hat und er nicht arbeiten kann. Man tut ihm vielleicht selber noch einen Gefallen damit. Denn das ist besser, als wenn er in den Knast kommt. Denn da kommt er ja mal ohne das rein!

Fichte: Bist du in diese Situation gekommen?

Wolli: Ja.

Fichte: Bist du auf St. Pauli bedroht worden, auf Grund von Dingen, über die du vielleicht nicht sprechen willst?

Wolli: Ja.

Siehe »Detlevs Imitationen ›Grünspan‹«.

Auf dem Kiez ist das im allgemeinen so, wenn über eine Sache mal Gras gewachsen ist, dann ist das gut. Da muß dann schon ein neuer Fall kommen, daß man sich entsinnt und sagt: Mit dem hab ich ja schon mal Ärger gehabt. Da gibts die Abreibung gleich mit.

Das ist komisch. Ich kannte den nicht wieder. Der kannte mich nicht wieder.

Fichte: Wenn jetzt einer deiner Bekannten einen Mord begehen würde, was würdest du tun, würdest du ihn der Polizei ausliefern?

Wolli: Das ist eine harte Frage, das kommt sehr auf den Fall an, auf den Bekannten an, das kommt ganz sehr darauf an, wie ich zu dem Menschen stehe. Ich würde sagen, paß auf, hau ab, den Mord muß ich ja hier entdecken in dem Puff, hau ab, und wenn er eben entdeckt wird, ich habe ihn als ersten nicht entdeckt. Nun mach, daß du wegkommst. Vielleicht würde ich ihm auch noch 100 oder 200, was in die Hand drücken, das käme aber alles auf die Situation an, obwohl ich überzeugt bin, daß ich keinen Freund, ja 100%, ja keinen Freund habe, der einen Mord machen würde. Ich meine, Mord kommt ja nicht von ungefähr, der macht ja nicht von ungefähr einen Mord, ich meine, das ist ein anderes Ding, wenn der mit seiner Tante jetzt einen Protest hat, der klebt ihr eine und die fällt so unglücklich gegen den Heizkörper, daß sie sich das Genick bricht, ich meine, logisch würde ich ihm da helfen, dann würde ich ihn noch bis über die Grenze fahren oder so was, denn das wäre ein Unglücksfall, den er genauso bedauern würde wie ich.

Fichte: Und einen Freund, der einen Mord im Affekt begeht . .

Wolli: Mord im Affekt gibt es nicht, das ist ein Totschlag. Ein Mord ist eine geplante Sache, eine Sache daß ich jemand ermorden will, um irgendwelche Vorteile daraus zu haben.

Fichte: Du hast einen Freund, bei dem es passieren könnte, Ulli.

Wolli: Ja, der ist nicht so sehr mein Freund. Bei dem würde ich wahrscheinlich sagen, du paß mal auf, da hab ich keinen Bock drauf.

Fichte: Du willst ihn nicht anzeigen . .

Wolli: Hier hast du drei, vierhundert Mark oder je nachdem oder würde ihm gar nichts geben, würde sagen: Paß mal auf, ich belaste dich nicht, aber hau ab. Ich habe auch mit dir nichts mehr zu tun. Da habe ich keinen Bock drauf, weil ich Mord, weil ich ja Gewalt in jeder Weise ablehne, Mord natürlich am allermeisten.

Fichte: Was hältst du vom Geld?

Wolli: Geld ist eine ungeheuer wichtige Sache, um mir die Dinge, die im Leben angenehm sind, gönnen zu können. Aber Geld als solches hat für mich keinen Reiz, also irgendwie zu sparen, viel, um zu sagen, ich bin reich oder mächtig, sondern ich möchte ein angenehmes Leben leben, was, wo ich mir das gönnen und leisten kann, was mir vorschwebt, was ich gern tun möchte usw. und insofern ist Geld sehr wichtig.

Fichte: Und Geld als Material, Geldscheine, Silberstücke, einen großen Haufen davon sehen und anfassen, ist dir das angenehm oder ist dir das gleichgültig?

Wolli: Es ist mir wesentlich angenehmer, eine weibliche Brust anzufassen.

Fichte: Könntest du dir eine Gesellschaft vorstellen, in der es kein Geld mehr gibt?

Wolli: Nein. Ich meine als Utopie, als Traum vorstellen, aber als Realität nicht. Ich meine, wenn es kein Geld gäbe, dann gäbs eben irgendein anderes Tauschmittel, das wäre dann dasselbe wie Geld, ob das nun wie bei den Maoris oder irgendwie so runde Kieselsteine sind oder ob das vielleicht, heute in Biafra könnte das Salz sein oder irgendwas, aber das wäre dann das gleiche wie Geld.

Fichte: Hat sich dein Leben, seit du viel Geld verdienst, sehr geändert?

Wolli: Nein, nur daß ich eben mehr Zeit für mich habe.

Fichte: Hat sich das Verhalten der Leute zu dir geändert?

Wolli: Das Verhalten der Leute ändert sich immer etwas, wenn Leute wissen, daß du Geld hast, dann sind plötzlich Leute, von denen du genau wüßtest, wenn du noch Portier stündest, die sich nicht mit dir beschäftigen würden, die kommen dann in die Kneipe hin und begrüßen dich und wollen dir einen ausgeben. Aber ich gehe nicht sehr viel in Kneipen, deswegen komme ich damit nicht viel zusammen und mein Verhältnis zu den Leuten selbst hat sich eigentlich nicht geändert dadurch.

Fichte: Was hältst du von der Tatsache, daß in den Menschen künstlich, durch Reklame z. B., Bedürfnisse geweckt werden?

Wolli: Ja, ich akzeptiere das als Tatsache, daß das so ist, ich versuche für mich selber, mich nicht abhängig zu machen von künstlich geweckten Bedürfnissen, aber ich sehe bei unserer hochindustrialisierten Gesellschaft die Notwendigkeit ein, daß das so gemacht wird, daß das Geschäft weiterläuft. Ich halte das bloß für ziemlich blöd, wie sehr sich die Menschen manipulieren lassen, obwohl man selber nicht ganz frei von diesen Dingen ist.

Fichte: Glaubst du, daß in einer sozialistischen Gesellschaft diese Abhängigkeit überwunden werden kann?

Wolli: Ich glaube nicht an eine sozialistische Gesellschaft, überhaupt nicht, zumindest nicht bis an mein Lebensende und wahrscheinlich die nächsten hundert Jahre auch noch nicht, da ist die Frage nicht existent. Ich glaube nicht, daß es irgendwo eine sozialistische Gesellschaft gibt, nur die Ausbeuter wechseln. Ob man nun vom Staat ausgebeutet wird oder vom Klerus oder vom einzelnen Kapitalisten, das kommt auf dasselbe raus, darum glaube ich nicht an eine sozialistische Gesellschaft.

Fichte: Wie ist deine Einstellung zu den Negern?

Wolli: Daß einem oft so ein bißchen die Schamröte ins Gesicht kommt, zumindest die seelische Schamröte, wenn man überhaupt mit einem Neger spricht.

Fichte: Warum?

Wolli: Ja, weil die Weißen an den Negern so viel Schweinkram verübt haben, deswegen kann ich auch jeden verstehen von der black power-Bewegung oder diesen Malcom X. und diese ganzen Leute, die sind voll berechtigt, denn was man mit den Negern macht, ist eine ganz große Schweinerei.

Fichte: Praktisch hast du ja hier die Möglichkeit, mit Negern in Kontakt zu kommen. Ein Stückchen weiter vom »Palais d'Amour« ist das Sahara, wo es Neger jeglicher Herkunft gibt. Ich glaube nicht, daß du sehr ihre Gesellschaft suchst und daß sie dir sehr angenehm sind, persönlich.

Wolli: Ich suche nicht ihre Gesellschaft und ich vermeide sie nicht, wenn ich einen kennenlerne, der mir sympathisch ist, der ein Neger ist, dann ist er ein Neger, ich habe Bekannte, die hier hochkommen, die Neger sind, und wenn er ein Chinese ist oder ein Weißer ist, ist er ein Weißer oder ein Chinese. Aber ich habe keine Veranlassung, direkt die Gesellschaft von Negern zu suchen, denn ich bin kein Rassenforscher oder so was. Aber z. B. den Boxer, mit dem ich sehr gut befreundet bin, der hat einen Trainer jetzt aus Amerika rübergeholt, das ist ein Neger, den finde ich einen ganz netten und sympathischen und angenehmen Menschen, und ob er nun schwarz oder weiß ist, das ist unwichtig, wenn ich einen Neger nicht leiden kann, dann ist das eben für mich ein alter Arsch, genauso wie ein Weißer ein alter Arsch ist, der mir unsympathisch ist.

Fichte: Du sagtest, du hättest dich über Sklaverei informiert, glaubst du nicht, daß die Mädchen im Puff eine Art Sklaverei erdulden?

Wolli: Nein, sie erdulden nicht mehr Sklaverei als jedweder Arbeiter in unserer Gesellschaft überhaupt. Denn kein Mädchen ist in Deutschland heute gezwungen, Prostituierte zu werden, so wenig wie sie gezwungen ist, Schneiderin oder Fischarbeiterin zu werden, sie kann das werden, was sie will.

Fichte: Würdest du glauben, daß die Mädchen im »Palais d'Amour« besonders benachteiligt sind? Daß sie nicht genügend Bildungsmöglichkeiten hatten, daß sie also recht dumm sind? Verachtest du sie im Grunde?

Wolli: Ich finde nicht, daß sie von der Gesellschaft vernachlässigt worden sind und ich finde nicht, daß sie dumm und primitiv sind, es gibt Prostituierte, die ich achte und mit denen ich gern zusammen bin als Mensch, und es gibt Prostituierte, die ich, also verachten tu ich eigentlich kaum jemand, aber die ich eben nicht leiden mag, weil sie mir zu dumm und zu blöde sind, aber nicht weil sie Prostituierte sind; ich kenne Akademiker, mit denen ich nicht gern zusammen bin, weil sie mir zu dumm und zu blöde sind.

Fichte: Glaubst du, daß es in Deutschland noch Anti-Semitismus gibt?

Wolli: Ja, sehr viel. Unterhalte dich mal irgendwo in einer Kneipe über Juden, dann ist ganz schnell da: Ja, Juden, das sind die schärfsten, das sind Gauner, die bescheißen doch ihre eigene Mutter und so, das sind alles doch antisemitische Momente.

Fichte: Was hälst du von der Aufhebung des § 175?

Wolli: Was soll ich davon halten, das ist ein einziger Hohn, daß der § 175 jemals bestanden hat.

Fichte: Glaubst du, daß die Situation des Homosexuellen sich durch die Aufhebung des Paragraphen ändert?

Wolli: Sie lockert sich. Wir sind in der Anerkennung des Homosexuellen noch am Anfang. Sehr wichtig finde ich schon, daß der § 175 weggefallen ist oder teilweise weggefallen ist, daß die Homosexuellen nicht mehr der Erpressung irgendwelcher Strichjungen oder irgendwelcher Angestellten ausgeliefert sind, das sehe ich als den allerwichtigsten Moment an. Man sagt, der ist schwul und man grinst darüber, das sagt man von vielen Schauspielern, vor allem die junge Generation denkt ganz anders darüber, weil die Bi-Sexualität im Moment vielleicht sogar etwas mehr Mode wird, als sie im Menschen im Moment noch drin liegt, schon durch die Verschiebung der

Haarschnitte, der Mode . . daß diese jungen Leute, die jetzt 17 oder 18 sind, über Homosexualität ganz anders denken, als die Leute, die heute 45 oder 50 sind.

Fichte: Du selbst verachtest also Homosexuelle in keiner Weise, auch die vielleicht etwas lächerlich erscheinenden Tunten, die so kreischend über die Reeperbahn ziehen, alles dies sind Menschen, die du noch völlig akzeptierst?

Wolli: Nicht, die ich noch völlig akzeptiere, sondern die ich überhaupt völlig akzeptiere. Ich sitze lieber morgens und rauche mit fünf Homosexuellen, als daß ich einen anständigen Bundeswehrsoldaten in der Uniform hier sitzen habe, einfach weil er die Uniform an hat, das finde ich viel viel beschissener, jede Uniform finde ich viel beschissener als einen Homosexuellen, als eine operierte Tunte oder so was.

Fichte: Wir hatten mal eine Auseinandersetzung über ein Stück Prosa, das ich schreiben wollte, wo du mir sagtest: Ja, nun mußt du ja nicht glauben, daß das Homosexuelle noch das Normale sei. Homosexuelle sind doch eine Ausnahme.

Wolli: Ja, das meine ich. Ich nehme das Wort normal von Norm, und die Norm der Leute ist nicht homosexuell, und die Norm der Leute ist nicht lesbisch, das Normale das ist das Hetero-Sexuelle und das glaube ich auch heute noch. Ich wehr mich dagegen, wenn mir ein Homosexueller einreden will, das Homosexuelle ist das Normale.

Man kann ja gar nicht anders denken, wenn man Norm nicht qualitativ auffaßt sondern quantitativ. Man kann nicht sagen, das ist ganz normal, daß ein Mann gerne sieht, wenn eine Frau pißt, nur weil ich das gerne sehe.

Als mein Vater ein Pißmagazin sah, sagte er, das ist doch ekelhaft. Da würde ich doch weggucken. – Während ich gar nicht auf die Tampondinger stehe. Die reiß ich sogar aus den Magazinen raus und leg die immer bei Peter in die Bücher rein, weil ich weiß, daß er die auch nicht sehen mag.

Fichte: Du hast einmal gesagt, Stricher, also meistens ja normale Jungen, die mit Homosexuellen für Geld gehen, seien für dich die letzten Menschen. Warum?

Wolli: Ja, ich finde das an und für sich eine miese Sache, für

Geld Liebe zu machen. Aber jetzt kommen wir natürlich wieder ins Gehege mit der Prostitution, aber bei Strichern ganz besonders, denn der Stricher ist vielleicht nicht deswegen mies, weil er mit Homosexuellen für Geld geht, ohne homosexuell zu sein, sondern der ganze Typ des Strichers, der sich herausgeprägt hat, ist für mich ein ganz unsympathischer Typ, weil das ein ganz eiskalter Typ ist, der die im Gegensatz zu den Gebräuchen der Gesellschaft, nein warte, das ist falsch, in ihrem Sexualleben im Gegensatz zu der Norm der Gesellschaft stehenden Leute irgendwie ausgebeutet und mies behandelt, und ein Mann, der nicht homosexuell ist, sich aber verkauft, um an Geld zu kommen, das ist irgendwie ein unangenehmer Zeitgenosse, und die Stricher, die ich kenne, sind mir mehr oder weniger unangenehme Leute.
Jetzt weiß ich: weil ich einen ziemlichen Stolz habe. Der würde das ja nie zugeben, daß er Stricher ist, und da zeigt er mir, daß er unfähig ist, anders an das Geld heranzukommen. Und das ist eine dünne Sache.

Fichte: Aber es hat mal eine Zeit gegeben, da warst du von einem ungeheuer brutalen und ausbeuterischen Stricher sehr fasziniert. Ein Stricher, der nur für sehr viel Geld mit sehr reichen Leuten ging, sich dann Bar's kaufen ließ, sie auf den Namen der reichen Freunde schreiben ließ . .

Wolli: Ja, der war nicht eigentlich ein Stricher, der hat durch einen Zufall, möchte ich da sagen, als er nach Hamburg kam und nichts hatte, nämlich aus dem Gefängnis, eine Kellnertätigkeit gekriegt in einem Stricherlokal, und als Mensch, der gerne zu Geld kommen wollte, hat er seine Verdienstmöglichkeiten und seine Chancen gesehen, aber er hat dabei gekellnert und er ist weniger mit den reichen Leuten ins Bett gegangen, sondern der hat die Zechen hochgetrieben als Kellner und das ist irgendwie eine andere Sache. Ich meine hier direkt den Stricher, der sich zu Hause anzieht und losgeht in irgendein Stricherlokal und da sitzt und auf Freier wartet, obwohl er selber nicht homosexuell ist, davon abgesehen, glaube ich nicht an den Stricher, der überhaupt nicht homosexuell ist, also ein leichter Hang dazu muß da sein.
Wenn ein Vollhomo mit Bräuten geht und eine Vollesbische mit

Männern geht, nur für Geld, würde ich auch beschissen finden – und ist trotzdem was andres.

Fichte: Würdest du Dienst an der Waffe leisten?

Wolli: Ich würde nicht nur nicht Dienst an der Waffe leisten, ich würde noch nicht mal irgendwelche Uniform anziehen.

Ist sehr schnell hingesagt. Würde ich heute nicht mehr so leicht sagen. Wenn ich da so die Internationalen Brigaden sehe in Spanien. Du wohnst da, du siehst das?! Was Fidel Castro gemacht hat, ist auch Dienst an der Waffe.

Fichte: Würdest du Ersatzdienst leisten?

Wolli: Nein, aber das kann ich jetzt sagen, nämlich aus ethischen Momenten, wenn ich nichts hätte, würde ich wahrscheinlich auch die Uniform anziehen und würde bei der ersten besten Gelegenheit überlaufen. Ich weiß, daß das feige ist, aber ich bin kein Messias und ich halte das für blöde, so diese Einzelaktionen und dann sich als Held für irgend etwas opfern, was die Sache gar nicht wert ist, und wenn ich jetzt sehen würde, daß in Deutschland die Situation kritischer würde, wie etwa damals 33 für die Juden oder so, dann würde ich mein Geld langsam oder alles, was ich habe, ins Ausland lancieren und hier einen Flitzer machen und abhauen.

Das kann ich auch nicht von den Juden verstehen: daß sie dageblieben sind!

Fichte: Ja, nun würdest du aber im Ausland, also als Emigrant, gezwungen, Militärdienst zu leisten?

Wolli: Ja, das würde ich genauso wenig.

Fichte: Was würdest du dann tun?

Wolli: Wieder abhauen. Ja ich weiß, du willst darauf hinaus, würde ich gegebenenfalls auch ins Gefängnis gehen.

Fichte: Ja.

Wolli: Ich würde auf jeden Fall ins Gefängnis gehen, wenn ich schießen müßte.

Mach ich ja einen kleinen Jesus aus dem Köhler!

Aber sonst würde ich versuchen, irgendwie aus der Situation rauszukommen, so daß ich am wenigsten Beulen dabei krieg, und trotzdem irgendwie meine persönliche Freiheit und alles rüber rette, und das müßte ich eben je nach dem ausgleichen.

Ich würde wahrscheinlich einen Armeepuff aufmachen.

Aber vor die Frage am Ende gestellt, ob ich schießen würde oder mich selbst erschießen lassen wollte, dann würde ich wahrscheinlich sagen, ich will mich selbst erschießen lassen, weil ich meine, daß mein Leben sehr dufte war, ich habe viel Liebe gemacht, ich habe viel Schönes gesehen und ich möchte nicht leben mit dem Bewußtsein, irgend jemanden über den Haufen geschossen zu haben, und daß das Leben sowieso mal zu Ende ist und dann ist es eben halt 20 Jahre früher zu Ende.

Fichte: Du würdest aber im Moment noch nichts aktiv gegen Kriegsdienst unternehmen?

Da springen die Leute vor der Sauna wegen Brokdorf auf mich zu, ob ich für die Demonstration in Wilster sei? Ich sag: Ich weiß doch gar nicht, wo Wilster ist. – Muß man jung zu sein. Ältere Leute suchen da einen Job drin. Die älteren, die würden auch für alles andre quirlen.

Wolli: Ich würde überhaupt für gar nichts aktiv irgend etwas unternehmen, was mir oder meinen Freunden nicht Vorteile und gute Stunden einbringt, weil ich glaube, daß es keine politische Idee auf der ganzen Welt gibt, die wert ist, daß man dafür auch nur eine Liebesnacht opfert.

Das muß ich irgendwo aufgelesen haben. Das ist ja ein dummer Spruch, den ich mir da angelacht habe.

Fichte: In den Angriffen 1943 auf Hamburg sind 30 000 Menschen verbrannt und erstickt . .

Wolli: Das hat mich mal entsetzt vor fünfzehn Jahren, als ich anfing zu schreiben. Heute nehme ich das als Faktum, weil ich auch mit der Tatsache leb, daß jeden Tag soundso viel unschuldige Leute in Vietnam hingemetzelt werden.

Fichte: Sicherlich sind die Bombenangriffe auf Vietnam so stark wie die Terrorangriffe, die sogenannten Terrorangriffe auf Hamburg. Dreiviertel der Menschheit hungert.

Wolli: In der Welt hat es ewig Hunger gegeben und in der Welt wird es wahrscheinlich, ich weiß nicht ob ewig, aber wird es noch sehr lange Hunger geben. Anstandshalber und auch vom Gefühl aus, müßte man sagen, man sollte dagegen etwas unternehmen, ich bin aber nicht bereit, dafür auch nur eine Nacht, die

ich mit einer schönen Frau zusammen liegen könnte, darauf zu verzichten, daß tausend Kinder nicht verhungern in Brasilien. *Ganz was Schlimmes! Begreif ich gar nicht, was ich da für einen Unsinn erzähle.*
Da werden einmal tausend Kinder nicht verhungern und die nächsten tausend Kinder verhungern wieder, weil ich mich, seitdem ich Drogen nehme, damit abgefunden habe, und über meine Machtlosigkeit, über meine ganz persönliche Machtlosigkeit, die Welt entscheidend zu verändern, weiß und weil ich das für sinnlos und lächerlich halte, gegen eine große, dicke, verschlossene Stahltür mit bloßen Händen anzutrommeln, deswegen meine ich, jeder soll, das klingt billig, irgendwie vor seiner Tür kehren und jeden Menschen, der mir persönlich entgegenkommt, den versuche ich so zu behandeln und so wieder entgegen zu kommen, wie ich möchte, daß man mir entgegenkommt. Wenn zu mir einer kommt, der Hunger hat, dann kriegt der von mir was zu essen, wenn ich das hab, und wenn ich irgendwo einen Bettler sitzen sehe, selbst wenn ich weiß, das ist vielleicht ein Schweinehund, der es gar nicht unbedingt nötig hat, und ich habe Kleingeld in der Tasche, gebe ich ihm eine oder zwei Mark. Und ich bin überzeugt, wenn jeder so denken würde, dann gäbe es nämlich in Brasilien keinen Hunger und dann würde auf Vietnam keine Bombe geschmissen, dann wäre nämlich alles gut, da würden nämlich die Leute mehr lieben, das ist ein billiger Spruch: »Make Love Not War«, aber das ist richtig, dann würden sie ihre Aggressionen nicht in Kriegen austoben und Machtbedürfnissen, die nämlich wieder Hunger hervorbringen.

Fichte: Welcher politischen Theorie gibst du am meisten Chancen?

Wolli: Ja, ich bin kein Politiker, und mich interessiert das auch nicht so unbedingt; wahrscheinlich der kapitalistischen Theorie, einfach weil der Kapitalismus einsehen muß, daß er eben verschiedene Sachen lockern muß, um sich nicht das eigene Grab zu schaufeln, deswegen wird zwangsläufig der Neger in Amerika auch einmal anerkannt werden, obwohl die Mehrzahl der weißen Amerikaner das wahrscheinlich nicht mochten. Aber das ist eine zwangsläufige Sache, Sache des Selbsterhaltungstriebes.

Fichte: Gibst du der APO in der Bundesrepublik eine Chance?

Wolli: Nein, weil diese ganze APO-Bewegung zu einem sehr großen Prozentsatz aus Leuten besteht, die das Bedürfnis haben sich mitzuteilen, aber nicht die Gabe, sich auszudrücken oder sich verständlich zu machen. Für mich ist das eine ziemlich sektiererische Sache, für mich war diese ganze Sache interessant, solange das um die Hochschulreform ging, aber wir haben da ja schon oft darüber gesprochen, über dieses Problem, daß Deutschland für eine Revolution im Moment so ungeeignet ist wie überhaupt irgendwas, der Deutsche ist sowieso kein Revolutionär, und vor allen Dingen nicht der satte und vollgefressene Deutsche mit einem Volkswagen und Fernsehapparat, der jedes Jahr ins Ausland fährt.

Fichte: Fändest du es gut, wenn die APO Erfolg hätte?

Wolli: Ja, das ist eine Sache, die mich nur ziemlich am Rand interessiert. Das finde ich weder gut noch schlecht, von mir aus sollen sie Erfolg haben, von mir aus nicht, solange ich meinen Strom verdien.

Fichte: Du möchtest also ganz sicher nicht, daß die Verhältnisse in Deutschland geändert würden.

Wolli: Ich möchte so sagen, es gibt wenige Länder in Europa, in denen ich lieber leben würde, als im Moment in Westdeutschland.

Fichte: Was hälst du von der Presse hier in Deutschland?

Wolli: Ich weiß, daß die Presse weitgehend manipuliert ist, gerade diese ganze Springer-Presse, aber auf der anderen Seite bin ich real genug um zu sehen, daß die Presse eben auch ein Geschäft ist, wie alles andere, und ich kann nicht einen erfolgreichen Pressemann jetzt plötzlich da zum bösen Pudel verurteilen. Ich meine, betrogen wird die Masse sowieso, und für mich ist die ganze Politik eine einzige Bescheißerei und einziges Geschäft, was da gemacht wird, sei es diese Presse, sei es jene Presse, laß sie machen.

Fichte: Welches sind die Hauptfehler, die die außerparlamentarische Opposition begeht?

Wolli: Die Hauptfehler sind, daß sie zu unreal sind, denn die außerparlamentarische Opposition will den Bürger ansprechen und den Arbeiter, und wenn ich eine Sache erreichen will, und die wollen ein Ziel erreichen, dann versuche ich mit allen Mitteln, dieses Ziel zu erreichen, aber das scheitert bei der außerparlamentarischen Opposition schon daran, daß sie sich an vernünftigen oder einen für den Bürger vernünftigen Haarschnitt zulegen, so daß irgendein NPD-Abgeordneter, der da steht, so wie der deutsche Bürger einen Redner sehen will, dem hören sie zu, selbst wenn er noch so einen Schrott erzählt, selbst wenn jetzt einer von der APO käm, der ganz vernünftig sprechen würde, auch so, daß sie das alles verstehen, aber der kommt dann mit seinen langen Haaren und in seiner komischen Aufmachung, dann haben die Arbeiter von Haus aus eine Aversion dagegen, und schreien, und das sind für mich alles Revolutionäre, die den Bart brauchen und die die Haare brauchen. Ich meine, ich selbst lehne die langen Haare nicht ab, aber im Hinblick auf dieses Ziel, was die Leute haben, sind die mir zu unreal, in all ihren Dingen die sie machen. Ich möchte dabei auf Lenin verweisen, die Revolution, das ist ein Schachspiel, das ist eine ganz nüchterne Sache und keine Sache für Schwärmer, und die heutige APO und diese ganzen Kommunen und der ganze Kram, das sind zu 90% erfolglose Schwärmer, die da vor sich hin spinnen, und für die das zum großen Teil eine Sache ist, was früher die Mensuren waren, so ist das eben heute, daß man sich ein bißchen mit den Gerichten rumärgert, und das kann man nur, weil Deutschland ein Land ist, wo man ungestraft den Staat doch sehr angreifen kann, und sich sehr viele Dinge abkneifen kann, um den Staat vermeintlich ein bißchen in Unordnung zu bringen.

Denk ich auch heute noch.

Fichte: Glaubst du, daß Marx mit seiner Deutung der Realität recht hat?

Wolli: Ich gebe dem Kapitalismus als solchem nicht die Schuld, der Kapitalismus ist eine Gesellschaftsform, die von Menschen gemacht worden ist, und der Mensch als solcher, der hat daran schuld.

Fichte: Der Mensch, der Geld haben will, Besitz haben will, oder der Mensch, der Macht haben will?

Wolli: Das geht Hand in Hand. Zuerst will der Mensch Besitz haben, und wenn er genügend Besitz hat, dann will er Macht haben, nach der er strebt, und um Macht und Besitz zu haben, dann wird er andere unterdrücken, dann wird er welche, die dümmer sind, oder schwächer sind, ausbeuten, aber der ausgebeutete Mensch, der ist nicht der ausgebeutete Mensch, weil er zu anständig ist, um andere zu unterdrücken, sondern nur, weil er zu faul und zu dumm dazu ist, also der Kapitalist und der Sklavenhändler, der ist nicht besser als der Sklave oder der ausgebeutete Arbeiter, der ist nur einen Tick cleverer und einen Tick schlauer, denn der Sklave und der Ausgebeutete, die würden gern mit ihren Unterdrückern tauschen.

Hab ich im Bergbau ein Gedicht geschrieben:
– Und du Prolet, warum du nur die trockne Rinde frißt,
Nicht weil du zu moralisch zum Betrügen und zum Morden –
Nein, weil du zu dumm dazu bist.
Überflüssig zu sagen, daß ich das auch heute noch meine.

Fichte: Glaubst du, daß Gewaltlosigkeit dic Situation unserer Welt verändern kann?

Glaub ich mehr denn je. Das größte Vorbild für mich ist Gandhi. Gandhi ist wichtiger als Marx und Lenin.

Wolli: Das ist eine sehr große Frage, aber für mich ist in unserer Welt die wichtigste Figur, die da drin rumläuft, das bin ich selbst, obwohl ich nicht absolut wichtig bin für die Welt, und nicht objektiv wichtig bin, aber subjektiv für mich, bin ich wichtig und für mich ist das die Form, die mir am meisten zusagt. Also daß ich selbst eben nicht Gewalt anwenden will.

Fichte: Ja, und möchtest du andere auch dazu überzeugen.

Wolli: Überzeugen von irgendwas, möchte ich überhaupt keinen anderen, sondern die Menschen, die den gleichen Trip mit mir haben, die lernt man kennen und die findet man, mit denen spricht man darüber. Was heißt überzeugen, weiß ich ob das, was ich sage, richtig ist und ob das stimmt, aber ich will keiner sein, der Gewalt anwendet.

Fichte: Glaubst du, daß anarchistische Aktionen von einzelnen die Realität in der Bundesrepublik oder sogar in Amerika verändern könnten?

Wolli: Nein, das glaube ich nicht und ich lehne solche Aktionen ganz entschieden ab.

Lenin hat das ja auch abgelehnt. Und Lenin war ja kein Dummer. Lenin und Trotzki waren da nicht einer Meinung.

Fichte: Wir werden im Herbst in der Bundesrepublik wählen. Interessieren dich diese Wahlen?

Wolli: Nicht wesentlich.

Fichte: Hast du je gewählt?

Wolli: Nein, und ich werde auch diesmal nicht wählen.

Fichte: Aber fürchtest du nicht, daß durch Stimmenthaltung der Prozentsatz der extremen rechten Stimmen gewichtiger wird?

Wolli: Fürchte ich nicht, und wenn es so ist, dann ist es so. Der Deutsche ist sowieso ein alter Nazi-Ochse und wird es noch lange bleiben.

Ja.

Fichte: Wie glaubst du wird die Wahl ausgehen.

Wolli: Ich habe darüber nicht viel nachgedacht, aber ich bin überzeugt, daß die NPD einen Stimmenzuwachs erhalten wird, und daß ansonsten die CDU wieder die führende Partei sein wird.

War aber nicht so. Die Anerkennung der DDR ist sehr problematisch. Die DDR hat keine gewählte Regierung. Es war praktischer, die DDR anzuerkennen, aber moralisch ist das nicht. Das ist ein philosophischer Fehler. Und dabei war ich immer von Brandt begeistert.

Fichte: Und wie, glaubst du, wird die Koalition aussehen?

Wolli: Glaubst du! Laß sie aussehen wie sie will, mir ist es egal.

Fichte: Willst du von Maulwurf ein Kind haben oder von einer anderen Frau.

Wolli: Nein.

Fichte: Warum nicht?

Wolli: Ja, das klingt ganz brutal, aber ein Kind würde meine Bequemlichkeit sehr stören.

That's right!

Fichte: Meine nächste Frage entfällt also, du hast sicherlich keinerlei Ideen zur Kindererziehung?

Wolli: Doch, sehr viele. Eine Sache, über die ich manchmal nachdenke und über die ich manchmal träume, wenn ich zu sehr viel Geld kommen würde oder zu mittelmäßig viel Geld, dann hätte ich ganz große Lust, Kinder aus asozialen Verhältnissen zu erziehen, dann ein Kinderheim zu bauen und versuchen, den Jungs oder den Mädels den Glauben ans Leben wiederzugeben, daß das doch nicht alles so beschissen ist und nur mit Gewalt geht, wie sie das in ihren Hinterhöfen kennengelernt haben, es würde mich unheimlich freuen, wenn die klar kämen im Leben dann, das würde ich eine ganz tolle Sache finden. Es interessiert mich unwahrscheinlich, wie ich Lehrer einen für mich ganz interessanten Beruf fände, nicht mit ABC-Schützen und so, sondern sagen wir mit 14 bis 18jährigen.

Fichte: Was sind die Hauptfehler, die in der Erziehung heute gemacht werden?

Wolli: Daß man zu wenig Zeit für die Kinder hat, und die zu sehr nach den Erziehungsidealen erziehen will, die man mal selbst als Kind gepredigt gekriegt hat.

Fichte: Bist du für die Prügelstrafe?

Wolli: Nein.

Fichte: Wie würdest du ein Kind bestrafen?

Wolli: Gar nicht bestrafen. Ich möchte dem Kind beibringen, daß sich das schämt für irgendeine Handlung und daß es einsieht, daß diese Handlung falsch war, und dann braucht man nicht unbedingt zu strafen, obwohl ich nicht ausschließen würde, wenn ich ein Kind hätte, daß ich dem nicht ab und zu mal eine Ohrfeige geben würde, aber einfach weil, naja, weil ich eben explodiere und durchdreh. Aber ich würde ein Kind nicht regulär verprügeln, oder so was, weil prügeln sowieso was Mieses ist.

Fichte: Wenn die Kinder jetzt nach deiner politischen Auffassung fragen würden, was hälst du für besser Sozialismus oder Kapitalismus, was würdest du diesen Kindern sagen?

Wolli: Kapitalismus.

Fichte: Wenn die Kinder in der Pubertät anfingen sexuelle Ressentiments zu bilden, was würdest du tun?

Wolli: Ja, dann würde ich die Kinder darüber aufklären und denen erzählen von dem Hormonhaushalt im menschlichen Körper und so weiter und so fort, und ich würde sagen, warum darf es die nicht geben, wem tut die Lesbierin oder wem tut der Schwule was Böses, und was keinem anderen Böses tut, aber ihm selbst Gutes tut, warum soll er das nicht machen.

Fichte: Die Kinder in deinem Kinderheim wären mit 15 reif, du hättest also sexuelle Probleme zu lösen, und jetzt gäbe es in der Nachbarschaft dieses Heims sogenannte Sittenstrolche, gute Onkels, die mit Bonbons und Kinokarten versuchten, sich an die kleinen Jungs und an die kleinen Mädchen ranzumachen, wie würdest du reagieren?

Wolli: Ich würde die Kinder darüber aufklären, daß sie da nicht mitgehen und daß das Menschen sind, die ihnen Böses wollen und die böse sind und schlecht sind und einfach aus dem Grunde, weil sie um ihre eigene Lustbefriedigung zu suchen, diese Kinder in ganz frühen Jahren schon dazu bringen, daß Liebe oder Sexualität eine käufliche Sache sein kann, und dabei wird das Schöne von der Sexualität genommen, denn beim zweiten, dritten Mal, beim ersten Mal geht das Kind aus Neugierde mit, und beim zweiten-drittenmal, weil es mehr Bonsche haben will und noch mehr Bonsche haben will und das wäre ein Moment, den ich bei dem Kind in die Liebe oder in den Sex möglichst nicht reinbringen möchte, weil Sex keine Handelsware ist.

Ich finde es ganz schlimm, wenn Geld an ein Kind herangetragen wird. Bei Erwachsenen ist es was Andres.

Fichte: Nun wären das Leute, die es nicht mit Bonsches versuchten. Es wäre also ein gut aussehender, gebildeter junger Mann .. von 35 Jahren, der versuchte ein 14jähriges Mädchen für sich zu gewinnen, auch zu sexuellen Handlungen.

Wolli: Ja, warum soll ich das ablehnen? Wenn er zu dem 14-jährigen Mädchen nett ist, denk an meine Frage am Anfang, wie ich die Liebe kennengelernt habe, war ich ein Jahr älter, war ich etwa fünfzehn, mit einer Frau, die etwa zwanzig Jahre älter war, ich hab die Liebe sehr dufte kennengelernt. Das würde ich keinesfalls mies finden.

Wenn eine mit Geld angefangen hat, bei einem alten Mann, und plötzlich kommt ein junger, sympathischer, dann sieht sie nicht ein, warum sie ohne Geld soll. Das sind die, die später Orgasmusschwierigkeiten haben. Für die ist das nicht Jucken. Und dann kommt ein Rosenstrauß und plötzlich gehts. Ich geh sogar soweit, wenn eine mit 15 kommt und sagt: Gib mir fünf Mark fürs Kino dafür! – O. K. – Das hat sie gesagt. Für die ist es schon eine Ware. Ich will nicht derjenige sein, der es für ein Mädchen zur Ware abgestempelt hat.

Fichte: Du würdest es auch nicht mies finden, wenn dieser 35-jährige Mann versucht, mit 14, 15jährigen Jungen sexuelle Handlungen vorzunehmen?

Wolli: Würde ich weniger gut finden, weil ich weiß, was Homosexualität für unwahrscheinliche Probleme jetzt noch in unserer Zeit, vielleicht wird das mal anders, bei uns in Deutschland hervorruft. Weil der Junge vielleicht nicht homosexuell ist, auch keine homosexuelle Ader in sich hat, sich vielleicht furchtbar schämt, daß er das einem Freund mal erzählt oder wo er meint, das ist ein Freund, mit dem er sich später streitet, der das dann rumerzählt, das ist ein Schwuler, das ist ein Arschficker, und ich möchte den ganz jungen Menschen, den 14jährigen, vor diesen Problemen im Sexus noch bewahren und versuchen, daß er sich zum Normalen, von der Norm aus gerechnet, erst mal hin entwickelt und daß er den Sexus als schöne Sache erlebt, und möglichst als weitgehendst problemlose Sache.

Fichte: Glaubst du wirklich, daß dieser Schock so sehr viel größer ist, als die Verfälschung, die du in dem Kind anrichtest, wenn du es auf die Norm ausrichtest.

Wolli: Ja, ich möchte so sagen, daß dieser Mensch, der da nur auf diese 14, 15jährigen kann oder 13jährigen, das ist bedauernswert, der tut mir irgendwie leid, aber genauso leid tut mir ein Mensch, der nur auf Vergewaltigung kann, und ich würde das nicht dufte finden, wenn da eben einer, ein sogenannter Sittenstrolch, da um das Heim rumschleicht und nun versucht die 13, 14jährigen Mädchen zu vergewaltigen.

Fichte: Jeder Mann, der, nun nehmen wir mal einen 15jährigen Jungen oder ein 15jähriges Mädchen liebt, ist ja nicht unbedingt ein Sittenstrolch. Du wärst also trotzdem bereit, das zu unterbinden?

Wolli: Ja, in homosexueller Beziehung, ja.

Fichte: Auch bei Mädchen zu Frauen?

Wolli: Nicht so entschieden, aber doch, bei genauerer Überlegung, ja.

Fichte: Nun würde es sich um einen Jungen handeln, der sehr gerne mit diesem Mann ein Verhältnis hätte.

Wolli: Ja, das wären so einzelne menschliche Probleme, die man von Fall zu Fall lösen könnte.

Fichte: Würdest du so weit gehen, diesen Mann, der sich nicht überzeugen läßt, anzuzeigen?

Wolli: Ja, anzuzeigen wohl kaum, aber ich würde versuchen zu unterbinden, daß er in der Nähe des Heims sich aufhält, und da Jagd auf die Kinder macht.

Wenn ich das Buch »Pubertät« nehme und die enormen Schwierigkeiten sehe – wäre der Pozzi nicht gekommen und hätte der Junge eine nette Braut gehabt, hätte er sich viele Sachen, Selbstquälereien erspart.

Fichte: Hast du mit 14, 15 Jahren eine große Zuneigung zu einem älteren Mann empfunden, eine nicht-sexuelle Zuneigung?

Wolli: Ja, ich glaube, jedenfalls auf keinen Fall so eine tiefe Zuneigung, daß sie mir jetzt spontan in Erinnerung wäre.

Fichte: Träumst du viel?

Wolli: Viel ist relativ. Ich weiß nicht wieviel andere träumen, aber ich träume. Meinst du Tag- oder Nachtträume jetzt?

Fichte: Ich meine erst einmal Nachtträume.

Wolli: Jede Nacht vielleicht nicht, obwohl die Wissenschaft nachgewiesen hat, daß man wahrscheinlich bei sechs Stunden Schlaf etwa drei bis vier Stunden träumt. Aber mir sind nicht sehr oft morgens Träume im Bewußtsein noch, daß ich sage, ich habe von dem und dem geträumt.

Fichte: In welcher Art träumst du, farbig oder nicht?

Wolli: Verschieden, ich habe farbig geträumt und auch nicht farbig.

Fichte: Hast du Träume, die immer wiederkehren?

Wolli: Zeitweise habe ich so einen Art Fortsetzungsroman geträumt, aber jetzt schon ziemlich lange nicht mehr.

Ja, das war heiß, die sind lange nicht mehr gekommen.

Fichte: Was war das für ein Fortsetzungsroman?

Wolli: Ja, auf die Frage habe ich jetzt gewartet, da denk ich nämlich selbst schon nach, was das war, aber ich weiß, das war son Dings, das hab ich der Mauli morgens noch erzählt und das war so witzig, ich bin abends direkt gern ins Bett gegangen, ich gehe ja morgens ins Bett, und hab gesagt mal sehen, wie es weitergeht, und dann war ich richtig sauer, wenn das mal ausblieb. Ich weiß aber gar nicht, wie die ganze Sache ausgegangen ist, das war jedenfalls mehrere Tage eine richtige spannende Story, wie so eine Illustrierten-Geschichte, wo man interessiert war, wie es weitergeht.

Fichte: Und du erinnerst dich auch jetzt nicht im Moment an andere Träume?

Wolli: Nein, eigentlich nicht.

Fichte: Träumst du schreckliche Dinge, träumst du lustige Dinge?

Wolli: Gemischt.

Fichte: Hinrichtung?

Wolli: Nein, Hinrichtung würde ich nun wieder nicht sagen.

Fichte: Träumst du von sexuellen Dingen viel?

Wolli: Leider viel zu wenig, ich freue mich immer, wenn mal ein sexueller Traum kommt, wenn ich enthaltsamer leben würde, dann würde ich wahrscheinlich mehr davon träumen, bloß man hält das nicht aus, denn die sind ja so geil, die sexuellen Träume.

Fichte: Erinnerst du einen sexuellen Traum?

Wolli: Ja, die sind alle so ähnlich irgendwie, daß sich eine Frau auszieht, sei das im Bad oder so, mich in die Arme nimmt und du siehst eine riesenhafte Muschi und dann bumst du ganz toll oder so, mies ist natürlich, wenn dich gerade jemand weckt, wo du ihn reinstecken willst, das ist mir mal bei der Volkspolizei passiert, das war nur so beschissen, ich dachte, oh, jetzt! und das wär auch was geworden und da rüttelt mich einer wach, na dann bist du richtig sauer.

Fichte: Und Tagträume?

Wolli: Ach ja.

Fichte: Und was sind da deine Vorstellungen?

Wolli: Ja, die sind oft hervorgerufen, wenn ich bei mir im Zimmer sitze, du siehst, das ganze Zimmer ist voll Bilder und voll farbiger Posters, die so in ziemlicher verworrener Pop-manie gemalt sind, und dann denkst du darüber nach und träumst und dann siehst du Sachen von Reisen, ich bin sehr gern traurig, irgendwie, bei entsprechender Musik, dann träumst du dich in so eine Traurigkeit hinein, läßt dich in so einer Traurigkeit wiegen und . . also nicht du, aber ich, meine ich.

Fichte: Und die sind auch farbig?

Wolli: Ja, das ist weder farbig noch schwarz-weiß, das sind Träume mit offenen Augen, das registrierst du gar nicht ganz, wenn du dann registrierst, was hast du eben geträumt, dann weißt du gar nicht, hast du geträumt oder hast du nicht geträumt, das ist irgendwie so ein kontrolliertes Träumen, möchte ich mal sagen.

Fichte: Du bist also wach und lenkst dann deine Vorstellung in eine gewisse Richtung, oder sind es die Vorstellungen, die dich mehr und mehr von deinem Bewußtsein entfernen, und du schläfst dabei ein.

Wolli: Nein, nein.

Fichte: Du bleibst wach.

Wolli: Da bleibe ich wach, das wird oft durch Musik hervorgerufen, durch irgendeine Schallplatte, wo dann gesungen wird dabei oder gesprochen wird, und dann hörst du plötzlich gar nicht mehr zu, sondern grübelst über irgendeinen Satz nach und lebst da so ein bißchen drin.

Fichte: Ich meine mich zu erinnern, daß du mir vor langer Zeit einmal sagtest, du hättest Erfahrungen mit Rauschgift gemacht.

Wolli: Ja, mit LSD und mit Haschisch jahrelang.

Fichte: Und wie sind bei Haschisch deine Vorstellungen?

Wolli: Die entfernen sich nicht wesentlich von der Wirklichkeit. Du erlebst nur alle Dinge intensiver, die Musik klingt schöner, du bist duldsamer anderen gegenüber, das sind auch Sachen, die du an dem Tag dann hinüberrettest in dein Nicht-berauscht-Sein, und du denkst über Sachen nach, die dir sonst vielleicht des Nachdenkens gar nicht wert gewesen wären. Ich würde sagen, obwohl das irgendwie anmaßend klingt, aber durch Haschisch oder auch LSD kommst du einer innerlichen Vervollkommnung näher.

Fichte: Ist es nun ein gradueller Unterschied zwischen dem Rausch, der durch Haschisch hervorgerufen wird, und dem, der durch LSD hervorgerufen wird, oder sind es ganz wesentliche Unterschiede?

Wolli: So sehr wesentlich nicht. Ich würde sagen, LSD vertieft noch mehr, beim LSD-Genuß hast du Visionen, die du beim Haschisch nicht hast.

Fichte: Welcher Art sind diese Visionen?

Wolli: Also Farbvisionen, wenn du irgendein Glas anguckst, daß das plötzlich größer wird oder kleiner wird, also daß sich die Dimensionen im Zimmer verändern und daß das farbig wird, daß du, wenn du rotes Licht oder Kerzenlicht im Zimmer hast, daß das Licht tatsächlich anders aussieht, als du es sonst siehst, das sieht plastischer aus, das Licht kann nicht plastisch aussehen, aber die Gegenstände, die Kerze, alles sieht plastischer aus, es leuchtet alles irgendwie von innen heraus mehr.

Fichte: Kommen auch Erinnerungen an frühere Erlebnisse im Rausch?

Wolli: Ja, z. B. kannst du schon beim Haschisch, ich meine ich spreche einigermaßen englisch, aber nicht so gut, daß ich die Schallplatten lückenlos verstehen kann, und wenn du berauscht bist, dann verstehst du englisch besser.

Das hab ich auch von anderen bestätigt gefunden.

. . Du entsinnst dich irgendwie an mehr Worte aus der Schulzeit oder so, du verstehst das besser, vielleicht konzentrierst du dich auch mehr drauf, auch wie du gerade sagtest mit Erlebnis, an irgendein Jugenderlebnis, du kniest dich mehr rein und deswegen geht der Prozeß schneller, du würdest wahrscheinlich genau zu demselben Endergebnis kommen, wenn du tagelang darüber nachdenkst und im Hasch dauert das vielleicht fünf Minuten und dann hast du das Ganze.

Fichte: Sind dir diese Erlebnisse sehr angenehm?

Wolli: Zumindest nicht unangenehm, im Hasch dann bist du oft so etwas jenseits von Gut und Böse und im LSD auch. Du bist Betrachter deines Lebens und lebst das zu gleicher Zeit, aber du stehst irgendwie drüber und nimmst das alles gar nicht mehr so wichtig.

Fichte: Wurden dir nicht auch viele Ereignisse sehr komisch. Hast du nicht furchtbar witzige Einfälle gehabt, während deiner Räusche?

Wolli: Ja, daß du über die einfachsten Sachen lachen mußt oder du kannst das aber abbremsen, du kannst dich, so weit wie du dich auf das Gebiet der Phantasie begibst, das liegt an dir selbst, so weit du dich darauf begeben willst, und das kann natürlich sehr lustig sein, also du denkst vielleicht über irgendeinen Stierkampf nach, über einen Torero oder so, dann steigerst du dich mehr rein, daß du der Torero bist, und dann kommt dir vieles auch so lustig vor, wie Leute da brüllen in der Arena, und gucken und . .

Fichte: Würdest du sagen, daß du dich befreit fühlst im Rausch?

Wolli: Befreit ist ein falsches Wort, denn dann würde ich mich, wenn ich nicht im Rausch bin, gebunden fühlen. Aber ich würde sagen, seit ich Drogen nehme, daß ich also, in Anführungsstriche gesetzt, weiser werde, und ich habe diese Erfahrung auch mit anderen Leuten gemacht, die Drogen genommen haben, die gesoffen haben und richtiggehende Schläger waren, die Hippies abgelehnt haben als »langhaarige Penner« und so in diesem Stil, nachdem die ungefähr ein viertel Jahr geraucht haben, da haben sie das alles akzeptiert. Du wirst wesentlich toleranter dadurch.

Fichte: Du würdest auch sagen, also daß Haschisch Leute von anderen Süchten befreit, Trinker heilt, ich glaube du dachtest da auch an Ulli, der ja, seit er Haschisch nimmt, nicht mehr trinkt und . .

Wolli: . . und der hat leider wieder angefangen zu saufen jetzt.

Fichte: Ja und doch im Suff also Leute zusammenschlug . .

Wolli: . . im Suff ganz unangenehm und brutal ist und im Haschisch kommen diese Aggressionen nicht zur Auswirkung.

Fichte: Du würdest also sagen, Haschisch erzeugt keine Süchtigkeit?

Wolli: Nein.

Fichte: Im Gegensatz zu Alkohol und Rauchen.

Wolli: Ich würde auch sagen, daß Alkohol und Rauchen keine Süchtigkeit erzeugt. Ein Alkohol-Süchtiger ist so weit süchtig, wie er das sein will, aber Alkohol ist nicht eins der Suchtgifte, von denen du voll abhängig bist, nehmen wir extreme Fälle aus, also im Extremfall kann einer auch haschischsüchtig sein, aber das ist anders wie, ich will mal sagen, wenn du einen Trinker hast und der kommt ins Krankenhaus oder ins Gefängnis, ja, der geht nicht kaputt, wenn er nicht trinkt, und das ist das gleiche bei Haschisch und bei LSD oder mit Peyotl oder Mescalin und so, das sind auch alles Sachen, die er nicht haben muß, im Gegensatz zu Heroin oder Morphium, Opium, die muß er haben, weil er eben sonst zu Grunde geht, wenn er lange genug das genommen hat, bei Heroin und allen Opiaten etwa, das kann schon nach vier bis sechs Wochen sein, daß du ihn entwöhnen mußt, langsam, was bei Haschisch nicht ist.

Fichte: Heroin im Gefängnis?

Wolli: Ja, zumindest kriegen die dann Amphitamin.

Fichte: Opiate hast du nie genommen?

Wolli: Ich habe kleine Versuche damit gemacht.

Heroin habe ich nie genommen. Ich wäre richtig neugierig darauf. Man ist letztlich neugierig auf jede Droge, die man nicht kennt. Man ist neugierig auf alles, was man nicht kennt.

Wenn ich so neugierig wäre auf Heroin und auf Morphium, hätte man es ja mal geholt. Gibt es ja überall. Aber ich weiß, daß ich diese Dinge noch mal probieren werde. Ich habe mir das Alter von 60 dafür gesetzt. Auch Hexerei. Ich bin überzeugt, das geht. Das ist eine technische Sache. Natürlich kannst du jemanden mit Hexerei töten, aber das wirft dich zehn Erdenleben zurück. Du mußt immer der sein, der stirbt, von den beiden, da liegst du immer vorn.

Mir erscheint der Tod ja schon als lieber Freund. Wenn ich im Lotto gewinnen würde und hätte eine Million für die Linda im Kasten, würde ich direkt auf den Tod zu leben. Der ganze Luxus kommt mir etwas infantil vor. Ich kriege ja Sachen über. Laß die 20jährigen rumficken. Bei uns geht es um den Kopf.

Fichte: Und du meinst, man würde von Haschisch nicht abhängig?

Wolli: Das meine ich nicht nur, das weiß ich, weil ich Leute kenne, die zwanzig Jahre Haschisch nehmen und die sagen, jetzt fahr ich in Urlaub sechs Wochen, und dann nehmen sie nicht einen Zug Haschisch, obwohl sie das in der Tasche haben oder mit raufschleppen können, und sagen, jetzt leben wir mal richtig gesund.

Ich auch.

Fichte: Und hat der tägliche Haschischgenuß eine gesundheitsschädliche Wirkung?

Wolli: Ich würde sagen der tägliche Haschischgenuß ja, weil er dich lähmt etwas, du wirst durch täglichen Haschischgenuß bißchen müde und gelassen, du sagst die Buchführung, na ja, mach sie mal morgen, mach sie mal übermorgen, ich würde Haschisch nicht empfehlen, sehr jungen Leuten, die in der Lehre oder so was sind, meinetwegen in großen Abständen mal, aber wie ich überhaupt keine Rauschgifte sehr jungen Leuten empfehlen würde, auch nicht Alkohol, weil für einen jungen Menschen die Welt noch so interessant sein muß, und so berauschend, daß er nicht zu einer Steigerung greifen muß, um das Leben schöner oder anders zu sehen, weil für ihn das Leben erst mal so interessant ist, weil er das noch gar nicht so kennt.

Fichte: Und hast du Gedächtnistrübung bei Haschisch erlebt?

Wolli: Wenn du viel Haschisch rauchst, paar Wochen hintereinander, fast jeden Tag, dann ja, dann arbeitet dein Gehirn nicht mehr so flott, wie das sonst arbeitet.

Fichte: Aber das kann ja auch auftreten bei sehr starkem Alkoholgenuß oder . .

Wolli: . . dann tritt das auf jeden Fall schneller und früher auf, denn ich habe vor Jahren auch mal viel Alkohol getrunken, und seit ich Haschisch geraucht habe, überhaupt nicht mehr.

Fichte: Und wie ist es nun mit LSD.

Wolli: Ja, mit LSD ist bis jetzt, da hatten wir vorhin schon mal darüber gesprochen, sehr wenig experimentiert worden, als Rauschmittel wird das etwa seit sechs Jahren verwandt. Ich sagte vorhin, in der Psychiatrie seit 1935 etwa. LSD halte ich für bedenklicher, denn nach dem Genuß von LSD habe ich mich etwa noch eine Woche hinterher paar Mal ziemlich matschig gefühlt, während am nächsten Tag, wenn du Haschisch geraucht hast, bist du genauso wach und wachst genauso dufte auf, also ein Alkoholkater liegt dir vielmehr in den Knochen als ein Haschischrausch.

Fichte: Du hast mal gesagt, du möchtest so leben, wie du nur irgend kannst, und wärst bereit, für eine Laune auch genauso gut danach ins Gefängnis zu gehen, weil du dich nicht in deinen Möglichkeiten beschneiden lassen willst.

Wolli: Ja, das ist sehr schwer zu sagen oder darauf was zu antworten, denn wenn ich für eine Laune ins Gefängnis gehen möchte, weil ich mich in meinen Möglichkeiten nicht beschneiden lassen möchte, dann muß ich mich ja ziemlich lange beschneiden lassen, also das muß man genau abwägen, dann muß diese Laune schon sehr sehr wichtig und wesentlich sein, um ins Gefängnis zu gehen.

Fichte: Hast du schon gesessen?

Wolli: Ich hab mal zehn Tage in Haft gesessen, da sollte ich 300 Mark Geldstrafe bezahlen oder zehn Tage Haft, aber ich glaube, ich habe 1 200 Mark an der Gefängniskasse abgegeben, weil ich mal sehen wollte, wie das im Knast ist, und dann habe ich mal drei Monate im UG gesessen, aber bin anschließend auf Kosten der Staatsanwaltschaft beim Termin freigesprochen worden.

Fichte: Sind die Erfahrungen, die du bei Trips gewinnst, dir die Gefährdung durch LSD wert?

Wolli: Ja und nein. Diese Erfahrungen sind nicht so, daß sie dein Leben wesentlich verändern, aber doch dein Bewußtsein und dein Sein toleranter machen,

Diese Erfahrungen ändern ganz entschieden dein Leben, wenn du es über längere Zeit machst. Ich habe 66 zum ersten Mal Haschisch genommen und 68 zum ersten Mal LSD, also vor dem Interview 69 vielleicht drei Mal. Will mal kurz so sagen:

Ich war im Puff mit einem Partner zusammen, wir hatten damals gleich viel. Der Partner hat heute mehrere Geschäfte auf St. Pauli. Hat ein Haus mit Swimming-Pool und er ist einer der Großen von St. Pauli. Während ich von einem Puff mit 16 Zimmern bei einem Puff mit 8 Zimmern angelangt bin und den habe ich noch von diesem ehemaligen Partner abgemietet. Er hat mal bei mir als Wirtschafter angefangen.

So verändert Haschisch dein Leben.

LSD ist noch einschneidender. Haschisch ist 25%iger Likör. LSD ist 75%iger Rum.

Du erreichst nicht mehr das, was mein Partner erreicht hat, nicht, weil du es nicht mehr schaffst, sondern, weil es dir nicht mehr als erstrebenswert erscheint.

Du brauchst keinen 300er Mercedes mehr, du brauchst keinen Swimming-Pool mehr.
mir wäre das nicht wert, darum experimentiere ich mit LSD auch sehr selten, etwa einmal im Vierteljahr oder so, mich da ernsthaft gesundheitlich zu gefährden.

Fichte: Und diese Gefährdung siehst du immerhin.

Wolli: Die sehe ich, wenn ich das öfter machen würde, ja, aber einmal alle vier oder fünf Monate sehe ich das nicht, und wenn das ernsthafte Schäden geben würde, dann würde ich auch nicht alle fünf oder vier oder drei Monate LSD nehmen, dann würde ich das gar nicht nehmen, denn so groß kann keine Erfahrung sein, daß du vielleicht dann jahrelang als Krüppel rumläufst.

Fichte: Hast du mit Benzedrin und dem mexikanischen Kaktusextrakt und Marihuana Erfahrung?

Wolli: Marihuana und Haschisch ist im Prinzip dasselbe, denn das ist beides aus dem indischen Hanf, und das Marihuana, da rauchst du unvermischt, das Zeug pur mit allen guten und schlechten Bestandteilen, und Haschisch ist daraus ein Konzentrat, also das ist im Rausch etwa das gleiche. Mit Benzedrin habe ich Erfahrung und finde das nicht schön, weil Benzedrin, wie man in den Beat-Kreisen sagt, einen Speed-High gibt, genau wie Präludin, Pervitin oder Captagon, und ich liebe den Speed-High nicht, das ist ein aufgeregter High, du bist nervös, du knirschst mit den Zähnen, du rennst rum, du kannst nicht einschlafen, du bist aufgeputscht, und dieses Aufgeputschtsein habe ich nicht gern, ich habe gern diesen Yellow-Mellow-High, den Haschisch vermittelt und den auch LSD vermittelt, und mit Peyotl und Mescalin habe ich noch keine Erfahrung gemacht,
Inzwischen ja.
weil es hier ziemlich schwer zu bekommen ist und das ist auch so, daß ich nicht dahinterher jage, wenn ich da irgendwo eine Möglichkeit hätte, wenn mir das zufällig einer anbieten würde oder so, dann würde ich auch einen Versuch damit machen, damit ich weiß, wie das ist, sicher.

Fichte: Hast du im Rausch, im Haschisch-Rausch sexuelle Erfahrungen sammeln können oder ist die sexuelle Sphäre ziemlich ausgeschaltet?

Wolli: Nein, die sexuelle Sphäre, die ist gut da, du verlierst viele Hemmungen, aber ohne dabei tierisch

Wann sind die Tiere tierisch?

Wenn du auf die Frau losstürzt und sie anschreist!

Und welche Tiere machen das?

zu werden, du wirst gelöster und leichter, wie die Musik schöner ist, wie eine Platte, die etwa drei Minuten spielt, dir vorkommt wie zehn Minuten, so ist die Liebe, so ist der Beischlaf, so ist das Schmusen alles schöner dabei, intensiver.

Einen göttlichen Orgasmus gibt das drei Minuten lang. Du denkst, du spritzt an die Decke.

Fichte: Du sagst, es gibt eine Musik, die für den High geschrieben ist, welche Platten sind das hauptsächlich?

Wolli: Denk ich an Sachen von den Rolling Stones, ich denk an die »Mystery Tour«, diese Platte von den Beatles, ich denk an die Platte von der Tea Company, ich denke an die ganze Lyrik von Ginsberg, Corso, Ferlinghetti, ich denke weitgehend, daß sehr stark high beeinflußt ist die Musik von Charly Parker, obwohl diese Musik nicht für einen High geschrieben ist, aber ich glaube, daß eine Reihe Platten des Underground und des Beat direkt für den High geschrieben sind, weil die sich nämlich, auch Platten gerade der Bonzo Dog Band, die den, den »Gorilla« rausgebracht, die nüchtern für fast alle Leute ziemlich uninteressant sind und die im High unwahrscheinlich gut klingen, weil deine ganzen Möglichkeiten verfeinert sind, du hörst viel genauer hin, die Musik kommt dir viel langsamer, viel länger vor, du hörst jedes Hinter- und jedes Nebeninstrument, und ich glaube, daß diese Sachen beabsichtigt sind, und daß du daraus schon beim Anhören merkst, daß diese Leute große Drogenerfahrung haben.

Fichte: Glaubst du, daß sie high sind und für den High komponieren oder daß sie nicht high sind, aber genau die Wirkungen des High beim Komponieren oder beim Aufnehmen mit einbeziehen?

Wolli: Beides. Ideen mögen oft im High kommen, Fetzen davon, und wenn sie nicht high sind, dann schreiben sie das und hören sich diese Sachen, diese Bänder im High an, und merken, was im High störend wirkt und was im High verstärkend wirkt und sondern das dann aus, bis eine Platte dann rauskommt, denn ich weiß, ich habe ja eine Zeit mal den Road-Manager gemacht für etliche Beat-Bands, wie unwahrscheinlich lange heute gute Beat-Bands an Platten arbeiten, daß da oft 90 Stunden vergehen, ehe die eine Platte fertig haben und viele Sitzungen zu nötig sind.

Fichte: Du bist ganz sicher, daß diese Musik erst ganz verstanden wird, erst ganz realisiert werden kann, wenn der Zuhörer im High sich befindet?

Wolli: Ganz 100%ig sicher.

Fichte: Was sind Dinge, die stören im High?

Wolli: Dinge, die falsch sind und die nicht gut sind, die sich von der Vervollkommnung sehr weit entfernen, fast alle deutschen Schlagersänger, Schlager, die sonst ganz nett klingen oft, dann hörst du im High, wie ungeheuer falsch da oft gesungen wird, wie falsch gespielt wird dabei, daß das direkt weh tut, daß du diese Sachen überhaupt nicht anhören kannst. Und manchmal Platten, die dir nüchtern gar nicht so viel gegeben haben, moderne Auffassung von Bach, die eben im High unwahrscheinlich gut klingen.

Da könnte Linda zu sagen: Wenn der nun high sein muß, um zu hören, daß die deutschen Schlager Scheiße sind?! Das geht mir nüchtern schon auf! Heute kommst du auch über die Beatles weg. Jetzt schätzt du Musik wieder, für die du nicht high sein mußt, um sie gut zu finden. Ravi Shankar. Aber du mußt vielleicht high-Erfahrung haben, wenn du unmusikalisch bist, wie ich.

Fichte: Wie klingt klassische Musik im High? Bach herkömmlich gespielt?

Wolli: Teilweise gut, das kommt darauf an, wer das dirigiert und wie es gespielt ist, aber oft gut, nun habe ich selbst nicht eine sehr große Beziehung zur klassischen Musik, also ich lieb dann mehr Jazz.

Fichte: Hast du mal mit schlechtem Stoff experimentiert?

Wolli: Ich weiß nicht unbedingt, ob der Stoff schlecht war, ich glaube so, im High hast du vielleicht 20 oder 30 gute Highs und dann hast du einmal irgendwie einen schlechten High, wo du dich über irgend etwas geärgert hast oder daß eine Person im Zimmer, die dir unangenehm ist, oder Sachen aus dem Unterbewußtsein kommen hoch, daß du Angstgefühle kriegst, und zu dieser Zeit habe ich auch noch nicht sehr oft experimentiert mit Hasch: Also in mir ging vor, daß ich durch Rußland getrieben würde und Kosaken mit ner Peitsche sind hinter mir her, und ich muß barfuß durch den Schnee laufen und ich suchte mich selber, ich dachte das Gegenüber, das war ein Bekannter, der Atze, ich war mir nicht mehr ganz sicher, ist das der Atze, der da spricht, oder bin ich das da drüben, ist im Zimmer nur der Atze oder bin ich im Zimmer, also ist der Atze eine Idee von mir oder bin ich eine Idee von dem Atze und so, also so eine ziemliche Verschiebung, also das war alles durcheinander und alles weg. Dann sagte Mauli, warum guckst du mich so böse an, du bist sauer auf mich, und dann sagte ich, du bist sauer auf mich, nein, ich will dir ja gar nichts tun, und sie sagte, ja, das weiß ich nicht, deswegen schlaf ich nicht, deswegen bleib ich im Bett wach, dann lagen wir so nebeneinander und jeder dachte, der andere wollte dem was tun, und ich denke, vielleicht hat die jetzt so ne Angst, daß die denkt, sie muß mir zuvorkommen und will mich erstechen und umgedreht war bei mir das gleiche. Wenn man das länger gemacht hat, dann legst du irgendeine andere Musik auf, die dich wieder aufmuntert, die dir angenehm klingt, und sofort hast du den Bummer weg, darum ist es ganz gut, wenn Leute anfangen, sei das mit LSD, mit LSD auf jeden Fall, daß da jemand bei ist, der LSD-Erfahrung hat, weil er dann genau weiß, wie er den Menschen behandeln muß, du mußt eingeführt werden, auch in das Rauchen, wie irgendwie in alle Sachen.

Fichte: Du rauchst nur, du spritzt nicht.

Wolli: Ne, Spritzen lehne ich unwahrscheinlich ab, jede Art von Spritzen.

Fichte: Warum?

Wolli: Ja, einmal ist mir das unangenehm, das Einstechen, und welche Sachen spritzt man im allgemeinen, Sachen die süchtig machen, also Opiate.

Fichte: Wolli, du liebst Proust, der sich vor Injektionen fürchtete.
Wolli: Ich liebe Proust sehr.
Fichte: Als Proust vierzehn Jahre alt war, bat ihn Antoinette Faure eines Tages, auf den Fragebogen eines englischen Albums zu antworten. Ich möchte dir jetzt diese Fragen des englischen Albums stellen.
Was ist dir die liebste Tugend?
Wolli: Für mich selbst, beim Mann oder bei einer Frau oder?
Fichte: Nein, welche Tugend erscheint dir als die erstrebenswerteste?
Wolli: Die Toleranz.
Fichte: Proust antwortete darauf:
Toutes celles qui ne sont pas particulières,
à une secte: les universelles.
Alle die Tugenden, die nicht zu einer Sekte gehören, die universellen.
Wolli, Das sagt mir nicht sehr viel, es ist, ziemlich kompliziert, wie er das ausdrückt, finde ich.
Das finde ich heute nicht mehr. Es ist nur viel schöner ausgedrückt.
Fichte: Ja, er war vierzehn Jahre alt.
Welche Eigenschaften schätzt du am meisten bei einem Mann?
Wolli: Den Mut, für das einzustehen, was er als richtig erkannt hat.
Fichte: Proust sagt:
Die Intelligenz, den Geist und den Sinn für das Moralische.
Wolli: Ja, das finde ich ja sehr schön, aber ich darf bloß eins sagen, und der Proust sagt drei, vier Sachen, der macht ganze Aufzählungen.
Fichte: Du darfst ja auch drei, vier Sachen sagen.
Wolli: Nun, dann sag ich jetzt auch mehr, würde ich sagen. Ich bemühe mich hier, das alles in einem Satz immer zu fassen.
Fichte: Also, welche Eigenschaften schätzt du am meisten bei einer Frau?
Wolli: Den Mann, den sie liebt, glücklich zu machen.
Logisch!
Fichte: Proust sagt:
Die Sanftmut, Natürlichkeit und Geist.

Wolli: Das ist es. Das ist so ähnlich.
Heute würde ich sagen, den Mann, den sie liebt, nicht zu stören.

Fichte: Was tust du am liebsten?

Wolli: Am liebsten mach ich Liebe, Haschisch rauchen und Musik hören.

Fichte: Mehr nicht?
Das hab ich auch eben gedacht. Gestont in der Ecke sitzen und am Zipfel rumspielen und Schlager hören, das ist nicht viel.

Wolli: Ich lese auch gerne, aber am liebsten mach ich Liebe, wenn du mich fragst.
Muß ich damals teuflisch verfickt gewesen sein!

Fichte: Proust antwortet:
Lektüre, Träumerei, Verse, Geschichte und Theater.

Wolli: Ja, das ist auch schön, aber Proust war vierzehn Jahre, stell dir mal vor, der hätte gesagt, am liebsten mache ich die Liebe, da hätte man gesagt, was ist denn das für ein verkommenes Bürschchen, das konnte er ja nun schlecht sagen.

Fichte: Was charakterisiert dich am deutlichsten.

Wolli: Ja, das ist schwer von sich selbst zu sagen, aber ich würde sagen, mein Hang oder mein Bestreben nach Freiheit und Unabhängigkeit.

Fichte: Proust hat darauf nicht geantwortet.

Wolli: Ja, das ist auch schwer, weil man sich ja automatisch in eine andere Person hineindenken muß und sich dann sieht; man könnte eher fragen, was charakterisiert Mauli am deutlichsten oder so, aber was charakterisiert einen selbst am deutlichsten, wie das ein anderer sieht, aber ich würde das sagen.

Fichte: Du, sag mal, in der Zwischenzeit, beim Band wechseln, hatten wir doch einiges besprochen, ich finde das gar nicht so uninteressant. Wir hörten also noch mal die Frage von mir ab, und ich sagte, das hörte sich doch verdammt tuntig an, und da meintest du, das höre sich nicht tuntig an, du seist ja viel tuntiger im Sprechen als ich, das meine ich nicht, aber du sagtest, du seist nun eine volle Alte in deinen sexuellen Empfindungen, was meinst du damit?

Wolli: Ja, ich meine damit vielleicht so, ich liebe die Frauen so sehr, daß ich bei der Liebe selbst Frau sein möchte und ich finde das alles so toll, den weiblichen Körper, daß ich das selbst sein möchte.

Fichte: Du meinst also, du seiest völlig weiblich mit einer Frau, wie geht das vor sich?

Wolli: Ja, ich meine, wie meine Frau sagt, die habe ich kennengelernt, da war sie stocklesbisch, die ist zwei Jahre nur mit Mädchen gegangen, und vielleicht auch durch die Heime hervorgerufen, die sagte, du bist ein Mädchen mit einem Schwanz, aber nur im Sexuellen, nicht sonst im Leben.

Fichte: Ja, wie macht das denn nun ein Mädchen mit einem Schwanz. Bist du also völlig rezeptiv, läßt du . .

Wolli: Ne, weil ich versuche oder weil mir das Freude macht, mich vollkommen auf die Frau einzustellen, was die Frau gern hat und was für die Frau schön ist, und was eigentlich nicht ganz das Männliche ist, denn das Männliche ist das Erobernde, das ist die Frau unterwerfen, der Frau vielleicht deinen Sexus aufdrängen, während ich mich gern von dem Sexus der Frau schaukeln lasse. *Schön gesagt.*

Fichte: Geht das so weit, daß, wenn du mit einer Frau im Bett liegst, du die Frau die männliche Rolle spielen läßt und du selbst also mehr die Stellung der Frau inne hast.

Wolli: Nein, eigentlich nicht.

Fichte: Also es ist eine rein psychische Angelegenheit?

Wolli: Eine rein psychische Angelegenheit.

Fichte: Gut. Die nächste Frage von Antoinette Faure an Marcel Proust ist:
Wie stellst du dir das Glück vor?

Wolli: Ach, das klingt jetzt ganz romantisch, aber wenn du mich fragst, wie stelle ich mir das Glück vor, das Glück stelle ich mir vor als eine bunte Blume auf einem Boot, auf einem ganz ruhigen bewegten Fluß zu schwimmen, unter einem Himmel mit Sternen und mit Palmen an der Seite, also irgendwie wieder so ein ganz kitschiges Bild, aber wie so eine Blume, die da auf so einem Boot schwimmt.

Fichte: Du alleine?

Wolli: Ja, ich alleine. Mit meinen Träumen und in meinen Träumen.

Fichte: Proust geht da etwas weiter, er sagt nämlich:

Ich möchte in Nähe all derer wohnen, die ich liebe, mit dem Zauber der Natur.

Wolli: Sehr schön gesagt.

Fichte: Er möchte einen Haufen Bücher haben, und Partituren, und nicht fern einem französischen Theater leben.

Wolli: Ja, er sieht das Glück realer als ich, ich sah das Glück jetzt wie einen Haschisch-Traum.

Fichte: Ja, einen einsamen Haschisch-Traum. Proust möchte da seine Freunde bei sich versammelt wissen.

Wolli: Ja, es ist schon wieder zu real, ich sehe das vollkommene Glück, das können vielleicht die empfinden, die high sind oder high waren, das ist außer mir selbst und das ist außer allen anderen, das ist ein schwereloser Zustand.

Fichte: Ja, aber du hast doch ganz selten mit Haschisch experimentiert, ganz alleine, du warst doch immer mit deinen Freunden und deiner Frau zusammen.

Ja, und jetzt nehm ich Haschisch und LSD ganz alleine. Das andre ist ein Partyrausch. Aber wenn du damit umgehen kannst, holst du am meisten alleine dabei raus. Oder mal mit Sex ist auch gut.

Wolli: Ja, das auf jeden Fall, aber das widerspricht dem nicht, wenn man sich das Glück vorstellt, das Glück ist vielleicht auch, wenn du da stehst und du siehst Bewunderung und Liebe in den Augen von anderen Leuten, die dich angucken, oder anderen Menschen, das ist auch irgendwie Glück, Glück ist vielleicht auch ein ewig anhaltender Orgasmus, was weiß ich.

Fichte: Dieser ewig anhaltende Orgasmus für dich allein oder in deiner Rolle als völlige Tante, wie du sagst, mit deiner Frau zusammen?

Wolli: Noch nicht mal unbedingt in der Rolle als völlige Tante, sondern mit der Frau zusammen, wenn ihr beide auf dem Gipfel seid.

Fichte: Also dieser Hasch-Traum von Glück, ist das nun ein solipzistischer, egozentrischer Traum oder bezieht er den anderen noch mit ein.

Wolli: Ja, ich weiß nicht, was solipzistisch ist.

Fichte: Du bist in deinem eigenen Weltbild die Sonne.
Wolli: Na ja, auf jeden Fall.
Fichte: Auch im Glück?
Wolli: Ja, in allem. Es gibt einen Gott, das bin ich, wenn ich in den Spiegel guck.
Da kommt ja ein solcher Wahnsinn jetzt hier.
Fichte: Ja, aber dann stimmt das doch nicht ganz, daß im Sexuellen dein Glück darin liegt, den anderen zu befriedigen, dann bist du ja doch der Mann, der nur erobern will und sein eigenes Glück haben will und der sich nicht im geringsten oder gerade noch ein bißchen um das Glück der Frau kümmert.
Wolli: Nein, nein, das Sexuelle ist ja schon wieder was Reales, das vollkommene Glück sah ich als einen ganz irrealen Traum an, das sah ich als irgendeinen Zustand, was weiß ich, zwischen Wasser und Himmel, der mit mir nichts zu tun hat, da bin ich nicht mal als Mensch, ich seh mich nicht alleine in dem Boot als Mensch sitzen, ich sehe ein Boot und in dem Boot da liegt eine wunderbare Blume, die auf dem Wasser schaukelt, da sehe ich nicht mich und ich bin auch nicht diese Blume, ich bin das, was die Luft, die zwischen dem Boot auf dem See und zwischen dem Himmel ist.
Das zu malen, diese Idee, das wäre geil.
Fichte: Wie stellst du dir das Unglück vor?
Wolli: Ja, immer in einer Uniform und als Soldat mit Leichen drum, immer als Gewalt, als das Wort Terror.
Fichte: Also wenn du unter einem terroristischen Regime leben müßtest, dann wäre das dein größtes Unglück?
Wolli: Noch größeres Unglück wäre, wenn ich terroristisch sein müßte.
Schön!
Fichte: Für Proust war die Idee des Unglücks, von seiner Mutter getrennt zu sein: Etre séparé de maman.
Hat deine Mutter je für dich eine ganz wesentliche, bestimmende Rolle gespielt?
Wolli: Nein.
Fichte: Also du hast nie eine Art Ödipus-Komplex empfunden?
Wolli: Nein.

Geil. Später sage ich das Gegenteil!

Fichte: Die nächste Frage: welche Farbe und welche Blume sind dir die liebsten?

Wolli: Oh, das ist schwer zu sagen, ich liebe an und für sich Rosen, aber schade, die haben Stacheln, Wicken sind auch nicht schlecht, die riechen sehr gut. Welche Farbe? Die Farbe, die die Gegenstände im vollen LSD-Rausch ausstrahlen, das ist eine Farbe, die es nicht gibt, das ist eine Mischung aus allen Farben des Regenbogens.

Fichte: Und nur des Regenbogens?

Wolli: Ich weiß nicht, wie viele Farben da noch drin sind, Farben von Diamanten und alle, die ich gar nicht nennen kann, die es gar nicht gibt. Aber es ist die schönste Farbe.

Fichte: Diamanten, sagst du, Glitzern?

Wolli: Die strahlen, die glitzern, die scheinen, das ist eine Farbe aus allen Farben zusammen, das ist das ganze Universum in einer Farbe, das ist die schönste Farbe.

Fichte: Gibt es tatsächlich im LSD-Rausch eine Farbe, die du im Nicht-Rausch noch nicht wahrgenommen hast?

Wolli: Nein, das vielleicht nicht unbedingt. Diese Farbe könnte man irgendwie auch in einem Film oder so erzeugen, in dem man die Farben des Regenbogens vielleicht mit irgendeinem Glanz oder einer Lackschicht noch einmal überzieht und so etwas in diesem . .

Fichte: Also es ist hauptsächlich eine Qualität des Glänzens, des besonderen Strahlens aller Farben?

Wolli: Das ist eine besonders ruhige Farbe, das ist eine Farbe, die dich trägt, wo du draufliegst. Das ist eine blöde Antwort, das ist eigentlich ein Gesabbel, was ich da jetzt mache, denn da erwartet jeder, daß man eine reale Farbe nennt, die einem am liebsten ist. Was würde ich sagen? Rot ist eine sehr schöne Farbe, rot ist das Leben, rot ist das Blut, Blut ist warm, Blut ist heiß, Blut ist schön, Blut lebt, Blut macht Liebe möglich, Rot vielleicht.

Fichte: Rot. Proust antwortete wie du vorher:

Ich liebe alle Farben, und was die Blumen anlangt, weiß ich nicht.

Die nächste Frage: Wenn du nicht du wärst, wer möchtest du sein.

Wolli: Ja, von Menschen die ich kenne, mein Vater. Und von Menschen die ich nicht kenne, El Cordobés.

Würde ich heute anders denken. Nein. Doch nicht. El Cordobés schon ganz gerne. Mein Vater bleibt immer. Alles, was ich Gutes über meinen Vater gesagt habe, mache ich nicht rückgängig, auch wenn es nicht mehr stimmen sollte. Es wäre ja nicht gut zu sagen: Ich möchte gerne Gandhi sein. Das ist ein Vorbild. Wer möchte gerne dieses entbehrungsreiche Leben leben. El Cordobés, ja, doch. Cordobés kommt ja nun nach Gandhis Meinung als Paria auf die Welt, tötet nur die heiligen Stiere und quält sie noch. Da guckt Shiwa aber böse. Cordobés, ja. Hat niemanden ausgemistet. Hat andre reich gemacht. Nur durch seinen Mut.

Fichte: Proust antwortet, sehr feinsinnig:

Ich muß mir die Frage nicht stellen, und ziehe es vor, sie nicht zu beantworten. Ich wäre allerdings gerne der jüngere Plinius gewesen.

Ob Proust das nun so feinsinnig beantwortet hat.

Fichte: Wo möchtest du leben?

Wolli: Meinst du jetzt Traumländer oder reale Länder?

Fichte: Ja, wie du willst, beides.

Wolli: In dem Land, in dem ich die größtmögliche persönliche Freiheit habe. Das wäre wahrscheinlich Schweden,

Sowas Blödes! Schweden – weil ich das aus der Zeitung kannte. Wie konnt ich das sagen?!

obwohl mir das schwedische Klima nicht sehr zusagt, also klimatisch würde mir Spanien sehr zusagen, da möchte ich natürlich nie leben unter dieser Regierung.

Fichte: Proust sagt wie du:

Im idealen Land oder eher in dem Land meines Ideals.

Ja, die nächste Frage hast du eigentlich schon beantwortet:

Deine liebsten Prosa-Autoren. Für ihn war es Georges Sand, und Auguste Thierry.

Deine liebsten Dichter.

Wolli: Ich liebe sehr die Sprache von Rilke, aber ich meine, daß das, was er sagt, sehr Kitsch ist, aber er sagt das so schön, daß ich den Kitsch gerne in Kauf nehme. Das ist sehr schwer zu sagen, die liebsten Dichter.

Fichte: Na ja, Ginsberg könnte man doch als Gedichte-Macher ansprechen, Brecht hattest du gesagt, Brechts Lyrik.

Wolli: Ja, zum Teil alles, Brechts Lyrik, ich finde manche Sachen sehr schön, »An einem Tag im blauen Mond September«, dieses Dings finde ich sehr schön.

Fichte: Wie ist es mit Villon?

Wolli: Ja, Villon möchte ich ganz gern mit nennen, aber ich kenne Villon nur in der Übersetzung, deswegen bin ich da ein bißchen vorsichtig.

Fichte: Wie ist es mit Ringelnatz?

Wolli: Ringelnatz mag ich ganz gern, aber zum liebsten Dichter, da fehlt noch einiges.

Fichte: Hast du nicht bei den Prosa-Autoren einen vergessen: Julius Otto Bierbaum?

Wolli: Ja, »Zäpfel Kern«, das ist eines meiner liebsten Bücher überhaupt, du, das hast du überhaupt noch. Ja, »Zäpfel Kern«, von Julius Otto Bierbaum ist natürlich ganz ganz groß, »Das Dschungelbuch« von Kipling, das liebe ich auch sehr, und bei den Prosa-Autoren habe ich auf jeden Fall vergessen Luis Spota, nur »In Wunden des Hungers«, in all seinen anderen Büchern ist er mir nicht interessant, aber »Wunden des Hungers« halte ich für ein sehr sehr gutes Buch.

Fichte: Noch einmal zu den Gedichtemachern.

Wolli: Ja, Ferlinghetti lieb ich sehr . .

Fichte: Deine liebsten Maler und Komponisten, erst mal die Maler?

In der Zeit hab ich überhaupt noch nicht gemalt.

Wolli: Die Maler, ich liebe . . Magritte hab ich sehr gern, Salvadore Dali, Generalizc, die Rosa und Blaue Periode von Picasso, ganz wenige Sachen auch von Buffet, den Clown.

Fichte: Und jetzt die Komponisten.

Wolli: Ja, das klingt jetzt wieder prahlerisch, wenn ich sage, daß ich, obwohl ich überhaupt keine Einstellung zur klassischen Musik habe, den 4. Satz der Neunten ganz enorm finde, von

Beethoven. Charly Parker, Miles Davis, Tschaikowskij mag ich auch ganz gern, die Fünfte von Tschaikowskij.

Fichte: Proust beantwortet die Frage nach den Malern mit Meissonier, das ist der Maler, dem Dali in diesem neuen Dali-Buch ein Denkmal setzt, diese große Schlachtdarstellung . .

Wolli: Ich weiß.

Fichte: Und an Komponisten nennt er Mozart und Gounod. Sein liebster Dichter ist Alfred de Musset.

Die nächste Frage: Ihre liebsten Helden oder dein liebster Held im wirklichen Leben?

Wolli: El Cordobés.

Fichte: Als einziger?

Wolli: Ja, im wirklichen Leben.

Für mich jetzt Gandhi.

Fichte: Für ihn:

Ein Mittelding zwischen Sokrates, Perikles, Mahomet, Musset, Plinius dem Jüngeren, Auguste Thierry.

Wolli: Und im nicht ganz wirklichen Leben, Jesus.

Hm, hm!

Fichte: Die Frage wird nachher etwas anders gestellt, erst einmal wird nach den Heldinnen im wirklichen Leben gefragt.

Wolli: Die Heldinnen im wirklichen Leben, ich glaube, da mußt du einen Moment anhalten.

Ja, mit all ihren Möglichkeiten und nicht Möglichkeiten, wahrscheinlich meine Mutter.

Fichte: Proust antwortet:

Eine Frau mit Genie, die die Existenz einer gewöhnlichen Frau führt.

Und jetzt wird nach den Helden in der Fiktion gefragt.

Wolli: Jesus, den ich als Legende nehme, aber als Legende sehr schön finde.

Fichte: Proust antwortet:

Die Romanhelden, die poetischen Romanhelden, diejenigen die eher ein Ideal darstellen als ein Modell.

Und jetzt die Heldinnen in der Fiktion, die dir am liebsten sind.

Wolli: Eine Frau, die so eine enorme Liebesfähigkeit hat, daß sie alle Männer, die sie begehren, glücklich macht.

Fichte: Das ist sehr allgemein geantwortet, in welcher Romanfigur findest du eine solche Frau realisiert?

Wolli: Ja, das ist schwer, da weiß ich eigentlich keine im Moment, ich glaube, ich muß nachdenken.

Fichte: Ja, wie wärs mit der Madame O.

Wolli: Ja, die Madame O., das ist ein armes perverses Schwein, aber was solls, also nicht Schwein, das ist eklig, aber ob ich die nun so ideal finde, das Buch finde ich sehr gut geschrieben, ja, aber die Madame O. nicht unbedingt.

Fichte: Proust antwortet:

Diejenigen Helden und Heldinnen, die mehr als Frauen sind, ohne ihr Geschlecht zu verlassen, alles was nur zart, ist poetisch, rein, schön.

Ja, die soll schon richtig mit ihrem Geschlecht rauskommen.

Wolli: Ja, er ist sehr jung der Proust und sieht das noch alles sehr schön und sehr poetisch.

Fichte: Als nächste Frage: Was ißt du am liebsten und was trinkst du am liebsten?

Wolli: Ich trinke am liebsten Fruchtsäfte und was ich am liebsten esse, ja Hummer. Hummer kalt mit Majonäse.

Eß ich auch gerne.

Fichte: Also für Proust war das viel zu irdisch und er hat nicht geantwortet.

Wolli: Ja, der hat vielleicht keine richtigen Kämpfe gehabt im Leben, niemals.

Fichte: Was oder wen kannst du nicht ausstehen?

Wolli: Jeden Menschen in Uniform.

Fichte: Proust antwortet:

Die Leute, die kein Gefühl dafür haben, was gut ist, und die die Zartheiten der Zuneigung nicht kennen.

Wolli: Sehr schön gesagt.

Fichte: Vorher Antoinette Faure noch, was ist dein liebster Vorname?

Wolli: Mein liebster Vorname? Da kann ich eigentlich nicht darauf antworten.

Fichte: Wie Proust auch. Welche geschichtlichen Persönlichkeiten verachtest du am meisten?

Wolli: Hitler.

Würde ich heute nicht mehr sagen. Das ist aber unreif gesagt, das gibt nun welche, die auf dem gleichen Dampfer schwimmen. Hitler mußte ja noch ackern dazu.

Fichte: Proust hat nicht geantwortet.

Wolli: Hitler und alle Tyrannen im allgemeinen, ich weiß da nicht, wem ich da nun den Vorzug geben soll, welcher noch böser war und welcher noch mieser war, aber Tyrannen, militante Herrscher.

Ja, Hitler kann als Beispiel dafür stehen. Kannst du Stalin sagen, kannst ja auch Mao sagen. Aber vielmehr als Hitler müßte ich Himmler oder Eichmann verachten. Ich verachte Hitler nicht. Bekämpfen würde ich Hitler, weil der ganz gegen mein Dings ist. Verachtenswert ist Himmler, der sich im letzten Augenblick noch die Sepplhose anzieht und teilachen geht.

Fichte: In welcher Geistesverfassung befindest du dich im Augenblick?

Wolli: In einer ziemlich gelassenen und ich finde das ganz witzig, so interviewt zu werden.

Fichte: Proust hat da auch nicht geantwortet.

Für welchen Fehler empfindest du die meiste Nachsicht?

Wolli: Für Leichtgläubigkeit und trottelhafte Gutmütigkeit und sich verführen lassen.

Fichte: Proust antwortet:

Für das Privatleben der Genies.

Wolli: Wieso muß das ein Fehler sein, das Privatleben der Genies, kennt der nur Genies, die im Privatleben lauter Fehler machen?

Fichte: Nein, also er meint eben, daß wenn dieses Privatleben voller Fehler wäre, dann hätte er dafür die meiste Nachsicht.

Wolli: Kommt darauf an, was das für Fehler sind.

Fichte: Was ist deine Devise?

Wolli: Du meinst meinen Wahlspruch oder so, was soll ich sagen: make love, not war!

It is nice to be important, but it is more important to be nice, das habe ich in Indien gelesen, das ist der geilste Spruch, den ich überhaupt gelesen habe. Wenn man ein Volk so erziehen könnte.

Fichte: Proust antwortet:

Eine Devise, die man nicht resümieren kann, denn ihr einfachster Ausdruck ist alles, was schön, gut und groß in der Natur ist.

Was ist gut in der Natur? Gut? Gut?

Wolli: Weißt du, was ich finde, daß der Proust bestimmt nicht schnell interviewt worden ist, sondern ganz lange Zeit hatte, sich da jede Antwort hinzuschreiben und auszutüfteln, sonst kann er nie mit vierzehn Jahren diese Sätze, also diese vollkommenen Sätze geben.

Fichte: Ja, es war ja ein Albumblatt und er mußte in dieses Album die Antworten schreiben.

Wolli: Nu ja, da hat er ja ganz lange Zeit gehabt, also wenn man bedenkt, daß der vierzehn Jahre alt war, und ziemlich vollständig und ziemlich rund diese Antworten, die er bringt.

Fichte: Ich glaube, du fährst morgen nach Berlin, nicht?

Wolli: Morgen oder übermorgen.

Fichte: Wenn du morgen nicht nach Berlin fährst, wie würde der gewöhnliche morgige Tag für dich aussehen.

Wolli: Ja, ich würde heute morgen gegen 5, 6, ½7, 7 Uhr ins Bett gehen, bis 2 etwa schlafen, aufstehen, baden, mit Mauli, ein bißchen spazierengehen, paar Bekannte anrufen, paar Apfelsinen auspressen zum Trinken,

Ja, nicht um einen Einlauf zu machen!

dann mal ins Geschäft rübergehen,

gucken was los ist, und ansonsten mich nicht festlegen, sondern mich überraschen lassen, was kommt.

Wolli II
Sommer 1969

Wolli im Suff:

Nach so einem Film wie den »Vögeln« von Hitchcock wär ich in der Lage, den Generalizc zu zerstören oder die Linda zu erwürgen, um das Gleichgewicht in der Welt wieder herzustellen, das Gleichgewicht, das gestört worden ist, weil heute eine Million Zuschauer im Fernsehen diesen Film »Die Vögel« gesehen haben.

Wir haben alle geweint am Wochenende, die ganzen Halunken haben geweint, der ganze Kiez hat geweint über Ingrid Bergmann »Die Herberge zur sechsten Glückseligkeit«, wie sie die Chinesenkinder rettet.

Fichte: Was hast du da aufgelegt, Wolli?

Wolli: Miles Davis.

Fichte: Du, wir sitzen hier in deiner Wohnung, an der Wand sind Bilder von Generalizc, Klaus Stoldt, Buffet, Hausner, Magritte, Klopottan und Schindehütte . .

Wolli: Katinka Niederstrasser. Da hab ich übrigens einen ganz irren Katalog hier von dieser Sammlung, wo der Artmann die Gedichte zu gemacht hat, was er uns damals vorgelesen hat, zum Teil mit den Texten, die ganze Mappe kannst du noch kaufen, ich glaube so was um 500.

Fichte: Ich komme nun hier mit einem Zettel, mit lauter Fragen, weil ich nicht so gut aus dem Stegreif Fragen stellen kann; in was für einer Situation empfindest du dich? Findest du, daß ich dich mit meinen Fragen erdrücke oder zwinge?

Wolli: Ne, ich finde das ganz dufte, wenn man mal interviewt wird und was von sich reden kann und man selber in manchen Sachen klar denkt, man denkt dann über Dinge selbst nach oder über sich selbst, ich finde das ganz gut.

Fichte: Wir waren hier neulich zusammen und da hattet ihr ziemlich Trouble, Mauli und du. Hast du Lust über diesen Trouble zu reden?

Wolli: Ich kann dir noch nicht mal sagen, über was der Trouble war, das war irgend so ein ganz unbedeutender kleiner Käse.

Fichte: Ihr hattet euch Schimpfwörter an den Kopf geworfen.

Wolli: Ja, das machen wir manchmal,

Mit Linda nie. Das finde ich ganz schlimm. Das ist nämlich

ganz schlimm, wenn man mit jemandem zusammenlebt und sagt: Du alter Idiot. – Dann ist der Respekt weg. Eine Ohrfeige geben. Das ist ganz schlecht.
aber schon, wenn wir die Schimpfworte sagen, ist das Schlimmste vom Trouble vorbei, das ist so halb lustig gewesen.

Fichte: Wer hat denn angefangen mit den Schimpfwörtern?

Wolli: Ach, das kann ich nicht sagen, mal ich, mal sie.

Fichte: Was hast du ihr denn an den Kopf geworfen?

Wolli: Was weiß ich, irgend solchen Käse, ich weiß es nicht.

Fichte: Und das ging um die Studentin?

Wolli: Ja, um irgend so eine andere ging das, aber nicht speziell um die, ob das die Studentin war oder irgendeine andere.

Fichte: Ja, du bist neulich gesehen worden, in der Herbertstraße, mit der Studentin, die mit nacktem Arsch vor dir ging und du hautest ihr immer auf den Arsch mit deiner Hand.

Wolli: Das war in der Schmuckstraße, aber das haben nicht so viele gesehen, das war nachts. Nuja, so einen Blödsinn mache ich, da war ich auch betrunken dabei.

Fichte: Du bist aber gern mit ihr zusammen?

Wolli: Ja, ich finde sie ganz angenehm.

Fichte: Aus welchen Gründen noch?

Wolli: Ich finde sie sexuell angenehm.

Fichte: Und du stehst da drauf, daß du mit ihr machen kannst, was du willst, daß sie alles ausführt, was du sagst.

Wolli: Ja, sie ist keine Problemfrau, eine problemlose Wohnung, wo man sich mal so richtig ausruhen kann, wie auf so ner Wiese. *Der ist schön, der Satz. Sucht man ja auch bei einer Frau. Das ist auch keine Beleidigung.*

Fichte: Und was verlangst du nun alles von der?

Wolli: Ach, ich will nicht so viel darüber sagen, für den Fall, daß ihre Mutter das mal hört.

Fichte: Würde dich das stören, wenn du an irgendeinem anderen Ort ein Interview machen müßtest?

Wolli: Das wäre egal.

Fichte: Du würdest auch keine anderen Antworten geben?

Wolli: Ne, auch keine anderen Antworten, wenn du das am Marktplatz sagen würdest, mit Fernsehübertragung, für die ganze

Welt, wo jeder gezwungen würde hinzugehen, dann würde ich auch nichts anderes antworten, wenn da ein paar Millionen drumstehen.

Fichte: Aus dem Stegreif?

Wolli: Ja sicher.

Fichte: Du sagtest, daß die Fortsetzungsserie in »Jasmin« über die Prostitution auf St. Pauli dir besonders gefallen habe.

Wolli: Ja. Über die Zuhälter, das stimmt nicht, das ist falsch.

Fichte: Was stimmt da nicht?

Wolli: Ja, da stimmt alles nicht, das ganze Bild des Zuhälters ist verzeichnet, das ist so wie der Bürger sich den Zuhälter vorstellt. Einen Zuhälter zu interviewen ist viel schwerer, als als Außenstehender sich mit Dirnen zu unterhalten oder psychologische Schlüsse zu ziehen aus statistischem Material über Dirnen. Weil der Zuhälter nie viel sprechen wird, und das kann man nicht so schnell überziehen, das ganze Dings, das ist zu differenziert. Also der Bericht ist vollkommen falsch und die Preise, die angegeben sind, die manche Frauen verdienen, was sie manchem Zuhälter abgibt, mit 350 000 Mark im Jahr, das sind auch so Traumzahlen, die mal irgendeiner im Knast gesagt hatte, der ein Zuhälter sein wollte. Oder der Lude, der seine Frau am Heiligen Abend tierisch zusammenschlägt, weil sie am Heiligen Abend mal einen Tag frei machen will, und nicht anschaffen geht, das ist auch ein vollkommener Unsinn, das wird dir jeder Lude sagen, daß die Schläge aus ganz anderen Gründen gewesen sein müssen. Daß das Quatsch ist, am Heiligen Abend schafft überhaupt niemand an.

Fichte: Du sagtest, daß du dich nicht typisch wie ein Lude anziehen würdest. Wie ist deiner Meinung nach die typische Kleidung des Luden?

Wolli: Im großen und ganzen ist die Kleidung so, daß man elegant aussehen will und da ist eine gewisse Talmi-Eleganz, so eine aufgetragene Neu-Reichen-Eleganz.

Fichte: Und du würdest also jeden Luden sofort erkennen, wenn nun hier einer reinkäme?

Wolli: Der typische St. Pauli-Lude braucht eben Maßanzüge und diese und jene Attribute und alles.

Was sich in den siebziger Jahren natürlich auch verschoben hat. Heute ist das typische Ludenzeichen, eine Rolex zu tragen. Im Hippielook, aber ne Rolex, möglichst mit ein paar Brillanten, die 20 000 Mark kostet, zumindest die für 8 200 Mark. Die Rolex ist ein richtiger Komplex auf St. Pauli, auf dem Kiez in Deutschland überhaupt.

Die Argumente sind: Man kann 50 Meter damit tauchen, sie ne Woche in die Sahara legen oder sie einem Rennpferd an die Hufe schnallen! – Lauter solcher Unsinn, den kein Lude mit ner Uhr macht.

Das ist typischer Konsumterror.

Fichte: Gehst du oft ins Theater?

Wolli: Sehr selten.

Fichte: Gehst du nicht gerne ins Theater?

Wolli: Doch sehr gerne.

Fichte: Und warum gehst du selten?

Wolli: Das ist eigentlich irgendwie eine Faulheit oder, ich weiß auch nicht, vielleicht ist da noch so eine gewisse Scheu, Theater anzugucken, weil ich selbst mal ein Theaterstück schreiben will, und ich finde, der Einfluß ist unwahrscheinlich direkt, wenn man noch nicht selbst einen ganz festen Weg gefunden hat, dann ist die Beeinflussung durch das, was man sieht, so stark und ich will nicht althergebrachte Mittel nehmen, sondern als wenn ein Naiver ein Bild malt.

Fichte: Neulich sagtest du, du wolltest in die Uraufführung von Pendereckis »Die Teufel von Loudon«. Bist du hingegangen?

Wolli: Ne, zur Uraufführung wollte ich nicht, ich sagte, da wollte ich hingehen, wenn das gespielt würde.

Fichte: Wirst noch hingehen?

Wolli: Ja, will ich hingehen.

Bin ich nicht hingegangen. Ich will ja auch ewig in »Barry Lyndon« gehen. Aber dazu muß man mit dem Arsch von zu Hause weg.

Fichte: Gehst du oft ins Kino?

Wolli: Manchmal wochenlang nicht, manchmal in 14 Tagen drei-, viermal.

Fichte: Was guckst du dir dann für Filme an?

Heute überhaupt nichts mehr. Höchstens mal in einen Pornofilm, um mir einen abzuwichsen.

Wolli: Ja, am liebsten sogenannte ›Gute Filme‹ in Anführungsstriche. Also der beste Film für mich überhaupt: »La Strada« von Fellini, dann »Ein Platz an der Sonne«, überhaupt Filme mit Montgomery Clift, »Der Spion der aus der Kälte kam«, zu seiner Zeit damals »Irma La Douce« auch,

Hab ich mal wiedergesehen. Kann ich überhaupt nicht begreifen. Der beste Film für mich heute ist »Flesh«. »Flesh« hat mir gezeigt, was man mit einem Film machen kann. Bin ich auch drei Mal reingegangen.

also Filme so in diesem Stil, alle sogenannten Kunstfilme.

Fichte: Du hast ein Fernsehgerät, siehst du oft fern?

Wolli: Nicht oft.

Fichte: Deine Frau?

Wolli: Ja.

Fichte: Stört dich das?

Wolli: Ncin.

Fichte: Bist du in irgendwelchen Sportvereinen oder sonstigen Vereinen?

Wolli: Nein.

Das Wort allein törnt schon ab: »Verein«.

Fichte: Seid ihr nicht im FKK-Klub?

Wolli: Ach so, ja, ja. Aber da fühle ich mich nicht als FKK-Mitglied, sondern nur lediglich, um die Möglichkeit zu haben, da an den Strand zu gehen, den Schlüssel zu bekommen.

Fichte: Was reizt dich an dem Gelände?

Wolli: Das Gelände ist unwahrscheinlich schön und ich bade mit meiner Frau gern nackend, ich finde, das ist eine tolle Sache, man wird am ganzen Körper braun und dann sieht man hübsche Frauen und das ist immer ein netter Anblick, und dann nicht so ein Gegröhle, wie am normalen Badestrand, alles ein bißchen ruhiger und nett, und dann der Wald dabei und die drei Seen, sehr schön.

Fichte: War es schwierig für euch, da rein zu kommen?

Wolli: Nein, nein.

Fichte: Haben die nicht irgendwie gemault . .

Wolli: Überhaupt nicht.

Fichte: Was sind deine frühesten Erinnerungen? Aus der Kindheit?

Wolli: Da bin ich mit meinem Vater mal zu einem Weihnachtsmärchen gefahren, da war ich wohl vier oder fünf Jahre alt, in Leipzig, das war 70 km von daheim weg, das war eine Aufführung von »Frau Holle«,

Hatten die so rote Westen an und lange, enganliegende Hosen, wie Unterhosen. Und da hab ich auch gelogen. Da sind wir spazieren am Abend mit meinem Vater im Wald und da hab ich einen weißen Hirsch gesehen, so den Hubertushirsch mit dem Kreuz. Und mein Vater hat den Hirsch gesucht. Und dann sind wir in ein Jägerhaus gegangen und da hat mein Vater gesagt: Er hat den weißen Hirsch gesehen! – Und die Jäger sind auch so nett eingegangen auf mich. Wo war das denn? – Und dann wurde mir das ein wenig unheimlich. Tiere haben in meiner Jugend eine große Rolle gespielt. Mein Vater, der stolz war, daß er das vom armen Hütejungen zum selbständigen Autoschlosser gebracht hat, der schenkte mir, seinem erstgeborenen Sohn, ein teures Autobuch, um mich für den Beruf des Autoschlossers zu interessieren. Und der Sohn, der sah das so uninteressiert durch und rief mit Mal: Piepmatz! Piepmatz! – Das Buch war im Vogel-Verlag erschienen und im Firmenzeichen war ein winziger Vogel abgebildet. Das war das einzige, was mich interessierte. Mein Alter hat mir in mein Abschlußzeugnis geschrieben: .. ist bemüht .. ehrlich, treu und willig ..

Siehst, wie korrekt der Alte ist. Er macht keine Konzessionen, nicht mal für die Familie. Ist 1940 aus der nationalsozialistischen Partei ausgetreten, als alter Parteigenosse, als wir überall am Siegen waren. Als Offizier. Weil ich Dinger gesehen habe in Rußland, wo ich nicht hinter stehe. – Er hat deportierten Juden Essen gegeben. Ich glaub, er läßt sich eher an die Wand stellen, als was zu tun, was er nicht will. Einer der wenigen Menschen, der nicht käuflich ist.

Ich hab damals eine Chance gehabt bei der Volkspolizei. Von der ersten und zweiten Kompagnie, nur Elitetruppen, war ich der Beste. Ich durfte Pieck und Stoph die Meldung machen.

Und ich bin vor 2 000 Mann, als der Stühmer mit Schande entlassen wurde, mit Schulterstücken runterreißen, bin ich als einziger vorgetreten und habe gesagt: Der Genosse Stalin hat gesagt, es ist leicht, einen Menschen zu zerstören, es ist schwer einen Menschen aufzubauen. Und dann fing das an, mit Militärknast und Schulterstücke runterreißen. Ich wäre heute vielleicht General, keiner ging aus unserer Kompagnie ab, der nicht Hauptmann war.

Auf Grund dessen bin ich ausgestoßen worden. Und Stühmer ist rehabilitiert worden und nicht mal der hat für mich dagestanden, hat nur mal gesagt beim Pissen: Das ist ne Schweinerei, was sie mit dir machen. – Keiner durfte mit mir sprechen, mit mir essen. Zum Prozeß haben sie mich mitgenommen, wo sie den Lange-Werner zum Tode verurteilt haben unter dem Vorsitz von Hilde Benjamin, um mir zu zeigen, was mir blüht.

und hinterher bin ich mit meinem Vater noch im Wald spazieren gegangen, das fand ich sagenhaft schön, das ist ein tiefer Eindruck. Dann wie ich nachts aufgewacht bin und hatte mir ein Gedicht ausgedacht oder das Gedicht geträumt und da habe ich meine Mutter gerufen, sie solle das schnell aufschreiben, da war ich wohl sieben Jahre, das ist auch noch sehr haften geblieben.

Das weiß ich noch:
Weit in der Ferne liegt ein See.
Er gehört der holdseligen Märchenfee.
Von Nixen und Elfen ist er umgeben
Und Mücken, die überm See hinschweben,
Singen leise, leise ein Lied auf die zarteste Weise.
An meine Hand streicht ein silbernes Reh.
Der See selbst atmet Flieder
Und er ist mir entschwunden
Und ich suche den See –
Doch ich finde ihn nicht wieder.

Fichte: Hast du sehr deutliche Erinnerungen aus der Zeit, als du anfingst, dich für sexuelle Dinge zu interessieren?

Wolli: Mit sieben Jahren fing das schon an, das steigerte sich immer mehr.

Fichte: Was interessierte dich da zuerst?
Wolli: Nackte Frauen, die Geschlechtsteile von Frauen.
Fichte: Und wo hast du die zum ersten Mal gesehen?

Ja, da hab ich gelogen. Da würde ich jetzt, ohne meine Mutter zu beleidigen, einen Einschub machen:

Das weibliche Geschlechtsteil ist für mich verbunden mit den Wörtern »Haare«, »Bürste«, »Pelz«.

Ich habe geschlafen. Da schien Vollmond. Und meine Mutter ist noch mal reingekommen und hat den Vorhang zugezogen und meine Mutter hat das Nachthemd hochgezogen und hat sich gekratzt, am Bauch oder am Schenkel. Und da sah ich das erste Mal einen dunklen, haarigen Busch.

Wolli: Ja, also, da war ich mal bei einem Bauern zur Erholung, so 1/2 Jahr und da hab ich das von dem Dienstmädchen gesehen,

Das war das zweite Mal.

da habe ich dem Knecht 2 Mark Taschengeld gegeben, die ich hatte, daß er mich zugucken läßt, weil der mir das erzählt hatte, daß er mit den Pflichtjahrmädchen da rum macht, habe ich mich im Stroh versteckt und durchgeguckt, und da habe ich das erste Mal eine Muschi gesehen.

Aber die Urmuschi, die ich gesehen habe, das ist die Fotze, die Muschi, das kann man nicht sagen von seiner Mutter, das ist die haarige Matratze meiner Mutter. Das hat immer so einen Schatten von Schuld und daß ich das eigentlich nicht sehen darf.

Ich lese gerne und sehe gerne, wenn eine Mutter es mit einem 16jährigen Sohn macht. Aber wenn ich höre, daß der Vater es mit seiner Tochter treibt, dann werde ich wütend.

Fichte: Und du hast auch gesehen, wie die es gemacht haben?
Wolli: Ja, ja.
Fichte: Und da warst du sieben Jahre alt?
Wolli: Ja.
Fichte: Das war also deine erste Begegnung mit dem Sexus?
Wolli: War wohl so eine der ersten.
Fichte: Da sagtest du, du seiest in deine Schwester verliebt gewesen, wie war das? Willst du nicht darüber reden?
Wolli: Nö, ich bin verliebt gewesen, als Mensch, ich mochte sie

sagenhaft leiden, die hab ich vergöttert, ich fand sie unheimlich hübsch und schön, wie ich damals ein Junge war.

Fichte: Aber was Sexuelles spielte da nicht mit?

Wolli: Nein.

Und dann war da eine zehnjährige Verwandte mit ihrem Bruder – ich möchte das nicht näher erklären, aus begreiflichen Gründen.

Das war die erste Fotze, die ich spontan geleckt habe, wo ich auch den Arsch geleckt habe. Die hat gesagt, das mußt du erst machen, dann reib ich da bei dir, bis was rauskommt. Vielleicht war ich auch 12, daß da was gekommen ist.

Ich hab doch versucht, ihren Bruder in den Arsch zu ficken. Da war der acht. Das tat weh. Aber man hat rumprobiert. Der wollte ja immer mitmachen.

Fichte: Und dann hast du dir die Kleider deiner Mutter angezogen, willst du auch nicht drüber reden?

Wolli: Nö, da will ich wohl drüber reden, das haben wir aus Flachs gemacht, bei so einem Karneval.

Grausig gelogen!

Ich hab es gemacht, um vor dem Spiegel grausig zu wichsen und mir den Schlüpfer übergezogen, um an den schwarzen Busch zu denken und hinterher zu Gott gebetet: Ich will es nicht wieder machen!

Hab den Schwanz zwischen die Schenkel geklemmt und die Haare angeguckt um zu denken, man wichst auf eine Fotze. Aber ich hab mir auch eine Mohrrübe in den Arsch gesteckt.

Fichte: Wie alt warst du da?

Wolli: Also wo wir zu Hause uns so angeputzt haben, so dreizehn oder vierzehn, aber das war nicht erotisch bedingt.

Fichte: Was hattest du früher als Kind für Berufswünsche?

Wolli: Mein erster Berufswunsch war Gangster.

Fichte: Was heißt Gangster?

Wolli: Das war, da hatte ich so einen amerikanischen Bericht gelesen, von Al Capone, da war so ein tolles Bild bei, mit so einem großen Wagen und so schwarzhaarige, zwei oder drei Männer, die sahen gut aus, die hatten so Trenchcoats an mit hochgeschlagenen Kragen, und der eine so eine MP in der Hand, so harte Gesichter, und wie sie so erobert haben, das Geld . . und so spannend, und so ganz abenteuerlich. Und dann Förster wollte ich auch mal werden,

Ist ja so ähnlich, wenigstens die Flinte!

in dem Alter von sechs bis neun, aber in den ganzen Jahren. Gangster habe ich damals noch gesagt, das schrieb sich dann so spannend ›Gangster‹.

Wie im dunklen Gang. Der Gangster hat was mit Tunnel zu tun.

Fichte: Wie wurden deiner Meinung nach die Kinder gemacht?

Wolli: Das kann ich noch nicht mal sagen, weil ich ganz früh schon gewußt habe, daß der Geschlechtsverkehr stattfindet, daß der Mann da Samen reinspritzt.

Fichte: Von wem? Von diesem Knecht?

Wolli: Das weiß ich auch nicht mehr. Ich glaube schon früher, weil ich mich sagenhaft für diese Dinge interessiert habe. Da müßte ich mal ganz lange nachdenken, mal abends. Aber das dauert bestimmt eine Stunde bis ich das . .

Fichte: Und wie dachtest du würden die Kinder geboren?

Wolli: Ja, daß sie aus der Mutter rauskommen.

Fichte: Aber eine besondere Vorstellung hattest du nicht?

Wolli: Ja, da unten zwischen den Beinen kommen die raus.

Fichte: Vorn oder hinten?

Wolli: Vorn. Der Arsch hat mich nicht interessiert.

Fichte: Hast du sehr unter deinen Lehrern gelitten?

Wolli: Doch teilweise, ja.

Fichte: Gibt es Lehrer, die du heute noch nicht grüßen würdest, doch an denen du dich rächen möchtest?

Wolli: Ich möchte mich niemals und nie im Leben an irgend jemand rächen. Aber nicht grüßen, ich glaub, ich würd sie alle grüßen.

Fichte: Und was müßte im Schulunterricht geändert werden?

Wolli: Ja, das was jetzt wohl schon sehr weit geändert ist, ich denke an meine Schulzeit, das Autoritäre, das Erziehen des Untertan', das muß verändert werden und muß verschwinden. Dieses Aufspringen, wenn der Lehrer reinkommt, das muß eine lockere Form sein und dann die Form des zu harten Wettbewerbs, des Einzelwettbewerbs ohne Rücksicht auf das Kollektiv, das müßte auch weg. Es muß mehr spielerisch gelernt werden und jeder muß wollen, daß der andere das auch begreift, so als wenn Kinder sich ein Spiel beibringen wollen. Und dann natürlich diese Lehrkollektivform, wie sie in russischen Schulen ist, also in der sowjetischen Schule, das ist für mich das Allergrößte, das ist ganz schlimm, das sie das hier nicht machen.

Makarenko: »Der Weg ins Leben«.

Fichte: Du erzähltest neulich, daß du mal einen Penner aus einer Klappe mitgenommen hast, dem hast du Geld geschenkt, und das war ein ganz komischer Typ, und du kriegtest mit mal so eine Anwandlung, du müßtest dem imponieren, du warst böse, wenn der dir nichts glaubte.

Wolli: Ja da war ich natürlich noch grausam betrunken dazu, also das sind so die Spuren eines juicer high's, daß man da so eine Scheiße darstellen kann. Ja, ja, ich hab den mitgenommen, und dem dann so erzählt . . ich wär ein steinreicher Mann . .

(am Telefon):

»Acapulco« – gut – ja, ja – ja aber das ist doch alles Scheiße, guck mal wie man da müde wird und alles in dem Lokal, ich habe aber, richtigen Mist hab ich nicht gemacht – – ich war nur müde, kann man nichts gegen machen, kennst du das? – – sonst wär ich doch auf die Bühne gegangen, wenn ich irgendwie noch fähig gewesen wäre, hätte ich doch tierisch gern gemacht mit den dreien da oben, tierisch gefickt – – geleckt und gefickt hätte ich doch auf der Bühne, mit den dreien von – – wie ein Tier, ja und beim Spritzen rausgezogen und richtig über die Gesichter gespritzt mit einem tierischen Strahl und gebrüllt, geröhrt und so – – das machen wir, wenn du wieder kommst – – ich auch, ich darf da nicht so feige sein, ich meine, ich war nicht mal in der Lage die Beine voreinander zu setzen, konnte die Augen nicht mehr auf, hab nur die Hälfte gesehen, wie ihr da nebenan so rumgewichst und rumge . . . wollt ich immer gucken, aber die sind immer zugegangen wieder, war immer wieder voll weg – – ja, wann wirst du ungefähr anrufen, wann wirst du drüben sein? – – ja – – 14, 15 Stunden, ja, ja, bin ich mal gespannt mein Junge – – okay, machs gut – – jaja – – kannst doch noch mal ficken gehen – – in Frankfurt – – ach so -- und da ist gar nichts zum Ficken? -- lügst doch ein bißchen -- hast schon -- ja -- fein

Fichte: Grüß ihn schön von mir.

Wolli: Viele Grüße soll ich sagen von Hubert -- und ich soll dir sagen, ich hab ihm schön einen geblasen und er hat einen Bock drauf, vielleicht ist er doch schwul -- jaja -- da zieht er die Knie ein und rollt sich und legt den Kopf zurück -- okay – Tschüß mein Guter -- jaja, mach ich -- alles okay -- Viele Grüße von Robert --

Sandra: Danke

Wolli: Hallo? -- jaja, hier steht sie . .

Fichte: Ja, Wolli, noch mal zu dem Penner, du holtest ihn rauf.

Wolli: Hab ihm und mir was zu trinken eingeschenkt, tierisch rumgesponnen. Was ich für ein Held bin und so, also mich wie ein ganz dummer Junge benommen, da rumgeprahlt und wollte undedingt, daß der das glaubt, dann hab ich ihm 20 Mark geschenkt, und wieder weggeschickt.

Würde man heute schon nicht mehr sagen. Man kann keine wegschicken.

Fichte: Wie erklärst du dir das?

Wolli: Das sind irgendwelche Minderwertigkeitskomplexe, die dann im richtigen Suff, wenn man dann plötzlich so einen miesen juice high hat, rauskommen und sich überspitzen, übersteigern solche Dinger.

Fichte: Wir erzählten neulich von Fummel-Tanten, daß es hier Fummel-Tanten gibt, die sich operieren lassen und die dann mit Frauen zusammen leben, sogar mit Lesbierinnen zusammen leben und nur operiert was mit Frauen machen.

Wolli: Ich erklär mir das so, da ist so eine Fummel-Tante, die ist schwul, die fühlt sich als Frau, obwohl sie eigentlich lesbisch ist, und fühlt sich so sehr als Frau, daß sie mit Männern geht und glaubt, sie ist schwul, macht auch schwul rum, bis sie den Schwanz und alles weg hat, dann ist sie Vollweib und dann fühlt sie sich auch so zu Frauen hingezogen, weil sie sich zu sich selbst hingezogen fühlt, das ist so eine Mischung aus Narzismus und ganz doppelt gemoppelter Lesbischkeit, will ich mal sagen.

Fichte: Was ganz anderes. Bist du für die Anerkennung der DDR?

Wolli: Ja, ich habe mich da nicht mit allen Vorschlägen und was da alles drum und dran hängt so sehr beschäftigt, um da ganz klar antworten zu können, aber ich würde sagen: ja, einfach aus dem Grunde, das wird die nächste Frage sein, weil man einen Staat, der immerhin 25 Jahre besteht, nicht einfach negieren kann, und sagen, den gibt es nicht.

Fichte: Aber du hälst das nicht für sehr wichtig?

Wolli: Mir ist Politik überhaupt nicht wichtig.

Fichte: Die nächste Frage war, was hälst du von der NPD?

Wolli: Von der NPD halt ich gar nichts, weil es eine alte Nazi-Partei ist.

Fichte: Du glaubst auch nicht, daß sie besonders gefährlich sei?

Wolli: Ich glaub, daß sie ziemlich gefährlich ist.

Fichte: In welcher Hinsicht?

Wolli: Ja weil der Deutsche, wie ich schon im ersten Interview sagte, ein alter verkappter Nazi noch immer ist, ist immer noch Friedrich des Großen Untertan und Hitlers Braunhemd, und insofern kann die schon viel einreißen die NPD, indem die die Gefühle wieder sehr hoch spielt, und dann, weil es eine ausgesprochen autoritäre Partei ist, und weil ich alles Autoritäre ablehne.

Fichte: Brauchst du viel Schlaf?

Wolli: Nicht mehr soviel wie früher, aber immer noch, wenn es geht acht Stunden am Tage.

Jetzt zwölf Stunden. Das will ich ganz schön sagen in meinem besoffenen Kopf, wenn ich die Chance hätte zwanzig Stunden zu schlafen, würde ich zwanzig Stunden schlafen, nur um die Scheiße nicht zu sehen. Dauerschlaf.

Fichte: Früher brauchtest du wieviel?

Wolli: Zehn, zwölf eine Zeitlang, und dann wieder ganz wenig.

Fichte: Schläfst du gut, schläfst du leicht?

Wolli: Ja, es geht, nicht so leicht, aber selten Schlafbeschwerden, manchmal hatte ich Schlafbeschwerden, aber jetzt schon lange nicht mehr.

Jetzt hab ich ständig Schlafbeschwerden.

Fichte: Du brauchst also keine Schlafmittel?

Wolli: Nein, nein, würde ich auch nie nehmen.

Ich hab ja solche Angst vor Tabletten. Ich geh manchmal um halb drei ins Bett und kann um sieben noch nicht schlafen und nehm doch keine Tabletten. Weißt du, was ich schaff: 400 000 Mark muß ich auf der Bank haben, dann hat mein Muckelchen 1 500 Mark im Monat und solang wie ich das nicht habe, bin ich geldgierig und laß euch nichts zukommen, dir, Peter und Wolf. Ich geh nicht in die Clubs. Ich könnt ja alles aus dem Beutel rausnehmen, das würd das Muckelchen nicht merken. Aber ich leg mir ein Magazin auf den Tisch und wichse. Ich bin kein Zuhälter. Ich nehm eine Frau nicht aus. Seit ich in Indien war, hab ich 120 Mark verfickt. Ich hab Linda 1970 doch als Solide kennengelernt. Sie bediente damals in einer Teestube, im Hirschpark, da hatte Hans Henny Jahnn früher mal gewohnt. Die Cherie hat sie mit nach St. Pauli gebracht. Sie wagte sich da nie allein hin und war auch das erste Mal noch ganz schüchtern. Hat dann aber doch mit mir rumgemacht und ich hab sie gefragt, ob sie mit mir zusammenleben wollte. – Ja, sagt sie ganz schüchtern. –

Jetzt hab ich alles auf Linda geschrieben, daß sie mal was hat, wenn ich sechzig bin und vielleicht sterbe, dann ist sie erst vierzig.

Fichte: Wie ist deine Konstitution?

Wolli: Eigentlich eine sehr gute Konstitution, wenn ich von der langanhaltenden Magenkrankheit absehe, war praktisch immer nur die eine Krankheit überhaupt, wo niemals das Übel voll ausgeräumt worden ist, wie jetzt durch die Operation, war ich ganz ganz selten krank, bin auch ganz schnell wieder gesund, ich meine ich erhole mich schnell.

Fichte: Was war dein unangenehmstes Erlebnis?

Der Schneeball und Erika. Das sind meine größten Kindheitserinnerungen, der Schneeball und die Fotze meiner Mutter und das Gefühl, wie mein Vater mich bei der Hand genommen hat und durch die großen Stämme gegangen ist, die warme Hand und das Geborgensein. Und deswegen habe ich vielleicht den Hubertushirsch erfunden, um das Ganze noch zu übersteigern.

Wolli: Ich möchte da fast zu neigen, eine Sache aus meiner Kindheit zu erzählen, die ganz ganz weit zurückliegt. Da haben wir mal Leute mit Schneebällen beschossen, da war ich so acht oder neun Jahre alt oder zehn, uns da hinter so einer Hecke versteckt, das war so im frühen Abend, und da hatte ich in einen Schneeball, warum, das weiß ich nicht, was für ein Teufel mich da geritten hat, so einen Stein da rein gebacken und den zusammengeklebt, daß er richtig vereist, ne, nicht einen Stein, so ein Eisbrocken war da drinne, und auch den Schneeball, so richtig vereisen lassen, und da kamen zwei Mädchen, die waren ganz hübsch angezogen, die wollten wahrscheinlich tanzen gehen, so schöne Sachen jedenfalls, da habe ich der einen den Schneeball angeworfen, und schon wie der flog, hat mir das leid getan, der ist ihr ins Gesicht gefallen, da hat ihr ziemlich die Nase geblutet, da haben die geweint die beiden, das Zeug war besudelt mit Blut das Kleid, das würde ich eigentlich sagen, daß mir das das unangenehmste Erlebnis war, also wenn ich das wegmachen könnte, würde ich viel drum geben.

Fichte: Das ist das einzige?

Wolli: Das eigentlich Unangenehmste in meinem Leben.

Fichte: Bereust du viel, bereust du leicht?

Wolli: Ach doch, ja.

Fichte: Gibt es viele Dinge, die du gern noch ungeschehen machen würdest?

Wolli: Das sind mehr so kleine Sachen, da ich ein sehr hitziges Temperament habe, daß das manchmal mit mir durchgeht, daß ich zu Mauli was sage, was ich nicht sagen will oder was ich ganz gern wieder zurücknehmen würde. Aber das sind keine einschneidenden, wichtigen Sachen.

Fichte: Was erscheint dir als unpassend in der Kleidung und im Benehmen?

Wolli: Ja, im Benehmen Taktlosigkeit. Andere Menschen zu verletzen, manchmal muß man jemand verletzen, um ihm zu helfen, wenn einem sehr viel an ihm liegt, dieses Verletzen ist nicht taktlos. Aber das Verletzen aus der Freude am Verletzen oder um den Vorteil einer guten Minute zu haben oder im Moment mal einen Gag zu bringen, oder überhaupt, das finde ich das Unpassendste.

Fichte: Glaubst du, daß du selbst taktvoll bist?

Bin ich ja nicht und bin trotzdem nicht taktlos.

Wolli: Ja, ich bin da ein besonderer Typ da drin. Das weiß ich selbst, obwohl man das eigentlich nicht überziehen sollte. Ich habe bei fast allen meinen Freunden oder guten Bekannten so eine gewisse Narrenfreiheit, weil ich Dinge sagen kann, die bei jedem anderen taktlos wirken, aber ich bring die so, daß man die Taktlosigkeit nicht übel nimmt, durch die Sätze vorher und hinterher. Ich weiß nicht, wie ich das direkt sagen soll.

Fichte: Aber du möchtest es sein?

Wolli: Ne, ne, ich möchte so sein, wie ich bin.

Fichte: Bist du treu?

Wolli: Mir selbst ja.

Fichte: Gibt es Dinge, die du als unanständig empfindest?

Wolli: Ja.

Fichte: Welche?

Wolli: Andere Menschen mehr, als es die Gesellschaft unbedingt erfordert, das gesellschaftliche Zusammenleben oder die gesellschaftliche Harmonie zu belasten und zu belästigen, zu quälen und ihn in irgendwelche unangenehme Sachen zu bringen oder über andere Menschen mies zu reden, zu lästern, und anderen Menschen Böses zuzufügen.

Fichte: Was ist für dich erstrebbar, was für Ziele hast du?

Wolli: So zu leben, daß ich vollkommen unabhängig leben kann, daß ich machen kann, was ich will.

Fichte: Empfindest du Scham?

Wolli: Schamgefühle oder Scham.

Fichte: Scham.

Wolli: Ja, zum Beispiel in diesem Dings, daß ich dem Mädchen den Schneeball angeworfen hab, den vereisten, und so Sachen, ja.

Fichte: Hast du ein stark ausgeprägtes Ehrgefühl?

Wolli: Ja, aber ein sehr anderes als das herkömmliche, aber ich würde schon sagen, stark ausgeprägt.

Fichte: Was geht gegen deine Ehre?

Wolli: Wenn ich noch so arm wäre oder so im Druck wäre, ich würde nie klauen, wenn mich Freunde einladen zu sich oder Leute, die ich auch nicht kenne, aber die mich so einladen, auf irgendwelche gegenseitige Sympathie hin, und gar nicht damit rechnen, daß man stiehlt und deswegen auf nichts aufpassen und nichts weglegen, das würde vollkommen gegen meine Ehre gehen, aber nicht, wenn ich jetzt irgendwo einbrechen würde, wenn ich was brauchte und würde irgendwo Scheiben eindrücken, mich heimlich in irgendeine Wohnung reinschleichen, das würde nicht gegen meine Ehre gehen.

Fichte: Wann könntest du nicht mehr in den Spiegel gucken?

Wolli: Wenn ich in mir selbst nicht mehr Gott sehen könnte oder den für mich wirklichen und einzigen lebenden Gott, von dem ich weiß, daß es den gibt.

Fichte: Was würdest du für eine Million alles machen?

Wolli: Unwahrscheinlich viel, bloß keinen anderen Menschen töten.

Fichte: Ja nun, du sagtest neulich, du würdest dich einscheißen lassen und dir das auf den Rücken tätowieren lassen, ist das Ernst oder ist das Flachs?

Wolli: Tätowieren lassen würde ich das nicht. Das ist logisch, das ist Ernst, das ist doch kein Flachs.

Fichte: Für eine Million würdest du was machen?

Wolli: Ja, das kannst du dir alles ausdenken, alles, was mit mir zu machen ist, ohne daß ich an meiner Gesundheit ernsthafte Schäden davon trage, und ohne daß andere Menschen sehr ernsthaft leiden, mal ein bißchen für eine Million, ja, wenn das ein kleiner Schmerz ist, der wieder vorbei geht, logisch ja, aber auf jeden Fall nicht andere verstümmeln und verkrüppeln.
Ja, einen anderen mal ein bißchen verprügeln und ihm hinterher 5 000 Mark abgeben. Da würde der noch Danke! sagen. Was machen die Boxer im Ring anderes?!

Fichte: Also, einen Finger würdest du nicht für eine Million hergeben?

Wolli: Ja, logisch, den 11. Finger nicht, aber den von der Hand, logisch.

Fichte: Die Hand?

Wolli: Die Hand nicht.

Fichte: Die Hand nicht, wieviel Finger?

Wolli: Einen.

Fichte: Einen für eine Million.

Wolli: Ja. Ja und nun fang nicht an für 10 Millionen 10. Bei 2 Milliarden, da laufen nur noch die Füße rum, alles andere hab ich schon weggegeben, der Kopf liegt alleine auf dem Stuhl.

Fichte: Bist du ein trauriger Typ?

Wolli: Eine ausgesprochene Frohnatur, würde ich sagen; Neigung zur Melancholie.

Fichte: Kennst du zwanghafte Handlungen, hast du nervöse Ticks?

Wolli: Ne.

Fichte: Pflichtgefühl?

Wolli: Ja. Wenn ich irgend jemand was versprochen hab, um eine Zeit wo zu sein, daß ich da unbedingt da wär, also daß sonst was passieren muß, daß ich nicht da bin um diese Zeit oder eine Verabredung nicht einhalte.

Das hab ich von meinem Vater. Das ist so ein Komplex von kleinauf. Auch die Zeit, als ich auf St. Pauli gekellnert habe, war ich immer eine Viertelstunde vorher da.

Übertriebene Disziplin halte ich für blöde, aber in gewissen Sachen ist das schon nötig, wenn man triebhaft veranlagt ist, daß man sich da ein bißchen am Riemen reißt. Da halte ich sehr viel davon.

Fichte: Und du glaubst, daß du dich selbst am Riemen reißt?

Wolli: In Sachen, die ich für wichtig halte, ja.

Fichte: In welchen zum Beispiel?

Wolli: Wenn mich mal so die Separée-Zeit packt, daß ich sage: so stop jetzt, jetzt ist Ende, du gibst ja den ganzen Strom aus und machst Blödsinn, und so, in solchen Dingen.

Fichte: Hast du leicht Furcht?

Wolli: Ne.

Fichte: Angstgefühle?

Wolli: Ne.

Fichte: Was stellst du dir unter Freiheit vor?

Wolli: Engels bringt ja die Ausrede: Einsicht in die Notwendigkeit – das ist eine richtige Frechheit ist das, Einsicht in die Notwendigkeit. Also dann gibts gar nichts mit Freiheit. Ne, ich stell mir unter Freiheit vor, so unabhängig zu sein, soviel tun zu können, was ich will, wie das in dem Rahmen der Rechte anderer Menschen vertretbar ist, unter Wahrung der Rechte anderer Menschen.

Fichte: Was bedeutet der Begriff Arbeit für dich?

Wolli: Ein ganz mieser Begriff, ein ganz mieser. Der erste Moment: Da sehe ich so die Malocher rumschleichen oder Bergbau oder hier in Norddeutschland die Raffinerien oder so miese Jobs.

Fichte: Du hast hart in deinem Leben gearbeitet und du hast wenig Lust dazu im Moment.

Wolli: Da hab ich noch nie Lust zu gehabt und werde wohl nie Lust zu verspüren.

Fichte: Und du würdest Schreiben nicht als Arbeit auffassen?

Wolli: Als andere Arbeit. Als Arbeit faß ich das auf, was man nicht gerne tut, was man tut, um sich zu ernähren, also so wie, wie sagt Marx mal oder Engels, ich weiß es nicht mehr, einer von den beiden, daß der Arbeiter den Arbeitstag, diese acht Stunden, gar nicht als sein Leben betrachtet, sondern sein Leben ist das Vorher und das Nachher, das ist das, was er notwendigerweise verkaufen muß, um die Ernährung, die Selbsterhaltung zurückzukaufen dadurch. Aber eine Sache, die man gerne macht, sei es Schreiben oder gern ein Lokal einrichten, oder wenn irgendein Erfinder was baut und so, natürlich ist das harte Arbeit, aber das erscheint ja nicht als Arbeit, während es kaum einen Bergmann gibt, der wahrscheinlich gern nach fünf Jahren noch in den Pütt geht, der das gerne macht und auch machen würde, wenn er das nicht mehr brauchte.

Fichte: Und das, was du nun täglich tust, und womit du dich täglich mit deiner Umwelt auseinandersetzt, würdest du das als Arbeit bezeichnen?

Wolli: Nein, nicht direkt.

Fichte: Wie?

Wolli: Ja, das ist so ein schläuliches Versuchen, an das Geld ran zu kommen, aber mit ernsthafter Arbeit hat das nicht viel zu tun, weil man sich nicht kaum wirklich anstrengend und lange darum bemüht, und so macht man das nebenbei nur.

Fichte: Und dein Rumflachsen, ins Separée Gehen, und Rauchen, Lesen, Musik Hören, wie würdest du das bezeichnen?

Wolli: Als Yellow-Mellow-Life.

Fichte: Nicht als Faulheit?

Wolli: Man könnte es als Faulheit bezeichnen, aber da komme ich auf ein ganz interessantes Ding. Ich bemühe mich mit der Faulheit und ich gehe noch weiter, mit der Langeweile, bezeichne es mal als Langeweile, weißt du daß das ganz schwierig ist, die Langeweile zu kultivieren.

Fichte: Und das tust du?

Wolli: Ich versuche eine Möglichkeit zu finden, die Langeweile zu kultivieren.

Fichte: Und warum gerade die Langeweile?

Wolli: Ja, weil man viel Langeweile hat, das man rumlabert, daß man zu nichts mehr richtig Lust hat und da eine Linie reinbringen, daß das eben mit einer gewissen Eleganz passiert und daß man sich persönlich erweitert . .

Fichte: Die Idee des Spielens ist nicht wichtig für dich?

Wolli: Nicht so sehr. Die Idee, also ich hab jetzt an Spiel gedacht, wie Roulette und so was . .

Fichte: Nein, nein, ich meine überhaupt, so daß du dich selbst spielst.

Wolli: Ja, ja, das ist ganz wichtig, das ist mein Leben. Ich spiel das, das ist das Vollkommene.
Kann ich heute auch nichts mehr mit anfangen!
Ich betrachte mich als Zuschauer und als Akteur des Stücks.

Fichte: Du wechselst sehr oft die Umwelt und wechselst sehr oft deine Erfahrungsbereiche.

Wolli: Ja.

Fichte: Bewußt?

Wolli: Das ist direkt ein Zwang, weißt du, das ist ganz automatisch, ich kann nicht so gleichbleibend sein.

Fichte: Du mußt auch den Gelderwerb wechseln?

Wolli: Ja, auch oft.

Fichte: Auch die Menschen?

Wolli: Auch.

Fichte: Sehr schnell Menschen?

Wolli: Wenn sie mich interessieren, nein; so lange, wie sie mich interessieren, es sei denn, es kommt dann ein Gefühl der Verpflichtung dem Menschen gegenüber, denn ich habe einen ziemlichen Gerechtigkeitssinn, aber das läßt man dann doch alles so nach und nach schleifen. Also wenn man jetzt mit einem befreundet war und das ist nicht mehr so und man geht dann zwar ab und zu mal hin, aber es zieht einen nichts mehr hin, dann läuft es doch irgendwann aus und wird immer weniger.

Fichte: Also selbst deinen besten Freund läßt du fallen in dem Moment, wo er dich nicht mehr interessiert.

Wolli (am Telefon): Hallo --- Ja ich bin am Apparat, was ist denn -- ja mein Liebling -- aber selbstverständlich, ich bin froh, wenn du wieder kommst --- ach was, ich war ein bißchen eklig, guck mal, wir kennen uns so lange -- und da hätte sie doch sagen können -- hätte ich nichts gesagt -- ja, ja sicher, ich verstehe -- kommst morgen wieder -- ach jetzt am Telefon -- ja ich habe gerade ein Interview hier, so ein Rundfunk-Interview -- sonst würde ich auch sagen, komm ein bißchen her -- ja wir reden mal morgen schön zusammen --- mit Mauli und so -- du hast ja auch viel Sorgen -- ja, aber keiner von uns -- du hättest 1 000 Mark Schulden und so eine Scheiße, so ganz heimtückische Dinger hat die gemacht, die hat zweimal angerufen bei ihr, ich sag, hör bloß auf -- das war eine Frechheit -- das ist eine ganz linke Sau, die hat nur gesagt, daß du da raus sollst, um dann zu ihr einzuziehen, das ist ein so linkes Schwein, da schiebt sie uns einfach vor, Ulli hat schon gesagt, ich geh ein, hat er ihr gesagt, ich hau ihr paar auf die Fresse -- ja ja, genau -- das alte Arschloch -- ganz link -- du weißt doch sowieso, daß das von uns keiner erzählt -- ach was -- die kann ich sowieso nicht sehen, den ganzen Tag nicht -- der würde ich noch nicht mal was sagen, was ich wüßte -- machst du ein oder zwei Tage noch frei, und sobald du wieder kommst, kommst du hoch zu uns -- Tschüß -- sei nicht sauer -- ach was -- ach, das ist doch alles vergessen -- steigere dich da nicht hinein, Kind -- ach was -- ach, logisch, du kannst überall einziehen, da werde ich dir nie einen Stein in den Weg legen, weil du immer korrekt warst bei mir oben -- ja -- ach, das ist doch so eine linke falsche Sau -- ach was, wir haben ja auch fest gerechnet, daß du wieder kommst, Ulli auch, jetzt ist Horst noch Wirtschafter oben, wir freuen uns alle, wenn du wieder da bist -- die Mädchen freuen sich auch, die sagen, hoffentlich kommt Trudl bald wieder, die haben dich auch leiden können, weil du lange schon da bist und alles, das ist viel besser Trudlmaus -- Tschüß mein Kind -- Danke schön für den Anruf --

Ich hoffe, daß sich meine Sprache verändert hat. Die Sprache spiegelt die Welt wider, die du in dir hast. Und die Welt – gemessen an diesen Telefongesprächen – ist doch sehr faschistoid!

Das war ein ganz wichtiger Anruf, du weißt doch, wie ich im Brand bin mit den Frauen oben, ausgezogen . . sie wollte ihre Mutter besuchen, sie wollte 14 Tage Urlaub machen und ist in die Herbertstraße eingezogen und jetzt haben wir uns tierisch bemüht, da das eine gute Frau ist, du weißt ja den Brand mit den Frauen, die wieder zu holen, ja und jetzt ruft sie an, sie will wieder kommen, sie erzählt und erzählt . .

Fichte: Ich hab sie neulich auch auf der Herbertstraße gesehen.

Wolli: Ja, ja die kommt morgen doch wieder, die bringt viel Geld.

Fichte: Also in dem Moment, wo dir ein Freund nichts Neues zu bieten hat, läßt du ihn fallen.

Wolli: Nicht nichts Neues zu bieten, sondern nichts mehr zu bieten hat, das muß nicht immer was Neues sein, ein Freund ist für mich nicht die ›Neuesten Nachrichten‹, aber wenn er mich nicht mehr befriedigen kann, und das ist eine ganz klare Sache, ich sprech das nur aus, was jeder Mensch macht. Wenn dir ein Freund nicht mehr so sympathisch ist, wie er war, wenn er anfängt dich zu langweilen, das ist das erste, warum sollst du dann mit ihm weiter rumsitzen, weil du die Verpflichtung fühlst gegen ihn, der ist ja dein Freund, vielleicht empfindet der das genau schon so, daß du ihn langweilst, ihr sitzt dann noch da, ödet euch an, ja wir sind nun mal Freunde, wir müssen ja nun ewig zusammen sitzen, was ist das dann noch für Freundschaft, das wäre eine falsche Freundschaft, wenn der Mann mich langweilt, daß ich dann immer mit ihm zusammensitze und da ist er kein Freund. Das kann natürlich beim Freund, den du als Freund bezeichnest, kaum passieren oder der müßte sich eben in den Jahren sehr verändern, denn ich unterscheide ja ganz stark zwischen Freunden und Bekannten und auch guten Bekannten.

Fichte: Wieviel Freunde hast du?

Wolli: Ja ich würde sagen drei.

Fichte: Und frühere Freundschaften, wie lange gingen die, wieviele Jahre.

Wolli: Ich habe eigentlich keine Freundschaften, einmal eine Freundschaft, das ist lange her, das war 1955 so ungefähr drei Jahre, da sind wir auseinander gegangen, aber weil der Mann dann in eine andere Stadt hinzog und ich zog in eine andere Stadt, ich zog fort von Marl und dadurch ist das langsam auseinander gegangen, und das war nicht die wahre Freundschaft da, wenn ich rückblickend das betrachte.

Fichte: Und Verbindungen mit Frauen, wann läßt du eine Frau fallen?

Wolli: Ja, ich habe wenig Verbindung mit Frauen gehabt, die man als längere, für mich ernste Verbindung bezeichnen kann. Das war damals, wo ich verheiratet war und das ist jetzt mit Mauli. Und die anderen Sachen waren mal so Jugendschwärmereien oder ziemlich kurze hektische Dinge.

Fichte: Wie lange warst du verheiratet?

Wolli: Drei Jahre.

Fichte: Und wie lange bist du mit Mauli zusammen?

Wolli: 8. Aber die letzten 1½ Jahre der Verheiratung, da hab ich ja schon nicht mehr mit meiner Frau gelebt, sondern mit Mauli.

Fichte: Glaubst du, daß es noch lange gut gehen wird mit Mauli?

Wolli: Ja.

Fichte: Also Mauli ist die Frau, mit der du dein Leben verbringen möchtest?

Wolli: Ja.

Fichte: Hast du ein großes Streben nach Sicherheit?

Wolli: Ja.

Fichte: Wie drückt sich das aus?

Wolli: Indem ich Geld auf der Bank habe, und sorg, daß ich gesichert bin und daß mir nicht mehr viel passieren kann, drum ist mein größtes Bestreben so viel zu haben, 1 Million in bar oder so, daß ich sagen kann, so jetzt kann ich nicht wieder mause gehen, die kann ich so anlegen, jetzt brauch ich überhaupt nichts mehr zu arbeiten, selbst wenn ich morgens aufwachen würde, vier Wochen lang nur im Bett liege und mich am Arsch kratzen, daß dann am Ende des Monats genügend Geld da ist, für den nächsten Monat wieder, daß ich weiß, ich kann mir das kaufen, dahin fahren; aber das ist alles zusammen mit meinem Bestreben nach Freiheit verbunden, nach Unabhängigkeit.

Fichte: Hat dies Streben nach Sicherheit und nach der Million auf der Bank angefangen, als du mit Mauli zusammen lebtest?

Wolli: Schon immer dagewesen. Ich wußte mal, daß ich mal reich werden wollte und unbedingt reich werde, wußte auch, daß ich unabhängig leben kann, denn ich habe gesagt, zu der Zeit, wo ich im Bergbau gearbeitet habe und bei meinem Onkel gewohnt habe, die haben mich für einen ziemlichen Spinner gehalten, ich sagte jedenfalls, ich heirate mal erst, wenn ich in der Lage wäre, mir ein Dienstmädchen zu halten, bzw. im Monat 3 000 Mark verdiene.

1 000 hab ich damals gesagt – das waren dann 1969 etwa 3 000 Mark.

Fichte: Das hast du ja jetzt erreicht.

Wolli: Das habe ich schon nach ganz wenigen Jahren, nachdem ich das gesagt habe, erreicht.

Fichte: Aber würde es dich nun sehr stören, wenn du wieder ohne Geld auf der Straße stündest und im Cirkus arbeiten müßtest.

Wolli: Nicht unbedingt, aber ich weiß, daß ich dann viele Dinge machen müßte, die ich nicht machen wollte. Wenn ich das wollte, zum Zirkus oder zum Jahrmarkt gehen, dann würde mich das nicht stören, aber wenn ich das mache aus Notwendigkeit, weil ich nicht weiß, wo ich was zu fressen herkrieg, würde mich das furchtbar stören.

Fichte: Und du kannst dir nicht denken, daß diese Sicherheit dir mal über wird, wo du mit mal wieder ganz als armer Penner durch die Welt ziehen wirst?

Wolli: Das kann ich mir nicht denken.

Fichte: Was für Sprachen sprichst du?

Wolli: Ja, so etwas englisch, aber auch nicht vollkommen, und paar Brocken spanisch, das ist alles.

Fichte: Wenn wir uns früher über Literatur unterhalten haben, gingst du immer davon aus, daß Literatur leicht verständlich für den Mann auf der Straße sein müßte.

Wolli: Das kommt darauf an, welcher Zweig, ich meine für eine philosophische Abhandlung, ich denk da an Sartre oder an Camus, die können natürlich nicht so leicht verständlich sein, daß sie jedes Dienstmädchen sofort begreift, aber sollten auch so verständlich sein, wie es der Materie nach überhaupt möglich ist, denn das ist für mich, sowohl in allen Dingen des Lebens, in Wissenschaft und in allen, das größte an Kunst, mit Einfachheit etwas zu sagen. Also es gilt, auf den letzten Kern zu reduzieren, alle Phrasen, alles weglassen, einfach und klar, denn die Wahrheit, wenn wir nicht so viel philosophische Haarspalterei machen sollen, was ist die Wahrheit und gibt es eine Wahrheit usw., die ist immer ziemlich klar und einfach, und so sollte geschrieben werden, ein Buch, das viele Menschen ansprechen sollte, das widerspricht nicht dem, was ich die Dekadenz nenne als Kunstrichtung und auch in mein Leben als Dekadenz reinbringe.

Fichte: Was ist für dich nun schwer verständliche Literatur?

Wolli: Die überwiegende Mehrzahl der neuen Literatur überhaupt. Ich halte das, so vermessen wie das klingt, für zu einfach, so zu schreiben, da ist mir zu wenig Arbeit drin, weil ich schon etwas geschrieben habe, daß ich mich also damit beschäftigt habe, und ich weiß, daß das leichter ist über Dinge, über die man sich nicht selbst ganz im klaren ist, sehr wortreich zu palavern und sehr mysteriös und unverständlich da drüber zu sprechen, daß man dann mehrere Meinungen da draus lesen kann oder daß man sich da drüber streiten könnte, was er wirklich meint, sich selber da so einen Dampf vorzumachen und alles das ist viel leichter, als ganz klar mit wenigen Worten wirklich einen Extrakt zu bringen.

Fichte: Bist du neidisch?

Wolli: Da muß ich mal einen Moment nachdenken. Ich war eben geneigt, »nein« zu sagen, aber laß mich nachdenken.

Ne, neidisch nicht, man ist ja nicht neidisch, wenn man vieles als sehr erstrebenswert findet und das auch haben möchte, das ist vielleicht Besitzgier. Neid ist ja, wenn man das jemand direkt mißgönnt, der etwas hat, und das bin ich nicht, also ich freu mich über jeden, der was hat, selbst wenn ich auf den gar keine Böcke hab und den nicht leiden kann, wenn die Stoff oder was haben, bin auch da noch nicht neidisch, möchte ich nicht, daß der arm ist, der arme Vogel, ich möchte, daß alle reich werden, wenn es geht.

Fichte: Was möchtest du gerne besitzen?

Wolli: Ja, so viel daß ich gut leben kann, das ist keine bestimmte Summe, sicher daß ich gut leben kann, und reisen kann, wie ich will und wohnen kann, wo ich will, so in diesem Stil.

Fichte: Bist du hochmütig?

Wolli: Innerlich ja, sehr oft, aber seit ich Hasch rauche, läßt das merklich nach und ich bemühe mich das zu reduzieren und das Gegenteil von hochmütig zu sein. Ich habe aber eine innerliche Veranlagung, also da ist . .

Fichte: Was ist das Gegenteil von hochmütig?

Wolli: Ja, ich will mal den ganz billigen Ausdruck verwenden: leutselig, freundlich zu jedermann zu sein, so zu sein, daß jedermann sich traut, dich nach dem Weg zu fragen, weil er weiß, daß du ihm keine pampige Antwort geben wirst, sondern dich bemühen, ihm den Weg zu zeigen, unwichtig, ob er nun im Frack ist oder in ganz zerrissenen Blue Jeans.

Fichte: Magst du hochmütige Menschen leiden?

Wolli: Ja, ich mag oft hochmütige Gesten leiden, aber im Prinzip nicht hochmütige Menschen, obwohl hochmütige Menschen mehr glänzen als andere Menschen und oft frappieren, aber wenn man sie näher kennt, dann ist Hochmut ne Sache, die nicht so toll ist. Je mehr du dich mit allem beschäftigst, desto weniger hat man Grund zu glauben, daß man soviel besser ist als alle anderen, denn besser zu sein, bedeutet ja von der gleichen Voraussetzung aus etwas zu tun, das ist auch in geistiger Linie, da möchte ich noch mal zurückgehen. Wenn zum Beispiel ein zwei Zentner-Mann, ein richtiger Athlet, der von Natur aus so ein Athlet ist, einen großen Stein hochhebt und da steht so ein kleiner von 1,50 Meter vielleicht, so ein ganz mickriges Ding dabei, dann ist der nicht besser, weil er den großen Stein hochhebt, der kleine hebt vielleicht einen viel kleineren Stein hoch und ist besser, weil er aus seiner Möglichkeit, die er gekriegt hat, überhaupt einen Stein hochzuheben, das Größte gemacht hat, was der Große auch gemacht haben kann, aber nicht unbedingt gemacht haben muß in dem Moment, bei dem Stein, also kann man nicht von dem Stein ausgehen, welcher besser ist, sondern von der Möglichkeit, die da war, um das zu erfüllen.

Fichte: Bist du stolz?

Wolli: Oh nein, eigentlich nicht.

Fichte: Bist du cholerisch?

Wolli: Nein, auch nicht. Ich würde eher sagen hysterisch.

Fichte: Macht es dir Spaß, etwas zu stehlen?

Wolli: Ne, gar nicht.

Fichte: Verachtest du Diebe?

Wolli: Ich verachte überhaupt keinen Menschen.

Fichte: Magst du nicht gern mit Dieben zusammen sein?

Wolli: Das ist eine putzige Frage. Ich meine, keiner hat ja nun Lust mit Dieben, wenn er beklaut wird, und daß er immer aufpassen muß, daß er dir nichts aus der Tasche klaut. Wenn ich die Garantie hab, daß er mir nichts klaut, warum nicht, wenn sie witzig sind, aber wenn ich ewig die Taschen zuhalten muß und immer gucken muß, daß der nicht irgendwo was mopst, mal wissen möchte, wer da gern zusammen sein mag in so einem Kreis, wo sie nur mausen. Magst du gern in einem Hotel wohnen, wo du weißt, da wird tierisch gemaust?

Fichte: Glaubst du, daß die Eltern geehrt werden sollen?

Wolli: Das kommt darauf an, wie die Eltern waren, nicht unbedingt, nicht verehrt werden, weil sie die Eltern sind, sondern wenn du sie so in Erinnerung hast, daß Grund zur Verehrung besteht, dann ja.

Fichte: Hast du deine Eltern so in Erinnerung?

Wolli: Ja.

Fichte: Und wie ehrst du sie?

Wolli: Weniger als ich soll, innerlich sehr, und wenn sie da sind auch, aber ich müßte mehr schreiben und mich mehr um sie kümmern, das ist so eine persönliche Faulheit.

Fichte: Was nennst du innerlich ehren?

Wolli: Also daß sie für mich ganz groß sind, wie du mich im ersten Interview fragtest, wer ist der Held in deinem wirklichen Leben, den du kennst, da hab ich gesagt, mein Vater, das sagt ja schon alles.

Fichte: Wie oft besuchen sie dich?

Wolli: Einmal im Jahr. Ich guck, daß ich ihnen viel Freude machen kann, und stelle mein ganzes Leben in dem Moment auf meine Eltern ein. Ich würde nie einen dreckigen Witz erzählen, wenn mein Vater dabei wäre, mir ist es peinlich, wenn ich mit meinem Vater in einen Strip-tease-Laden gehe, wenn ich ihm mal St. Pauli zeige, die machen da auf der Bühne so eine ganz obszöne Schau, dann ist mir das irgendwie unangenehm, obwohl ich das ja sonst furchtbar gern sehe, und ich könnte mir nicht vorstellen, daß ich mit meinem Vater zusammen ins Separée gehen würde und da eine Frau zusammen vögeln würde, jeder eine Frau, das wäre für mich ein Unding.

Fichte: Du möchtest also, daß dein Vater nicht weiß, daß du diese Dinge tust?

Wolli: Doch, ich möchte sogar, daß er es weiß, ich möchte, daß die alles wissen, was ich tu.

Fichte: Aber du willst nicht, daß sie dich dabei sehen.

Wolli: Ich will auch, daß sie mich sehen dabei, das ist nicht das Wichtigste, ich will meinen Vater nicht in irgendeiner Situation sehen, ich bin da ganz altmodisch in dieser Beziehung, die ihn erniedrigen könnte oder die nicht schön wäre oder so was, und ich sehe nicht gerne obszöne Sachen, wenn mein Vater dabei ist, nicht daß der mich sieht, daß ich das sehe, sondern weil mir das unangenehm ist, daß er sich so was anguckt oder sehen soll.

Fichte: War dir die Vorstellung unangenehm, daß dein Vater und deine Mutter geschlechtlich miteinander verkehrten damals?

Wolli: Nein, nein. Das war mir eher geil, das fand ich dufte.

Fichte: Hast du oft daran gedacht?

Wolli: Ja, ab und zu haben wir das gehört im Nebenzimmer, die Betten knarrten und so, da habe ich gewichst. Ich wichse grundsätzlich auf alles, und kann auf alles geil sein, was irgendwie mit dem Sexus zu tun hat. Nur wenn ich mir vorstelle, daß andere Menschen da sind, und ich bin geil, einfach durch die

Athmosphäre, ich würde aber nicht durch das Schlüsselloch gucken, um meine Eltern beim Geschlechtsverkehr zu beobachten.

Fichte: Und warum nicht?

Wolli: Ne, das ist eben die Sache der Ehre, das wären die einzigen Menschen, wo ich das nicht machen würde, überhaupt auf der Welt.

Fichte: Und du hast es auch nie gemacht?

Wolli: Nein.

Fichte: Aber du hast drauf gewichst, wenn sie miteinander verkehrten.

Wolli: Ja, aber nicht mir vorgestellt, das sie miteinander verkehren, sondern auf die erotische Atmosphäre hin, die plötzlich im Raum war.

Fichte: Lügst du viel?

Wolli: Überhaupt nicht.

Fichte: Und was hälst du von Lügnern?

Wolli: Das Mieseste, was es überhaupt gibt. Vielleicht bin ich in sofern hochmütig, aber jetzt wird es wieder theatralisch. Wenn mich einer nach einer Sache, die ich gemacht habe, fragt, dem was anderes zu erzählen und den zu belügen, man macht sich selber dreckig dabei. Nicht der andere ist der maßgebende dabei, sondern wie sieht man sich selbst.

Fichte: Und lügst du gern aus Flachs?

Wolli: Aus Flachs, das ist kein Lügen. Aber hinterher muß man das als Lüge zu erkennen geben. Wenn man jemand frotzeln, utzen und verscheißern will und hinterher dann sagen, wie es war, das ist ja kein lügen.

Fichte: Glaubst du an Gott?

Wolli: Ja, das ist eine große Frage, ich glaube an mich.

Fichte: Und darüber hinaus?

Wolli: Darüber hinaus gibt es nichts. Ich bin Gott, der Gott meiner Welt
That is the question, I am.

Fichte: Wie stellst du dir die Schöpfung vor?

Wolli: Die Schöpfung sehe ich jeden Tag, wenn der Samen aus meinem Schwanz spritzt, das ist die Schöpfung.

Fichte: Naja, aber wie stellst du dir den Anfang vor?
Wolli: Ich bin Anfang und Ende.

Richtiger Unsinn!

Das sind, ich weiß, ich mach jetzt laufend Ausflüchte, das sind diese sogenannten, also nicht auf dich bezogen, diese sogenannten dummen Fragen, mit denen ich mich in der »Apfelsine« auseinandersetze. Wir sind hier in einem Raum, das ist das Leben und da ist eine Tür vor, denn das ist ja nicht nur unser Leben hier allein, was wir hier sehen, und diese Tür ist verschlossen, das ist eine tierische Stahltür, da ist kein Griff und kein Hebel und gar nichts dran, daß wir die aufmachen können, und wir haben nur die bloßen Hände, und in diesem Raum, da sind so eine Menge Narren, die mit dem Raum selbst nicht klar kommen, in dem sie sind, ja, die aber an der Tür rumkratzen, wie die Idioten und die Tür aufmachen wollen und wissen wollen, was hinter der Tür ist, und sagen dann sogar Sachen, die hinter der Tür sind, stellen Theorien auf mit derselben Berechtigung, als wenn du jetzt irgend einen Mann in Hamburg oder zwei Leute sperrst du in Hamburg in eine große Kiste rein und die ist, also wärme- und kältesicher und sonst was und die fährst du mit dem Schiff, mit dem Auto, mit dem Flugzeug und sonst wo rum in der Welt, vier Wochen lang, dann stellst du die wohin und die unterhalten sich und streiten sich in ihrer Kiste, wo sie sind: also sind wir in Grönland? Ne, wir sind in Afrika, in Italien! Und labern da so rum, genauso kommen mir die Narren hier vor, die Aussagen über Gott machen wollen, über die erste Schöpfung, warum, weshalb, wieso und der Hergott will das, der sagt wieder, der will das, das ist so eine Scheiße und so ein Idiotenkram, das ist das Kratzen an der Tür, die sollen doch versuchen hier klar zu kommen .. Und wir wissen genau, das ist das Einzige, was wir wissen, daß die Tür aufgemacht wird, die wird mal aufgemacht, nämlich in dem Moment, wenn wir sterben, dann ist irgendwas, wo noch keiner zurückgekommen ist, wo keiner von erzählen kann, Mensch, da wartet doch ab so lange und das ist die Frage nach Gott, glaubst du an Gott, Gott oder nicht. Ich glaube dran insofern oder ich lebe so, daß ich vor mir bestehen kann, weil ich mein Gott bin, und kein Richter kann so hart und unerbittlich über meine eigenen Taten sein, wie ich selbst, wenn ich darüber nachdenke, und wenn ich vor mir bestehe und so lebe, dann kann es einen Gott geben, dann kann ich vor dem auch bestehen.

Fichte: Glaubst du an den Teufel?

Wolli: Ne.

Fichte: Wie ist dein Verhältnis zu Tieren?

Wolli: Also früher war ich ein ganz sagenhafter Tierfreund, weil mich Tiere maßlos interessierten, heute achte ich sie als Wesen auf dieser Welt, denen man nichts Böses zufügen darf, wenn es nicht unbedingt sein muß, aber ich bin nicht ein so unbedingter Tiernarr und Tierfreund, daß ich sag, das darf alles Mögliche nicht sein, es darf am liebsten kein Fisch geangelt werden, es darf kein Stierkampf sein. Ich gehe sogar soweit, daß ich den Stierkampf noch befürworte, trotzdem ich mich als Tierfreund bezeichne, daß ich das Tier achte und das korrekt behandle wie Mitmenschen oder Mitbürger, will ich mal sagen, in dem Rahmen, der ihnen zukommt, also nie ein Tier schuhriegeln oder piesacken, aber mein Verhältnis ist nicht so groß, daß ich Haustiere hab. Das wär mir einfach zu viel Arbeit und würde schon wieder meine Freiheit und meine Bequemlichkeit zu sehr einstellen.

Fichte: Mögen dich Hunde gerne?

Wolli: Weder noch. Manche kommen ran, lassen sich streicheln, manche nicht, im allgemeinen habe ich sowieso ein bißchen Angst vor fremden Hunden, fasse sie nicht gerne an, weil ich denk, die können beißen, ich laß sie gehen, die sollen mich gehen lassen.

Fichte: Was magst du lieber, Hunde oder Katzen?

Wolli: Ja, so ne schwere Sache, vielleicht irgendwie Katzen, die sind zärtlicher, lieber, obwohl ich Hunde gern mag, aber den Charakter des Hundes mag ich nicht so gern, daß man dem in den Arsch treten kann, der kommt wieder angekrochen und so, also dieses Hündische, Kriecherische, das liebe ich nicht so sehr, bei der Katze ist ein bißchen mehr Stolz da und die ist ein bißchen mehr auf sich selbst bezogen, und ich bin auch auf mich selbst bezogen.

Fichte: Wenn du mal eine große Wohnung hast, würdest du dir keinen Hund halten?

Wolli: Kaum.

Fichte: Vielleicht eine Katze?

Wolli: Vielleicht, aber auch nicht unbedingt, vielleicht auch mal einen Hund, ich kann das nicht sagen, bin ziemlich spontan in solchen Sachen.

Fichte: Du hast hier unten mal Schlangen gehabt.

Wolli: Ja, das war nur als Spannung, der exotische Moment dabei, das war abenteuerlich, die kannte ich nicht und sowas würde ich auch nicht wieder machen, ist langweilig.

Fichte: Was waren das für Schlangen?

Wolli: Boa, Python, Hundskopfschlinger und brasilianischer Hühnerfresser.

Ich hatte schon Affen, Meerschweinchen, Hunde, mehrere gleich, Katzen, Fische, Laubfrösche, Papageien und einen Spatz, als ich mit Erika verheiratet war.

Fichte: Ekeln dich Schlangen gar nicht, hast du mit denen rumgespielt?

Wolli: Jaja, mich ekeln überhaupt keine Tiere, kein Frosch und kein Lurch und gar nichts.

Fichte: Und fandest du das nicht gräßlich, wenn du die Schlangen füttern mußtest?

Wolli: Das fand ich nicht gut, nur ich fand es eben naturnotwendig, das ist so ein Dings: Die arme kleine Maus, um Gottes willen, wie kann man das machen! – Es leben so viele Schlangen im Freien, die fressen Mäuse, und die Gefangenen wollen auch Mäuse fressen, und das ist eben eine Einsicht, die man haben muß, wenn man Tiere hat.

Fichte: Was ist aus den Schlangen geworden?

Wolli: Die hab ich René gegeben, zum Teil für die Schau, welche hat er noch, welche sind gestorben und eine hab ich noch.

Fichte: Welche ist das?

Wolli: Der Hühnerfresser.

Fichte: Ist das die, die damals die Kleinen hatte?

Wolli: Ne, das war ne Regenbogenboa. Die sind alle eingegangen.

Fichte: Fürchtest du den Tod?

Wolli: Nein.

Damals hat man ihn gefürchtet. Heute betrachtet man ihn als den liebsten Freund, der klingelt. Wenn er dastehen würde, würde man schnell die Jacke anziehen: Komm Köhler, wir gehen los!

Fichte: Hast du an Selbstmord gedacht?

Wolli: Nein. Gedacht sehr oft, und sehr oft damit hantiert, alles was ich geschrieben habe, ging irgendwie um Selbstmord. Mal darüber nachgedacht, aber ich würde das kaum machen. Man kann das nicht 100%ig sagen, aber ich glaube kaum, jetzt nicht.

Fichte: Übt der Tod auf dich eine Faszination aus?

Wolli: Nein.

Heute wohl doch etwas.

Fichte: Wie soll ein Mensch deiner Vorstellung nach sein?

Wolli: Gut und hilfsbereit, freundlich, nett, mit einem Wort: Angetörnt soll er sein.

Fichte: Glaubst du, daß die Frauen in der Bundesrepublik gleichberechtigt sind?

Wolli: Das ist gar nicht einfach zu beantworten. Ich glaube nicht ganz.

Fichte: Sollten sie es sein?

Wolli: Jeder Mensch sollte gleichberechtigt sein.

Fichte: Du glaubst also nicht, daß die Frau von ihrer Konstitution her dem Mann unterlegen ist?

Wolli: Nein.

Fichte: Glaubst du, daß andere Menschen dich gerne mögen oder daß sie dich nicht ausstehen können?

Wolli: Ich weiß, daß ich ein ziemlich sympathischer Typ bin, eigentlich für alle Menschen, die normal sind, das müßten ein paar große Vollidioten sein, die mich nicht nett oder sympathisch finden; das bedeutet nicht, daß alle Menschen gern mit mir befreundet sein möchten oder daß alle Leute zu mir sagen, das ist aber ein ganz feiner dufter Junge, aber ich wirke im großen und ganzen sympathisch und freundlich und nicht abstoßend auf andere Leute und übe auf ziemlich viele Leute auch eine gewisse Faszination aus, ich habe mehrmals gemerkt, daß mehr Leute meine Freundschaft suchen, als ich Freundschaft suche.

Fichte: Bei dem Selbstmord vorhin da habe ich vergessen: Was hältst du von Selbstmördern? Glaubst du, daß sie feige sind?

Wolli: Das kann ich nicht sagen, das wäre vermessen, dadrüber was zu sagen; so verschieden liegen die Fälle und die Gründe, daß es sehr feige sein kann und sehr mutig sein kann, daß das beides sein kann. Aber ich glaube, daß in dem Moment, wo sie Selbstmord ausüben, daß sie dann nicht normal sind, daß dann irgendwelche Schrauben im Gehirn ausgesetzt haben, ich glaube, daß es nur einen ganz ganz kleinen Prozentsatz bewußte Selbstmörder gibt, die das wieder machen würden in einer anderen Situation auch.

Fichte: Würdest du jemanden rausholen aus dem Fluß?

Wolli: Wenn ich angetörnt wär, wahrscheinlich nicht, da würde ich das als Frechheit empfinden, da einzugreifen in andere Leben, jeder kann sein Leben leben, wie er es will. Ich denke da an das Gedicht von Kästner, mit diesen Selbstmördern: Aber wie ich denn die Frau und so ernähren soll, das sagt ihr mir nicht. Jetzt endlich hab ichs geschafft, und da holt ihr mich wieder raus.

Fichte: Und wenn der nun schreien würde, es kommt ja vor, daß einer springt und dann »Hilfe« schreit?

Wolli: Ganz selbstverständlich würde ich ihn rausholen, wenn er um Hilfe schreit.

Fichte: Und wenn du überzeugt wärst, daß einer unbedingt Selbstmord begehen wollte, und du würdest ihn nach drei Stunden gasvergiftet auf dem Boden liegen sehen, würdest du ihn ins Krankenhaus bringen?

Wolli: Das ist eine schwere, schwere Frage. Eigentlich normalerweise nicht, aber auf der anderen Seite kann es so sein, vielleicht war es gerade gut, daß du eben jetzt gekommen bist, wahrscheinlich würde ich . .

Fichte: Wahrscheinlich würdest du die Tür wieder zumachen und das Gas weiter ausströmen lassen?

Wolli: Ja, würde ja aber tierisch leiden wohl dabei, also mir wär nicht ganz wohl dabei.

Fichte: Aber du würdest ihn wahrscheinlich lassen?

Wolli: Sehr wahrscheinlich ja, es kommt darauf an, wenn es ein sehr guter Freund ist, dann ja, auf jeden Fall, es wäre eine Frechheit, da einzugreifen, Vermessenheit, eine Taktlosigkeit, das wäre taktlos, würde ich lassen.

Fichte: Ich habe jetzt keine Fragen mehr. Das zweite Mal ist es ein bißchen durcheinander gegangen, wir wurden ein paarmal gestört, und es ist auch schwierig, wenn man mal ein Gespräch gehabt hat – ich hab es inzwischen abgetippt gelesen – und hab mir dann neue Fragen da wieder rausgezogen. Glaubst du, daß es das Wesentliche deiner Person ausdrückt oder möchtest du noch was Wichtiges dazu sagen?

Wolli: Ne, das ist wohl schon so ziemlich alles, aber das ist natürlich nur in diesem Moment meine Person, vielleicht bin ich in einem Jahr eine ganz andere Person, weil man sich ständig ändert und wechselt, und gerade ich bin in den letzten Jahren im ziemlichen Wechsel begriffen, die letzten zwei Jahre.

Nur nicht stehenbleiben,
Immer weitertreiben!
Schau oben, wie der Mondmann geigt,
Wie er dir die Sterne zeigt,
Ob er ins Meer jetzt niedersteigt?
Doch da sind wir schon andre.
Nur das Wasser flüstert leise: Wandre! Wandre!

Sandra

Sommer 1969

Fichte: Sandra, wie alt bist du?

Sandra: Zwanzig.

Fichte: Und womit verdienst du dein Geld?

Sandra: Du, ich schaffe an, wie man das so nennt.

Fichte: Wie lange schaffst du schon an?

Sandra: Seit zwei Jahren.

Fichte: Nur in Hamburg?

Sandra: Vorher in Düsseldorf, ein halbes Jahr.

Fichte: Wie lange schläfst du täglich ungefähr?

Sandra: Das ist ganz verschieden. Durchschnitt vier Stunden.

Fichte: Vier Stunden am Tag. Und was sind das für Freier, die mit dir hoch gehen?

Sandra: Das ist ganz verschieden. Normalerweise ist das so, ich suche mir die meisten Gäste aus.

Fichte: Und nach welchen Gesichtspunkten suchst du sie dir aus?

Sandra: Wie sie aussehen, ob sie gepflegt sind, manchmal hat man auch das Gefühl, nicht unbedingt, daß sie nur durch ihr Aussehen vielleicht Geld haben, aber das ist instinktiv, daß man eventuell einen guten Eindruck hat und daß man sagt, das ist bestimmt ein Gast, der ein bißchen mehr Geld hat und nicht solche, die meinetwegen nur 50 oder 60 Mark bezahlen, da hat man irgendwie das Gefühl für, man geht auf diese Leute zu, und man fragt, ob sie mitkommen wollen.

Fichte: Und was bezahlen die Freier?

Sandra: Ja nun, im Grunde genommen 30 Mark, das denken sie jedenfalls, und wenn ein Gast sofort spontan sagt, ja, ja, okay, er kommt mit, dann zahlt er meistens mehr, aber wenn sie erst alles fragen, wieviel und wieso und was denn alles usw., das machen keine guten Gäste.

Fichte: Was verlangen die Gäste?

Sandra: Das kommt, also sie möchten alles, aber das kommt ganz darauf an, wie man es bringt. Meistens unterhalte ich mich erst mal eine Zeitlang mit denen, dann sind sie irgendwie nicht beeindruckt, aber sie finden mich ganz gut und ganz witzig und dann geht man über das Ganze hinweg, das ist mir gestern dreimal passiert. Ich hatte gestern drei Gäste, mit keinem der drei Gäste habe ich irgendwie intime Beziehungen gehabt. Von dem ersten Gast hatte ich 50 Mark bekommen, von dem zweiten 200, der war eine halbe Stunde bei mir, es ist ein Stammgast, und mein letzter Gast war ein sehr sehr netter Mann, also, mit dem ich mich nur unterhalten habe, der war knapp eine Stunde da und hat 100 Mark bezahlt.

Fichte: Und mit allen dreien hast du nichts gemacht?

Sandra: Nichts, nein. Das kommt nicht immer vor, wohlgemerkt, man hat auch Tage, wo es nun effektiv nicht geht, wo man wirklich muß, normalerweise, wenn man das vernünftig macht, und sie so anfaßt, wo der wunde Punkt steckt, ein bißchen Mitleid und so als Frau, dann kann man das schon ganz gut beeinflussen.

Fichte: Aber mußt du nicht doch mal?

Sandra: Natürlich, natürlich, das kommt, aber das ist ganz verschieden, das kann man nicht so sagen, ich will jetzt nicht aus dem Stegreif sagen, wie ich das bei dem einen Gast mache, sondern es kommt ganz darauf an, in was für einer Situation es ist, in was für einem Verhältnis und wie man sich irgendwie sympathisch ist, also, ob man nun dem Mann sofort sagt, nun komm, jetzt zieh mich aus und .. dann ist es meistens so, daß man nicht drumrum kommt, setzt man sich aber erst hin und unterhält sich eine Zeitlang, dann kann man das so alles einspielen, daß das so nach und nach kommt, und das sind meistens die Gäste, die nicht viel verlangen, und es ist ja auch so, daß die Gäste, die gut bezahlen, nie diese Ansprüche stellen, wie Gäste, die nun 30 oder 50 Mark bezahlen; sie sind wesentlich anspruchsloser.

Fichte: Aber der Typ, der anspruchsvoll ist und alles will?

Sandra: Er will alles, ja dann muß er dementsprechend bezahlen, sonst bekommt er das nicht.

Fichte: Wenn er nun alles will, aber nur 30 Mark hinlegen ..

Sandra: Ja, wenn ich jetzt einen Gast habe, der sagt, ich kann nur 30 Mark bezahlen, dann sage ich, ja mein Schatz, dann tu mir bitte einen Gefallen, zieh die Hose runter, die Schuhe kannst du anlassen, leg dich da hin, dann wird der Gummi drübergemacht, dann wird er abgewichst, wenn er nun unbedingt darauf besteht, ja, jetzt wollen wir aber auch mal was machen, dann versuche ich es auf irgendeine Art und Weise, entschuldige mal, sag ich, 30 Mark, das geht doch nicht usw., sei mal ein bißchen großzügiger, dann sind wir es auch, wenn er dann effektiv nicht dazu bereit ist, daß er mehr bezahlt, ja, entweder muß ich dann, oder ich sage, hör mal Engelchen, sieh mal zu, daß du gleich spritzt, also ficken können wir für 30 Mark nicht, das mußt du verstehen, und wenn sie dann nicht damit einverstanden sind, ja nun, Gott, wenn sie nicht spritzen wollen, dann müssen sie so wieder gehen. Im Grunde genommen sind wir nicht dazu verpflichtet.

Fichte: Ja. Und wenn er nun ein bißchen mehr hinlegt, läßt du dich dann ficken?

Sandra: Ich versuche das möglichst zu umgehen.

Fichte: Aber es kommt vor?

Sandra: Natürlich kommt es vor.

Fichte: Und ziehst du dich aus?

Sandra: Ja, das kommt darauf an, das ist die Preisfrage. Bei 30 Mark ziehe ich mich keineswegs aus, 50 Mark ziehe ich mich aus, und wenn er französisch haben möchte, dann muß er 70 Mark bezahlen, halbe Stunde bis eine Stunde, die Karenzzeit steckt man da ein, weil, es geht ja nun meistens sowieso schneller, aber wenn jemand dadrauf besteht, länger zu bleiben, weil er 100 Mark bezahlt hat, dann sagt man also, eine halbe Stunde bis eine Stunde, um aus dem Weg zu gehen, daß es irgendwie Ärger gibt, also man sagt nicht unbedingt eine Stunde, sondern man versucht, etwas zu reduzieren.

Fichte: Und wenn die nun etwas mehr bezahlen, läßt du dich dann richtig ficken?

Sandra: Nein, nein, das ist ja meistens so, erstensmal setze ich mich ja sowieso drauf, dann bleibt die Hand dazwischen, dann gibt es also kein Pardon, da nicht von wegen: nun tu mal die Hand weg oder irgendwas, die bleibt da, egal was er sagt, und wenn ihm das nicht paßt, dann geh ich wieder runter, setz mich hin, dann sagt er, ja, wenn du das nicht anders willst, ich hab gesagt, sag mir Bescheid, kurz bevor du kommst, dann setz ich mich drauf, und wenn du nicht sofort spritzt, dann geht es nicht, dann muß ich halt eben fertig wichsen.

Fichte: Du hast immer die Hand dazwischen?

Sandra: Die Hand immer, aber es ist natürlich logisch, daß es auch mal so ist, daß er mal fünf oder zehn Zentimeter reinrutscht, aber das kann man nicht umgehen.

Fichte: Und wenn er nun sehr viel bezahlt.

Sandra: Ja, das ist also, wie gesagt, logisch, alles eine Preisfrage, wenn ich jetzt einen Gast habe, es kommt ganz darauf an, es ist auch mal die Möglichkeit, daß der Gast einem sehr sympathisch ist und sehr nett ist und ich nicht abgeneigt bin, etwas intimer mit ihm zu sein, also nicht unbedingt, daß ich nun mit ihm küsse usw., aber dann meine ich, warum soll ich nicht mit ihm mal irgendwie richtig bumsen, Gott, es kann auch mal vorkommen, daß ein Gast mit 50 Mark bezahlt und ich mach das, das kommt aber ganz darauf an, was für Typ das ist.

Fichte: Aber mit einem Typ, der dir nun richtig gefällt, auf den du richtig scharf bist, von dem . .

Sandra: Nehme ich nicht an . .

Fichte: . . von dem wirst du niemals Geld nehmen . .

Sandra: . . nein, den würde ich auch gar nicht mit hoch nehmen.

Fichte: Du siehst nun unten deinen Schwarm.

Sandra: Ja, nein, das ist etwas ganz anderes. Wenn ich unten meinen Schwarm sehe, dann würde ich ihn wahrscheinlich ansprechen, den würde ich mit hoch nehmen und würde ganz reserviert und eiskalt ihn regelrecht als Freier behandeln, und das würde ihn so reizen, weil er nun immer bestätigt wissen will, was er, daß er ein toller Mann ist, und sich das überhaupt nicht verkneifen kann, irgendwie hier richtig abgebrüht und eiskalt bedient und bearbeitet zu werden, das läßt ihn irgendwie nicht zur Ruhe kommen, und ihn macht das irgendwie unruhig, und in dem Moment interessiert er sich ja auch, wenn er dann sagt, um Gottes willen, Menschenskind, das ist mir noch nie passiert, die ist ja so reserviert und eiskalt, die ist richtig geschäftstüchtig, wie kommt das, seh ich vielleicht heute nicht gut aus oder irgendwas, im Moment wird in ihm ein Komplex wach, und daran zieh ich mich regelrecht hoch, das ist göttlich, Männer mit ihrem Komplex nicht fertig werden zu wissen, also das finde ich so göttlich, wenn sie da liegen und nicht wissen, was sie sagen sollen und dann irgendwie auf die blöde Art irgendeinen Spruch niederzulassen, der also überhaupt nichts ist, dann denken sie, na ja, was willst du machen, dann treffe ich den eventuell wieder und dann ist das vergessen, es besteht die Möglichkeit, daß ich ihn wiedertreffe, meistens nicht.

Fichte: Nimmst du auch Ausländer mit rauf?

Sandra: Nein.

Fichte: Warum nicht?

Sandra: Ja, das kommt darauf an, das kommt ganz darauf an. Wenn jetzt irgendwie jemand ist, der auf mich zukommt, ordentlich aussieht, gut Deutsch spricht oder eventuell Englisch, dann sage ich von vornherein 50 Mark, weil es bei diesen Menschen so ist, die haben eine andere Mentalität, die haben eine andere Auffassung, diese Leute, die haben es nicht nötig oder die meinen es nicht nötig zu haben, Geld dafür auszugeben, und wenn sie einmal einen Preis festgemacht haben, bei denen ist meistens nie mehr Geld rauszuziehen, und sie verlangen nun für ihr Geld wahnsinnig viel, also sie wollen es. Aber es ist in dem Moment so, daß sie es also nicht bekommen und das gibt meistens Theater, und um dem aus dem Wege zu gehen, nehme ich sie einfach nicht mit. Das sind vielleicht größtenteils Vorurteile, aber man hat ein paarmal schlechte Erfahrungen mit diesen Leuten gemacht, und deswegen nimmt man sie gar nicht wieder mit.

Fichte: Was war das für schlechte Erfahrung?

Sandra: Naja, daß sie irgendwie handgreiflich werden oder daß sie rumpöbeln oder nachdem sie fertig geworden sind, ihr Geld zurückverlangen, weil es ihnen nicht lange genug gedauert hat oder weil sie nicht richtig losmachen konnten oder irgendeinen Grund finden sie dann meistens immer, und sie pochen dann darauf, ihr Geld wiederzukriegen, und ich habe nicht die Lust, mich hier aufzuregen und mich hier kaputtzumachen, deswegen, für die paar Mark, dann laß ich sie lieber mit irgendeiner anderen Frau mitgehen, und es gibt genug, die sie mitnehmen.

Fichte: Es gibt sogar Typen, die rennen dann hinterher zur Polizei und sagen, ich bin nicht fertig geworden . .

Sandra: Ja, ja, das ist aber vollkommen uninteressant, da haben wir nichts mit zu tun, die können uns gar nichts.
Fichte: Hast du mal so was erlebt?
Sandra: Du, ich habe das einmal erlebt, ja, und zwar war das ein ganz junger Franzose, sprach phantastisch gut Deutsch, hatte auch wahrscheinlich sehr viel Geld bei sich, mich interessierte das ja auch in dem Moment nicht, er bezahlte nun für eine halbe Flasche, die normal 30 kostet, bezahlte er 50 Mark, weil, ich hatte ihm das Geld nun abgenommen und mir war es eigentlich vollkommen uninteressant, und zahlte 200 Mark für mich, legte sich hier hin, wurde nicht fertig, da habe ich ihn nach einer Stunde, knapp einer Stunde oder war auch etwas länger, ich weiß es nicht, irgendwie rausgeschmissen, also ich habe gesagt, du, hör mal, das geht nicht, das hat keinen Zweck, du mußt mir jetzt den Gefallen tun und wieder gehen, ich muß runter, weiter Geld verdienen, was soll ich noch meine Zeit mit dir vergeuden, es hat sowieso keinen Zweck. Nu ja, er zog dann ab, weil, er war ein bißchen am Pöbeln und kam morgens um sechs Uhr nach ca. vier oder fünf Stunden hier angerückt mit der Polizei. Ich habe natürlich nicht aufgemacht, weil ich nicht wußte, wer es ist und war auch nicht darauf vorbereitet usw., ja, und da hab ich die Tür nicht aufgemacht, und am nächsten Tag um neun kam er wieder mit der Polizei, ja, sie ist das usw. und da blieb er vorne stehen und die Polizei kam mit hierher, und du weißt ja, wie das so ist usw., dann unterhält man sich mit denen, die sehen das auch ein, und meistens – na ja, ich weiß nicht, ob ich das so sagen kann – aber die sind auch ganz empfänglich. Ja, das ist ja so, Menschenskinder, man kann da nicht irgendwie sagen, von wegen, ja, die halten nun auch die Hand auf und nehmen nun alles, was sie haben oder was sie kriegen können, im Grunde genommen halten sie ja auch zu uns.
Fichte: Du läßt die Freier nur mit Gummi.
Sandra: Natürlich.
Fichte: Auch wenn sie viel bezahlen würden?
Sandra: Ich gebe ganz ehrlich zu, ich habe einen Gast, der kommt im Schnitt jedes, jedes Vierteljahr einmal nach Hamburg und ist vier, fünf Tage hier, und wenn ich mit dem zwei, drei Stun-

den zusammen bin, bekomme ich 500 bis 600 Mark von ihm. Der Mann verlangt nichts, lediglich daß er ohne Gummi ficken darf, und warum soll ich das für die zwei Stunden nicht für 500 bis 600 Mark machen, dann bin ich schon mit ihm des öfteren ausgegangen, und da bekomme ich für den Abend, von abends sieben, acht Uhr gehe ich mit ihm essen, sei es in irgendeinem netten Lokal, anschließend gehen wir ins Kino, bekomme ich 1 000 Mark für die ganze Nacht, und warum soll ich das nicht machen?

Fichte: Küßt du deine Freier?

Sandra: Ja, habe ich schon mal gemacht, und zwar bei diesem besagten Gast, den ich übrigens auch ganz nett finde.

Fichte: Also, wenn sehr viel Geld geboten wird, dann küßt du ihn?

Sandra: Ja, das ist ganz verschieden, in was für einer Situation und was für einer Atmosphäre man ist, hier zum Beispiel würde ich es nicht tun. Am liebsten gehe ich zum Beispiel aus, da kommt es ab und zu vor, und wenn es nur ein Kuß auf die Wange ist.

Fichte: Aber richtig?

Sandra: Nee, ist es gar nicht.

Fichte: Würdest du auch nicht?

Sandra: Und wenn, dann ist es eben eine Überwindung, weil man eben dadurch Geld rausziehen kann, und wenn man ihnen sagt, ja hör mal, Herzchen, ein bißchen netter, und lieb und nett, dann ist natürlich irgendwann die Frage, ja, darf ich dich auch küssen usw., dann sagt man schön und gut, für einen Hunderter, warum soll man sich da nicht mal küssen lassen, aber im Grunde genommen ist es nur die materielle Einstellung, es ist also keineswegs irgendeine Hingabe dabei.

Fichte: Sind die Freier sehr gepflegt oder sind sie dreckig?

Sandra: Das kommt darauf an, es kommt darauf an, was für eine Schicht das ist.

Fichte: Und welche Schicht ist immer am dreckigsten?

Sandra: Die normalen Bürger.

Fichte: Zuhälter sind sauber?

Sandra: Sehr sauber, ja.

Fichte: Alle vom Kiez sind sauber?

Sandra: Sehr sauber, ja. Das sind überhaupt die saubersten Menschen würde ich sagen, weil diese Leute sich immer vorkommen, die zweite Klasse zu sein oder sogar die unterste Klasse und um dieses, irgendwie ihr eigenes Ich ein bißchen zu stärken, laufen sie immer sehr gepflegt und sehr sauber und ordentlich rum, daß man ihnen wenigstens in dieser Beziehung nichts nachsagen kann, sie legen sehr großen Wert auf ihr Äußeres.

Fichte: Und das tun die Bürger nicht?

Sandra: Du, das kommt auch wiederum darauf an, was für Familienverhältnisse sind, denn die meisten sind verheiratet, haben Gören zu Hause und arbeiten irgendwie, dann ist es so, bei dem normalen Haushalt wird einmal in der Woche gebadet, weißt du, das ist dann samstags der Familienbadetag usw. dann wird saubere Unterwäsche ausgeteilt, und es ist meistens so, daß das in den normalen Verhältnissen ein- oder zweimal in der Woche neue Unterwäsche angezogen wird.

Fichte: Im Gegensatz zum Kiez.

Sandra: Auf jeden Fall. Ich kann nun, ich würde, wesentlich lieber, also ich tu es manchmal, zwei-, dreimal einen neuen Schlüpfer am Tag anziehen, ehe ich zweimal denselben Schlüpfer anziehe, Dusche zwei-, dreimal am Tag, weil ich das brauche, ich finde, wenn man irgendwie mehr des öfteren Kontakt mit irgendwelchen Leuten hat, muß das sein, auch alleine, weil ich das wesentlich gepflegter finde und mich auch wesentlich sauberer fühle, wenn ich frisch bin, ordentlich rumlaufe.

Fichte: Wie oft mußt du zur Kontrolle?

Sandra: Zweimal in der Woche. Ja, dienstags, freitags.

Fichte: Wie ist das?

Sandra: Ja, da muß ich mich vorne anmelden, daß ich da bin, dann gebe ich meine Karte ab, dann warte ich darauf, bis die Schwester meine Akte hat, gehe ich hinten in den Untersuchungsraum, ziehe mich aus, werde untersucht, gehe wieder raus und muß abwarten, bis ich aufgerufen werde, dann bekomme ich meine Karte zurück mit dem Stempel darauf, wenn alles in Ordnung ist. Bin ich krank, muß ich acht Tage, ja acht Tage sind es, in ein Krankenhaus. Das dauert aber wahnsinnig lange, bis man da wieder raus ist.

Fichte: Das nennt ihr: ihr müßt auf den Bock?
Sandra: Ja, ja.
Fichte: Und ist die Behandlung dort sehr rüde oder . .
Sandra: Nee, das kommt darauf an, bei welcher Schwester man ist. Also ich habe eine sehr nette Schwester, wenn sie mich sieht, sage ich, es dauert aber nicht sehr lange usw., dann schiebt sie die Akte etwas höher und so, das ist alles nur mit Geld zu erreichen . . Die sind auch empfänglich für solche Sachen.
Fichte: Wenn das nicht geschieht, dann kann sie sehr unangenehm sein?
Sandra: Nein, nicht unbedingt, also es kommt oftmals vor, daß ich drei-, viermal hintereinander nichts gebe, trotzdem komme ich schnell raus, weil sie genau weiß, entweder habe ich dann kein Kleingeld oder irgendwas und dann dauert es aber genauso kurze Zeit, als wenn ich jetzt irgendwie 5 Mark oder 10 Mark gebe.
Fichte: Glaubst du, daß die Kontrolle einen Sinn hat?
Sandra: Hundertprozentig, es muß sein, ich will es unbedingt haben.
Fichte: Was wird dadurch vermieden?
Sandra: Ja, daß irgendwelche Geschlechtskrankheiten verschleppt werden und daß sie irgendwie verbreitet werden.
Fichte: Aber Gonorrhöe zum Beispiel kannst du ja kaum bekommen mit Präservativ . .
Sandra: Du, das kann doch mal vorfallen, also passieren, daß ein Präservativ kaputtgeht, was natürlich sehr, sehr selten passiert, aber es gibt so viel Frauen, die irgendwo unten am Hafen arbeiten und die auf solche Dinge keinen Wert legen, egal, Hauptsache die kriegen ein paar Mark mehr, auch wenn es nur ein Zehner ist, dann machen sie ohne, das sind die Frauen, die unbedingt untersucht werden müssen, und die können keine Unterschiede machen, sie können also nicht die Frauen zur Kontrolle bitten und uns nicht. Es gibt Unterschiede, drei, vier Frauen werden hier wahrscheinlich auch für 20, 30 Mark mehr tun.
Fichte: Hast du dich schon mal angesteckt?
Sandra: Ich hab es schon mal gehabt, ja.

Fichte: Von einem Freier oder?
Sandra: Nein, von einem Bekannten.
Fichte: War das ein Bekannter vom Kiez oder ein bürgerlicher?
Sandra: Aus der bürgerlichen Welt.
Fichte: Hier im Kiez meinst du also, sind Geschlechtskrankheiten verhältnismäßig selten.
Sandra: Ja, diese Leute, die vom Kiez sind, haben erstensmal das Geld und zweitensmal genieren die sich nicht, die haben keine Hemmungen, zum Arzt zu gehen, in dem Moment, wenn sie es merken, gehen sie sofort zum Arzt und lassen sich das wegmachen, und das sind die Leute, die auch sofort sagen, paß mal auf, ich finde dich zwar ganz nett, ich würde auch mit dir ins Bett gehen, aber es geht nicht, ich habe den Tripper im Moment, das würde ein Solider niemals sagen, weil er Hemmungen hat im Moment, weil er das nun schlimm findet, dabei ist das an sich eine ganz normale Krankheit, die jedem passieren kann.
Fichte: Du hattest Tripper?
Sandra: Ja.
Fichte: Einmal?
Sandra: Nee, ich glaube, dreimal insgesamt.
Fichte: Syph hattest du noch nie?
Sandra: Nee.
Fichte: Haßt du deine Freier?
Sandra: Momente gibt es bei mir so häufig, daß ich also dieses ganze Volk dermaßen abscheulich finde und mies finde, daß ich sie alle in die Luft sprengen könnte.
Fichte: Warum findest du sie mies?
Sandra: Weil sie sich Frechheiten rausnehmen und weil sie meinen, wir wären der letzte Dreck, um mit uns alles machen zu können, was sie überhaupt denken. Im Grunde genommen ist es so, ein Mann, der dafür bezahlt, ist im Grunde genommen, schön und gut, ich lebe davon, aber ein Mann, der dafür bezahlt und er bezahlt dafür und reagiert sich ab wie ein Tier und geht dann wieder, das ist doch, ohne irgendein Gefühl, schön und gut, das muß sein, aber es ist doch so erniedrigend, alleine für einen Mann, irgendwo in einen Puff zu gehen, dafür zu bezahlen, um das zu haben, was er haben will, schön und gut,

es sind Leute manchmal dabei, die es nicht nötig haben, die hier hergehen, weil sie es vielleicht noch nie gemacht haben oder sie gehen eventuell mal hier durch mit Geschäftsfreunden und finden ein Mädchen nett, dann gehen sie mit, nur weil sie das Mädchen nett finden, aber das sind auch in dem Moment die Leute, die nicht knickrig sind. Die schlimmsten sind die, die hier rumlaufen stundenlang, fünf, sechs Stunden und gucken sich dann die Mädchen an von oben bis unten und wenn du sie ansprichst, dann gehen sie laufen, und wenn du dann so was siehst, und mit der Zeit überblickst du das Ganze und durchschaust diese ganzen Menschen und weißt genau, was für ein Typ das ist, wenn er an dir vorbeigeht, weißt genau, was er denkt, wenn er dich anguckt, und wenn du die Leute so durchschaust, dann hast du mit der Zeit einen Abscheu vor denen, dann kannst du sie einfach nicht mehr sehen.

Fichte: Und im Grunde verachtest du den Freier schon . .

Sandra: Den Freier verachte ich in jeder Beziehung.

Fichte: Du würdest auch nie wieder einen Freier achten können?

Sandra: Doch. Ich habe auch schon mal einen jungen Gast gehabt, den ich sehr sehr nett fand und mit dem ich mich schon des öfteren so in der Stadt, also nicht getroffen, sondern mit dem ich mich so durch Zufall, hallo, wie gehts, und mal einen Kaffee zusammen getrunken habe und dann, aber mit diesem Mann würde ich dann ein zweites Mal nie wieder als Freier mitnehmen, wenn ich ihn einmal privat getroffen habe, sei es nun durch einen Zufall, und trinke mit ihm einen Kaffee, wäre es mir irgendwie unangenehm, diesen Typ wieder mit hochzunehmen und dann Geld zu verlangen, das geht dann nicht mehr, weil die Menschen, mit denen ich mich privat unterhalte, für mich interessante Leute sind, und mit interessanten Leuten kann ich nicht für Geld schlafen.

Fichte: Werden von dir Perversionen verlangt?

Sandra: Nee, eigentlich nicht. Ich bin nicht der Typ, der darauf anspringt.

Fichte: Mußt du viel mit dem Gummischwanz rummachen oder so . .

Sandra: Überhaupt nicht, nein.

Fichte: Hast du noch nie gemacht?

Sandra: Ich hab es schon mal gemacht, ein- oder zweimal, aber dann nur, wenn zwei Frauen zusammen mit einem Mann sind usw., um aus denen mehr Geld rauszuziehen.

Fichte: Du mußtest eine lesbische Schau machen?

Sandra: Ja, eine lesbische Schau.

Fichte: Und schlagen?

Sandra: Das habe ich auch schon des öfteren gemacht, weil im Winter, wenn die Zeit schlecht ist, dann läßt man sich so etliches einfallen, dann zieht man Stiefel an, dann meint man also, auf Kraft etwas zu verdienen, weil das Gäste sind, die wesentlich mehr bezahlen, und da kann man durch einen Gast mehr verdienen als durch drei, vier andere, weil die nun wahnsinnig viel Geld bezahlen. Man steigert sich im Grunde genommen da hinein, und man kann es einfach. Ich hätte mir das früher nie zugetraut, daß ich irgendwie mal einen Mann erniedrigen kann, und im Grunde genommen ist es eine Erniedrigung, das wollen die ja, sie wollen erniedrigt werden durch Schläge und finden dabei die Befriedigung. Das hätte ich mir früher nie träumen lassen können, daß ich einen Mann schlagen kann, das ist also . .

Fichte: Jemanden verletzen?

Sandra: Das kann ich nicht . .

Fichte: Hast du auch nie gemacht?

Sandra: Nein, nein.

Fichte: Hat es Frauen gegeben, die dich bezahlt haben?

Sandra: Nein, bisher noch nie. Es ist ein Zufall, daß man irgendwie mal eine Frau kennenlernt, die wahnsinnig viel Geld hat, die dich nett findet und die dir vielleicht irgendwie mal aushilft oder sagt, ja, so und so, hier, wir kaufen dir was Hübsches und das finde ich, das würde ich nicht annehmen, ich weiß nicht, es kommt auch auf die Umstände an.

Fichte: Glaubst du nun, daß die Mädchen hier nett zu ihren Freiern sind oder mies?

Sandra: Also ich würde sagen, 80% der Frauen benehmen sich mies.

Fichte: Und du?

Sandra: Ach, das kann man nicht sagen. Ich möchte sagen, daß ich verhältnismäßig viele Stammgäste haben und daß ich sehr sehr wenig Gäste am Abend habe, aber meistens gute, und das ist ja ein Zeichen, wenn man viel Geld von einem Gast bekommt und wenn er dann wiederkommt und anschließend sagt: also darf ich mir deine Telefonnummer aufschreiben, und wenn es nur das eine ist, darf ich deine Telefonnummer aufschreiben, vielleicht rufe ich dich mal wieder an, das ist schon ein Zeichen, daß es ihm gefallen hat. Und ich bin der Meinung, daß ich also die meisten Gäste, auch wenn sie nicht fertig geworden sind, durch meine Art irgendwie so umfädele oder sie so bespreche, daß sie trotzdem irgendwie zufrieden sind, wenn sie hier rausgehen und sagen, also, tschüß, wenn ich das nächste Mal wieder hier bin, dann komme ich mal wieder rein. Ich rede denen nun wahnsinnig ein, daß es an ihnen liegt, daß es nicht geht, denn meistens liegt es an den Männern.

Fichte: Ist es dir nun egal, ob die Männer nett zu dir sind oder hast du lieber einen Freier, der sich ein bißchen um dich bemüht?

Sandra: Ja, ich finde es also gräßlich, wenn ich einen Gast habe, der mich nun antatscht und macht und tut und Küßchen da und Küßchen da und da ein bißchen anfassen und da ein bißchen anfassen, also das ist das Widerlichste für mich, was es gibt. Ich habe es wesentlich lieber, wenn ich mit einem Gast erst mal ein bißchen spreche, also eine Viertelstunde oder zehn Minuten, das kommt nun auch wieder darauf an, wieviel Zeit man hat, unterhalt mich mit ihm, und dann, wenn ich das Gefühl habe, daß es jetzt an der Zeit ist, dann sage ich, so, mein Lieber, jetzt zieh dich mal aus und mach dich mal ein bißchen frei und flachse so ein bißchen rum, also mir ist es wesentlich lieber, vorher ein bißchen vernünftig zu reden, denn dadurch lerne ich den Mann kennen und weiß ungefähr schon, wie ich ihn am besten fertig bekomme und ihn am schnellsten wieder rauskrieg.

Fichte: Wieviel Freier hast du durchschnittlich am Abend?

Sandra: Vier.

Fichte: Wirst du nun bei diesen Freiern erregt?

Sandra: Überhaupt nicht.

Fichte: Wie machst du das?

Sandra: Ja, ich kann bei diesen Menschen abschalten, weil das für mich kein, überhaupt nicht, ich empfinde für diese Leute nichts, das ist für mich genau, als wenn ich in irgendeiner Fabrik am Fließband arbeite und ein Stück Eisen bearbeite. Die Gefühle sind dabei vollkommen abgeschaltet.

Fichte: Aber der faßt dich doch an, und ..

Sandra: Das ist uninteressant, der Körper reagiert nicht mehr drauf.

Fichte: Wie machst du das, daß er nicht mehr darauf reagiert?

Sandra: Der Körper hat noch nie darauf reagiert, auch nicht in der ersten Zeit, als ich noch keine Ahnung hatte.

Fichte: Die Idee, das ist ein Freier ..

Sandra: .. das ist ein Gast, der bezahlt mich dafür, da empfinde ich nichts.

Fichte: Und wenn er nun so viel bezahlt, daß du dir das Ding reinstecken läßt?

Sandra: Auch dann nicht. Eine Frau kann abschalten, vollkommen abschalten, es sind also überhaupt keinerlei Gefühle, es ist ein Gast, da denkt man, da könnte man Zeitung bei lesen, da denkt man im Grunde genommen, hoffentlich spritzt er bald.

Fichte: Gehst du nun trotzdem ganz gerne hier in das Palais?

Sandra: Nein, ich würde mir wesentlich lieber was anderes aussuchen. Wenn ich hier abends um, wenn ich nachmittags irgendwo Kaffee trinken war oder irgendwie im Kino war, und komme hier abends um acht oder neun rein, dann krieg ich den kalten Schauer über den Rücken, wenn ich dann dran denke, daß ich in einer Stunde unten stehe und mich da von jedem Klops ansabbeln lassen muß.

Fichte: Dein Zimmer ist hier hübsch, wieviel mußt du dafür bezahlen?

Sandra: 40 Mark.

Fichte: Am Tag?

Sandra: Am Tag, ja.

Fichte: Du hast einen Spiegel über dem Bett ..

Sandra: Den brauch ich überhaupt nicht.

Fichte: Hat ihn jedes Mädchen hier?

Sandra: Ja.
Fichte: Der Besitzer dieser Etage hat einmal geglaubt, daß man hier aus diesem Puff eine Kommune machen könnte, glaubst du das?
Sandra: Das kommt ganz darauf an, was das für Frauen sind, da muß man sich auf die Mädchen verlassen können, da muß ein Verhältnis sein. In dem Moment, wenn eine Kommune gegründet wird, das geht nicht nur mit Frauen, da müßten hier auch Männer leben, und das ist nicht erlaubt.
Fichte: Offiziell ist es ein Mädchenwohnheim . .
Sandra: Offiziell, ja.
Fichte: Und wem gehört es?
Sandra: Einem Mann gehört das. Dem gehört wahnsinnig viel, auch auf der »Freiheit« usw.
Fichte: Der hat das weitervermietet.
Sandra: Er hat es weiterverpachtet, ja.
Fichte: Weiß die Polizei, was hier geschieht?
Sandra: Ja, natürlich weiß sie es, sie will es aber nicht wissen.
Fichte: Warum?
Sandra: Ja warum? Weil es das geben muß, weil sie froh sind, daß das alles so ein bißchen ordentlicher und situierter geworden ist.
Fichte: Glaubst du, daß es je eine Gesellschaft geben wird, die ohne Strich leben kann?
Sandra: Nee.
Fichte: Warum?
Sandra: Das gehört dazu, das muß sein, das gibt es überall. Ich glaube, jeder Mann war schon mal irgendwann im Puff, und wenn es nur aus Neugierde ist, das muß es geben.
Fichte: Geilt dich das nun irgendwie auf, zu denken, oh, da kriegst du nachher ordentlich viel Geld für?
Sandra: Nein, mich geilt das keineswegs auf, ich denke nur, hoffentlich verdiene ich heute sehr viel Geld, da kann ich mir mehr erlauben, in dem Moment, wo ich mehr Geld verdiene, desto mehr Dinge kann ich mir kaufen, desto mehr Geld habe ich, und in dem Moment, wenn ich Geld habe, da bin ich zufrieden und ausgeglichen, habe ich kein Geld, bin ich nervös, hektisch

und habe das Gefühl, meine Güte, wofür gehst du anschaffen, wenn du kein Geld hast.

Fichte: Muß der Freier vorher bezahlen oder hinterher?

Sandra: Vorher.

Fichte: Immer?

Sandra: Ja.

Fichte: Jeder?

Sandra: Jeder.

Fichte: Wieviel verdienst du durchschnittlich im Monat?

Sandra: Du, im Monat, das habe ich noch nie ausgerechnet, weil ich also mein Geld erstensmal nicht zusammenhalten kann, zweitensmal jeden Pfennig wieder ausgebe und so wahnsinnig sich das anhört, aber ich mach mir da keine Gedanken, weil ich mich wahnsinnig ärgern würde, wenn ich im Monat mal Bilanz ziehen würde, was ich verdient habe und was ich wieder ausgegeben habe.

Fichte: Wieviel Tage arbeitest du im Monat?

Sandra: Das ist so verschieden, manchmal arbeite ich zwei oder drei Tage in der Woche gar nicht, dann arbeite ich die ganze Woche durch, sonntags sowieso nicht, montags meistens auch nicht und fange am Dienstag meistens wieder an zu arbeiten.

Fichte: Du arbeitest durchschnittlich fünfzehn bis zwanzig Tage?

Sandra: Ja.

Fichte: Und was machst du durchschnittlich am Tag?

Sandra: Zwei-, Dreihundert Mark.

Fichte: Das wären dann 6 000 Mark pro Monat.

Sandra: Ja, so ungefähr.

Fichte: Mußt du Steuern bezahlen?

Sandra: Nein.

Fichte: Nein?

Sandra: Bekämen sie auch nie von mir.

Fichte: Müssen die anderen Steuern bezahlen?

Sandra: Keine. Es kommt ab und zu vor, daß jemand ein Schreiben bekommt, daß er Steuern zahlen muß, aber das kriegen die nicht durch. In verschiedenen Städten gibt es das schon, aber noch nicht fest, es wird also noch nicht an den Staat gezahlt, sondern das wird noch auf ein Konto gelegt, in dem Moment, wenn irgendwann mal die Steuern kommen sollten, wird das also irgendwie abgeholt.

Fichte: Hast du einen Zuhälter?

Sandra: Nein.

Fichte: Aber die meisten Mädchen hier . .

Sandra: Zum größten Teil.

Fichte: Die haben also jemanden, dem sie täglich etwas Geld bezahlen.

Sandra: Meistens geben sie ihm alles.

Fichte: Warum eigentlich?

Sandra: Weil das Frauen sind, die nicht gern alleine sind, die alleine nicht das bringen oder wenn sie Feierabend machen, nicht alleine rumhängen wollen, nicht alleine ausgehen wollen, weil sie in keinem Lokal akzeptiert werden und wenn sie dann hier auf St. Pauli ausgehen, ist es ganz logisch, daß sie dann irgendwann einen Mann kennenlernen und die Leute, die auf St. Pauli verkehren, leben nun mal von dem Geld der Mädchen und die Mädchen wiederum von dem Geld der Männer, die hier als Gäste kommen, und so ist alles eine Kette. Wenn man nun von diesem St. Pauli runtergeht, verkehren da normale Leute, und das ist ein ganz anderes Milieu, und da muß man nicht unbedingt einen Mann haben, der das Geld verlangt.

Fichte: Und warum hast du keinen Zuhälter?

Sandra: Weil ich das wahnsinnig finde, wenn eine Frau einem Mann Geld gibt. Das Geld, was sie durch ihren Körper verdient, das ist doch Wahnsinn, wenn sie da einen Mann bezahlt, jeder Mensch kann doch sein Geld auf eigene Faust verdienen. Ich verdiene mein Geld, um leben zu können und mir das erlauben zu können und ich habe nicht die Absicht, einen Mann zu bezahlen, daß er mit mir zusammen ist, wenn jemand mit mir zusammen sein möchte, dann muß er auch mit mir aus irgendeinem anderen Grund zusammen sein, nicht nur wegen des Geldes und ich sage dir, es gibt auf dem ganzen Kiez höchstens zwanzig Männer, die mit Frauen zusammen sind, die anschaffen gehen, und die Frau lieben.

Fichte: Hast du viele Männer, die dich gerne als Freundin haben möchten?

Sandra: Ja, verschiedene, aber ich versuche das immer abzuleiten, ich lege ja keinen großen Wert drauf, da mit jemand fest zusammen zu sein, wenn ich Lust habe, mal mit einem Mann zu schlafen, dann tu ich das, dann sag ich zu ihm, hör mal, ich find dich ganz nett, ich möchte gern mit dir schlafen gehen, und wenn es in Ordnung ist, wenn der Typ mir gefällt, auch so, wenn wir alleine sind, man kann das ja nicht beurteilen, wenn man ihn irgendwo kennenlernt, ist er in einer Masse, mit mehreren Leuten gibt sich ein Mensch wesentlich anders, als wenn er privat oder mit mir alleine ist, und wenn er dann auch noch so ist, wie ich ihn gerne oder wie ich ihn gut finde, dann kann man ruhig mehrere Tage, mehrere Wochen, mehrere Monate, so lange, bis es gutgeht, mit dem Menschen zusammen sein.

Fichte: Wofür gibst du dein Geld aus?

Sandra: Meistens für Garderobe.

Fichte: Du bist sehr elegant angezogen.

Sandra: Danke.

Fichte: Wo kaufst du?

Sandra: Das ist ganz verschieden. Ich habe also kein festes Geschäft, sondern das kommt immer so, wenn ich irgendwie ein Kleid sehe oder irgend etwas, was ich witzig finde, was ich gut finde, kauf ich es.

Fichte: Auch wenn es sehr teure Modelle sind?

Sandra: Ja, muß ich schon.

Fichte: Kaufst du auch bei Yves St. Laurent?

Sandra: Du, ich finde seine Sachen nicht so gut für mich. Ich habe irgendwie einen anderen Stil, ich finde seine Sachen phantastisch, aber nur bei diesen Mädchen, die sie tragen können, und ich kann es nicht tragen. Er schneidert sehr schlank, und er schneidert sehr, nicht konservativ, sondern eben nicht den Stil, den ich bevorzuge.

Fichte: Und welchen Stil bevorzugst du?

Sandra: Nicht das Elegante, auch nicht das Sportliche, sondern so mehr die Mittelsparte. Ich trage meistens Kleidungsstücke, die vorteilhaft für mich sind, also Kleider, die die Hüften überspielen, die zwar oben alles betonen, weil ich meine, einen guten Busen zu haben, und das kann oben alles sehr offenherzig und frei sein, aber ich achte darauf, daß das andere etwas verspielt wird, ich trage nicht sehr kurz, weil ich das also nicht mehr sehr gut finde, ich fand das vor drei, vier Jahren mal gut, bin ich also so kurz gelaufen, daß man bald den Po sehen konnte, da war ich aber noch solide, da hab ich noch nicht angeschafft. Seitdem ich anschaffe, trage ich überhaupt nicht mehr kurz.

Fichte: Aber hier trägst du kurz.

Sandra: Da bleibt mir nichts anderes übrig. Die Männer wollen das so.

Fichte: Ißt du gerne?

Sandra: Wahnsinnig gern.

Fichte: Was ißt du am liebsten?

Sandra: Ach, das ist eine Frage. Das kommt ganz darauf an, was für eine Zeit das ist. Ich esse im Frühjahr wahnsinnig gerne Hummer, Fisch esse ich furchtbar gerne, heute habe ich zum Beispiel Scampis gegessen, was ich übrigens sehr, sehr gut fand, und Steaks, viel Gemüse, grundsätzlich keine Kartoffeln.

Fichte: Kochst du selbst oder gehst du viel in Restaurants?

Sandra: Ja, hier ist nicht so die Gelegenheit, weil ich ja hier wohne, und ich könnte mir natürlich jederzeit vorne etwas kochen, aber ich finde das zu langweilig und außerdem, wenn ich da vorne esse, das nervt mich schon wieder so sehr, weil da alles herumhängt, und laß mal sehen und laß mich mal probieren und man hat hier nicht die Ruhe, ich bin sehr wenig hier. Wenn ich aufstehe, mache ich mich zurecht und gehe weg, und wenn ich arbeiten muß, dann komme ich her, ziehe mich um und gehe runter, und wenn ich dann Feierabend mache, gehe ich wieder in mein Zimmer und mache mich fertig und gehe wieder raus, also ich verweile sehr sehr wenig vorne im Salon, weil mich das ganze Theater, was da so besprochen wird, wahnsinnig nervt.

Fichte: Gibst du viel Geld für Parfums aus?

Sandra: Nicht sehr viel Geld, ich brauche an und für sich nicht sehr viel Parfum.

Fichte: Brauchst du Perücken, Schminke und dergleichen?

Sandra: Du, ich brauche Perücken, Schminke sowieso, aber meistens immer sehr unauffällig, sehr natürlich alles, auch bei der Arbeit, ich schminke mich sehr wenig, ich klebe mir lediglich

Wimpern auf, mache mir die Augenbrauen etwas, und es kommt darauf an, wie ich mich fühle, manchmal etwas blaß, etwas Rouge auf das Gesicht und schminke mir die Lippen verhältnismäßig natürlich, also nicht irgendwie auffallend, ganz normal.

Fichte: Wieviel Perücken hast du?

Sandra: Zur Zeit ein, zwei, und eine im Badezimmer, drei.

Fichte: Und hast du ein Eau de Toilette, das du bevorzugst?

Sandra: Ja. Jean Patou.

Fichte: Rauchst du viel?

Sandra: Wahnsinnig viel.

Fichte: Was nennst du wahnsinnig viel?

Sandra: So vierzig Zigaretten am Tag, vierzig bis fünfzig Zigaretten.

Fichte: Trinkst du?

Sandra: Überhaupt nicht. Du, ich finde, Alkohol ist was Gräßliches, weil ich es nicht vertragen kann.

Fichte: Nimmst du viel Rauschgift?

Sandra: Ja, leider. O, um Gottes willen, leider will ich nicht sagen, nein, manche Leute finden das schrecklich, ich finde das gut.

Fichte: Was nimmst du da?

Sandra: Haschisch. Wir haben auch schon den Trip ausprobiert, und das muß man alles mal versuchen.

Fichte: Marihuana?

Sandra: Auch das, ja.

Fichte: Und was findest du am besten?

Sandra: Du, Haschisch ist am besten.

Fichte: Was geschieht, wenn du Haschisch rauchst?

Sandra: Ich fühle mich wahnsinnig lustig, ich fühle mich gut, und man hat eine seltsame Stimmung und alles ist belebt und alles, es ist so uninteressant, man fühlt sich so, wie man gerade ist, man findet sich phantastisch, man hat immer gute Laune, es kommt aber ab und zu, daß man mal schlechte Laune hat, das ist ganz und gar nach der Verfassung, in der man vorher war, oder die Leute, die irgendwie, es ist auch manchmal, wenn man raucht und man trifft irgendwelche Leute, die einem nicht passen, oder es ist irgendein mieses Milieu, dann bekommt man einen schlechten Trip, und in dem Moment, wenn man mit guten Leuten zusammen ist, die dann aufgetan sind, bekommt man einen guten Rausch, unterhält sich mit ihnen über witzige Sachen und man lacht und man hört gute Musik, das hat auch sehr viel damit zu tun, und man hat sehr viel Einfälle, man unterhält sich über Dinge, die man wahrscheinlich nüchtern gar nicht so beachten würde, man geht sehr ins kleine und ins kleinste Detail ein in einer Unterhaltung, man macht sich wesentlich mehr Gedanken über alles, man sieht viel Dinge viel eher.

Fichte: Wenn du Haschisch nimmst?

Sandra: Ja.

Fichte: Und das ist nicht so gut, wenn du Marihuana rauchst?

Sandra: Du, Marihuana ist sehr witzig, da lacht man furchtbar, man ist sehr albern, das finde ich nicht gut. Es kommt auch ganz darauf an, in was für einer Stimmung man ist, ab und zu bei Hasch fängt man an zu lachen und man ist lustig, manchmal ist man etwas froh, man denkt sehr viel nach, es ist ganz, es kommt also im Grunde genommen hauptsächlich darauf an, in was für einer Verfassung man im Moment ist, mit welchen Leuten man zusammen ist, und was für Musik man hört und in was für einem Gesprächsthema man gerade beschäftigt ist.

Fichte: Glaubst du, daß man von Hasch und Marihuana süchtig wird?

Sandra: Nein.

Fichte: Du hast es lange genug genommen . .

Sandra: Ich mache es jetzt ein Jahr ungefähr, und ich brauche es nicht unbedingt. Ich habe jetzt zum Beispiel seit vier Tagen nicht mehr geraucht.

Fichte: Vorher hast du wie oft geraucht?

Sandra: An sich jeden Tag. Aber ich kann auch ohne weiteres drei, vier Tage oder fünf Tage, sechs Tage, zwei, drei Wochen aussetzen. Also, ich gehe nicht auf die Suche, unbedingt etwas zu finden, unbedingt etwas haben zu müssen, ich gebe kein Geld dafür aus.

Fichte: Aber du könntest das gewöhnliche Rauchen nicht aufgeben?

Sandra: Nee.

Fichte: Also, du kannst den Hasch leichter aufgeben als den Tabak?

Sandra: Ja, nicht aufgeben, aber ich muß es nicht unbedingt haben. Es ist natürlich phantastisch, wenn ich irgendwie eine Zigarette haben kann, und wenn ich irgendwie etwas Stoff habe, das ist herrlich, das ist gut, dann dreh ich mir sofort eine Zigarette und rauch sie, weil ich dann in einer anderen Stimmung bin, viel leichter fühle ich mich und ganz angenehm, aber wenn ich, ich habe jetzt zum Beispiel nichts, aber wenn ich gleich weggehe, dann weiß ich genau, daß ich irgendwelche Bekannte treffe, die irgendwie Stoff haben, und darum rauche ich mit. Und das ist eben so, ich lege keinen großen Wert darauf, irgendwie den Leuten hinterherzurennen.

Fichte: Und wie ist es mit LSD?

Sandra: Vollkommen was anderes. Das ist eine Mischung. Erstensmal kann man nicht mit allen Leuten zusammen sein, am besten ist, man ist in einem geschlossenen Raum, mit Menschen zusammen, die einem sympathisch sind, die man mag, die Leute müssen einem, also muß man Vertrauen zu haben. Ich habe es erst einmal gemacht, das erste Mal ist es sowieso nicht so ganz besonders, weil man da zuviel erwartet, und auf vieles nicht gefaßt ist, man erlebt also Dinge, die man gar nicht so schnell verarbeiten kann, man bekommt ab und zu Angst, weil das zuviel ist, was auf einen zustürmt.. Irgendwelche Dinge, die man normal und nüchtern überhaupt nicht erleben würde. Man sieht Farbvisionen, die wahnsinnig schön sind, und man hört Musik und man kann sich wahnsinnig dareinversetzen, aber irgendwann, es kann durch eine Schallplatte sein, daß das irgendwie etwas hektisch ist, in dem Moment bekommt man also nicht Angstzustände, aber man fühlt sich unwohl, man denkt an etwas Grausames, wenn es jetzt irgendwie eine Platte ist, die furchtbar verzerrte Musik bringt, sei es Geigen oder so etwas und die nun furchtbar schrill sind und die sich so wie Schreien anhören, das ist natürlich wesentlich lauter, und das dringt wesentlich mehr in einen rein, und da hat man irgendwie so ein Angstgefühl, man bekommt schlecht Luft, man kann nicht aus sich heraus, und das muß man dann in dem Moment wieder regulieren, indem man eine ruhige Schallplatte auflegt, und da wird man auf einmal ganz ruhig, und dann denkt man darüber nach, Gott, das ist Quatsch, weshalb hast du dich da eben so wahnsinnig reingesteigert.

Fichte: Würdest du LSD noch einmal nehmen?

Sandra: Ja, wenn ich die Gelgenheit hätte, jetzt, morgen etwas zu nehmen, und ich hätte die Gelegenheit, nicht irgend etwas anderes, was für mich im Moment wichtiger ist, dadurch zu versäumen, also angenommen, ich wüßte jetzt, zwei, drei Tage habe ich nichts vor, nichts Wichtiges, und ich hätte die Gelegenheit, da einen Trip zu nehmen, würde ich das machen. Aber wüßte ich jetzt, morgen habe ich was Wichtiges vor, würde ich sagen, entweder muß ich dort anrufen und sagen, ich kann nicht kommen, und wenn es nicht anders geht, dann laß ich es eben sein. Aber es ist ganz interessant, aber ich muß es, glaube ich, drei-, viermal machen, um dann darüber so weit nachzudenken, daß ich auch unter Leute gehen kann, jetzt kann ich es noch nicht, also ich bin dem noch nicht so gewachsen, daß ich mich jetzt unter die Menge wagen kann, ich werde mit dem noch nicht so ganz fertig.

Fichte: Hast du ein Bankkonto?

Sandra: Nein.

Fichte: Unterstützt du deine Familie?

Sandra: Du, das ist ganz verschieden, das kommt darauf an, wieviel Geld ich habe, also meine Eltern würden nun keineswegs irgendwie sagen, schick uns bitte etwas, nein, ich tu das aus freien Stücken, das ist im Schnitt in der Woche 150. Ich habe ein sehr gutes Verhältnis zu meinen Eltern, und sie wissen, was ich mache, und sie reden da nicht viel drüber, wenn ich zu Hause bin, ich besuche sie und bin zu Hause ein ganz anderer Mensch, das kommt also überhaupt nicht zur Sprache, wenn ich zu Hause bin, da führe ich ein ganz anderes Leben, ich kann zwar alles sagen, was ich denke, also es ist nicht so, daß ich mich in meiner Redensart einschränken muß, sondern ich rede da ganz vernünftig und unterhalte mich mit meiner Mutter über das, was mir gerade einfällt. Erzähl ihr, mit welchem Typ ich gerade befreundet bin, wie er wohl aussieht, weil ich ihr das dann irgendwie erkläre und was der hat und wo wir waren und wenn ich sie jetzt anrufen würde, würde ich ihr sagen, daß wir heute am Strand waren, mit mehreren Leuten, daß es ganz witzig war, dann würde ich ihr erzählen, wenn ich einen Freund habe, ja, der ist ganz nett und so weiter und so fort, und ich erzähle ihr auch, wenn ich mit einem Mann ins Bett gehe, also es ist so, sie weiß, das ich es tue, warum soll ich ihr irgendwie sagen, ich mach das nicht.

Fichte: Und warum schickst du ihr Geld?

Sandra: Du, ich will dir sagen, ich habe bis siebzehn zu Hause gewohnt und habe nie einen Pfennig Geld abgeben brauchen. Ich habe alles zu Hause gehabt, ich habe meine Garderobe bekommen und war immer sehr gut gekleidet und habe mein Taschengeld bekommen und hab wirklich sehr sehr viel von meinen Eltern bekommen, und zu der Zeit wohnten wir noch in einer Mietwohnung, und meine Eltern haben vor einem Jahr gebaut, und ich finde das wesentlich besser, weil ich noch drei Geschwister habe, daß die jetzt die Möglichkeit haben, in einem Garten rumlaufen zu können, und daß meine Eltern endlich das haben, was sie schon lange ersehnt haben. Ich weiß genau, daß sie es sich nicht so leisten könnten, jetzt zum Beispiel in Urlaub zu fahren oder daß mein Vater sich nicht leisten könnte, ein Auto zu fahren und meine Mutter nicht das auf den Tisch stellen könnte, was sie jetzt essen, zum Beispiel jeden Tag Fleisch, daß Butter auf dem Tisch steht, daß morgens zum Frühstück nicht Marmelade steht, sondern Wurst und Käse, also daß meine Brüder zur Schule gehen können, das könnten sie sowieso, sie gehen beide zum Gymnasium, die Großen, aber es ginge nicht, daß sie nun beide in guter Garderobe rumliefen, sie müssen sich etwas einschränken, jetzt ist es so: Mutti, ich brauch eine neue Hose, ja, dann sieht sie zu, daß sie das einrichten kann, daß der Junge in der nächsten oder übernächsten Woche eine neue Hose kriegt. Es ist natürlich nicht so, daß sie verzogen werden, aber sie können ihnen eben ziemlich viel bieten. Sie bezahlen jetzt von dem Geld die Unkosten für das Haus und von dem Geld, was mein Vater und meine Mutter verdienen, den Lebensunterhalt.

Fichte: Hast du eine Lebensversicherung?
Sandra: Ich habe keine Lebensversicherung, nur eine private Krankenversicherung.
Fichte: Gibst du viel Geld für Platten aus?
Sandra: Nein, es ist also so, wenn ich hier oben mit mehreren Leuten zusammen bin, bringen sie ihre Platten mit, oder es ist meistens so, daß ich selten hier bin und daß ich meistens mit anderen Leuten irgendwohin fahre, die Platten haben, weil diese Anlage, die hier ist, die ist nämlich miserabel, wenn man da Platten hört, die versaun sowieso. Ich finde es nicht gut, 20 oder 30 Mark für eine Platte auszugeben, und die versaut mir total durch diesen Apparat.
Fichte: Wie findest du es hier in diesem Heim? Glaubst du, daß du ausgenutzt wirst oder glaubst du, daß man dich anständig behandelt?
Sandra: Du, ich lasse mich grundsätzlich nicht ausnutzen, das ist schon wieder dies, weil ich auch keinen Mann habe, ich habe, in dem Moment, wo ich das Gefühl habe, ausgenutzt zu werden, dann sage ich das, dann sag ich, paß mal auf, das geht nicht, ich bin mein eigener Herr, ich habe nicht die Absicht, mit irgend jemand zusammen zu sein, ich will alleine sein, und das ist eben das, ich will unabhängig sein, und wenn ihr mir irgendwelche Vorschriften macht, dann habe ich das Gefühl, daß ich nicht unabhängig bin, und deswegen laß mich in Ruhe, ich bezahle meine Miete, ich gehe meiner Arbeit nach, so wie ich das für richtig finde, in dem Moment, wenn ich keine Schulden habe, könnt ihr mir nichts.
Fichte: Hast du nun Platten, die du besonders gerne hörst?
Sandra: Du, ich höre wahnsinnig gerne Underground-Musik, und dann Jazz finde ich auch sehr gut, aber nicht so speziell, also nicht, daß ich jetzt irgendwie mitreden könnte über irgendwelche speziellen Musiker, sondern ich hör mir das an und ich finde das gut, wenn mir mal eine Platte wahnsinnig gut gefällt, dann frage ich, von wem sie ist und dann, aber weil ich, wie gesagt, nicht Interesse habe, welche zu kaufen.. Aber ich merke mir wahnsinnig schlecht Namen und mir das jedesmal aufzuschreiben, wenn ich sie mir sowieso nicht kaufe, finde ich das sinnlos.

Ich höre sie, und meistens ist es so, wenn ich dort hingehe, wo wir verkehren, da ist sowieso nur die Musik, die wir bevorzugen, die hört man dann den ganzen Abend, und da braucht man nicht großartig zu fragen, welche Platte ist das, die kommen sowieso immer wieder.

Fichte: Hörst du auch klassische Musik?

Sandra: Selten. Ich finde nun zum Beispiel, auch im Turn finde ich Bach sehr gut, Bach ist phantastisch, es gibt diese Play-Bach Number one, die ist sehr gut, und dann gibt es, Moment, wie heißt sie? Peterchen und der Wolf, verjazzt, ist auch phantastisch und dann die Nußknacker-Suite von Tschaikowski ist auch phantastisch, auch geturnt, im Rausch, kann man wahnsinnig gut hören, und was ich sehr gut finde, ist Glenn Miller usw., das sind alles Dinge, die man auch ohne weiteres hören kann, wenn nicht unbedingt Underground. Es kommt also auch ganz darauf an, in was für einer Verfassung man ist.

Fichte: Gehst du oft ins Kino?

Sandra: Ja, im Schnitt einmal in der Woche.

Fichte: Was siehst du dir dann für Filme an?

Sandra: Nur Filme, wo ich hundertprozentig weiß, daß es sich lohnt hinzugehen, also angenommen, wo ich weiß, daß es gute Schauspieler sind, wo ich weiß, daß es nicht irgendein Kitschfilm ist, so wie zum Beispiel, ich fand vor drei Jahren »Irma la Douce« wahnsinnig gut, ich habe mir den Film hier noch einmal angeschaut, weil ich also der Meinung war, der Film war irgendwie lustig, ich bin rausgegangen, weil ich das so albern fand und so kitschig, da bin ich rausgegangen, weil ich das einfach nicht sehen konnte, das ist eine Verdummung, was die uns da angeboten haben. Welche Filme fand ich gut? »Vögel sterben am Paro«, oder »auf Paro« vielmehr, fand ich sehr gut, dann fand ich sehr gut »Wer hat Angst vor Virginia Woolf«, was fand ich noch gut, »Reifeprüfung« war ein phantastischer Film, »Grand Prix« war sehr gut, dann verschiedene Filme mit Alain Delon, da hab ich mehrere gesehen, was ich hab sonst noch gesehen, was ich an sich sehr gut fand, »Reifeprüfung« hatte ich schon gesagt, mir fällt im Moment nicht mehr ein, aber an sich Filme, wo ich hundertprozentig weiß, daß es sich lohnt hinzugehen.

Fichte: Keine Wildwest . .

Sandra: Nee, überhaupt nicht, auch keine Kriminalfilme oder so etwas, da lege ich keinen Wert darauf, weil ich das irgendwie abscheulich finde, meistens werden da irgendwelche Menschen getötet, und das finde ich gräßlich.

Fichte: Gehst du ins Theater?

Sandra: Du, ich habe hier nicht so die Gelegenheit, weil mein Bekanntenkreis nicht so besonderes Bedürfnis hat, ins Theater zu gehen und man paßt sich ja irgendwie an, aber ehrlich gesagt, ich hätte auch nicht das Bedürfnis, irgendwie zu sagen: Komm, wir gehen ins Theater. Wenn das Musical »Hair« hierher kommt, gehe ich auf jeden Fall hin, aber es wird in der deutschen Fassung gebracht, das ist miserabel, trotzdem schaue ich es mir an.

Fichte: Bist du in irgendwelchen Sportvereinen?

Sandra: Nee, gar nicht.

Fichte: FKK . .

Sandra: FKK ja, aber das find ich nicht mehr ganz witzig, ich fand das damals witzig, zwei-, dreimal hinzugehen, aber ich finde das jetzt gräßlich.

Fichte: Was fandest du denn gut daran?

Sandra: Ja, ich gehe wahnsinnig gerne nackt schwimmen, wenn ich also nachts an den Strand fahr, da könnten nun noch hundert Leute rumhängen, das wäre mir vollkommen uninteressant, eben wenn es erlaubt wäre, aber ich muß Leute um mich rum haben, Leute, die zu mir passen und Leute, die ich gut finde und da am FKK-Strand, das sind solche Butzen, solche Snobs, solches normales Volk, daß mich das schon wieder anwidert.

Fichte: War es schwierig, da hineinzukommen?

Sandra: Nein, nein, das war vollkommen unkompliziert, mich interessierte das im Grunde genommen auch nicht, wenn sie zu mir gesagt hätten, das geht nicht, oder zu uns, das geht nicht, daß sie da hinkommen, weil sie da irgendwie auf St. Pauli wohnen, da hätte ich gesagt, da lassen wir es eben.

Fichte: Reist du gerne?

Sandra: Du, wenn ich das Geld dazu hätte, ich würde nur auf Reisen sein.

Fichte: Und wo würdest du hinreisen?

Sandra: Nur dorthin, wo viele Leute sind und wo gute Leute sind. Ich möchte ganz gerne mal nach London, nach Frankreich, das finde ich ganz gut, dann finde ich Monaco ganz gut, dann würde ich auch wahnsinnig gerne mal nach Marokko, das finde ich auch ganz gut, Istanbul finde ich ganz phantastisch, aber das Urteil kann ich mir nur erlauben, weil ich es in Filmen gesehen habe, weil ich darüber gehört habe, ich kenne es nicht.

Fichte: Warst du überhaupt nicht im Ausland?

Sandra: Du, ich war selten, also ich bin schon in England ganz kurz gewesen, drei Tage, da habe ich nicht viel gesehen, weil ich dort gearbeitet habe, dann war ich in Paris zwei Tage auf der Igedo unten, da habe ich vorgeführt und dann eben Berlin, München, Düsseldorf, Hamburg, die Städte hier in Deutschland kenne ich zum größten Teil alle, dann oben in Holland, Scheveningen usw., also ich muß Leute um mich haben, ich kann es nicht haben, wenn ich irgendwo in einem Dorf bin, werde ich wahnsinnig. Es muß immer irgend etwas los sein, es muß immer irgendeine Spannung da sein.

Fichte: Hast du Glücksspiele gespielt?

Sandra: Da lege ich überhaupt keinen Wert darauf.

Fichte: Nein.

Sandra: Könnte man mich nicht für begeistern.

Fichte: Hast du schon mal für einen Mann eine Mark hingelegt?

Sandra: So kann man das nicht nennen. Ich habe Bekannte, die meistens Studenten sind, die von Haus aus keine Mark haben und das ist logisch, ich bin nicht geizig, und ich finde es keineswegs schlimm, wenn ich mit jemand ausgehe und ich bezahle ihm mal ein Essen oder ich bezahle ihm einen Drink, da wir sowieso nie Alkohol trinken, es ist dann meistens Orangensaft oder Apfelsaft, das sind also winzige Beträge, das macht mir nichts aus, aber daß ich nun sag, hör mal, geh jetzt mit mir schlafen, du bekommst auch was dafür, das würde ich nie machen, das habe ich nicht nötig.

Fichte: Hast du Hobbies?

Sandra: Nee.

Fichte: Hast du eine liebste Beschäftigung?

Sandra: Meine liebste Beschäftigung? Das ist eine Frage, du, einkaufen zu gehen.

Fichte: Wolli und Johnny sagen ja nun: ficken.

Sandra: Hat Wolfgang gesagt? Oh, der Wahnsinnige! Das ist nicht wahr!

Fichte: Peinlich?

Sandra: Nein, Wolfgang hat gesagt, das wäre seine liebste Beschäftigung zu ficken? O nein, das finde ich ja geradezu schon primitiv.

Fichte: Deine: einkaufen?

Sandra: Ja, einkaufen, ausgehen. Unter Leuten sein, das ist meine liebste Beschäftigung, Tag und Nacht unter Leuten sein, die mir gefallen.

Fichte: Liest du gerne?

Sandra: Du, ich habe mal eine Zeitlang irgendwie gelesen, aber das ist ziemlich eingeschlafen, das kommt vielleicht dadurch, weil ich, wie gesagt, immer beschäftigt bin, und wenig Zeit habe zu lesen, und in dem Moment, wenn ich lese, da muß ich Zeit haben und nicht irgendwie drei, vier Seiten lesen, sondern wirklich effektiv mich da hineinversetzen und das auch begreifen, denn wenn du nur so drei, vier Seiten liest, das ist, das fliegt an dir vorbei und dann kannst du das Buch eigentlich noch mal lesen, um es richtig zu begreifen. Und weil ich nicht nachmittags vier, fünf Stunden hier rumsitze und mich in ein Buch reinknie, deswegen fang ich erst gar nicht an. Aber irgendwann werde ich auch den Rappel mal kriegen, das weiß ich.

Fichte: Du abonnierst keine Zeitung regelmäßig?

Sandra: Du, ich kauf wahnsinnig viel Zeitungen, aber ich abonniere sie nicht.

Fichte: Was kaufst du für Zeitungen?

Sandra: Constanze, Stern, Brigitte, Bunte, Jasmin, Spiegel, Pardon, alles, alles, was es gibt.

Fichte: Das liest du auch?

Sandra: . . lese ich, von vorne bis hinten alles.

Fichte: Was gibst du so ungefähr aus im Monat für Zeitungen?

Sandra: Du, 50 Mark, ja, glaube ich, 40, 50 Mark für Zeitschriften.

Fichte: Magst du Bilder gerne? Gemälde?

Sandra: Du, ich schau sie mir wahnsinnig gern an und könnte das auch stundenlang machen, aber ich könnte das nicht als Hobby sehn, also . .

Fichte: . . ins Museum gehst du nicht?

Sandra: Nein, nein. Ich meine natürlich, wenn ich die Gelegenheit hätte, irgendwie mal ins Museum zu gehen, würde ich mich auch im Moment dafür interessieren, und vielleicht in dem Moment, weil ich es noch nicht gemacht habe, könnte es möglich sein, daß ich mich dafür begeistere und dann des öfteren ins Museum gehe. Aber da ich bisher noch nicht die Lust zu hatte, dann auch nicht die Gelegenheit, mit irgendwelchen Leuten, die sich dafür interessieren, mit denen man sich darüber unterhalten kann, dorthin zu gehen, habe ich bis jetzt auch nicht das Interesse gefunden, mich da irgendwie zu interessieren . .

Fichte: Wann bist du geboren? Und wo?

Sandra: Am 6. Mai, also 6. 5. 49 in Bad Driburg, das ist bei Bielefeld.

Fichte: Was ist dein Vater?

Sandra: Der ist Werkzeugmacher.

Fichte: Deine Mutter ist Hausfrau?

Sandra: Ja, sie arbeitet vier Stunden, sie ist Postangestellte.

Fichte: Hast du Geschwister?

Sandra: Ja, drei Jungen.

Fichte: Wie ist das Verhältnis zu deinen Geschwistern?

Sandra: Ach weißt du, der eine ist fünfzehn, wird sechzehn, der andere ist vierzehn, wird fünfzehn, das sind die Jungens, die heranwachsen, der eine, der Vierzehnjährige, der hat sich ein Schlagzeug zur Konfirmation gewünscht, das er auch bekommen hat, und der versteift sich ja nun darauf, daß er irgendwann einmal eine richtige Band aufzieht usw. und der interessiert sich sehr dafür, ich finde das ganz gut, sie vernachlässigen keineswegs ihre Schulaufgaben dadurch. Der Große ist sehr ruhig, der lernt sehr viel, spricht wahnsinnig gut, trotz seiner fünfzehn Jahre, Französisch, ich glaube, daß er es mal irgendwie wahnsinnig schaffen wird, irgendwas zu machen.

Fichte: Wissen deine Brüder, daß du auf den Strich gehst?

Sandra: Nein, nein.

Fichte: Die wissen gar nichts. Aber deine Eltern . .

Sandra: Ja, sie reden aber nicht darüber, also sie würden mich da niemals drauf ansprechen.

Fichte: Hast du noch irgend etwas vom Krieg oder den Hungerjahren mitbekommen, hat man dir davon erzählt?

Sandra: Ja, weißt du, das ist so, mein Vater hat im Krieg ein Bein verloren, und das ist logisch, daß man sich in dem Moment auch damit beschäftigt. Aber daß wir davon großartig irgend etwas davon gemerkt haben, daß viel davon gesprochen wurde, überhaupt nicht, weil, dadurch, weil mein alter Herr im Krieg sein Bein verloren hat, spricht man auch nicht darüber, um nicht immer wieder die Erinnerung wachzurufen. Dann ist mein alter Herr durch den Krieg nach Deutschland gekommen, und das sind alles solche Umstände, um dieses ganze Thema zu übergehen . . Mein alter Herr ist Ungar. Direkt aus Budapest.

Fichte: Und wie verlief deine Kindheit?

Sandra: Du, an sich ganz normal. Ich bin mit sechs Jahren in die Schule gekommen, bin mit fünfzehn aus der Schule raus, habe acht Jahre Schule besucht, habe ein halbes Jahr gearbeitet, hab dann in einer Boutique angefangen, nicht als Lehrling, sondern gleich so, also ich habe ein ziemlich gutes Gehalt bekommen . .

Fichte: Als Verkäuferin?

Sandra: Ja, als Verkäuferin, direkt als Verkäuferin, in Düsseldorf, ja, und bin dann angesprochen worden, ob ich nicht Interesse hätte vorzuführen, hab dann ein halbes Jahr eine Mannequin-Schule besucht, hab das mit Diplom beendet, habe dann eineinhalb Jahre als Mannequin und Fotomodell gearbeitet, in verschiedenen Städten.

Fichte: Da warst du ungefähr siebzehn, achtzehn?

Sandra: Ja, achtzehn.

Fichte: Und dann?

Sandra: Ja, und dann habe ich einen Mann kennengelernt, der wahnsinnig viel Geld hatte, der mich sozusagen davon abgehalten hat, weiter der Modebranche nachzugehen, von dem habe ich alles bekommen, der hat mich sozusagen ausgehalten, und der war krankhaft eifersüchtig, ich war mit ihm ein halbes Jahr zusammen, durfte also nicht alleine ausgehen usw., dann hat mich das also dermaßen genervt, daß ich denke, es geht nicht mehr, ich halte es nicht aus, ich gehe wieder, dann habe ich meine Sachen gepackt und wollte wieder in die Modebranche einsteigen, ich hatte den Anschluß verpaßt. Ich habe durch die Anti-Baby-Pille wahnsinnig zugenommen, also schätzungsweise zwanzig Pfund, bin auseinandergegangen wie ein Hefekuchen, und trotz meiner Größe hat es doch irgendwie etwas zu sagen, also ich konnte schon noch in die Sachen rein, aber es saß alles nicht mehr so, es paßte alles, aber es ging nicht mehr. Ich habe effektiv den Anschluß verpaßt. Wenn du dann gewohnt bist, immer Geld zu haben, dir alles kaufen zu können, was du gerne möchtest, ja nun bin ich auf die Idee gekommen, weil ich zwei, drei Mädchen kennenlernte, die ich in einem sehr witzigen Lokal kennenlernte, und die ganz niedlich waren, überhaupt nicht so die Typen waren, die man sich normalerweise vorstellt, die anschaffen gehen, ich fand die ganz lustig, so wie die rumliefen, die konnten sich alles erlauben, die hatten immer witzige Typen um sich herum, hatten auch beide keinen festen Freund, sondern machten gerade das, was sie wollten, da habe ich mir das so angeguckt, und hab gedacht, Menschenskind, das ist doch keine schlechte Idee, da hab ich mich mit denen angefreundet, hab mich mit denen unterhalten und hab bei mir gedacht, warum nicht.

Fichte: Du wohntest aber immer noch zu Hause?

Sandra: Da wohnte ich zu Hause bei meinen Eltern. Und da hab ich gesagt, warum nicht, da bin ich mit achtzehn, ja da war ich schon achtzehn, da bin ich da hingeturnt in das Café, hab mich da hingesetzt, mit 50 Pfennig in der Tasche, und hab da nun alles auf mich zukommen lassen.

Fichte: Wer war dein erster Freier?

Sandra: Du, das war, wie alt mag er gewesen sein? – vierzig, mit Schnäuzer, ein regelrechter Freier, weißt du, wie man die sich vorstellt. Kam nun zu mir an den Tisch und setzte sich hin, ob er mich einladen dürfe, er wußte nun nicht, weil er mich vorher nie gesehen hatte, ob ich nun anschaffen ginge und so, ja, und ich dann nun sofort gesagt: ja, warum nicht, ganz keß, ich hatte nun keine Ahnung, hatte auch keine Präservative in der Tasche, hatte überhaupt nicht das Herz, in die nächste Drogerie zu gehen, die zu kaufen oder irgendwie jemand zu fragen. Ja, und so weiter, was ist denn los, ja habe ich gesagt, 100 Mark, in welches Hotel gehen wir denn. Weiß ich nicht, hab ich gesagt, ja, dann komm mal mit. Ich mich ins Auto zu ihm gesetzt, wir ins nächste Hotel, er legte mir, hab ich nun gar nicht gefragt, nee, stimmt gar nicht, ich hab gar nichts gesagt von 100 Mark. Quatsch, gar nicht wahr. Er hat überhaupt nicht von Geld gesprochen, ja ich komme mit, er bezahlte das Hotel, ging hoch, er holte Präservative raus, wußte, daß ich noch nie in meinem Leben einen Freier hatte, hat er anschließend gesagt. Er holte die Gummis raus, zog sich aus, machte den Präservativ rüber, ich legte mich hin und hatte keine Ahnung davon, und dachte nun, laß ihn mal machen, bemühte mich da auch keineswegs, ja, und dann anschließend, als er sich dann wieder anzog, legte er mir 100 Mark auf den Tisch und sagte, Menschenskind, wie machst du das eigentlich, bist du wahnsinnig. Ich hatte nun sofort gemerkt, daß du neu bist, und ich habe sofort gemerkt, daß du keine Ahnung hast, jetzt überleg dir mal, du wärst an jemanden anders gekommen, und der hätte das nun mit dir so hopplahopp, der hätte dich nun schön gefickt und hätte dir nun keine Mark gegeben. Denk dran, immer so was mit dir rumzuschleppen, und denk dran, immer das Geld vorher, das fand ich so niedlich von ihm.

Fichte: Hat er nun richtig mit dir losgemacht oder . .

Sandra: Nein, nein . .

Fichte: Da hast du gemerkt, daß du ganz kühl . .

Sandra: Das war vollkommen, das war ganz abgeschaltet, das war bei mir nie so, daß ich mich irgendwie mit jemand befaßte, intim, den ich nicht wahnsinnig gut leiden konnte.

Fichte: Da machst du auch voll los?

Sandra: Wenn ich jemand mag, gerne, ja.

Fichte: Also du bist nicht frigide.

Sandra: Keineswegs.

Fichte: Warum denn bei diesem ersten Freier nicht?

Sandra: Weil ich ja in dem Café saß, mit der Voraussetzung, anzuschaffen, und weil ich ja nun wußte, instinktiv weiß das jemand, wenn er Geld dafür bekommt, daß er sich nicht hergibt, daß er lediglich nur den Mann zum Spritzen bringt und daß er dafür Geld bekommt, und anschließend ist der Fall erledigt.

Fichte: Das war dir von vornherein klar?

Sandra: Das war mir von vornherein klar. Irgendwie also dumm, von Dummshausen war ich ja nun nicht, dadurch, daß ich in der Modebranche tätig war und auch mit verschiedenen Männern ein intimes Verhältnis hatte, das ist logisch, daß man auch Ahnung hat.

Fichte: Danach bist du aber nicht für Schiebung?

Sandra: Ja, der hat mich noch gefickt, aber ohne Gefühl, wie gesagt.

Fichte: Ganz ohne Gefühl?

Sandra: Ganz ohne Gefühl, vollkommen ohne Gefühl. Ich habe nur immer gehofft, hoffentlich ist er bald fertig, das war das einzige, was mich beschäftigte.

Fichte: Und beim nächsten warst du dann klüger?

Sandra: Beim nächsten war ich klüger, da hab ich lediglich mein Geld vorher verlangt, ihm das Gummi drübergemacht, und hab nun auch wieder gedacht, hoffentlich ist er bald fertig, und so wurde das von Tag zu Tag immer netter, da fing ich schon an, so ein bißchen zu flirten und bin nun schon drauf zugegangen, ins Café, hab mich daneben hingesetzt, ganz frech.

Fichte: Du wohntest aber noch zu Hause?

Sandra: Wohnte zu der Zeit noch zu Hause, ja, ja.

Fichte: Und warum bist du aus Düsseldorf weg?

Sandra: Du, weil ich das nicht wollte, weil ich dort in Düsseldorf erstensmal meine Familie hab, zweitens mein Privatleben, meine Bekannten, da hat man nicht so gern, wenn die das erfahren, und dann fand ich das auch nicht gerade witzig, da irgendwie, weiß ich nicht, das irgendwie groß an die Glocke hängen, daß ich anschaffen gehe.

Fichte: Hast du dich davor geekelt?

Sandra: Nein, nein, die erste Zeit hast du das Gefühl, Geld, Geld, da ist dir das so egal, das kommt erst nach einer ganzen Zeit, bei mir ist es erst seit einem halben Jahr ungefähr.

Fichte: Und . .

Sandra: Das kommt nur durch die Raucherei, daß ich da so einen wahnsinnigen Haß darauf habe.

Fichte: Durch den Haschisch?

Sandra: Ja. Also ich bin voller Überzeugung, daß es dadurch kommt. Wenn ich geraucht habe, kann mich überhaupt keiner dazu bewegen, mich irgendwie hierherzulocken. Wenn ich geraucht habe, können mich unten auf dem Hof zwanzig Typen ansprechen und mitgehen wollen, da lache ich nur drüber. Das ist so uninteressant für mich in dem Moment, wenn ich irgendwo anders bin und geraucht habe, sagen wir mal bis neun oder halb zehn und denke Menschenskinder, eigentlich müßtest du arbeiten, bringen mich doch keine zehn Pferde hierher.

Fichte: Aber wenn du nun einen Freund triffst, mit dem du nun gerne losmachst, dann gehst du mit ihm?

Sandra: Natürlich, das ist phantastisch, wenn man einen Turn hat. Man geht wesentlich mehr auf, man hat ein ganz anderes Gefühl, man ist wesentlich empfänglicher für alles, und empfindet wesentlich feiner für alles, was mit ihm gemacht wird, sei es nun irgendwie ein Kuß oder so etwas, man empfindet das wesentlich schöner, und wenn man dann zum Höhepunkt kommt und spritzt, das ist also ein Gefühl, was nüchtern überhaupt nicht da ist. Man hat so das Gefühl, man läuft vollkommen aus, so eine Erleichterung, das ist unbeschreiblich, das kann man nicht beschreiben.

Fichte: In Hamburg bist du jetzt eineinhalb Jahre.

Sandra: Ja.

Fichte: Hast du nun irgendwann mal ganz großen Trouble gehabt?

Sandra: Noch nie. Ich halte mich diesen Leuten hier fern, also ich kenne sie, das ist logisch, man kennt die Leute, man muß sie kennen, sie akzeptieren mich, sie kennen mich, sie wissen, wie ich darüber denke über die ganze Sache, sie haben natürlich die ersten drei, vier Monate versucht, mich anzumachen, meine Kohlen zu kriegen und so weiter, und ich habe nun ein so großes Maul gehabt, und hab mich nun mittlerweile vollkommen gesträubt gegen die ganze Sache, da haben sie mit der Zeit gemerkt, daß es keinen Zweck hat. Ich bin jetzt aus Düsseldorf gekommen, am Freitag, und das hat mir doch wieder so den Rest gegeben, daß ich am Freitagabend beinahe wahnsinnig geworden bin.

Fichte: Was willst du machen?

Sandra: Du, das weiß ich nicht. Ich bin sicher, daß ich bald hier aufhöre, ja. Von heute auf morgen geht es nicht. Also spätestens, wenn ich einundzwanzig bin, dann bin ich weg vom Bock. Hundertprozentig. Dann steht mir wesentlich mehr offen, wenn ich einundzwanzig bin, und wenn ich mir irgendwie Geld aufnehme und werde mir in irgendeiner phantastischen Stadt, ich weiß noch nicht wo, ein ganz süßes Appartement einrichten und dann nur auf privat.

Fichte: Privat?

Sandra: Ja, ja, dieses hier weiter, aber das weiß ich noch nicht, es kann auch sein, daß ich morgen oder übermorgen einen Mann kennenlerne, den ich liebe, das kann ich nicht sagen, ich lebe nicht so mit irgendwelchen Vorsätzen, sondern ich lebe von heute auf morgen.

Fichte: Was ist deine früheste Erinnerung?

Sandra: Mit drei Jahren, nee, mit vier. Da haben wir in Neuss gewohnt, da war ich noch ganz klein, wie mein alter Herr ein Motorrad fuhr und ich geknipst worden bin auf einem Motorrad, da habe ich mich so dadraufgestellt, und da bin ich geknipst worden. Dadrüber habe ich manchmal nachgedacht, das war so, wo ich mich am weitesten zurückerinnere. Und von da an kann ich alles verfolgen.

Fichte: Was wolltest du früher werden?

Sandra: Du, ich hatte schon immer Faible für Mode, schon immer, schon von jeher, ich bin mit zehn Jahren schon umhergelaufen wie ein Modepüppchen, und schon früher.

Fichte: Wann hast du das erste Mal was von Nutten gehört.

Sandra: Mit siebzehn, sechzehn, siebzehn.

Fichte: Früher nicht?

Sandra: Ach, natürlich wußte ich, doch, glaube ich, habe mich aber nie damit beschäftigt.

Fichte: Hast du sie sehr verachtet?

Sandra: Nee, ich habe immer gedacht, nee, würde ich nie machen. Ich hab da gesessen, ich habe im Café gesessen und hab gesagt, das würde ich nie machen, und drei Wochen später habe ich auch da gesessen.

Fichte: Warst du in der Schule gut?

Sandra: Mittel, also ich war nicht die Beste, ich war auch nicht schlecht, ich hab so ein Durchschnittszeugnis gehabt.

Fichte: Hattest du keine Lust, auf die höhere Schule zu gehen?

Sandra: Überhaupt nicht.

Fichte: Warum nicht?

Sandra: Du, weil ich gräßliche Lehrer gehabt habe.

Fichte: Haßt du deine Lehrer?

Sandra: Nee, ich hasse sie nicht, ich fand es schlimm, weil ich von diesen Leuten unterdrückt wurde.

Fichte: In welcher Weise?

Sandra: Ja, sie sind diejenigen, die uns was vorschreiben können, und das sind diejenigen, die bestimmen können, was wir zu tun haben, und jeder Zwang, jeden Zwang lehne ich ab.

Fichte: Wann hast du deine ersten sinnlichen Erlebnisse gehabt?

Sandra: Die ersten Gefühle, daß ich das schön fand, geküßt zu werden, waren mit vierzehn.

Fichte: Wer hat dich geküßt?

Sandra: Du, ein Freund, ein Jugendfreund, mit dem ich nun Räuber und Gendarm gespielt habe.

Fichte: Wann hast du das erste Mal was mit einem Mann gemacht?

Sandra: Mit fünfzehn, ja, aber ich fand das nicht gut.

Fichte: Warum nicht?

Sandra: Du, das war Neugierde, weißt du, und das war so eine blöde Situation und alles und das fand ich nicht gut, das war so überrumpelt alles, weißt du, das war auf einer Party, und wie es so meistens ist, man hat ja sowieso nie anders Gelegenheit, wenn man jung ist, man wohnt zu Hause, man muß dann und dann zu Hause sein, dann hat man sich mal irgendwann losgeschlichen und war erst um zwölf oder so zu Hause, weil man dann so irgendwas erzählt hat, wo man hingeht, und dann ist man da irgendwo auf einer Party und dann sieht man das, und dann interessiert einen das auch nicht so, man ist zwar neugierig, aber man hat da noch keine Gefühle für. Nee, ich wollte dann nicht mehr, ich habe mich dann dagegen gesträubt mit allen Händen und Füßen, und da war es auch schon passiert.

Fichte: Und wann hast du dann regelmäßig?

Sandra: Du, ungefähr drei bis vier Monate später, da habe ich einen Mann kennengelernt, der schon 34 war, aussah wie 24, verkehrte bei uns zu Hause, wir haben uns verlobt, und meine Eltern fanden ihn auch sehr nett, und er war dann auch Weihnachten bei uns zu Hause, und wir haben regelmäßig jeden Tag losgemacht. Er brachte das nun sehr gut, und da fand ich das göttlich.

Fichte: Da warst du?

Sandra: Fünfzehneinhalb ungefähr, ich wurde sechzehn, so ungefähr, ich kann mich nicht genau erinnern.

Fichte: Warum hast du ihn nicht geheiratet?

Sandra: O Gott, warum ich ihn nicht geheiratet habe? Weil ich mich da nie mit beschäftigt habe mit heiraten, das war nur eine Modesache, sich zu verloben. Alles verlobte sich, also mußte ich auch einen Verlobungsring anhaben, nicht weil ich vorhatte, diesen Mann zu heiraten, um Gottes willen.

Fichte: Und wann ist das nun auseinandergegangen?

Sandra: Du, ein halbes Jahr später.

Fichte: Warum?

Sandra: Warum ist das auseinandergegangen? Nur aus so einer Nichtigkeit, wir hatten uns gestritten, da hab ich ihm gesagt, paß mal auf, mir paßt das alles nicht mehr, mach, was du willst, und da bin ich aufgestanden und bin weggegangen, und da habe ich ihn in drei, vier Tagen wiedergetroffen: Hallo, wie gehts? und Ende, aus. Also ich bin nicht der Typ, der nachtragend ist. Die Typen, mit denen ich mal schlafen gegangen bin oder mit denen ich zusammen war, denen sage ich heute genauso freundlich guten Tag wie vorher, als ich noch nicht mit ihnen schlafen war, also nicht irgendwie nachtragend oder irgendwic vorwurfsvoll, weil sie, das liegt immer an beiden Teilen, wenn es irgendwie nicht geht.

Fichte: Als du klein warst, hast du da Vorstellungen gehabt, wie Kinder auf die Welt kommen.

Sandra: Ich habe zwar gefragt, Mami, wo kommen die Kinder her, da hat meine Mutter nie gesagt vom Klapperstorch, sondern sie hat immer gesagt, die kommen vom lieben Gott. Weißt du, man sucht sich das so alles selbst zurecht, man hört da irgendwas, man schnappt da irgendwas auf und dann tüftelt man sich zurecht. Da ich ja nun von jeher immer ein bißchen frühreif war, wußte ich das auf einmal von ganz alleine.

Fichte: Und wie drückte sich das aus, daß du frühreif warst?

Sandra: Ich interessierte mich nun immer für Jungens. Immer schon, ich habe immer nur mit Jungens gespielt.

Fichte: Und rumgeschmust mit ihnen?

Sandra: Ja, ich wollte es, aber das ging meistens nicht, weil die Jungens im gleichen Alter waren wie ich und die dafür noch kein Interesse hatten und zeigten, und nachher auch, immer war ich die jüngste, überall, nachher, also als ich mehr Interesse hatte, mit Männern auch irgendwie intime Verhältnisse zu haben, war ich immer mit Männern zusammen, die schon fünf, sechs Jahre älter waren als ich, weil ich dann auch noch den Fimmel hatte, das müssen alles Leute sein oder Männer, die ein bißchen Geld haben, die müssen gut aussehen, das waren dann so meine Vorstellungen, sie müssen ein schickes Auto fahren und möglichst eine schöne Wohnung haben, und da war ich nun sechzehn, als ich da nun schon einen Freund hatte mit Porsche und der mich dann überall hinfuhr, und das mußte ich also alles haben.

Fichte: Hast du deinen Vater sehr geliebt?

Sandra: Du, ich habe mit meinem Vater früher nie ein gutes Verhältnis gehabt, komischerweise.

Fichte: Warum?

Sandra: Weil ich der gleiche Typ bin wie mein Vater. Ich bin genauso, genau, ich komme im Aussehen, in meiner Art, genau auf meinen Vater, charakterlich alles, und ich habe mich mit meinem Vater nie verstanden, weil er genau wußte, wie er früher war, und da dachte er ja nun, irgendwie etwas anderes machen zu müssen, weil er ja nun genau wußte, daß ich gerne lebe und daß ich gerne rumspringe, und da hat er gedacht, also halt, da muß ich irgend etwas anders machen, daß es nicht so wird, und deswegen gab es nun ewig Streitigkeiten: du bist um zehn zu Hause, ich war natürlich erst um zwölf zu Hause, weißt du, immer Theater und immer Trouble. Meine Mutter mußte das dann immer ausbaden, weil sie mir dann immer zur Seite stand, und mein Vater pöbelte dann immer mit meiner Mutter rum, du kannst ihr nicht immer beistehen, das geht nicht, das ist doch ein Mädchen und so weiter. Ich sag: ihr mit eurer Wahnsinnsvorstellung, ein Mädchen, ob ich nun nachts um zwölf nach Hause gehe, komme, oder ob ich abends um zehn nach Hause komme, das ist uninteressant, wenn ich vorhabe, irgendwie mal etwas zu machen, dann kann ich das auch nachmittags machen, und so habe ich versucht, ihnen das beizubringen, dann haben sie es mittlerweile begriffen, und dann dadurch, daß ich ewig auf Reisen war, mit sechzehn, siebzehn schon, war es auch so, daß ich die Freiheiten nachher von ganz alleine hatte, daß sich das so einbürgerte, daß man mich nicht mehr danach fragte.

Fichte: Als Fotomodell?

Sandra: Ja, ja, da reiste ich nun überall durch die Gegend, da war das so üblich, daß man nicht mehr sagte, ja, wann bist du wieder hier, schön und gut, ich habe gesagt, ich bin in drei, vier Tagen wieder da, aber da fragte man nachher nicht mehr danach, weil, wenn ich das Gefühl hatte, etwas erzählen zu müssen, dann habe ich es erzählt, wurde ich aber gefragt, habe ich aus lauter Bockigkeit keine Antwort mehr gegeben. Also wenn ich das Gefühl hatte, das erzählen zu können, habe ich das erzählt, wie das ist, genauso wie ich das heute mache, aber wenn man mich irgendwie versuchte auszufragen, dann kriegt man aus mir nichts raus, und das wußten meine Eltern. In dem Moment, wo sie bohren: wo warst du? was hast du gemacht? wie und wann? und genau irgendwie alles wissen wollen, stießen sie auf Granit, in dem Moment, wenn sie gar nichts sagten, dann sagte ich: ja, ich fahre nach München und ich habe da und da zu tun, ich rufe euch an oder wir setzen uns irgendwie in Verbindung, und ich fahr dann mit einem Bekannten runter, von der und der Firma, also dann kam das von ganz alleine raus.

Fichte: Hat dich das angeekelt, dir vorzustellen, daß deine Eltern miteinander ins Bett gehen?

Sandra: Nein. Du, ich war, glaube ich, fünfzehn oder sechzehn, das weiß ich nicht mehr genau. Da habe ich im Schlafzimmer, also im Kinderzimmer vielmehr gelegen und habe das Bett quietschen hören, und da habe ich mir gedacht, oh, die sind bestimmt jetzt gerade am bumsen. Aber sonst habe ich mir weiter nie Gedanken darüber gemacht. Ich habe auch nie Interesse gehabt, meinen Vater mal nackend zu sehen. Interessiert mich nicht, komischerweise. Es sind alles an und für sich Widersprüche, ich hatte an sich das Gefühl irgendwie mal, aber daß ich mich jetzt nun da irgendwie hinstellte, um da irgend jemand zu beobachten, wie der wohl aussieht, das war also gar nicht.

Fichte: Auch einen kleinen Jungen nicht angeguckt, wenn der im Stehen pinkeln konnte . .

Sandra: Du, das war für mich eine Selbstverständlichkeit, weil ich Brüder hatte.

Fichte: Und deine Brüder sind auch nicht zu dir gekommen und haben dir gezeigt, was sie hatten?

Sandra: Nee, nee, nee, überhaupt nicht, weil wir sehr frei erzogen worden sind, bei uns war es nicht so an der Tagesordnung, daß meine Mutter also schon angezogen aus dem Schlafzimmer kam und mein Vater, sondern meine Mutter lief mit dem Unterrock oder im Büstenhalter und in der Unterhose rum, weißt du, und machte uns dann morgens irgendwie den Kaffee oder so, daß war eine vollkommen gelockerte Lebensart, also nicht so, direkt schon angezogen und gekämmt und so am Frühstückstisch, sondern sehr frei, und wenn wir abends Fernsehen schauten, machte man sich etwas frei, ich lief dann auch so in Unterhose und Büstenhalter rum oder irgendwie. Bei uns war irgendwie kein Schamgefühl da, weil wir von vornherein so erzogen worden sind. Es wurde also nicht großartig erzählt, ja ihr dürft das nicht sehen, das ist alles schlimm und so weiter, sondern es wurde sich ganz normal darüber unterhalten. Wenn ich irgendwelche Fragen hatte, wie und was, wie das zustande kommt, dann habe ich das meine Mutter gefragt, dann hat sie mir da klipp und klar eine Antwort drauf gegeben, sie hat sich keineswegs darum gedrückt, und genauso ist es jetzt bei meinen Brüdern. Wenn die irgendwelche Fragen haben, dann wird sich darüber unterhalten, nicht so hinter dem Rücken, sondern ganz offen, da können beide dabei sitzen, mein Vater und meine Mutter zusammen, da wird sich darüber unterhalten.

Fichte: Als du ein kleines Mädchen warst, hat sich nie ein Mann an dich rangemacht?

Sandra: Doch.

Fichte: Wie alt warst du da?

Sandra: Elf, nee, noch früher, neun. Du, wir wohnten in Koblenz, in einem Zwei-Familien-Haus, und unten die Familie, denen gehörte das Haus, und ich turnte da nun immer rum im Garten usw. und dieser Mann kam mir immer so ein bißchen komisch vor, weißt du, er sagte immer: komm doch mit, und hast du nicht Lust, ich fahr jetzt da und da hin usw. und wahrscheinlich war das auch ein bißchen Neugierde, bin ich immer mitgefahren, mit dem Auto usw. und dann faßte er so an mein Bein, und ich habe nie etwas gesagt, weil mir das irgendwie unangenehm war, ich hatte Hemmungen, da irgendwie zu sagen: lassen Sie das oder laß das sein oder irgendwie. Einmal, Sonntag nachmittag, da bin ich dann runtergegangen, zu denen in die Wohnung, und der hatte einen kleinen Sohn, mit dem ich mich ab und zu beschäftigte, und er legte sich ins Bett und sagte zu mir: komm doch ein bißchen zu mir ins Bett, und ich habe mir nichts dabei gedacht, überhaupt nichts, und lege mich zu ihm ins Bett, auf einmal fängt der an, bei mir zu fummeln und mit seinem Schwanz so ein bißchen, weißt du, und ich habe da gelegen wie erstarrt, ich habe nicht nach rechts geguckt und nicht nach links, ich habe dagelegen, als wenn ich ein Eisblock wäre, ich habe mich nicht getraut, mich zu bewegen, nicht getraut zu atmen, das habe ich nie erzählt, das habe ich immer für mich behalten. Ich hatte dann nie wieder irgendwie Kontakt mit diesem Mann gehabt, ich bin ihm sozusagen aus dem Weg gegangen.

Fichte: Ist er denn fertig geworden dabei?

Sandra: Das weiß ich nicht.

Fichte: Er hat aber weiter nichts gemacht?

Sandra: Nein, nein. Nur bei mir so ein bißchen an die Muschi gefaßt, weißt du, und ich merkte dann so, wie sein Schwanz so ein bißchen an meine Beine kam, weißt du, aber ich habe mich nun so versteift, ich habe mich so verkrampft.

Fichte: Hast du dich sehr geekelt danach?

Sandra: Ich fand das alles ein bißchen komisch, sonst aber nichts.

Fichte: Fandest du es aufregend?

Sandra: Nee, überhaupt nicht.

Fichte: Denkst du oft daran?

Sandra: Überhaupt nicht, das ist jetzt dadurch, weil du mich danach gefragt hast, deswegen denke ich da gerade dran, da hab ich mich nie mit beschäftigt. Auch so, also ich komm ab und zu auf witzige Ideen, wenn ich irgendwie Liebe machen würde, daß mir irgendwas einfällt, Bruder und Schwester zu spielen oder so was, weißt du, sondern das ist jetzt dadurch, weil man eben zu viel Dinge kennt, daß man da ab und zu mal irgendwie etwas anderes erleben muß, und dadurch auch die Einfälle, irgendwie etwas anderes zu bringen, wenn man mit einem Mann im Bett liegt, nicht aus Perversität, sondern um immer wieder was Neues zu machen.

Fichte: Du würdest gerne mit deinen Brüdern was machen?

Sandra: Nein, nie. Das spiele ich nur, wenn ich mit irgend jemand, sozusagen als Gag, um was anderes zu haben, nicht nur diese stupide Bumserei, sondern mal irgendwie was Witziges.

Fichte: Hast nie mit einer Frau was gehabt?

Sandra: Ich habe das erste Mal mit achtzehn mit einer Frau etwas gehabt, oder ich wurde neunzehn.

Fichte: Aus Freundschaft oder für Geld?

Sandra: Aus Freundschaft, weil ich das gut fand, weil ich das kennenlernen mußte. Wir sind ins Bett gegangen, und ich nun voller Erwartung, und sie hat mich phantastisch geleckt, sie hat mich geküßt, sie hat mich verwöhnt, stundenlang, und da habe ich das erste Mal in meinem Leben richtig etwas bewußt, etwas empfunden. Bewußt gemerkt, daß ich spritze und daß ich erleichtert bin, trotz daß ich schon zweieinhalb Jahre vorher richtig kräftig gebumst hatte, und das auch alles witzig fand und das normal fand, wie das war.

Fichte: Und wenn du danach mit Männern was gemacht hast, hast du dann auch . .

Sandra: Dann war es auch, dann habe ich auch gespritzt, dann habe ich auch das Gefühl gehabt . .

Fichte: Aber erst seitdem du mit einer Frau . .

Sandra: . . seitdem ich mit einer Frau zusammen war.

Fichte: Hast du öfter mit der Frau?

Sandra: Ja, wir waren paar Monate zusammen.

Fichte: Warum bist du nicht bei ihr geblieben?

Sandra: Du, weil Frauen eifersüchtiger sind als Männer, und ich finde, das habe ich eben schon gesagt, es gibt für mich nichts Schlimmeres, als wenn ich irgendwie von jemandem nicht abhängig, aber wenn ich von irgend jemand bevormundet werde und irgendwo Rechenschaft ablegen muß und das ist bei den Frauen sehr häufig, daß sie krankhaft eifersüchtig sind . . daß sie einem nachlaufen wie einem Hund.

Fichte: War das nun so, daß eine den Mann und die andere die Frau spielte?

Sandra: Ja, ja, sie war voll und ganz maskulin, also ich durfte sie nicht lecken, und das Göttlichste, was ich fand, wenn ich gespritzt hatte, in dem Moment wurde sie auch fertig, und da war das bei ihr so naß, daß man also hätte einen Waschlappen reinlegen können, und der wäre patschnaß gewesen, das fand ich so göttlich, und wenn ich dann angefaßt hab, dann zuckte sie zusammen, sie mag das nicht, sie hat sich auch nie nackt ausgezogen, immer ein Hemd angehabt und eine Hose, und dann, das fand ich aber so göttlich, das zu fühlen, daß auch sie etwas dabei empfand, und da habe ich das erste Mal gemerkt, daß ich an und für sich nicht der Typ bin, der verwöhnt wird, sondern daß ich auch ein maskuliner Typ bin, daß ich auch sehr gerne verwöhne. Dann ging das noch drei Monate gut, und dann ging das einfach nicht mehr.

Fichte: Hast du noch mit anderen Frauen was gemacht?

Sandra: Ja, danach des öfteren mit zweimal, nee, einmal, nee, zweimal mit einer Bekannten, die ich auch noch sehr oft treffe, die sehr nett ist, und das war aber so mehr Flachs und so, nicht aus Hingabe oder weil ich das, ich fand das zwar gut und ich habe auch etwas empfunden, aber es war mehr so bei einer Party und wir gingen dann zusammen ins Schlafzimmer, weil wir uns ganz witzig fanden, und machten da so ein bißchen rum und dann dauerte es keine zwanzig Minuten, waren wir erst alleine, dann kamen da irgendwelche Typen rein und fanden das nun witzig, da zuzuschauen, und da war der Fall schon wieder erledigt, dann ging es nicht mehr. Danach sind wir des öfteren zusammen ausgegangen, haben uns auch geküßt usw., und dann habe ich mal ein Mädchen aufgerissen und habe mit ihr losgemacht und die etwas verwöhnt, aber so, daß ich jetzt mit dem Vorsatz hingehe, irgendwie ein Mädchen aufzureißen und mit ihr ins Bett zu gehen, ist es nicht, wenn der Zufall es will, dann ist es so, aber sonst irgendwie groß investieren und mich groß reinsteigern würde ich nicht.

Fichte: Wenn du nun ein Mädchen aufgerissen hast, dann warst du . .

Sandra: Bin ich diejenige, ja, ja, die unbedingt losmachen will.

Fichte: Hast du mal mit einem Gummischwanz losgemacht?

Sandra: Nee.

Fichte: Das würdest du auch nicht mögen?

Sandra: Nein.

Fichte: Warum nicht?

Sandra: Weil ich das unnatürlich finde. Ich finde nichts Schlimmeres, als irgendeinen kalten, unnatürlichen Gegenstand, um mich damit zu befriedigen, da nehm ich lieber den Finger und wichs.

Fichte: Onanierst du viel?

Sandra: Nee, an sich nicht, aber wenn ich es mache, mache ich es gerne, also nicht nur, weil ich, natürlich weil ich mich abreagieren muß, aber ich finde das ganz gut zu wichsen. Ich steigere mich in irgendwelche schönen Dinge rein, meistens wenn ich mit einem Mann schön zusammen gewesen bin.

Fichte: An Frauen denkst du dabei nicht?

Sandra: Nein. Also ich möchte sagen, daß ich 30% lesbisch bin 70% normal. Also ich muß zum Beispiel, auch wenn ich mit einer Frau zusammen bin, anschließend gefickt werden, das muß ich haben. Ich könnte nun, angenommen, wenn ich heute abend ein nettes Mädchen kennenlerne oder ich kenn die irgendwie ewig lange oder es ergibt sich die Möglichkeit, dann würde ich gerne zu dritt losmachen, also noch mit einem Mann, weil ich irgendwie anschließend das Gefühl haben muß, mit einem Mann zusammen zu sein, der ab und zu auch ein bißchen perverse Ambitionen hat, mit einer Frau und einem Mann zusammen zu sein, so irgendwie kleine Spielchen zu machen, ist doch ganz interessant. Aber dazu gibt es eben nicht so die Gelegenheit, das ist also in Hamburg gräßlich. Du, ich finde Hamburg sowieso furchtbar.

Fichte: Was sind das für Spielchen, die es in Hamburg nicht gibt?

Sandra: Das möchtest du gerne wissen. Du, ich habe mir da so etwas zurechtgetippt, ich wollte das hier unbedingt machen, aber . . O, du, das ist so was Irres, das hältst du nicht aus. Paß auf, ein ganz junges, ganz süßes Mädchen aufzureißen, die so schätzungsweise sechzehn, siebzehn ist, die muß ganz jung, die muß einen ganz süßen Körper haben, so unschuldig alles noch, weißt du, lange Haare, und ganz süß muß sie aussehen, du, dann wähle ich irgendwie einen ganz irren Typen, wo ich drauf stehe, weiß auch schon wen, ich weiß nur noch nicht, mit welchem Mädchen ich das mache, aber der Typ ist nun wahnsinnig gut im Bett . .

Fichte: . . was nennst du wahnsinnig gut im Bett?

Sandra: Ja, nein, er hat so das gewisse »Etwas«, nicht so diese Fickerei, sondern das Ganze, dieses Drumherum, bringt er wahnsinnig gut. Und dann werde ich die kleine Maus festbinden, und werde die nun höllisch lecken, und werde die so geil machen, werd sie so geil machen, dann werd ich schön ficken mit ihm und sie muß nun zugucken, dann werde ich sie nun wieder geil machen und sie wird nun wahnsinnig, sie wird nun hysterisch, die wird nun irre, dann werd ich sie losbinden, dann muß sie mich nun lecken, und dann ist sie so geil, die ist schon so geil durch die Zuguckerei, durch das Lecken, was ich nun bringe und sie werde ich verwöhnen und er wird sie verwöhnen, daß sie nun an den Wänden rauf und runter geht und dann losgeht, ich sage dir, die fällt dich an wie ein Tier, die geht auf dich los wie eine Wahnsinnige, die wird dich nun so abgöttisch lieben, das hälst du nicht aus. Die muß mich dann anschließend lecken, das muß ich mal haben. Die muß zugucken, wie ich gefickt werde, sie muß zugucken, und dann werd ich sie noch mal schön lecken, und dann wird sie losgebunden, wenn sie so kurz vorm Kommen ist, dann muß sie ranrauschen, das liebe ich sehr heiß, ja. Aber die Mädchen gibt es nicht, um Gottes willen, das wär die größte Lampe, die es überhaupt gibt.

Fichte: Du hast sadistische Neigungen?

Sandra: Nein.

Fichte: Zuschlagen oder so was?

Sandra: Nein, ich könnte niemals jemand schlagen, ich finde das so erniedrigend und so primitiv, das gibt es nicht.

Fichte: Du guckst gerne zu.

Sandra: Nein, ich habe auch gerne das Gefühl, wenn ich gefickt werde, irgendwie gezwungen zu werden, verstehst du das, so in einer Art Vergewaltigung, aber nicht so auf echt, sondern so witzig irgendwie, weißt du, angenommen ich liege jetzt mit jemand im Bett und bin nun fürchterlich geil, und er will nun seinen Schwanz nicht reinstecken und hält mich nun fest, und ich möchte nun so gerne gefickt werden, nein, aber er tut es nicht, weißt du, dieses Verlangen, diese Begierde danach, das reizt nun enorm, und deswegen, ich finde das sehr gut.

Fichte: Bist du schon mal vergewaltigt worden?

Sandra: Ja, da sag ich nichts drüber.

Fichte: .. Wie ist es nun, wenn du jetzt einen Typ kennenlernst? Du siehst deinen Typ, Erich zum Beispiel, in einer Bar, er sitzt da und trinkt Kaffee.

Sandra: Ja, nein, du, ich habe ihn vor einem halben Jahr kennengelernt, fand ihn nun gräßlich, ich fand ihn nun gräßlich, erstensmal, weil er da noch furchtbar fett war, er hatte nun einen Vollbart, er sah nun so schlimm aus, war vollkommen besoffen, und es gibt für mich nichts Schlimmeres, als betrunkene Männer, da habe ich einen Abscheu vor, und ich kannte seinen Bruder und seine Schwägerin, und wir saßen zusammen, und die wollten mich nun unbedingt mit ihrem Bruder, der zu

Besuch hier in Hamburg war, verkuppeln, also die wollten nun unbedingt, daß er nun mal losmachen kann, und das überblickte ich nun sofort, und hab gesagt: also das ist nun überhaupt nicht drin und haute dann irgendwie ab, weil ich ihn auch nicht gut fand, es war gräßlich, die Annäherung von ihm, dieses Plumpe, das fand ich scheußlich. Ich traf ihn nach einem halben Jahr wieder, und hab ihn nun gesehen und nicht gleich erkannt, dann hab ich ihn eine halbe Stunde oder eine Stunde später in einem anderen Lokal wiedergesehen und hab ihn angesprochen und hab ihn gefragt, ja so und so, ob er das ist, ja, und dann kamen wir so ins Gespräch, und er taute nun auf, und war auch vollkommen geturnt, und dann unterhielten wir uns eine Zeitlang, und ich fand ihn dann auf einmal ganz interessant, weil, seine Art war ganz anders, er war schlank geworden, er war also jetzt ein ästhetischer Typ, was er vor einem halben Jahr überhaupt nicht war, vollkommen ungeil, also unerotischer Mensch, und jetzt hat er so eine Art an sich, sehr witzig, und das imponierte mir ziemlich, und dann gingen wir runter, und da wollte er mitkommen, hat er mich gefragt, ob er mich einladen solle zum Drink, nein, das geht nicht, weil ich das Verhältnis zwischen ihm im Moment so witzig fand, daß ich es nicht gut fand, weil ich jedesmal die Angst habe, wenn ich mit einem Mann hier durchgehe, daß es wie ein kalter Schauer ist, daß das ein Grund ist, daß es nicht immer klappt, also daß nicht immer das gewisse »Etwas« dabei ist. Deswegen wollte ich also an sich mit ihm nicht, da hat er mich gefragt, ob ich denn Lust hätte, mit ihm ins Hotel zu gehen, da hab ich gesagt, nee, da können wir auch hierhergehen, was im Grunde genommen das gleiche ist.

Fichte: Hotel ist für dich genauso schlimm.

Sandra: Das ist genau das gleiche. Also es kommt darauf an, wenn man jetzt mit einem Mann in eine andere Stadt fährt, ist es logisch, daß man in einem Hotel ist, aber das ist eine ganz andere Situation, da ist ein ganz anderes Verhältnis da. Aber wenn man hier in ein Hotel geht, da kann man auch hierhergehen.

Fichte: Und war dir das nun von vornherein klar, daß du mit ihm ins Bett gehst?

Sandra: In dem Moment, nein, ich wollte es, aber ich wußte nicht, ob es klappt.

Fichte: Warst du aufgeregt?

Sandra: Nicht direkt, ich hab ihn ein bißchen geflachst, weißt du, wir haben . .

Fichte: Du merktest aber, daß er wollte?

Sandra: Ja, sofort. Wir haben uns nun gegenseitig immer so ein bißchen hochgezogen, weißt du, und mit Sprüchen, und wir haben alles ziemlich gut aufeinander abgestimmt, wir hatten also die gleiche Wellenlänge, wie man das so nennt. Also unsere Sprüche, die paßten nun so haarklein aufeinander, das paßte so genau zusammen, daß ich also das Gefühl hatte, wenn ich mit dem Mann ins Bett gehe, daß es auch so im Bett ist, daß er voll und ganz die, das gewisse »Etwas« da ist.

Fichte: Hattest du nun gleich von Anfang an sexuelle Vorstellungen dabei?

Sandra: Nee, das war nicht wichtig, nur alleine, daß der Mann den gleichen Wellengang in seiner ganzen Art hatte, dann das Gesprächsthema, das wir führten, und dann die Vorliebe für die gleiche Musik, dann das Rauchen, dann seine Art, dieses Lässige, dieses Normale, weißt du, nicht irgendwo so um den heißen Brei rumreden, sondern er sagte ganz offen und ehrlich, ich möchte gerne mit dir schlafen gehen, so ungefähr, ich möchte gern mit dir schlafen gehen, also das fand ich so heiß, das fand ich nun echt gut. Ja nun, dann gingen wir hier hoch, und dann saß er da, ich ging ins Badezimmer, kam rein, da drehte er schon wieder den Joint, das fand ich nun wieder sehr heiß, nicht dieses viele rum . . er drehte nun gleich den Joint, das fand ich nun so göttlich, und ich nahm mir die Zeitung und las ein bißchen, weil ich dachte, nu laß ihn erst mal drehen, dann rauchten wir zusammen, er hat eine wahnsinnig gute Art an sich, also er hat furchtbar viel Gefühl, wie er eine Frau anfassen muß, wie er mit einer Frau sprechen muß, also er hat einen Überspruch, wie man das so nennt, er hat nun einen wahnsinnig guten Vortrag, und in dem Moment, wo wir nun zusammen rauchten, er faßte mich an, da ging es bei mir so sst wie ein Blitz durch.

Fichte: Was ist das genau?

Sandra: Ein Blitz, das ist so ein Gefühl, was vom Magen hochgeht, also an sich durch den Geist angeregt, in den Magen, und dann bis in die Fußspitzen und dann wieder hoch, also das ist wie ein Blitz, das geht so durch .. also ich kann das nicht erklären, das ist unerklärlich. Alles ist so erwartungsvoll, weißt du, man weiß genau, daß es hundertprozentig klappt, daß es phantastisch sein wird, und das ist, eine Wärme ist da, weißt du, das Gefühl, daß das anders ist, daß das nicht so dieses 08/15 ist, sondern daß irgendwie die Wärme ist und daß du das Gefühl hast, eine Frau zu sein, weißt du, daß du nicht als irgendwie ein Stück betrachtest wirst, wo man sich abreagieren kann, daß es voll da ist, er will nicht nur sich abreagieren, sondern er möchte nun hundertprozentig auch die Frau befriedigen.

Fichte: Ja, und dieser Blitz, von dem du eben sprichst, der ist beim Freier nie?

Sandra: Nein, nein, nein.

Fichte: Wenn du nun mit anderen Typen ins Bett gehst, ist dann dieser Blitz da?

Sandra: Du, nur bei ihm.

Fichte: Bei Frauen auch nicht?

Sandra: Nein, nein, nein. Aber davon abgesehen, ich habe von vornherein gewußt, daß das nie irgendwie ein Verhältnis wird zwischen uns beiden, weil ich wußte, daß er vier oder fünf Tage später zurück nach London fährt, daß er dort allein ein Haus hat und daß er da wahnsinnig viel Freunde hat, auch eine Freundin, und ich habe mich nie damit beschäftigt, mit ihm ein Verhältnis anzufangen, weil ich wußte, daß es vollkommen ergebnislos ist, und wir haben uns dann einen Tag später getroffen und sind dann noch mal schlafen gegangen, und es war genauso phantastisch, und damit hatte sich das.

Fichte: Was war so phantastisch?

Sandra: Ja, nein, das war an sich weiter kein großer Unterschied wie bei den anderen Männern, aber die Hingabe war wesentlich anders.

Fichte: Es ist wichtig, daß ein Mann ihn nun so groß oder dick hat oder ..

Sandra: Nein, nein, nein, das kommt alleine darauf an, wie er das bringt, mit welchem Gefühl, alleine das Gefühl ist das Maßgebende bei der Sache.

Fichte: Ist es wichtig, wie er aussieht?

Sandra: .. natürlich, natürlich ist das auch eine Sache, Gott, ich kann nun nicht mit einem Mann ins Bett gehen, der einen Buckel hat, das ist logisch, wenn eine Frau das Gefühl hat, daß sie irgendwie gut aussieht, daß sie jeden Typ sozusagen haben kann, wenn sie möchte, das ist ganz logisch, das sie sich auch da die Typen aussuchen kann. Aber es ist nicht so, daß ich unbedingt auf das Aussehen, aufs Geld oder auf irgend etwas anderes achte, sondern mir muß der Typ gefallen, weißt du, der Mensch muß mir sympathisch sein und er darf nicht dumm sein, und am liebsten sind mir halt die Typen, die auch rauchen, weißt du, weil sie das genauso verstehen.

Fichte: Wir sprachen neulich über eine Lesbierin, die hier gearbeitet hat, und da sagtest du, die wär nun so ungeheuer scharf, und mit der würdest du nun sofort losmachen. Was war an der?

Sandra: Du, jetzt könnte ich mit der nicht mehr losmachen, irgendwie fand ich die interessant, ihre Art fand ich sehr nett, so wie sie sich gab, natürlich, nicht so überkandidelt, nicht immer das ja, ich bin ein Kerl usw., wie die meisten das sagen, sondern sie sprach ganz normal, und die hat eine Art, ich konnte mir nun von vornherein vorstellen, daß sie wahnsinnig gut im Bett sein muß.

Fichte: Dir war es von vornherein klar?

Sandra: Ja, das wußte ich von vornherein.

Fichte: Wenn du deine vier Freier hinter dir hast und die ganze Zeit ganz kühl dabei geblieben bist, dann gehst du doch oft morgens noch mal los und reißt etwas auf?

Sandra: Na, ja, ab und zu mal. Ich gehe nun nie mit dem Vorsatz irgendwohin, etwas aufzureißen, nie. Ich bin oftmals froh, wenn ich unter Leuten bin.

Fichte: Aber nicht, daß du nun unbedingt gefickt werden mußt?

Sandra: Nee, keineswegs, das Gefühl habe ich noch nie gehabt, unbedingt gefickt werden zu müssen. Doch, mit Robert, das letzte Mal. Da war ich so angemacht, da war ich so geil, das gibt es nicht. Da hatte ich aber, du, das ist mir noch nie passiert, daß ich, also logisch, wenn ich mit einem Mann schmuse und wenn ich mit einem Mann zusammensitze, weißt du, und wenn ich ihn sowieso gut finde, dann ist es logisch, daß ich gerne mit ihm schlafen gehe, aber daß ich dann spontan gesagt habe, so, ich muß jetzt gefickt werden, das ist mir noch nie passiert.

Fichte: Wechselst du oft deine Freunde?

Sandra: Du, es ist meistens so, daß ich, wenn ich jemand interessant finde und mit ihm ins Bett gehe, daß ich von vornherein nicht mit dem Vorsatz mit ihm ins Bett gehe, mit ihm nun auf lange Zeit zusammen zu sein.

Fichte: Warum nicht?

Sandra: Weil das nie gutgeht, weil ich genau weiß, daß das keinen Zweck hat, mit einem Mann länger zusammen zu sein. Du steigerst dich in irgend etwas hinein, du bist seit zwei, drei Wochen mit ihm zusammen, du findest ihn sehr nett, und du verliebst dich eventuell auch in ihn, und auf einmal nach fünf, sechs Wochen gibt es dann einen Knall, weil du anschaffen gehst, weil er solide ist und weil er das mit seinem ganzen Ich nicht vereinbaren kann, und dann taucht da noch eine andere Frau auf, also ich bin da nicht mehr so, daß ich mir da irgendwelche Luftschlösser aufbaue, sondern ich denke ganz nüchtern und klar darüber nach, wenn ich mit einem Mann ins Bett gehe, dann gehe ich mit ihm ins Bett, weil ich ihn nett finde, weil ich ihn gut finde, weil er ein interessanter Typ ist, weil ich ganz gerne mit ihm schlafen gehen möchte, mach mir aber nicht die Gedanken darüber, mit diesem Mann ein festes Verhältnis anzufangen, also es könnte genauso gut sein, daß ich ihn am nächsten Tag sehe und sage: hallo, wie gehts? und mal einen Kaffee mit ihm trinke und dann wieder abhaue und keinerlei weitere Verabredungen treffe. Das hat nichts damit zu tun, ob er nun scheiße im Bett war oder nicht, sondern effektiv, weil der Typ an sich uninteressant ist für mich, weil ich mich getäuscht habe, weil er sich hier auf einmal wesentlich anders gab, als ich ihn eingeschätzt hatte.

Fichte: Wann ist ein Typ für dich scheiße im Bett?

Sandra: Ja, scheiße im Bett? Ich brauche das nicht, mit einem

Mann ins Bett zu gehen, mir ist es also im Grunde genommen egal, ob er nun lange fickt, ob er gar nicht fickt, ob er nur mit mir schmust, weißt du, ich bin nur froh, wenn ich jemand um mich rum habe, bin froh, wenn ich irgend jemand hier morgens, wenn ich nach Hause geh, der kann sich da in die Ecke legen und schlafen, ein bißchen klönen noch, weißt du, wenn ich dann aufstehe, mache ich Frühstück, weißt du, ich muß jemand um mich haben, muß das Gefühl haben mich irgendwie um jemand quälen zu können. Und deswegen haben die meisten Frauen einen Zuhälter, die anschaffen gehen, weil sie nicht alleine sein können, das ist der Grund, und deswegen reiße ich mir sehr oft junge Typen auf, mit denen ich nur rumklöne und überhaupt nicht schlafe.

Fichte: Gibt es Sachen, die du überhaupt nicht im Bett machst?

Sandra: Gibt es.

Fichte: Was?

Sandra: Ich würde mich nicht in den Arsch ficken lassen.

Fichte: Warum nicht?

Sandra: Du, weil ich das nicht abkann, ich habe es schon ausprobiert.

Fichte: Das wär das einzige?

Sandra: Ich hab es ausprobiert, du, ich kann nicht schlucken beim Blasen, auch nicht, wenn ich einen Mann wahnsinnig gut finde, wird mir sofort schlecht, kotze ich.

Fichte: Und bei einer Frau?

Sandra: Bei einer Frau kann ich das. Das kommt wahrscheinlich dadurch, weil ich es das erste Mal, als ich richtig geblasen hab, war ich nun besoffen, und das war in einem Auto, war zwar ein Typ, den ich sehr dufte fand, mit dem ich auch sehr lange zusammen war, aber wir nur immer so geschlafen haben, gebumst, auch geblasen, aber nie geschluckt habe, das war so was Widerliches für mich, und dann war ich ziemlich besoffen, wir hatten nun die ganze Nacht durchgezecht, und da hab ich ihm im Wagen einen geblasen und fand das nun alles ganz schön und lustig und auf einmal spritzt das Schwein, und dann, du, ich habe, bin aus dem Auto raus und habe dermaßen gebrochen, das hälst du nicht aus, und seitdem habe ich wahrscheinlich immer noch diesen Schauder davor, ich kann es nicht. Ich blase wahnsinnig gerne, ich kann nicht schlucken. In dem Moment, weißt du, bei manchen Männern ist das so, daß vorher schon ein paar Tropfen rauskommen, das es feucht wird usw. geht nicht mehr, höre ich sofort auf, nee, das ist komisch mit mir.

Fichte: Wenn du nun einen Typ kennenlernen würdest, der nun auf Mitleid macht?

Sandra: Ja, da würde ich ihn auslachen.

Fichte: Du könntest nie mit jemand aus Mitleid ins Bett gehen?

Sandra: Nein, um Gottes willen.

Fichte: Auch nicht mit einer Frau?

Sandra: Nein.

Fichte: Bist du auf Geld geil?

Sandra: Ja, logisch bin ich das, sonst wäre ich ja nicht hier.

Fichte: Faßt du gerne Scheine an, wühlst du gerne in . .

Sandra: Wenn mir die Gelegenheit geboten ist, natürlich.

Fichte: Hast du die Gelegenheit schon gehabt?

Sandra: Du, ich habe schon wahnsinnig viel Geld in Händen gehabt. Ich hab es gezählt und fand das nun göttlich und hab mir so vorgestellt, wenn nun das jetzt deins wäre, weißt du, komischerweise, die Leute haben alle ein wahnsinniges Vertrauen zu mir, ich weiß auch nicht, wie das kommt, als ich früher noch gearbeitet habe, ich hab nun mit Geschäftsleuten gedippert und so weiter, und hab für die Geschäfte erledigt, bin für die, weil es auf dem gleichen Weg war, mit wahnsinnig viel Geld durch die Stadt gerannt und hab das Geld zur Bank gebracht . .

Fichte: Du hast gerne Geld in der Hand?

Sandra: Ja, wahnsinnig gern, je mehr, desto besser.

Fichte: Sparsam bist du nicht?

Sandra: Nee.

Fichte: Wieviel Geld möchtest du haben?

Sandra: Du, ich möchte haben, eine hübsche Wohnung, die ich wirklich sehr hübsch finde, ein Auto.

Fichte: Was für eins?

Sandra: Du, einen VW Cabrio oder so was Ähnliches, ja, ich bin nicht mehr so beknackt, früher konnte ich alles gut, je größer das Auto, desto schöner. Ist mir jetzt egal, Hauptsache es fährt, natürlich wäre es mir lieber, wenn ich einen Porsche oder so was Ähnliches, aber es muß nicht unbedingt sein, verstehst du? Wenn ich jetzt die Gelegenheit hätte, solide eine hübsche Wohnung, eine Zwei-Zimmer-Wohnung, mit Küche und Bad, in einer hübschen Gegend, wo ich ungefähr 400 Mark Miete zahlen muß, dann ein Auto, was ungefähr im Monat 300 Mark kostet, sind 700 Mark, und sagen wir mal 2 000 Mark für mich, käme ich aus, würde ich sagen, also sagen wir mal 3 000 Mark im Monat.

Fichte: Was würdest du tun, wenn du unermeßlich viel Geld hättest?

Sandra: Du, ich würde wahnsinnig, mich könnten sie nach einem Jahr ins Irrenhaus bringen. Ich würde durchdrehen, ich würde wahnsinnig, wirklich. Ich käme nach einem Jahr ins Irrenhaus. Ich würde verrückt, ich weiß es nicht, ich würde nur die wahnsinnigsten Dinger bringen. Wir haben uns doch heute noch darüber unterhalten und das ist witzig, oh, ich würde das Volk so tyrannisieren. Ich würde mich nur bedienen lassen von hinten und vorne, bis mich das irgendwann mal ankotzt, irgendwann kommt ja auch bei mir der Zeitpunkt, wo einen das ankotzt, wo man gar nicht mehr das Verlangen nach hat. Also heute zum Beispiel waren wir wahnsinnig gut essen, heute nachmittag, in Timmendorf, und mein Essen war phantastisch, na, ich hatte natürlich auch wieder was anderes bestellt als die anderen Typen, und sie aßen Steak und das war nun Medium bestellt, das war natürlich durch. Du, ich sage es dir, wenn ich mir das erlaube, das war ein piekfeiner Laden, weißt du, so mit Servietten auf dem Tisch und erstklassigem Service, wenn ich jetzt die Kohle hätte, um mir das erlauben zu können, ich hätte den ganzen Teller durch den Laden geschmissen, sag ich dir. Auf so was bin ich so angestoßen, aber als Arschloch, weißt du, als kleines Licht, kannst du dir doch so was alles nicht erlauben, da frißt du das doch, es ist doch so, du frißt es doch.

Fichte: Du hättest es ja zurückgehen lassen können.

Sandra: Ich habe es ja nicht gegessen. Ich glaube, ich hätte es zurückgehen lassen, auch nicht mit viel Protest, ich hätte gesagt, paß mal auf, ich habe Medium bestellt, das ist nicht Medium, bitte, ein neues Steak. Ich hätte das gebracht, aber was interessiert mich das Steak anderer Leute.

Fichte: Wofür würdest du dein Geld noch ausgeben?

Sandra: Du, ich würde nun wahnsinnige Garderobe tragen, ich würde nur auf Reisen sein, und würde nur die irrsten Arten, das wäre ein eigenes Flugzeug, und würde nun nur rumspinnen, ich würde doch nur rumspinnen, ich würde die irrsten Feste geben, ach, ich würde nur mit irren Leuten zusammensein, ich würde also die Welt auf den Kopf stellen. Ich würde alles Erdenkliche, was man sich vorstellen kann, machen. Das ist unerklärlich, also ich würde mir alles Mögliche einfallen lassen.

Fichte: Bist du oft krank?

Sandra: Nein.

Fichte: Nimmst du viele Pillen?

Sandra: Nein.

Fichte: Hast du deine Tage regelmäßig?

Sandra: Nee.

Fichte: Mußt du immer eine Spritze nehmen?

Sandra: Nein, gar nichts. Ich weiß ganz genau, daß ich nicht in Umständen sein werde, warum, weiß ich auch nicht, da hab ich mich auch nie mit befaßt, ich kann also bumsen den ganzen Monat durch, auch an kritischen Tagen, das interessiert nicht, ich krieg aber alle sechs bis sieben Wochen mal meine Periode.

Fichte: Und du hast kein Kind gekriegt?

Sandra: Nee.

Fichte: Hast nie abgetrieben.

Sandra: Doch, einmal.

Fichte: Wie alt warst du?

Sandra: Siebzehn Jahre, das hat damit wirklich nichts zu tun, ich bin anschließend untersucht worden, das war alles in Ordnung, ich habe nur eine Gebärmutterknickung, die so stark ist, daß ich also nun bumsen kann, bis zum es geht nicht mehr, das haut nicht hin, das habe ich mir aber machen lassen, nach der Abtreibung.

Fichte: Das kann man machen lassen?

Sandra: Nee, das ist nur eine ganz kleine Arbeit, also das ist, du läßt dich untersuchen von einem Arzt, wenn er das machen kann, das geht nicht bei jeder Frau, das machen auch sehr wenige, da habe ich einen Bekannten und der ist Frauenarzt in Düsseldorf, da hab ich mich auf den Stuhl gesetzt, der hat das alles so ein bißchen gedehnt, weißt du, mit diesen Zangen, ist mit der Zange reingegangen und hat das geknickt und Ende, also ich weiß nicht genau, ich weiß nicht, wie das geht, ich habe nicht viel gemerkt damals.

Fichte: Hat das viel Geld gekostet?

Sandra: Gar nichts.

Fichte: Wer hat deine Abtreibung bezahlt?

Sandra: Du, das habe ich selbst bezahlt, zu der Zeit hatte ich noch genug Geld. Ich hatte dem Mann, von dem es war, auch nichts gesagt, daß ich von ihm ein Kind kriege. Hab das auch schon im zweiten Monat machen lassen, also Ende zweiten, Anfang dritten Monat, es war etwas zu früh, aber ich hätte es etwas später gemacht, aber die Gelegenheit war gerade so gut. Nee, nee, das würde ich auch niemals machen, auch heute nicht, wenn ich von irgend jemand in Umständen bin, Gott, das ist mein Risiko, wenn ich mit einem Mann ins Bett gehe.

Fichte: Du läßt dir nichts einbauen?

Sandra: Nein, nein, nein.

Fichte: Du nimmst auch keine Anti-Baby-Pille?

Sandra: Nein, um Gottes willen, das habe ich einmal gemacht, nie wieder, ich war so dick geworden. Du, die Leute, wenn die das hören, denken, ich bin eine Tonne, so dick bin ich nicht.

Fichte: Schläfst du gut?

Sandra: Ja, wie eine Ratte. Ich schlafe gut, aber im Moment, wenn es klopft, bin ich wach, also ich bin nicht nervös während des Schlafens, ich bin nicht hektisch, wenn ich wach werde, so wenn ich mich jetzt hinlege, schlafe ich, und es ist möglich, daß es irgendwie mal bei mir an der Tür klopft, bin ich wach, und kann aber sofort wieder einschlafen.

Fichte: Brauchst du viel Schlaf?

Sandra: Ja, wahnsinnig viel. Du, acht bis zehn Stunden.

Fichte: Träumst du viel?

Sandra: Du, ich habe bewußt seit bestimmt zwei Jahren nicht mehr geträumt.

Fichte: Und vorher?

Sandra: In meiner Pubertätszeit, also in meiner Entwicklungszeit, habe ich des öfteren geträumt, und meistens nur vom Krieg, komischerweise, trotzdem wir nie darüber gesprochen haben zu Hause, da habe ich mir auch schon des öfteren Gedanken darüber gemacht, als ich noch etwas jünger war, daß ich immer nur von grausamen Dingen geträumt habe.

Fichte: Was?

Sandra: Du, daß alles so flach gemäht ist, daß die Leute durch die Gegend rennen und alle schreien, daß es da brennt und daß alle Bomben, die runterkommen, Kugeln sind und so die Kindervorstellungen, weißt du, wie ein Kind sich die Bomben vorstellt.

Fichte: Das hast du öfters geträumt?

Sandra: Das habe ich öfter geträumt, aber so, als ich dreizehn oder vierzehn war, und seitdem ab und zu mal, aber unbewußt und nie irgendwie schwerwiegende Sachen. Was ich ab und zu habe, was ich heute noch habe, das kommt ganz darauf an, das sind so, ich glaube, das hat jeder Mensch, wenn du jetzt im Bett liegst, auf einmal wird der Raum wahnsinnig groß, das hat, glaube ich, jeder Mensch, ich weiß es nicht, dann dehnt sich der Raum, und dann faßt du auf einmal an, dann ist es wieder ganz nah, und dann nimmst du die Hand wieder weg, dann geht das alles wieder auseinander.

Fichte: Hast du auch, daß deine Gelenke gelegentlich ganz groß . .

Sandra: Ja, ja, ja.

Fichte: Und nicht bei Fieber?

Sandra: Nein, auch normal, und daß meine Arme sich nicht bewegen, dann so, weißt du, vollkommen abgeschlafft alles. Dann schlafe ich nicht, dann versuche ich krampfhaft, in den Schlaf zu kommen, weil es irgendwie ein Angstgefühl ist. In dem Moment, dann dreh ich mich rum und versuch an irgend etwas zu denken, um von diesen Vorstellungen wegzukommen, das gelingt mir auch meistens, also das sind dann immer nur zwei Minuten.

Fichte: Aber seit zwei Jahren träumst du überhaupt nichts?
Sandra: Also nicht bewußt, nicht daß ich mich an irgendeinen Traum erinnere.
Fichte: Also ungefähr so lange du auf den Strich gehst, träumst du nicht?
Sandra: Tatsächlich, so ungefähr.
Fichte: Und vorher, hast du vorher farbig geträumt?
Sandra: Nee, nicht das ich wüßte.
Fichte: Und wenn du Rauschgift genommen hast?
Sandra: Nee, ich denke immer ans Geld. Ich mach mir Gedanken über Dinge, wie ich Geld verdienen kann, wie ich am leichtesten an Geld komme. Ich bin nun der Überzeugung, daß ich irgendwann mal wahnsinnig viel Geld habe, der Überzeugung bin ich. Nicht durchs Anschaffen, durch irgend etwas, ich werde irgendwann mal wahnsinnig viel Geld haben.
Fichte: In dem Moment, wo du Hasch genommen hast?
Sandra: Du, immer, das Gefühl, daß ich irgendwann mal wahnsinnig viel Geld habe, habe ich immer, auch wenn ich nüchtern bin, aber in dem Moment, wenn ich Hasch genommen habe, denke ich an Dinge, wie man leicht an Geld rankommen kann, mir ist eine sehr gute Idee gekommen, was ich vielleicht irgendwann mal verwirklichen werde, was ich aber noch niemandem erzählt habe. Du, das werden sie nun sofort bringen, das Ding, das ist nun sehr heiß, glaubst du das?
Fichte: Kriminell?
Sandra: Nein, nicht kriminell, das ist so ein gutes Ding, das ist so gut, das gibt es auf der ganzen Welt nicht.
Fichte: Schade, daß du das nicht erzählst.
Sandra: Hubert, Du würdest das machen das Ding.
Fichte: Bist du sehr stark?
Sandra: Du, ich habe mich einmal im Leben geschlagen, ich finde es so schlimm, ich würde es nie wieder tun.
Fichte: Mit wem?
Sandra: Mit einer Frau.
Fichte: Und warum?
Sandra: Du, weil die irgendwie einen linken Spruch gebracht hat. Der bin ich dann hinterher in die Toilette in einem Lokal, und

hab sie nun so fürchterlich vermacht, daß ich beinahe eine Anzeige bekommen hätte wegen schwerer Körperverletzung. Ich habe ihr vorne zwei Zähne rausgeschlagen, und habe 700 Mark dafür bezahlt, damit sie bloß keine Anzeige macht.

Fichte: Hier in Hamburg?

Sandra: Nein, nein, in Düsseldorf.

Fichte: Da warst du noch sehr jung?

Sandra: Du, da habe ich angefangen anzuschaffen, da mußte ich mich gerade machen.

Fichte: Aber seither hast du es nicht . .

Sandra: Nein. Ich würde es auch nicht tun, ich kann das nicht, auch so, wenn unten auf dem Hof Theater ist und Protest ist, ich kümmere mich nicht darum, die können sich nun die Köpfe zerschlagen, das interessiert mich nicht, da bleibe ich bei stehen, das läßt mich so kalt, das gibt es nicht.

Fichte: Ist hier oft Protest?

Sandra: Du, es kommt jeden Abend vor, daß irgendwelche Frauen anfangen zu pöbeln aus Unzufriedenheit, weißt du, weil sie irgendwo einen Kerl sitzen haben, der auf die Kohle wartet, weil sie sauer sind, weil sie kein Geld verdienen, dann pöbeln sie irgendwie rum.

Fichte: Werden hier oft Leute von Zuhältern zusammengeschlagen?

Sandra: Nein, nein.

Fichte: Glaubst du, daß es auf St. Pauli Banden gibt?

Sandra: Nee, das sind alles kleine Lichter, die sich da irgendwelche Vorstellung machen, wie das früher war usw., aber das ist heute sehr eingeschlafen, habe ich das Gefühl. Ich kann mich nicht darüber äußern, weil ich mit diesen Leuten irgendwie keinen Kontakt habe.

Fichte: Glaubst du, daß Leute gefoltert werden?

Sandra: Nee, glaube ich nicht, das ist vergessen so was.

Fichte: Leidest du sehr darunter, daß du auf den Strich gehst?

Sandra: Ja, wahnsinnig, das ist für mich die größte Erniedrigung, die es gibt. Ich bin mir zu schade dafür, trotzdem mache ich es, das ist an sich ein Widerspruch.

Fichte: Und worin besteht die Erniedrigung?

Sandra: Das Gefühl, daß ich mich als Frau für so wenig Geld hergeben muß, daß ich im Grunde genommen wesentlich mehr wert bin, und trotzdem für ein paar Mark mich hinlegen muß, und mich von jedem ansabbeln lassen muß, weil ich bei jedem, der es hört, daß ich anschaffen gehe, gleich um mehrere Stufen sinke, und das ist für mich eine wahnsinnige Erniedrigung, das macht mich kaputt, deswegen bin ich auch zu der Überzeugung gekommen, daß ich das ganz bestimmt nicht mehr lange mache.

Fichte: Hast du ein Ehrgefühl?

Sandra: Du, ich weiß genau, wenn ich verheiratet bin und der Mann wird mich gern haben, und ich würde nur heiraten, nur heiraten aus dem Grunde, wenn ich mit einem Mann wirklich weiß, daß ich mit ihm glücklich zusammen lebe, und ich würde auch nicht sofort heiraten, sondern würde wahrscheinlich erst mit jemandem länger zusammen gehen, vielleicht auch gar nicht heiraten. Aber ich weiß, daß ich wahrscheinlich eine gute Ehefrau sein werde, weil ich sehr häuslich bin, im Grunde genommen, und sehr gerne irgendwie tütle und mache und tu und putze und irgendwas, also ich muß es einfach haben.

Fichte: Bist du rachsüchtig?

Sandra: Überhaupt nicht.

Fichte: Auch nicht nachtragend?

Sandra: Überhaupt nicht. Du, ich bin ein Stier, das sagt wahrscheinlich alles. Auch das ist sozusagen charakterlich bei mir sehr, daß ich Stier bin, witzig, lustig, nie betrübt, logisch, das ist jeder mal, aber nicht nachtragend, sehr großzügig mit dem Geld, ich geb viel Geld aus, kann die Kohle nicht zusammenhalten, das sind alles Dinge, die die Stier-Menschen an sich haben. Ich lege da an sich keinen großen Wert drauf, auf dieses ganze, aber das ist, ich kann nun lesen, was ich will, ab und zu mache ich das mal, das kommt vielleicht einmal in der Woche vor, daß ich durch Zufall mal irgendwie ein Horoskop oder so was lese, und dann gibt es diese Jahreskalender, die den Stier so bezeichnen oder wie man das nennt, das trifft genau zu.

Fichte: Gibt es viele Dinge für dich, die du als unanständig oder unpassend empfindest, wenn einer nicht richtig angezogen ist, im Restaurant oder so was?

Sandra: Du, das interessiert mich gar nicht. Ach, das ist mir so egal. Genau, ich könnte nun in das beste Lokal gehen, so, interessiert mich nicht.

Fichte: Wenn einer nun das Ding mitten im Lokal raustut, würdest du das witzig finden oder . .

Sandra: Nee, witzig nicht, aber es kommt darauf an, was für eine Gelegenheit das ist, ich finde das nicht gut, also so was find ich nicht gut. Ich finde das nun sehr witzig, irgendwelche dumme Sprüche zu bringen, wie zum Beispiel wir waren nun erstklassig essen in einem phantastischen Restaurant, die Leute saßen da nun rum und unterhielten sich über uns, daß wir da so linke Sprüche brachten, und da schrie dann einer: Menschenskinder, jetzt wollte ich heute abend ficken und jetzt hab ich schon wieder den Tripper. Da kann ich mich nun darüber amüsieren, das finde ich witzig, wenn das richtig gebracht ist, daß die Leute nun schockiert sind, genau wie ich heute abend im Kino kurz war und sind wir wieder rausgegangen, weil das so ein beknackter Film war, da habe ich hinter so einem beknackten Typ gesessen mit drei Jungen, weißt du, und wir mit den ganzen Taschen unterwegs waren und alles ganz witzig, da sagte ich zu Frisco, der neben mir saß: Menschenskinder, du wolltest mir doch mal wieder einen Neger mitbringen, und da sagte er: ja, Menschenskind, das geht nicht, der hat im Moment den Tripper. Und alles hörte nun zu, die waren völlig schockiert, das fand ich sehr lustig, weißt du, solche Dinge, da kann ich darüber lachen, aber es muß nicht zur Tagesordnung gehören, weißt du, das kann man ab und zu mal bringen, aber wenn es alltäglich wird, und immer wieder das gleiche, da find ich das nicht gut.

Fichte: Lügst du oft?

Sandra: Nee. Ich habe auch keinen Grund zum Lügen.

Fichte: Hast auch in dem Interview nicht gelogen?

Sandra: Nee.

Fichte: Deinen Vater und deine Mutter ehrst du?

Sandra: Wahnsinnig, ja.

Fichte: Hast du Schuldgefühle? Hast du ein schlechtes Gewissen?

Sandra: Ja.

Fichte: Weswegen?

Sandra: Das ist verschieden. Ich hab dir ja mal erzählt, daß ich ab und zu mal so ein Schuldgefühl habe, als ich mit Christa noch des öfteren ausgegangen bin, und als wir noch ein ziemlich gutes Verhältnis hatten, daß ich da irgendwie Scheiße machen könnte und Christa zu sehr beeinflussen könnte in dem Tun, was sie da macht, und weil das früher wesentlich anders war, aber das interessiert mich jetzt nicht mehr.

Fichte: Du hast nie bereut, daß du dein Kind abgetrieben hast?

Sandra: Nee, nee, was soll ich damit. Ich finde, ein Kind sollte man sich nur, ein Kind sollte man nur haben, wenn man der Überzeugung ist, das Kind zu erziehen, es heranwachsen zu lassen und sich damit abzufinden, daß es vielleicht mit achtzehn oder neunzehn aus dem Hause geht.

Fichte: Wie würdest du dein Kind erziehen?

Sandra: Du, genau wie meine Mutter und mein Vater mich erzogen haben.

Fichte: Also völlig frei?

Sandra: Vollkommen frei, ja.

Fichte: Wenn das ein Junge wäre, und der würde nun mit vierzehn anfangen rumzuschwulen, würdest du was gegen machen?

Sandra: Nein, keineswegs. Ich habe sehr viel mit Schwulen verkehrt, ich habe seit meinem vierzehnten Lebensjahr nur mit Schwulen rumgemacht, also nicht rumgemacht, sondern bin nur mit denen durch die Gegend gezogen.

Fichte: Wenn ein Mann von 35 Jahren sich an deinen ja minderjährigen Sohn ranmacht, würdest du nichts dagegen machen?

Sandra: Ja, ranmacht, weißt du, das kommt darauf an, wenn es aus eigener Initiative kommt, aber in dem Moment, wenn ich merken würde, daß er verführt wird auf irgendwie eine linke Art und Weise, wenn er sich nicht dazu hergibt, weißt du, wie ich das meine, wenn er also aus eigener Initiative ja sagt und findet das gut, empfindet etwas dabei, dann muß er das selbst wissen. Aber in dem Moment, wo er verführt wird, finde ich das link und würde den Mann wahrscheinlich, wenn ich es irgendwie rauskriege, zur Rechenschaft ziehen und würde ihn versuchen, irgendwie davon zu befreien, denn ich weiß genau, wenn man irgendwie zu etwas gezwungen wird, daß man dadurch irgendwie gehandikapt ist und daß es irgendwie immer wieder zum Vorschein kommt.

Fichte: Würdest du den Mann anzeigen?

Sandra: Ich glaube nicht, du, das hat vielleicht hier mit diesem Milieu etwas zu tun, ist nicht unsere Art, irgend jemanden reinzulegen, irgendwie jemanden anzuzeigen, aber das kann ich auch jetzt nicht sagen, weil ich erstensmal noch jung bin, mit diesen Konflikten noch nichts zu tun hatte. Ich weiß nicht, wie ich vielleicht in zwanzig, dreißig Jahren da über diese ganze Sache denke.

Fichte: Wie würdest du dein Kind politisch erziehen?

Sandra: Interessiert mich nicht, ich interessiere mich nicht für Politik.

Fichte: Und religiös?

Sandra: Du, ich bin konfirmiert worden, ich bin getauft worden, aber ich würde mein Kind nicht taufen lassen.

Fichte: Und du würdest auch nicht darauf achten, daß es in die Kirche geht?

Sandra: Nein.

Fichte: Glaubst du . .

Sandra: Nein, ich glaube nicht an Gott, ich glaube zwar an irgend etwas, aber nicht an Gott.

Fichte: An was glaubst du?

Sandra: Ich weiß es nicht. Ich weiß es nicht woran, aber irgendwas ist, ich weiß nicht was, soweit bin ich noch nicht, ich beschäftige mich ab und zu damit, nicht hauptsächlich, aber ab und zu komme ich so auf die Idee, mir da irgendwelche Gedanken darüber zu machen, aber ich komme zu keinem Endpunkt.

Fichte: Ekelst du dich leicht?

Sandra: Nee.

Fichte: Beim Essen auch nicht?

Sandra: Nee, ach was.

Fichte: Hast du Ticks, mußt du immer mit was rumspielen?

Sandra: Ja, ja, immer. Mit Ringen, ich habe also verschiedene Ringe und Ketten und, ja hier zum Beispiel, diesen Faden oder Streichhölzer oder ich muß eine Zigarette in der Hand haben, wenn ich nichts anderes habe.

Fichte: Hast du Komplexe?
Sandra: Ja.
Fichte: Was für welche?
Sandra: Du, nur durch das Anschaffen, weil ich 'ne Tille bin.
Fichte: Das ist das einzige?
Sandra: Ja, und mein dicker Hintern, ja, das ist ein Komplex von mir, das ahnst du nicht, ich ziehe keine lange Hose an, ohne irgendwie eine schicke Weste drüber oder jetzt so diese Kleider drüber, ich würde nie eine Hose tragen, wo nun der Hintern abgemalt ist, trage ich nicht, Hubert. Ich finde das abscheulich, eine Frau braucht es doch nicht unbedingt zu zeigen, was nicht vorteilhaft ist. Das ist nicht vorteilhaft, wenn eine Frau eine gute Figur hat und auf einmal so einen kleinen runden Hintern hat, weißt du, klein und schön, aber der ein bißchen groß ist, was nicht zusammen paßt, paßt nicht zusammen, und um das ganze zu überspielen, da gibt es heutzutage soviel Möglichkeiten in punkto Garderobe, das muß nicht unbedingt sein.
Fichte: Kennst du Verantwortungsgefühl?
Sandra: Ja.
Fichte: Wem gegenüber?
Sandra: Meinen Eltern.
Fichte: Nur deinen Eltern?
Sandra: Ja, und mir selbst.
Fichte: Und einem Freund gegenüber nicht?
Sandra: Nee, ich hab ja keinen. In dem Moment, wenn ich verabredet bin, weiß ich, daß ich da sein muß und da bin ich da, da bin ich auch pünktlich. Ich hätte nun, schau mal, ich hätte nun weiter im Kino sitzen können, aber ich wußte genau, ich bin um acht Uhr verabredet, also gehe ich aus dem Kino raus, setze mich in die Taxe und fahr hierher, weil ich das nun beschissen finde, weil ich nicht gerne auf irgend jemand warte.
Fichte: Was ist deine liebste Farbe?
Sandra: Schwarz.
Fichte: Schwarz?
Sandra: Ja, ich trage wahnsinnig gern schwarz.
Fichte: Bist du bereit, Pflichten zu übernehmen? Wenn du ein Kind hättest zum Beispiel?

Sandra: Ja, das ist auch wieder eine Frage, weil ich erstensmal keine Kinder haben möchte, weil, natürlich irgendwann werden mehrere Pflichten mir gegenüberstehen und die Pflichten, die ich mir aufzwinge, muß ich auch erfüllen.

Fichte: Bist du neidisch?

Sandra: Ab und zu ja.

Fichte: Auf was?

Sandra: Auf Geld. In dem Moment, wo ich Geld habe, kann ich mir doch das erlauben, was andere Leute alles haben.

Fichte: Bist du hochmütig?

Sandra: Das glaube ich nicht.

Fichte: Hast du Angst?

Sandra: Nee.

Fichte: Gelegentlich?

Sandra: Ab und zu, ja, nicht immer, also selten, ganz, ganz selten.

Fichte: Hattest du als Kind Angst?

Sandra: Nee, in den Keller bin ich nie gegangen, da habe ich immer gepfiffen, aber sonst kannte ich keine Angst.

Fichte: Weil es so dunkel war?

Sandra: Ja, ja, genau, weil bei uns immer die Türen auf waren usw., und des öfteren auch da irgendwelche Typen schliefen, deswegen, aber sonst Angstgefühle habe ich nicht.

Fichte: Hast du jetzt noch Angst im Keller?

Sandra: Nee, ach weißt du, das interessiert mich jetzt nicht. Nee, doch, ich gehe nicht alleine in den Keller, nein, nein. Das habe ich jetzt noch gemerkt, als ich zu Hause war, wir haben das ganze Haus unterkellert, ich wollte schauen, ob meine Bluse trocken ist, die hing im Keller unten, zum Trocknen, ich sagte: Mutti, tu mir bitte einen Gefallen, holst mal meine Bluse hoch, ich geh nicht alleine in den Keller, komischerweise, trotz daß ich genau weiß, daß da kein Mensch sein kann. Aber wahrscheinlich ist das irgendwie so ein Schreckgefühl, weißt du, daß da irgend etwas im Dunkeln oder auch, nee, wenn es hell ist, nicht, aber wenn es jetzt dunkel wär, das irgendwie etwas raschelt, da erschreckt man sich im ersten Moment, und das ist keine Angst, das ist irgendwie ein Schreckgefühl, was man eben nicht unbedingt haben muß.

Fichte: Magst du Juden?

Sandra: Du, an sich habe ich gegen diese Leute nichts, ich finde das nur wahnsinnig gräßlich, daß die Leute noch nach so einer langen Zeit vorgezogen werden. Die haben so viele Vorteile, die einem Deutschen überhaupt nicht geboten werden. Die brauchen, wenn sie sich selbständig machen, fünf Jahre keine Steuern zahlen, sie gehen zu irgendwelchen Behörden, sagen, daß sie Juden sind, sie haben jegliche, die können alles, sie können sich alles erlauben.

Fichte: Woher weißt du das?

Sandra: Weil ich in diesem Lokal, wo ich verkehre, das gehört Juden, und dieser Laden, der hätte nun schon so oft auffliegen müssen, was da nun schon alles gebracht worden ist, die Musik ist so laut, daß da also im Umkreis von 100 Meter die Musik noch zu hören ist, weißt du, und da wohnen nun ringsum alles Leute, die Polizei war manchmal am Abend drei-, viermal da, die wollten den Laden schon schließen, und der ist zur Behörde gegangen, zu diesen Ämtern da, und der Laden wird nicht geschlossen, die wissen hundertprozentig, daß da geraucht wird, den Laden schließen sie nicht. Der hatte keine Konzession, dort Ausschank zu führen, das war früher eine Galerie, die hat er einfach als Lokal umgebaut, ohne irgendwelche Erlaubnis, und hat dort ein Tanzlokal rausgemacht, ohne irgendwelche Erlaubnis, und nach vier Monaten sind die irgendwie dahintergekommen, du, der hat keine Strafe, der hat keine Steuern nachzahlen brauchen, nichts. Und das finde ich dermaßen ungerecht, die haben alle Kohle, sag mir einen Juden, der kein Geld hat, die laufen rum, das gibt es gar nicht. Die haben nun die Kohle in der Tasche, die haben nun die Fummel an, die haben Ringe an den Fingern, du, das hältst du gar nicht aus, die können sich alles erlauben, die haben das dicke Auto, die haben tolle Wohnungen, die haben das alles, und nur immer auf diesen . . daß sie Juden sind und daß sie sich nun alles rausnehmen können, und ich finde das eine Ungerechtigkeit, das ist nun so lange her, ich sag es dir, die Deutschen, die lassen sich so verarschen, das geht denen nämlich in ungefähr zehn, zwölf Jahren, wenn nicht schon wesentlich früher genauso.

Fichte: Haßt du Neger?

Sandra: Das ist auch eine schwere Frage, wenn ich irgend jemand nett finde, wenn es nicht gerade ein Prolet ist, tanze ich gerne mit ihm, unterhalte ich mich mit ihm, aber ich habe nun nicht das Gefühl, daß ich mit solch einem Mann ins Bett gehen muß.

Fichte: Du bist noch nie mit einem Neger im Bett gewesen?

Sandra: Nee.

Fichte: Hast du was gegen Gammler?

Sandra: Überhaupt nicht, das finde ich witzig, ja.

Fichte: Und Rocker?

Sandra: Kann ich nun überhaupt nicht drauf, o Gott, hab ich noch nie, auch nie, als ich so vierzehn war, da war das zur Zeit noch uptodate, konnt ich nicht drauf, nee, da hab ich mich schon für Männer mit Autos interessiert, also die Tour habe ich nicht mitgemacht, auf Moped und so weiter, oder irgendwo im Park dann treffen usw., das war nicht so mein . .

Fichte: Glaubst du nun, daß du eins der hübschesten Mädchen von St. Pauli bist?

Sandra: Nein, um Gottes willen.

Fichte: Aber begehrt bist du?

Sandra: Ja, möchte ich sagen.

Fichte: Du hast viele Freunde?

Sandra: Ja, wahnsinnig viele.

Fichte: Was sind das für Leute?

Sandra: Du, ganz verschieden, aus allen möglichen Kategorien, also es ist so verschieden, Studenten, Typen, die nicht arbeiten, Typen, die irgendwie eine Freundin haben, die ein bißchen anschaffen geht, aber im Grunde genommen nicht die Krumme machen, sondern die sich eben gut verstehen, alles mögliche, was du dir nur so vorstellen kannst, Geschäftsleute und also alle Leute.

Fichte: Hast du lieber Männer zum Freund oder Frauen?

Sandra: Männer. Ich bin nur immer mit Männern zusammen, komischerweise.

Fichte: Aber Mauli war doch mal deine Freundin.

Sandra: Ja, ich häng auch jetzt noch an ihr, aber ich finde das ein bißchen dumm von ihr, wie sie sich verhält, das ist aber ihre Sache, das muß sie selbst wissen.

Fichte: Arbeitest du gerne?
Sandra: Nee.
Fichte: Also du würdest, wenn du das hier aufgibst, was suchen, wo du nicht so viel arbeiten mußt?
Sandra: Genau, ja, ich würde mir möglichst einen bequemen Job aussuchen.
Fichte: Würdest du sagen, daß du faul bist?
Sandra: Nein, nicht unbedingt, wenn ich muß, muß ich, aber man verbindet ja das Angenehme mit dem Nützlichen.
Fichte: Wie ist dein Verhältnis zu Tieren?
Sandra: Du, ich finde jedes Tier hübsch, egal ob es eine Promenadenmischung . .
Fichte: Auch Schlangen?
Sandra: Du, ich habe nichts gegen Schlangen, ich fasse sie auch an, so ist es nicht. Das einzige, was ich nicht mag, sind Ratten und Mäuse, das sind also häßliche Tiere, und Goldhamster erinnern mich zu sehr dran, fasse ich aber auch an, ich fasse auch Mäuse an, aber in dem Moment . .
Fichte: Aber Ratten nicht?
Sandra: O Gott, nein, da ist nicht dran zu denken.
Fichte: Und wenn nun eine Ratte oder eine Maus durchs Zimmer läuft, springst du dann auf den Tisch?
Sandra: Wahrscheinlich, ja.
Fichte: Du hältst dir selbst einen Hund.
Sandra: Ja, ja, das ist mein Goldstück.
Fichte: Möchtest du gerne Fremdsprachen sprechen?
Sandra: Ja, du, ich möchte wahnsinnig gern Englisch und Französisch können.
Fichte: Und lernst du es?
Sandra: Du, ich bemühe mich, etwas Englisch zu lernen, aber es ist, wie gesagt, die Gelegenheit ist zu gering. Ich könnte nun irgendeinen Abendkurs besuchen, aber das ist schön und gut, das wäre gut, wenn ich es machen würde, aber man ist zu träge.
Fichte: Lebst du gerne?
Sandra: Ja, furchtbar gerne.
Fichte: Hast du an Selbstmord gedacht?
Sandra: Noch nie.

Fichte: Was hältst du vom Selbstmörder?
Sandra: Du, das muß jeder selbst wissen.
Fichte: Würdest du jemand helfen, der Selbstmord begeht?
Sandra: Ja, ich würde ihn versuchen davon abzuhalten.
Fichte: Hast du Angst vor dem Tod?
Sandra: Ja, ja, aber nicht wegen mir, sondern ich habe mich schon ein paarmal damit befaßt, was ich wohl machen würde, wenn ich irgendwann mal erfahren würde, daß ein Familienmitglied irgendwie tödlich verunglückt oder gestorben ist. Also angenommen, ich bekäme jetzt Bescheid, daß meinen Eltern irgendwie was passiert ist, ich glaube, ich würde wahnsinnig, oder meinen Geschwistern, also das ist das, womit ich mich am meisten befasse, noch nicht einmal mit mir selbst, sondern nur so in dem Moment, wenn das irgendwie auf mich zukommen würde, ich glaube, das wäre gräßlich.
Fichte: Hast du schon mal jemanden sterben sehen?
Sandra: Nein.
Fichte: Gehst du nachts über den Friedhof?
Sandra: Mit mehreren Leuten wahrscheinlich, ja, aber alleine auf keinen Fall. Ich gehe auch nicht gerne alleine so, ich weiß auch nicht, wie das kommt.
Fichte: Und wenn dein bester Freund einen Mord begangen hätte, würdest du ihm helfen?
Sandra: O, das ist eine schwere Frage. Weißt du, ich habe keinen Freund, ich bin noch nie in diese Situation gekommen, und ich kann das nicht beurteilen, da mußt du vor die Tatsache gestellt werden, in dem Moment kannst du das beurteilen, aber wenn du da noch nie irgendwie Kontakt mit hattest, befaßt man sich auch nicht mit den Dingen, und weil ich nun nicht so ein Verhältnis zu irgend jemand habe, daß ich mit ihm nun wirklich alles machen würde, deswegen, irgendwann wird das mal kommen, daß ich vor diese, vielleicht auch nicht, daß irgendwie die Gelegenheit da ist, daß ich da mal mit geprüft werde, oder daß ich da mal in irgendeine solche Situation gestellt werde.
Fichte: Könntest du einen Mord begehen?
Sandra: Nee.
Fichte: Bist du cholerisch?

Sandra: Nein.
Fichte: Was war dein angenehmstes Erlebnis?
Sandra: Mein angenehmstes Erlebnis? Du, ich habe laufend schöne Erlebnisse.
Fichte: Und dein unangenehmstes Erlebnis?
Sandra: Da kann ich nicht drüber sprechen.
Fichte: Das war, als du vergewaltigt worden bist?
Sandra: Das bin ich nicht, wohlgemerkt.
Fichte: Wie sollte ein Mann deiner Meinung nach sein?
Sandra: Du, er muß etwas darstellen, er braucht nicht schön sein, er muß nur etwas darstellen, er muß ein Typ sein, in dem Moment, wo er ein Typ ist, ist er akzeptiert, in dem Moment, wo er kein Typ ist, ist er uninteressant.
Fichte: Und wie sollte eine Frau sein?
Sandra: Auch ein Typ, es ist nur typbedingt, also in dem Moment, wo eine Frau oder ein Mann ein Typ darstellt, dann leisten sie etwas, dann sind sie etwas, dann finde ich sie gut.
Fichte: Was hälst du von der Polizei?
Sandra: Du, die Typen, die kann ich nun nicht ab, will ich nicht sagen, aber ich habe mit diesen Leuten noch nie etwas zu tun gehabt, und ich versuche das auch möglichst zu umgehen.
Fichte: Glaubst du, daß auf deutschen Polizeikommissariaten geschlagen wird?
Sandra: Könnt es mir vorstellen.
Fichte: Ist eine Frau in der Bundesrepublik gleichberechtigt?
Sandra: Nein. Sie darf zwar wählen, sie darf alles machen, was die Männer auch haben, aber im Grunde genommen hat sie nicht die Gleichberechtigung, weil der Mann die Frau trotzdem immer wieder unterdrückt.
Fichte: Wodurch?
Sandra: Ja, in dem Moment, wenn er mit ihr verheiratet ist, macht er ihr Vorschriften; wenn sie befreundet sind, kriegt sie schon Vorschriften gemacht: ja, du kannst nicht mit irgend jemand schlafen gehen, das Recht bleibt nur mir und so weiter und so fort.
Ficht: Du glaubst, die Frau sollte gleichberechtigt sein?
Sandra: Du, ich bin es, und jede Frau, die es will, die ist es auch.

Fichte: Liebst du dieses Zimmer hier?

Sandra: Ja, ich finde es gut, ich liebe es nicht, ich möchte es lieber nicht haben und lieber irgendwo anders, aber wenn ich, angenommen dieses Zimmer, so wie es ist, Gelegenheit hätte, dieses Zimmer mitzunehmen irgendwie in eine andere Gegend und nicht gerade hier, würde ich mir das schon so lassen, vorläufig jedenfalls.

Fichte: Du hast es dir selbst eingerichtet.

Sandra: Nicht selbst eingerichtet, sondern ich habe es mir selbst so gemacht, also die Möbelstücke gehören nicht mir, sondern ich habe mir das lediglich alles so ein bißchen umgebaut.

Fichte: Und die Sessel gefallen dir?

Sandra: Nee, die gefallen mir überhaupt nicht. Die Sessel, die kämen nun als erstes wieder raus, wenn ich also die Möglichkeit hätte, aber so in der Art, die Farbe, wie ich das anstreichen lassen würde, das ist so das, was ich liebe, das Grün, das beruhigt so wahnsinnig, denn weiße Möbel finde ich wahnsinnig schön, dann mag ich keinen Kitsch, sondern sachlich und bequeme und nützliche Dinge. Also ich finde alles, was unnütz ist, was zuviel ist, was Staub fängt, finde ich schlimm, und alles was so praktisch wie möglich, also nicht irgendwie mit Tütel und Rüschen und Tralala, sondern so bequem wie möglich. Ich würde also meine Wohnung wahnsinnig modern einrichten.

Fichte: Wir haben uns jetzt fast drei Stunden unterhalten, hast du während dieses Interviews das Gefühl gehabt, daß ich dich so gegen die Wand drücke mit meinen Fragen?

Sandra: Nein, in dem Moment, wenn ich auf irgend etwas nicht antworten will, dann tu ich das nicht, ich fühle mich keineswegs eingeengt durch diese Fragen, weil ich sowieso von Haus aus ein Typ bin, der sehr offen und ehrlich ist, also das, was mir auf der Zunge liegt, das erzähle ich. Du, ich hoffe, ich hoffe, daß das Interview sehr viele Leute hören werden.

Fichte: Warum?

Sandra: Ja, ich weiß es nicht, weil die meisten Leute eine ganz andere Vorstellung von uns haben, das ist noch diese Kindergeschichte, die ihnen erzählt wird, daß das was ganz Schlimmes, Böses ist, was wir machen, und ich finde das schlimm, wenn

Leute sich in dieses einzwängen, wenn sie gar nicht aus diesen Vorstellungen herauswollen, keiner gibt sich die Mühe, da richtig mal darüber nachzudenken, daß es im Grunde genommen nicht so schlimm ist, in jeder Zeitung ist eine Nutte was ganz Mieses, in jedem Film ist sie was Mieses, überall wird sie nur mies gemacht, sie wird überall mies gemacht, es ist ein ganz niederer Mensch, das niedrigste, was es überhaupt gibt, und die Leute wollen sich gar nicht damit befassen, die sind nur wahnsinnig wißbegierig, in einer Zeitung irgend etwas Linkes darüber zu lesen.

Gunda

Sommer 1969

Fichte: Gunda, wie alt bist du?

Gunda: 26 Jahre.

Fichte: Und womit verdienst du dein Geld?

Gunda: Ja, womit? Momentan möchte ich es nicht ganz kraß sagen, ich habe eine Freundin, und die gibt mir hin und wieder etwas Geld.

Fichte: Mit der bist du fest befreundet.

Gunda: Ja.

Fichte: Also du machst lesbische Prostitution?

Gunda: So kann man das auch nennen, ja.

Fichte: Kriegst du von ihr jeden Monat eine bestimmte Summe?

Gunda: Nein, sie gibt mir jeden Tag, je nachdem, was sie vermutet, was ich brauche, nicht der Liebe entsprechend oder so, je nachdem, was ich brauche, sagt sie, das brauchst du zum Essen, und das sollst du zum Leben haben, nimm es. Es ist zwar unangenehm, es zu nehmen, aber sie steckt mir das in die Tasche und dann nehm ich es.

Fichte: Deshalb bist du auch nicht gezwungen, anders zu arbeiten.

Gunda: Eben.

Fichte: Ist es eine ältere Frau?

Gunda: Nein, das ist eine jüngere.

Fichte: Hast du zu ihr nun irgendein Liebesverhältnis oder . .

Gunda: Ja, wir kennen uns jetzt ein halbes Jahr, und wir haben versucht, kameradschaftlich auseinanderzukommen, also zusammenzukommen, und aus dieser Kameradschaft wurde Ernst und allmählich entstand Liebe dadurch, glaube ich, von meiner Seite aus, von ihr, da sie im Puff ist, da sie das irgendwie so verlangt oder so haben muß, ich weiß es nicht, da ist sie eben darauf aus, einen Menschen zu besitzen, ihn zu bezahlen, ihn zu bedienen, mir ist es manchmal peinlich, aber was soll ich machen, ich mag das Geld nicht immer annehmen.

Fichte: Hat dieses Mädchen einen Zuhälter?

Gunda: Nein, hat sie nicht.

Fichte: Bist du also derjenige, der sie wie ein Zuhälter morgens tröstet, wenn sie nach Hause kommt, der sie vielleicht auch ein bißchen beschützt und aufpaßt, daß alles klargeht?

Gunda: Ja, so ungefähr kann man das auch nennen, ja, das kann so sein.

Fichte: Du hast also in letzter Zeit im Puff, also in einem Mädchenwohnheim auch als Wirtschafterin gearbeitet, und was hast du da im Monat verdient?

Gunda: Ja, was habe ich da verdient? Das war nicht allzu hoch, das kam auf die Getränke drauf an und das meiste war natürlich Tipp von den Mädels.

Fichte: Einen Durchschnitt kannst du da nur schwer angeben.

Gunda: Im Durchschnitt, 300 bis 400 Mark, am Tag, wollen wir mal sagen, vielleicht bis 200 Mark, 150, 180 bis 200.

Fichte: Was mußtest du dafür machen?

Gunda: Ja, dafür mußte ich die Getränke hinbringen ins Zimmer, Kaffee ausschenken, nett sein, lächeln, auch wenn es einem nicht danach zumute ist.

Fichte: Mußtest du auch Mädchen für den Puff besorgen oder gehörte das nicht dazu?

Gunda: Nein, nein, das mußte ich auch, allerdings, ich sollte, da hat der Chef gesagt, ich sollte allerdings Mädchen irgendwie auftreiben, und da hat er zu mir gesagt, geh mal los, besorg mal paar, du bist Wirtschafterin und als Wirtschafterin oder so, da mußt du das irgendwie verantworten können, daß du Mädels bringst, die Türme sind leer, und das mußt du. Ich sage, Wolli, als Frau ist das schlimm, allzu schlimm nicht, aber schwer. Menschenskind, welches normale Mädchen gibt sich schon für ein anderes Mädel her. Und da sagt er, ja gut, und so, das ist schwer, und da habe ich gesagt, das kann ich nicht, und da hat er eben zu mir gesagt, ja, dann geht es eben nicht.

Fichte: Hast du die Idee gehabt, daß du selbst auf den Strich gehst?

Gunda: Ja, aber nur aus dem Grunde, weil ich meiner Freundin, mit der ich befreundet bin, zu beweisen, daß ich nicht zu schön, das nicht, aber sie hat es mir mal selbst wörtlich gesagt, daß ich zu schön und zu fein bin, um dieses auszuführen, und das möchte ich mal beweisen.

Fichte: Du hast es also nur getan in diesem halben Jahr, als du schon mit deiner Freundin zusammen warst.

Gunda: Ich habe es versucht, sicher, ich habe getrunken, ich habe Captagon genommen, ich wollte mich selbst davon überzeugen, daß ich das kann, und ich habe es mir eingeredet, habe zu Hause gesessen, habe Fernsehen geguckt, ich habe gar nichts gesehen, ich habe nur immer an Helga gedacht, und ich weiß nicht, ich konnte es nicht, ich habe es versucht, ich bringe es nicht fertig. Ich möchte es gerne, um mir mal zu beweisen, daß ich es auch kann, daß ich nicht von ihr leben muß.

Fichte: Wirst du dich nun noch lange von ihr ernähren lassen, oder hast du die Absicht, jetzt in der nächsten Zeit selbst irgend etwas anderes zu tun?

Gunda: Nun, ich habe vor, irgendwie etwas zu tun, damit ich beweisen kann, daß ich nicht von ihr abhängig bin, aber es ist schwer, weil man, ich habe schon viel erlebt, ich weiß nicht, ob ich das sagen kann, daß ich schon im Gefängnis war und sehr lange, und Menschen, die im Gefängnis waren, die nimmt man ungern auf, und das sind irgendwie Hemmungen von mir, ich weiß nicht. Wenn ich irgendwo hingehe und sage so und so, dann sträubt man sich irgendwie dagegen oder man versucht es und bis zu einem bestimmten Tag und dann hängt man doch wieder da.

Fichte: Hast du jetzt im Moment noch andere Frauen, die dir etwas bezahlen, oder kennst du andere Frauen, die dir was bezahlen würden?

Gunda: Ich kenne viele, ja, die würden darauf warten, daß ich komme, aber ich bevorzuge sie nicht, ich möchte das nicht, ich möchte wirklich nicht von anderen abhängig sein, um zu sagen, mein Gott, bei anderen zu prahlen in diesen gewissen Kreisen, mein Gott noch mal, ja, ich habe eine, die geht auf den Strich und so, ich möchte davon nicht abhängig sein, wirklich nicht. Es ist komisch, ich möchte wirklich allein was auf die Beine stellen, irgendwie was machen und, damit ich beweisen kann, ich kann auch, wirklich.

Fichte: Wird das auf St. Pauli sein oder würde das sogar in einer ganz bürgerlichen Umgebung sein?

Gunda: Ja, das kann ganz woanders sein, das braucht nicht direkt Hamburg zu sein, nämlich Hamburg allein, da verfällt man immer wieder, da lernt man Typen kennen, die kann man auch mal gern haben, wenn es für ein oder zwei Tage ist, aber ich möchte doch wieder nach Kiel zurück zu meiner Mutter, ganz bürgerlich irgendwie etwas anfangen, was ich getan habe, es ist egal, wenn ich Büro scheuern muß oder als Tierpflegerin oder was, das ist uninteressant, irgendwie was.

Fichte: In der nächsten Zeit?

Gunda: O doch, ich glaube, ja, um nur meiner Freundin zu beweisen, daß ich anders kann.

Fichte: Deine Freundin gibt dir also dasjenige, was du zum Leben brauchst. Du kannst dir von dem Geld ein Zimmer leisten. Du wohnst, glaube ich, in Untermiete . .

Gunda: Ja . .

Fichte: . . und du kannst dich ernähren, gehst mit ihr essen, sie bezahlt, und sie gibt dir Taschengeld.

Gunda: Ja.

Fichte: Ich nehme an, das wird so um die 50 Mark am Tag sein. Du sagtest, du hättest bis zu 200 Mark hier im, als Wirtschafterin verdient, dann hast du aufgehört, weil dich das vielleicht etwas angeödet hat, Mädchen aufzureißen.

Gunda: Nervlich hat mich das kaputt gemacht . .

Fichte: Was machst du mit deinem Geld, hast du ein Sparkonto?

Gunda: Nein, das habe ich nicht, ich habe noch nie daran gedacht.

Fichte: Wirst du mal was erben?

Gunda: Ja, ich habe meine Oma, die ist verstorben, schon vor sechs Jahren, und die hat etwas Geld hinterlegt, das ist eine ganz schöne Summe, aber die hat zu ihrer eigenen Tochter, also zu meiner Mutter gesagt, wenn Gunda einmal heiratet, dann soll sie das Geld haben, und da ich nicht heirate, weil ich das einfach nicht kann, ich möchte schon, aber ich kann es einfach nicht.

Fichte: Und deshalb kommst du also an dieses Geld nicht ran.

Gunda: Eben, so ist es.

Fichte: Wenn deine Freundin nach Hause kommt, geht ihr dann zu dir?

Gunda: Nein, das ist sehr selten. Meine Freundin, die fängt abends um elf an zu arbeiten und macht Schluß, dann rufe ich sie an und dann gehe ich zu ihr zum Schlafen.

Fichte: Kochst du oder kocht sie?

Gunda: Das kommt darauf an, wenn sie bei mir ist, dann kocht sie, oder ich mal wieder, aber dann hat sie immer was auszusetzen, ich kann nämlich nicht richtig kochen, ich kann lieber besser saubermachen.

Fichte: Du würdest dich also nicht als gute Hausfrau bezeichnen.

Gunda: Nein, das nicht, nein.

Fichte: Was ißt du gerne?

Gunda: Ja, das ist das einzige, was meine Freundin ewig zu bemäkeln hat. Ich esse gerne Erbsensuppe, ich esse gerne Eisbein mit Sauerkraut, Bauernfrühstück, Schweinebraten und Rotkohl. Egal, wo wir hingehen, wir gehen irgendwo essen, sie ißt Paprikaschoten oder wer weiß was oder Chinesisch irgendwo, aber ich esse Bauernfrühstück, Erbsensuppe, und das ist ewig das gleiche, und das langweilt mich dermaßen, weil sie nicht mal selbst kochen kann.

Fichte: Also du wünschst dir eine Frau, die dich richtig bekocht wie einen Mann.

Gunda: Ja.

Fichte: Du wohnst im Moment in Untermiete, ist das nicht in deiner Situation hinderlich?

Gunda: Ja, das ist nicht ganz richtig, aber irgendwie ist es doch schön, ich meine, man kann nicht tun, was man möchte, sicher, man kann sich gern haben, man kann alles tun, man kann sich gehenlassen, aber das ist doch nicht so schön, man möchte richtig frei sein, von allen Menschen nicht abhängig sein, abhängig zu sein und fragen, darf ich mal kochen, darf ich mal baden und Geld hinzulegen, das ist dumm.

Fichte: Was bezahlst du an Miete?

Gunda: 130 Mark.

Fichte: Und wie würdest du wohnen mögen? In einer Wohnung, in einer Eigentumswohnung oder in einem eigenen Haus?

Gunda: Nein, ich möchte außerhalb, einen kleinen Park ringsum und Wiesen und kleine Tierchen haben und wirklich so, ein bißchen ländlich meinetwegen, aber nicht jeden Tag Kuhstall ausmisten müssen oder was, das macht mir gar nichts aus, wirklich nichts, ich liebe das eben.

Fichte: Gibst du viel Geld für Kleidung aus?
Gunda: Nein, das nicht.
Fichte: Also du hast keine großen Ansprüche, Kleider, neue Mäntel.
Gunda: Nein, um Himmels willen, nein, nein.
Fichte: Wie ziehst du dich am liebsten an?
Gunda: Sportlich, lange Hosen, Pullover, Hemden . .
Fichte: Brauchst du viel Parfums?
Gunda: Ja, aber keine weiblichen, nur Prestige, also männliche Parfums.
Fichte: Und welche noch?
Gunda: Prestige, Russisch Leder, Hatric, was es da alles gibt an Männersachen.
Fichte: Schminkst du dich?
Gunda: Nein.
Fichte: Lehnst du auch strikt ab?
Gunda: Ja, das mag ich nicht.
Fichte: Gibst du Geld für Perücken oder für Haarfärben aus?
Gunda: O nein, nein.
Fichte: Für den Friseur?
Gunda: Auch nicht.
Fichte: Schneidest du selber die Haare?
Gunda: Mach ich lieber selber, und wenn ich sie verschneide, ja.
Fichte: Trinkst du viel Alkohol?
Gunda: O ja, wenn ich Kummer habe, sehr viel.
Fichte: Und was trinkst du?
Gunda: Was man findet, Bier, Rum, Korn, alles, alles mögliche.
Fichte: Und das trinkst du gern?
Gunda: Nein, ich trinke das nicht gerne, aber ich trinke deswegen, um irgend etwas zu vertuschen.
Fichte: Und was nennst du viel trinken?
Gunda: Ja, was nenne ich viel trinken?
Fichte: Wann glaubst du, du hast viel getrunken, wieviel Korn sind das?
Gunda: Ja, fünfzehn, zwanzig Stück.
Fichte: Was würdest du am liebsten trinken?
Gunda: Am liebsten Whisky.

Fichte: Sekt?
Gunda: Oder Sekt auch, ja.
Fichte: Rauchst du viel?
Gunda: O ja.
Fichte: Mit Filter, ohne Filter?
Gunda: Mit und ohne, das ist egal, je nachdem, was man mir anbietet.
Fichte: Und ziehst du blonde oder dunkle Zigaretten vor?
Gunda: Das ist mir ganz egal. Mal Lux, mal Rote Hand.
Fichte: Nimmst du Rauschgift?
Gunda: O ja, ich habe es versucht, und ich finde das sehr schön, ich weiß nicht was, man fühlt sich frei, man fühlt sich enthemmt, also man fühlt sich nicht gehemmt, man hat keine Hemmungen, man hat gar nichts, man gibt sich eben so, wie man ist. Ich meine, man spinnt sehr viel dabei, aber man findet sich schön.
Fichte: Was hast du versucht?
Gunda: Inwiefern versucht?
Fichte: Marihuana oder Haschisch . .
Gunda: Hasch.
Fichte: Hasch, nie LSD.
Gunda: Nein, noch nie.
Fichte: Heroin oder Opium auch nicht?
Gunda: Auch nicht, nein. Nur Hasch, ja.
Fichte: Und das hat auf dich eine befreiende, beruhigende Wirkung.
Gunda: Ja.
Fichte: Hast du irgendwelche Nachwirkungen empfunden?
Gunda: Nein, das nicht, ich habe nur, wie ich Hasch geraucht habe, habe ich das Verlangen gehabt, irgendwie meine Freundin anzufassen, und ich habe das Gefühl gehabt, wirklich das Verlangen, das feste, und habe mir vorgenommen, und ich konnte es einfach nicht schaffen, weil ich kaputt und schlapp war.
Fichte: Hattest du das Gefühl, daß es deine Libido steigert oder daß es sie etwas bremst?
Gunda: Nein, es hat gesteigert.
Fichte: Glaubst du, daß man vom Haschisch abhängig werden kann?

Gunda: Doch, ich glaub schon, doch ja.
Fichte: Nimmst du es regelmäßig?
Gunda: Nein, das ist sehr unregelmäßig, möchte ich sagen.
Fichte: Bist du versichert?
Gunda: Nein.
Fichte: Auch keine Lebensversicherung?
Gunda: Nein.
Fichte: Auch nicht in der Krankenkasse?
Gunda: Auch nicht.
Fichte: Gibst du Geld für Schallplatten aus?
Gunda: O ja.
Fichte: Was sind deine liebsten Platten?
Gunda: Die Rolling Stones, und so einzelne Sängerinnen, da gibt es nicht viel zu sagen.
Fichte: Hast du auch klassische Musik gern?
Gunda: O ja.
Fichte: Was?
Gunda: Beethoven, Mozart, das kommt immer auf die Stimmung drauf an, die man hat. Ich höre es ganz gern.
Fichte: Wenn du jetzt auf eine einsame Insel sieben Platten mitnehmen dürftest, welche wären das?
Gunda: Ja, das wär erst einmal klassische Musik, etwas Beat, da ist ja nur eine Platte dabei, aber sonst nur klassische Musik.
Fichte: Und Beethoven?
Gunda: Beethoven, ja.
Fichte: Mozart?
Gunda: Mozart auch.
Fichte: Und Bach?
Gunda: Bach nicht, nein. Da gibt es noch einen, ich glaube Chopin.
Fichte: Gehst du oft ins Kino?
Gunda: O ja.
Fichte: Und was siehst du dir da an?
Gunda: Wildwestfilme.
Fichte: Welche, die harten, die italienischen?
Gunda: Die richtigen Knüller. Ja, nicht um daraus zu lernen, nur so, weil mich das irgendwie interessiert, wie die Menschen handeln.

Fichte: Gehst du gern ins Theater?
Gunda: O nein, das war ich noch nie in meinem Leben.
Fichte: Du warst noch nie in deinem Leben im Theater?
Gunda: Nein.
Fichte: In der Oper?
Gunda: Auch nicht.
Fichte: Nie in deinem Leben?
Gunda: Nein.
Fichte: In einem Konzert?
Gunda: Auch nicht.
Fichte: Aber du interessierst dich doch sehr dafür?
Gunda: Ich interessiere mich dafür, aber das sind meine Hemmungen, ich weiß nicht warum, aber anscheinend, weil ich Hosen trage, wie die Leute reagieren, wenn sie das sehen, die Dame trägt einen Anzug, hat einen Busen, das sind die Hemmungen, die gewissen, das kann ich nicht.
Fichte: Wie lange hast du diese Hemmungen?
Gunda: Ach, sehr lange, wie lange, ein paar Jahre schon.
Fichte: Siehst du regelmäßig fern?
Gunda: O ja.
Fichte: Was interessiert dich da am meisten?
Gunda: Ja, ich höre alles mögliche an, was kommt. Ich sehe mir jeden Film an, manchmal kann ich mich nicht dafür begeistern, manchmal finde ich das langweilig, ist nicht interessant genug.
Fichte: Hörst du auch politische Sendungen?
Gunda: Nein.
Fichte: Bist du in einem Verein?
Gunda: Nein.
Fichte: Auch nicht Sportverein, Ruderverein?
Gunda: Auch nicht, nein. Das war ich früher als Kind mit dreizehn, vierzehn Jahren.
Fichte: FKK?
Gunda: Auch nicht.
Fichte: Reist du gerne?
Gunda: Ja, ich möchte schon, aber das Geld dazu habe ich nicht momentan, und so rumschlawienern, das kann man auch nicht.
Fichte: Bist du schon viel rumgekommen?

Gunda: Ja, was heißt viel? Ich war in Frankfurt, ich war in München, ich war in Paris, ich hab die Leute kennengelernt, aber das heißt nicht viel rumgekommen.

Fichte: Wo möchtest du gerne hinreisen?

Gunda: Ich möchte mal nach Schweden, um wirklich frei zu sein, und alles tun, was man eben, zu was man Lust hat.

Fichte: Spielst du Glücksspiele?

Gunda: Nein.

Fichte: Hast du irgendwelche Hobbies?

Gunda: Ja, Hobbies habe ich schon, reiten, was ist noch, Kino gehen, schreiben, selbst Gedichte schreiben, zeichnen, malen, das ist das gleiche.

Fichte: Hast du schon mal Männer bezahlt, daß sie mit dir ins Bett gehen?

Gunda: O nein.

Fichte: Würdest du auch nicht tun?

Gunda: Würde ich auch nicht tun, nein.

Fichte: Was für Gedichte schreibst du?

Gunda: Ja, das kann man auch als tragische Gedichte ausdeuten.

Fichte: Sind sie gereimt?

Gunda: Ja, zum Schlußeffekt reimt sich das immer.

Fichte: Achtest du besonders auf den Rhythmus?

Gunda: Nein, nicht, das ist manchmal kreuz und quer. Also je nachdem, was mir manchmal in den Kopf kommt, das schreibe ich alles nieder, und dann zum Schluß finde ich das selber sehr gut, andere Menschen denken, mein Gott, die ist verrückt, die hat nicht alle sieben Sinne beieinander, aber ich finde, das ist gut.

Fichte: Was sind die Themen deiner Gedichte?

Gunda: Na ja, das ist eigenartig, das kommt immer wieder auf die Liebe drauf raus.

Fichte: Liebe unter Frauen?

Gunda: Ja, Liebe unter Frauen.

Fichte: Das sind keine fröhlichen Gedichte?

Gunda: Nein, sehr traurig, möchte ich manchmal sagen, wirklich.

Fichte: Warum sagst du: Das, was ich jetzt geschrieben habe, ist ein Gedicht?

Gunda: Weil ich mir das vielleicht selbst einbilde, das ist vielleicht kein Gedicht, sondern eine kleine Niederschrift, die ich da schreibe, aber wenn ich mir das selber durchlese, dann bilde ich mir dabei so viel ein, daß ich sage, das ist ein Gedicht, das müssen die Leute als ein Gedicht ansehen.

Fichte: Kannst du eines deiner Gedichte auswendig?

Gunda: Nein, leider nicht. Das schreibe ich nieder und denke mir weiter nichts dabei, nur wenn ich mir das selber wieder zur Hand nehme.

Fichte: Eine Art Tagebuch?

Gunda: So ungefähr.

Fichte: Schreibst du sehr regelmäßig?

Gunda: O ja.

Fichte: Täglich?

Gunda: Ja.

Fichte: Liest du viel?

Gunda: Ach nein, das kann ich nicht sagen, nein.

Fichte: Liest du jeden Tag eine Zeitung?

Gunda: Hin und wieder mal, und was steht schon in der Bild-Zeitung drin oder in der Morgenpost oder was, das interessiert mich alles nicht.

Fichte: Was ist deine liebste Beschäftigung?

Gunda: Meine liebste Beschäftigung ist spazierengehen, durch die Wälder streunen.

Fichte: Alleine?

Gunda: Alleine, ja, und wenn ich einen kleinen Hund dabei habe, ist es auch sehr schön.

Fichte: Es ist dir lieber, alleine spazierenzugehen als mit einer sehr guten Freundin?

Gunda: Ja, eine sehr gute Freundin, da kann man erzählen und machen und tun und zeigen und alleine ist es schöner, weil man da besser denken kann, und das ist wirklich schöner.

Fichte: Wo und wann bist du geboren?

Gunda: Ich bin am 18. 9. 42 in Wilhelmshaven, Kreis Sanderbusch, geboren.

Fichte: Was war dein Vater?

Gunda: Mein Vater war Oberstabsmaschinist bei der Marine früher, der ist 45 verstorben, und ich weiß weiter nichts über ihn.

Fichte: Und deine Mutter?
Gunda: Meine Mutter, die hat mich, wie ich neun Jahre alt war, hat sie mich zum erstenmal ins Heim geschickt, weil ich angeblich schwer erziehbar war, und das will mir nicht in den Kopf, daß ein Mensch mit neun Jahren schwer erziehbar ist, sie wollte mich anscheinend loswerden, und da bin ich ins Heim gekommen.
Fichte: Bist du das einzige Kind?
Gunda: Nein, ich habe noch zwei Geschwister.
Fichte: Womit verdiente deine Mutter den Lebensunterhalt?
Gunda: Ja, womit, sie war damals . . da muß ich mal überlegen . . war sie ja noch verheiratet, und wie sie Witwe war, da war ich ja schon im Heim, da hat sie regelmäßig den Heimaufenthalt bezahlt, hat sich wenig um mich gekümmert, ich war ihr also vollkommen gleich, sie hat mich hin und wieder mal besucht.
Fichte: Hattest du Kontakt zu deinen Geschwistern?
Gunda: Nein, auch nicht.
Fichte: Du bist dort wie lange geblieben?
Gunda: Bis zu meinem neunzehnten Lebensjahr.
Fichte: Zehn Jahre warst du in einem Heim für schwererziehbare Kinder.
Gunda: Ja.
Fichte: Hattest du in diesem Heim Schulbildung?
Gunda: Ja, habe ich auch. Ich wurde nach dem neunten, warte mal, ich bin neun Jahre zur Volksschule gegangen, und da wurde ich entlassen, und bin dann in eine Heimlehre gekommen . .
Fichte: Ja, was hast du da gelernt?
Gunda: Verkäuferin in einer Schlachterei, und das gefiel mir nicht dermaßen . .
Fichte: Lerntest du Verkäuferin?
Gunda: Verkäuferin in einer Schlachterei.
Fichte: Du lebtest aber noch im Heim.
Gunda: Ja.
Fichte: Und gingst zur Verkäuferinnenlehre . .
Gunda: . . in eine Schlachterei.
Fichte: Das mochtest du nicht?

Gunda: Nein, das mochte ich nicht, aus dem Grunde, weil man mir vorgehalten hat, vor anderen Kunden, daß ich aus dem Heim komme, daß ich unehrlich bin und so weiter und so fort, das ging mir allmählich über und deswegen bin ich da weggelaufen . .

Fichte: Mit wieviel Jahren?

Gunda: Ja, wie alt war ich da, Moment mal, da muß ich überlegen . . Siebzehn, sechzehn.

Fichte: Wohin?

Gunda: Nach Frankfurt.

Fichte: Und was hast du dann gemacht?

Gunda: Ja, in Frankfurt habe ich Frauen kennengelernt, habe mit denen zusammen gelebt und habe mir eingebildet, das ist die große Liebe, habe von den Mädels gelebt, was sie mir zugesteckt haben, von da aus bin ich wieder nach Hamburg, und so ging es immer weiter.

Fichte: Wie sind deine Erinnerungen an das Heim?

Gunda: Ach, wiederum war das schön, weil man da, da hatte man Tanzabende, man hatte Klub-Abende, wo man machen konnte, was man wollte, schreiben, tanzen, egal, malen, das war manchmal schön. Aber dieses ewige Rumtreiben, man muß dies tun, man muß jenes tun, das fiel mir wirklich doch, das war schwer.

Fichte: Wurdet ihr sehr hart angefaßt in dem Heim?

Gunda: Nein, das nicht, wir wurden nur bestraft, wenn wir irgend etwas nicht befolgt hatten.

Fichte: Wie waren die Strafen?

Gunda: Ach ja, wie waren die Strafen, man kam in Einzelhaft, man mußte alleine schlafen.

Fichte: Einzelhaft, oder mußtest du nur alleine schlafen?

Gunda: Ja, wirklich Einzelhaft, den ganzen Tag über, alleine schlafen, man bekam alleine das Essen, man bekam alles alleine.

Fichte: Und du durftest mit niemandem sprechen?

Gunda: Das durfte man auch nicht.

Fichte: Und wie lange bist du in dieser Einzelhaft gewesen?

Gunda: Na, vierzehn Tage.

Fichte: Vierzehn Tage hintereinander?

Gunda: Ja.

Fichte: Und wie alt warst du, als du das erste Mal in Einzelhaft kamst?

Gunda: Na, wie alt war ich da? Moment, muß ich überlegen.. Vierzehn glaube ich, ja vierzehn.

Fichte: Seid ihr geschlagen worden?

Gunda: Nein, das nicht, das kann ich nicht sagen, nein.

Fichte: Wurde euch das Essen entzogen zur Strafe?

Gunda: Ja, das war ungefähr so wie im Gefängnis, man bekam alle drei Tage, bekam man ein Federbett rein, eine Matratze und warmes Essen, das war eben die Strafe, das war die Zurückhaltung von allem andern, man hörte keine Musik, man hörte gar nichts, man bekam nur sein Essen, durfte eine halbe Stunde spazierengehen, und das war alles.

Fichte: Hast du dich gut mit den anderen Kindern in diesem Erziehungsheim verstanden?

Gunda: Ach ja, das hab ich, ja.

Fichte: Aber mit den Erzieherinnen weniger.

Gunda: Mit den Erzieherinnen weniger, weil ich immer gegen den Strich ging. Ja, weil ich Revolten angefangen habe und immer angefangen habe zu stänkern, weil ich gesagt habe, das will mir nicht in den Kopf, daß man so behandelt wird, und deswegen habe ich die anderen immer angestiftet dazu, und deswegen wurde ich alleine gehalten.

Fichte: Was empörte dich an der Behandlung am meisten?

Gunda: Dieses ewige morgens, dieses Aufstehen nach der Uhr, dieses Waschen, antreten zur Freistunde sozusagen, bald wie im Gefängnis, antreten zum Waschen und dies mußt du tun und jenes mußt du tun, wasch mal ab und mach mal dies, das hat mich dermaßen aufgeregt, ich konnte das nicht.

Fichte: Würdest du sagen, daß die Erzieherinnen sich trotzdem bemüht haben?

Gunda: Ach doch, ja, das glaube ich schon, die haben sich sehr viel Mühe gegeben, die wollen ja auch nur das Beste, aber was will man machen, wenn man es nicht verstehen will.

Fichte: Aber du hast zu keiner Erzieherin ein engeres Verhältnis gehabt, hast dich mit keiner besonders gut verstanden?

Gunda: Doch, mit einer ja, die war Turnlehrerin. Ich war damals vierzehn, das vergesse ich nie, das war komisch. Vierzehn Jahre, und ich habe die Frau jedesmal beim Turnen, habe ich sie heimlich beobachtet, sie hat mich angeguckt, ich mußte vorturnen, ich mußte den anderen Mädels zeigen, turnen machte mir übrigens damals Spaß mit vierzehn Jahren, und ich weiß nicht, wie das kam, eines Tages, Heidi, Praktikantin war sie damals noch, hatte Geburtstag, und da habe ich ihr einen Brief geschrieben, dann kam sie runter an meine Tür und klopfte und sagte, Gunda, hör mal, wenn meine Gäste gegangen sind, dann komm mal bitte hoch, nun bin ich dann eben rauf, habe mich mit ihr unterhalten und habe gesagt, was die ganzen Briefe sollen, die sie mir geschrieben hat, und da hat sie mir gesagt, hör mal, du hast mir geschrieben und da hab ich geantwortet, und da sage ich, ja, das ist richtig, und da hat sie gesagt, komm frag nicht lange, sondern leg dich mal hin, da hab ich mich hingelegt, und da hat sie mir drei Cognac eingeschenkt, und da fing sie allmählich an mit mir zu schmusen, und ich habe gewußt, daß ich diese Frau irgendwie vergöttere und verehre und habe es mir gefallen lassen und fand es irgendwie schön, na ja, bis es dazu kam, daß sie mir eben irgendwie zu nahe kam, und da war es passiert, und das kann man auch nicht wieder vergessen und weil ich die Frau irgendwie geliebt habe und ich weiß nicht warum, aber ich habe sie irgendwie geliebt. Na ja, nun bin ich nach drei Tagen, drei Tage lang hab ich es ausgehalten, hab die Frau angeguckt und hab es mit der Angst zu tun bekommen und bin weggelaufen nachher. Habe mich rumgetrieben in Frankfurt, München und so weiter und so fort.

Fichte: Das war mit vierzehn?

Gunda: Mit vierzehn. Ja.

Fichte: Du bist also mehrere Male ausgebrochen?

Gunda: Ja.

Fichte: Und bist dann wieder eingefangen worden?

Gunda: Ja.

Fichte: Kriegtest du dann besonders harte Strafen?

Gunda: Ja, Arrest habe ich bekommen.

Fichte: Ja. Ist das Verhältnis zu dieser Frau rausgekommen?

Gunda: Nein, nie. Die Frau hat davor gezittert, hat gesagt, bitte, Gunda, sage nie etwas, daß wir beide etwas getan haben, und ich habe gesagt: nein. Das war alleine schon, weil ich mich geschämt habe, irgendwie was zu sagen. Ich habe nie etwas erzählt, daß ich mit der Frau was zu tun gehabt habe.

Fichte: Als du aus Frankfurt wieder zurückkamst in das Heim, ging das Verhältnis weiter?

Gunda: Nein, ich bin nicht mehr in dieses Heim zurückgekommen, sondern bin woanders hingekommen, bis nach Schleswig gekommen, bin dort unter Beobachtung gekommen, das war vollkommen ein Heim für nervenkranke Menschen.

Fichte: Tatsache. Warum?

Gunda: Diese Sache, weil ich angeblich mich zu Frauen hingezogen fühle, und deswegen wollte man mich beobachten.

Fichte: Das war aber nicht von dieser Frau ausgegangen, das . .

Gunda: . . nein, nein, das hatte die Doktorin, also da war eine Ärztin, die hat das schon lange vermutet, weil man gesagt hat, ich faß die Mädels unter den Rock usw. und da hat sie gesagt, da muß etwas nicht irgendwie normal sein, und da haben sie die Briefe bei mir gefunden von anderen Mädels, und seitdem haben sie gesagt, wenn sie kommt, dann bring sie dahin.

Fichte: Du warst also in einer Nervenheilanstalt.

Gunda: Ja, in Schleswig.

Fichte: Und hat man versucht, dich also zu heilen?

Gunda: Ja.

Fichte: Das ist nicht geglückt?

Gunda: Nein, ich habe keine Behandlung bekommen, ich habe keine Spritzen bekommen, ich habe gar nichts bekommen. Also ich habe da nur rumgesessen, habe den anderen Menschen zugeschaut und gar nichts. Das war nicht gerade schön, zwischen Vollidioten zu sitzen den ganzen Tag, am Tisch die Hände falten und nur zuschauen, das ist nicht schön, schrecklich. Aber dadurch habe ich dann auch Krankenschwestern kennengelernt, und dadurch verging mir die Zeit, die waren auch so eingestellt und wenn nicht, dann habe ich sie irgendwie dazu gebracht.

Fichte: Ist dein Vater eine sehr wichtige Figur in deinem Leben?

Gunda: Ja, das ist er schon, weil ich nicht weiß, wer er war, vor allen Dingen, weil ich nicht ehelich geboren bin, deswegen. Meine Mutter hat mir zwar immer gesagt, daß mein Vater ein Franzose war und daß es ein, wie sagt man dazu, ja nicht ein Verbrecher, sagt man nicht, aber daß es ein ziemlicher – ich komme jetzt nicht drauf . .

Fichte: Asozial, Rumtreiber . .

Gunda: Ja, so ungefähr.

Fichte: Es war ein Kriegsgefangener?

Gunda: Ja.

Fichte: Deine Mutter hat deinen Vater nicht geliebt?

Gunda: Nein, das nicht, nein.

Fichte: Aber du hast ihn, hast dich sehr zu ihm hingezogen gefühlt?

Gunda: Ja, weil er mir irgendwie gleichkommt, weil ich genauso bin wie er. Ich bilde mir das jedenfalls ein.

Fichte: Wann hast du das erste Mal gedacht, du wolltest so sein wie dein Vater?

Gunda: Wie alt war ich da? Zwölf, mit zwölf Jahren bekam ich das raus, ich habe immer gedacht, daß ich ehelich geboren bin, bis ich zu meiner Mutter gesagt habe, Mutti, hör mal zu, so und so, die Magrit und der Hans, die werden bevorzugt von dir, die bekommen das größte Stück Fleisch, und ich sitze da und so weiter, und da hat sie gesagt, jetzt will ich dir mal was sagen, du bist nicht ehelich geboren, du bist unehelich, und ich liebe dich auch nicht, da habe ich gefragt, wieso, da hat sie mir das erzählt.

Fichte: Da warst du zwölf Jahre alt.

Gunda: Ja.

Fichte: Hast du da noch bei deinen Eltern gewohnt?

Gunda: Nein, ich war zu Hause, aus dem Heim, beurlaubt. Und da hat sie mir das erzählt, sonst hätte ich es noch nicht gewußt.

Fichte: Hast du dich in deiner Kindheit sehr zu Männern hingezogen gefühlt?

Gunda: Nein.

Fichte: Sahst du viele Männer in der Zeit, als du in dem Heim warst?

Gunda: Ja, sicher, wir waren mit kleinen Jungen zusammen, aber ich habe selten mit denen gespielt.

Fichte: Du fühltest dich also schon immer zu Mädchen hingezogen.

Gunda: Ja.

Fichte: Wann hast du die frühesten sinnlichen oder erotischen und sexuellen Empfindungen gehabt?

Gunda: Ach Gott, das war mit zehn Jahren, da haben wir Doktor gespielt, Jungs und Mädels zusammen in einer kleinen Höhle, die wir uns gebaut haben, und die Jungs, die habe ich zwar angeguckt, aber ich habe mit Mädchen lieber gespielt, ich habe Doktorin gespielt oder Doktor und habe die angefaßt, ich fand es schön, das gleiche Geschlecht zu haben wie ich. Deshalb, das fand ich gut.

Fichte: Und diese Spiele haben sich fortgesetzt bis zu dem Erlebnis mit der Erzieherin.

Gunda: Ja, da habe ich mich dermaßen darauf versteift, irgendwie mal ein Mädel kennenzulernen, die mich irgendwie lieb hat, und wirklich . .

Fichte: Und die hast du aber nicht gefunden.

Gunda: Nein, habe ich nicht, ich meine, als kleines Kind versucht man vieles, da ist einem noch nicht bewußt, daß man sich zu Frauen hingezogen fühlt.

Fichte: Und wann hast du dein erstes sexuelles Erlebnis gehabt?

Gunda: Das war mit vierzehn Jahren mit dieser Praktikantin.

Fichte: Hast du je was mit einem Jungen versucht?

Gunda: Nein, wie ich jung war nicht, aber mit zwanzig Jahren, da habe ich früher viel verkehrt an der Küste, und da kamen drei Jungs, die waren immer sehr nett, die haben ausgegeben für mich, ein Bier oder je nachdem, was ich getrunken habe, und haben gesagt, wenn kein Mann dich kriegt, Gunda, aber wir kriegen dich. Da habe ich gesagt: nein. Ja, und bis der Tag kam, da haben sie mich alle drei niedergehauen und haben sich an mir vergangen. Stand auch in den Kieler Nachrichten, haben sich über mich lustig gemacht, haben mich nackend ausgezogen, an den Baum gebunden und gefesselt, und haben mich nachher so hängen lassen, und das werde ich nie vergessen, ich weiß auch nicht warum, dadurch ist mein Haß nicht größer geworden zu den Männern, wirklich nicht, aber ich kann es nicht vergessen, und dadurch habe ich ein Kind bekommen.

Fichte: Du hattest aber schon in deiner Kindheit einen Haß auf Männer.

Gunda: Irgendwie Haß kann man das nicht nennen, habe mich eben zu Frauen mehr hingezogen gefühlt, wirklich.

Fichte: Aber du hast doch deinen Vater sehr geliebt, dein Vater war doch ein Mann?

Gunda: Ja, ich weiß nicht, warum ich meinen Vater geliebt habe, vielleicht weil er genauso gedacht hat wie ich, ich habe nie das Gute gewollt, ich wollte immer nur das Böse.

Fichte: Was nennst du das Böse?

Gunda: Ja, das Böse, ich meine nicht, daß man mich irgendwie gut behandelt, aber ich meine, so, daß man mich irgendwie so behandelt, also wie zu sagen das schwarze Schaf in der Familie.

Fichte: Das wolltest du, daß ..

Gunda: Das wollte ich, ja.

Fichte: Erinnerst du dich an den Krieg?

Gunda: Nein.

Fichte: Nicht an Bombenangriffe?

Gunda: Auch nicht, nein.

Fichte: Erinnerst du dich an Abbildungen in den Zeitungen von Konzentrationslagern?

Gunda: Ja, ich habe darüber gelesen, und dazu kann ich nicht viel sagen, nur das eine, das mich so was anekelt.

Fichte: Was ist überhaupt deine früheste Erinnerung?

Gunda: Meine früheste Erinnerung ist das, was ich auch nicht vergessen kann, wie ich fünf Jahre alt war, hat man versucht, mich unsittlich anzufassen, und zwar war das irgendwie ein Kutscher, der auf dem Wochenmarkt gefahren hat, und ich mochte gerne Tiere früher als Kind, und bin mitgefahren, ohne mir etwas dabei zu denken, und da hat er mich mal mitgelockt und versucht, mich anzufassen, er hat mich auf den Arm genommen, und hat versucht, mit der Hand mich irgendwie unsittlich anzufassen, aber da kamen andere Menschen zu, und dadurch ist es nicht gelungen. Es ist die furchtbarste Erinnerung an sich.

Fichte: Was war daran so furchtbar?

Gunda: Der Gedanke allein, daß es ein Mann war, der war zu mir wie ein Onkel, und da habe ich nie vermutet, daß er irgendwie was Böses mit mir vorhat, bestimmt nicht.

Fichte: Würdest du sagen, daß du deine Erzieher in der Schule oder im Erziehungsheim haßt?

Gunda: Nein, das kann ich nicht sagen, wirklich nicht.

Fichte: Du sagtest, du seist im Gefängnis gewesen, wie kam das?

Gunda: Im Gefängnis bin ich gewesen, weil ich, durch diese ganzen Heime habe ich viel gelernt, und ich kam nach Kiel, in die Unterwelt kann man es zwar nicht nennen, zwischen Menschen, das waren Gangster, das waren Zuhälter, das waren Polypen, und die haben mich irgendwie dazu gebracht, die haben gesagt, du bist nicht zu schade, du mußt das tun.

Fichte: Und was mußtest du tun?

Gunda: Ich habe eine Freundin gehabt, die ist mit Männern zusammen gegangen und hat angeschafft, und hat gesagt zu mir, hör mal zu, so und so, indem ich das mache, mit dem Mann, mußt du den bestehlen, und das habe ich getan. Dann haben wir uns zu Cliquen zusammengetan, wir haben Raubüberfälle verübt, Automaten geknackt, alles mögliche.

Fichte: Nur Mädchen oder Mädchen und Jungen.

Gunda: Nein, Mädchen und Jungen.

Fichte: Mädchen und Jungen. Und hat es in dieser Welt nie Männer gegeben, die sich dir nähern wollten?

Gunda: Doch ja.

Fichte: Das hast du immer abgewiesen?

Gunda: Nein, nicht immer, weil ich endlich mal normal werden wollte, weil ich endlich mal wissen möchte, wohin ich gehöre, und ich hab es versucht, aber ich habe es nie geschafft.

Fichte: Was hat dich daran so abgestoßen?

Gunda: Es war furchtbar, die Männer waren lieb und nett, aber nach dem dritten Tag meinetwegen, da haben sie versucht, intim zu werden, und das kann ich nicht ab.

Fichte: Und was konntest du daran nicht ab?

Gunda: Die sollten Geduld mit mir haben, die sollten mich davon abbringen, irgendwie, mich zu Frauen hingezogen zu fühlen oder was, die sollten irgendwie versuchen, mich zu verstehen, aber nicht von heute auf morgen zu überstürzen, um mit mir ins Bett zu gehen, und mich zu lieben, davon halte ich nicht viel.

Fichte: Ekelt dich der Körper eines Mannes.

Gunda: Ja.

Fichte: Was?

Gunda: Überhaupt alles. Ich meine, wenn ein Mann nett und lieb ist und wenn er mich versteht, dann kann ich verstehen, dann kann ich ihn verstehen, und ich würde auch mit einem Mann ins Bett gehen, aber ich sage ganz ehrlich, nur um dem Mann den Gefallen zu tun, damit er seine Befriedigung hat, ich würde nichts empfinden dabei.

Fichte: Ekelst du dich vor ihm.

Gunda: Nicht direkt ekeln, aber ich würde immer an eine Frau denken dabei.

Fichte: Und was stößt dich bei einem Mann ab, der Geruch?

Gunda: Nein, nicht der Geruch, dies Intime, wie er mich anfaßt. Es geht doch im allgemeinen darum, bei einem Mann, er geht mit einer Frau ins Bett, mal angenommen mit mir, man küßt sich und schmust und tut, und worauf kommt es hinaus, man hat intimen Verkehr, und dabei empfinde ich eben nichts. Das ist mir zu hoch, ich weiß nicht, ich kann da nicht gegen an. Das ist vielleicht nicht gut ausgedrückt, nicht gut ausgedeutet.

Fichte: Bist du oft krank?

Gunda: Seelisch, ja, aber nur wenn ich mit meiner Freundin Kummer hab oder Ärger.

Fichte: Und wie äußert sich das?

Gunda: Daß ich vollkommen deprimiert bin, daß ich Fernsehen gucke und ich guck in die Bildröhre und sehe nichts, ich kann denken, ich kann lesen und ich kann überhaupt nicht reagieren, also ich kann überhaupt nichts denken.

Fichte: Du hast keine Kopfschmerzen, Migräne . .

Gunda: Nein, nein . .

Fichte: . . bist du allergisch?

Gunda: Nein, nein.

Fichte: Hast du sehr regelmäßig deine Tage?

Gunda: Ja.

Fichte: Schläfst du gut?

Gunda: Ja.
Fichte: Brauchst du viel Schlaf?
Gunda: Nein.
Fichte: Wieviel Stunden schläfst du durchschnittlich?
Gunda: Na, fünf, sechs Stunden am Tag.
Fichte: Du nimmst auch keine Medikamente, Aufputschmittel?
Gunda: Ja, ich habe das, als ich als Wirtschafterin gearbeitet habe, habe ich Captagon genommen, weil ich das von anderen Mädchen gelernt habe, und wenn ich ins Bett gegangen bin, habe ich Vesparax genommen .. Zum Schlafen, das war so grundverkehrt.
Fichte: Fühlst du dich den Männern körperlich überlegen.
Gunda: Es kommt darauf an, wenn ich mit einem Mädel, die ich verteidigen möchte, ja, irgendwo hingehe und die wird belästigt, dann setze ich mich dafür ein, und wenn ich dem Mann noch so unterlegen bin, ich versuche es jedenfalls, um nur das Mädel zu beschützen.
Fichte: Prügelst du dich oft?
Gunda: Ja, das kommt darauf an, wenn man mich provoziert, ja.
Fichte: Aber du prügelst dich ganz gern?
Gunda: Ach ja, doch.
Fichte: Ist das eine Art Selbstbestätigung?
Gunda: Nee, das möchte ich nicht sagen, ich möchte nur das Mädel verteidigen.
Fichte: Hast du Abtreibungen hinter dir?
Gunda: O nein.
Fichte: Du hast ein Kind.
Gunda: Ein Kind.
Fichte: Wo lebt das?
Gunda: In Dänemark bei meiner Tante.
Fichte: Sportlich bist du, schwimmen kannst du sicher auch?
Gunda: Ja.
Fichte: Würdest du nun sagen, ich bin bisexuell oder würdest du sagen, ich bin lesbisch?
Gunda: Bisexuell bin ich nicht, weil ich das weiß, ich bin nämlich schon dreizehn Jahre so veranlagt, ich habe versucht, durch Männer zu vergessen, daß ich Frauen gerne habe, aber ich habe

es nicht geschafft, das ging so weit, bis zum Intimen mit dem Mann, dann habe ich immer wieder gesagt, das geht nicht, da habe ich einen Abscheu und Ekel empfunden, wie das soweit kam. Ich weiß, daß ich lesbisch bin und daß ich nur eine Frau gern haben kann.

Fichte: Und du hast in der Pubertät auch nur an Frauen gedacht?

Gunda: Ja, obwohl ich mit Jungens Doktor gespielt habe und alles mögliche, ich habe mir nichts dabei gedacht.

Fichte: Hast du nun nicht mal versucht, mit Männern, wenn sie sich dir genähert haben, etwas anderes zu machen. Es gibt doch andere Spielformen, und glaubst du nicht, daß du dich auf diese Weise an Männer gewöhnen könntest?

Gunda: Ach Gott, ich hab es versucht, aber ich fand keinen Reiz dabei, und ich habe nichts empfunden dafür, ich fand das langweilig und abscheulich.

Fichte: Aber du hast es immer wieder versucht?

Gunda: Ich hab es versucht, ja. Ich wollte mich selbst auf die Probe stellen, aber das gab genug Frauen, die darauf konnten, eben mich zu fesseln, da habe ich mich immer zu einer Frau zurückgezogen gefühlt.

Fichte: Und du würdest es auch jetzt nicht weiterversuchen . .

Gunda: Nie, nein.

Fichte: Was für Frauen interessieren dich, gleichaltrige, ältere?

Gunda: Ältere auf gar keinen Fall, jüngere.

Fichte: Wie alt?

Gunda: Na ja, zwanzig, neunzehn.

Fichte: Jünger nicht?

Gunda: Nein.

Fichte: Und sind es Mädchen, die sehr maskulin wirken?

Gunda: Nein, sie müssen sehr feminin sein, weil ich mir einbilde, selbst den maskulinen Teil zu spielen.

Fichte: Wenn du mit einer Frau ins Bett gehst, was machst du dann mit ihr?

Gunda: Ja, was mach ich? Alles mögliche, wir küssen uns, wir schmusen, wir tun alles mögliche, und dann versuche ich ihren Mann zu spielen, ja, obwohl ich kein Glied habe, ich mache es eben anders.

Fichte: Wie machst du es?

Gunda: Ja, wie mache ich das? Was gibt es schon unter einer Liebe, schmusen, lieb sein, zärtlich sein, eine Frau küssen am ganzen Körper, und soll man es noch deutlicher sagen?

Fichte: Und nimmst du irgendwelche Hilfsmittel, um den Mann zu spielen?

Gunda: Nein. Gegenstände liebe ich nicht, weil mich das ewig an einen Mann erinnert.

Fichte: Aber warum spielst du eine männliche Rolle, das ist doch ein Widerspruch.

Gunda: Ja, ich weiß es auch nicht warum. Genausogut wie ich meine Freundin jetzt habe, wir versuchen das mit einem Gummi von Beate Uhse, mit so einem Gummischwanz und mit dem Finger, und wenn ich merke, meine Freundin empfindet was dafür, dann werde ich gemein, brutal und sage, du empfindest was für einen Mann, genau wenn das Glied rein- und rausgeht, das ist genau das gleiche Empfinden, dann sagt sie zu mir, nein, das ist nicht wahr, ich sage, Helga, doch, das ist wahr, das ärgert mich dann, ich weiß nicht, was man als Lesbianerin noch tun soll. Im Grunde genommen endet alles an einem Mann, ein Kuß, das Zärtlichsein, das Küssen, die französische Liebe, alles das erinnert doch an einem Mann.

Fichte: Wenn du mit dem Mund bei deiner Freundin was machst, dann ist es ja ein Frauenmund.

Gunda: Ja, aber weiß man, ob die Freundin die Gedanken hat, das tut ein Mann? Das weiß man auch nicht. Jedenfalls verabscheue ich die Dinge irgendwie, eine Kerze oder ein von Beate Uhse so ein Gummiding zu benutzen oder irgendwie was, ich meine, ich selbst, ich gebe es ehrlich zu, stehe eben nun mal da rauf, 'ne Kerze zu benutzen, einen harten Gegenstand zu benutzen, ich denke nicht dabei an einen Mann, wenn meine Freundin das tut, wirklich nicht, und habe es auch bei ihr schon getan, und sie liebt es auch, sie gibt sich sehr darin auf, und mittendrin kommt mir die Wut, und dann denke ich, mein Gott, so empfindet sie auch bei einem Mann, aber das kommt nur dadurch, weil sie im Bordell ist, daß ich die Erinnerung hab.

Fichte: Wie würdest du es am liebsten mit einer Freundin tun?

Gunda: Ja, mein Gott, was soll man tun, man kann mit einer Frau schmusen, man kann sie lieben, man kann sie zärtlich streicheln am Unterkörper, man kann mit der Zunge am ganzen Körper längsgleiten, man kann alles tun, aber wenn eine Frau mit Männern viel Erfahrung hat, ich glaube doch, daß sie dann denkt, das kann auch ein Mann sein.

Fichte: Und du bist ständig mißtrauisch?

Gunda: Ja.

Fichte: Und du hättest es am liebsten, wenn du bei ihr völlig die Erinnerung an einen Mann auslöschen könntest?

Gunda: Ja, das stimmt.

Fichte: Hast du eine Zeitlang geglaubt, du könntest das bei deiner Freundin?

Gunda: Nein, nie, weil ich wußte, sie ist in einem Bordell.

Fichte: Du bist eifersüchtig auf die Freier?

Gunda: Ja.

Fichte: Die Mädchen hassen die Freier doch, verabscheuen Freier.

Gunda: Das ist nicht gesagt.

Fichte: Hat deine Freundin Freier gehabt, mit denen sie richtig losgemacht hat?

Gunda: Das weiß ich nicht, das kann ich nicht beurteilen, aber warum schreibt ein Mädel sich Adressen auf von Männern.

Fichte: Du glaubst also nicht, daß deine Freundin sich nur für Frauen interessiert?

Gunda: Nein, denn sie ist noch verheiratet und möchte sich gerne scheiden lassen.

Fichte: Um mit dir zusammen zu leben?

Gunda: Nein, sie war schon immer lesbisch, aber bevor sie ihren Mann kennengelernt hat, war sie auch schon lesbisch, hat auch eine Weile schon angeschafft, und trotzdem hat sie ihn geheiratet, obwohl sie schon zwei Jahre angeschafft hat, hat sie ihn geheiratet, und das verstehe ich nicht ganz, wenn ein Mädel lesbisch ist, heiratet sie nicht, entweder steht sie auf Frauen oder auf Männer.

Fichte: Sie kann ja auf beiden stehen.

Gunda: Ja, dann ist sie bisexuell, das tut mir leid, und das versuche ich zu ergründen . .

Fichte: Ist das nun ein immer wieder auftretendes Problem bei den Lesbierinnen?

Gunda: Das ist es, ja. Wenn man einen Menschen wirklich lieb hat, ein Mädel, dann möchte man das auch für sich ganz allein haben und nicht das Gefühl haben, daß man den Menschen teilen muß.

Fichte: Glaubst du nun, daß die Liebe zwischen Mann und Frau eigentlich das Natürliche ist.

Gunda: Ja, ich glaube schon, ich glaube auch, daß es sehr schön sein kann zwischen Mann und Frau, aber ich selber kann mich eben nicht dafür begeistern.

Fichte: Könntest du dir denken, daß es irgendeinen Mann gibt, der dich vielleicht doch wieder normal macht?

Gunda: Nein, ich hab es versucht, ich schaffe es nicht, ich möchte es auch gar nicht.

Fichte: Du würdest es jetzt auch nicht mehr wünschen?

Gunda: Nein.

Fichte: Du empfindest aber trotzdem deine Liebe als der normalen Liebe, wie du sagst, unterlegen?

Gunda: Manchmal schon, ja.

Fichte: Warum?

Gunda: Ich weiß nicht, weil es nicht ganz normal ist, glaube ich. Das wird ja auch nicht bestraft, aber wie viele Menschen gibt es, die sich darüber mokieren, die sagen, das ist nicht ganz richtig, und irgendwie fühle ich mich manchmal gehemmt deswegen.

Fichte: Hättest du lieber bestraft werden wollen?

Gunda: Nein.

Fichte: Es war also angenehm und erleichternd für dich, daß es also nie ein Vergehen war, wenn du mit einem Mädchen schliefst?

Gunda: Richtig.

Fichte: Man macht sich in der Gesellschaft, in der du lebst, über deine Veranlagung lustig.

Gunda: Ja, und das tut manchmal sehr weh, aber man denkt nicht weiter, man denkt eben an sich, man denkt, Hauptsache, man ist glücklich.

Fichte: Wo treffen sich Lesbierinnen, es gibt doch sicherlich Lokale, und gibt es nun wie bei männlichen Homosexuellen auch Parks oder Toiletten oder den Bahnhof, wo reißt eine Lesbierin ihre Freundinnen auf?

Gunda: Ja, wo? Das kann am Bahnhof sein, das kann in einer Gaststätte sein, die vollkommen normal ist und wo gemischtes Publikum kommt, es kann auf einer Toilette sein, wo man die Dame anspricht und sagt, leihen sie mir mal Ihren Kamm, und man merkt irgendwie, man hat Interesse, dann tauscht man Adressen aus oder ruft sich an gegenseitig, und das kommt so nach und nach.

Fichte: Gibt es in Hamburg außer den Lokalen noch andere allgemein bekannte Treffpunkte für Lesbierinnen?

Gunda: Ja, gewisse Gaststätten, dieser Frauenklub zum Beispiel.

Fichte: Ja, aber sonst nichts?

Gunda: Sonst nichts, nein, und ich habe was anderes noch nicht kennengelernt.

Fichte: Gibt es gewisse Länder, in die Lesbierinnen besonders gerne reisen, weil sie dort leichter Kontakt mit den Frauen bekommen?

Gunda: Da habe ich leider keine Ahnung von, weil ich da noch nicht war, ich weiß es nicht.

Fichte: Es gibt viel lesbischen Strich?

Gunda: Ja.

Fichte: Aber nicht so viel wie den männlichen homosexuellen Strich?

Gunda: Dazu kann ich nichts sagen.

Fichte: Ist es sehr oft bei euch, daß man sich ein Mädchen nur mal für eine Nacht oder für eine halbe Stunde holt?

Gunda: Das gibt es schon, daß Geschäftsfrauen in ein Lokal kommen und ein Mädel kennenlernt und es mitnimmt und es bezahlt für die Nacht und am nächsten Tag ist es vergessen, wenn es gut war, dann holen sie es noch mal.

Fichte: Und was wird für eine solche Nacht bezahlt?

Gunda: Ich glaube 100 Mark.

Fichte: Kommen Erpressungen unter Lesbierinnen vor?

Gunda: Das gibt es auch. Wenn sich eine Lesbierin verliebt in eine verheiratete Frau, die droht dann eben damit, wenn sie merkt, sie wird verabscheut oder sie wird nicht mehr beachtet von dem

Typ, daß sie irgendwie droht und sagt, ihr Ehemann könnte mal so und so, das gibt es. Ich meine, ich habe es nur gehört, ich habe es noch nie versucht selber.

Fichte: Was meinst du, ihr Ehemann könnte so und so . .

Gunda: Ich meine, wenn die Frau verheiratet ist, ja, und der Ehemann weiß nichts davon, daß die Frau lesbische Beziehungen hat zu einem Mädel und sie bezahlt dafür, daß sie versucht, ihm das Geschäft kaputtzumachen oder die Ehe, das sie dadurch versucht, der Frau zu drohen.

Fichte: Aber es gibt keine Mädchen, die von Erpressung leben?

Gunda: Ich weiß nicht, das habe ich selber noch nicht durchgemacht.

Fichte: Gibt es viele lesbische Transvestiten?

Gunda: O ja, ich glaube schon.

Fichte: Ist dir jemals der Gedanke gekommen, daß es schön wäre, durch eine Operation in einen Mann verwandelt zu werden?

Gunda: Ja, den Gedanken hatte ich selber schon mal, als Frau operiert zu werden, aber ich glaube ganz genau, wenn ich ein Mann wäre, daß ich dann irgendwie homosexuell wäre.

Fichte: Warum glaubst du das?

Gunda: Als Frau fühle ich mich zu Frauen hingezogen, und als Mann, ich glaube nicht, daß ich dann normal wäre.

Fichte: Gibt es schon Operationen, die an Frauen vorgenommen werden, um . .

Gunda: Ich weiß es nicht, ich kann es nicht hundertprozentig sagen, aber ich glaube, wenn eine Frau ein Zwitter ist, dann kann sie umoperiert werden.

Fichte: Sonst nicht?

Gunda: Sonst nicht.

Fichte: Also ihr laßt euch nicht die Brüste wegmachen?

Gunda: Das geht auch, sicher.

Fichte: Das geht, und wird es häufig gemacht?

Gunda: Das weiß ich nicht, das ist mir fern, das weiß ich nicht.

Fichte: Wenn du mit einer Freundin zusammen bist, was findest du am schönsten?

Gunda: Ich finde am schönsten, wenn man diskutiert und sich über alles mögliche unterhält.

Fichte: Würdest du nun sagen, daß dich deine Veranlagung erfüllt, fühlst du dich ausgeglichen?

Gunda: Manchmal ja, wenn man in dem Moment wirklich glücklich ist, ja, wenn man sich lieb hat, dann ja.

Fichte: Aber das ist selten?

Gunda: Das ist selten, weil das meistens eine Stunde später widerrufen wird.

Fichte: Gibt es viel Eifersucht zwischen euch?

Gunda: O ja. Zwischen Frauen ist es sehr schlimm, die Eifersucht.

Fichte: Und das führt oft zu Selbstmordversuch und . .

Gunda: Ja, genau . .

Fichte: . . und Mordanschlägen . .

Gunda: Ja.

Fichte: Oft?

Gunda: Doch.

Fichte: Hast du sehr viele Frauen in deinem Leben gehabt?

Gunda: Ich habe sehr viele gehabt, aber ich habe mir immer eingebildet, daß ich die Frauen geliebt habe, aber jetzt bei meiner Freundin, die ich jetzt habe, weiß ich wirklich, was Liebe ist, aber die will das nicht wahrhaben.

Fichte: Was nennst du sehr viel?

Gunda: Ja, was nenne ich sehr viel? Die Zahl kann ich gar nicht nennen, es sind ungefähr dreißig.

Fichte: Dreißig in den dreizehn Jahren. Du warst also mit jedem Mädchen recht lange zusammen.

Gunda: Recht lange nicht, und wenn es nur drei oder vier Tage waren.

Fichte: Aber mehr als dreißig Liebhaberinnen hast du nicht gehabt?

Gunda: Nee. Ich fand es eben schön, ich habe mir immer eingebildet, die Frau zu lieben, aber jetzt weiß ich wirklich, was Liebe ist, wirklich, das ist so furchtbar.

Fichte: Was ist jetzt wichtiger für dich, wenn du mit einem Mädchen zusammen bist, ist es wichtiger, daß du deine Befriedigung hast, oder macht es dir am meisten Spaß zu sehen, wie das Mädchen befriedigt wird?

Gunda: Nein, es macht mir Spaß, die Frau zu befriedigen.

Fichte: Hast du sadistische Neigungen?
Gunda: O ja.
Fichte: Welcher Art?
Gunda: Ich quäle ganz gern ein Mädchen, ich quäle sie dermaßen, daß sie alleine, von alleine zu mir sagt, bitte komm, oder es gibt so perverse Arten, ich steh nicht drauf, aber ich merke, daß ich eigentlich darauf stehe, wenn die Frau mir das zeigt, daß sie sagt, peitsch mich aus oder schlag mich oder schneide mich oder tue weiß was für mich oder fessle mich oder, ich finde das schön.
Fichte: Und deine Freundin hat dir da noch viel beigebracht?
Gunda: Nein, das nicht, ich habe das selbst gelesen und ich habe gesagt, Mensch, dafür müßtest du auch was empfinden, und bei meiner Freundin habe ich das eben versucht, und es war schön für mich.
Fichte: Und auch für sie?
Gunda: Für sie auch, ja.
Fichte: Was habt ihr gemacht?
Gunda: Wir machen alles mögliche. Was gibt es zwischen zwei Frauen, die küssen sich, die schmusen, die fassen sich gegenseitig an und lieben sich auf französisch, und es gibt so viele schöne Sachen . . Man kann sich verschiedentlich hinlegen, man kann alles mögliche probieren, bis man auf dem Fußboden liegt, die eine Person ist ganz abgetreten, dann nimmt man die Peitsche und peitscht sie so ganz sachte, und wenn sie dann sagt, mehr, dann macht man mehr, und dann fesselt man sie, und legt sich zum anderen Ende und sagt, komm mir entgegen, ich fühl mich als Seerobbe oder ich fühl mich als wer weiß was, du mußt mich im Arm nehmen, und sie muß dann robben, das ist so schön der Anblick, den finde ich so herrlich, wenn sie dann so gefesselt über den Teppich robbt und nicht vorwärts kommt, und dann versucht, irgendwie da anzukommen, wo sie mich liebhaben will, also das finde ich so herrlich. Meine Freundin hat dermaßen Angst vor Rasierklingen, aber ich habe mal versucht, um sie damit zu halten, habe ich mal versucht, sie zu schneiden. Ich hab es auch getan. Ich find es irgendwie schön, ich möchte ihr damit nicht weh tun, aber ich find es schön.

Fichte: Und du hieltst sie dadurch?

Gunda: Ja, sie hat Angst dadurch, vielleicht wollte ich das auch irgendwie, ich wollte das, daß sie bei mir bleibt.

Fichte: Durch diese Angst hältst du sie fest?

Gunda: Jetzt nicht mehr, jetzt ist es ja aus zwischen uns, aber ich weiß nicht, ich glaub es zwar nicht ganz, aber dadurch habe ich sie gehalten, genau wie ich ihr eine Pistole vor den Kopf gesetzt habe, obwohl sie nicht geladen war, ich habe gesagt, ich schieße ab, aber aus Spaß, ja, und sie hat dermaßen Angst gehabt, und sie hat gesagt, Mucki, was möchtest du, was willst du, ich tue alles für dich, da habe ich gesagt, das ist Quatsch, Helga, ich hab nur so gemacht und so.

Fichte: Ist es oft in lesbischen Bindungen, daß die eine Frau die andere durch Angst und durch Grausamkeit zu halten versucht?

Gunda: Ja, das gibt es. Wenn man den Menschen wirklich lieb hat, dann versucht man ihn zu halten durch alles mögliche, wenn es keinen Sinn hat, zärtlich zu sprechen oder lieb zu sein, dann versucht man es eben durch Gewalttätigkeit, durch robuste Art.

Fichte: Und Gewalttätigkeiten erreichen bei Frauen das meiste?

Gunda: Ja, weil sie Angst haben, und ich glaube, das ist nicht schön, aus Angst mit einem Mädel zusammen zu leben, weil man Angst hat vor dem Sterben, das ist nicht schön.

Fichte: Würdest du nun auch gerne geschlagen und geschnitten werden?

Gunda: Geschnitten nicht, aber ich kann mich einmal entsinnen, daß ich verlangt habe, als ich vollkommen in Ekstase war, daß ich verlangt habe, daß meine Freundin mich schlägt, und die stand vor mir auf dem Bett und hat mich geschlagen wie einen Hund, und ich habe gewinselt wie ein Hund, und sie hat mich geschlagen und hat sich dermaßen daran hochgezogen, daß sie bald verrückt geworden ist, bis ich gesagt habe, jetzt ist Schluß.

Fichte: Wenn du jetzt jemanden schlägst oder ihn mit Rasierklingen schneidest, ist es die Verletzung, ist es das Blut, was du allmählich siehst, den Schmerz, den du erzeugst oder geht es dir darum, die Mächtigere zu sein, geht es dir darum, den anderen zu erniedrigen?

Gunda: Bei mir ist es das, dem anderen Menschen die Angst einzujagen. Ich möchte, daß sich der Mensch ängstigt, daß er irgendwie Respekt vor mir hat, daß er mich nicht ins Lächerliche zieht, daß er Respekt vor mir hat.

Fichte: Würdest du nun selbst gerne eine Frau haben, die dich so ängstigt, daß du vor ihr Respekt hast?

Gunda: Nein, dazu bin ich irgendwie, nee, das möchte ich nicht.

Fichte: Könntest du jemanden umbringen?

Gunda: O ja.

Fichte: Hast du oft daran gedacht?

Gunda: Das nicht sehr oft, aber momentan ist es bei mir sehr schwierig, weil ich dieses Mädel wirklich liebe, und man kann, wenn man ein halbes Jahr zusammen ist, nicht Schluß machen von heute auf morgen, nur weil ich das nicht verstehe, weil meine Freundin im Puff ist, daß mich das dermaßen nervt, daß wir deswegen immer Streit bekommen, und ich drohe ihr manchmal.

Fichte: Womit?

Gunda: Daß ich sie umbringen will.

Fichte: Aber würdest du nicht im letzten Moment vielleicht denken: ich bring mich selbst um?

Gunda: Das schon, ich mach mir so Gedanken, ich leg mir regelrecht Pläne zusammen, wie mach ich das, ich möchte das Mädel nicht umbringen, ich möchte sie davor bewahren, daß sie hier im Bordell ist, und das ist so furchtbar, ich weiß nicht, ich habe nur den Gedanken, sie davon abzubringen, und wenn sie das nicht will, und wenn sie mich dermaßen vor den Kopf stößt, und ich liebe sie, dann bin ich dazu fähig, sie umzubringen, wirklich.

Fichte: Du hast wenig Angst?

Gunda: Ich habe wenig Angst, ja.

Fichte: Du gehst hier in diese Bordelle rein, wo sehr kräftige Wirtschafter im Moment arbeiten . .

Gunda: . . das interessiert mich nicht.

Fichte: Du rennst auch die Türen ein.

Gunda: Ja.

Fichte: . . und würdest dich also zur Not auch mit sehr kräftigen Gestalten prügeln, um sie hier rauszuholen.

Gunda: Ja, man kann mich ruhig zusammenschlagen, aber ich habe meine Genugtuung da auch dran, um ihr zu zeigen, daß ich auch anders kann.

Fichte: Siehst du gerne Verkehrsunfälle?

Gunda: Nein.

Fichte: Du hast in einer Schlachterei gelernt, hat dir das Spaß gemacht?

Gunda: Sicher, ich sehe gerne Blut, zum Beispiel wenn ich mich mit einem Menschen schlage, nicht mit einer Frau, mit einem Mann, und ich sehe Blut, dann zieh ich mich dermaßen dran hoch, und werd noch verrückter, und dann kenn ich mich überhaupt nicht mehr und hau dermaßen zu, bis er dann wirklich am Boden liegt und nicht mehr kann.

Fichte: Würdest du ihn auch unter die Füße nehmen?

Gunda: O ja.

Fichte: Hast du es schon getan?

Gunda: O ja.

Fichte: Bist du schon unter die Füße genommen worden?

Gunda: Nein.

Fichte: Hast du je von den KZ-Wärterinnen gelesen?

Gunda: Nein.

Fichte: Das hat dich auch nie interessiert, also was im KZ an Grausamkeiten geschehen ist?

Gunda: Irgendwie ja, doch. Und ich frage mich heute, ob das nicht eine Genugtuung war für diese Menschen.

Fichte: Für welche, die es erlitten . .

Gunda: Nein, nicht die es erlitten haben, sondern die das getan haben.

Fichte: Und würdest du fähig sein, ähnliche Dinge zu tun?

Gunda: Nein, nein, das nicht, nein.

Fichte: Wenn du dir jetzt eine ganz extreme Situation vorstellst!

Gunda: Ach ja, ich glaube, ich kann mir vorstellen, wenn ich Menschen wirklich hasse, daß ich dermaßen irgendwie weh tun kann und mich irgendwie daran hochziehe, wenn ich sehe, daß sie leiden, das ja.

Fichte: Du könntest also auch sogar jemanden foltern?

Gunda: Ja, bis zu einem gewissen Grade, ja.

Fichte: Bis zu welchem?

Gunda: Wenn ich merke, daß der Mensch wirklich nicht mehr kann und wenn er um Gnade fleht, dann . .

Fichte: Das wäre das entscheidende, er muß um Gnade flehen?

Gunda: Ja, der muß betteln und muß sagen, laß mich bitte, dann ist es gut.

Fichte: Und das tust du auch bei deinen Freundinnen?

Gunda: Ich quäle meine Freundin, weiß ich ja, aber ich meine es nicht, das ist nur eine Affekthandlung, wenn sie einmal nicht ihren Dickkopf durchsetzen würde und einmal sagen würde, Gunda, bitte sei vernünftig, vergib mir, aber nein, sie bohrt weiter, und das kann ich nicht ab bei meiner Freundin, ich kann sie dermaßen quälen, daß sie Tränen in den Augen hat, bis sie zu mir sagt, bitte sei vernünftig.

Fichte: Könntest du sie quälen, bis Blut fließt?

Gunda: Ich weiß nicht, wie das Blut fließen soll, aber ich glaube, daß ich sie fesseln könnte und festbinden könnte, daß sie sich nicht bewegt und daß ich sie mit Rasierklingen mal kurz schneiden könnte, da sie sowieso Angst hat vor Rasierklingen, und wenn sie dann bitten würde, laß mich, dann würde ich hören. Ich warte nur darauf, daß sie zu mir sagt, bitte laß mich.

Fichte: Hast du dir oft solche Folterszenen vorgestellt?

Gunda: Ach ja, ich träume sogar manchmal davon.

Fichte: Mit deiner Freundin?

Gunda: Das nicht unbedingt meine Freunde sind, auch andere Menschen, andere Frauen, von denen ich dann träume, die ich quäle und die mich dann im letzten Moment bitten, mein Gott, ich habe schon manchmal geträumt, ein Vampir zu sein, das ist irrsinnig.

Fichte: Wie quälst du diese Frauen in deinen Träumen?

Gunda: Na ja, daß ich sie eben festbinde in Eisenbetten und daß ich sie dermaßen seelisch kaputtmache, all das, an dem räche ich mich, was sie mit mir getan haben in all der Zeit, und dann versuche ich eben, mich zu rechtfertigen und tu ihnen eben dermaßen Böses an, und wenn ich merke, daß sie Tränen in den Augen haben und mich bitten, laß nach, dann hör ich auf.

Fichte: Und wenn sie das nun nicht sagen, würdest du dann . .

Gunda: Dann wäre ich fähig, dann würde ich dazu fähig sein, sie ganz umzubringen.

Fichte: Pflegst du dich sehr?

Gunda: Ach doch, ja, doch, das tue ich schon.

Fichte: Sind die Mädchen, mit denen du geschlafen hast, sehr dreckig?

Gunda: Nein, sie sind sauber.

Fichte: In euren Kreisen ist man sauber?

Gunda: Ja.

Fichte: Hast du Angst vor Geschlechtskrankheiten?

Gunda: O ja.

Fichte: Hast du schon mal welche gehabt?

Gunda: Nein.

Fichte: Sind Geschlechtskrankheiten unter Lesbierinnen sehr verbreitet?

Gunda: Ich weiß es nicht, ich bin dreizehn Jahre so veranlagt, ich habe es noch nie gehabt.

Fichte: Würdest du nun aus purem Mitleid mit einem Mann oder mit einer Frau ins Bett gehen?

Gunda: O ja, ich glaube schon, wenn ich einen Mann interessant finde, und wenn er mir einiges bieten könnte, ich meine so, wenn ich mit ihm irgendwo hingehe, und er weiß sich zu beweisen und zu behaupten und ich glaube schon, daß ich mit einem Mann ins Bett gehen könnte, um nur dem Mann den Gefallen zu tun, daß er seine Befriedigung hat, ich selber würde nichts empfinden dabei.

Fichte: Und mit einer Frau auch?

Gunda: Mit einer Frau nur dann, wenn ich irgendwie Gefallen daran finde.

Fichte: Also wenn eine abstoßende Frau für dich käme, ich glaube alte Frauen sind nicht sehr anziehend für dich . .

Gunda: O nein.

Fichte: . . und sie würde nun wirklich auf den Knien vor dir flehen.

Gunda: . . nein . . könnt ich nicht . .

Fichte: . . würdest nie mit ihr ins Bett gehen.

Gunda: Nein, könnt ich nicht.

Fichte: Für Geld würdest du mit einer Frau gehen?

Gunda: Auch nicht, nein.

Fichte: Eine Frau, die dich abstößt, würdest du nie befriedigen können für Geld?

Gunda: Nein, nein.

Fichte: Auch wenn sie dir sehr viel Geld bietet?

Gunda: Auch nicht.

Fichte: 50 000 Mark?

Gunda: Auch nicht. Ich weiß nicht, ich würde es vielleicht tun, wenn ich in Geldnot wäre, ja, ich würde mich aber dermaßen ekeln und würde es tun und würde denken, hoffentlich ist es schnell vorbei, hoffentlich ist die Frau schnell befriedigt und fertig.

Fichte: Und das wäre auch bei einem Mann der Fall?

Gunda: Ja, das kann auch sein.

Fichte: Hast du, als du klein warst, oft daran gedacht, daß deine Eltern miteinander geschlechtlich verkehrt haben?

Gunda: Ach Gott, als Kind, Menschenskinder, mit neun Jahren kam ich ins Heim, da hat man viel erzählt, aber ich habe schon als kleines Kind, wie alt war ich da, sieben, bin ich mit der Taschenlampe bei meinem Onkel ins Bett gekrochen, er hat gemacht, als wenn er geschlafen hat, und ich hab ihn beleuchtet, habe alles angeguckt, das ganze Geschlechtsteil, ich habe gedacht, mein Gott, warum hast du nicht so was, warum er nur, ich habe mir aber nichts weiter dabei gedacht.

Fichte: Hast du dich als Kind schon als Mann verkleidet?

Gunda: Ja, bei Gesellschaftsspielen zum Beispiel habe ich mich als Mann verkleidet.

Fichte: Hat es dich sehr geärgert, als du mit einemmal merktest, daß die kleinen Jungs im Stehen pinkeln können? . .

Gunda: Ja, ja, richtig, ich wollte auch immer im Stehen pinkeln, hab es versucht, hab die Hand hingehalten, und das ging immer daneben, das ging immer in die Hose.

Fichte: Und von dem Moment an hast du dich schon für Mädchen interessiert, wolltest du da den kleinen Jungen imitieren?

Gunda: Nein, nein, ich weiß nicht, wie ich das jetzt sagen soll, aber als kleines Mädchen schon, wenn ich von meiner Tante einen Kuß bekam, habe ich mich gescheut gefühlt, habe Angst bekommen, und dann im Heim habe ich das gemerkt, zu Mädchen habe ich mich hingezogen gefühlt, die Gefühle waren da, bis es eben passierte, wie ich vierzehn war, mit der Praktikantin, da habe ich das wirklich gewußt, daß ich mit Mädchen irgendwie besser zusammenkomme wie mit Männern.

Fichte: Und hast du nie den Gedanken gehabt, ich will jetzt selbst der Mann sein, ich will der sein, der so tut, als hätte er so ein Ding?

Gunda: Vielleicht schon, aber dann muß es unbewußt gewesen sein.

Fichte: Und du hast auch nie daran gedacht, ich will so sein wie mein Vater?

Gunda: Manchmal habe ich mir das gewünscht, da hab ich mir wirklich gewünscht, so zu sein wie mein Vater, so robust, so zum Beispiel, wie er meine Mutter genommen hat, er hat sie dazu gezwungen, mit ihm intimen Verkehr zu haben, ja.

Fichte: Das hat sie dir oft erzählt.

Gunda: Das hat sie mir einmal erzählt, ein einziges Mal. Er hat sie über eine Mauer gelegt, hat gesagt, wenn du nicht willst, dann knall ich dich ab, und da hab ich es mir gewünscht, du mußt genauso robust werden wie dein Vater, genauso brutal und gemein.

Fichte: Und hast du dir oft dieses Überdiemauerlegen vorgestellt?

Gunda: Ja, ich hab es sehr früh gesehen.

Fichte: Wann hat deine Mutter dir das erzählt?

Gunda: Mensch, wie alt war ich da? Das hab ich doch vorhin schon gesagt, das weiß ich jetzt gar nicht.

Fichte: Zwölf.

Gunda: Ja, das kann sein.

Fichte: Nicht früher?

Gunda: Nein.

Fichte: Und wann hast du deinem Onkel das Geschlechtsteil abgeleuchtet?

Gunda: Ja, da war ich zwölf.

Fichte: Und hast du dir je vorgestellt, daß du das Geschlechtsteil deines Vaters hättest?

Gunda: Ja, ich hab zwar in den Spiegel geguckt, ich habe geguckt, und da war nichts, und da habe ich gedacht, das kann nicht wahr sein, und trotzdem merkte ich eben, daß meine Empfindung zu einer Frau eben irgendwie schön war.

Fichte: Onanierst du viel?

Gunda: Ach ja.

Fichte: Findest du das schön, oder hast du ein schlechtes Gewissen, wenn du es tust?

Gunda: Nein, ich finde es schön, zum Beispiel wenn ich das mache, dann denke ich an meine Freundin, daß sie das persönlich tut. Ich onaniere und steck mir irgendwie einen Gegenstand rein, obwohl ich darauf nicht stehe, aber ich denke in dem Moment, das ist meine Freundin, daß sie das mit dem Finger macht, und dann empfinde ich sehr viel.

Fichte: Wie ist deine Einstellung zum Geld?

Gunda: Ach Gott, zum Geld, ich brauche nicht viel zum Leben, ich würde mit 5 Mark am Tag auskommen.

Fichte: Bist du sparsam?

Gunda: O ja, wenn ich Geld habe, ja.

Fichte: Wieviel Geld möchtest du haben?

Gunda: Wieviel Geld? Ich möchte so viel Geld haben, um meine Freundin aus dem Bordell rauszuholen, um mit ihr glücklich zu leben.

Fichte: Wieviel müßte das sein?

Gunda: Das müßte soviel sein, um ihr alles recht zu tun, was sie will.

Fichte: Eine Summe.

Gunda: Wie soll man das sagen, das ist schwer, 80 000 . .

Fichte: Hast du Geld selbst sehr gerne, Geldscheine, Geldstücke.

Gunda: Ja, ich habe Geld sehr gerne, aber nicht, um damit rumzuprahlen, was ich bin oder was ich habe, sondern um einem Menschen einen Gefallen zu tun, um ihm zu helfen. Wenn einer zu mir kommen würde und würde sagen, ich brauche Geld, dann würde ich ihm geben, ohne weiteres.

Fichte: Und faßt du Geld gerne an, wühlst du gerne in Geldhaufen?

Gunda: Wenn ich es habe, ja. Ich zähle es manchmal und denke, es wird mehr und mehr.

Fichte: Schmeißt du es auch in der Luft rum oder . .
Gunda: So ungefähr ja, wenn ich lustig bin, ja.
Fichte: Bist du oft lustig?
Gunda: Ach ja, wenn ich was getrunken habe, ja.
Fichte: Was würdest du tun, wenn du unermeßlich viel Geld hättest?
Gunda: Dann würde ich verrückt spielen, glaube ich.
Fichte: Ja, und was wäre das?
Gunda: Sämtliche Menschen ausnutzen, ihnen Geld schenken und alles mögliche tun, richtig irrsinnig frei leben.
Fichte: Hast du mal den Gedanken gehabt, daß du ein ganz normales Mädchen mit Geld lesbisch machen möchtest, nur um dich an dem Mädchen zu rächen?
Gunda: Das gibt es, ja, das habe ich auch schon gedacht, wenn ich jetzt Geld hätte, dann möchte ich irgendwie so ein normales Mädchen mal kennenlernen und sie durch Geschenke und so irgendwie dazu bringen, um mir hörig zu werden sozusagen, wirklich.
Fichte: Hast du ein sehr stark ausgeprägtes Ehrgefühl?
Gunda: Ach, Ehrgefühl, ach nee, das nicht undedingt, aber wenn man mich verletzt, dann kann ich mich auch wehren.
Fichte: Was verletzt dich?
Gunda: Was verletzt mich? Wenn man zum Beispiel sagt, daß ich dumm bin und ich bin irgendwie dumm, das weiß ich selber, oder man sagt, ich bin primitiv oder ich habe keine Ahnung von nix, und das finde ich gemein.
Fichte: Oder wenn man sagt, du bist lesbisch?
Gunda: Doch, das auch, das verletzt mich irgendwie.
Fichte: Wer hat dir eingeredet, daß du dumm seist?
Gunda: Das ist, seitdem ich mit meiner Freundin zusammen bin, und die sagt viel zu mir, du bist dumm, du kannst dich nicht vor Menschen behaupten, dann sag ich, liebe Helga, ich bin im Heim groß geworden, ich bin aus dem Gefängnis gekommen, das sind gewisse Hemmungen, Minderwertigkeitskomplexe, die ich habe, und das begreifst du nicht.
Fichte: Tut sie das, um sich an dir zu rächen?
Gunda: Das kann ich mir schon denken, ja.

Fichte: Und wie rächst du dich an ihr?

Gunda: Indem ich ihr weh tue, indem ich ihr vorwerfe, daß sie im Bordell ist, und wenn sie mich liebt, so wie sie schreibt, und wie sie sagt, dann kann sie auch anders, dann kann sie eine normale Arbeit annehmen, und dann sagt sie zu mir, nee, du, mit 5 Mark kann ich nicht leben am Tag. Wenn man wirklich glücklich ist und man bildet sich das ein, glücklich zu sein, dann kann man das auch, auch mit 5 Mark.

Fichte: Du könntest das?

Gunda: Ich könnte das. Hauptsache, der Mensch hat mich lieb, und ich habe den Menschen lieb, wirklich.

Fichte: Bist du sehr rachsüchtig?

Gunda: Ja, nur dann, wenn ich das Mädel irgendwie liebe und verstehe und die würde mich dermaßen verletzen, dann könnte ich gemein werden, aber das ist Momentsache, das wird schnell vergehen wieder bei mir.

Fichte: Bist du nicht nachtragend?

Gunda: Ach, nein, das nicht.

Fichte: Du vergißt Beleidigungen?

Gunda: Ja.

Fichte: Gibt es viele Dinge, die du als unanständig empfindest, unpassend?

Gunda: Ja, ich weiß nicht, ob das ganz richtig ist, wenn ich das sage, daß ich Sittlichkeitsverbrecher, das finde ich sehr fies und sehr gemein, aber sonst alles mögliche finde ich gut.

Fichte: Lügst du oft?

Gunda: Ach, so eine kleine Notlüge, ja.

Fichte: Aber in dem Interview hast du nicht gelogen?

Gunda: Nein.

Fichte: Verehrst du deine Mutter?

Gunda: Ja, hin und wieder ja.

Fichte: Soll man den Eltern gegenüber ehrerbietig sein?

Gunda: Nein, nicht unbedingt.

Fichte: Was erstrebst du im Leben?

Gunda: Ja, was soll ich erstreben? Ich möchte einen Menschen wirklich finden, den ich lieb habe, der nicht für mich sorgt, sondern für den ich sorgen kann, indem ich arbeite und vernünftig bin und alles mögliche tue, aber das langt meistens nicht. Die Menschen wollen mehr und mehr und mehr und noch mehr.

Fichte: Hast du Schuldgefühle, ein schlechtes Gewissen?

Gunda: Nein, momentan nicht.

Fichte: Bereust du viele Dinge in deinem Leben?

Gunda: O ja, wenn ich aus Streit und wenn ich eine Affekthandlung begehe, dann ja.

Fichte: Schämst du dich leicht?

Gunda: Schämen? Wenn mich einer dermaßen beleidigt, dann ja.

Fichte: Würdest du dich gerne ausziehen, würdest du gerne an den FKK-Strand gehen?

Gunda: Nein, da habe ich Hemmungen, warum weiß ich nicht, vielleicht, weil ich so veranlagt bin.

Fichte: Aber du findest deinen Körper schön?

Gunda: Nein, finde ich nicht schön.

Fichte: Ekelst du dich leicht?

Gunda: Ja.

Fichte: Vor Fröschen, Schlangen und Mäusen?

Gunda: Fröschen und Schlangen nicht, nein, aber vor Menschen, wenn sie Pickeln im Gesicht haben, wenn sie eklige Manieren an sich haben, ja.

Fichte: Was sind eklige Manieren für dich?

Gunda: Ach, wenn sie essen, und dabei schmatzen und der Saft läuft ihnen runter an der Seite, all so was.

Fichte: Kennst du ein Verantwortungsgefühl, für deine Freundin zum Beispiel?

Gunda: Ja, wenn ich merke, daß sie bedroht wird und wenn ich ihr helfen muß, wenn ich ihr beistehen muß, dann tu ich das, und ich möchte ihr auch so helfen ohne Geld, kameradschaftlich, wirklich, das sieht sie aber nicht ein.

Fichte: Bist du sehr nervös?

Gunda: Ich habe gerne Musik um mich, auch gerne sehr viel Ablenkung.

Fichte: Würdest du sagen, daß du taktlos seiest oder hast du ein Taktgefühl?

Gunda: Manchmal schon, es kann auch vorkommen, daß ich taktlos bin.

Fichte: Bist du treu?

Gunda: O ja, wenn ich einen Menschen wirklich liebe und mir das wirklich einbilde, den Menschen zu lieben, dann bin ich treu, habe ich keinen Gedanken, mit jemand anders zu gehen, weil ich das bei meiner eigenen Freundin finde, was ich bei den anderen Menschen suche.

Fichte: Und du könntest also jahrelang mit der gleichen Freundin zusammen leben?

Gunda: Ja.

Fichte: Bist du verschwiegen?

Gunda: O ja, nur wenn ich das interessant finde, daß man über meine Freundin was sagt, dann gebe ich meinen Kommentar dazu.

Fichte: Würdest du sagen, du bist ein trauriger Mensch oder ein fröhlicher?

Gunda: Das kommt darauf an, mal traurig, mal fröhlich.

Fichte: Was ist deine liebste Farbe?

Gunda: Meine liebste Farbe ist, ja was ist es? Türkis.

Fichte: Bist du neidisch?

Gunda: O ja.

Fichte: Auf was?

Gunda: Wenn ich zum Beispiel mit meiner Freundin durch die Straße gehe, und ich merke, daß sie bewundert wird, dann bin ich neidisch.

Fichte: Bist du hochmütig?

Gunda: Nein.

Fichte: Bist du ängstlich?

Gunda: Ja, manchmal ja, wenn ich irgendwie Filme sehe, die mich besonders beeindruckt haben, obwohl das alles Spinnkram ist, dann bin ich ängstlich.

Fichte: Warst du als Kind ängstlich, in einem dunklen Zimmer alleine zu sein?

Gunda: Ja.

Fichte: Sehr?

Gunda: Ja.

Fichte: Wann fing das an?

Gunda: Ach, sehr früh eigentlich, mit sieben Jahren, weil ich da mal was erlebt habe, wovor ich ewig noch Angst haben würde .. wenn einer ins Zimmer reinkommen würde. Es war mein eigener Bruder, der ins Zimmer reinkam, sein Geschlechtsteil raushängen hatte und hat zu mir gesagt, schau mal, Gunda, was ich hier habe ..

Fichte: .. das war mit sieben Jahren?

Gunda: Da war ich sieben Jahre, und da hab ich gesagt, Heinz, was hast du denn da, hast du dich gestoßen? Ich wußte nicht, was das ist, und da hat er bei mir versucht so und so, und davor habe ich wahnsinnige Angst.

Fichte: Das erste Mal mit diesem Mann ..

Gunda: .. der mich unsittlich anfassen wollte, mit fünf Jahren.

Fichte: Und dann kam dein Bruder ..

Gunda: .. dann mein Bruder und dann mit zwanzig Jahren die drei Männer, die mich dazu gebracht haben ..

Fichte: .. und daher hast du auch ein Kind?

Gunda: Ja.

Fichte: Liebst du dieses Kind?

Gunda: Ja, ich liebe das Kind, obwohl meine Mutter zu mir gesagt hat, tu es weg, mach eine Abtreibung, aber warum soll ich eine Abtreibung machen, das Kind kann doch nichts zu.

Fichte: Fandest du es ganz schön, so erniedrigt zu werden?

Gunda: Nein, das allerdings nicht, man hätte es auch anders versuchen können.

Fichte: Aber fühltest du dich dabei vielleicht ein bißchen an die Situation deiner Mutter erinnert, über der Mauer?

Gunda: Nein, in diesem Moment habe ich nicht daran gedacht.

Fichte: Hast du ein Pflichtgefühl? Deinem Kind gegenüber?

Gunda: Das schon, ich habe meinen Sohn jetzt fünf Jahre nicht gesehen, aber hin und wieder, wenn ich alleine bin, dann denke ich daran und denke, was tut er, was macht er, aber ich weiß, daß ich mich nicht sorgen brauche, weil meine Tante sehr darauf achtet.

Fichte: Hast du Komplexe?

Gunda: Ja, ich habe sehr viele Minderwertigkeitskomplexe.

Fichte: Und warum?

Gunda: Ich weiß nicht, weil ich im Heim groß geworden bin, weil ich das nicht verstehe, irgendwie mit Menschen umzugehen, wenn ich mit meiner Freundin irgendwie ins Lokal gehe und ein Mann guckt, dann habe ich dermaßen Komplexe, daß ich nicht reden kann, das ist komisch, ich versteh es selbst nicht.

Fichte: Du hast es doch sehr leicht, Mädchen anzumachen.

Gunda: Das schon, aber bei mir fehlt irgendwie was, weiß ich nicht.

Fichte: Würdest du nun sagen, daß du in den lesbischen Kreisen im Moment eines der begehrtesten Mädchen bist?

Gunda: Ach nein.

Fichte: Glaubst du, daß du sehr hübsch bist?

Gunda: Nein, auch nicht.

Fichte: Magst du Juden?

Gunda: Juden, warum nicht, das sind genau solche Menschen wie wir.

Fichte: Neger?

Gunda: Auch, ja.

Fichte: Hast du was gegen die Gammler und gegen die Rocker?

Gunda: O nein, das finde ich sehr interessant zum Beispiel.

Fichte: Würdest du da mitmachen?

Gunda: O, natürlich.

Fichte: Was hältst du von männlichen Homosexuellen?

Gunda: Einesteils kann ich sagen, das finde ich sehr interessant, weil man mit diesen Menschen über alles mögliche diskutieren kann.

Fichte: Gehst du oft in homosexuelle Bars?

Gunda: O ja.

Fichte: Was für Freunde hast du?

Gunda: Ja, das sind im allgemeinen, das sind sehr brutale und sehr gemeine Typen, und warum ich mir diese Typen halte, weiß ich auch nicht, vielleicht um von denen zu lernen.

Fichte: Sind das Schwule hauptsächlich?

Gunda: Ja, hin und wieder, ja.

Fichte: Was nennst du gemeine und brutale Typen?

Gunda: Gemeine und brutale Typen, das sind die, die Mädels aushalten und schlagen und alles mögliche tun. Die Homosexuellen bevorzuge ich doch, weil man sich mit denen wirklich sehr nett unterhalten kann und weil das auch hin und wieder gute Kameraden sind.

Fichte: Hast du viele Freunde?

Gunda: Nein, in der Beziehung sind es ja viele, die ich kenne, aber Freunde sind es wenige.

Fichte: Und hast du Freundschaften zu Frauen, die du nicht sexuell begehrst.

Gunda: Ja.

Fichte: Würdest du lieber einem Mann oder einer Frau vertrauen?

Gunda: Nein, ich glaube der Frau.

Fichte: Wie stellst du dir nun die Erziehung deines Kindes vor?

Gunda: Mein Kind, ich weiß nur, daß es in guten Händen ist und daß ich mir Gedanken darüber mache, aber was es wird, ich möchte nur eins, daß mein Kind homosexuell wird.

Fichte: Ist es ein Junge oder ein Mädchen?

Gunda: Ein Junge.

Fichte: Und du möchtest, daß er nur mit Männern . .

Gunda: Will ich, ja.

Fichte: Warum?

Gunda: Weil ich selbst das Gefühl habe, daß ich, wenn ich Mann wäre, so sehr, ich wünsche, daß mein Junge mit Männern geht, weil ich das nicht anders tu, weil ich die normalen Menschen irgendwie hasse, nicht, aber weil ich sie verabscheue.

Fichte: Du hättest also nichts dagegen, wenn dein Junge mit dreizehn Jahren von einem Mann verführt wird.

Gunda: Nein, wirklich nicht, ich würde auch nie eine Anzeige machen.

Fichte: Du würdest es ihm sogar raten?

Gunda: Ja.

Fichte: Und es unterstützen?

Gunda: Ja.

Fichte: Glaubst du nicht, daß dein Sohn ein sehr schweres Leben haben würde als Homosexueller?

Gunda: Ja, das ist klar, aber es gibt Momente zwischen Frauen und Männern, wo man glücklich ist, das kann ein halbes Jahr dauern, vier Monate oder drei, man fühlt sich glücklich, und dann kommt ein Niederschlag und dann kommt der nächste, und die Menschen, die so veranlagt sind, die finden immer weiter, wirklich, immer weiter.

Fichte: Hast du irgendwelche politischen Vorstellungen, die du deinem Sohn übermitteln möchtest?

Gunda: Nein.

Fichte: Würdest du ihn religiös erziehen?

Gunda: Nein, auch nicht.

Fichte: Glaubst du an Gott?

Gunda: Ach, doch, ja, hin und wieder, dann bete ich schon mal, wenn ich sehr verzweifelt bin, dann bete ich.

Fichte: Bist du katholisch oder evangelisch?

Gunda: Nein, evangelisch.

Fichte: Aber das ist für dich ohne Bedeutung?

Gunda: Ja.

Fichte: Und wie stellst du dir Gott vor?

Gunda: Ach, Gott, Menschenskind, man ist manchesmal so verzweifelt und man betet und wartet auf Hoffnung und es geschieht nichts, aber trotzdem glaube ich an Gott. Als kleines Kind, da habe ich meine Hände gefaltet und habe reingeschaut und habe gedacht, darin steht der Jesus oder der liebe Gott, aber heute nicht mehr, da habe ich direkt eine Figur gesehen, die in meinen Händen stand, ganz klein, wie ein kleiner Schlumpf, so klein, aber heute nicht mehr. Aber trotzdem glaube ich dran.

Fichte: Ist Gott für dich männlich oder geschlechtslos?

Gunda: Nein, geschlechtslos, weil er für Frauen, für Tiere, für alles sorgt.

Fichte: Und du erzählst, wenn du betest, von deinem Liebeskummer zum Beispiel.

Gunda: Auch, ja, von allem, was mich bedrückt.

Fichte: Auch vom Quälen.

Gunda: Auch.

Fichte: Und du glaubst, er versteht dich?

Gunda: Doch, er muß mich verstehen.

Fichte: Du glaubst auch, daß er das nicht verdammt, was du tust.

Gunda: Vielleicht ist er mir böse, aber es dauert nicht lange, er würde mir auch wieder vergeben.

Fichte: Was glaubst du, müßte er dir vergeben?
Gunda: Zum Beispiel, wenn ich einen Menschen mißhandle, und wenn ich ihn, nicht prügle, wenn ich mich gemein benehme, dem Menschen gegenüber, und wenn ich ihn darum bitte, daß er mir deswegen verzeihen soll, dann muß er das doch bestärken, dann muß er vergeben.
Fichte: Arbeitest du gerne?
Gunda: Ja. Ich möchte so gerne arbeiten, ich möchte zum Beispiel – jetzt komme ich wieder auf meine Freundin zu sprechen – ich möchte arbeiten, um meiner Freundin zu beweisen, daß ich nicht von ihr abhängig bin, und das ist so schlimm, wenn man im Gefängnis war, ich habe nie sehr viel gearbeitet, nie.
Fichte: Kriegtest du gut zu essen, im Gefängnis?
Gunda: Nein.
Fichte: Wie war das Gefängnisessen?
Gunda: Furchtbar. Jeden Tag, ich meine, jeden Tag gab es etwas anderes, aber jede Woche hat sich das wiederholt, immer das gleiche.
Fichte: Hast du etwas lernen können?
Gunda: Auch nicht, nein.
Fichte: Konntest du lesen?
Gunda: Lesen konnt ich.
Fichte: Was hast du im Gefängnis . .
Gunda: Vierzehn Tage saß ich ohne ein Buch, ohne alles, ohne Arbeit.
Fichte: In Einzelhaft.
Gunda: Ja, in Einzelhaft, weil bei mir in der Akte ein großes L stand.
Fichte: Und was heißt dieses L?
Gunda: Lesbisch.
Fichte: Und ihr hattet männliche Wärter oder weibliche?
Gunda: Weibliche.
Fichte: Haben die dich sehr gequält?
Gunda: Ja.
Fichte: Wie, körperlich oder?
Gunda: Das kam mir schon sehr sadistisch vor, bei diesen Typen.
Fichte: Wo warst du im Gefängnis?

Gunda: In Lübeck, in Kiel, in Frankfurt und in München.

Fichte: Wie lange im ganzen?

Gunda: Zwei Jahre und vier Monate.

Fichte: Und wie bist du gequält worden?

Gunda: Das kam mir sadistisch vor, die haben mich dermaßen provoziert und haben sich lustig gemacht über mich, da wirst du behandelst, da wirst du morgens geweckt, bekamst zu essen, dann wurde die Tür zugeknallt, in der Freistunde mußtest du antreten, wurdest du durchsucht, ob du keinen Brief hattest, keine Zigarette zum Schmuggeln, gar nichts, dermaßen tierisch, wie ein Tier wurdest du dort behandelt.

Fichte: Bist du geschlagen worden?

Gunda: Ja, auch.

Fichte: Oft?

Gunda: Ja, wenn ich Strafen begangen habe, dann kam ich in Arrest, da habe ich sehr oft gesessen, sehr häufig. Da kamst du rein, in die Glocke zum Beispiel, das ist ein kleiner Raum, acht Meter hoch, da ist so eine Durchlüftung, oder wie heißt das? Durchlüftung, ja, und auf dem Fußboden so ein kleines Brett, wo du drauf schläfst und ein Wasserschlauch, und in einer Ecke mußt du ducken. So, und wenn du da krakeelt hast und rumgeschrien hast, dann kamen die Wärter rein mit dem Wasserschlauch, haben dich bespritzt, und wenn du dann nicht gehorcht hast, hast du Schläge bekommen mit der Peitsche, du wurdest behandelt wie ein Vieh.

Fichte: Hat es bei euch im Gefängnis sogenannte Rollkommandos gegeben?

Gunda: Was ist das?

Fichte: Daß du von drei oder vier Männern geschlagen wurdest.

Gunda: Ich bin so, daß ich mich gegen einen Mann wehren kann, wenn ich gemein bin, dann wehre ich mich gegen zwei.

Fichte: Du bist also nie von mehreren geschlagen worden?

Gunda: Nee, von mehreren nicht, aber einmal standen sechs da in meiner Zelle, wo ich in der Glocke war, da haben mich drei festgehalten, und der vierte hat zugehauen, und das werde ich nie vergessen, und ich habe versucht, Anzeige zu machen, aber das ging nicht.

Fichte: Möchtest du noch einiges aus dem täglichen Leben mit deiner Freundin erzählen.

Gunda: Ja, das ist sehr schwierig, aber ich versuche es trotzdem. Wenn ich es gut mit meiner Freundin meine und sie fühlt sich müde und ich sage ihr irgendwas Liebes, was Nettes, dann findet sie das langweilig, blubbert mich an und sagt, nerv nicht so, verschwinde, geh mir aus den Augen, ich kann dich nicht sehen, es ist egal, was es ist, und ich komm abends, wenn sie Feierabend gemacht hat, dann erzählt sie mir von alleine, den Gast hab ich gehabt, so und so viel Geld habe ich verdient, obwohl ich sie nicht danach gefragt habe, aber sie erzählt mir wirklich alles frei und offen, wenn ich eine kleine Randbemerkung mache, dann ist sie dermaßen eingeschnappt und macht mir Vorwürfe, wie kannst du nur so, du schickst mich auf den Strich, du lebst von meinem Geld, und das begreife ich nicht. Es kann die kleinste Möglichkeit sein, ich kann irgendwas sagen in Ruhe, das ist dann verkehrt, sie schreit mich dermaßen an, sie ist dermaßen mit den Nerven fertig, daß sie das gar nicht versteht. Aber ich kann es so gut meinen, wie ich will, sie will es nicht begreifen, was soll man da tun. Da kommt man allmählich dazu, einen Menschen dermaßen in die Enge zu treiben und irgendwie bös zu kommen, vielleicht will sie das, ich weiß es nicht, das ist so gemein von ihr. Ich meine das wirklich gut, und sie will es nicht wahrhaben, aber innerlich weiß sie, daß ich es wirklich gut meine mit ihr, obwohl ich kein Geld habe, obwohl ich von ihrem Geld lebe momentan, trotzdem meine ich das gut, das will sie nicht wahrhaben, tut mir auch leid. Mein Gott, in den dreizehn Jahren, wo ich so bin, habe ich viele Frauen kennengelernt und ich habe mir jedesmal eingebildet, die Frau zu lieben, mit der ich zusammen bin, aber jetzt weiß ich wirklich, was Liebe ist. Es kommt auch vieles durch das Intime, was man hat, wirklich. Mit der Helga kann ich machen, was ich will im Intimen, die kann ich nun auf den Kopf stellen, die findet das gut, und das kann man bei einfachen Mädchen nicht, da kann man nur das eine: französische Liebe oder mit dem Finger oder Küssen und bei der Helga kann man alles mögliche machen, das finde ich gut, wirklich, vielleicht fesselt mich das auch, das Intime, ob ich sie nun auspeitsche, ob ich sie schlage, ob ich sie kneife oder was, es ist egal, sie findet es gut, wenn sie in Ekstase ist, das findet sie herrlich. Ich selbst finde das auch gut, komisch. Ich finde es schön, wenn ein Mädchen in Ekstase ist, wenn man mit ihnen machen kann, was man will, wenn man sie festbinden kann am Bett, wenn man irgendwie auspeitschen kann, nicht toll, etwas, wenn man ihn quälen kann, bis er nicht mehr kann, bis er bettelt, bitte hab mich lieb, ganz vernünftig und ganz sanft, hab mich lieb, das finde ich so schön. Wenn ein Mensch darum bittet um die Liebe, wenn er bettelt, wirklich, das finde ich schick, viel nicht, aber das ist eine Genugtuung für mich. Wenn meine Freundin bei sich selber onaniert, und ich spüre die Berührung oder die Bewegung, die sie bei sich selber macht, da werde ich dermaßen durch wuschisch, daß ich vollkommen über sie stürzen kann und sie mit meinen Liebkosungen zerdrücken kann, das finde ich schön. Es gibt so irrsinnige Sachen, sämtliche Stellungen, die gibt es auch unter Männern und Frauen, aber unter Frauen, das ist so schön, die leichte Bewegung, die man spürt, wenn eine Frau sich selbst befriedigt vorm Spiegel, das ist schön, ich habe es wirklich in all den Jahren, wo ich so bin, kannte ich nur das eine, fingern, französische Liebe, aber nun dieses Abartige, sämtliche Stellungen und alles nur Übliche, Seifenmassage, ich find es schön.

Fichte: Und das hat dir Helga beigebracht?

Gunda: Nein, das hat Helga mir nicht beigebracht, wir haben es zusammen gemacht. Ich habe zu ihr gesagt, ich möchte das mal versuchen, das fand sie schick, daß sie sich dermaßen dran hochgezogen, ach Mensch, es gab Eigenartiges, sie stand auf dem Bett und hat mich ausgepeitscht, weil ich das verlangt habe, ich habe noch nie einen Schlag verlangt, noch nie in meinem Leben, bestimmt nicht. Ich habe so zu ihr gesagt, bitte peitsch mich, und sie hat mich ausgepeitscht, ich lag auf dem Bauch und sie hat mich gepeitscht, das war schick irgendwie, es hat weh getan, aber es war schön, und sie war dermaßen in Ekstase, daß sie gar nicht gewußt hat, daß sie im Bett gestanden hat und mich gepeitscht hat. Ich war auch weggetreten, aber jetzt weiß ich das wieder, das ist so schön. Mit einer Frau kann man viel erleben, bestimmt, wenn man zusammenpaßt, im Intimen, im Sexuellen.

Fichte: Ja, warum habt ihr dann immer soviel Trouble zusammen?

Gunda: Soviel Trouble, weil ich dermaßen eifersüchtig bin, weil sie hier im Bordell ist. Wie ich hier als Wirtschafterin gearbeitet habe, habe ich gedacht, Mensch, schon wieder ein Gast, mit dem macht sie wer weiß was, habe ich immer gedacht, sie hat Verkehr, sie hat alles mögliche mit dem. Allein der Gedanke, sie zieht sich aus und steht nackend vor den Männern, das hat mich dermaßen, das hat mich dermaßen angeekelt, aber das hat mich verrückt gemacht.

Fichte: Du bist hinterher dann ins Zimmer?

Gunda: Nee, konnte ich ja nicht, nein, das habe ich nicht getan, aber wenn sie rauskam nach einer Viertelstunde oder zehn Minuten, hab ich sie dermaßen komisch angeguckt, und wenn Feierabend war, hab ich mit ihr geschimpft. Menschenskinder, das ist ja ihr Geld, was sie verdient und alles mögliche das, sie empfindet ja nichts dabei und sie muß es eben. Ich versteh das nicht, daß ein Mensch, wenn er lesbisch ist, daß er das kann, ich bewundere sie, daß sie das kann, wirklich, es ist schwer.

Fichte: Machst du nun gerne Spaß, Flachs, flachst du viel rum?

Gunda: Doch, ich bin sehr lustig, es kommt darauf an, was für Menschen das sind.

Fichte: Liebst du die Freiheit?

Gunda: Irgendwie liebe ich die Freiheit, wiederum liebe ich das mit einem Menschen gebunden zu sein, fest.

Fichte: Wenn sie nun eifersüchtig wäre auf dich und jeden deiner Schritte überwachen würde, das fändest du gut?

Gunda: Nee, das würde ich nicht gut finden, aber dadurch wüßte ich, daß das Mädel mich eventuell liebt. Aber das ist ja gerade andersherum, ich überwache sie nicht direkt, aber ich frage, was hast du getan, und sie antwortet mir von allein, mit dem habe ich dies gemacht, mit dem habe ich jenes gemacht.

Fichte: Magst du Tiere gern?

Gunda: O ja, ich bin sehr tierlieb.

Fichte: Was sind deine liebsten Tiere?

Gunda: Hunde, Katzen, alles, sämtliche Tiere.
Fichte: Möchtest du gerne fremde Sprachen sprechen?
Gunda: Ja, Französisch zum Beispiel und Englisch.
Fichte: Lebst du gerne?
Gunda: Ja.
Fichte: Hast du oft an Selbstmord gedacht?
Gunda: Ja.
Fichte: Schon sehr früh?
Gunda: Ja, sehr oft, wenn meine Mutter mich enttäuscht hat und wenn sie gesagt hat, ich liebe dich nicht, du bist ein abgestoßenes Kind, dann habe ich vorgehabt, mich umzubringen.
Fichte: Hast du es mal versucht?
Gunda: Ja. Wenn ich einen Menschen liebe, zum Beispiel meine Freundin jetzt, und sie sagt, es ist Schluß, es ist aus, dann bin ich zu allem fähig, ich bin sogar fähig, den Menschen umzubringen, mich dann auch.
Fichte: Was hältst du von Selbstmördern?
Gunda: Man sagt im allgemeinen, daß sie gemein sind und feige, das ist nicht wahr, das ist eine gewisse Affekthandlung, wo sie nicht wissen, was sie tun, sie möchten das gerne und sie tun es auch manchmal, aber meistens im letzten Moment besinnen sie sich und tun es nicht, weil sie denken, das hat keinen Sinn.
Fichte: Würdest du einen vom Selbstmord abhalten?
Gunda: Ja, sehr gern, weil ich selbst den Gedanken immer habe.
Fichte: Wie würdest du Selbstmord begehen?
Gunda: Ich würde mich erschießen oder Schlaftabletten nehmen.
Fichte: Und denkst du bei den Schlaftabletten daran, daß man dich vielleicht noch findet?
Gunda: Nein. Bei mir in meinem Zimmer, wo ich lebe, denn meine Wirtin kommt nie rein, nur wenn ich sage, sie soll mich wecken, aber sie kommt nie rein. Wenn man Schlaftabletten nimmt, dann soll man das so tun, daß kein Mensch einen findet.
Fichte: Ja, würdest du dich nicht freuen, wenn du Selbstmord begangen hast und deine Freundin würde dich wieder aufwecken?
Gunda: Ich meine, ich nehme nur die Schlaftabletten und ich

hoffe darauf, daß sie in dem Moment anruft und mich verlangt, aber wenn ich nicht ans Telefon komme, daß sie kommt, sicher, aber wenn ich mir fest vornehme zu sterben, dann möchte ich es auch.

Fichte: Hast du deiner Freundin schon mal gesagt, daß du Selbstmord begehen würdest?

Gunda: Ja, davor hat sie Angst. Sie sagt, du drohst mir mit deinen Selbstmordversuchen, und ich sag: Helga, nicht. Aber sie selber hatte Tabletten geschluckt, hat gesagt, ich liebe dich und bleib bei mir, wenn du gehst, nehme ich mehr Tabletten, aber das darf ich ihr alles nicht sagen.

Fichte: Aber warum behandelt sie dich so schlecht?

Gunda: Ich weiß nicht warum, weil sie durch ihren eigenen Ehemann so behandelt wurde, wahrscheinlich.

Fichte: Und du glaubst, daß sie sich entschieden hat zur lesbischen Liebe?

Gunda: Ich weiß es nicht, ich glaube sogar, daß sie für einen Mann was empfindet, nämlich wenn ich sie befriedigen möchte, und wenn ich sie intim anfasse und das mit dem Finger mache, dann empfindet sie dabei, und ich weiß ganz genau, wenn man nämlich empfindet, wenn man das mit dem Finger macht, daß man bei einem Mann auch was empfindet. Das kann sie mir nicht abnehmen.

Fichte: Hast du Angst vor dem Tod?

Gunda: Nein.

Fichte: Macht es dir was aus, bei Sterbenden zu sitzen?

Gunda: Nein.

Fichte: Hast du das schon gemacht?

Gunda: Ja.

Fichte: Hast du Angst vor Toten?

Gunda: Nein.

Fichte: Gehst du auch nachts über den Friedhof?

Gunda: Nein.

Fichte: Davor hast du Angst?

Gunda: Davor habe ich Angst.

Fichte: Warum?

Gunda: Weil ich denke, daß es Scheintote gibt.

Fichte: Hast du so was schon erlebt?

Gunda: Nein, das nicht, aber ich habe gehört.

Fichte: Was hältst du von alten Menschen?

Gunda: Ach Gott, alte Menschen, die finde ich interessant, die können gut erzählen aus dem Leben. Habe Mitleid mit alten Menschen.

Fichte: Wann sagst du von jemandem, von einem Mann oder einer Frau, daß sie dein Freund ist?

Gunda: Wann, das ist sehr schwierig, mir kann kein Mensch helfen, wenn ich am Ende bin, mir können Menschen helfen, wenn ich obenauf bin, es sind trotzdem meine Freunde, es sind immer meine Freunde.

Fichte: Was würdest du für einen Freund alles tun?

Gunda: Alles mögliche. Wenn ich ihn wirklich lieb haben würde, dann würde ich alles tun, was er von mir verlangt, nicht daß ich ihm hörig bin oder was, aber ich würde alles tun.

Fichte: Würde ein Mensch auch dein Freund sein, wenn er einen Mord begangen hat?

Gunda: O ja! Dann grade! Weil ich selbst dazu fähig wäre, also, weil ich selbst dazu fähig sein würde, wenn ein Mensch einen Mord begangen hätte, dann sucht er Schutz, vielleicht begeht er noch einen Mord, und noch einen und noch einen, vielleicht selbst an mir, aber ich würde ihm helfen, obwohl ich irgendwie Angst haben würde, aber ich würde ihm helfen, weil ich selbst das tun könnte.

Fichte: Unter jeder Bedingung, auch wenn es ein Raubmord ist?

Gunda: Auch dann.

Fichte: Und wenn es ein Mord an deinem Kind wäre?

Gunda: Dann nicht.

Fichte: Was ist da der Unterschied?

Gunda: Mein Gott, Mord. Warum morden Menschen, warum denn. Vielleicht finden sie Genugtuung daran, vielleicht ist es eine Affekthandlung, vielleicht ist es wer weiß was, aber an einem Kind versteh ich das nicht, weil das im Grunde genommen Sittlichkeitsverbrecher sind, die davon eine Genugtuung haben, ein Kind irgendwie zu vergewaltigen, nee, das verstehe ich nicht. Aber so Mord . .

Fichte: Und du glaubst, auch das Gesetz müßte einschreiten gegen Sittlichkeitsverbrecher.

Gunda: Ja.

Fichte: Was sollte man da tun?

Gunda: Ja, was soll man da tun? Wenn ich da irgendwie in einem höheren Amt sitzen würde, ich würde die Sittlichkeitsverbrecher kastrieren, die würde ich Stück für Stück würde ich denen den Pimmel abhacken.

Fichte: Und wenn es Frauen sind?

Gunda: Und wenn es Frauen sind, dann würde ich irgendwie versuchen, die Triebe zu nehmen.

Fichte: Was war dein angenehmstes Erlebnis?

Gunda: Mein angenehmstes Erlebnis? O, das kann ich nicht sagen.

Fichte: Dein unangenehmstes?

Gunda: Mein unangenehmstes, das war, wo die drei Männer mich überfallen haben.

Fichte: Nicht als der Mann versucht hat, sich an dir zu vergehen?

Gunda: Mit fünf Jahren? Das weiß ich nicht mehr, das hat mir meine Mutter erzählt, das weiß ich nicht, aber ich weiß nur die drei Männer da, das vergesse ich nie, wie Tiere, wie Raubtiere waren die.

Fichte: Wie sollte ein Mann deiner Meinung nach sein?

Gunda: Ein Mann, der müßte mich verstehen und müßte versuchen, mich zu nehmen, müßte Geduld mit mir haben, sehr viel Geduld. Ich weiß, wenn ein Mann mit mir Geduld hat, daß ich das nie schaffen würde, nie, auch wenn ich es selber möchte, ich würde es nie schaffen.

Fichte: Sollte ein Mann deinem Vater ähnlich sein?

Gunda: Obwohl ich meinen Vater irgendwie verehrt habe, ich glaube nicht, nein.

Fichte: Hast du nie daran gedacht, mit deinem Vater irgendwelche zärtlichen Handlungen . .

Gunda: Ich wollte mal nach Frankreich, um mit meinem Vater Kontakte aufzunehmen, dann habe ich aber gehört von meiner Mutter, daß mein Vater verstorben ist.

Fichte: Und wie muß eine Frau sein, um dir zu gefallen?

Gunda: So wie meine jetzige Freundin, die muß tolerant sein, sich durchzusetzen wissen, mich zu nehmen wissen, die verletzt mich, die belügt mich, die schmeißt mich weg, alles, das tut weh, aber trotzdem, ich liebe sie, obwohl sie mich nicht liebt, aber ich liebe sie.

Fichte: Wie hast du sie kennengelernt?

Gunda: Ich habe sie in St. Pauli kennengelernt, wo ich an der Bar stand. Nun war es ganz nett und liebte ich, mit einem Händedruck fing alles an, es war schön, und so nach und nach entstand alles, der Streit, weil sie im Bordell ist, konnte ich nicht verstehen, daß sie mit Männern ins Bett ging, obwohl das ihr Geld war, sie empfindet nichts dafür, sagt sie mir, aber ich kann es trotzdem nicht verstehen. Wenn ich einen Menschen habe, dann möchte ich den für mich alleine haben.

Fichte: Was hälst du von der Polizei in Deutschland.

Gunda: Ach Gott, dein Freund, dein Helfer, sie können manchmal sehr nett sein, aber manchmal sehr unangenehm.

Fichte: Glaubst du, das die Frau in der Bundesrepublik gleichberechtigt ist?

Gunda: Nein.

Fichte: Warum nicht?

Gunda: Das kann ich nicht beantworten.

Fichte: Glaubst du, daß die Polizei in Deutschland foltert?

Gunda: Das ist auch, möcht ich nichts sagen.

Fichte: Foltern nicht, schlägt?

Gunda: Das kommt darauf an.

Fichte: Glaubst du, daß deine Mitmenschen dich gut leiden können oder glaubst du, daß sie dich nicht ausstehen können?

Gunda: Nein, ich glaube, daß ich verhaßt bin im allgemeinen.

Fichte: Warum?

Gunda: Weil ich ein komischer Typ bin, weil ich undurchsichtig bin wahrscheinlich.

Fichte: Gunda, wir haben uns jetzt fast zwei Stunden unterhalten, wir sitzen hier im Puff, im Zimmer von Mauli, an der Wand hängt ein Fell mit einem Pferd, gegenüber hängt eine Lithographie von Hausner, es ist schummrige Beleuchtung, man kann kaum was sehen, das Radio war gelegentlich an, es ist hier ganz ordentlich und ganz bürgerlich eingerichtet, es liegt eine Spitzendecke auf dem Tisch, und ich habe dich nun dauernd gefragt. Hast du es gerne gegeben, dieses Interview?

Gunda: Ja.

Fichte: Und du hast dich nicht gefühlt wie bei einer Vernehmung oder . .

Gunda: . . nein, nein, ganz und gar nicht, ich habe richtig frei und offen geantwortet, wenn ich konnte.

Fichte: Wie wird dein morgiger Tag aussehen?

Gunda: Ja, wie? Ich werde ins Bett gehen und werde aufstehen, werde mir Gedanken machen um meine Freundin, weil das nun eben Schluß ist, weil es aus ist.

Fichte: Wann gehst du ins Bett?

Gunda: Ja, ich weiß es noch nicht.

Fichte: Du wirst nichts tun, du wirst vielleicht essen . .

Gunda: . . gar nichts essen, rauchen und trinken . .

Fichte: . . und hoffen, daß sie anruft?

Gunda: Ja, warten.

Johnny
Sommer 1969

Fichte: Johnny, wie alt bist du?

Johnny: 21.

Fichte: 21. Womit verdienst du dein Geld?

Johnny: Ich geh auf den Strich.

Fichte: Was heißt das?

Johnny: Ja, ich gehe in die Lokale, in die Homosexuellenlokale rein und guck mich da nach einem Mann um, der mir was bezahlt dafür, daß ich mit ihm ins Bett gehe.

Fichte: Gibt es noch andere Treffpunkte?

Johnny: Nein, ich gehe nur in die Lokale rein oder in den Bahnhof, Hauptbahnhof.

Fichte: Gibt es keine Kinos?

Johnny: Ja, ein Kino auch, aber ich mein, das weiß ich bloß, daß es das Kino gibt, und ich bin auch in dem Kino, aber nur um Filme anzusehen.

Fichte: Und auf Klappen gehst du auch nicht.

Johnny: Nee, geh ich auch nicht.

Fichte: Und in Parks?

Johnny: Auch nicht, da halte ich nichts von.

Fichte: Wie lange gehst du schon auf den Strich?

Johnny: Ungefähr drei Monate.

Fichte: Und wie lange jeden Tag? Wieviel Stunden?

Johnny: Wieviel Stunden, das ist nicht viel. Bis ich so ungefähr 40 bis 50 Mark zusammenhabe. Ein- bis zweimal, mehr nicht.

Fichte: Du kriegst also jedesmal 20, 30 Mark. Und wie lange mußt du nun durchschnittlich dafür stehen, am Bahnhof, bis du deine zwei Freier gefunden hast?

Johnny: Oh, das ist lange, fünf bis sechs Stunden ungefähr.

Fichte: Was verlangen die Freier von dir?

Johnny: Ja, die meisten, die meisten wollen mich nur dazu haben, also da brauch ich fast gar nichts zu machen.

Fichte: Was heißt das?

Johnny: Ja, ein bißchen den Schwanz in die Hand nehmen, ein bißchen rumreiben und so, und die werden dann fertig, und die blasen ja auch und so.

Fichte: Mehr wird nicht verlangt?

Johnny: Nee, im Durchschnitt nicht. Es gibt auch welche, die verlangen dann mehr, aber das habe ich bis jetzt noch nicht gemacht, das bringe ich noch nicht fertig.

Fichte: Was?

Johnny: Ich würde nicht blasen, das würde ich nicht machen.

Fichte: Und was würdest du sonst nicht machen?

Johnny: Ich würde mir auch, also, keinen reinhauen lassen.

Fichte: Und du würdest auch keinen ficken?

Johnny: Doch, das würde ich machen.

Fichte: Für 20 Mark?

Johnny: Habe ich noch nie gemacht, also doch, ich hab es schon einmal gemacht, so ein paarmal, aber das ist dann ein ganz spezieller Freund von mir.

Fichte: Hast du nun auch Freier, die mit dir die ganze Nacht zusammen sein wollen?

Johnny: Die fragen mich dann, die mich dann nach Hause nehmen, die fragen mich dann, ob ich hier schlafen will oder so, und das ist ja ganz logisch, ich habe keine Wohnung, habe kein Zimmer, und dann sage ich ja, ich will hier schlafen.

Fichte: Das geht dann aber nicht die ganze Nacht, das ist nur einmal, und dann . .

Johnny: Ja, das ist nur einmal und dann schlafen.

Fichte: Die meisten gehen in Absteigen oder nehmen die meisten dich mit nach Hause?

Johnny: Die meisten nehmen mich mit nach Hause.

Fichte: Wieviel Freier hast du in diesen drei Monaten gehabt?

Johnny: O, sagen wir mal zwanzig Stück.

Fichte: Hast du Freier, die immer wieder zu dir kommen?

Johnny: Ja.

Fichte: Wie ist nun dein Verhältnis zur Polizei? Hast du den Berberschein schon bekommen?

Johnny: Ja, den Berberschein habe ich schon den zweiten.

Fichte: Und wenn du nun noch einen bekommst?

Johnny: Ja, dazu wird es nicht kommen, weil ich ins Gefängnis komme.

Fichte: Weswegen?

Johnny: Wegen Stadtstreicherei.

Fichte: Wie lange?

Johnny: Das kann bis zu zwei Monaten kann es da geben.
Fichte: Hast du diesen Berberschein von der Kriminalpolizei ausgestellt bekommen . .
Johnny: Die Sittenpolizei war das.
Fichte: In Zivil oder . .
Johnny: In Zivil; die haben mich mitgenommen und haben alles überprüft, also es ist nichts gegen mich vorgelegen, aber ich hatte keine Wohnung, keine Arbeit, nichts, und da haben sie mir den Berberschein ausgeschrieben.
Fichte: Warum gehst du auf den Strich?
Johnny: Weil es dann leichter ist, zu Geld zu kommen.
Fichte: Gäbe es nichts anderes?
Johnny: Doch, ich will aufs Schiff gehen, sonst will ich nichts machen.
Fichte: Hast du schon ein Schiff gefunden?
Johnny: Ja, aber erst in zwei Monaten kann ich da rauf, das kommt zurück wieder von Südamerika, dann kann ich drauf.
Fichte: Aha, und diese zwei Monate willst du also weiter auf den Strich gehen?
Johnny: Ja.
Fichte: Bist du vor den drei Monaten schon mal auf den Strich gegangen?
Johnny: Nein.
Fichte: Nun gibt es doch Gelegenheitsarbeit?
Johnny: Nee, würde ich nicht machen.
Fichte: Warum nicht?
Johnny: Das könnte ich unten, wo ich herkomme, da auch machen. Ich bin nur nach Hamburg gekommen, um aufs Schiff zu gehen. Und da ist noch ein anderer Grund. Mein Freund, der mich mitgebracht hatte von Süddeutschland, der ist homosexuell, der hat mich da reingebracht.
Fichte: Hast du Mädchen, die für dich auf den Strich gehen?
Johnny: Nein, zur Zeit nicht.
Fichte: Hast du das schon mal gehabt?
Johnny: Ja.
Fichte: Hier in Hamburg?
Johnny: Nein, in Stuttgart. In Hamburg auch schon, aber das

sind dann die, die schwarz auf den Strich gehen, nicht registriert sind und nicht . . das ist eine gefährliche Sache.

Fichte: Läßt du dir von Frauen auch Geld geben?

Johnny: Ja. Hatte ich nur eine bisher, die wird nie wieder kommen. Die steht auf lecken, und die bezahlt dann dafür.

Fichte: Was waren die absonderlichsten Erlebnisse in diesen drei Monaten mit den Freiern?

Johnny: O, das ist gut. Ja, das war der eine, den hab ich am Bahnhof getroffen, ja ich bin da so an einem Schließfach gestanden, da ist der an mir vorbeigerast, kann man sagen, im Eilschritt, und flüstert mir zu, ich soll mitkommen. Na ja, da bin ich hinterhergelaufen, das ist ja logisch. Dann sind wir so durch die Stadt gelaufen, das war so elf Uhr nachts, in irgendso einer Hausnische hat er angehalten und hat gesagt, ich soll ihm die Schuhe ausziehen und die Strümpfe, das hab ich gemacht. Und ich hatte vorher schon von dem gehört, habe ich gleich in den Schuh reingegriffen, und da waren 20 Mark drin. Die habe ich rausgenommen und habe sie eingesteckt. Jetzt hat er zu mir gesagt, du kriegst noch mal 50 Mark, wenn du mir die ganzen Kleider ausziehst und wegschmeißt. Habe ich auch gemacht. Habe die Kleider weggeschmissen, in die Elbe rein, und dann ist er rumgerannt, er ist der Gammlerkönig. Ich bin auf der Straße gestanden und habe gelacht, ich konnte nicht mehr, ich habe den ausgelacht, ja, dann bin ich gegangen, da hab ich den machen lassen, und ich hatte 70 Mark verdient, innerhalb von einer Viertelstunde.

Fichte: Hast du Leute schlagen müssen?

Johnny: Ja, ich mußte mal, o, ich mußte mal einen sehr zusammenschlagen. Der ist mit mir in ein Hochhaus reingegangen, in einen Aufzug, und mitten drin hat er den Aufzug angehalten und verlangte von mir, ich solle ihn jetzt verprügeln und beklauen. Ja, ich hab ihn verprügelt, ich hab zu ihm was gesagt, er muß erst mir eine geben, oder er muß mich irgendwie ärgern, daß ich auch zuschlagen könnte, sonst kann ich nicht zuschlagen, wenn einer nur sagt, gib mir eine, schlag mal zu, das kann ich nicht. Ja, und da hab ich gesagt, er soll mir mit der Faust eine ins Gesicht reinschlagen, und da hat er mir eine reingehauen, und da habe ich zurückgeschlagen, da habe ich ihn verprügelt und ihm dann die Brieftasche weggenommen, da waren 380 Mark drin.

Fichte: Das wollte er.

Johnny: Das wollte er, er wollte beklaut werden.

Fichte: Und hat dann auch nicht geschrien?

Johnny: Nein, aber er hat die Polizei angerufen, das gehörte auch dazu. Und ich bin dann abgehauen. Und ich weiß nicht, was daraus geworden ist, er hat ja meinen Namen nicht gewußt und nichts.

Fichte: Haben die Freier, wenn du mit ihnen gehst, immer sehr viel Geld bei sich?

Johnny: Nein, die haben nur so viel Geld bei sich, wie sie brauchen.

Fichte: Hast du bei anderen Freiern, mit denen du zu Hause warst, sehr wertvolle Gegenstände gesehen oder viel Geld?

Johnny: O ja, viel. Schon bei vielen. Der eine hatte Sachen dabei so von ägyptischen Gräbern und so, der hat eine Wohnung eingerichtet gehabt, ich kann den Wert nicht schätzen, aber mit etlichen zig tausend Mark, was da alles drin war, und dann hat er noch einen ganzen Packen Hundert-Mark-Scheine, also das waren auch so mindestens 5 000 bis 6 000 Mark.

Fichte: Hast du daran gedacht, ihm die wegzunehmen?

Johnny: Ich hatte den Gedanken dazu, ja, aber ich habe es wieder verworfen.

Fichte: Warum?

Johnny: Ich dachte nur so. Er hat mich gut bezahlt, und da kann ich immer wiederkommen, vielleicht krieg ich das nächste Mal mehr, denk ich, und da war ich viel zu weitsichtig. Ich würde da nie einen beklauen.

Fichte: Du hast auch nie jemand . .

Johnny: Nee, hab ich nicht.

Fichte: Ist dir der Gedanke gekommen, wenn einer nun so viel Geld hat, daß du den zusammenschlagen könntest oder umbringen könntest wegen des Geldes?

Johnny: Nein, umbringen würde ich keinen. Ich meine, wenn jetzt einer für meine Verhältnisse so viel Geld dabei hält, sagen wir 20 000 bis 30 000 Mark, ich glaube schon, daß ich dem eine geben könnte, geben würde, daß er umfallen würde, aber nicht tot sein würde, so mit der Faust eine aufs Kinn hauen oder so.

Fichte: Bis jetzt hast du aber keinen deiner Freier beklaut?

Johnny: Nein, keinen einzigen. Wenn ich aber wissen würde, daß das ein reicher Mann wäre, ein Bonze, der vielleicht 50 000 Mark mit einer Handbewegung abtut, den würde ich beklauen, 100%.

Fichte: Du sagtest, du wärst hier raufgekommen mit einem Kumpel. Seid ihr noch zusammen?

Johnny: Nein.

Fichte: Wo ist der Kumpel jetzt?

Johnny: Weiß ich nicht, der ist abgehauen.

Fichte: Habt ihr euch verkracht?

Johnny: Was heißt verkracht haben wir uns nicht, aber er wollte mit mir ins Bett gehen, und das wollte ich nicht.

Fichte: Aber du wußtest doch, daß er homosexuell war.

Johnny: Nee, das habe ich erst an dem Abend erfahren, an dem Abend, wo er mit mir ins Bett wollte. Ja, da waren wir zusammen zu dritt mit einem im Hotelzimmer, und als der dann wieder weg war, da haben wir uns schlafen gelegt. Und die Betten waren getrennt, das eine stand in dem Eck und das andere im anderen Eck. Auf einmal ruft er rüber, ich solle zu ihm herüberkommen, ja ich bin aufgestanden und bin rübergegangen, er sagt, ich soll mich zu ihm ins Bett legen, ja, da hab ich ihn gefragt, ob er beknackt ist, oder ob er nicht mehr ganz recht sei, er sagte, nee, ich solle doch auch mal mit ihm was machen, denke ich, nee, du, da habe ich keine Böcke drauf. Da sagt er, dann komme ich eben heut nacht zu dir, wenn du schläfst, da hab ich ganz freizügig gesagt, wenn du zwei blaue Augen dir holen willst, dann kannst du ja kommen. Weil ich das nicht mache, ich mach das nicht.

Fichte: Mit deinem Freund wirst du nie ins Bett gehen?

Johnny: Nee, mit einem, mit dem ich rumgezogen bin hier, sei es in Süddeutschland oder hier, mit dem ich rumziehe, mit dem ich das Geld zusammenschnurre, also Leute fragen, ob sie nicht mal 50 Pfennig haben oder so, wenn es einem dreckig geht, mit dem geh ich nicht ins Bett, da schäme ich mich, da geniere ich mich.

Fichte: Und ihr habt euch früher geholfen: wenn es dem einen schlechtging, und der andere hatte Geld, dann teiltet ihr das Geld?

Johnny: Genau, ja, er hat am Anfang besser angeschafft wie ich. Und zum Schluß war es dann so, daß er nur noch zu mir kam und Geld wollte, weil er nichts mehr fertigbrachte.

Fichte: Hattest du nicht einen Freier, der mit dir rumgereist ist?

Johnny: Ja, der ist nach Kopenhagen mit mir gefahren.

Fichte: Mußtest du mit dem jede Nacht zusammen schlafen?

Johnny: Ja, schlafen schon, nur wir haben nicht jede Nacht was miteinander gehabt.

Fichte: Was mußtest du da machen?

Johnny: Ja, ich will so sagen, daß war ein normaler Homosexueller, der hatte keine Extravaganzen.

Fichte: Was nennst du normal homosexuell?

Johnny: Nur abwichsen, sonst nichts. Ja, und der hat auch zu mir gesagt, wenn ich Mädchen treffen würde und so, die könnte ich ruhig mitnehmen auf das Hotelzimmer und so, das habe ich auch gemacht.

Fichte: Wollen die Freier küssen?

Johnny: Ja, so ziemlich alle, das mag ich nicht.

Fichte: Du hast noch nie einen Freier geküßt?

Johnny: Ja, so einen normalen Kuß, so einen richtigen Kuß, wie ich eine Frau küssen würde, nie.

Fichte: Gibt es auch Freier, die dafür bezahlen, daß du dich nun mit ihnen hinsetzt und redest?

Johnny: Ja, das gibt es auch.

Fichte: Was bezahlen die?

Johnny: Also ich habs, das höchste war bis jetzt 20 Mark, was ich von einem bekommen hatte.

Fichte: Sind das ältere oder jüngere?

Johnny: Das sind meistens ältere Leute.

Fichte: Was sind es überhaupt altersmäßig für Typen, die mit dir ins Bett gehen?

Johnny: Das sind alle Altersgruppen.

Fichte: Auch junge?
Johnny: Der jüngste, der war sogar ein Jahr jünger als ich, der war zwanzig.
Fichte: Und hat bezahlt wie die anderen?
Johnny: Der hat mir 80 Mark gegeben.
Fichte: Und warum gab er dir so viel?
Johnny: Weiß ich nicht.
Fichte: Was mußtest du machen?
Johnny: Was muß ich da machen, im Auto haben wir das gemacht, im Auto. Ja, das war so, ja: ich mußte ihn streicheln, so ganz sachte über den Rücken und über den Bauch fahren und unten rum, also immer bloß ganz sachte streicheln, der hat sich dabei einen gewichst. Von dem habe ich 80 Mark gekriegt.
Fichte: Was hast du im letzten Monat durchschnittlich verdient?
Johnny: Wenn ich alles zusammenrechne im letzten Monat, na, ich denk schon, daß ich so auf 1 000 Mark kommen werde.
Fichte: Hast du ein Bankkonto?
Johnny: Nee.
Fichte: Also du hast davon nichts zurückgelegt?
Johnny: Nein.
Fichte: Machst du eine Steuererklärung?
Johnny: Nee.
Fichte: Wofür gibst du nun dein Geld aus? Was ißt du?
Johnny: Ich esse fast nur kalt. Pommes frites, mal ein paar Brötchen, und wenn ich mal wenig, ganz wenig Geld habe, daß ich vielleicht nur 5 Mark habe oder so, dann geh ich am Bahnhof hin, kauf mir so ein Mohnbrot, das kostet eine Mark, und einen halben Liter Milch dazu, das reicht mir ein Weilchen wieder.
Fichte: Du ißt unregelmäßig?
Johnny: Sehr unregelmäßig.
Fichte: Wie oft am Tage ungefähr?
Johnny: Einmal, meistens einmal.
Fichte: Hast du Hunger?
Johnny: Nee.
Fichte: Im Moment nicht; aber hast du überhaupt Hunger kennengelernt, diese drei Monate?
Johnny: Ja, aber sehr wenig.

Fichte: Hast du manchmal an einem Tag nichts gegessen?
Johnny: Ja, schon drei bis vier Tage nichts gegessen.
Fichte: Was hast du dann zu dir genommen? Getrunken, Wasser getrunken?
Johnny: Ja, nur Wasser getrunken.
Fichte: Tabletten genommen?
Johnny: Ja, und Tabletten genommen, sehr viel Tabletten.
Fichte: Was für Tabletten?
Johnny: Captagon.
Fichte: Wieviel?
Johnny: Manchmal bis zu zehn Stück am Tag.
Fichte: Nur um den Hunger zu überwinden oder auch um die Müdigkeit zu überwinden?
Johnny: Die Müdigkeit und den Hunger, die sind gegen die Müdigkeit und gegen Hunger.
Fichte: Wo wohnst du?
Johnny: Nirgends. Ich habe kein Zimmer und keine Wohnung.
Fichte: Wo schläfst du?
Johnny: Meistens bei Freiern, die mich mitnehmen.
Fichte: Bei den Freiern in der Privatwohnung?
Johnny: Ja.
Fichte: Und auch im Hotel?
Johnny: Im Hotel, ja.
Fichte: Hat es viele Tage gegeben, an denen du keinen Freier hattest?
Johnny: Ja, viele, in den drei Monaten na, sagen wir zehn Tage.
Fichte: Was hast du in den zehn Tagen gemacht?
Johnny: Ja, da bin ich halt rumgerauscht, die ganze Nacht.
Fichte: Bahnhof?
Johnny: Bahnhof, meistens nicht am Bahnhof, immer auf St. Pauli oder auf St. Georg.
Fichte: In Parks?
Johnny: Nee, so rumgelaufen, auf St. Pauli, da sieht man zuviel, da vergißt man bißchen die Müdigkeit, da guckt man mal da hin, da guckt man mal da rein, da kriegt man mal da ein Freibier oder da ein Freibier, von denen, die man kennt, und da kommt man durch.

Fichte: Und an diesen Tagen hast du auch soviel Captagon genommen?

Johnny: Ja. Das waren aber nur die Tage, die ich nicht geschlafen habe, wenn ich nichts gegessen habe, wo ich kein Geld hatte, an denen mich das ganze angekotzt hat, mit den Freiern wegzugehen. Da konnte ich es einfach nicht.

Fichte: Also du hättest einen Freier gehabt, du wolltest aber mit keinem gehen?

Johnny: Ja.

Fichte: Wie möchtest du gerne wohnen, würdest du am liebsten eine Eigentumswohnung haben oder willst du gern ein Haus haben?

Johnny: Nee, ich würde eine Zwei-Zimmer-Wohnung mit einem Bad vorziehen.

Fichte: Wie ziehst du dich an, hast du große . .

Johnny: Nee, ich bin nicht anspruchsvoll, ganz einfach angezogen.

Fichte: Du interessierst dich auch nicht für Mode?

Johnny: Doch, sehr für Mode, ja. Ich mag nicht wie ein Stenz rumlaufen, so als Snob rumlaufen.

Fichte: Würdest du als Hippie rumlaufen?

Johnny: Nein, auch nicht.

Fichte: Also keine bunten Ketten?

Johnny: Nein, nein. Nur ab und zu doch, wenn ich mal von einem Mädchen eine Kette geschenkt gekriegt habe, dann zieh ich sie auch an. Sonst nicht, aber meistens verschenke ich sie dann wieder.

Fichte: Trinkst du gerne?

Johnny: Nein, ich bin kein Trinker. Vier Bier höchstens, vier bis fünf, dann will ich nicht mehr.

Fichte: Kein Schnaps?

Johnny: Ja. Nur Rum.

Fichte: Aber auch nicht viel?

Johnny: Da kann ich eine ganze Flasche trinken, macht mir nichts aus.

Fichte: Versuchen viele Freier, dich besoffen zu machen?

Johnny: Nein, versuchen die meisten gar nicht, mal hier, aber die schaffen es dann nicht, ich weiß, wann ich genug habe, dann höre ich auf, dann will ich einfach nicht mehr.

Fichte: Zeigen dir viele Freier pornographische Bilder?
Johnny: Ja. Müssen sie ja zeigen, die meisten.
Fichte: Warum?
Johnny: Weil ich sonst gar keinen hochkriege.
Fichte: Wieviel ungefähr zeigen dir? Die Hälfte?
Johnny: Na, sagen wir 80%.
Fichte: Und das sind Bilder von Mädchen und Jungen.
Johnny: Mädchen und Jungen, sonst wird so was gar nichts nützen bei mir.
Fichte: Nimmst du Rauschgift?
Johnny: Hab ich auch schon genommen, ja. Ich finde das gut, nicht die schweren Rauschgifte, sondern Haschisch, da wird man nicht süchtig von, und das ist gut. Ich meine, wenn man mal nicht geschlafen hat paar Nächte lang und eine Hasch-Pfeife raucht oder zwei, dann ist man wieder voll da.
Fichte: In diesen drei Monaten hast du wie oft geraucht?
Johnny: Nee, in den drei Monaten, was hab ich geraucht, wenn ich es mal in Gramm ausdrücken darf, vielleicht 25 Gramm.
Fichte: Hattest du vorher schon geraucht?
Johnny: Nein.
Fichte: Wer hat dir das beigebracht?
Johnny: Ja, da war ich bei so einer Kommune da, auf so einem Hausboot, und ich wollte da nicht zurückziehen, ich hab denen zugeguckt, wie sies machen, und da hab ich so getan, wie wenn ich schon sehr oft das auch genommen hätte. Obwohl das Zeug bei mir im Anfang überhaupt nicht gewirkt hatte.
Fichte: Und wann hat es angefangen zu wirken?
Johnny: Nach dem zweiten-, drittenmal erst.
Fichte: Und da fandest du es gut?
Johnny: Ja, ich fand es sehr gut sogar.
Fichte: Bist du versichert?
Johnny: Nein.
Fichte: Hast auch keine Altersversorgung?
Johnny: Nein, gar nichts.
Fichte: Liest du viel?
Johnny: Ja.
Fichte: Was?

Johnny: Ich lese am liebsten Kriegsbücher und die, ich meine die Bücher von Gefangenenlagern und so, so KZ und so Sachen, die las ich gerne, sehr gerne sogar.

Fichte: Warum gerade über Gefangenenlager und KZ?

Johnny: Ich meine, weil ich selbst schon Gefangener war. Ich war im Gefängnis.

Fichte: Liest du Zeitungen regelmäßig?

Johnny: Nein. Manchmal die Morgenpost und dann auch mal, dann hol ich mir die Süddeutsche Zeitung, die Stuttgarter Zeitung mal, guck da mal rein, mal informieren, was da unten alles los ist.

Fichte: Also mehr den lokalen Teil?

Johnny: Ja, ja.

Fichte: Interessierst du dich für Politik?

Johnny: Nein, überhaupt nicht.

Fichte: Hörst du gerne Platten?

Johnny: Ja, sehr gerne.

Fichte: Was sind deine liebsten Platten?

Johnny: Also ich hör zur Zeit am liebsten Soul, Soul-Platten, und den ganz, ganz harten Beat, und da gibt es ja zur Zeit nur eine Kapelle, die den harten Beat schlägt, das sind die Equals, das ist auch meine Lieblingsplatte.

Fichte: Klassische Musik gar nicht?

Johnny: Nee. Ja, ich hör mal gern zwischenrein eine Operette, und es gibt auch eine Operette, die ich sehr gern mag, »Die Fledermaus«, die mag ich sehr gerne. Aber sonst, Opern und so nix, mag ich nicht.

Fichte: Gehst du gern ins Kino?

Johnny: Ja, sehr gern. Gruselfilme.

Fichte: Horrorfilme?

Johnny: Horrorfilme, ja.

Fichte: Western?

Johnny: Auch, ja, aber nur gute Western, also um es auszudrücken, wo es viele Tote gibt. Ja. Mit Giuliano Gemma und van Clef, die hab ich am liebsten. Ich habe, diese Woche ist Horror-Woche gewesen in so ’m Kino, da ist jeden Tag ein anderer Gruselfilm gelaufen, die habe ich alle angeguckt.

Fichte: Bist du da eingeladen von Freiern?
Johnny: Nee, da geh ich selbst hin, da muß ich alleine sein, da kann ich niemand dabei gebrauchen.
Fichte: Auch keine Frau?
Johnny: Doch, nee, ich nehme keine Frau mit, weil ich genau weiß, wenn da mal ein Mädchen alleine drinsitzt, wenn das ein richtiger Gruselschocker ist, und ich setz mich vielleicht drei oder vier Sitze neben sie hin, dann kommt sie ganz von alleine her. Ja, hab ich schon oft erlebt.
Fichte: Gehst du oft ins Theater?
Johnny: Nein, da war ich noch nie, im Theater.
Fichte: Würdest du gern mal . .
Johnny: Ich wollte so gern ins Ohnsorg-Theater mal rein gehen.
Fichte: Warst du mal in der Oper?
Johnny: Nein, o je, nein. Da würde ich auch nicht reingehen, weil ich da kein Wort von verstehen würde. Ich habe im Gefängnis, also mittwochs und donnerstags ist da Operntag gewesen, Opernabend, da habe ich immer abgeschaltet. Was hab ich davon, die Musik ist für mich viel zu schwer, die Musik, und dann versteh ich überhaupt kein Wort, was die da singen, meistens sind es ja italienische Opern, und ich kann ja kein Italienisch.
Fichte: Siehst du viel fern?
Johnny: Zur Zeit nicht. Früher, wie ich verlobt war, da hab ich jeden Abend fern gesehen.
Fichte: Bist du im Sportverein?
Johnny: Nein, nicht mehr.
Fichte: Warst aber.
Johnny: Ja, bin sehr aktiver Sportler.
Fichte: In welchem Verband?
Johnny: Ich war zuerst im Boxverein und hab da siebzehn Kämpfe gemacht.
Fichte: Als Amateurboxer.
Johnny: Als Amateurboxer, also Junior.
Fichte: Welche Gewichtsklasse?
Johnny: Weltergewicht, da hab ich noch nicht so viel gewogen wie jetzt, und ich hatte sechzehn Kämpfe gewonnen und beim sieb-

zehnten Kampf, da hat es mich erwischt, da hab ich aufgehört, das heißt, ich wäre sowieso rausgeflogen.

Fichte: Warum?

Johnny: Ich hatte viele Schlägereien immer, war ein sehr wilder Junge, und dann hab ich auf 'nem Rummelplatz, da ist so »Homanns Boxbude« so, da holt er die Leute rauf, gegen den zu boxen, und gibt 50 Mark, wenn sie mit K. O. gewinnen. Und da hab ich ein paarmal geboxt, und hab da immer gewonnen, und da hat mich mal einer verraten, und ich hab das nur gemacht, ich hatte eine Verlobte, und die stand darauf, daß ich zeigen sollte, was ich kann, und auch so, wenn wir in den Kneipen waren, und sie hat überall Aufsehen erregt, weil die ganz Klasse ausgesehen hat und eine ganz Bombenfigur hatte, das war also ziemlich das schönste Mädchen, das in der ganzen Stadt war, also wo ich war damals, und jeder war neidisch auf mich, daß ich sie hatte, ja und da ist das Gepöbel angegangen, das ist ja logisch. Nun hatte ich also mehr Schlägereien, als mir lieb waren. Nun bin ich halt, der Trainer hat gesagt, also du machst bei uns nicht mehr lange, und da hab ich von selbst aufgehört.

Fichte: Was waren das für Schlägereien?

Johnny: Also ich habe immer fair geboxt, aber Schlägerei nie. Mit einem Schlagring haben sie mir einen halben Zahn weggehauen und da unten das Kinn eingeschlagen, habe ich eine Narbe, und dann habe ich mich auch umgestellt. Also wenn mir heute einer Schläge androhen würde, ich würde da gar nicht mehr lange fackeln.

Fichte: Was würdest du dann machen?

Johnny: Ich würde ihn nur bei den Ohren packen, und würde ihm das Nasenbein brechen, mit dem Kopf, mit der Stirn, das wäre alles.

Fichte: Mehr nicht?

Johnny: Nee. Ich würde ihn nicht verprügeln anständig, ich würde ihm nur einen Denkzettel geben. Ja.

Fichte: Bist du viel gereist?

Johnny: Ja, in den letzten drei Monaten, ja da war ich schon mal in Schweden und Norwegen, aber alleine, also mit einem Kumpel zusammen war ich da in Schweden oben.

Fichte: Reist du gerne?
Johnny: Ja, mach ich gerne, sehr gern.
Fichte: Wo möchtest du gerne hin?
Johnny: Wo ich gerne hin wollte, nach Japan.
Fichte: Nach Japan, warum?
Johnny: Ich will die japanischen Frauen kennenlernen, so wie sie wirklich sind, nicht wie sie sich hier anstellen in Deutschland, ich hab schon paar kennengelernt hier, aber ich glaub nicht, daß sie sich so benehmen, wie sie sich drüben benehmen werden.
Fichte: Gibst du viel Geld fürs Ficken aus?
Johnny: Überhaupt nichts.
Fichte: Bezahlst also nie Frauen.
Johnny: Nie.
Fichte: Gehst nie in den Puff?
Johnny: Nein. Ich kenne Frauen vom Puff hier, aber da würde ich nie hingehen und bezahlen für.
Fichte: Verspielst du Geld?
Johnny: Nein.
Fichte: Hast nie gespielt?
Johnny: Kein Pfennig. Doch, einmal habe ich gespielt, aber da war ich noch jung, da war ich sechzehn, da hatte ich 3 000 Mark gewonnen.
Fichte: Dann hast du aufgehört?
Johnny: Beim Pokerspiel.
Fichte: Was hast du für Hobbies?
Johnny: Mein einziges Hobby ist Fußballspielen. Ich meine, ich kann alle Sportarten, ich kann so ziemlich alle, nur Hockeyspielen kann ich nicht.
Fichte: Hast du Bodybuilding gemacht?
Johnny: Ja, aber nicht lange, ich hab es aufgegeben, war mir zuviel.
Fichte: Was ist deine liebste Beschäftigung?
Johnny: Meine liebste Beschäftigung? Ficken.
Fichte: Du hast doch eine Zeitlang gemalt?
Johnny: Ja, aber nur im Knast.
Fichte: Dort hast du angefangen?
Johnny: Dort habe ich angefangen, und auch wieder aufgehört, ja.

Fichte: Wann bist du geboren?
Johnny: Am 3. 8. 47.
Fichte: Und wo?
Johnny: In Pforzheim.
Fichte: Wie verlief deine Kindheit, was machen deine Eltern?
Johnny: Meine Eltern wurden geschieden, da war ich zweieinhalb Jahre alt, dann kam ich ins Kinderheim, weil meine Mutter keine Wohnung hatte, und mein Bruder kam auch mit rein, aber nach einem dreiviertel Jahr ist mein Bruder wieder rausgekommen.
Fichte: Zu deiner Mutter.
Johnny: Zu meiner Mutter, die hatte da eine kleine Wohnung gekriegt und da konnte sie ihn nur nehmen, angeblich, ich wußte es ja nicht, ja. Ich bin dann 1959 wieder rausgekommen. Da hat mich mein Vater rausgeholt.
Fichte: Was war dein Vater von Beruf?
Johnny: Juwelenfasser.
Fichte: Und deine Mutter?
Johnny: Die ist Arbeiterin, die ist arbeiten gegangen so. Ja, mein Vater hat mich rausgeholt, und der hatte damals schon wieder fünf Kinder. Er hat noch mal geheiratet, und das war nix, das . . ich bin leidenschaftlicher Fußballspieler gewesen, und wenn wir beim Fußballspiel waren, nachmittags nach der Schule, ja da bin ich halt erst um acht Uhr heimgekommen im Sommer, wenn schönes Wetter geblieben ist, nun da kriegte ich Schläge, alles von meinem Vater, und meinem Stiefbruder damals, der ist drei Jahre jünger wie ich, ich durfte dem nichts tun, und das hat der ausgenutzt, da hat der mir das ganze Gesicht verkratzt gehabt und alles, dann hab ich dem anständig Prügel gegeben, und da hat mich mein Vater wieder ins Heim getan. In ein anderes, in Pforzheim in ein Heim, ja, und dann ist meine Mutter eines Tages gekommen und hat gefragt, ob ich nicht zu ihr kommen wollte, da hab ich gesagt, ja, das ist mir egal. Komm ich halt. Und ich habe aber erst, wo ich sechzehn war, erfahren, daß meine Mutter gezwungenermaßen mich rausgeholt hat, wenn sie mich nicht rausgeholt hätte, hätte sie keine Vier-Zimmer-Wohnung gekriegt. Daß sie die kriegt, hat sie mich rausgeholt.

Fichte: Das war 64?

Johnny: Nein, Moment, nein, nein, ich bin nach einem halben Jahr, da ist meine Mutter erst gekommen, und hat mich rausgeholt, na, da war ich in der 5. Klasse, 6. Klasse, zwölf Jahre, da war ich zwölf Jahre alt.

Fichte: 1960.

Johnny: Ja, da war ich zwölf Jahre alt. Ja, da bin ich da in die Schule gegangen, bin ich in der Schule rausgeflogen. Ich konnte mich nicht zurechtfinden. Ich war wohl gut in der Schule, aber ich konnte mich einfach nicht zurechtfinden, jeden Tag hatte ich eine Keilerei in der Schule.

Fichte: Warum?

Johnny: Ich weiß auch nicht. Bei uns im Heim, da war das so, da war es das Normalste in der Welt, daß sich da geprügelt wurde. Der Stärkere hat recht, der Stärkere hat doch immer recht, und da haben sie mich, das ist doch logisch, wenn man irgendwo hinkommt, in eine neue Klasse, da wird man getestet, das ist doch klar, vom Stärksten der Klasse, und da hab ich den verprügelt, und dann sind sie von der 8. Klasse runtergekommen, um mich zu prügeln, und so habe ich mich halt durchschlagen müssen, bin ich rausgeflogen aus der Schule.

Fichte: Warst du gern in der Schule?

Johnny: Ja, ich habe ein paar Fächer, die ich gern mochte, das war Physik, Rechtschreibung und Zeichnen, mochte ich sehr gerne, und Turnen, also Sport. Sport ist ja meine Leidenschaft schon immer gewesen. Bin ich rausgeflogen in der Schule, in eine andere Schule gekommen, da bin ich wieder rausgeflogen, ja, dann bin ich wieder in die andere Schule zurückgekommen, und da habe ich es dann zu Ende gemacht da.

Fichte: Bis fünfzehn?

Johnny: Vierzehn, mit vierzehn bin ich raus.

Fichte: Was hast du dann gemacht?

Johnny: Und dann, ich wollte Ingenieur werden, ich wollte auf die höhere Schule gehen, und das wollte meine Mutter nicht, die hat zu mir gesagt, du gehst dahin, wo ich sage, und da mußte ich Werkzeugmacher werden.

Fichte: Das hast du nicht gern?

Johnny: Nee, ja, ich hasse den Beruf, weil ich ihn gezwungenermaßen gelernt habe, ich mag das nicht machen.

Fichte: Hast aber die Ausbildung bis zu Ende ..

Johnny: Ich hab zu Ende gemacht.

Fichte: Bist du Geselle oder bist du Meister?

Johnny: Ich bin Geselle.

Fichte: Wie lange hast du gelernt?

Johnny: Ich habe dreieinhalb Jahre gelernt. Aber nicht immer bei der gleichen Firma, ich war im Erziehungsheim zwischendrin.

Fichte: Wie lange?

Johnny: Zehn Monate. Hab dort weitergelernt. Ja, das war so, zum Schluß war ich in Fremdlehre, nennt man das, ich hab dort gewohnt und auch gelernt, und gearbeitet, und da hab ich, da war in der Nähe so ein Ferienheim, da sind von Berlin Mädchen und Jungs hingekommen, die waren alle älter, so achtzehn oder neunzehn, und da hatte ich ein Mädchen von, ich meine, da hatte ich alle vierzehn Tage ein Mädchen von denen, alle vierzehn Tage haben die gewechselt, und die habe ich geliebt, und die wollte mich mitnehmen nach Berlin, und hatte mir ja 700 Mark gegeben, daß ich nach Berlin fahren konnte, und für die erste Zeit, wo ich schlafen konnte, und das hat mein Chef rausgekriegt und hat gleich das Jugendamt angerufen, und da haben die mich da weggeholt. Und dann sagte der vom Jugendamt zu mir, entweder du gehst jetzt gleich ins Erziehungsheim oder du gehst in das Kinderheim, wo du früher warst und machst dort deine Lehre zu Ende. Ja, habe ich gesagt, dann gehe ich lieber in das Kinderheim, ist ja logisch, arbeite dort und mache meine Lehre zu Ende. Sie sind gut gewesen, die haben da im Kinderheim so einen Fernsehraum, und da war ich drin gesessen, ich habe jeden Abend Fernsehen geguckt, und da war ein Mädchen mit, die war in der Küche, die war fünfzehn damals, und da meint die zu mir, ich soll ihr eine Zigarette geben, ich sagte ihr, du weißt ja, daß du da nicht rauchen darfst, im Fernsehraum, und dann hat sie gesagt, also ich geh raus, kommst du nach, gibst mir draußen eine Zigarette, na ist gut, ich gehe raus, sie ist erst rausgegangen, dann gehe ich raus, und habe ich sie erst suchen müssen, war sie in der Scheune, ja, da wußte ich Bescheid, ich hab es ja mit dreizehn Jahren gelernt, und ich muß das wissen, was jetzt los war. Ja, und dann habe ich die da gefickt, auf der Ladepritsche vom Wagen, ein paarmal, also ein paar Tage lang, und dann hab ich gesagt, ja so geht das nicht weiter, das mache ich nicht mehr, ich möchte das auch im Bett machen, und da habe ich mir eine Leiter zurechtgebastelt, da habe ich eine zehn Meter Leiter abgesägt, und hab sie so gesägt, daß sie genau zum Fenstersims hinaufgepaßt hat, zu der ihrem Zimmer, und die Leiter ist ganz genau ins Zimmer reingegangen, die konnte ich reinziehen. Die haben zu zweit auf dem Zimmer geschlafen, zwei Mädchen, die eine war sechzehn und die da war fünfzehn, und da sind wir halt zu zweit rauf, mein Kumpel und ich, und das haben wir so vier Wochen gemacht, jeden Tag, also jede Nacht, und dann ist das rausgekommen. Da ist der Heimleiter eines Mittags zu mir gekommen und hat gesagt, also du kannst auf morgen früh sechs Uhr deine Sachen packen, kommst ins Erziehungsheim. Ja, dachte ich, du kannst lange reden. Ich habe meinen Personalausweis, meinen Führerschein hatte ich einstecken, meinen Klasse-IV-Führerschein, hab mich angezogen, nichts mehr weggeräumt, zu meinem Kumpel »Auf Wiedersehen« gesagt, und dann bin ich abgehauen. Ja, und da bin ich zu meinem Vater gegangen, erst zu meiner Mutter, und die hatte natürlich nichts anderes zu tun gehabt, wie gleich ans Telefon rennen, um das Jugendheim anzurufen, nee, mach das nicht, dann bin ich da auch weg, da bin ich sogar aus dem vierten Stock bin ich raus aus dem Haus. Im vierten Stock auf einen anderen Balkon gesprungen und dann bin ich abgehauen. Bin zu meinem Vater gegangen, der hat mich vier Tage versteckt.

Fichte: Mit deinem Vater hast du dich gut verstanden?

Johnny: Ja, habe ich mich immer gut verstanden. Mein Vater ist so ungefähr derselbe Typ wie ich. Ich habe vieles von meinem Vater geerbt. Und dann hat er gesagt, also, wenn du noch länger hierbleibst, dann krieg ich Schwierigkeiten, dann hätte er Schwierigkeiten gekriegt vom Jugendamt, da hab ich gesagt, also gut, ich geh selbst aufs Jugendamt. Bin ich runtergegangen aufs Jugendamt, und hab gesagt, also hier bin ich, also könnt ihr mich ruhig ins Erziehungsheim tun, macht mir nichts mehr aus. Mein Vater hat mir noch 100 Mark mitgegeben, und dann hat er mich ins Erziehungsheim gebracht, mit dem Zug. Ich könnte ja tausendmal abhauen unterwegs, hätte ich gekonnt, aber ich wollte nicht, ich hatte keine Böcke. Da war ich in dem Erziehungsheim, und das hat mir gleich gestunken von Anfang an. Da das ganze Wesen und was da los war, da bin ich gleich nach drei Tagen wieder abgehauen, haben mich wieder geschnappt und dann war ich daraufgekommen, einen Kilometer weg, war ein Mädchenerziehungsheim, und als ich das wußte, da hat mir das ganze Erziehungsheim Spaß gemacht, weil ich da jede zweite Nacht ausgestiegen bin und ins Mädchenerziehungsheim rüber bin.

Fichte: Was hat dir erst in dem Erziehungsheim so gestunken?

Johnny: Das war so, morgens austreten, Arbeitseinteilung, Landwirtschaft habe ich da gearbeitet, am Anfang, und dann arbeiten wie ein Pferd, wie 'n Pferd, von morgens um sechs bis abends um sieben, elf Stunden. Also ich konnte abends nicht mehr, ich war das nicht gewöhnt, und dann die Erzieher dort, also wir hatten einen Erzieher, der war ganz in Ordnung, aber dann die jungen, überhaupt die jungen Erzieher da, das waren ganz große Schweine, die haben einen nur schikaniert, sonst gar nichts.

Fichte: Wie?

Johnny: Bin ich hingegangen, hab so einen Jungen gefragt, hören Sie mal, also, zu dem mußte man Bruder sagen, Bruder Bosch oder Macke oder so zum Beispiel. Bruder, haben Sie mal ein Kartenspiel für uns, und ich wußte, der hatte paar Kartenspiele, oder ein Skatspiel, also nach Feierabend, ich habe keine Kartenspiele, könnt ihr euch kaufen im Einkauf, und sag ich, hören Sie mal, wir haben neun Mark Einkauf im Monat, was sollen wir da Kartenspiele kaufen, daß man gerade zu kratzen hat, daß man mit dem Tabak klarkommt, ja das ist eure Sache, da ist mir der Gaul durchgegangen, da hab ich halt zugeschlagen.

Fichte: Ihr habt morgens um sechs angefangen zu arbeiten, bis abends um sieben?

Johnny: Bis abends um sieben.
Fichte: Wieviel Pausen zwischendurch?
Johnny: Um neun Uhr war eine Viertelstunde Vesper, und dann mittags eine Stunde.
Fichte: Und nachmittags keine Pause?
Johnny: Nichts, keine Pause.
Fichte: Und was kriegtet ihr für Lohn?
Johnny: Neun Mark im Monat.
Fichte: Nichts sonst, nichts gutgeschrieben?
Johnny: Nein, nichts.
Fichte: Ihr habt in dem Erziehungsheim zwölf Stunden am Tag für neun Mark im Monat gearbeitet, und du warst wie alt?
Johnny: Da war ich siebzehn, knapp siebzehn.
Fichte: Und wie lange hast du in dem Erziehungsheim . .
Johnny: Zehn Monate.
Fichte: In welchem Jahr war das?
Johnny: Das war von 64 auf 65.
Fichte: Dieses Erziehungsheim gibt es noch?
Johnny: Das ist jetzt noch da.
Fichte: Wie heißt das?
Johnny: Das will ich nicht sagen.
Fichte: Und dort arbeiten die Jungs heute noch unter den gleichen Bedingungen?
Johnny: Das weiß ich nicht, ob es die gleichen Bedingungen sind.
Fichte: Wie ging das weiter?
Johnny: Ja, da haben wir im Winter, ganz im Anfang, wo ich dabei war, Bäume fällen im Wald, da gab es ja sonst in der Landwirtschaft nichts zu tun, also, daß die mal Sägen gekauft hätten, wir mußten die dicksten Bäume umhauen mit den Äxten, so wie sie es früher in Kanada gemacht haben, die Holzfäller, mit der Axt Bäume umhauen, also das war das Höchste da. Und dann hatte ichs ziemlich gut, ich bin rausgekommen, ich bin nicht mehr auf Außenkommando gewesen, ich war im Stall, im Kuhstall, und dort hatte ich es ziemlich gut. Ich mußte um vier Uhr aufstehen, hatte um sieben Feierabend, morgens, und mußte nachmittags um vier wieder mit anfangen bis abends um sieben. Da hatte ich es gut, und dann habe ich

gesagt, also hören Sie mal, ich möchte meine Lehre zu Ende machen, ich möchte in die Schlosserei oder so wo hin, daß ich da ein Lehrverhältnis anfangen kann wieder.

Fichte: Und hast du deine Lehre dort zu Ende machen können?

Johnny: Ja.

Fichte: Mit Gesellenprüfung?

Johnny: Ich hab die Gesellenprüfung, aber die hab ich nicht da gemacht, weil in Bayern ist die Gesellenprüfung schwieriger, als bei uns in Baden-Württemberg, die hab ich in Pforzheim gemacht, die Gesellenprüfung.

Fichte: Wie war die Verpflegung in dem Erziehungsheim?

Johnny: Also, ich würde sagen, für Norddeutsche wäre die Verpflegung gut gewesen, weil es jeden Tag Kartoffeln gegeben hat, aber für einen Süddeutschen nicht. Ich esse am liebsten Reis und Nudeln.

Fichte: Das gab es nicht?

Johnny: Das gab es kaum.

Fichte: Wie oft gab es Fleisch?

Johnny: Fleisch nur sonntags.

Fichte: Was gab es zu den Kartoffeln?

Johnny: Ja, so eine blöde Soße da, ich habe mal zugeguckt, wie die sie gemacht haben, die war weiß, die Soße, normal weiß, und dann haben sie so ein Pulver reingetan, daß sie braun wurde. Ich weiß auch nicht, wie die das gemacht haben.

Fichte: Salat dazu?

Johnny: Und manchmal roter Rübensalat oder so was. Jeden Morgen Haferflocken, jeden Morgen, da gab es keine Ausnahme, Haferflocken und Kakao oder Magermilch.

Fichte: Magermilch?

Johnny: So Kunstmilch da, so Trockenmilch.

Fichte: Was gab es abends?

Johnny: Abends gab es meistens kalt, ein kleines Stückchen Wurst, bißchen Brot, so ein kleiner Würfel Margarine.

Fichte: Und Margarine, und keine Butter?

Johnny: Nee, Butter gab es da nicht.

Fichte: Ihr hattet aber eigene Landwirtschaft?

Johnny: Ja.

Fichte: Wieviel Kühe waren da?

Johnny: Das waren ungefähr, muß ich zusammenrechnen, ungefähr in einer Reihe zwölf Kühe, 24, 36, sagen wir ungefähr fünfzig Milchkühe.

Fichte: Fünfzig Milchkühe, dann wart ihr mit drei Mann im Kuhstall?

Johnny: Mit vier Mann.

Fichte: Hat einer gefüttert, einer ausgemistet und zwei gemolken?

Johnny: Nee, wir haben da zusammengehalten. Jeder hat seine Reihe gehabt. Ich hab da übrigens den Rekord aufgestellt, ich hab die Kuh bei mir gehabt, die die meiste Milch gab, die gab in einer Mahlzeit dreizehn Liter Milch.

Fichte: Dreizehn Liter, 26 Liter Milch, sagen wir mal, zwanzig hätte eine gegeben, das macht bei fünfzig Kühen tausend Liter am Tag.

Johnny: Da hab ich den Rekord aufgestellt, die hab ich innerhalb von sieben Minuten ausgemolken mit der Hand, ohne Maschine.

Fichte: Warum hast du keine Landwirtschaftsprüfung gemacht? Hattest du keine Lust, Melker zu werden?

Johnny: Nee, nee.

Fichte: Gab es Strafen in dem Erziehungsheim?

Johnny: Ja. Ausgangssperre, Einkaufssperre und Einzelzelle.

Fichte: Und Einzelzelle?

Johnny: Einzelzelle wie im Gefängnis.

Fichte: Und wie war diese Einzelzelle, wie groß?

Johnny: Also, ich würde sagen halb so groß wie das Zimmer hier.

Fichte: Also, eineinhalb mal ein Meter ungefähr.

Johnny: So schmal ungefähr hier. Licht war drin und zwei Doppelgitter, also ein Doppelgitter davor.

Fichte: Was kriegten die Leute in der Einzelzelle zu essen?

Johnny: Die kriegten das normale Essen.

Fichte: Warst du oft in der Einzelzelle?

Johnny: Ja, ich war oft, ich bin oft abgehauen, und der abgehauen war, der kam in Einzelzelle.

Fichte: Wie lange?

Johnny: Ich habe mal vierzehn Tage in der Einzelzelle . .

Fichte: Ohne Unterbrechung?

Johnny: Ohne Unterbrechung.
Fichte: Kamst du zwischendurch mit den anderen zusammen?
Johnny: Nein.
Fichte: Konntest du mit dem sprechen, der dir das Essen brachte?
Johnny: Doch ja, also ich konnte mit jedem sprechen, der raufkam, ich hatte da viele Freundinnen .. Die haben durch den Spion durchgeguckt, und da konntest du dich ja unterhalten, und den Spion hatte ich so gemacht, daß ich ihn ausschrauben konnte, und da haben die mir Zigaretten und Tabak reingegeben.
Fichte: Nichts zu lesen?
Johnny: Nein, nichts zu lesen.
Fichte: Geschlagen wurdet ihr nicht?
Johnny: Doch, wurden wir auch, ich nicht, nee, bei mir haben die sich nicht getraut, aber etliche wurden geschlagen, vielleicht acht Mann hoch, sind sie da auf einen losgegangen.
Fichte: Acht Erzieher auf einen Mann?
Johnny: So zusammengeschlagen, mit Fäusten, ja. Aber das haben sie nur gemacht, wenn es ganz schlimm, wenn der was ganz Schlimmes gemacht hat.
Fichte: Was war das, was ganz Schlimmes?
Johnny: Ich meine, wenn er, sagen wir mal, er ist auf einen Erzieher losgegangen, hat den brutal zusammengeschlagen, hat ihn ernstlich verletzt, dann kriegte er Prügel von den Erziehern.
Fichte: Von allen Erziehern?
Johnny: Genauso, wenn ein Erzieher einen von uns geschlagen hätte, den hätten wir auch so richtig durch die Mangel gedreht.
Fichte: Ist das oft vorgekommen?
Johnny: Nee, das war höchst selten, zweimal, wo ich ..
Fichte: Zweimal .. und wie oft haben die acht Erzieher einen zusammengeschlagen?
Johnny: Nee, ich meine das .. ist zweimal ..
Fichte: Und wie oft haben die Zöglinge einen Erzieher zusammengeschlagen?
Johnny: Oh, das war oft, das war oft, denn war oft Meuterei da.
Fichte: Und wie spielte sich das ab?
Johnny: Ja, der wurde zum Heimleiter rübergebracht, und der konnte uns das dann erzählen nachher, und wir hatten es ja

auch gesehen, wenn er mit blauen Augen gekommen ist, eingeschlagenen Zähnen und so.

Fichte: Die Erzieher haben dem Zögling die Zähne eingeschlagen?

Johnny: Ja, das ist oft vorgekommen, gerade mit meinem Fiftymann, mit dem ich, wo ich immer alles geteilt habe, der hat ein Gebiß gebraucht.

Fichte: Nach einer Behandlung durch die Erzieher?

Johnny: Ja, ja.

Fichte: Glaubst du, daß es auch in anderen Erziehungsheimen so ist?

Johnny: Das gibt es auch in anderen Erziehungsheimen, ich habe es oft genug gehört.

Fichte: Möchtest du mir nicht doch den Namen deines Erziehungsheimes nennen?

Johnny: Ja, ich sag es: Es war Fasoldshof.

Fichte: Fasoldshof, und du warst dort von 64 bis 65?

Johnny: Ja.

Fichte: Du machtest also deine Lehrlingsprüfung?

Johnny: Nee, die habe ich nicht da gemacht. Ich habe nur die Lehre zu Ende gemacht, also daß ich ausgelernt hatte, und die Gesellenprüfung habe ich dann in Pforzheim gemacht.

Fichte: Ja. Und dann wurdest du auch aus dem Erziehungsheim entlassen.

Johnny: Nein. Ich habe mich selbst entlassen.

Fichte: Du bist, nachdem du Lehrlingsprüfung gemacht hast . .

Johnny: . . bin ich abgehauen.

Fichte: Wohin?

Johnny: Da war ich in Finnland oben. Ja, ich bin auf dem Bauch durch die Minenfelder gekrochen an der Zonengrenze, und dann durch Polen durch, Lettland so da oben rauf und da nach Finnland hoch.

Fichte: Wie gewandert, gehikt?

Johnny: Ja, per Anhalter.

Fichte: Und hat dir niemand den Paß abverlangt?

Johnny: Nee, kein Mensch. Ich bin immer ganz vorsichtig vorgegangen. Ja, und ich bin meistens mit Lastwagen mitgefahren.

Fichte: Ja, und wie hast du dich ernährt?

Johnny: Durch Klauen. Eier geklaut, Hühner geklaut.

Fichte: Und dir ist nie etwas passiert?

Johnny: Nee, ich habe ganz schweres Glück gehabt.

Fichte: Wie alt warst du, als du los bist?

Johnny: Da war ich siebzehn.

Fichte: Wie lange hast du zu der Reise gebraucht?

Johnny: Also, bis ich wieder in Deutschland war, 'n halbes Jahr. Ich habe ein Kind in Finnland oben.

Fichte: Warum wolltest du durchaus nach Finnland?

Johnny: Ich wollte nicht durchaus nach Finnland, ich wollte nur weg aus Deutschland, ich wollte raus, und die nordischen Länder, das hab ich gehört, das ist so gastfreundlich und alles, und wenn man da rauftrampt und so, da braucht man keine Not leiden und so, und das stimmt auch.

Fichte: Warum bist du wieder weg?

Johnny: Mir war es ein bißchen zu kalt da oben.

Fichte: Stehst du in Verbindung mit dem Mädchen, die ein Kind von dir hat?

Johnny: Nein, die hat mir nur einen Brief geschrieben und hat das Bild reingetan vom Kind, und hat geschrieben, ich soll kommen und sie heiraten, und da hab ich zurückgeschrieben, nee, mach ich nicht, ich kann nicht. Und die hat bestimmt einen anderen geheiratet schon.

Fichte: Möchtest du sie mal wiedersehen?

Johnny: Ja, ich würde sie gern mal wiedersehen.

Fichte: Ist es ein Junge oder ein Mädchen, dein . .

Johnny: Es ist ein Junge, ja, und dunkelhaarig.

Fichte: Bist du nun stolz, daß du Vater bist?

Johnny: Ja, ich bin stolz darauf, daß ich ein Kind hab.

Fichte: Möchtest du dein Kind nicht selbst erziehen?

Johnny: Wenn ich es könnte, würde ich es machen, aber ich kann es ja nicht.

Fichte: Du bist dann also nach Deutschland zurück?

Johnny: Dann bin ich erst mal auf das Jugendamt gegangen und hab da mal anständig auf den Putz gehauen, hab denen erzählt, was ich gemacht habe jetzt, und da haben die meine Mutter geholt, und meinen Vater geholt, da war mein Stiefvater, mein richtiger Vater, meine Mutter, mein Bruder waren alle da versammelt, und ich war da mitten drin gesessen. Meiner Mutter sind die Tränen runtergelaufen, mein Vater hat geflucht. Und mein Vater, der den Brief gekriegt hatte von der von Finnland oben, weil ich ja dem seine Adresse angegeben hatte, und dann ist es drum gegangen, wer nimmt mich zu sich. Jetzt mein Vater hat gesagt, und das ist vollkommen verständlich, der hatte inzwischen sechs Kinder, sieben Kinder, der hatte keinen Platz, das ist ja logisch. Jetzt meine Mutter, komm zu mir, komm zu mir, hat sie geschrien, ich sollte zu meiner Mutter gehen, hab ich gesagt, ist in Ordnung, ich komme. Und dann mein Stiefvater, wenn der kommt, dann gehe ich. Ja, jetzt wars, was sollte meine Mutter machen in dem Moment und so hat sie gesagt, also, da muß ich so in ein Jugendwohnheim gehen, und das kostet über 200 Mark im Monat, mußte ich arbeiten, hatte ich auch bald keine Böcke mehr drauf.

Fichte: Hast du in deinem Beruf gearbeitet?

Johnny: Nein, ich habe auf Heizungsbau gearbeitet, Akkord gearbeitet. Verdiente ich mehr. Und dann bin ich da auch abgehauen und bin in eine andere Stadt gegangen auf Montage mit einer Stuttgarter Firma, und da habe ich da meine ehemalige Verlobte kennengelernt . .

Fichte: Wann hattest du dich verlobt?

Johnny: Ich habe mich verlobt, das war 66.

Fichte: Mit achtzehn Jahren?

Johnny: Mit achtzehn, 66 ja. Und das ist gutgegangen, das war bis Weihnachten 67, nee, was sag ich denn, das war, verlobt habe ich mich im Februar 66, nach einem halben Jahr war Schluß.

Fichte: Warum?

Johnny: Die war zu alt für mich, die war 33 Jahre alt, hatte zwei Kinder. Und dann habe ich ein junges Mädchen kennengelernt und auch aus gutem Hause, mit der habe ich mich dann auch verlobt. Und dann habe ich angefangen mit meinem Blödsinn.

Fichte: Nämlich?

Johnny: Da habe ich Einbrüche gemacht, und so, daß ich zu Geld kam.

Fichte: Wie viele?

Johnny: Wieviel Einbrüche? Ach, die kann ich gar nicht mehr zählen. Ich habe also nur Safes und Geldschränke geknackt.

Fichte: Alleine oder mit einer Bande?

Johnny: Nee, zuerst allein, und dann waren wir zu, also dann habe ich noch so ein paar Mitglieder geholt, und dann waren wir vier. Ich habe nur also die großen Fabriken, die Geldschränke aufgemacht oder die Konzerne da, Neckermann und Quelle und so Sachen.

Fichte: Aus Prinzip?

Johnny: Aus Prinzip. Ich wollte, ehrlich gesagt, einen armen Mann nicht noch ärmer machen. Und das ist, das ist mir auch viel zu primitiv vorgekommen, sagen wir mal, einen Mann, der die ganze Woche schwer arbeitet für sein Geld, auch noch ihm das Geld wegzunehmen, wie einem anderen, der sein Geld praktisch im Schlaf verdient.

Fichte: Und du hast die Safes geknackt?

Johnny: Ich habe die Safes geknackt.

Fichte: Was gab es dort für Beute?

Johnny: Also, das höchste, was ich rausgeholt habe, das waren 60 000 Mark mal.

Fichte: Bei Neckermann?

Johnny: Nee, war Quelle.

Fichte: Was hast du bei Neckermann rausgeholt?

Johnny: 25 000.

Fichte: Und das ging wie lange gut?

Johnny: Das ging gut bis Februar 67.

Fichte: Ab Juni 66 bis Februar . .

Johnny: Da wo Schluß war mit meiner Verlobten, ab da hab ich angefangen.

Fichte: Juni 66 bis Februar 67?

Johnny: Ja.

Fichte: In diesem Dreivierteljahr hast du wieviel Einbrüche gemacht?

Johnny: Wenn ich schätzen soll, waren es an die zweihundert.

Fichte: Wieviel allein?

Johnny: Alleine hab ich gemacht, kann ich nur schätzen, ich hab es nicht aufgeschrieben, so ungefähr siebzig, achtzig Stück.

Fichte: Und hundertdreißig etwa mit den anderen.
Johnny: Ja.
Fichte: Ihr ward also jede Nacht los?
Johnny: Fast jede Nacht waren wir los. Im ganzen Bundesgebiet waren wir, haben wir gearbeitet.
Fichte: Und auch mal in einer Nacht zwei?
Johnny: Ja, zwei, drei, vier sogar manchmal.
Fichte: In einer Nacht?
Johnny: Ja.
Fichte: Nun hast du doch viel Geld damit verdient.
Johnny: Ja.
Fichte: Was hast du damit gemacht?
Johnny: Ich habe gepraßt. Ich habe den Stenz gespielt. Ich bin von Dortmund aus, das ist nur ein Fall, ich bin von Dortmund aus, mit meinem Kumpel, mit Chauffeur, mit einem schneeweißen 230 Mercedes sind wir nach Monte Carlo runtergefahren, und da habe ich 70 000 Mark verspielt auf der Spielbank. Nur aus Bock heraus so, weil ich den Stenz spielen wollte, und ich habe dort unten eine Filmschauspielerin kennengelernt, und ich habe das bisher niemandem erzählt, weil, das hätte mir sowieso niemand geglaubt, es war die Claudia Cardinale, mit der war ich im Bett schon. Und nachher, da habe ich in der Schweiz schon, da habe ich den Mercedes noch verkaufen müssen, weil ich kein Geld mehr hatte, dann sind wir da raufgefahren, und das war so ziemlich am Schluß, wollen mal sagen, von meiner Ganovenkarriere. Paar Wochen später haben die mich dann gehabt.
Fichte: Wie haben sie dich gekriegt?
Johnny: Ich wollte auf der Bank Geld holen, auf der Bank, wo ich mein Geld hatte, und ich hatte immer zwei Pistolen bei mir, aber ich konnte nichts machen, die waren zu viele, und ich habe mir das auch noch überlegt, wenn du jetzt ein paar abknallst von denen, dann kommst du lebenslänglich rein, das willst du auch nicht, so kommst du vielleicht mit sieben, acht Jahren davon.
Fichte: Bist du wegen all deiner Einbrüche . .
Johnny: Nein, sie haben mir nur 68 Fälle nachgewiesen, und das

ist so gekommen, die zwei, die wir zurückgelassen hatten, die haben auf eigene Faust gearbeitet und sind erwischt worden. Weil die das nicht so genau geplant hatten, wie ich es immer gemacht hatte.

Fichte: Und die hatten geredet?

Johnny: Die haben gepfiffen, ja.

Fichte: Warum?

Johnny: Die haben vielleicht gemeint, wenn sie Kronzeuge spielen, dann kriegen sie weniger. Die haben aber auch weniger gekriegt, aber das war so minimal, das hätt sich gar nicht gelohnt.

Fichte: Wieviel hast du bei diesen zweihundert Einbrüchen an Geld erbeutet?

Johnny: Also, eine Million will ich nicht sagen, aber so ziemlich, kommt ran.

Fichte: Was war denn der Schnitt?

Johnny: Der Schnitt? Das hat immer gependelt zwischen 5 000 und 10 000 Mark. Zum Schluß, da hatte so jeder ungefähr, sagen wir mal, zwischen 130 000 und 140 000 Mark auf der Bank. Die haben die beschlagnahmt, alles.

Fichte: Wie habt ihr eure Einbrüche geplant?

Johnny: Das hab ich nur gemacht, die Planung, was heißt, geplant haben wir da nicht viel, wir haben nur beobachtet immer, und dann haben wir immer mit Funkgeräten gearbeitet. Zwei Mann sind mit Funkgeräten rumgelaufen, wegen Nachtwächter und so, und zwei Mann sind reingegangen.

Fichte: Und du hast geknackt?

Johnny: Ich hab sie aufgemacht, auf ganz simple Art und Weise. Ich habe mit der Trennscheibe gearbeitet, da meinen die meisten Leute, das macht so einen unheimlichen Krach, und die macht auch einen Krach, die Trennscheibe, aber da hab ich nur zwei Säcke drumgewickelt, und das hat überhaupt fast gar kein Geräusch mehr von sich gegeben. Und dann hab ich oben, weil, ich hab die Erfahrung gemacht, daß oben fast immer das Papiergeld drin ist, oben im Geldschrank, da hab ich oben immer nur so eine Ecke rausgeschnitten, und hab dann das Papiergeld, was oben drin war, rausgeholt.

Fichte: Und wieviel hast du dafür bekommen?

Johnny: Drei Jahre.

Fichte: Drei Jahre?

Johnny: Sechs Jahre waren beantragt vom Staatsanwalt. Ich hatte einen guten Rechtsanwalt, und der hat das alles darauf zurückgeführt, wegen meinem Vorleben und so, ich war ja auch im Heim aufgewachsen und kein Elternhaus gehabt, keine richtige Erziehung und so und da hat er gemeint, daß man mir noch mal eine Chance geben sollte.

Fichte: Und würdest du das selbst auch darauf zurückführen?

Johnny: Ja, würde ich auch sagen.

Fichte: Und du würdest nicht, wenn du normal aufgewachsen wärest, doch an einem bestimmten Punkt deines Lebens gesagt haben, ach, ich will mal als Gangsterkönig leben?

Johnny: Nee, hätt ich bestimmt nicht gesagt. Ich könnt es ja jetzt auch, ich sag jetzt auch nicht, ich mach noch Einbrüche.

Fichte: Du würdest nie wieder einbrechen?

Johnny: Nee, würde ich nicht mehr machen.

Fichte: Was hast du für Berufspläne?

Johnny: Ich will aufs Schiff gehen, vielleicht kann ich mich da hocharbeiten. Ich will versuchen, Kapitän zu werden.

Fichte: Du wärst dann also mit 35 etwa fertig.

Johnny: Ja.

Fichte: Was hattest du als kleiner Junge für Berufswünsche?

Johnny: Also, wo ich noch in der Schule war, ich wollte Ingenieur werden, ich wollte große Bohrwerke machen.

Fichte: Du wolltest immer Ingenieur werden?

Johnny: Ich wollte immer Ingenieur werden.

Fichte: Was sind deine frühesten Erinnerungen?

Johnny: Mit zwei Jahren, kann ich mich heute noch erinnern! Da habe ich alle fünf Zehen gebrochen hier am linken Fuß, da ist bei uns, da wo ich gewohnt habe, da ist hinten eine neue Kirche, also die war alt, die Kirche, und die ist renoviert worden, und da waren so Steinplatten, so große, die habe ich als kleiner Junge versucht mir durch die Beine fallen zu lassen, und da ist sie mir auf den Fuß gefallen, da waren die Zehen ab, also gebrochen. Und da kann ich mich genau noch erinnern, da ist ein Ehepaar gekommen, und der Mann hat mich dann heimgetragen, auf den Arm, und dann weiß ich noch, daß ich im Krankenhaus viel Spinat und Spiegeleier gegessen habe, das ist heute noch meine Lieblingsspeise.

Fichte: Wann hast du denn deine ersten erotischen Empfindungen gehabt?

Johnny: Empfindungen, das weiß ich nicht. Ich weiß nur, wann ich mein erstes Erlebnis mit 'ner Frau gehabt hab. So mit dreizehn.

Fichte: War es schön?

Johnny: Ja, schön für mich, ich hab da viel gelernt, da hab ich praktisch alles gelernt, das, was ich heute kann.

Fichte: Hast du viel onaniert?

Johnny: Ja, hab ich.

Fichte: Hast du mit anderen Jungs rumgemacht?

Johnny: Nee, überhaupt nicht.

Fichte: Nun kamst du also ins Gefängnis.

Johnny: Ich war erst in U-Haft, da war es ganz ordentlich, ich hatte Geld und konnte einkaufen alle vierzehn Tage, so viel ich wollte, und da ist es mir gutgegangen. Wenn man von gutgehen reden kann, wenn man im Knast sitzt. Ja und wie dann die Verhandlung rum war, dann bin ich also halt in Strafgefangenschaft gekommen, also als Strafgefangener, da ist es dann schon anders geworden, da konnte ich von dem Geld nichts mehr brauchen, was ich noch hatte, es waren noch ungefähr 1 500 Mark, da konnte ich nichts mehr brauchen von, und das ist mir dann auch später beschlagnahmt worden.

Fichte: Mit wieviel Leuten warst du auf einer Zelle?

Johnny: Am Anfang auf Einzelzelle sieben Monate.

Fichte: Wie alt warst du, achtzehn?

Johnny: Neunzehn.

Fichte: Neunzehn, ohne einen Menschen zu sehen?

Johnny: Ja doch, ich muß ja arbeiten, aber ich war nur auf Einzelzelle, ich hatte zu lesen und zu rauchen, nur Einzelzelle.

Fichte: Und wie war die Verpflegung?

Johnny: Ja, die war, irgendwie war sie gut, würde ich sagen.

Fichte: Wie oft gab es Fleisch?

Johnny: Fast jeden Tag.
Fichte: Und wie war die Behandlung?
Johnny: Ja, ich meine, wenn man sich fügen konnte, und ein bißchen Radfahrer war, dann konnte man gut leben da drin. Aber ich bin leider nicht der Typ dazu. Wenn man sich nicht alles gefallen läßt von den Wachtmeistern und so, das ist ja logisch, dann kriegen die einen Bock auf einen, und dann behandeln sie einen schlechter und schikanieren einen so bei der Arbeit oder so. Und ich hatte so einen Krach mal mit dem Bauverwalter, da hatte ich ihm gesagt, also jetzt ist es gleich aus, jetzt fliegen wir alle beide zum dritten Stock runter, ja, und da habe ich Prügel gekriegt, vom Rollkommando.
Fichte: Wo warst du im Gefängnis?
Johnny: Rottenburg am Neckar.
Fichte: Wieviel Leute gehörten dem Rollkommando an?
Johnny: Ja, das ist verschieden. Grad von denen, die halt Dienst haben, und da ausgesucht, die auch ein bißchen schlagen können..
Fichte: Wieviel sind das dann meistens?
Johnny: Sagen wir, zwischen sieben und zehn Mann.
Fichte: Zehn Mann, und was geschieht dann?
Johnny: Ja, die verprügeln einen.
Fichte: Die kommen in deine Zelle?
Johnny: Ja, manche mit Gummiknüppeln, die anderen mit den Fäusten und so, und da hatte ich Prügel gekriegt, anständig.
Fichte: Geschieht das oft?
Johnny: Nee, das passiert nicht oft, nur wenn einer mal richtig, also sich überhaupt nichts mehr sagen lassen will, so wie ich, ich hatte ja ein großes Schild an der Zelle, mit rot geschrieben, »Vorsicht, gemeingefährlich« und so alles, nur mit drei Mann betreten und so, weil ich, ich hatte richtig, ich hab alles gehaßt, was eine grüne Uniform anhatte.
Fichte: Wie erklärst du dir das, dadurch, daß du in der Einzelhaft so lange warst?
Johnny: Ja, genau dadurch.
Fichte: Du warst drei Jahre lang in dem Gefängnis, wie oft ist da dieses Rollkommando..

Johnny: Ich schätze so um zwanzigmal.

Fichte: Zwanzigmal in drei Jahren, und in welchem Zustand waren die Gefangenen hinterher?

Johnny: Ja, die meisten waren zum Schluß bewußtlos, die mußten ins Spital kommen, mußten da also ein paar Wochen zubringen im Spital.

Fichte: Hat es da nie Klagen gegeben, sind da nie Ärzte benachrichtigt worden?

Johnny: Ist nie durchgegangen. Ich habe auch mindestens zehn Beschwerden ans Ministerium geschrieben, da ist keine einzige durchgegangen.

Fichte: Und würdest du nicht jetzt noch mal eine Beschwerde ..

Johnny: Nee, würde ich nicht machen.

Fichte: Warum nicht?

Johnny: Weil das gar keinen Zweck hat.

Fichte: Warum?

Johnny: Weil, die würden sich überhaupt nicht drum kümmern.

Fichte: Das Ministerium würde sich nicht darum kümmern?

Johnny: Nee, in den Papierkorb, da paßt viel rein. Meine Beschwerden sind ja gar nicht alle rausgegangen aus dem Gefängnis, so wie es ist, nehme ich es an, die sind alle gleich beim Assessor oben im Papierkorb gelandet, so ist es meistens, wenn man sich beschwert im Gefängnis.

Fichte: Wie ist es mit der Sexualität im Gefängnis, habt ihr untereinander was gemacht?

Johnny: Also ich nicht, aber ich hab viel gehört, daß es viele machen. Ich hab gewichst, für mich allein.

Fichte: Wenn der andere dabei war?

Johnny: Nee, wenn der andere weg war. Wir hatten so immer die Mittagspause ein bißchen getrennt, da war ich eine halbe Stunde allein, bis er gekommen ist, und ich mußte früher wieder anfangen wie er, und dann hat er gemacht. Und wir hatten so Stellungsbilder und so Sachen, und da hat man die sich halt angeguckt.

Fichte: Gab es eine Art wie Gefängnis-Prostitution, gab es da Homosexuelle, die sich ..

Johnny: Das war nur einer im ganzen Gefängnis, das war der

Hugo, der hat seine, hat sich geschminkt wie eine Frau, und Kettchen getragen und so Sachen, der ist ja draußen eine Tunte gewesen, der hat bei anderen geblasen, für zehn Päckchen Tabak und so.

Fichte: Für einmal blasen kriegte er zehn Päckchen Tabak?

Johnny: Ja, manchmal noch mehr, dreizehn, vierzehn Päckchen.

Fichte: Das hast du aber nie gemacht . .

Johnny: Nee, nee, ich hab mir überhaupt keinen blasen lassen. Da hab ich noch ein bißchen Abneigung gehabt dagegen.

Fichte: Wieviel Stunden mußtest du am Tag arbeiten?

Johnny: Im Durchschnitt neun Stunden.

Fichte: Was verdientest du die Stunde?

Johnny: Nee, kann man nicht mit Stunden sagen, am Tag 1,20 Mark.

Fichte: Am Tag verdientest du für neun Stunden Arbeit 1,20 Mark?

Johnny: Ja, und am Anfang 60 Pfennig am Tag, so hat sich das so langsam gesteigert.

Fichte: War die Arbeit hart?

Johnny: Ja, im Steinbruch gearbeitet.

Fichte: Und du kriegtest also rund 36 Mark im Monat.

Johnny: Ja, am Anfang nicht, ja, wo ich die 1,20 Mark hatte, ja, da schon, aber die ersten drei Monate nicht, da hatte ich ja nur 60 Pfennig am Tag.

Fichte: Also 18 Mark im Monat.

Johnny: Ja und da hatte ich die Hälfte davon, hatte ich Einkauf, konnte ich mir Tabak kaufen.

Fichte: Tabak, und was noch?

Johnny: Ja und Toilettenartikel oder Zeichenpapier oder Schreibpapier.

Fichte: Als die drei Jahre um waren, kriegtest du also für drei . .

Johnny: Nee, ich habe ja nur zweieinhalb Jahre gesessen.

Fichte: Wegen guter Führung?

Johnny: Wegen guter Führung entlassen worden, das heißt nicht wegen guter Führung, im Sinne der Resozialisierung bin ich entlassen worden.

Fichte: Aha, also sind in zweieinhalb Jahren zwanzigmal die Rollkommandos in Kraft getreten, und nach zweieinhalb Jahren, neunstündiger Arbeit täglich, kriegtest du wieviel Geld jetzt ausbezahlt?

Johnny: Ich habe genau 28 Mark bekommen.

Fichte: Und was ist mit dem anderen Geld geschehen?

Johnny: Das ist alles ans Gericht gegangen.

Fichte: Bist du zwischendurch ausgebrochen?

Johnny: Siebenmal. Immer wieder geschnappt worden. Ja, das heißt, ich wollte ja nicht für immer abhauen.

Fichte: Sondern?

Johnny: Das wußte ich ja, daß das nicht klappen würde, ich wollte nur mal wieder ein Mädchen haben, paar Bier trinken und so.

Fichte: Bist von selbst wieder rein oder . .

Johnny: Nee, nee, ich hab mich halt erwischen lassen. Ich bin da durch die Städte gelaufen, als wie wenn ich Tourist wäre, ich hab mich da gar nicht gekümmert, ob mich nun jetzt ein Polizist erkennt oder nicht, ich bin keinem Polizisten aus dem Wege gegangen.

Fichte: Und wie lange ging das gut?

Johnny: Das letzte Mal vier Wochen. Ich war in der Stadt, da wo ich gewohnt habe, wo ich die Prügelei gemacht habe, da hab ich vier Wochen zugebracht, bin rumgelaufen in der Stadt, da rumgesoffen, da rumgehurt, überall bin ich durch die Straßen gelaufen und hab sogar einen Polizisten, den ich kannte, gegrüßt.

Fichte: Hat er dich dann erkannt?

Johnny: Der hat mich erkannt, ja, aber gemacht hat er nichts, er traute sich vielleicht nicht.

Fichte: Warum getraute er es sich nicht?

Johnny: Ich weiß nicht. Ich hätte mich ja nicht gewehrt, aber er kannte mich von früher, und wußte, daß ich ziemlich bekannt war in der Stadt damals als Schläger.

Fichte: Wie war das, wenn du so einen Einbruch machtest. War da eine Spannung bei?

Johnny: Nee, habe ich gar nichts bei gefühlt, überhaupt nichts, ich wollte nur das Geld, sonst wollte ich gar nichts.

Fichte: Wie lange dauerte so ein Einbruch?

Johnny: Der längste dauerte sieben Stunden.
Fichte: Warum dauerte der so lange?
Johnny: Das war ein doppelter Panzerschrank, war das. Das war viermal sägen. Wir sind reingegangen, ich wußte da, daß es also besonders schwer war, deshalb bin ich schon um zehn Uhr reingegangen.
Fichte: Hat es sehr aufregende Episoden gegeben?
Johnny: Ja, einmal sind wir verfolgt worden.
Fichte: Von wem?
Johnny: Von Polizisten.
Fichte: Von den Nachtwächtern nie.
Johnny: Sieben Peterwagen sind uns da immer hinterher. Wir haben jeder ein Motorrad gehabt und haben uns gleich getrennt.
Fichte: Die Nachtwächter haben euch nie entdeckt?
Johnny: Nee. Die haben wir immer so ausgeschaltet mit Mikrophon, mit Funkgeräten.
Fichte: Wenn euch nun ein Nachtwächter in die Quere gekommen wäre, hättest du dann geschossen?
Johnny: Nee.
Fichte: Aber warum hattest du die Pistolen dabei?
Johnny: Ich weiß auch nicht. Die haben mir irgendwie eine Sicherheit gegeben.
Fichte: Wenn der nun geschossen hätte oder dich bedroht hätte?
Johnny: Also, wenn er mich getroffen hätte, geschossen hätte und hätte mich getroffen, da hätte ich auch geschossen. Nur wenn die mich getroffen hätten, dann hätte ich es immer noch als Notwehr hinstellen können.
Fichte: Wußte deine Verlobte, woher das Geld kam?
Johnny: Die wußte alles.
Fichte: Und hat dich aber nie angegeben?
Johnny: Nee.
Fichte: Die fand das schön?
Johnny: Die hat da richtige Böcke drauf gehabt. Ja. Deshalb verstand ich das auch nicht richtig, daß sie mich dann hat sitzenlassen.
Fichte: Als du aus dem Gefängnis kamst, war sie verheiratet?

Johnny: Nee, verlobt wieder.
Fichte: Und wollte nichts mehr mit dir zu tun haben?
Johnny: Nee, sie hatte meinen Ring noch an. Also ich hätte es geschafft, ich hätt es geschafft wieder, aber ich hatte keine Böcke mehr.
Fichte: Wie war es im Gefängnis mit der Lektüre. Konntest du dort viel lesen?
Johnny: Ja, und sehr gute Bücher sogar.
Fichte: Was?
Johnny: Also ich hab da Bücher gelesen »Du darfst nicht lieben, wen du willst«, das ist so von einem sibirischen Gefangenenlager oder »Der rote Marder«, »Taras Bulba«, »Geliebt, gejagt und unvergessen«, die Bücher da, die hab ich gelesen. Und noch viel mehr »Zwei Töchter auf Pump«, das sind alles von ganz bekannten Schriftstellern geschrieben. Ich habe nur, was soll ich sagen, da muß man so eine Karte ausfüllen, was für Bücher man da haben will, und da hab ich draufgeschrieben, Kriegsbücher, Schicksalsromane und so die humoristischen Sachen da, der »Brave Soldat Schwejk« und so Sachen, lese ich aber auch sehr gern.
Fichte: Den Schwejk?
Johnny: Ja. Das ist ein Buch, das ist auch sehr dick das Buch, da ich meine, also taschenbuchähnlich, aber nur ähnlich, und war so dick. Ich meine, da hab ich drei, vier Tage dran gelesen.
Fichte: Würdest du nun den Schwejk auf eine einsame Insel mitnehmen, wenn du drei Bücher mitnehmen dürftest?
Johnny: Ja, würde ich mitnehmen.
Fichte: Und die anderen beiden?
Johnny: Das andere wäre »Geliebt, gejagt und unvergessen« würde ich mitnehmen und dann, wie hat das geheißen, »Ich und die Legion«, das hat ein Fremdenlegionär geschrieben, der war mit mir im Knast. Ja, und das ist ganz ganz Superklasse das Buch. Also originale Tatsachen sind da drin, also nichts dazugemacht, gar nichts.
Fichte: Gab es Kino?
Johnny: Ja, jeden Monat Film, einmal, ja.
Fichte: Und wie oft Oper?

Johnny: Also Radio nur, Lautsprecher nur, Opern zweimal in der Woche.

Fichte: Das konntet ihr aber auch ausstellen.

Johnny: Ja. Dann die Musikinformation, so Schlager und Beat und so Sachen, das war ja ganz einmalig dort, das war gut. Überall informiert gewesen. Da ist eine extra Radiozelle gewesen, der hat da geschlafen und alles in der Radiozelle und hat alles unter sich, da muß der aber das einstellen, was vorgeschrieben war. Und Sport alles, ja, haben wir alles gehört. Sport, das war ja bei mir ziemlich das Wichtigste.

Fichte: Politisch, was hörtet ihr da?

Johnny: Nur die Nachrichten, und was war da noch, Kommentar und so Sachen sind immer gekommen, politische Sendungen.

Fichte: Hattet ihr irgendwelche Kurse?

Johnny: Englisch-Kurse kann man machen, ja.

Fichte: Hast du mitgemacht?

Johnny: Nur am Anfang.

Fichte: Hattest keine Lust?

Johnny: War nix. Das war der Pfarrer, der das gemacht hat, der hat da nicht die Vokabeln durchgeochst, und der hat gleich so richtig angefangen, und wenn du das nie gemacht hast, wenn du keine Ahnung von hast, dann ist das ein bißchen schwierig. Obwohl ich nicht dumm bin, aber ich war, ehrlich gesagt, ein bißchen zu faul dazu.

Fichte: Wann wurdest du entlassen?

Johnny: Genau am 28. Februar 69.

Fichte: 69, also diesen Februar.

Johnny: Ja.

Fichte: Was geschah dann?

Johnny: Ja, ich hab, das ist so gewesen, ich hatte im Knast schöne lange Haare, bis über die Schulter, und bin zum Friseur gegangen, er soll mir nur die Spitzen abschneiden, und der Friseur hatte aus irgendeinem Grund, den weiß ich heute noch nicht, einen Haß auf mich, na, und da hat der mit einem Schnitt hat der mir die ganzen Haare abgeschnitten. Ja, ich hab ihn verprügelt dafür, aber mehr konnte ich ja auch nicht machen.

Fichte: Das war der Friseur im Gefängnis?

Johnny: Ja. Das ist selbst ein Gefangener, und dann habe ich mir eine Glatze schneiden lassen, von meinem Kumpel in der Zelle, da hat der das abgeschnitten, mit dem Rasierapparat abgemacht, und zwei Tage später habe ich erfahren, daß ich entlassen werde.

Fichte: Du gingst also mit einer Glatze?

Johnny: Ja. Das war eine Blitzentlassung. Ich erfuhr morgens, daß ich entlassen werde, und abends bin ich entlassen worden, da ging ich halt raus mit 'ner Glatze, hatte 28 Mark in der Tasche, keine Arbeit, kein Zimmer, nichts, so haben sie mich rausgeschmissen. Was soll ich machen, ich hab eine Nutte gekannt in Stuttgart, die ist für, früher mal für mich gelaufen, und die ist jetzt Star da, die ist die Beste da, zu der bin ich hin, und der hab ich auch gesagt, was los ist und so, sie hat gesagt, also nehmen kann sie mich nicht mehr, weil, sie hat drei Zuhälter, weil sie aufpassen mußte, und was soll ich machen, gegen drei Mann kann ich nichts machen, wenn es nur einer gewesen wäre, den hätte ich gleich ausgeschaltet gehabt, den hätte ich mal anständig verprügelt und dann wäre er von alleine gegangen. Nun hat sie mir aber 400 Mark gegeben, ich war so doof und hab die gleich versoffen und verhurt, das heißt, ich habe kein Geld bezahlt für die Weiber, aber so mal einen ausgegeben und so, ja und ich habe da alles gefickt, was mir untergelaufen ist, was weiblich ausgesehen hat. Drei Wochen, drei Wochen war ich da in Stuttgart. Nur rumgefickt, bis zu drei-, viermal am Tag, aber nicht die gleiche Hure, immer 'ne andere. Und dann bin ich zu meinem Bewährungshelfer gegangen, der hat mich so ganz schön empfangen da, von wegen, warum ich jetzt erst komme, obwohl der für mich gar nicht bestellt war, ich habe überhaupt keinen Bewährungshelfer gestellt gekriegt, obwohl es die Auflage war.

Fichte: Warum nicht?

Johnny: Zu mir hat man nur gesagt, du gehst da aufs Arbeitsamt, da kriegst du Arbeit, und sonst nichts.

Fichte: Da bist du aber nicht hin?

Johnny: Nee, da bin ich nicht hin. Und der Bewährungshelfer hat zu mir gesagt, also ich hab nicht den Auftrag, mich mit dir zu befassen, aber ich mach das, ich war ihm sympathisch, denk ich mir, hab auch gesagt, er ist ein Reserveoffizier von der Bundeswehr, er hat gesagt, zur Bundeswehr, weil ich darauf angespielt habe, ob ich nicht zur Bundeswehr kann für ein paar Jahre, da hat er gesagt, wenn du fünfzehn Jahre mindestens, und das wollte ich nicht. Ich sage, nee, nee. Und dann hat der mir Arbeit verschafft und Zimmer.

Fichte: In Stuttgart?

Johnny: Nee, in Pforzheim. Und das habe ich nicht lange ausgehalten.

Fichte: Was hattest du für Arbeit?

Johnny: In der Gießerei.

Fichte: Also nicht in deinem Beruf?

Johnny: Nee, das ist ganz schwere Arbeit in der Gießerei, und da hatte ich innerhalb vierzehn Tagen etwas über 500 verdient, und hatte ich 300 Mark Vorschuß gehabt, wurde alles auf die Sparkasse überwiesen, und dann habe ich das aufgegeben. Bin ich in so ein Wohnheim gegangen, hab dort eine Woche gewohnt, hab dann zu meinem Bewährungshelfer gesagt, also hören Sie mal her, würden Sie was dagegen haben, wenn ich nach Hamburg gehe. Ich will aufs Schiff. Sagt er, nein, ich habe nichts dagegen, weiter habe ich nichts gesagt, am nächsten Tag bin ich halt abgehauen, und habe dort Schulden zurückgelassen, aber ich habe mir das so gedacht, von der Firma kriege ich noch so und so viel Geld, also für zehn Tage kann man doch keine 200 Mark Abzug machen, und die Schulden da, die waren ungefähr 70 Mark, das kriegt ja mein Bewährungshelfer zugeschickt, mit den Arbeitspapieren, dann konnte der das ja bezahlen, habe ich gerechnet, also können die mir keinen Betrug anhängen. Nun bin ich halt hier nach Hamburg raufgekommen.

Fichte: Wer hat dir die Idee in den Kopf gesetzt?

Johnny: Die habe ich mir selber, ist von mir selber.

Fichte: Wie bist du dann an den Kumpel gekommen, der mit dir gefahren ist?

Johnny: Ich war auf dem Arbeitsamt und habe Gelegenheitsarbeit machen wollen, und der hat uns auf eine Baustelle geschickt, da, zu zweit, und da hat es geschneit, und da hatte ich keine

Böcke zum Arbeiten im Freien, habe ich mir zwei Mark Vorschuß geben lassen, und er sich auch, sind wir abgehauen, und haben zufällig in so einer kleinen Kneipe haben wir zwei Fernfahrer getroffen von Hamburg, und die habe ich dann gleich angehauen, ob sie uns mitnehmen können, haben sie gesagt, ist in Ordnung, ihr könnt mitfahren.

Fichte: Jetzt hast du keine Arbeitspapiere?

Johnny: Nee, ich habe sie nicht dabei.

Fichte: Hast du einen Personalausweis?

Johnny: Ja. Personalausweis habe ich.

Fichte: Hast du einen Paß?

Johnny: Nee, ich brauch ja keinen Paß, ich brauch auch auf dem Schiff keinen Paß, nee.

Fichte: Wenn du anheuerst, wird dir dein Bewährungshelfer die Papiere schicken?

Johnny: Wird er mir schicken, wenn er weiß, daß ich ein Schiff habe.

Fichte: Aber vorher nicht?

Johnny: Vorher nicht, nein.

Fichte: Warum nicht?

Johnny: Weiß ich nicht. Das ist Sicherheit, wahrscheinlich.

Fichte: Bist du oft krank.

Johnny: Nein, ich war praktisch noch nie im Leben, also innerlich krank. Noch nie. Wenn ich einen Schnupfen hab, dann ist der nach einem Tag wieder weg.

Fichte: Hast du oft den Schnupfen?

Johnny: Nee.

Fichte: Schläfst du gut?

Johnny: Ja, ich schlafe sehr gut.

Fichte: Wieviel Schlaf brauchst du durchschnittlich?

Johnny: Ich brauche ungefähr vier Stunden Schlaf, dann kann ich . .

Fichte: Und schläfst auch, wenn du länger schlafen könntest, nicht mehr als vier Stunden.

Johnny: Ach, wenn ich länger schlafen kann, dann schlafe ich auch länger. Aber nach vier Stunden wach ich auf. Ja, und dann schlaf ich aber wieder ein, rauche eine Zigarette, und dann schlafe ich weiter.

Fichte: Letzte Woche zum Beispiel hast du wieviel geschlafen?
Johnny: Letzte Woche, zwei Nächte.
Fichte: Du ißt gern?
Johnny: Ja, ich esse gern und viel.
Fichte: Was ißt du am liebsten?
Johnny: Was ich zur Zeit am liebsten esse oder was ich mal wieder am liebsten essen würde? Das wär ein Original Schwäbischer Eintopf.
Fichte: Träumst du, wenn du schläfst?
Johnny: Ja.
Fichte: Farbig oder schwarz-weiß?
Johnny: Farbig.
Fichte: Hast du Träume, die immer wiederkommen?
Johnny: Nee. Aber ich träume immer dasselbe, immer von Frauen.
Fichte: Nur von Frauen?
Johnny: Nur von Frauen, ich hab noch nie einen anderen Traum gehabt.
Fichte: Was träumst du von Frauen?
Johnny: Alles mögliche, alles was du mit einer Frau anfangen kannst, träume ich. Die unmöglichsten Dinger.
Fichte: Hast du Tagträume?
Johnny: Nein, ich habe keine Tagträume, aber ich sitze manchmal da und starre an die Wand, und dann träume ich, ja ich träum richtig. Ich habe nämlich einen ganz bestimmten Traum, wenn ich jetzt 20 000 Mark hätte, so wie ich jetzt dastehe, wenn ich 20 000 Mark hätte, ich würde mir sofort einen falschen Führerschein machen, einen falschen Personalausweis, dann würde ich mir ein Motorrad kaufen, ein schweres, und dann würde ich nach Süddeutschland runterfahren. Und dann würde ich da unten leben, und dann würde ich sogar auch arbeiten gehen. Aber mit einem falschen Ausweis und einem falschen Führerschein.
Fichte: Warum?
Johnny: Weil sie mir meinen Führerschein weggenommen haben. Weil ich Motorrad fahren will.
Fichte: Du hast Haschisch genommen. Was hast du da geträumt? Auch nur von Frauen?
Johnny: Ja, und da hatte ich Frauen auch immer, da brauchte

ich nicht träumen von, da hatte ich sie immer. Mit Haschisch hast keine Phantasieträume oder so, da fühlst du dich nur leichter, da vergißt du alle Sorgen, wenn du, sagen wir mal, du hast kein Geld oder so, und rauchst eine Pfeife Haschisch oder zwei, dann denkst du an das Geld gar nicht mehr, dann ist so alles wurscht, dann ist alles egal. Ich hatte eine Zigarette gedreht mit Haschisch so mit drei Blättchen und hatte die im U-Bahnhof unten, U-Bahnhof Nord, da fährt kein Zug mehr, die habe ich da geraucht, komme wieder rauf, und da hatte ich noch meinen an, die Jacke mit dem US-Army drauf, und da kommt einer zu mir, und sagt zu mir, hier suchen sie einen, der genau die gleiche Jacke anhat wie du mit dem US-Army drauf, den suchen die, und da sind so drei Kripo-Beamte und paar Bahnhofspolizisten auf einem Haufen gestanden, das war mir so alles wurschtegal, da bin ich auf die zugeschossen, hab die gefragt, hört mal, sucht ihr mich? Da hat der eine mich angeguckt, der kannte mich, und hat gesagt, nee, dich suchen wir nicht, wir suchen wohl einen, der die gleiche Jacke anhat wie du, aber du bist das nicht. Wenn ich aber die Zigarette nicht geraucht hätte, wär ich da nicht hingegangen, dann wär ich vielleicht abgehauen.

Fichte: Du träumst zwar nur von Frauen, du gehst aber mit Männern ins Bett. Würdest du nun sagen: ich bin normal, würdest du sagen: ich bin homosexuell oder bisexuell?

Johnny: Nee, ich würd mich nicht mal als bisexuell bezeichnen, ich würde sagen, ich würde so einteilen, daß ich vielleicht zu 65% normal bin, das andere für Männer ist. Ich meine, wenn ich jetzt auf ein Schiff komme, dann ist das bei mir sowieso aus, dann mach ich nichts mehr mit Männern.

Fichte: Ja, wenn du aber zu 35% homosexuell bist, muß es dir doch Spaß machen.

Johnny: Aber nur manchmal.

Fichte: Wann?

Johnny: Wenn es einer richtig versteht, mich hochzubringen, und das verstehen die meisten nicht.

Fichte: Jemand, der dir sympathisch ist?

Johnny: Der mir sympathisch ist, ich geh auch mit keinem anderen weg.

Fichte: Du bist nie mit sehr alten Männern . .

Johnny: Nee, nee, nee.

Fichte: Du bist nie mit jemand weggegangen, der dir unsympathisch war?

Johnny: Ja, nie mit einem gegangen.

Fichte: Gehst du lieber mit älteren Frauen oder lieber mit jüngeren Frauen?

Johnny: Ich gehe lieber mit älteren Frauen. Also zwischen 25 und 35.

Fichte: Was machst du im Bett am liebsten?

Johnny: Mit den Frauen? Also, was ich persönlich gern mache, um die Frauen richtig hochzubringen, so richtig fertigzumachen, das ist lecken, und da stehen ja die Frauen auch sehr drauf. Wenn es mal eine richtig mitgekriegt hat, da die kann dann davon kaum mehr abgehen, das ist nicht in Viertelstunde erledigt bei mir. Ich bin zwar ein bißchen verwöhnt. Wenn ich, sagen wir mal, bis zum ersten Abgang durchschnittlich eine halbe Stunde, und dann mach ich Pause ungefähr fünf Minuten, rauche eine Zigarette, trinke einen Schluck oder was, und dann kann ich ficken, so lange ich will.

Fichte: Was nennst du, so lange du willst.

Johnny: Da kann ich eine Alte haben im Bett und die kann ich dann so fertigmachen, bis die Alte nicht mehr kann. Bei den Frauen dauert das gar nicht mal so lange, vielleicht zwei Stunden, länger nicht. Ich guck dann, daß ich halt, bevor die Alte ganz fertig ist, daß ich da noch mal einen Abgang krieg. Aber ich hatte auch schon Frauen mal, da hab ich fünf Stunden und sechs Stunden gefickt.

Fichte: Du bist einmal mit einer Frau gegangen, die hat dich bezahlt.

Johnny: Ja, das war das zweite Mal, das war vor kurzem mal wieder. Das war so, ich bin da in ein Lokal reingekommen, und da ist eine ganz Klassefrau gesessen, also die war nicht älter als 23 oder 24, und die war ganz tadellos gebaut, ein Bombengesicht gehabt, ganz Klasse, und ich, wie ich so halt bin, ich hab sie gleich angewichst und hab gefragt: na Schatz, was ist los heute abend und so, nun hat sie gemeint, ich soll mitgehen, ich soll halt mal mitkommen. Und ich bin auch mitgegangen, zu ihr rein, und die hat so ein schönes Appartement gehabt, ich weiß nicht, wieviel Zimmer, aber es war schön groß, haben wir gebadet, so geduscht, schön, und ich wollte ficken, ist ja logisch, ich wußte ja noch nicht, was da läuft, und die ist nur auf lecken gestanden. Nun hat sie sich ein Kissen untern Arsch, nun hat sie sich einen Eierlikör reingekippt, und den mußte ich rausschlürfen. Ja, da war das zu Ende, da hat sie sich fünf Schnapsbohnen reingeschoben, fünf Stück, und die mußte ich alle rausholen, aber sie hat zu mir gesagt, du mußt aufpassen, daß sie alle ganz bleiben, du kannst sie von mir aus rausessen, aber ganz bleiben müssen sie, sie dürfen nicht zerspringen bei mir drin, sonst tut das weh, ist ja Alkohol drin. Ich hab es versucht, ich hab nur vier rausgekriegt, die fünfte habe ich nicht mehr gefunden. Und hat sie gesagt, also du kannst bei mir zwei Tage bleiben, und sie hat mir übrigens noch einen geblasen nachher noch. Weil, ficken lassen wollte sie sich nicht, die war verheiratet. War eine Offiziersfrau von Amerikanern. Und hat mich zwei Tage durchgeschleift, wir haben gegessen, gesoffen, rumgefahren im Auto, wir haben gebadet. Als das fertig war, hat sie mir 50 Dollar gegeben. War gut. Erst vor zwei oder drei Tagen habe ich mir auch 50 Mark verdient bei einer. Auch lecken. Genau dasselbe.

Fichte: Und was machst du mit Männern am liebsten?

Johnny: Wenn ich ganz ehrlich sein soll, was ich mit Männern am liebsten mach, am liebsten gar nichts.

Fichte: Und hat es nun Männer gegeben, die dir wohl sympathisch waren, die dir dann aber doch einen Ekel eingeflößt haben, wenn du es mit ihnen getrieben hast?

Johnny: Nee, nee.

Fichte: Du bist aus Ekel mal eine ganze Zeit überhaupt nicht anschaffen gegangen.

Johnny: Ja, da hatte ich auf niemand hatte ich da Böcke nach.

Fichte: Auch auf Frauen nicht?

Johnny: Doch, doch, auf Frauen habe ich immer, da kann ich immer.

Fichte: Was war das für ein Ekel?

Johnny: Das weiß ich selbst nicht. Ich bin rumgelaufen am Bahnhof, die Schwulen, die haben mich schier gefressen mit den Blicken, hat mich auch einer angequatscht, und dann hab ich zu ihm gesagt, Mensch, hau ab, du nasser Wichser, sonst hau ich dir was vor den Kopf. Ich weiß auch nicht, was das war.

Fichte: Hast du sadistische Neigungen? Schlägst du gerne jemanden? Macht dir das Spaß, wenn du dich prügelst?

Johnny: Nee, das macht mir kein Spaß. Ich geh lieber einer Schlägerei aus dem Wege. Wenn es sein muß, hau ich auch zu, so ist es nicht. Aber wenn ich dann seh, daß der andere nicht mehr kann oder nicht mehr mag, dann hör ich auch auf, da mach ich nicht mehr weiter.

Fichte: Pflegst du dich sehr, bist du sehr sauber.

Johnny: Ja, ich muß mich immer waschen. Ich kann das nicht anders, da fühle ich mich unwohl, wenn ich ungewaschen bin.

Fichte: Am ganzen Körper?

Johnny: Ja, am ganzen Körper.

Fichte: Sind die Frauen, mit denen du gehst, sehr sauber?

Johnny: Ja, die müssen sauber sein bei mir.

Fichte: Und wenn sie es nicht sind?

Johnny: Und wenn sie es nicht sind, da müssen sie sich waschen, vorher.

Fichte: Was hast du nun für Erfahrung mit deinen Freiern gemacht, sind die sehr gepflegt oder sind die dreckig?

Johnny: Die sind alle also sauber, würde ich sagen, die sind alle sauber.

Fichte: Wenn dir nun einer 1 000 Mark bieten würde, daß du mit ihm ins Bett gehst, und daneben liegt eine Frau, die will dir aber keinen Pfennig geben, mit wem würdest du dann?

Johnny: Ich würde lieber die Frau nehmen.

Fichte: Wenn du nun wieder ins Gefängnis kämst, würdest du dann doch mal mit einem Kumpel was machen?

Johnny: Nee, würde ich nicht, würd ich nicht mit 'nem Kumpel machen.

Fichte: Hast du Angst vor Geschlechtskrankheiten?

Johnny: Ja, sehr, große, ja. Ich hatte zweimal schon den Tripper.

Fichte: Syphilis hast du nie gehabt?

Johnny: Nee, hab ich nie gehabt.

Fichte: Was machst du dagegen, siehst du dich vor?

Johnny: Nee, ich seh mich gar nicht vor. Ich hab mich noch nie vorgesehen deswegen.

Fichte: Machst du irgend etwas, daß die Mädchen keine Kinder kriegen oder überläßt du das den Mädchen?

Johnny: Nee, da mach ich alles voll rein, ich hab noch nie aufgepaßt und auch noch nie mit Parisern gefickt, noch nie.

Fichte: Hast du Geld sehr gerne, siehst du gerne einen großen Haufen Geld oder ist dir das egal?

Johnny: Nee, nicht mehr.

Fichte: Früher ja?

Johnny: Früher ja, da wo ich es hatte, und heute, ich hab letzte Woche, da hab ich geschlafen, nee, vorletzte Woche war das, bei zwei Freunden von mir, da brauchte ich keinen Pfennig Geld, ich hatte keinen Pfennig Geld im Geldbeutel, ich brauchte aber auch nichts. Ich hatte mein Essen, mein Schlafen, mein Trinken, konnte fernsehen, wann ich wollte, konnte weggehen, konnte wiederkommen, wann ich wollte, ich brauchte kein Geld.

Fichte: Aber früher hast du so richtig in den Scheinen gewühlt.

Johnny: Ja, genau. Da hab ich halt die Scheine durchgeblättert und hab sie richtig hingeschmissen, und hab gejubelt, ist ja logisch.

Fichte: Alle vier?

Johnny: Ja. Dann haben wir sie wieder aufgesammelt und haben sie schön eingepackt, und dann habe ich sie zur Bank gebracht.

Fichte: Jetzt, wieviel Geld möchtest du gerne haben? Wenn du dir es wünschen könntest?

Johnny: Wieviel Geld? Ich möchte so viel Geld haben, daß meine Kinder und denen ihre Kinder noch gut davon leben können.

Fichte: Wieviel?

Johnny: Da braucht man nicht mal so viel, ich würde sagen, mir würden genügen 10 Millionen Mark.

Fichte: Und das mindeste, was du haben müßtest, um überhaupt existieren zu können?

Johnny: Daß ich jetzt existieren könnte. 500 000 Mark würden mir genügen.

Fichte: Aber weniger möchtest du nicht haben?
Johnny: Doch, mir würde auch weniger genügen.
Fichte: Ja, womit kämst du aus?
Johnny: Hier, jetzt, 30 000 Mark.
Fichte: Was würdest du tun, wenn du unermeßlich viel Geld hättest?
Johnny: Das weiß ich nicht. Hab ich mir noch nie Gedanken darüber gemacht.
Fichte: Leidest du im Moment sehr darunter, daß du auf den Strich gehst? Bedrückt dich das?
Johnny: Ja, bedrückt mich irgendwie, ja.
Fichte: Du würdest es deiner Mutter nicht sagen?
Johnny: Nee, würde ich meiner Mutter nicht sagen.
Fichte: Du würdest es einem anderen Kumpel auch nicht sagen?
Johnny: Nee, würde ich auch nicht machen.
Fichte: Was findest du daran denn schlecht?
Johnny: Ich hab schon damals, wie ich den Jungen hatte, der mir 80 Mark gegeben hat, da kam ich mir irgendwie cin bißchen link vor, daß ich nur für den zu streicheln, daß ich da 80 Mark genommen habe dafür.
Fichte: Wenn du nun mit einem guten Freund, und der würde dir kein Geld geben dafür, kämst du dir dann weniger schlecht vor?
Johnny: Ich glaub schon, ja.
Fichte: Also es ist, daß du Geld dafür nimmst?
Johnny: Ja.
Fichte: Daß du mit Männern was machst, das bedrückt dich nicht?
Johnny: Doch, das bedrückt mich auch.
Fichte: Wenn du jetzt kein Geld dafür genommen hättest, würdest du es deiner Mutter auch nicht sagen wollen?
Johnny: Nee, würde ich nicht sagen.
Fichte: Deinem Vater?
Johnny: Meinem Vater würde ich es sagen.
Fichte: Aber du würdest dich schämen dabei?
Johnny: Ich würde mich schämen dabei, aber meinem Vater würde ich es sagen.
Fichte: Würdest du deinem Vater auch sagen, daß du Geld dafür genommen hast?

Johnny: Ja, würde ich dem auch sagen, weil er hätte Verständnis dafür.

Fichte: Hat er es auch mal gemacht?

Johnny: Das weiß ich nicht, ich glaub es nicht. Mein Vater war ein unheimlicher Frauenheld, früher.

Fichte: Hast du es damals schlecht gefunden, einzubrechen?

Johnny: Nein, habe ich nie schlecht gefunden.

Fichte: Warum nicht?

Johnny: Das hat mir irgendwie Spaß gemacht, den reichen Leuten da etwas wegzunehmen. Weil, ich bin der Auffassung, nach dem Krieg, da haben die meisten, ich will nicht sagen, alle, aber die meisten haben doch da nur durch Schiebung und durch verbrecherische Machenschaften ihr Geld verdient, und sind dadurch heute groß. Ja, warum soll man denen nicht mal was wegnehmen?

Fichte: Hast du armen Leuten gelegentlich was gegeben?

Johnny: Och, wenn ich die Schulden alle, die sie bei mir haben, jetzt kassieren wollte, dann hätte ich wieder ein paar hunderttausend Mark zusammen.

Fichte: Wieviel hast du von diesem Geld, also von den ein bis zwei Millionen ungefähr verschenkt?

Johnny: Ach Gott, ich habe fast jeden Tag ein paar hundert Mark hergeschenkt. An die Gammler und Penner und wie sie alle rumgelaufen sind.

Fichte: Hast du ein starkes Ehrgefühl?

Johnny: Ehrgefühl, ja, ein ganz starkes sogar.

Fichte: Was geht gegen deine Ehre.

Johnny: Was gegen meine Ehre geht, hauptsächlich also die Unhöflichkeit gegenüber einer Frau. Zum Beispiel am Bahnhof diese Woche. Zwei Jungs haben eine etwa vierzigjährige Frau weggeschubst vom Eingang, die wollte reingehen, die hab ich vielleicht getickt, die zwei. Habe ich die Schnauze aufgerissen und hab denen eine geknödelt, wenn ihr nicht gleich auseinander und so, ich hab mich nicht groß geprügelt, ich hab nur zweimal zugehauen.

Fichte: Bist du rachsüchtig?

Johnny: Nein, überhaupt nicht. Ich bin wohl geschwind wütend und sag: Mensch, wenn ich den noch mal treff, den hau ich zusammen, nach paar Stunden ist das aus wieder.

Fichte: Also diese Leute im Erziehungsheim, die möchtest du nicht noch mal ein bißchen ticken.

Johnny: Nee.

Fichte: Lehrer?

Johnny: Nee.

Fichte: Auch nicht das Rollkommando?

Johnny: Nur einen davon, einen möchte ich ganz alleine jetzt haben. Das war so 'n Bauverwalter.

Fichte: Und was möchtest du damit machen, wenn du könntest?

Johnny: Ich würde ihm nur ein paar Ohrfeigen geben, nur um ihn zu kränken, nur ein paar Ohrfeigen zu geben.

Fichte: Keinen, du möchtest dich an keinem deiner Freier rächen.

Johnny: Doch, auch einen.

Fichte: Warum?

Johnny: Der hat mir 50 Mark versprochen, und hat die mir auch gegeben, und hat mir 40 wieder geklaut. Der hat ganz seriös ausgesehen, ganz gut situiert, und ich dachte, der hat Geld, dann gibt er das auch, wenn er es sagt, und der hatte mir 50 Mark gegeben, in 10-Mark-Scheinen und der ist vor mir gegangen, ich merkte das nicht, ich war voll, besoffen, und ich versteh es heute noch nicht, ich wach normal immer auf, wenn jemand aufsteht neben mir, und da bin ich nicht aufgewacht. Der ist gegangen und hat mir noch 40 Mark raus aus dem Geldbeutel.

Fichte: Ja, und was möchtest du mit dem machen?

Johnny: Was ich machen würde? Ich würd ihm ein paar knallen, und dann 40 Mark aus dem Geldbeutel rausnehmen.

Fichte: Gibt es viele Dinge für dich, die unpassend oder unschicklich oder unanständig sind?

Johnny: Nee, gibt es praktisch nicht. Ja, das ist klar, habe ich ja gesagt, unschicklich, was ist unschicklich, ein Mädchen sitzenlassen, wenn sie ein Kind kriegt, und so was. Ich meine jetzt hier in Deutschland, ich meine, das guck ich etwas anders an, weil ich in Finnland ein Kind da oben hab, ich meine, das hat die vielleicht verstanden, daß ich nicht raufkomme. Aber so, wenn ich jetzt hier ein Mädchen ficken würde, na, die würde ein Kind kriegen, ich glaube, ich würde sie heiraten sogar, und würde arbeiten gehen.

Fichte: Lügst du viel?

Johnny: Nur Notlügen, fast nur Notlügen, manchmal hau ich auch ein bißchen auf den Putz.

Fichte: Hast du viel gelogen in dem Interview?

Johnny: Nee, das ist alles wahr.

Fichte: Glaubst du, daß man seine Eltern ehren soll.

Johnny: Nicht immer.

Fichte: Wann nicht?

Johnny: Zum Beispiel so wie meine Eltern, speziell meine Mutter. Würde ich nie ehren. Ich würde nicht mal, also es klingt ein bißchen brutal, ich würde nicht mal zur Beerdigung gehen.

Fichte: Würdest du zur Beerdigung deines Vaters gehen?

Johnny: Zu meinem Vater, ja. Weil ich genau weiß, daß er immer Verständnis für mich hat.

Fichte: Gibt es außer deinem Vater noch eine Person, die du sehr achtest?

Johnny: Die ich sehr achte, wenn ich das sagen soll, ich meine, wenn ich heute meine Verlobte treffen würde, also meine letzte Verlobte, die junge da, die ist jetzt achtzehn, ich würd sofort wieder anfangen mit ihr.

Fichte: Aber sonst keinen, Erzieher oder einen Kumpel?

Johnny: Nee. Ja, ich hatte einen Kumpel, ja. Den da im Erziehungsheim, das war mein bester Kumpel, den ich je hatte, zu jeder Zeit würde ich den als Freund noch akzeptieren.

Fichte: Ist dir dein Vater ein Vorbild?

Johnny: Nee.

Fichte: Hast kein Vorbild?

Johnny: Ich habe ein sportliches Vorbild. Den Cassius Clay. Und als Sportsmann find ich den, als Vorbild, das ist praktisch der einzige Sportsmann, den ich überhaupt kenne, was nun richtig ganz durch und durch ein Sportsmann ist, das ist der Finne, der Nurmi. Der Nurmi, der Langstreckenläufer, weil, von dem hab ich mal gelesen, der hat einen Lauf gemacht, und wäre nicht geschlagen worden, aber sein Gegner ist gestürzt, und er hat auf der Strecke angehalten, und hat seinem Gegner auf die Beine geholfen, und dann sind sie zusammen durchs Ziel gelaufen. Ja, und das ist, meiner Meinung nach, das, etwas Besseres gibt es gar nicht, im Sport, meiner Meinung nach.

Fichte: Hast du Schuldgefühle? Oder ein schlechtes Gewissen?

Johnny: Jetzt zur Zeit, nee, überhaupt nicht.

Fichte: Schämst du dich leicht?

Johnny: Ja, da muß ich halt so sagen, ich habe immer noch, ich geniere mich nur halt, genieren tu ich mich, wenn ich nur mit Männern weggehe, da geniere ich mich noch.

Fichte: Genierst du dich auf der Straße, daß du mit Freiern gehst oder genierst du dich im Bett?

Johnny: Im Zimmer, im Bett, auf der Straße, das ist doch bekannt, wenn ich auf St. Pauli laufe und es ist, sagen wir mal, es ist ein Mann dabei, der älter aussieht als ich oder der auch älter ist als ich, dann wissen ja die meisten Bescheid, die mich kennen.

Fichte: Warum genierst du dich im Bett?

Johnny: Ich kann das einfach nicht, so abgebrüht sein und jetzt einen Mann küssen oder umarmen oder so, das kann ich einfach nicht.

Fichte: Findest du einen Männerkörper schön?

Johnny: Das ist jetzt wieder was anderes, ich finde einen Männerkörper schon schön, aber nur vom Sportlichen aus gesehen.

Fichte: Findest du überhaupt nicht geil?

Johnny: Nee.

Fichte: Findest du ihn ekelhaft?

Johnny: Nee, ekelhaft auch nicht.

Fichte: Ekelst du dich leicht?

Johnny: Nee, mich kann nichts so leicht aus der Ruhe bringen.

Fichte: Kennst du Verantwortungsgefühl?

Johnny: Ja, das kenne ich. Ich hatte mal eine sehr große Verantwortung.

Fichte: Wo?

Johnny: Für die zwei Kinder von meiner Verlobten, da mußte ich mitverdienen, mußte die Vaterstelle vertreten, na ja, das war für mich schon, ganz schön da.

Fichte: Das hast du gerne gemacht?
Johnny: Ja, ich hab es gerne gemacht.
Fichte: Würdest du als Zuhälter leben wollen?
Johnny: Nee.
Fichte: Warum nicht?
Johnny: Wollt ich nicht, nee, das ist mir viel zu eintönig das Leben, die sehen ja immer nur das gleiche den ganzen Tag.
Fichte: Kennst du Zwänge?
Johnny: Nee, das kenne ich nicht.
Fichte: Bist du oft traurig?
Johnny: Ja, ich krieg oft meinen Moralischen. Ich hatte gestern auch den Moralischen. Ich hatte drei Bier getrunken, bin dagesessen, und meine Alte, die ich jetzt hatte, in die war ich ja unheimlich verliebt, und die ist verschüttgegangen.
Fichte: Wieso?
Johnny: War abgehauen daheim, und dann hatte ich einen Haß auf Gott und die Welt, bin ich dagesessen an der Theke, und dann bin ich abgehauen aus der Kneipe, bezahlt und bin abgehauen, und dann bin ich noch mal ins Kino gegangen, einen Film, den ich schon mal gesehen hatte, »Graf Porno und seine Mädchen«, und der ist unheimlich der Film, der ist Klasse, da lachst dich tot, und wie ich da rausgekommen bin, war alles vorbei.
Fichte: Würdest du nun sagen, das du ein lustiger Typ bist oder ein trauriger Typ?
Johnny: Ich bin eher ein lustiger Typ, ich bin zu jedem Spaß zu haben.
Fichte: Bist du bereit, richtige Pflichten auf dich zu nehmen?
Johnny: Ja, ich bin bereit, aber ob ich es schaffe, weiß ich nicht. Ich möchte gerne eine Familie gründen. Würde gerne heiraten und Kinder in die Welt setzen.
Fichte: Bist du neidisch?
Johnny: Überhaupt nicht, ich gönn jedem sein Sach.
Fichte: Hochmütig?
Johnny: Nee, das gleiche, überhaupt gar nicht hochmütig.
Fichte: Kannst du hochmütige Menschen leiden?
Johnny: Nee, ich kann keine Snobs leiden.

Fichte: Hast du Angst?
Johnny: Ja, ich hab auch Angst, also ich hab ab und zu, also ich meine, wenn ich kurz vor einer Keilerei stehe, habe ich auch Angst, da hab ich auch Angst, das wäre blöd, wenn ich es nicht zugeben würde. Aber die Angst weicht in dem Augenblick, wo der andere den ersten Schlag gemacht hat.
Fichte: Du läßt ihn den ersten Schlag tun?
Johnny: Ja, dann haue ich erst zu.
Fichte: Warum?
Johnny: Ich weiß auch nicht, das ist so eine Art Ganovenehre bei mir.
Fichte: Hast du was gegen Juden?
Johnny: Nee, hab ich gar nichts gegen.
Fichte: Und Neger?
Johnny: Genauso, ich bin kein Negerhasser, ich hab sogar mit Negern gute Erfahrungen gemacht.
Fichte: Warst du schon mal mit einer Negerin im Bett?
Johnny: Ja, das ist ganz Klasse. Ich kannte eine Mexikanerin, die war auch fast schwarz, ganz dunkel, da hab ich doch nichts gegen, mit der habe ich mich öffentlich auf der Straße geküßt.
Fichte: Würdest du eine Negerin heiraten?
Johnny: Ja.
Fichte: Hast du was gegen Gammler?
Johnny: Nee, auch nichts, denen helfe ich sogar, wenn ich kann.
Fichte: Gegen Rocker?
Johnny: Ja, es gibt zweierlei Rocker, es gibt Schweine darunter, aber die sind auch .. ich kenne viele Rocker, die sind ganz in Ordnung, sind ganz gute Kerls sind das.
Fichte: Und wann würdest du sagen, das sind Schweine?
Johnny: Die die Leute überfallen so, und die Kneipen zusammenhauen, die sind in meinen Augen ganz primitive Menschen sind das.
Fichte: Hast du solche Rocker kennengelernt?
Johnny: Ja, habe ich kennengelernt. Ich hab mich ja mit ein paar geschlagen.
Fichte: Aber nicht viele.
Johnny: Nee, die meisten sind ganz in Ordnung, würde ich sagen.

Fichte: Wenn du Kapitän wirst, dann willst du heiraten?

Johnny: Ja, ich würde heiraten.

Fichte: Wie möchtest du dein Kind erziehen?

Johnny: Wie ich das erziehen möchte? Ich möchte mein Kind erziehen, wie soll ich das sagen, ich will es überlegen, wie soll ich das ausdrücken, also, obwohl ich wenig an Gott glaube, aber ich würde mein Kind trotzdem im Glauben erziehen, also, daß es glaubt.

Fichte: Warum?

Johnny: Ja, das weiß ich selbst nicht.

Fichte: Was heißt: du glaubst wenig an Gott? Glaubst du, daß es Gott gibt?

Johnny: Nein, ich glaube nicht daran, daß es Gott gibt.

Fichte: Und warum willst du dann dein Kind im Glauben an Gott erziehen?

Johnny: Daß mein Kind dann wenigstens etwas hat, ich meine, den Glauben braucht man ja, an etwas muß man ja glauben.

Fichte: Ja, aber du glaubst ja auch nicht dran.

Johnny: Das ist doch egal, aber manchmal kann man sich an seinem Glauben festhalten.

Fichte: Würdest du es katholisch oder protestantisch erziehen?

Johnny: Ich würde mich so trauen lassen, und mein Kind dann auch taufen lassen, wie meine Frau es will. Wir würden uns dann schon einigen.

Fichte: Wenn dein Junge nun mit Männern in Kontakt käme, würdest du was gegen unternehmen?

Johnny: Nein, ich würde ihn nur aufklären, ich würde nichts gegen, ich würde ihn aufklären über alles, was es überhaupt an sexuellen Problemen gibt. Genauso über Männer wie über Frauen. Ich würde ihm alles erzählen, was ich gemacht habe.

Fichte: Auch, daß du auf den Strich gegangen bist?

Johnny: Auch, daß ich auf den Strich gegangen bin. Ich würde ihn nicht erst mit dreizehn aufklären, ich würde schon mit zehn Jahren oder noch jünger anfangen, ihm die Sachen beizubringen.

Fichte: Und willst du nun alles tun, daß er mit Mädchen geht oder wär es dir egal?

Johnny: Es ist ja logisch, daß mir das nicht egal wäre.

Fichte: Was wäre dir denn lieber?
Johnny: Mir wäre es lieber, er würde mit Mädchen gehen.
Fichte: Wenn du nun merkst, er ginge mit beiden?
Johnny: Mit beiden, dann würde ich ihn gehen lassen.
Fichte: Und wenn du nun merkst, er ginge auf den Strich?
Johnny: Mit Männern? Also in jungen Jahren? Mit vierzehn, fünfzehn? Das würde ich ihm austreiben.
Fichte: Wie?
Johnny: Das würde ich nicht zulassen. Ich würde es erst sehr lange im Guten versuchen, wenn es dann nicht fruchten würde, dann würde ich ihn schon, ich würde ihn dazu bringen, garantiert.
Fichte: Wenn er jetzt mit anderen Jungs was macht, ohne Geld?
Johnny: Ohne Geld? Dann würde, ich meine, das kann man ja untersuchen lassen, ob einer homosexuell ist, ja.
Fichte: Ja. Man glaubt, daß man es untersuchen lassen kann. Also, wenn er es nun wäre?
Johnny: Ja, was wäre dann? Dann könnte ich nichts gegen machen, ich kann ihn ja nicht ummodeln, daß er jetzt auf Frauen steht.
Fichte: Und wenn er es nun nicht wäre und würde es trotzdem machen, was würdest du dann tun?
Johnny: Ich würde ihn lassen, daß er es auch mal kennenlernt, wie das ist.
Fichte: Selbst wenn er mit dreizehn Jahren mit Jungs oder auch mit Älteren ginge?
Johnny: Nee, also was heißt mit Älteren. Männern?
Fichte: Ja.
Johnny: Nee, das würde ich nicht zulassen.
Fichte: Warum nicht?
Johnny: Daß er mit Männern geht. Mit gleichaltrigen Jungs, ja.
Fichte: Warum nicht mit Männern?
Johnny: Weil die gleichaltrigen Jungs, da kann er nichts lernen dabei, also praktisch nichts, aber von den älteren Männern, da lernt er das, und mit dreizehn Jahren da ist er noch sehr aufnahmefähig.
Fichte: Und du glaubst, daß ein Junge von einem Mann, sagen wir, von einem einundzwanzigjährigen Mann, so alt wie du jetzt bist, zu einem Homosexuellen gemacht werden kann?

Johnny: Genau.
Fichte: Das würdest du verhindern?
Johnny: Das würde ich verhindern.
Fichte: Wie lange?
Johnny: Bis er achtzehn wäre.
Fichte: Ab achtzehn wär es dir egal?
Johnny: Ab achtzehn kann er machen, was er will.
Fichte: Wenn er jetzt mit dreizehn Jahren sagt, ich will aber mit diesem Mann ins Bett gehen, was würdest du dann tun?
Johnny: Dann würde ich ihn erst mal fragen, ob er, was er von Frauen hält, ob er auf Mädchen scharf ist, und wenn er sagt: ja, er hält von Frauen viel, dann würde ich ihm das verbieten, mit einem Mann ins Bett zu gehen.
Fichte: Wenn du ein Mädchen hättest, und das Mädchen würde sich nur für Frauen interessieren?
Johnny: Da könnte ich auch nicht gegen an. Was soll ich da machen? Ich kann sie nur aufklären, mehr kann ich nicht, kann ja ein anderer Mann auch nicht, mehr machen.
Fichte: Wie willst du dein Kind nun politisch erziehen?
Johnny: Kann ich nichts zu sagen, das weiß ich nicht. Weil ich mich viel zu wenig für Politik interessiere.
Fichte: Wie sollte deiner Meinung nach ein Mann sein?
Johnny: Also, daß er mir gefallen würde?
Fichte: Ja. Welche Eigenschaften müßte er haben?
Johnny: Er müßte in erster Linie, also einen ausgeglichenen Charakter haben, also, da wo er hart sein muß, soll er hart sein, und da wo es angebracht ist, weich zu sein und nachzugeben, soll nachgeben.
Fichte: Wann muß ein Mann hart sein?
Johnny: Wenn es ums Prinzip geht.
Fichte: Um welche Prinzipien?
Johnny: Wenn er, also Prinzipien hat, so zum Beispiel, wie soll ich sagen, also er trinkt nie Alkohol, sagen wir mal, er will nie Alkohol trinken, und daß er auch dabeibleibt, und sich nicht verführen läßt.
Fichte: Hast du Prinzipien?
Johnny: Hab ich Prinzipien, muß ich erst mal überlegen, ja, ich

hab auch ein Prinzip, was den Alkohol betrifft, mal zu sagen, ich trink nie mehr, als ich vertragen kann. Mein Prinzip ist, zur Zeit jetzt: Eine Frau zu suchen, also, die ich für immer haben kann.

Fichte: Und welche Eigenschaften muß eine Frau haben, daß du sie als vorbildlich und begehrenswert findest?

Johnny: Meine Frau, die muß sehr, sehr anschmiegsam sein, und sehr, also, nicht untertänig, aber verständnisvoll, wollen wir mal sagen, für die Fehler, die ich hab.

Fichte: Deine Frau soll nicht deiner Mutter ähneln?

Johnny: Nee, überhaupt nicht. Aber sie muß mich natürlich lieben, das ist logisch.

Fichte: Arbeitest du gerne?

Johnny: Nee, überhaupt nicht.

Fichte: Würdest du denn nun lieber faul sein, nur so auf dem Rücken liegen oder würdest du gerne spielen?

Johnny: Ja, ja, lieber spielen.

Fichte: Fühlst du dich als freier Mensch, ist die Freiheit was sehr Wichtiges für dich?

Johnny: Ja, oh, die ist sehr wichtig für mich. Ich kann mich nicht unterordnen.

Fichte: Sprichst du andere Sprachen?

Johnny: Nein. Ich spreche keine Sprachen, ich kann mich halt nur mit einem Engländer da so ein bißchen unterhalten.

Fichte: Lebst du gerne?

Johnny: Bitte?

Fichte: Ob du gerne lebst.

Johnny: Ja, ich lebe sehr gerne.

Fichte: Denkst du oft an Selbstmord?

Johnny: Nee.

Fichte: Hast du je an Selbstmord gedacht?

Johnny: Nee, habe ich noch nie dran gedacht.

Fichte: Auch nicht im Gefängnis?

Johnny: Nee.

Fichte: Was hältst du von einem Selbstmörder?

Johnny: Was ich von einem Selbstmörder halte? Die sind in meinen Augen ein Feigling.

Fichte: Ist er ein Feigling?

Johnny: Ist ein Feigling, obwohl viel Mut dazu gehört, sich selbst umzubringen, aber ist trotzdem ein Feigling.

Fichte: Was war dein angenehmstes Erlebnis?

Johnny: Mein schönstes Erlebnis? Da hab ich praktisch noch gar keines gehabt, was ich sagen könnte, das ist mein schönstes Erlebnis.

Fichte: Und dein gräßlichstes Erlebnis?

Johnny: Mein gräßlichstes Erlebnis, da habe ich, Moment, da war ich zwölf Jahre alt, da habe ich einen Frankenstein-Film gesehen, und da durfte ich ja noch nicht rein, der war ab achtzehn, und da hab ich so Angst gehabt, immer wenn es im Winter dunkel wurde früh, so um fünf, sechs rum, da habe ich in jede Ecke reingeguckt, und da hab ich einen Schatten gesehen, und so, das war ein Mann, ein Mann war das, und der sieht ja im Schatten viel größer aus, ich bin um mein Leben gerannt, ich hatte solche Angst, ich wär schier gestorben, solche Angst hatte ich. Ich bin durch die ganze Stadt durchgerannt ohne Unterbrechung, ich bin nachher zusammengebrochen.

Fichte: Hast du viele Freunde?

Johnny: Wenn ich so sagen soll, ich habe überhaupt keine Freunde, zur Zeit. Also was man nun einen richtigen Freund nennen kann, also mit dem ich immer zusammen bin, und der alles mitmacht, mit mir, oder ich meine, wenn ich Geld habe, daß ich dem dann, also mit ihm zusammen bin, das Essen bezahlen würde, oder wenn er mal was hat, daß er mir das bezahlt, habe ich nicht.

Fichte: Der Kumpel, mit dem du hier hochgefahren bist, war der ein guter Freund?

Johnny: Ja, fast, nicht ganz.

Fichte: Würdest du jetzt wieder mit ihm reisen wollen?

Johnny: Nee, nicht mehr.

Fichte: Warum nicht?

Johnny: Weil ich jetzt weiß, wie er ist. Wenn er mal wiedergekommen ist, dann wollte er nur Geld haben, und dann ist er wieder abgehauen.

Fichte: Der hat doch mal versucht, mit dir ins Bett zu gehen?

Johnny: Ja.

Fichte: Ist eure Freundschaft da kaputtgegangen?

Johnny: Das ist mehr, weil, er ist abgehauen, wußte ich nicht, wo er ist, dann ist er wiedergekommen, hab ich ihm Geld gegeben, ist er wieder abgehauen, und so ging es dreimal, und da hab ich mir gesagt, nee, da hab ich keine Böcke mehr drauf.

Fichte: Würdest du, wenn du einen sehr guten Freund hättest, wär die Frau für dich wichtiger als der Freund?

Johnny: Wenn die Frau mich liebt und ich die Frau liebe, dann würde ich die Frau vorziehen, aber ich würde den Freund auch nicht vor den Kopf stoßen, ich würde ihn trotzdem als Freund akzeptieren.

Fichte: Was bist du bereit, für einen Freund zu tun?

Johnny: Wenn ich einen richtigen Freund habe, für den würde ich sogar mein Leben geben.

Fichte: Für eine Frau auch?

Johnny: Für eine Frau auch.

Fichte: Und wenn du nun einen Freund hast und der würde nun sagen, ich bin dein bester Freund, aber ich bin schwul, und will mit dir ins Bett gehen, würdest du das für ihn tun?

Johnny: Nee, würde ich nicht tun. Ich würde sagen, du kannst mein Freund sein, aber ins Bett gehen tu ich nicht mit dir.

Fichte: Was hältst du von der Polizei in der Bundesrepublik?

Johnny: Ich würde sagen, beschissen ist die Polizei hier.

Fichte: Warum?

Johnny: Sie sind also, ich habe schon viele Polizisten kennengelernt, es waren die meisten Doofköppe, wie sie im Buch stehen.

Fichte: Und glaubst du, daß gegen die APO mit der Polizei vorgegangen werden muß?

Johnny: Nee.

Fichte: Aber du sagtest, als der Demonstrationszug durch den Hauptbahnhof ging, da sollte man mal ordentlich reinschlagen. Warum hast du das gesagt?

Johnny: Ja, das meine ich nicht mit der Polizei . .

Fichte: Sondern?

Johnny: Nee, das hab ich auch mal gemacht, da war in der Stadt, wo ich war, da haben sie auch so eine Demonstration gemacht, und haben da so richtig schön laut gebrüllt: Ho-Tchi-Minh und so Dinger, und da haben wir, da war so eine ganze Clique, und da haben wir anständig reingehauen.

Fichte: Was war das für eine Clique?

Johnny: Man kann es nicht als Rocker bezeichnen, aber wir waren auch so mit dem Motorrad eine Bande, ja.

Fichte: Gangster?

Johnny: Nee, nee.

Fichte: Nein? Du warst der einzige, der im Gefängnis gewesen war?

Johnny: Ja, ich war der einzige.

Fichte: Waren sie unter deiner Anführung?

Johnny: Ja, genau.

Fichte: Und warum hast du das getan?

Johnny: Weil mir das gestunken hat. Das war die Karlsstraße, das ist eine schöne breite Straße, und da haben die die Autos aufgehalten und so und da sind sie da durchgestürmt. Und wir haben uns das angeguckt, uns haben sie ja auch praktisch angehalten mit den Motorrädern zufällig, das war nur Zufall, sind wir da raufgefahren. Ich habe da zugeguckt, und der Zug wollte nicht enden, na, da hab ich mir vom Motorrad runter einen rausgegriffen, und dem hab ich gesagt, hör mal, was ist denn da los, was macht ihr denn hier, ja wir protestieren hier gegen Studenten, was hat er gesagt, wir haben keine richtigen Lehrer und kein Lehrmaterial usw. und so fort, dann hab ich zu ihm gesagt, ich würde es mal mit Arbeit versuchen, wenn ich du wär, und da hab ich noch gearbeitet, da, und ich sage, ich würde es mal mit Arbeit versuchen, was, arbeiten kann jeder Dackel, hat er gemeint, da ist mir der Funke raus. Da hat es bei mir geblitzt. Da hab ich dem erst gleich mal eine geschmiert, aber nur eine Ohrfeige, keine mit der Faust, und wir waren ungefähr zwanzig Mann, und da sind wir rausgefahren in einen anderen Stadtteil, haben dort noch ein paar geholt, so ungefähr zehn Mann, und dann sind wir zu denen hin. Ich hab gesagt, da, nee, ich habe nicht gesagt, der hat mich angepflaumt, ich hab gesagt, also arbeiten kann jeder Dackel, das hab ich denen natürlich nicht gesagt, ich habe gesagt, jetzt machen wir mal einen kleinen Spaß hier, ich habe einen schönen

Spaß in Aussicht, hab ich gesagt, da sind wir da runtergefahren und haben da Terror gemacht.

Fichte: Glaubst du, daß es eine Gesellschaft geben kann ohne Strichjungen?

Johnny: Nein.

Fichte: Warum nicht?

Johnny: Weil es immer wieder Homosexuelle gibt und ein Homosexueller, der eine gewisse Altersgrenze erreicht hat, der bekommt umsonst keinen jungen Kerl mehr.

Fichte: Glaubst du, daß dich deine Mitmenschen gerne mögen oder daß sie dich nicht ausstehen können?

Johnny: Da kann ich nichts sagen, mir ist das auch völlig schnuppe.

Fichte: Wie wird dein morgiger Tag aussehen? Wann wirst du wahrscheinlich ins Bett gehen, wann wirst du aufstehen, wann wirst du essen?

Johnny: Ich werd ungefähr ins Bett gehen, in zwei Stunden ungefähr.

Fichte: Also gegen zehn?

Johnny: Ich weiß nicht, wieviel Uhr es ist.

Fichte: Es wird acht sein, nehme ich an.

Johnny: . . und werde ich morgen früh so um elf Uhr aufstehen.

Fichte: Also etwas länger als vier Stunden?

Johnny: Ja, ich werde aber aufwachen . .

Fichte: Und dann?

Johnny: Ich werde aufwachen, 100%, da wache ich auf, da rauche ich meine Zigarette, dann schlafe ich weiter, dann werde ich mich waschen, dann werde ich mich anziehen, dann werde ich mich erst mal hinsetzen und eine Zigarette rauchen, ja, und dann werd ich auf den Trail gehen, werde ich da rumlaufen, mal da ein Eis essen, vielleicht auch ins Kino gehen, Kumpel treffen, mit dem ein Bier trinken, mein Geld verbrauchen, auf deutsch gesagt, ganz kurz gesagt.

Fichte: Und wann gehst du anschaffen?

Johnny: Morgen abend.

Fichte: Um wieviel Uhr?

Johnny: Um acht.

Fichte: Und wie lange wirst du dann rumlaufen und rumstehen?

Johnny: Bis ich den ersten Freier hab, und dann hör ich auf.

Fichte: Und wann gehst du spätestens ins Bett zum Schlafen?

Johnny: Ja, das weiß ich noch nicht, ob ich morgen schlafen gehe.

Fichte: Nun sag mal, wie findest du denn überhaupt das ganze Interview, und das ist also jetzt die letzte Frage, wir kennen uns ganz gut, wir haben ein paarmal zusammen was getrunken, und wir sitzen hier in einer Absteige, das Zimmer ist zwei Quadratmeter groß, es ist zwei Meter hoch, nebenan wird, glaube ich, gestoßen, man hört gelegentlich den Wasserhahn, auf dem Boden steht dieses Gerät, das sich da dauernd dreht, davor steht das Mikrophon, du sitzt in der Badehose und trinkst Bier, ich trinke Apfelsaft, du rauchst und ich frag dich dauernd aus. Was hältst du davon?

Johnny: Das hat mir Spaß gemacht, ich habe es gut gefunden, daß ich mal alles, was ich überhaupt erlebt habe oder was mein ganzes Leben war, mal runterreden konnte.

Fichte: Hättest du lieber von anderem erzählen mögen?

Johnny: Nee.

Fichte: So ziemlich alles drin, würdest du sagen?

Johnny: Ja, so ziemlich alles drin. Ich habe manche Fragen, meiner Auffassung nach, nicht dumm beantwortet, aber vielleicht hätte es ein anderer besser ausdrücken können.

Fichte: Nee, du hast doch gut gesprochen. Hast du nun das Gefühl, da mischt sich jemand in dein Privatleben ein, hast du das Gefühl, also ich würde dich so mit meinen Fragen an die Wand drücken oder ich wär hier wie so 'ne Art Lehrer oder Sozialhelfer und würde dich also durch meine Fragen unterdrücken?

Johnny: Nee, ich will ja antworten, das ist ausschlaggebend, ich will, wenn ich nämlich nicht antworten will, dann antworte ich auch nicht.

Ulli
Sommer 1969

Fichte: Ulli, wie alt bist du?
Ulli: 31.
Fichte: Womit verdienst du dein Geld?
Ulli: Als Wirtschafter.
Fichte: Wo?
Ulli: Hier im Puff.
Fichte: Im Puff?
Ulli: Das ist ein sogenanntes Wohnheim, Deern-Wohnheim wird das ja genannt, weil wir ja Puff, offiziell gibts ja keinen. Nur weiß jeder, vom Hafenarbeiter bis zum Bürgermeister, das weiß jeder, daß es ein Puff ist. Bloß so 'n Staatsanwalt hat mir mal gesagt, das ist ein Wohnheim, ich weiß nicht, daß das ein Puff ist, das darf ich überhaupt nicht wissen.
Fichte: Und wie ist dieses Wohnheim gebaut worden?
Ulli: Ja, das ist so 'n Kontakthof unten, und die einzelnen Etagen sind vermietet worden, also vielmehr verpachtet, an Pächter. Ich glaube, sieben oder acht Pächter sind insgesamt da. Sind 140 Zimmer. Und Pacht ist ungefähr pro Zimmer jetzt 475 Mark im Monat.
Fichte: Also wenn einer . .
Ulli: . . muß der Pächter bezahlen.
Fichte: Und was muß er bezahlen, um reinzukommen?
Ulli: Ja, das ist auch verschieden. Wir bei uns, wir haben sechzehn Zimmer und 25 Mille Kaution.
Fichte: Bei 16 Zimmern bezahlt er im Monat . .
Ulli: . . etwa 8 400 Mark, wir müssen allerdings den Salon mitbezahlen.
Fichte: Auf jeder Etage ist also ein Salon?
Ulli: Ja.
Fichte: Was bezahlen die Mädchen Miete?
Ulli: 40 Mark am Tag und der Sonntag ist frei, ob sie arbeiten oder nicht, da brauchen sie nicht zu bezahlen. Wenn sie montags kommen, dann haben sie schon so 40 Mark auf dem Block stehen und dann den Montag dazu, dann sind das schon 80, und einige nehmen nur 37, aber dafür Sonntag mit, und das machen wir nicht.

Fichte: Also man verdient an einem Zimmer ungefähr 600 Mark im Monat?

Ulli: Ja.

Fichte: Sind da noch andere Möglichkeiten des Gelderwerbs? Für den, dem der Puff gehört?

Ulli: Offiziell nicht. Ausschank ist generell verboten, obwohl das, als der Vertrag gemacht worden ist mit der Gesellschaft, da ist das damals zwar versprochen worden, daß Ausschank sein wird, und das würde alles als Sperrgebiet, haben sie gesagt, das würde alles eingestellt und ihr dürft ausschenken. Na ja, sonst hätten die den Puff nicht voll gekriegt, also da hätte keiner gepachtet. Da kannst du ja also so gut wie gar nicht von leben. Ja, ein Reibach wäre, wenn offiziell der Ausschank erlaubt wäre, im Salon. Bloß da darf kein Mann sitzen, selbst wenn ich ein Auto, wollen wir mal sagen, jemand kaufen will, dann darf ich ihn nicht bei mir oben sitzen haben und mit ihm verhandeln jetzt, sondern mit dem muß ich mich irgendwo anders treffen. Darf praktisch gar keiner, nur der Wirtschafter oder der Boß selber, sonst darf überhaupt kein Mann oben im Salon sein. Kommt auch oft die Schmiere, so ein-, zweimal in der Woche meistens rein, ob irgendwelche da sind. Aber uns haben sie bis jetzt noch nicht gegriffen, bei uns hängen ja auch keine rum, so Luden. Denn uns bringen so Jungs ihre Frauen und wissen das, hier wird keine angemacht, von irgendeinem andern, wie andere Puffs, da hängen dann 10, 15 so Luden drinne, aber auch einige, die haben keine Partie und versuchen die dann anzumachen und schäkern, geben der was aus und der was aus, da können sie nicht arbeiten.

Fichte: Und wie hoch wäre der Verdienst des Pächters, wenn er ausschenken dürfte?

Ulli: Das Doppelte.

Fichte: Das Doppelte. Also so verdient er ungefähr 500 mal 16, das sind 8 000 Mark, der wird ungefähr 16 . .

Ulli: . . du mußt die Steuern rechnen, was die da alles reingesteckt haben, in jedem Zimmer Musikschrank und Zehnerwechsler, die Bilder und mußt tapezieren, da gehen die Lampen kaputt, und der ganze Salon zum Beispiel, da muß die Einrichtung, die war nicht drinne, sonst die einzelnen Räume, die sind alle möbliert gewesen, Couch, zwei Sessel und Tisch und so.

Fichte: Woher kommen die Mädchen, die in diesem Wohnheim wohnen?

Ulli: Das ist auch so 'n Dings. Die darfst du ja gar nicht ansprechen, wenn sie schon Dirne ist, darfst gar keine angucken. Wollen mal sagen, die ist in einem anderen Haus und hat Trouble, darfst du nicht zu ihr sagen, komm doch zu uns, nicht. Bei uns ist ruhig, oder was, da ist 'ne nette Atmosphäre, dann wäre das schon Kuppelei. Wenn du eine Dirne von einem Wohnheim ins andere bringst, dann ist das schon Kuppelei. Weißt du, der Witz dabei ist, daß du 'ne Solide auf dem Tanzboden, die kannst du ruhig anhauen, kannst ihr sagen, paß auf, bei uns verdienst du dreihundert in der Nacht, bist doch beknackt, daß du als Verkäuferin arbeitest, meinetwegen, was du da im Monat hast, kannst du doch in einer Nacht haben, und die darf ich dann ins Wohnheim reinbringen. Also das erstmalige Reinbringen ins Wohnheim, wenn sie noch keine Dirne ist. Das ist straf.. das ist zwar verwerflich, aber straffrei. Das ist der Witz dabei, du darfst eine, die schon Dirne ist, die kannst du nicht angucken, aber eine, die noch nicht anschafft, die dafür anhauen, kannst sagen, komm mal rein.

Fichte: Wie werden nun praktisch die Mädchen angekobert?

Ulli: Na ja, meistens spricht sich das rum, wenn sie auf dem Bock sind, da müssen sie zweimal in der Woche oder einige einmal, und die lernt die kennen, oder die hat mal da gearbeitet in der Herbertstraße, hat da 'ne Bekannte, und die sagt, paß mal auf, da kannst du auch zu uns ziehen, da verdienst du mehr. Nun sind bei uns auch bessere Freier als in der Herbertstraße oder überhaupt auf der Straße, da kobern sie mit 20, teilweise mit 15 in der Herbertstraße, oder welche, die kobern da für 5 Mark. Und wenn du viel kriegst im Schnitt, vielleicht 30, 35 beim Freier. Da haben sie auch Getränkeausschankzwang in der Herbertstraße, das ist bei uns ja nicht, die brauchen ja nicht trinken.

Fichte: Und was verdienen die Mädchen in der Nacht bei euch durchschnittlich?

Ulli: Na, das ist je nachdem, wie die Zeit ist, wie lange sie arbeitet. Wir haben welche, die haben einen Schnitt von 3, 4, 500. Aber andere, nu ja eben, daß sie leben von der Hand zum Mund, wenn sie 200 verdient haben, dann hören sie auf und dann verschäkern sie das, und am nächsten Tag haben sie keine Mark mehr, sie denken nicht mal, daß sie sich ein paar Mark zurücklegen. Andere haben dann wieder so grandige Luden, die greifen die ganze Summe, und die versaufen das denn noch.

Fichte: Wer sind denn die Bauherren?

Ulli: Das ist eine Gesellschaft von sieben Leuten gewesen, und zwar ganz, also keine aus der Gastronomie oder von St. Pauli, sondern ganz solide, die das Geld, gebaut haben und nachher ist der Bartels mit reingegangen.

Fichte: Und diese Soliden, was haben die für Berufe?

Ulli: Kaufleute und Bauunternehmer. Was die einzelnen so machen, weiß ich doch nicht.

Fichte: Rechtsanwälte?

Ulli: Nein. Da ist kein Rechtsanwalt dabei. Wir hatten mal zu Anfang da einen gehabt dabei, aber der hatte nichts damit zu tun, sondern lediglich Verträge hat der aufgesetzt, und der ist denn auch schon ausgeschieden.

Fichte: Nun ist das ganze Wohnheim ein Millionenobjekt. Wie konnte es sich dieses Konsortium leisten, das einfach auf den blauen Dunst hin zu bauen? Hatten die irgendwelche Zusicherungen oder Empfehlungen bekommen?

Ulli: Ja, das ist denen auch mal von der Behörde denn gesagt worden und von der Sitte, die hat gesagt, es kommt sowieso Sperrgebiet, denen ist es ja ganz lieb, daß es solche Häuser gibt, das ist doch alles ein bißchen mehr unter Kontrolle. Wir achten selbst darauf, daß sie zum Bock gehen, na ja, überhaupt, die Frauen, die bei uns sind, eine Frau, die in der Nacht 40 Mark Miete zahlt, ist ja doch ein bißchen was Besseres, als welche, die auf dem Zeughausmarkt rumkrebsen. Sind bessere Frauen bei uns. Und ja, dann haben sie vor allem das Eroscenter haben sie gesehen, das lief. Da haben sie natürlich weitaus tiefer in die Tasche springen müssen, zum Beispiel da ein Haus, das hat 16 Zimmer, da mußten sie 250 000 hinlegen erst mal für fünf

Jahre, daß sie reingestiegen sind, haben sie für fünf Jahre dann den Vertrag gehabt, haben sie eine Option gehabt für weitere fünf Jahre, nicht, und außerdem war damals die Miete gewesen im Eros 22,50 Mark, die sind jetzt aber auch inzwischen runtergegangen. Wollte ja kein Schwein mehr reinkriechen für so ein . .

Fichte: Mußt du nun als Wirtschafter auch aufpassen, daß den Mädchen nichts geschieht, mußt du Freier rausschaffen?

Ulli: Ja, man kann sagen, wenn hier Trouble ist, man kann sagen, zu 60, 70% haben die Frauen schuld. Dann schickern sie was von angeknackt und machen dann mit dem Freier kurz, wollen mal sagen, der gibt der 'nen Hunderter, und die soll jetzt siebzig rausgeben, dann steckt sie das in'n Safe, die Frau, und sagt denn, ja paß mal auf, wir machen das nett, und also, nein, nein, ich will mein Geld wieder haben und die, nein, gib mir doch mehr, na ja, und dann gibts Trouble und dann hat er überhaupt keinen Bock mehr auf die Soße, sondern sagt denn, gib mir auch alles wieder, jetzt marschier ich ab, nein, die dreißig sind auf jeden Fall, meine Zeit und – logisch, daß er dann Trouble macht und sich nicht darauf einläßt. Aber man hat auch andere wiederum, die drehen da irgendeiner den Hals um, also gehen an die Gurgel oder auch . .

Fichte: Das hast du erlebt?

Ulli: Ja, ja, ja. Da hab ich noch im Eros gearbeitet, da ist mal eine umgelegt worden, von, aber das war ihr Lude gewesen, der hat sie mit der Schnur von der Lampe hat er sie erwürgt, dann kam er reinmarschiert zu mir in'n Salon rüber frei Brust und sagte dann, du, komm mal her, ich hab meine Alte eben umgelegt. Ich sag, was hast du gemacht, hast sie doll auf die Fresse gehauen, wie man das . . Nee, nee, sagt er, ich hab sie umgelegt, die ist tot. Ein schöner Schrott, sag ich, geh rein ins Zimmer. Nun wollten wir auch mal so Party machen mit meiner zusammen, mit seiner und liegt sie nackt auf dem Bett, dacht ich erst, sie will ihn nicht, daß er mich anwichsen will. Als morgens Feierabend war, da bin ich ein bißchen dichter rangegangen, die Decke so rübergezogen, ganz dunkelblaue Striemen so um Hals gewesen, so und der Kopf war 'n bißchen schief gewesen, die war schon kalt. Ja, sag ich, da haste aber Scheiße gemacht, sag ich. Nun hat der ja man 'ne Puste einstecken gehabt, deswegen war ich ein bißchen vorsichtig, und hab ich denn so getan, als ob ich bißchen zu ihm, so mit ihm zusammen, was denkste jetzt, glattbiegen will, und ich hab gesagt, was wir machen, ich hab da oben 'nen Teppich stehen im Boden, da wickeln wir die ein. Fahren wir mit dem Fahrstuhl nach unten in den Keller, konntst da fahren, und schmeißen wir sie in den Wagen rein. Ich habe meinen Wagen schon unten stehen, der hat einen Impalla gehabt, hat er die Kofferklappe schon aufgehabt, das hab ich übrigens gar nicht mitgekriegt alles, nicht, haben sie gar nicht aufgenommen. Und hat denn zwei Jahre neun Monate gekriegt wegen Körperverletzung mit Todesfolge. War 'ne ganz nette Deern, ganz solide in ihrer Art, war Mannequin gewesen, bildhübsches Kind, nie Trouble gemacht und nichts. Vor allem glaube ich auch, daß er sie noch gestoßen hatte, als sic tot war. Denn als wir auf den Turm raufgingen, da ist er dann nach 'ner halben Stunde zu mir gekommen, da hatte ich ihm übrigens die Autoschlüssel abgenommen, weil er schicker war, die sollte er mir lieber – und nach 'ner halben Stunde kam er wieder, du, gib mir meine Autoschlüssel wieder. Ich sag, was willst du denn, kannst denn fahren, ich denk, du bist ein bißchen zuviel angeknackert, ein bißchen zuviel geschickert. Nee, nee, nee, gib her, sagte er, war ganz aufgeregt, das mir aber an und für sich alles in dem Moment gar nicht, da hab ich mir nichts dabei gedacht, nachher habe ich mir nur die Gedanken, und da kam mir das ein bißchen komisch vor und denn ist er abgehauen und kam nach 'ner Viertelstunde so was wieder. Und dann ist er auf den Turm gegangen, eine Stunde später, oder anderthalb vielleicht, ich weiß es jetzt nicht mehr so genau, da kam er raus, ganz verschwitzt und nur 'ne Hose an und sagt, meine Alte, die hab ich umgebracht. Und da war aber sie schon tot, und unten stand der Wagen rückwärts zum Fahrstuhl rangefahren, der Kofferdeckel war auf. Also hatte er sie vordem gekillt und hat es auch vorgehabt, sie da unten reinzubringen in den Kofferraum. Ja, dann haben wir ihn, hab ich gesagt, paß auf, die wickeln wir in'n Teppich rein und paß auf, guck jetzt nicht aus dem Fenster, geh nicht aus der Tür raus, mach mal selbst die Tür auf, sag ich, ich will meine Fingerabdrücke hier nirgendwo haben, sag ich, und dann lassen wir sie verschwinden, die schmeißen wir in die Müllhalde oder was, so 'n paar Meter Schmutz oder Müll kommt da ja jeden Tag hin, das fällt ja nie auf, wenn wir so 'n alten Teppich da hin. Ich sage, ich will noch mal mit Paul sprechen oder mit Johnny und wie wir denn das nun machen mit dem . . sag ich. Und da ist er oben geblieben, ich runter und hab ich von unten denn die Schmiere angerufen. Die wollten das erst gar nicht glauben, ich sag, hier hat einer seine Alte umgebracht. Na, na, nun mal ruhig, sagt er, ein bißchen aufgeregt war ich ja auch, nicht, und nun mal ruhig, was ist denn, erzähl. Mensch, sag ich, hier nicht so lange Schiet, mal 'n paar Schmiermichel her, der hat die umgebracht, seine Frau, das ist im Eroscenter hier. Na, da kamen sie dann an mit zwei Mann. Erst der erste Peterwagen, ich dann mit denen hingelaufen mit 'nem Püster in der Faust, in der Zwischenzeit ist er übrigens runtergekommen jetzt, dem dauerte es wohl zu lange, und denn stand Jonny und Paul unten, haben sie die Fahrstuhltür aufgemacht, damit er nicht mit dem Fahrstuhl fahren kann, dann ist er ja blockiert, und er kam denn runter, hallo, ja, und dann gab er Jonny die Hand, und der hat ihm dann ein Ding reingehauen, und da ist er umgekippt, haben sie ihm die Arme so nach hinten gedrückt, da ist er wieder zu sich gekommen, aber da hatten sie ihn ja fest. Und als die Schmiere nun kommt mit dem Püster in der Faust, ja, ja, haltet ihn, wir holen Verstärkung, diese, anstatt nun einer daneben stehenbleibt mit dem Püster, aber da haben sie doch kein Herz zu gehabt. Ja.

Fichte: Hast du erlebt, daß ein Freier sich beklagt hat bei der Schmiere?

Ulli: Weißt du, ich hab schon gehabt, daß einer, der meinetwegen eine halbe Stunde stoßen will, da hat die natürlich keinen Bock darauf, die ganze Zeit, und er hat den Gummi noch auf dem Schwanz gehabt, meistens sind es ja Ausländer, beim Deutschen hab ich das noch nicht erlebt, du gucken, hier, nichts spritzen, nix. Mit dem Dings, mit dem Gummi haben sie die Hose dann angezogen, ich Polizei, ich Polizei, Präser dann noch auf 'm Schwanz gehabt.

Fichte: Ja und?

Ulli: Ja, ach, die wissen ja, wie es geht, das geht denn ja nicht.

Fichte: An und für sich soll sie ihn ja fertig machen.

Ulli: Aber trotzdem, kann man ja schlecht verlangen. Die machen öfters Theater da. Deswegen ist ganz gut, bei uns am Bett, wo die Couch ist, da ist gleich so, wenn sie vorne liegen, können sie da so rauftippen auf Alarm, und kaum geht die Sirene los, dann nehme ich den Schlüssel, und bin ich gleich im Turm drinne. Und die meisten, wenn sie mich dann sehen, die haben dann kein Herz, irgendwie Trouble zu machen. Also so gut wie selten, alle drei, vier Monate vielleicht.

Fichte: Was trinken die Mädchen auf eigene Rechnung?

Ulli: Alles, was sie gerade wollen. Bier oder Whisky, Weinbrand.

Fichte: Trinkerinnen hast du nicht oben?

Ulli: Ach, einige hauen sich ganz gerne einen in'n Darm, hast du auch bei.

Fichte: Nehmen sie nun viel Rauschgift, Pervitin, Captagon oder so was?

Ulli: Ja, einige viel, so von Cap, so ein, zwei Stück die Nacht.

Fichte: Nun hat der Pächter eurer Etage doch die Absicht, eine Kommune draus zu machen.

Ulli: Ach was, das ist so eine fixe Idee von ihm. Er hat ja manchmal so Dinger drin, einmal will er verkaufen, am anderen Tag will er dann 'ne andere Etage dazukaufen, und dann ist kein Schmalz mehr da, aber nach zwei Tagen kommt er immer wieder zu sich.

Fichte: Arbeitest du gerne da oben?

Ulli: Ja, ach ja, doch.

Fichte: Was hast du nun für einen Eindruck von den Freiern?

Ulli: Das ist ganz verschieden. Da kommen Echte manchmal oder was weiß ich, da kommen natürlich aber auch andere mit bebekackter Hose und schmutzigem Schwanz an, nun verlangen sie womöglich noch, ohne Gummi soll sie ihm einen blasen. Da hast du alles bei.

Fichte: Verdienst du noch Geld auf andere Weise?

Ulli: Du, da will ich nicht drüber sprechen.
Fichte: Hast du ein Mädchen laufen?
Ulli: Will ich auch nicht drüber sprechen.
Fichte: Wieviel hast du im letzten Monat verdient?
Ulli: Ich arbeite immer nur 'ne Woche, eine Woche mache ich frei, kannst du mal rechnen, was so in 'ner Woche, so zwischen 1 000 und 1 500 fast.
Fichte: Bezahlst du da Steuern?
Ulli: Ja, ich bin mit 800 Mark bin ich angemeldet. Krankenkasse und so. Wie gesagt, das meiste ist ja Trinkgeld.
Fichte: Ja, das versteuerst du aber nicht?
Ulli: Nee. Hört das auch keiner vom Finanzamt, was wir jetzt . .
Fichte: Tipp mußt du versteuern?
Ulli: Tipp mußt, Trinkgeld, auch der Kellner im Eßlokal muß Trinkgeld versteuern.
Fichte: Der Tipp ist aber in den 3 000 Mark im Monat drin.
Ulli: Ja, ja, sonst hätt ich das ja nie.
Fichte: Wie legst du nun dein Geld an? Hast du ein Bankkonto?
Ulli: Ja.
Fichte: Hast du Wertpapiere?
Ulli: Nein.
Fichte: Hast du Grundbesitz?
Ulli: Auch nicht. Und nun bin ich ja auch nicht allzu lange wieder da, denn ich hab jetzt, wie lange hab ich jetzt abgemacht den letzten Knast, 43 Monate. Jetzt bin ich, seit Februar letzten Jahres bin ich wieder draußen. Jetzt hab ich 'ne Wohnung hier, 'nen Wagen, 'ne nette Wohnung.
Fichte: Wie gibst du nun dein Geld aus? Ißt du gerne und gut und viel?
Ulli: Das macht ja jeder hier, nicht.
Fichte: Was ißt du am liebsten?
Ulli: Steak, so am Tag zwei Steaks werde ich wohl immer essen, ja, wenn ich aufstehe schon, esse ich Steaks. Dann also . .
Fichte: Morgens schon?
Ulli: Ja, meistens kommen sie mir ans Bett.
Fichte: Hättest du nun gerne ein eigenes Haus oder . .
Ulli: Ja, ja, werde ich mir auch mal kaufen, bißchen außerhalb.

Fichte: Mit Garten?
Ulli: Ja.
Fichte: Einfamilienhaus oder Mehrfamilienhaus?
Ulli: Nein, vier, fünf Zimmer.
Fichte: Gibst du Geld für eine Reinemachefrau aus?
Ulli: Ja, kommt einmal in der Woche, dann kriegt sie zehn Taler.
Fichte: Gibst du viel für Kleidung aus?
Ulli: Überhaupt nicht, nee, mache ich mir da nichts draus.
Fichte: Rauchst du viel?
Ulli: Manchmal ja, zwei-, dreimal in der Woche, Hasch.
Fichte: Nur Hasch.
Ulli: Auch Marihuana un so, je nachdem, wo du rankommst. Manchmal ist ziemlich mau, überhaupt nichts, dann einmal schmeißen sie dich damit tot.
Fichte: Was nimmst du am liebsten?
Ulli: Hasch. Aber nicht dies mit O drin, das ist ja dies schwarze, da ist Opium mit drin, das ist Mist. Da hast du auch manchmal Angstgefühle dann. Das Gelbe, das ist bröckelig, fein sandig, kannst du also mit dem Finger reiben, das ist am besten.
Fichte: Mußt du da viel für rausreißen?
Ulli: Um high zu sein, ungefähr, muß man ein Pfund rechnen. Denn bist high.
Fichte: So 60 bis 100 Mark in der Woche.
Ulli: Ja, ja, ungefähr.
Fichte: Hast du schon einen LSD-Trip gemacht?
Ulli: Nee, hab ich noch nicht. Will ich auch noch machen, um das kennenzulernen. Krieg auch demnächst was. Ich hab da ein bißchen Manschetten vor, ich weiß nicht, man liest jetzt so viel, und wenns nur annähernd so gut ist wie der Stoff, wie Hasch, dann ist es schön. Überhaupt so allen Trouble, den du beim Alkohol hast, prügelst dich oder was, aber wenn du rauchst, dann ist dir das alles gleichgültig.
Fichte: Du trinkst nicht mehr so viel Alkohol, seit du . .
Ulli: Ja, tue ich auch. Auch selbst, wenn ich dann trinke, bin ich an und für sich viel friedlicher als sonst. Ich möcht auch jetzt nicht mehr Knast haben wegen Körperverletzung, insgesamt.
Fichte: Glaubst du, daß man süchtig werden kann nach Haschisch?

Ulli: Nein, Quatsch. Denn kenne ich über hundert Mann, die süchtig sein müßten.

Fichte: Du kannst also jederzeit wieder aufhören?

Ulli: Natürlich.

Fichte: Rauchst du viel Zigaretten?

Ulli: Ach ja. Ich rauche erst seit acht Monaten. Ich habe neun Jahre geboxt, und deswegen habe ich überhaupt nicht geraucht. Seit acht Monaten rauche ich ja überhaupt erst. Vorher hatte ich auch kein Hasch geraucht oder so was.

Fichte: Und wieviel rauchst du am Tag?

Ulli: Ja, das ist, wenn du am Lauf bist, dann rauchst du viel mehr, je nachdem, man kommt nicht zwei Tage auf den Lauf. Aber du kannst rechnen so dreißig, vierzig Zigaretten rauche ich zur Zeit am Tag, ja. Du bist ja auch mit den Nerven fertig, da oben, das ist ja eine Nervenschlacht am Abend. Die will so poussiert werden, die andere so, dann hängt die besoffen rum und das ist 'ne Nervenschlacht, ist das.

Fichte: Mußt du die nun auch runterschicken, daß sie arbeiten, daß sie ihr Handgeld machen und . .

Ulli: Du, das kannst du nicht sagen . .

Fichte: Trinkst du viel?

Ulli: Ja. Mehr als der Durchschnittsbürger jedenfalls. Ich bin schon mal schicker gewesen, über 'ne Woche. Da hab ich dreist herumgepoft am Tresen, da ist die Alte noch gekommen und hat mir dann Klamotten gebracht, da hab ich mich nackend am Tresen ausgezogen und hab die Klamotten angezogen, und denn ist die mit der schmutzigen Wäsche wieder abmarschiert. Das ist ja tierisch teuer der Kram, man spinnt ja rum, man gibt 'nen Zehner oder ein Pfund Tipp, oder zum Beispiel, ich hab schon bei 'ner Badeschau hier in der Bude einer 'nen Halben in die Votze gesteckt, in die Badewanne, ins Wasser rein und irgendson Spinnkram. Bestehst ja auch drauf, daß du keine Hauspreise kriegst, man bezahlt ja original die Preise, die das kostet, nicht. Kannst rechnen, wenn du für eine was ausgibst, sind 30 Mark, trinkst ja selbst. Gestern zum Beispiel war ich auf dem Lauf gewesen, was hab ich ausgegeben, so an die 600 Mark.

Fichte: Hast du auch ein Mädchen mitgenommen?

Ulli: Du, das ist nun so link, da will ich gar nicht drüber reden.

Fichte: Für deine Schönheit gibst du nichts aus, schminkst dich nicht?

Ulli: Nee, brauch ich nicht.

Fichte: Brauchst keine Parfums?

Ulli: Nee.

Fichte: Bist du versichert.

Ulli: Ja. Bei der AOK.

Fichte: AOK. Lebensversicherung hast du nicht?

Ulli: Nein.

Fichte: Gibst du viel Geld für Platten aus?

Ulli: Für Musik? Ach ja, Zeitlang ja. Aber jetzt habe ich hier den Turm, ich will mal sehen, ob ich nicht hier auch einen anschaffe, aber ist ein bißchen klein ist das alles. Weißt du, wenn du das hier so einbaust, wenn, dann mußt du was Anständiges haben, so wie ich hab in Lübeck so 'n Stereogerät, da werf ich ganz schön aus für Platten.

Fichte: Was sind deine liebsten Platten?

Ulli: Mahalia Jackson, Fats Domino hör ich gerne, Ella Fitzgerald und Nat King Cole, ach, auch Beat und so. Wo ich mir gar nichts draus mach, das sind diese deutschen albernen Dinger, da mach ich mir gar nichts draus. Dixieland höre ich auch gerne.

Fichte: Die Knef?

Ulli: Ja. Du, die hat irgendwas an sich, nicht das Aussehen so, wenn die jetzt 'ne normale Stimme hätte, dann könnt ich da gar nicht drauf, aber schon wie die spricht. Die hat irgendwie 'ne geile Stimme. Ich weiß nicht, ob du auch?

Fichte: Ja, doch.

Ulli: Findest auch, nicht? Aber das bin ich nicht allein. Hab das schon von anderen gehört, die hat irgendwas an sich, so 'n bißchen was Tierisches auch so, Tierhaftes so.

Fichte: Magst du auch E-Musik?

Ulli: Nein.

Fichte: Im High, was ist da die beste Musik?

Ulli: Ja, das stimmt, im High da hört man Musik anders, zum Beispiel Platten, wo du manchmal gar nicht drauf geachtet hast vor irgendwelchen zweitklassigen Bands oder Sängern, und das merkst du sofort, das tut richtig weh denn, wenn du Musik hörst, was da falsch ist. Andersrum aber wieder, zum Beispiel die Beatles und auch die Rolling Stones, früher konnte ich da gar nicht drauf auf die Musik, aber wenn du high bist, dann hörst du erst, wie wunderbar das ist.

Fichte: Gehst du oft ins Kino?

Ulli: Ach, an und für sich nicht. Krimis sehe ich ganz gerne, auch wenn es ein guter Wildwestfilm ist, dann auch, aber, auch andere Filme sehe ich ganz gerne.

Fichte: Was ist dir da noch in Erinnerung?

Ulli: Gut gefallen, das war Al Capone, an und für sich gar nicht der Film, sondern nur der Rod Steiger hat mir gut gefallen dabei. Ich gehe sowieso auch ins Kino, um irgendeinen Schauspieler zu sehen dabei. Sehr gut hat mir gefallen: Thomas Crown ist nicht zu fassen, und wie hieß er, Bonnet und Steve McQueen sind sehr gut gewesen, sehe ich gerne. Dann Spencer Tracy damals, hatte ich auch gerne gesehen. Marlon Brando. Ich gehe meistens an und für sich hin, wenn ich auf irgendeinen Schauspieler Bock habe, guck ich mir den Film an.

Fichte: Siehst du viel fern?

Ulli: Fernsehen. Jetzt hab ich mir so 'n Farbfernseher angeschafft, jetzt werd ich wohl ein bißchen öfters davorhängen, nicht. Sport, da darfst du mich nicht bei stören, Sportsendungen und vor allen Dingen Boxen. Da kannst mir 'ne Alte hinstellen, Teenager, und sagen, so, da kannste mit losmachen und da wäre Boxen im Fernsehen, da würde ich sagen, jetzt tut mir leid, das müssen wir auf später verschieben.

Fichte: Gehst du oft ins Theater?

Ulli: Nein. Schon mal bei Ahrweiler, mit Wolfgang zusammen. Aber sonst an und für sich Theater gar nicht.

Fichte: In die Oper?

Ulli: Auch nicht.

Fichte: Operette?

Ulli: War ich mal als Junge gewesen. Operette, ja das mach ich nur wegen ihr, so zum Beispiel diese Sissy, dann waren wir bei Freddy Quinn damals, Heimweh nach St. Pauli und so, ich selbst mach mir da nichts draus.

Fichte: Als Kind warst du mal in der Oper?

Ulli: Ja, das war, da war ich im Erziehungsheim, da sind wir dann mit ein paar hinmarschiert, irgend so eine Märchenoper war das, ich weiß gar nicht mehr, wie die hieß, zu Weihnachten oder irgendwann.

Fichte: Bist du im Sportverein?

Ulli: War ich gewesen.

Fichte: FKK?

Ulli: FKK? Fahr ich oft hin, ja. Da bin ich ja zuletzt in HFK, na, ich weiß das noch nicht, das ist nämlich ein ziemlicher Törn, wenn du rausfährst nach Dahme, oder Westerland. Nun geht das bei mir, wenn ich 'ne Woche arbeite, 'ne Woche frei habe, in der Woche, wo ich frei hab, kann ich auch dort hinfahren. Und, ja, da fahr ich ganz gerne hin.

Fichte: Du hast einen Wagen?

Ulli: Jetzt habe ich einen Volkswagen. Vor zehn Tagen noch, vierzehn Tagen, sind wohl schon drei Wochen her, da hatte ich ja den Oldsmobile, ich weiß nicht, hast du den mal gesehen?

Fichte: Warum hast du den nicht mehr?

Ulli: Ich kann dir sagen, das ist tierisch teuer der Kram. Der hat so ungefähr 20 bis 25 Liter gefressen, und wenn du da Reparaturen hast, kost über zwei Mille Steuern und Versicherung im Jahr. Und jetzt will ich ein bißchen zusammenhalten und irgendwas im Frühjahr machen, ich hab aber da noch nichts Bestimmtes im Auge, irgendeinen Laden mach ich dann. Bis dahin will ich ein bißchen sparen, fahre ich einen Volkswagen bis zum Frühjahr.

Fichte: Was für ein Laden soll das sein, auch mit Tanten?

Ulli: Ja.

Fichte: Mit Vorführung?

Ulli: Striptease, ja.

Fichte: Auf St. Pauli?

Ulli: Ja. Das heißt, das weiß ich auch noch nicht hundertprozentig, ob das auf St. Pauli sein wird. Weil, es wird ein bißchen zu sehr verlangt hier, da darf kein Portier mehr jetzt auf der Straße kobern und, mal sehen, wie es bis dahin ist.

Fichte: Reist du gerne?

Ulli: Ja.
Fichte: Wo warst du schon?
Ulli: Ja, in Europa war ich an und für sich überall gewesen, zweimal ein Monat in Mallorca gewesen, vierzehn Tage Schweden, Dänemark, Österreich, Italien, Spanien, Frankreich, ach, überall war ich schon.
Fichte: Hast du irgendein Traumland?
Ulli: Ja, so Japan und überhaupt so im Osten, so 'n bißchen da. Ja, da werde ich auch mal irgendwann, vielleicht wenn ich im Lotto gewinne oder irgendwann werde ich mal hinmarschieren da.
Fichte: Warum gerade nach Japan?
Ulli: Das weiß ich auch gar nicht. Das wollte ich als Junge schon immer, das reizt mich irgendwie, ich weiß nicht. Das ist was anderes, als wenn du hier gerade über die Grenze gehst nach Österreich oder Frankreich, ist doch nicht viel Unterschied. Das ist was ganz anderes, die Bauten, die Leute.
Fichte: Spielst du viel?
Ulli: Au ja.
Fichte: Um Geld zu gewinnen?
Ulli: Gewiß um was zu gewinnen, aber du gewinnst doch nicht immer.
Fichte: Und was spielst du?
Ulli: Klabberjas, fast nur Klabberjas, aber auch Poker manchmal. Skat.
Fichte: Wie hoch sind die Gewinne beim Klabberjas auf St. Pauli?
Ulli: Au ja, da sind schon tierische Beträge gespielt worden, also 'ne Partie um zehn, zwanzig Mille. Der eine hat letztens 100 000 verloren an einen Pächter hier vom Puff.
Fichte: Was ist das höchste, was du beim Klabberjas gewonnen hast?
Ulli: Zwei Mille.
Fichte: Und das höchste, was du verloren hast?
Ulli: Auch ungefähr. Weißt du, wenn ich angeknackt bin und dann spiel, dann kannste dich nicht so richtig konzentrieren, verlierste ja, nicht. Und dann fahr ich manchmal nach Trave, da hab ich an und für sich, glaub ich, ein bißchen mehr über,

als ich verloren hab, hab da so 'n System ausgearbeitet, aber da ist auch nichts dran.

Fichte: Das ist ein rechnerisches System.

Ulli: Ja.

Fichte: Und damit hast du nun 'ne Mark gemacht oder?

Ulli: Ja, da hab ich über bei. Aber das steht in gar keinem Verhältnis zur Zeit. Wenn du dir da die Nacht um die Ohren haust, denn hin- und zurückfährst, dann gehste achilen, ißt irgendwas, und was haste denn über, 300, 400 Mark, und da kann ich arbeiten hier, da hab ich das auch.

Fichte: Sammelst du Bilder?

Ulli: Nein.

Fichte: Liest du viel?

Ulli: Ja. Ich habe viel gelesen.

Fichte: Was?

Ulli: Ja, frag mich, was ich nicht gelesen hab, außer so Klassikern und so, sonst hab ich ja fast, beim Knast ist ja logisch, daß du darin liest, da kriegst du, alle vierzehn Tage kannst du da drei Bücher, hast du immer gekriegt, so ungefähr tausend Seiten, und, na ja, was hab ich nicht gelesen, hab fast alles gelesen.

Fichte: Was liest du am liebsten?

Ulli: Samuel lese ich ganz gerne und Kirk Roberts und von Yerby hab ich auch allerhand gelesen, das ist an und für sich, das liest du so dahin, und ich könnte jetzt kaum noch irgendwelche, dir war erklären, dir was erzählen davon, was das gewesen, höchstens, wenn du jetzt sagst, das und das war, und dann kann ich das weitererzählen. Es geht rein und denn auch wieder raus an und für sich.

Fichte: Liest du Zeitung regelmäßig?

Ulli: Ja.

Fichte: Welche?

Ulli: Sport und Politik. Und so im allgemeinen, na ja, was willst du von diesen Käseblättern hier, Morgenpost und die Springer-Zeitung und so, ist ja alles .. Bist du immer informiert so, was passiert.

Fichte: Was hast du für Hobbies?

Ulli: Ach, klingt ein bißchen blöde, aber an und für sich Sport natürlich, aber sonst die Fickerei. Wenn das ein Hobby ist. Sonst hab ich an und für sich gar kein Hobby.

Fichte: Gibst du viel Geld dafür aus?

Ulli: Au ja. Dafür gebe ich manchmal schon ganz schön was.

Fichte: Also um ins Separée zu gehen.

Ulli: Auch, je nachdem. Wenn ich angeknackt bin, nüchtern gebe ich an und für sich kein Geld dafür aus. Kannst ja auch so was aufreißen. Aber ich hab Bock drauf, wenn du dann irgendso 'n Spruch bringst, meinetwegen, du bist beim Film oder da oder da, irgendso 'n Teenager erzählst du denn und, oder machst Probeaufnahmen erst mit ihr und, na ja, auf irgend 'nen Spruch, da hab ich an und für sich am meisten Bock drauf. Aber sonst morgens, aber ich hab schon gehabt, da lag ich im Bett, da konnst nicht pofen, da bin ich runtermarschiert oder hab angerufen, schick mir mal 'ne Alte rauf, sag mir aber noch nicht, wer das ist, da war ich angeknackt immer dabei, und dann kommt irgendeine, kannst ihr für einen Halben gut sagen, kann aber auch mehr kriegen, wenn sie nett ist, dann kann sie gleich zwei Getränke oder was mitbringen auf feinen Kurs, das hab ich oft gemacht.

Fichte: Aber nur, wenn du schicker bist?

Ulli: Ja, bin ich immer angeknackt.

Fichte: Also grundsätzlich würdest du nüchtern nichts für Liebe ausgeben?

Ulli: Hier in Hamburg nicht. Da ist die Lampe ja zu groß. Nicht wahr, die kleine Muschi da. Aber wenn du angeknackt bist, dann fragst du im Moment ja nichts danach. Aber im Ausland. Doch, da hab ich das auch schon nüchtern gemacht. Ich will dir was sagen, wenn irgendwo 'ne Solide aufkreuzt, du tust ja auch raus, bestellst meinetwegen 'ne Flasche Whisky oder irgendwas, machst Gedröhne und weißt doch überhaupt nicht, ob das klargeht. Aber wenn du in'n Puff gehst oder meinetwegen Lausen, dann weißt du, ans Stoßen kommst du nun auf jeden Fall, du tust denn was da raus und kommst auf jeden Fall klar.

Fichte: Ist dir nicht unangenehm, für Mädchen rauszureißen?

Ulli: Warum?

Fichte: Wo und wann bist du geboren?

Ulli: In Hamburg, 38.
Fichte: Bist auf dem Kiez groß geworden?
Ulli: Ja.
Fichte: Was machten deine Eltern?
Ulli: Ja, mein Vater war vor dem Krieg Emaillierer gewesen. Meine Mutter ist schon 42, da war ich vier, ist meine Mutter gestorben und mein Vater hat keine andere genommen, da war ich in Boitzenburg den Krieg über gewesen, das ist jetzt Ostzone, hinter Lauenburg. Und als ich dann zurückkam, da war nichts zu fressen da richtig, ja, und dann bin ich ins Heim gekommen, Schule geschwänzt, da bin ich damals noch sitzengeblieben, ich hab, glaube ich, mehr geschwänzt als hingegangen zur Schule. Mein Vater, das war ein Trinker gewesen, war ein feiner Junge an sich, aber hat viel getrunken, nicht. Ich kenn überhaupt keinen, der so viel getrunken hat, der hat jeden Tag 'ne Flasche Korn oder Kümmel oder Aquavit hat der, hat sich auch totgesoffen, 54 ist er gestorben. Und grad vor dem Krieg war er Portier gewesen hier auf St. Pauli.
Fichte: Genauso stark wie du?
Ulli: Ja.
Fichte: Und wie reagierte deine Mutter darauf, daß er so viel trank?
Ulli: Nee, das hat er nachdem gemacht, das hat er vorm Krieg nicht gemacht. Erst dann, als nachdem sie tot war, nach dem Krieg, 42 ist sie ja schon gestorben. Na, kannst sagen, von März bis Oktober bin ich barfuß gelaufen, dann habe ich die Botten von meinem Alten angekriegt, und da konnt ich reinspringen vom Bett aus.
Fichte: Hat er dich geschlagen?
Ulli: Nein. Manchmal hab ich was hinter die Ohren gekriegt, aber so war er ein herzensguter Mann gewesen.
Fichte: Und er war dir nicht unangenehm, weil er dauernd besoffen war.
Ulli: Ich kannte ihn ja gar nicht anders. Da war ich ja noch zu jung gewesen. Bin ich 49 ins Heim gekommen, und, na, in einer Hinsicht war es ja ganz gut, denn habe ich ja die Klasse aufgeholt, bin dann zur Oberschule gekommen, habe Speditions-

kaufmann gelernt, war ich in so 'nem Jugendwohnheim, Speditionskaufmann und Zolldeklarant.

Fichte: Hast du Geschwister?

Ulli: Ja, einen Bruder, Halbbruder, und Halbschwester.

Fichte: Hast du dich mit denen gut verstanden?

Ulli: Überhaupt nicht, nee. Mein Halbbruder, der catcht, damals auch schon, der hat mir manchmal ein Ding reingehauen, da war ich zehn oder elf, aber richtig, daß ich weg gewesen bin. Meinem Vater wollte er mal so 'ne Kohlenschaufel auf den Kopf hauen, da hat er mir auch eine um die Ohren gehauen, mich hat er dann auch ausgeknockt. Und meine Schwester, die hatte angeschafft damals, da mußte ich, wenn ich zu Hause war, immer im Turm hat sie angeschafft, da mußte ich runter, das konnte auch abends um acht oder neun oder zehn sein, da war ich aber auch noch nicht älter als zehn, elf. Da mußte ich runter und warten, bis die mit dem Freier fertig ist.

Fichte: In deinem Bett?

Ulli: Ja, ja. Und er hat bei ihr die Krumme gemacht, mein Bruder.

Fichte: Warum bist du dann in ein Heim gekommen?

Ulli: Ja, wegen diesem Milieu, gerade auf St. Pauli, die achten doch ein bißchen drauf. Hab ich die Schule geschwänzt, habe ich der Lehrerin mal eine um die Ohren gehauen, da war ich elf gewesen, ja.

Fichte: Warum?

Ulli: Da hab ich einen Apfel geklaut, hatte irgendeiner einen Apfel hingelegt, wahrscheinlich Klassenaufsicht, zwei Äpfel lagen, ich denke, na, einen haust du weg, und denn war die Pause zu Ende und irgendeiner, ich weiß nicht mehr, wars ein Mädchen oder ein Junge gewesen, da war ich ja in der Freiheit in der Schule, ich weiß nicht, wie die Lehrerin da hieß, hier, ich hab doch zwei Äpfel hingelegt, das ist lieb, mein Kind, wo ist denn der andere? Ja, der ist nicht da. Wer hatte Klassenaufsicht? Na ich, sag ich. Komm nach vorne, wo ist der Apfel? Ich sag, weiß ich doch nicht. Batsch, hat sie mir eine auf die Ohren gehauen. Da hab ich denn so richtig voll die Faust hab ich ihr denn richtig auf die Nase geknallt und da ist die da umgekippt, da war ich elf. Und da bin ich dann rausgelaufen.

Da haben sie mich denn von zu Hause abgeholt und ins Heim gebracht. Und da war ich mit Unterbrechung auch immer gewesen.

Fichte: Bis wie lange?

Ulli: Bis 56.

Fichte: Und wie hat dir das in den Heimen gefallen?

Ulli: Beschissen.

Fichte: Warum?

Ulli: Ja, weil, wenn du in so einem Privatheim bist, ist es etwas anderes, aber da konnte das ein Sonntag sein, und wenn er dich denn fragt, wenn er dann zu dir gesagt hat, heute ist Montag, und du sagst, nee, das ist Sonntag, dann haste eine in die Fresse gekriegt. Dann haben sie dich in Gummistiefeln und so Kartoffeln schälen lassen, waren denn die Strafen gewesen. Da wollt ich mal ein Boot haben, da war so 'n Sportlehrer, Ehlers hieß der, und der war auch Bastellehrer, wollte ich da so eine Kogge haben. Ja, sagt er, ist dir die denn was wert? Ich sage, ja. Was denn? Ich sage alles. Ja, auch wenn ich dir da was für auf den Po hauen würde. Ich sage natürlich, können Sie machen und habe mir nichts dabei gedacht. Ja, welches willst du denn haben? Ich sag, das. Ja, sagt er, da muß ich dir aber fünf Stück für auf den nackten Hintern. Ja, ist in Ordnung, ich habe meine Hose runter, und er haut mir dann fünf Stück auf den nackten Hintern rauf. Da war auch die weibliche Schmiere, die haben uns alle vernommen. Zeltlager, privat ist er mit uns gefahren, und, ja, paßt mal auf, also wir sind ja jetzt Männer unter uns und paßt auf, wir machen auch Nacktaufnahmen von uns, und er hat sich dann nackt mit uns fotografieren lassen, und so junge Burschen, die wir waren, keiner hat sich was dabei gedacht. Das ist nämlich 'ne Ausnahme so. Aber das sind so kleine Könige und Sadisten, die kosten ihre Macht da richtig aus. Vor allem die Erzieherinnen, wenn die nicht gefickt werden, das steigt denen auch zu Kopf, das sind meistens Ledige, nee, die kann ja keine Mutter ersetzen, so eine Frau. Kannst auch sagen, daß hier im Puff hier die Hälfte von den Frauen im Heim gewesen ist oder im Knast, kannst du sagen, 75% im Heim oder im Erziehungsheim gewesen.

Fichte: Bist du im Erziehungsheim geschlagen worden?
Ulli: Ja.
Fichte: Rollkommandos hat es bei euch nicht gegeben?
Ulli: Nein, nein. Hatten die ja auch nicht nötig, waren alles Schulkinder, nicht. Ich weiß noch, das letzte Mal, da hatte eine mir da 'ne Tracht Prügel gegeben, da war ich, wie alt war ich da, dreizehn glaub ich, aber richtig mit der Faust, bin ich wieder umgekippt, geblutet hab ich. Ich hebe mir das auf, sag ich, wenn ich siebzehn, achtzehn bin, dann greif ich dich mal, irgendwas hab ich gesagt, hab ich wieder eine gekriegt, war ich weg gewesen, hat mich richtig ausgeknockt, ja. Wenn ich den mal greifen würde, du, das könnte auf dem Michel sein meinetwegen oder in Hagenbecks Tierpark, das ist mir egal wo, sofort würde ich den erst mal an die Backen nehmen. Da hab ich so einen Haß, und daher kommt das wahrscheinlich, auch wenn ich was getrunken hatte, damals die ganzen Vorstrafen, wenn ich denn getrunken hatte, daß ich denn so irgendwie einen Rochus hatte, einen Haß, so richtig. Bißchen krankhaft muß ja so was sein. Ich hab mir ja schon oft Gedanken über gemacht. Ich glaub, das kommt daher.
Fichte: Wie lange trinkst du schon?
Ulli: Ja. Du, gar nicht so lange, achtzehn war ich da, nicht oft hab ich getrunken, da hab ich ja geboxt damals. So alle zwei, drei Monate mal habe ich da höchstens getrunken, hab ich schon Portier gemacht, ich war siebzehn gewesen, da hab ich schon Portier gemacht, bin ich der Jüngste gewesen.
Fichte: Und da kamst du gerade aus dem Erziehungsheim?
Ulli: Ja. Aber das war, zum Schluß war ich ja nicht mehr im Erziehungsheim, sondern im Jugendwohnheim. Da konnte ich zur Lehre gehen, und da wars nicht so, ziemlich offen so, und da hat auch keiner mehr Herz gehabt, mir was zu tun, da hätt ich sie alle gegriffen, die da waren. Die waren froh, daß die mich dann loswaren nachdem.
Fichte: Warum hast du die Oberschule nicht weitergemacht?
Ulli: Ja, siehst du, mein Vater war doch denn gestorben und die wollten denn auch nicht zu lange einen dabehalten, und du selbst ja auch, du willst Geld verdienen, da haben die mir denn

gesagt, ja, du mußt Kaufmann werden, umsonst haben wir das nicht bezahlt für dich, das Heim. Ich wollte selbst Schlachter werden oder zur See fahren. Nein, auf keinen Fall, dafür haben wir für dich nicht die Oberschule bezahlt die Jahre immer, wirst Speditionskaufmann. Zweieinhalb Jahre habe ich gelernt, ich hab ja keinen Abschluß gemacht. Da hab ich denn auch noch 'nen Schwulen auf die Ohren gehauen in der Lehre, und der hat mich auch richtig so schikaniert immer, da hab ich eben aufgehört. Da hab ich denn als Siebzehnjähriger bei den Kohlen gearbeitet und als Steinträger schon, lieber als Portier. Dann hab ich so 'n Amtsvormund gekriegt, und der hat denn gesagt, wenn du weiter hier, weiter auf St. Pauli arbeitest, dann kommst du in ein geschlossenes Heim, hab ich wieder aufgehört, hab ich vierzehn Tage, drei Wochen wieder was Solides geackert, dann bin ich nachher aber doch wieder nach St. Pauli, da war ich achtzehn, da hab ich dann gesagt, paß auf, marschier ab, dein Bonum das paßt mir nicht, hau man ab, ich will dich hier nicht mehr sehen.

Fichte: Warst du mal in einem geschlossenen Heim?

Ulli: Ja.

Fichte: Wie war es da?

Ulli: Nun, erst mal Essen schlechter in solchem Heim, na, und du bist eben nichts, du mußt alles machen, was die sagen.

Fichte: Gabs Einzelzellen da?

Ulli: Gibts auch, ja.

Fichte: Hast du da dringesteckt?

Ulli: Hab ich auch schon ein paarmal.

Fichte: Wie lange?

Ulli: Ja, das machen sie nicht lange so, man gibt ja auch klein bei dann.

Fichte: Vierzehn Tage oder weniger?

Ulli: Nee, nicht so lange, eine Woche.

Fichte: Eine Woche, in einer Einzelzelle?

Ulli: Ja.

Fichte: Und wie war die Ernährung, war die noch schlechter in der Einzelzelle?

Ulli: Nein, das war gleich das Essen. Im Knast, wenn du da in

Arrest kommst, dann kriegtest du morgens drei Scheiben Brot, das ist heute noch in Oslip so, drei Scheiben Brot morgens, fünf Scheiben Brot mittags trocken und so 'ne Back voll Muckefuck und abends hast du gar nichts. Das ist so zwei Meter breit, vielleicht, die eine Hälfte, wo du drinne bist, da ist eine Holzpritsche, so wie so 'n Löwengitter dazwischen und zwei Meter ist da für die, wenn die mal so 'ne Kommission hatten, dann kamen sie rein bei dir in die Zelle, und im Arrestsitzen da hattest du nun dein Blauzeug an, gucken sie dich richtig an, so wie 'nen Affen in Hagenbecks Tierpark. Dann kommt der Arzt jeden Tag, hab ich ihm auch mal gesagt, ich sag, paß auf, marschiert jetzt nach Hause, sonst fang ich hier an zu wichsen, daß ihr nächste Woche nicht wieder kommt. Oder ich sag, ich rotz hier durch, wenn ihr hier noch mal mit 'ner Kommission reinkommt, dann rotz ich euch hier durch die Traljen durch. Da haben sie dann auf einmal nicht mehr gemacht bei mir. Dann kommen sie da draußen rein, kneistern durch den Spion. Ganz schlimm gewesen. Knast ja.

Fichte: Hast du viel vom Krieg mitbekommen?

Ulli: So gut wie gar nichts, ich war in Boitzenburg. Kann ich mich auch kaum noch dran erinnern. Ich weiß noch, als die Russen denn kamen, ach, das waren an und für sich feine Jungs gewesen, so die Soldaten mit Kindern, da hatten die Bock drauf. Ja, und als mein Vater, als der aus der Gefangenschaft kam, 46, da sind wir nach Lübeck gebracht worden – von Hamburg her.

Fichte: Was sind deine frühesten Erinnerungen?

Ulli: Ja, das war beim Bombenangriff 42. Da ist meine Mutter gerade gestorben, und danach sind wir ja runtergeschickt worden nach Boitzenburg. Das weiß ich noch, da hab ich aus dem Fenster geguckt, und gegenüber fiel da das eine Haus zusammen, da hab ich noch so eine Dampfmaschine gehabt, da hab ich die Fensterbank angebrannt mit. Das sind so meine frühesten, da war ich, glaub ich, vier ungefähr, ja.

Fichte: Was wolltest du werden, als Kind?

Ulli: Immer verschieden, das ist ja so beim Jungen, da will er mal Kapitän werden, wenn er auf dem Schiff fährt, andermal will er Schaffner werden meinetwegen oder Lokomotivführer und Seemann oder irgend etwas. Was ich gerne wollte damals, ich wollte zur See fahren, oder Schlachter wollte ich werden, da hätt ich Spaß an gehabt, da hätt ich auch ausgelernt, aber das durfte ich eben nicht.

Fichte: Warum hattest du da Spaß dran?

Ulli: Ja, ich weiß auch nicht.

Fichte: Aßt du gerne Wurst?

Ulli: Ja, ich bin auch heute noch ein Fleischesser, kommt vielleicht daher, ich weiß es nicht.

Fichte: Hast du viel Hunger gehabt in deiner Kindheit?

Ulli: O ja. Also hier in der Schmuckstraße mal, Rugenbergener Brot, hieß es, glaub ich, so 'n Wagen, ein Mann, der hatte so 'n Stapel Brote auf dem Arm, hat denn den Wagen zugemacht, 1946 war das, bin ich denn vorbeigelaufen, ein Brot gekappt und aber weg und ich über die Trümmer da los, sag ich dir. Ja, ich hab fix Kohldampf geschoben als Junge.

Fichte: Wie stelltest du dir als Kind vor, daß die Kinder gemacht werden?

Ulli: Du, ich wußte schon mit zwölf den Unterschied zwischen Schwulen und 'ner Lesbischen.

Fichte: Und wann wußtest du den Unterschied zwischen Mann und Frau?

Ulli: Soweit ich überhaupt Erinnerungen habe, das war in Boitzenburg, da hatten die da so sechzehn-, siebzehnjährige Mädchen gehabt. So 'n Bauernhof war es gewesen, die sagt dann immer zu mir bei der Mittagspause, mußten sie alle Mittagsschlaf machen, und die mußte aufpassen, und dann setzte sie sich bei mir aufs Bett rauf, meistens hatte ich denn geschlafen, und sagte zu mir, du, weißt du überhaupt, wie eine Votze aussieht, wie das bei mir unten aussieht? Ich sag, ja, ich weiß, wie so was aussieht. Ja, sag ich, das ist ein Kreis und ein Strich und ein Punkt. Ja, und vergißt du da nun nichts? Nee, sag ich. Ja, aber die Haare vergißt du doch. Ja, sag ich, die Haare haben Frauen. Willst du meine denn mal sehen? Ja, möchte ich gerne mal sehen. Und denn hat sie mir ihre Muschi gezeigt, dann hat sie mir einen geblasen, so jung, wie ich war, und ich hab auch schon richtig einen hochgehabt.

Fichte: Wie alt warst du da?

Ulli: Wie alt war ich da, warte, 1945, so sechs, sieben. Und weiß ich noch, da hab ich sie doch ziemlich, nachdem an und für sich schon schlecht gewesen damals, das habe ich denn immer ein bißchen verwertet, nicht wenn ich irgendwas wollte von ihr, und dann hab ich ihr dann gesagt, denk mal daran oder irgendwie so. Denn selbst hatte sie ja. Frost hatte sie ja davor.

Fichte: Wann hast du die ersten sexuellen Erlebnisse gehabt?

Ulli: Mit 'ner Frau?

Fichte: Ja.

Ulli: Wo ich selbst gestoßen hab?

Fichte: Ja.

Ulli: Da war ich zwölf, hier im Treppenhaus in der Schmuckstraße, das ist ein Witz. Das wußte die am nächsten Tag nicht, das war 'ne Blöde, das wußte die am nächsten Tag schon nicht mehr, daß ich sie gestoßen hatte. Wie alt war die, so ungefähr dreißig. Und sah aber aus wie siebzehn, achtzehn. Hast du ja oft bei Blöden, daß die jünger aussehen als sie sind. Und die ist nachdem auch ins Heim, also eingewiesen worden, war nicht gefährlich, aber der haben wir denn auch mal, zum Beispiel, in'n Handschuh 'nen Stein reingetan, die hat mit uns Fußball gespielt hier auf dem Platz, dann haben wir einen Stein reingetan in'n Handschuh: hier, schieß mal aus der Luft. Und sie dachte, das ist der Handschuh, und dann hat sie gegen den Stein getreten. Und mit einem Kumpel zusammen haben wir dann auch gesagt, du, komm mal her, jetzt ficken wir mal. Sag ich, ja wo, hier im Treppenhaus, und da ging kein Licht mehr, da wurden grundsätzlich die Glühbirnen geklaut und all so 'n Scheiß. Na, jedenfalls haben wir die da gestoßen. Hatte sie so 'ne Milchkanne, die ist auch umgekippt, und da hab ich auch gestoßen das erste Mal, da war ich zwölf. Das wußte die am nächsten Tag nicht mehr.

Fichte: Hast du als Junge was mit Männern erlebt?

Ulli: Nee, nee.

Fichte: Wann bist du das erste Mal ins Gefängnis gekommen?

Ulli: 57.

Fichte: Mit neunzehn.

Ulli: 11. Juni, glaub ich. Achtzehn.

Fichte: Weswegen?

Ulli: Körperverletzung.

Fichte: Im Suff?

Ulli: War ich auch voll, ja. Acht Monate. Und da hab ich auch noch gedacht, so das Maul aufreißen zu können, wenn der Richter denn irgendwas sagte, war frech und pöbelig, Leute da, hast gedacht, wunder was für 'n Kerl du bist. Da haben sie mir schon mit achtzehn das Jugendrecht aberkannt und bin ich gleich in Männerhaft gekommen. Da war ich denn auf 'nem Saal, da waren 22 Mann, da waren Zuchthäusler bei. Der eine hatte lebenslänglich, der andere hatte zwölf Jahre, der hatte auch erst lebenslänglich, hat aber die Hand im Knast verloren, haben sie denn die lebenslängliche Strafe auf Zeitstrafe von zwölf Z abgeändert. Und da war ich schon mit achtzehn Stubenboß gewesen. War ich der Jüngste überhaupt, sonst kommst ja erst mit 21 hin.

Fichte: Warum haben sie dich mit achtzehn schon da rein?

Ulli: Ja, die haben mir das Jugendrecht aberkannt wegen meiner geistigen und körperlichen Entwicklung. Ich würde da nur schaden, wenn ich im Jugendgefängnis wäre. Meine erste Frau, die angeschafft hat, da war ich sechzehn, da hab ich gelernt, als Lehrling hab ich mehr Strom gehabt als unser Abteilungsleiter schon.

Fichte: Von der Frau?

Ulli: Ja. Bin mit 'ner Taxe zur Arbeit gefahren, und die hat mich denn abgeholt auch wieder. Das wußten die auch alle da.

Fichte: Und da warst du im Gefängnis schon der Stärkste?

Ulli: Ja. Auch in der Schule an und für sich so. Da war ich, glaub ich, in der 7. Klasse, da haben alle schon Frost vor mir gehabt in der 10. Klasse. Und dann habe ich geboxt, wie alt war ich denn, wie ich anfing mit Boxen, elf Jahre.

Fichte: Hattest du es dadurch besonders leicht im Gefängnis?

Ulli: Ja. Da haben auch die Wärter Angst vor. Nur, denn wissen sie ja auch, weswegen du im Knast bist, da waren wir mal da in Hittfeld gewesen im Spielkasino, mit 40 Mann sind wir da anmarschiert, so, die wissen ja auch, wär ja ein Flachs, wenn mir da einer wissentlich was Böses tun würde, nicht, würde ich auch sofort, wenn ich rauskomme, dem würd ich einen hinschicken und ihn unter die Füße nehmen lassen. Hab ich auch gesagt. Ach Gott, ich hab auch oft Trouble gehabt da, zum Beispiel sollt ich aus der Zelle raus, wollten sie mich nach unten verlegen, wieso, mach ich nicht, könnt ja mal versuchen, mich mal rauszuholen hier. Anderen haben sie denn den Spion mit dem Püster reingedrückt und denn erst mal fünf-, sechsmal mit der Gaspistole reingeschossen, nach drei Minuten sind sie reingegangen, da hat er da gelegen, sich die Augen zugehalten, den haben sie dann geschnappt, auf die Fresse gehauen, unten in Verwahrung, bis du nichts mehr gucken und sehen konntest, solange ist der in Dunkelheit in Verwahrung gewesen, und dann haben sie ihn wieder rausgeholt.

Fichte: Mit wieviel Mann haben sie ihn verprügelt?

Ulli: Fünf, sechs Mann, da war so 'n Rollkommando gabs da. In Ostershausen ganz schlimm, ganz schlimm. Da haben sie manchmal welche vermacht, sag ich dir, das kannst du dir überhaupt nicht vorstellen. Na, das sind für mich sowieso ganz primitive Knechte. Sind natürlich auch andere dabei, feine Jungs gewesen.

Fichte: Ist das sehr oft vorgekommen?

Ulli: Ja. Kannst sagen, in der Woche zwei-, dreimal.

Fichte: In der Woche zwei-, dreimal, völlig zusammengeschlagen?

Ulli: Ja. Und . .

Fichte: Und kamen dann in Dunkelhaft?

Ulli: Bis er wieder klar war, bis du nichts mehr sehen konntest. Dann hieß das, raus da vom Flur, dann durfte kein Knastologe mehr so rummarschieren auf dem Flur, saubermachen oder so was, und dann haben sie den vermacht.

Fichte: Ist da nie 'ne Anzeige gekommen?

Ulli: Da kriegst du nachdem noch eine mit wegen wissentlich falscher Anschuldigung, der ist doch alleine und die sind doch zu vielen.

Fichte: Bist du auch so vermacht worden?

Ulli: Nee. Nie. Da haben sie kein Herz zu gehabt. Ich hab auch gesagt, ihr könnt das mit mir machen, oft so, da war man bei mir gewesen, sag ich, ich schnapp mir einen und spring nach unten. Ich weiß nicht, ob du schon mal einen Knast gesehen hast, da kannst du von oben nach unten gucken, sind ja so vier, fünf Meter, da geht das ganz nach unten. Ich sag, ich bin ein Verrückter, wenn einer bei mir macht, dem beiß ich die Kehle durch. Haben sie nie das Herz gehabt. Ich hab oft da gesagt, halts Maul, du Wanze oder was, oft in Arrest gesessen. Die erste Zeit, kannst sagen, die Hälfte von meinem Knast, habe ich in Arrest gesessen, damals zu Anfang. Da war ich achtzehn, neunzehn.

Fichte: Ja.

Ulli: Und die anderen waren ja alle älter. Dann beim Antreten zur Arbeit, da hab ich irgendwann mal was zu meinem Nebenmann gesagt, und da sagte der eine Wachtmeister: Halts Maul. Ich sag, paß mal auf, du alter Zwerg, mit deiner schmutzigen Uniform, daß du nicht gleich einen an die Nase kriegst. Hat alles gejolt, nicht. In die Zelle sofort raufbringen! Und dann bin ich hinten an die Wand gegangen und sag, also marschiert mal an, ihr Opas hier. Wer ist denn hier der erste von euch. Keiner hatte das Herz, da waren nun viele, mit denen ich gut konnte, haben alle im Knast Ulli zu mir gesagt, die Wachtmeister, haben alles versucht, hab Brot von denen gekriegt, Artikel vom Boxsport haben sie mir mitgebracht und dies und das.

Fichte: Wieviel Jahre warst du im Knast?

Ulli: Siebeneinhalb.

Fichte: Immer wegen Körperverletzung?

Ulli: Ja. Körperverletzung, Widerstand gegen die Staatsgewalt, Volltrunkenheit, Sachbeschädigung oder so.

Fichte: Wenn du besoffen bist, gehst du los?

Ulli: Damals, jetzt nicht mehr. Ich weiß nicht, ob das vom Hasch kommt oder was, ich bin bedeutend friedlicher geworden. Ich hab auch nichts laufen und nichts. Mal schnell klopfen.

Fichte: Eine Zeitlang hast du doch so 'ne Pille genommen, daß du gar nichts trinken konntest?

Ulli: Ja, hab ich mal ein halbes Jahr durchgehalten, auf den Tag genau, danach war ich dann auch 'ne Woche auf dem Lauf wieder. Da wollte ich mal Profi werden. Ich bin übrigens beim

HABV, das ist der Hamburger Amateur-Box-Verband, auf Lebenszeit gesperrt.

Fichte: Warum?

Ulli: Wegen meiner Vorstrafen, von denen ich schon gesprochen hab. Und da haben wir damals 'ne Lizenz beantragt, und haben sie nachher dann aber abgelehnt. Dann wollte ich Profi werden, da hab ich fünfmal in der Woche eisern trainiert, jeden Tag drei, vier Stunden. Gutes Gewicht gehabt, 80, 81 immer. Jetzt hab ich 98.

Fichte: Du warst nur im Gefängnis, du warst nie im Zuchthaus?

Ulli: Nee. Aber das letzte Mal da beantragte schon der Staatsanwalt Zuchthaus, obwohl es bei Körperverletzung nur Gefängnis gibt bis zu fünf Jahren, kannst du aber auch Zuchthaus kriegen, wenn er dich als Gewohnheitsverbrecher anklagt oder .. Ich war das letzte Mal schon als Gewohnheitsverbrecher angeklagt, der hat ja Z beantragt, habe ich aber dreieinhalb Jahre blau gekriegt, blau heißt Gefängnis.

Fichte: Gibt es viele Gewohnheitsverbrecher wegen Körperverletzung?

Ulli: Überhaupt keinen. Ich war der erste. Das ist ja nur ein Vergehen, Vergehen ist, wenn das nicht mit Zuchthaus bedroht ist, ich bin der erste gewesen, der jemals wegen Körperverletzung als Gewohnheitsverbrecher angeklagt war .. wenn ich jetzt Körperverletzung hab überhaupt, dann werde ich als Gewohnheitsverbrecher, 20a und 42e krieg ich dann rein, das bedeutet Sicherungsverwahrung also in der Anklage. Ob das durchkommt, ist natürlich 'ne andere Sache.

Fichte: Was wurde im Gefängnis gearbeitet?

Ulli: Ja, das ist je nachdem wo. In Glasmoor war ich gewesen, da hab ich im Schweinestall gearbeitet als Schlachter, dann in Alterfarde war ich, das ist ja mehr ein Sanatorium, das ist ja kein Knast richtig, nicht, da ist keine Mauer, man ist nicht eingeschlossen, mußt nur abends um zehn da sein, kannst spazierengehen, alle sechs Wochen Urlaub, da hab ich Holzfäller gemacht. Und in Oslip, da hab ich ja die meiste Zeit zugebracht, da sagen sie, das KZ des Nordens zu in Oslip. Da darfst du keine Karten, heute noch nicht, im Z hier können die Karten spielen oder Zeitung vom Eigengeld, nee, da ist sogar beim Besuch, wenn da deine Verlobte oder deine Frau kommt, das Küssen unter den Augen verboten, brechen sie den Besuch ab, haben sie bei mir gemacht. Meine Alte fängt an zu heulen, fällt mir um den Hals, und der hat sofort den Besuch abgebrochen. Hab ich auch mal gesagt, paß auf, du Wanze, eines Tages greif ich dich mal, denn darfst du wieder hier hin, bis zum Erbrechen, sag ich. Das dauert nicht lange. Na ja, das ist nun nicht richtig so, der kannte mich ja auch weiter nicht, es sind immer so andere da, die den Besuch abhalten, der wußte das ja nicht, was soll ich deswegen jetzt hinfahren und ihm ein paar um die Ohren hauen oder was. Wenn mir einer so wissentlich jetzt was, wollen mal sagen, beim Zweidrittelgesuch, der würde mir was da reinschreiben, wird ja immer 'ne Führung verlangt in der Anstalt, beim Zweidrittel. Und wenn da der Fürsorger oder der Amtmann auch reinschreiben würde, der ist noch nicht so weit gefestigt, daß er entlassen wird, das wär für mich ein Grund, den würd ich mir greifen. Würde ich zwei-, dreimal irgendwelche Penner aus der Sahara, greif ich mir die, die kriegen jeder einen Hunderter, fahre ich mit denen dann hin nach Bremen und würd sagen, das ist er dort hinten, haut ihn unter die Füße, und dann würde ich hin, was machst du denn hier, Freiübungen oder was oder bist du betrunken, schämst du dich nicht oder so, aber daß er genau wüßte, das käme von mir und daß er mir das nicht beweisen kann. Würde ich hundertprozentig da auch machen.

Fichte: Konntest du lesen?

Ulli: Im Knast?

Fichte: Ja.

Ulli: Ja, bloß nicht, wenn du im Arrest bist, nicht, da kriegst du nur die Bibel im Arrest. Aber sonst kriegst du alle vierzehn Tage, da gabs immer tausend Seiten. Konntest dir aussuchen, da gabs einen richtigen Bücherkatalog, 20 000 Bücher hatten die dort, ziemliche Sammlung. Konntest sogar chinesische Bücher kriegen. Unwahrscheinlich die Bücherei dort. Aber auch das einzige, was in Ordnung war.

Fichte: Nun warst du doch an ziemlich regelmäßigen Geschlechtsverkehr gewöhnt, wie ist das im Knast.

Ulli: Wichsen, da wichste. Logisch, wenn du hundert Mann fragst, hast du im Knast gewichst, dann sagen neunzig nein. Dann muß er keinen Schwanz haben, wenn er nicht wichst. Gibt es gar nicht, oder ein alter Mann, aber sonst wichst alles.

Fichte: Gibt es im Gefängnis viel Homosexualität?

Ulli: Ja, ja, gerade in Oslip. Denn die Schwulen hier in Hamburg kommen nicht nach den Hamburger Anstalten, sondern die haben sie immer in'n festen Bau gebracht, wo Einzelzellen sind, die gibts ja hier nur in Germi oder Glasmoor, da gibts keine Einzelzellen, die dürfen ja nicht auf Gemeinschaft gehen. Und die sind nach Oslip dann geschickt worden. Kannst sagen, Oslip, na, wieviel Gefangene, tausend ungefähr, hundert sind da Schwule von gewesen. Ach, einmal hab ich ein ganz scharfes Ding erlebt. Dreizehn Monate übrigens das letzte Mal U-Haft gewesen wegen meinem Dings, das war so groß in der Zeitung aufgebauscht gewesen, damals der St. Pauli-Prozeß damals mit Paulchen und so. Und nun hatten sie auch alle unsere Bilder in der Zeitung gesehen, und stand ja laufend in der Zeitung, und dann sind sie immer, wenn sie Essen geholt haben, bei mir an der Zelle vorbei, und dann haben sie gleich durch den Spion geguckt bei mir immer rein, wie irgendein Prominenter. Und da war damals gerade die Oben-Ohne-Mode gewesen, das war so 64, und hab ich denn Illus immer gehabt, Illustrierte, immer vier, fünf Stück in der Woche hab ich immer bestellt, und waren so dufte Bilder drin gewesen. Ich denke, so, ich geil geworden, hab ich Scheißhauspapier genommen, gegen den Spion von drinne, Spucke dran, gegen Spion gebackt, daß du nicht reinkneistern kannst, hab mir meine Dinger gebaut, Illus, da mit den nackten Bildern und steh vorm Tisch und wichs, mit 'nem mal, rumrum, ging die Tür auf und ich schnell mein Schwanz weg, denk, was ist denn da, irgendein Wachtmeister. Die gucken ja ab und zu mal rein, ob du pendelst oder irgendwas machst oder Scheißhaus . .

Fichte: Was ist pendeln?

Ulli: Pendeln, das ist mit 'nem Band, so ein Stück Seife machst da an, nach der Nebenzelle oder zwei Zellen weiter, drehst so durchs Gitter, denn die Hand, und schmeißt denn die Seife und der hält 'ne Scheißhausbürste aus dem Fenster, so, und dann fällt die Seife, und jetzt hat er das Band, und jetzt kann er ziehen, und da hängst du ein Paket an, und was, was du dafür haben willst, das ist vorher abgemacht worden bei der Freistunde, das hat er dann wieder zurückgeschickt. Oder zum Beispiel durchs Scheißhaus telefonieren, mußtest du nur mit der Bürste das Wasser rauspumpen, nicht, konnste mit oben oder unten sprechen, richtig so, wie wir uns jetzt unterhalten, so konntest du durchs Klo da sprechen. Und der hat nicht gedacht, daß ich wichse, dachte, ich pendle oder telefoniere, ich schnell meinen Schwanz – was machen Sie da? Mensch, sag ich, ich wichs. Da hat er einen roten Kopf gekriegt, ist er rausgegangen. Wenn er mich nachdem noch mal gesehen hat, nicht, wenn ich da übern Flur ging irgendwo zur Vorführung oder was, guckte er, guckte er ganz verlegen guckte er dann wieder weg.

Fichte: Hast du beobachtet, daß es Gefängnisprostitution gibt?

Ulli: Ja. Aber weniger so, das muß ich sagen, das meistens war Liebe gewesen bei denen, ja also. Hast ja auch viele, die machen das, vor allen Dingen im Knast, im Zuchthaus, da sind ja viele homosexuell.

Fichte: Die werden das mit der Zeit!

Ulli: Knastschwul sagt man dazu. Ist natürlich unangenehm, wenn du jetzt auf so 'ner Dreierbude liegst und zwei sind nun zusammen und denn, na ja, du kommst nur auf Einselzelle, wenn du ein Delikt hast mit Homosexualität, also nach 175. Sonst könnte ja auch ein Betrüger sein, der ist schwul und das wissen die ja gar nicht. Denn kriegen sie übrigens auch 'ne Akte, auf der Akte steht H, wenn sie wissen, daß er schwul ist.

Fichte: Also wie J bei den Juden.

Ulli: Ja. Übrigens bei mir stand ein G drauf und das heißt gewalttätig.

Fichte: Hat jeder seinen Buchstaben?

Ulli: Nein, nein, nur ganz bei besonderen, sonst ist normal die Akte. Jeder zehnte ungefähr hat irgendwie entweder das G drauf oder, nun haben nicht so viele das G drauf, da war ich der einzige, und dann wissen sie, daß sie nie alleine oder zu zweit bei mir drin, wenn was ist. Und bei den Homosexuellen war das H. Mit dreien in einer Zelle, also denn sind zwei zusammen, denn stoßen die nachts oder was weiß ich, was die machen, das ist natürlich Scheiße, weißt du. Hast denn auch manchmal, die meisten sind ja sowieso Asoziale im Knast, dusselig und erzählen, lügen, wenn sie das Maul aufmachen, dann willst schon sagen, halt die Fresse, wenn du ein halbes Jahr oder ein Jahr mit jemand auf der Bude liegst zusammen, auf so 'n engen Raum, das ist an und für sich eine Einzelzelle, da stehen bloß die Betten übereinander, weil sie keinen Platz hatten damals, und das geht so an die Nerven, ich bin, ich hab ja vier, über vier Jahr auf Einzelzelle zugebracht, aber immer auf eigenen Wunsch zum Schluß. Gleich, wenn ich jetzt so in'n Knast komme und legen sie mich mit welchen zusammen, sag ich, paß auf, ich bin gewalttätig, ich haue irgendeinen auf die Ohren, ja und da hat das auch mal nichts geholfen, ja, dann reißen sie sich mal ein bißchen zusammen, sonst kriegen sie 'ne Anzeige oder, und ich sage, im übrigen bin ich schwul, sage ich, wenn ich den also sehe, wenn der sich wäscht mit dem freien Oberkörper oder nackt, denn fick ich den in'n Arsch, sag ich, damit du Bescheid weißt. Dann legen sie dich gleich alleine.

Fichte: Wieviel Stunden mußtet ihr am Tag arbeiten?

Ulli: Im Knast?

Fichte: Ja.

Ulli: Damals haben wir noch verdient einen Groschen am Tag. Da ist die Hälfte aber auf Rückschlag gelegt worden. Ich glaube, jetzt verdienen sie eine Mark. Das ging auch nach Pensum. Tierische Arbeit gewesen an den Matten. Da mußtest du ein halber Artist sein, um dein Pensum zu schaffen. Nun hab ich immer meistens im Haus, aber jetzt zum Schluß vor allen Dingen, da haben sie immer gleich gefragt, was willst du denn arbeiten.

Fichte: Und was hast du dann gearbeitet?

Ulli: Hausarbeiten. So Essenausteilen und Schuberbohnern, kommst du überall hin, konntest ein bißchen Geschäfte machen.

Fichte: Also zuletzt bekamst du 30 Mark im Monat?

Ulli: Im Monat. Davon 15 Mark zur Verschreibung, was du einkaufen kannst, da kannst du, bis zu vier Paketen Tabak konnte man kaufen oder zu essen oder so was, hast so 'n bißchen Butter oder Margarine dazu gekauft und die anderen 15 Mark sind auf Rücklage. Die kriegst du in dem Moment, wo du entlassen wirst, da händigen sie dir auch nur 50 Mark aus und das andre geht zur Gefangenenfürsorge, das kannst du denn nach 'ner Woche, gehst du dann hin und kriegst denn wieder 50, es gibt ja welche, die fünf, sechs Jahre abgerissen haben, die haben dann 400 bis 500 Mark, kriegen sie aber nur fünfzigmarksweise ausgezahlt. Weil sie Angst haben, daß du das verjubelst oder was.

Fichte: Was geschah, als du das erste Mal aus dem Knast kamst?

Ulli: Das war gewesen 59. Ach, ich hab Urlaub gehabt zwischendurch, und dann hatte ich noch zehn Monate Knast, da bin ich nicht wieder hingegangen vom Urlaub. Habe ich noch zehn Monate Knast dazugekriegt, acht, sechs und zehn Monate, war mein erster Knast, gleich so in einem Rutsch hab ich das abgemacht, zwischendurch Urlaub gehabt aber. 59 bin ich rausgekommen, habe ich denn Kellner gemacht hier gegenüber.

Fichte: Hattest du einen Bewährungshelfer?

Ulli: Nee, ich hab ja das erste Mal jetzt, ich hab nie Bewährung gehabt, nie, außer jetzt mal im letzten Knast, wo ich die 43 Monate hatte. Da haben sie mir im Urteil schon auf Grund des persönlichen Eindrucks in der Hauptverhandlung zwei Drittel zugesagt, aber unter zweckentsprechenden Auflagen. Nun habe ich aber nicht gewußt, was die damit meinen, und als ich jetzt zum Richter, zur richterlichen Belehrung komme, ja sagte er, sie haben St. Pauli-Verbot. Ich sage, was heißt das, St. Pauli-Verbot? Ja, sie dürfen nicht wohnen, nicht arbeiten, überhaupt nicht nach St. Pauli. Ich sage, wenn ich zum Volkspark-Stadion rausfahre, muß ich ja über die Reeperbahn fahren. Nee, da müssen sie außen rumfahren. Also ein generelles St. Pauli-Verbot hatte ich. Da bin ich am ersten Tag gleich erst mal raus, hatte ich unterschrieben, wenn du das jetzt nicht unterschreibst, kommste ja nicht raus, nicht. Der hätte mir die Auflage machen können, daß ich im Fummel draußen rumlaufen soll oder daß ich mir Weiberkleidung oder was anziehe, das hätte ich unterschrieben. Aber am ersten Tag bin ich gleich hingegangen zum Bewährungshelfer und hab gesagt, paß auf, ich marschier jetzt nach St. Pauli. Ach, sagt er, ich versteh ja schon, aber kommen Sie man morgen zu mir, dann reden wir morgen darüber. Bin ich am nächsten Tag hingegangen und sag, so, nun komme ich von St. Pauli, und dann geh ich nachher auch wieder nach St. Pauli, reichen sie schon mal ein und machen sie alles rückgängig, die vierzehn Monate knack ich auch noch ab. Hab mich freiwillig gestellt und hab mein Scheißrest abgemacht.

Fichte: Als du rauskamst, hattest du keine Auflage?

Ulli: Nee, kannst ja nicht mehr. Habe ja alles abgerissen. Kann mir ja kein St. Pauli-Verbot geben, ich bin ja St. Paulianer. Es gibt welche, die waren aus München oder was, die kriegen St. Pauli-Verbot. Oder zum Beispiel in der Polizeiaufsicht, wenn sie Polizeiaufsicht haben, dann können sie dir auch ein St. Pauli-Verbot geben. Aber das wird von der Polizeibehörde ausgestellt, dann kriegst du so 'nen Plan, in den und den Straßen da darfst du nicht rein. Wenn du das machst, kannst du bis zu sechs Wochen Haft kriegen. Wenn sie dich denn greifen.

Fichte: Also in welchen Fällen wird das gemacht?

Ulli: Polizeiaufsicht? Ja, Zuhälter zum Beispiel kann Polizeiaufsicht kriegen und Diebe, Räuber oder irgendwas, überall wo es im Gesetz steht. Bei Körperverletzung nicht.

Fichte: Wann hast du deine Frau kennengelernt?

Ulli: Die jetzige?

Fichte: Ja.

Ulli: Drei Tage nachdem ich aus dem Knast kam.

Fichte: Warst du schon verheiratet?

Ulli: Nein. Bin ich jetzt seit Februar letzten Jahres mit zusammen.

Fichte: Ihr habt euch getrennt?

Ulli: Hatten wir mal, so ab und zu mal Trouble, Trouble gibts ja überall.

Fichte: Bist jetzt wieder mit zusammen?

Ulli: Ja.

Fichte: Arbeitet sie?

Ulli: Ja, ja.

Fichte: Wo?
Ulli: Hier im Puff.
Fichte: Wie ist deine Konstitution, bist du oft krank?
Ulli: Überhaupt nicht, einmal war ich im Krankenhaus, Blinddarm, weißt du, sonst überhaupt nichts.
Fichte: Schläfst du gut?
Ulli: Ja.
Fichte: Wieviel Stunden Schlaf brauchst du am Tag?
Ulli: Acht bis zehn Stunden schlaf ich, kann aber auch weniger, drei bis vier Stunden Schlaf, dann bin ich auch fit. Aber so, ich schlaf ziemlich lange, so acht bis zehn Stunden.
Fichte: Nimmst keine Schlafmittel?
Ulli: Nein.
Fichte: Nimmst du Capta?
Ulli: Je nachdem. Wenn ich, sagen wir mal, sauwenig geschlafen habe oder ich habe rumgesoffen, und muß an zu malochen fangen, denn nehme ich ein, zwei, aber es kommt ganz selten vor, alle drei, vier Wochen nehme ich mal so ein, zwei Stück.
Fichte: Träumst du?
Ulli: Ja. Logisch.
Fichte: Selten oder oft?
Ulli: Selten.
Fichte: Träumst du farbig?
Ulli: Hm, das ist 'ne Frage, farbig träumen. Ja.
Fichte: Hast du Träume, die immer wiederkommen?
Ulli: Das ist immer was anderes, je nachdem. Bist du im Knast gerade eingeliefert, dann träumst du immer noch irgendwas von draußen, aber bist du jetzt rausgekommen aus dem Knast, denn ist meistens irgendwas vom Knast dabei. Aber da bin ich jetzt auch schon über, das war so die ersten zwei, drei Monate, da war immer irgendwas vom Knast dabei.
Fichte: Hm. Hast du viel von der Schule geträumt?
Ulli: Nee.
Fichte: Im Augenblick trainierst du nicht?
Ulli: Nein.
Fichte: Du würdest dich als normal bezeichnen?
Ulli: Ja.

Fichte: Schläfst nie mit 'nem Mann?
Ulli: Nein.
Fichte: Hast du mal mit einer Fummeltante losgemacht?
Ulli: Ja, nicht losgemacht direkt. Ich hab mal so eine mit nach Haus gebracht, aber da wußte ich, da ist meine Frau im Bett gewesen, meine damalige. Und die hieß, na ja, der Name ist ja auch unwichtig, die hieß jedenfalls genauso wie die, deswegen bin ich überhaupt darauf gekommen, ich denk, mal sehen, was die jetzt macht, war da auch voll sowieso, und ich dachte, die kann alleine mit mir losmachen, war schon 46, hatte aber 'nen Schwanz gehabt, war nicht . .
Fichte: . . war nicht operiert?
Ulli: Nein. Bin ich oben gewesen, kriegte sie 'nen Schreck, wollte sie gleich wieder raus, hab ich gesagt, warte mal, zieh dich mal aus schön, und sie saß im Bett ganz verschüchtert und wollte auch nichts sagen, ich sage, ausziehen, ficken tust du jetzt. Da hat er gesagt, nein, das mach ich nicht. Ausziehen, hat sie sich ausgezogen, und dann mit son 'n Halbsteifen hat sie denn versucht bei ihr, sie mochte ja nichts sagen, hatte an sich alles damals mitgemacht. Und das ging aber auch nicht richtig und hat ab und zu einen kleinen Klatsch gekriegt, aber sonst nichts.
Fichte: Auf was für Frauen stehst du? Ältere, jüngere?
Ulli: Ja, du, das ist ganz verschieden, mal hast du auf eine ältere Bock und mal 'ne junge, 'ne junge ist mir lieber.
Fichte: Ganz junge auch?
Ulli: So sechzehn, siebzehn, ja.
Fichte: Wechselst du oft deine Frauen?
Ulli: Ja. Mach ich ganz selten zweimal mit einer los.
Fichte: Hast du nun täglich noch eine?
Ulli: Das ist verschieden, je nachdem. Nicht daß du das Dings nachher hier meiner Frau vorspielst!
Fichte: Stehst du auf Group-Sex und so was, Party?
Ulli: Ja, ja, ja.
Fichte: Machst du das ziemlich oft?
Ulli: Doch, fast immer, an und für sich.
Fichte: Immer mit mehreren zusammen?
Ulli: Ja.

Fichte: Da dürfte aber niemand dich anfassen?

Ulli: Das man so alleine nich. Letztens hat Wolli denn mir mal, da haben wir auch so 'ne Studentin, da war so 'n Mannequin bei und ein Boxer, ein Bekannter, und . . hat da auch 'ne Frau mitgehabt, und denn hat er geleckt, und sie bläst mir einen, und Wolfgang denn gleich mit seinem Mund damit zu, weißt du, und dann wollte er mitblasen so halb, aber denn ist er auch gleich wieder ein bißchen weggegangen, irgendwie, obwohl ich angeknackt war, hat mich irgendwie gestört dabei.

Fichte: Aber wenn du besoffen bist, dann umarmst du doch Kerls . .

Ulli: Das ist was anderes . .

Fichte: Was machst du am liebsten?

Ulli: Ja, was mache ich am liebsten? Stoß gerne, leck gerne und so ein bißchen was anderes, Massageapparat und . .

Fichte: Kommst du leicht an Mädchen ran?

Ulli: Ich komme leicht ran, ja.

Fichte: Haben die nun Angst vor dir, weil du so kräftig bist, spielt das eine Rolle?

Ulli: Ja, bei welchen, die du kennst, die haben da Bock, vor allem die aus diesem Milieu, die haben da Bock drauf. Und 'ne Solide, wenn die mit mir hier durch die Freiheit geht und alles sagt: Guten Abend, guten Abend, denn haben die ja auch automatisch ein bißchen Bock, vor allem so 'n bißchen das, ich weiß nicht, was das ist, aber da hat 'ne Solide Bock drauf, wenn du so 'n Mannstyp bist, nicht. Das merke ich so, wenn ich irgendwie 'ne Barfrau in der Stadt mal was aufreiße, das geht an und für sich, das ist nicht schwierig.

Fichte: Pflegst du dich sehr?

Ulli: Ja.

Fichte: Würdest du sagen, daß die Leute auf St. Pauli sauber sind oder ungepflegt?

Ulli: Sauberer als der Schnitt. Auch die Frauen.

Fichte: Ja?

Ulli: Ja. Gerade die, na, das heißt, gerade die Frauen. Also auf St. Pauli, muß ich sagen, sind alle sauberer als die soliden irgendwo.

Fichte: Und die Luden?

Ulli: Auch, ja. Guck mal, ich zieh jeden Tag neue Unterwäsche an, neue Strümpfe oder neues Hemd an, ich ziehe nie ein Hemd zweimal an.

Fichte: Badest du oft?

Ulli: Jeden Tag zweimal, wenn ich ins Bett geh und wenn ich aufsteh.

Fichte: Hast du Angst vor Geschlechtskrankheiten?

Ulli: Einmal hab ich eine gestoßen, da wußte ich vorher, daß die 'nen Tripper hatte. Da haben wir auch mit 'nem Bekannten da in der Sahara, dessen Frau war dabei, ja wollten wir was machen, wir mußten was aufreißen, waren zu dritt. Also sie, ein Kumpel von mir und ich, jeder versuchte nun irgendeine anzumachen, er hatte als erster eine gehabt, achtzehn, und wir rauf, denn hier ins Hotel gegangen und, ja, ich mach aber nicht, sagt sie, ich kann nicht. Ich sage, warum denn nicht? Sagt sie, ja, ich hab 'nen Tripper. Sag ich, ja, das hat doch damit nichts zu tun, sag ich, sind wir denn, nachdem wollten wir baden, war das Wasser kalt gewesen, ging kein heißes Wasser, und wir beide nackend wie wir sind, unten in die Bar gegangen, mach mal das Wasser warm, bei uns – ja, ich mach das gleich warm, komm, wollte uns dann rausschieben, das ganze Lokal war voll, ein Gejohle, nicht, der hatte fix 'ne Lampe, ich sag, nun laß uns erst mal einen trinken, ganz nackend an die Bar gestellt, einen ausgegeben und so, oja.

Fichte: Hast du schon Tripper gehabt?

Ulli: Vier-, fünfmal.

Fichte: Syph noch nie?

Ulli: Nee.

Fichte: Machst du was, um dich vorzusehen?

Ulli: Nee. Das heißt, wenn ich eine so weggeputzt hab und nehme an, daß die was haben könnte, dann marschier ich gleich zum Arzt und laß mir dann vorsichtshalber gleich 'ne Spritze geben.

Fichte: Wie oft ungefähr?

Ulli: Alle drei, vier Monate. Nach dem, gleich am nächsten Tag, nicht.

Fichte: Stehst du nun ein bißchen drauf, eine Frau durch deine Körperkraft dazu zu kriegen?

Ulli: Ja, das, da bin ich der Typ. Das heißt, so auf der Straße irgendeine nicht, aber wenn ich mit irgendeiner so losmach jetzt, so küssen und da saufen und dann gehst mit ihr auf den Turm, und wenn sie dann anfängt sich zu zieren, denn gibts, das geht nicht.

Fichte: Würdest du auch mit ganz jungen gehen?

Ulli: Ich glaub nicht. Das ist je nachdem, es gibt ja Vierzehnjährige, die – aber wenn ich wüßte, sie ist so jung, dann nicht.

Fichte: Dann nicht. Würdest du aus Mitleid mit einer Frau gehen?

Ulli: Nee.

Fichte: Onanierst du viel?

Ulli: Ja, was heißt onanieren. Wenn wir so 'ne Party machen, dann gerne, ja. Wenn ich welche sehe, daß die gerade am losmachen sind und so ein bißchen. Oder auch mal, wenn wir high sind, wenn wir geturnt haben, da alle zusammen, das mach ich gerne. Aber so alleine nicht.

Fichte: Bist du je mit einer Frau für Geld gegangen?

Ulli: Ja, hatte ich ja vorhin schon gesagt.

Fichte: Nein, ich meine, daß die Frau dich bezahlt hat.

Ulli: Ach so. Ja, du, ich war mal so vor Jahren mit einer zusammen, man kann so sagen, das war nur wegen Strom, die hatte ja überhaupt keinen Bock drauf, im Gegenteil, die hat immer nur rausgetan.

Fichte: Würdest du mit einem Kerl für Geld gehen?

Ulli: Nee.

Fichte: Nie.

Ulli: Für Geld, wieviel Geld?

Fichte: Na, wenn er nun sehr viel rausreißt!

Ulli: Wieviel, was heißt sehr viel?

Fichte: Na ich weiß nicht, was ist viel für dich, 1 000 Mark.

Ulli: Nie.

Fichte: Hast du Geld, so Scheine und Stücken, gern?

Ulli: Doch, hab ich gern.

Fichte: Wühlst da gern drin rum?

Ulli: Du fragst mich wie so 'n Psychiater. Ja, ich habe ganz gerne Geld so in der Tasche, ein Knubbel immer.

Fichte: Bist du sparsam?

Ulli: An und für sich gar nicht, nein.
Fichte: Verschwenderisch?
Ulli: Ja.
Fichte: Wieviel Geld möchtest du gerne haben?
Ulli: So viel, daß ich vollkommen unabhängig wäre, daß ich so leben könnte, reisen könnte und nicht selbst arbeiten brauchte.
Fichte: Und wieviel, glaubst du, brauchst du dazu?
Ulli: Einmal im Lotto gewinnen.
Fichte: Wieviel ist das?
Ulli: 500 000.
Fichte: Das würde reichen?
Ulli: Ja.
Fichte: Und was betrachtest du als dein Existenzminimum?
Ulli: Was ich benötige?
Fichte: Ja.
Ulli: Ungefähr einen Hunderter am Tag.
Fichte: Was würdest du tun, wenn du nun unermeßlich viel Geld hättest?
Ulli: Tja – unermeßlich viel, denn, ich glaub, ich würde ein bißchen rumspinnen dann. Ich würde mir, glaub ich, drei, vier Frauen halten, viel reisen, und vor allen Dingen gute Frauen, Schauspielerinnen oder so was, da hab ich Spaß dran.
Fichte: Welche Schauspielerinnen?
Ulli: Wo ich am meisten Bock drauf hätte. Ja, es gibt da mehrere. Brigitte Bardot, steh ich drauf, und die Elke Sommer und Sophia. So viel, daß man die greifen könnte, soviel möchte ich haben.
Fichte: Leidest du darunter, im Puff zu arbeiten?
Ulli: Nein.
Fichte: Hast du ein starkes Ehrgefühl?
Ulli: Ehrgefühl, ja.
Fichte: Was geht gegen deine Ehre?
Ulli: Jemand zu betrügen, einen Freund zu betrügen. Das geht gegen meine Ehre. Oder zum Beispiel jemanden verpfeifen bei der Schmiere, oder . .
Fichte: Beim Mord ist das was anderes?
Ulli: Mord – ja, das ist je nachdem.

Fichte: Wenns ein Freund ist, würdest du den verpfeifen?
Ulli: Nee. Der könnte machen, was er will.
Fichte: Rachsüchtig bist du?
Ulli: Ja.
Fichte: Nachtragend auch?
Ulli: Ja, in gewissen Sachen ja. Aber sonst an und für sich nicht. Ja, hat einer wirklich was ganz Linkes mit mir gemacht, das vergeß ich ja nie.
Fichte: Und wie würdest du dich rächen?
Ulli: Tja, das ist je nachdem, was er gemacht hat. Na, was soll ich sagen, einer will meine Alte umbringen, das wäre ein Grund, um ihm in die Knie zu schießen oder was, tot sein dürfte er nicht, das müßte der immer wissen, die Augen auszutreten oder so was, das würde ich machen.
Fichte: Möchtest du dich an deinen Brüdern rächen?
Ulli: An meinen einen Bruder ja, mein Halbbruder, der catcht, in Dänemark ist er jetzt. Da werde ich einmal eines Tages, da werde ich ihn auf die Ohren hauen.
Fichte: Hm. Und den Erzieher?
Ulli: Ja, wenn ich den mal sehen würde, aber den würde ich nicht so, daß ich den jetzt umlegen will oder was, würde ich richtig mal unter die Füße nehmen.
Fichte: Findest du viele Dinge als unanständig und unschicklich, unpassend?
Ulli: Ja.
Fichte: Bist du gerne passend angezogen, wenn du in ein gutes Restaurant gehst?
Ulli: Du, da bin ich ja anders. Das finde ich, da kann jeder, wie ihm das gefällt, soll er das machen, oder wie es angebracht ist. Ich kann schlecht ins Kasino gehen, so wie ich jetzt aussehe, so im Sporthemd. Und da kommst du ja auch gar nicht rein. Ich kann schlecht in Bluejeans, wollen mal sagen, zur Oper gehen, obwohl ichs nicht machen würde, aber ich würde sagen, das stört.
Fichte: Lügst du oft?
Ulli: Wenns sein muß, ja. Nicht oft, nein. Ich verabscheue das an und für sich, lügen. Überhaupt, denn würde ich lieber gar nichts

sagen, so als wenn ich . . manchmal mußt dus ja. Aber tue ich nicht gerne, sag ich dir ganz ehrlich, irgendwie hab ich dann immer ein komisches Gefühl.

Fichte: Hast du in diesem Interview viel gelogen?

Ulli: Nee, überhaupt nichts.

Fichte: Was möchtest du mal erreichen?

Ulli: Daß ich unabhängig bin, finanziell, irgendwie. Ein, zwei Läden haben, in denen du Pacht kriegst, daß ich so monatlich, wollen wir mal sagen, zehn Mille überhab, die ich verleb, so zum Leben. Häuschen und, ach, ich möchte auch ganz gerne so Familie haben, zwei, drei Kinder, das möchte ich.

Fichte: Möchtest mit deiner jetzigen Frau zusammenbleiben?

Ulli: Ja.

Fichte: Liebst du sie?

Ulli: Ich weiß gar nicht, ob ich überhaupt richtig lieben kann.

Fichte: Was würdest du Liebe nennen?

Ulli: Tja, das ist schwierig zu erklären. Also ich glaube gar nicht, daß ich lieben kann, aber ich beneide wieder welche, die das können richtig. Ich möchte auch gerne geliebt werden.

Fichte: Hast du schon mal jemanden sehr geliebt?

Ulli: Überhaupt nicht. Ich hab mir schon manchmal Gedanken drüber gemacht, geliebt hab ich an und für sich noch nie. Gerne, wirklich gerne gehabt, aber so Liebe so. Vielleicht ist es wegen meiner Erziehung, so wie ich groß geworden bin und so, das ist doch alles nicht das richtige gewesen da. Die Heime – nee.

Fichte: Aber du möchtest von deiner Frau Kinder haben?

Ulli: Ja.

Fichte: Was würdest du lieber haben, einen Jungen oder ein Mädchen?

Ulli: Jungs, nur Jungs möchte ich haben, zwei, drei Stück.

Fichte: Und wie würdest du sie erziehen?

Ulli: Nun ja, wie würde ich sie erziehen – so wie ich gerne sein möchte, würde ich versuchen, das aus ihnen zu machen. Aber wenn sie soweit sind, mit fünfzehn, sechzehn natürlich, wenn sie dann irgend, ich will mal sagen, er würde jetzt nicht mit Frauen aus Homosexualität oder so, würde ich ihn, würde ich da nicht irgendwie was unternehmen. Wenn er soweit ist, so alt.

Fichte: Wenn er nun vom Mann verführt würde mit, sagen wir mal, mit dreizehn Jahren, würdest du dagegen was unternehmen?

Ulli: Ja.

Fichte: Was würdest du dann tun?

Ulli: Tja, was würde ich tun? Das wäre dann wieder so was Ähnliches, wie wenn einer meine Frau umlegt. Würde ich irgendwie, daß er ein Krüppel wird.

Fichte: Aber mit fünfzehn, sechzehn würdest du es nicht mehr?

Ulli: Wenn er vergewaltigt werden würde, ja. Aber wenn er dann nichts dagegen hat, dann nicht.

Fichte: Würdest du ihn politisch in einer gewissen Weise erziehen?

Ulli: Nein.

Fichte: Religiös?

Ulli: Nein, auch nicht.

Fichte: Glaubst du nicht an Gott?

Ulli: Nein.

Fichte: Hast du nie geglaubt?

Ulli: Nein.

Fichte: Bist auch nie in der Kirche gewesen?

Ulli: Ja, natürlich, im Knast. Um Leute zu sehen oder Bekannte zu sprechen oder was. Ich bin auch konfirmiert worden, im Heim dann, aber sonst.

Fichte: Und wenn dein Sohn nun durchaus auf dem Kiez arbeiten wollte?

Ulli: Dürfte er.

Fichte: Aber würdest du nicht gerne sehen?

Ulli: Doch, warum nicht.

Fichte: Hast du Angstgefühle?

Ulli: Ja, manchmal ja, vor allem, wenn ich getrunken hab 'ne Zeitlang, dann hab ich irgendwie ein Angstgefühl. Ich weiß auch nicht, wie das kommt, aber. Dann steck ich mir meistens immer einen Püster ein.

Fichte: Im Dunkeln?

Ulli: Nein, nein, so nicht. Nein, aber denn weiß ich nicht, was hast du da gemacht, was hast du da gemacht oder was, und nun passiert hier ja auch manchmal so was, nicht. Und denn hab ich irgendwie ein Angstgefühl, das kann ich gar nicht näher erklären, irgendwie. Und wovor, weiß ich auch nicht. Vor Knast zum Beispiel hab ich Angst.

Fichte: Aber daß dich einer umlegt, davor hast du keine Angst?

Ulli: Natürlich. Wenn ich weiß, der legt mich um, das ist doch ganz logisch.

Fichte: Gibt es Leute, die hinter dir her sind?

Ulli: Ich glaube nicht, nein.

Fichte: Wie ist das auf St. Pauli, gibt es hier organisierte Banden?

Ulli: Na, das ist Quatsch, es wird so viel in der Zeitung geschrieben, gibts nicht. Organisiert schon, man hat den Freund, den Freund, so zehn, fünfzehn Mann sind wir hier, logisch, wenn da hier, will mal sagen, der irgendwo auf die Nase kriegt, denn marschier ich mit hin und denn bereinigt man das. Aber so organisierte Banden gibts nicht, gabs auch noch nicht.

Fichte: Gibt es Abrechnungen, bei denen gefoltert wird?

Ulli: Hm.

Fichte: In welcher Weise?

Ulli: Ja, indem man den systematisch auf die Ohren haut richtig, ihn wieder zu sich kommen läßt, wieder ein bißchen, das gibts mal.

Fichte: Gibt es hier bezahlte Totschläger?

Ulli: Ja.

Fichte: Die das nur aus Beruf machen?

Ulli: Nur nicht, aber auch.

Fichte: Also man kann sehr leicht . .

Ulli: Ich könnte dir heute abend fünf Stück bringen, wenn du denen zwei Mille in die Hand drückst und sagst, den mußt du umlegen, dann legen sie den um.

Fichte: Wird das oft gemacht?

Ulli: Nein.

Fichte: Aber es werden oft Leute im Auftrag zusammengeschlagen?

Ulli: Ja.

Fichte: Und was wird dafür bezahlt?

Ulli: Verschieden. 50 bis 500 schon, hab selbst schon paarmal das gemacht, früher vor allen Dingen. Ich war mal eine Zeitlang

Leibwächter von – ich will den Namen nicht –, ein Neger ist das, als Leibwächter tätig gewesen. Da kriegte ich am Tag einen Halben. 63 war das. Da mußte ich aufpassen, daß da nichts, der wurde gesucht von mehreren auch, nicht.

Fichte: Schämst du dich leicht?

Ulli: Ja.

Fichte: Wovor?

Ulli: Ja, wovor schäme ich mich? Ich möchte jetzt nicht nackend über die Straße laufen. Ich schäm mich auch manchmal für andere. Wenn eine Frau sich irgendwas abkneift, wollen mal sagen was Linkes, oder ein guter Bekannter auch, denn schäm ich mich ein bißchen für den dann auch. Ist mir manchmal peinlicher als ihm selbst.

Fichte: Ekelst du dich leicht?

Ulli: Nein. Ich würde mich ekeln, wenn ich jetzt, wollen mal sagen, du würdest sagen, blas mir mal einen, da würde ich mich vor ekeln. Oder du kackst auf den Teller und sagst, nasch das mal weg.

Fichte: Bist du nervös, mußt du mit was rumspielen, hast du Ticks?

Ulli: Nicht daß ich wüßte.

Fichte: Bist du taktvoll?

Ulli: Ich glaube, nicht allzusehr.

Fichte: Bist du treu?

Ulli: Der Frau gegenüber, oder?

Fichte: Einem Freund gegenüber.

Ulli: Freund gegenüber, ja.

Fichte: Hast du leicht Freunde?

Ulli: Ja.

Fichte: Viele?

Ulli: Ja.

Fichte: Wann ist jemand dein Freund?

Ulli: Der ist mein Freund, wenn er, wollen mal sagen, es würde heißen, ich müßte ein Jahr in'n Knast oder einen Monat und der würde für mich denn den Monat in'n Knast gehen, damit ich nicht das Jahr machen müßte, das würde ich für einen Freund ja auch machen. Ich hab schon einmal für einen anderen 21 Monate Knast abgemacht. 59, da hat er hier gegenüber in der Roxy eine Schlägerei gehabt, und da hat er einem die Backe so rausgetreten und der hat angegeben, daß ich einmal zugeschlagen hätte, er aber überhaupt nicht. Das habe ich direkt in dem Polizeibericht gelesen, daß er gesagt hat, ich hätte auch geschlagen, er aber nicht. Für ihn stand auch viel auf dem Spiel. Und da hab ich zwar gesagt, ich habs nicht gemacht, aber ich hab nicht gesagt, daß er das war, obwohl ich schon gelesen hab, daß er gesagt hat, ich hätte geschlagen. Trotzdem, ich hab die 21 Monate Knast bis auf den letzten Tag abgemacht. Und der hat mir einmal nur zu Weihnachten 'ne Karte geschickt. Den, wenn ich den mal in Barm treffen würde, der ist nicht mehr auf St. Pauli, dem würde ich was auf die Ohren hauen.

Fichte: Wenn du dich prügelst, nimmst du jemand unter die Füße?

Ulli: Das ist je nachdem. Ich brauche das ja so gut wie selten. Wenn ich einen vorn Kopp haue, dann kippt er um. Aber wenn das ein Guter ist, und ich rechnen müßte, daß der nur, wenn ich ihn ausknocke, und er kommt wieder zu sich, daß der weitermacht, dann würde ich auch die Pike reinhauen.

Fichte: Gibt es viele Leute auf St. Pauli, die stärker sind als du?

Ulli: Glaub nicht.

Fichte: Bist du verschwiegen?

Ulli: In gewissen Graden ja.

Fichte: Traurig oder eher fröhlich?

Ulli: Lieber fröhlich.

Fichte: Lieber fröhlich. – Was ist deine liebste Farbe?

Ulli: Meine liebste Farbe – hab ich eigentlich gar nicht. Rot hab ich gerne, ein schönes Grün, ein Grasgrün.

Fichte: Du spielst doch gerne Schach.

Ulli: Ja.

Fichte: Und Skat?

Ulli: Skat auch. Schach spiel ich sogar sehr gerne, ich glaub auch gut. Ich hab ein paarmal Knastmeister, so richtige Meisterschaft gemacht. Bei tausend Gefangenen im Knast konnten ja viele Schach spielen. Wenn sie vor allem öfter im Knast waren, weißt du. Ich glaube, ich kenn gar keinen hier auf St. Pauli, der besser Schach spielt als ich.

Fichte: Spielen hier viele?

Ulli: Ach ja, doch, soll man gar nicht denken.

Fichte: Sind die Leute sehr abergläubisch auf St. Pauli?

Ulli: Ja, ich hab selten so viele abergläubische Leute gesehen wie auf St. Pauli.

Fichte: Bist du auch abergläubisch?

Ulli: Ja, sehr. Zum Beispiel in der Kneipe darf kein offener Regenschirm sein, das bringt die Seuche. Oder Fahrkarte darfst du auf keinen Fall in den Aschenbecher schmeißen, das bringt die Seuche. Nelken im Laden bringen die Seuche. Und wenn ich da irgendeinen mit 'nem Puckel sehe, dem faß ich grundsätzlich an den Puckel, das bringt Glück.

Fichte: Und beim Spielen?

Ulli: Ja, beim Spielen, da mußt du einmal um den Sessel gehen meinetwegen. Tu ich denn, obwohl mir mein Verstand sagt, es ist Quatsch, und trotzdem macht mans. Oder will einer ein anderes Kartenspiel, denn hab ich, wenn ich mit Wolli spiel, denn hab ich ihm schon Zettel untergelegt unter seinen Sitz: ich hab die Seuche, stand denn drauf. Ja, du wirst lachen, er hat auch da verloren, ungefähr 300. Hab ich ihm nachdem gezeigt, du Sau – als er das nächste Mal mit mir gespielt hat, hat er erst mal unter den Sessel geguckt.

Fichte: Spielt ihr regelmäßig zusammen?

Ulli: Ja, fast jeden Abend.

Fichte: Kennst du Pflichten, hast du Pflichtgefühl?

Ulli: Ja. Zum Beispiel, wenn meine Frau heute unter die Straßenbahn kommt, die würde ich zeit ihres Lebens würde ich die versorgen. Oder so was. Ich bin pflichtbewußt bei der Arbeit.

Fichte: Arbeitest du gern?

Ulli: Nee, das kann ich nicht sagen.

Fichte: Bist du faul?

Ulli: Auch nicht, irgendwas um die Ohren muß ich haben, ich hab auch immer gearbeitet, ich muß irgendwas zu tun haben. Aber, je nachdem was für Arbeit es ist. Oben bei uns, das mach ich ganz gerne.

Fichte: Bist du hochmütig?
Ulli: Glaube ich nicht.
Fichte: Neidisch?
Ulli: Neidisch auch nicht. Ein bißchen so, so ein bißchen Neid – nee, kann man nicht sagen.
Fichte: Hast du Komplexe?
Ulli: Ja.
Fichte: Was für welche?
Ulli: Na ja, welcher Mensch hat keine Komplexe. Du hast auch Komplexe, bestimmt.
Fichte: Hast du Komplexe, daß du auf dem Kiez groß geworden bist?
Ulli: Gar nicht, nein. Im Gegenteil. Warum sollte ich das?
Fichte: Magst du Juden?
Ulli: Juden? Ja, warum nicht?
Fichte: Neger?
Ulli: Auch.
Fichte: Hast nichts gegen Neger?
Ulli: Ja, mit Einschränkungen.
Fichte: Und die sind?
Ulli: Zum Beispiel, nun muß ich immer vom afrikanischen Neger sprechen, also der amerikanische Neger ist wieder was anderes. Obwohl ich auch nicht möchte, daß einer, wenn ich 'ne Tochter hätte, daß ein Neger mit ihr zusammen geht, das möchte ich nicht, daß sie einen Neger heiraten würde. Na ja, und diese afrikanischen Neger, die sind mir ein bißchen zu primitiv noch.
Fichte: Hast du was gegen Gammler?
Ulli: Solange sie keinen belästigen, nee, und die belästigen ja kaum welche – nee, hab ich nichts gegen.
Fichte: Rocker?
Ulli: Auch nicht. Bis auf wenn sie gewalttätig werden und wirklich da meinetwegen in irgendeinem Park Bänke umschmeißen oder was beschädigen, natürlich hab ich was gegen, gegen Rocker hab ich an und für sich was, ja, das ist so feiges Gesindel, die marschieren nur in Gruppen los und denn mit ihren Ketten oder, da hab ich was gegen.
Fichte: Hast du was gegen Schwule?

Ulli: Gar nichts, nee. Solange man mit mir nichts macht, wie gesagt. Ich hab überhaupt, auch gegen lesbische Frauen, überhaupt nichts.
Fichte: Würdest du sagen, daß du ein guter Liebhaber bist?
Ulli: Bei meiner Frau? Ich glaub ja.
Fichte: Gehörst du zu den Großen von St. Pauli?
Ulli: Tja, das ist aber 'ne Frage. Nun, mich kennen sie alle.
Fichte: Geldlich noch nicht?
Ulli: Geldlich nicht, leider.
Fichte: Was verdienen die Großen von St. Pauli im Monat?
Ulli: Ja, es gibt welche, die haben zwei Mille so am Tag.
Fichte: Wie viele sind das?
Ulli: Nicht allzu viele! Zehn vielleicht. Aber es gibt auch welche, die haben noch mehr als zwei Mille, nicht. Und, nun ja, mittelgroß, soviel verdiene ich ja auch wie die Mittelgroßen.
Fichte: Was ist dir wichtiger: ein guter Freund oder eine Frau?
Ulli: Ein guter Freund.
Fichte: Was wärst du bereit, für einen guten Freund zu tun?
Ulli: Tja, wenn man ganz hochgreift, einen Mord.
Fichte: Ja. Ohne zu wissen warum?
Ulli: Ja. Natürlich nicht, ohne zu wissen warum, er müßte sagen, das und das. Meinetwegen, der ist auf dem Weg zur Schmiere, der weiß was von meinem Freund und er könnte dafür lebenslänglich, wollen mal sagen, er hat einen umgelegt jetzt, und der würde zur Schmiere marschieren, da würde ich den umlegen, ja.
Fichte: Machst du gerne Flachs?
Ulli: Ja.
Fichte: Hast du sehr gelitten, als du im Knast warst?
Ulli: Ja, aber ich hab mich da an und für sich gut mit abgefunden.
Fichte: Würde dir auch nicht allzuviel ausmachen, da wieder reinzugehen?
Ulli: Doch.
Fichte: Wie ist dein Verhältnis zu Tieren?
Ulli: Ich bin unwahrscheinlich tierlieb.
Fichte: Magst du alle Tiere?
Ulli: Nee, nee, lange nicht.

Fichte: Welche magst du nicht?
Ulli: Ich mag zum Beispiel keine Spinnen oder Ratten.
Fichte: Schlangen?
Ulli: Eigentlich habe ich kaum welche kennengelernt, da hab ich an und für sich nichts gegen. Aber früher hatte ich irgendwie, na ja, angenehm, ich möchte keine in der Wohnung so haben, so . .
Fichte: Frösche, Kröten?
Ulli: Mag ich auch nicht.
Fichte: Paviane?
Ulli: Auch nicht. Ich mag auch nicht an und für sich keine Katzen, da fühl ich mich nicht so, daß ich mich vor ekle, aber ich mag mir keine Katze anschaffen. Aber Hunde oder Pferde hab ich wahnsinnig gerne.
Fichte: Du hast auch einen Hund?
Ulli: Ich hab, weißt du ja.
Fichte: Möchtest du gerne fremde Sprachen sprechen?
Ulli: Ja.
Fichte: Kannst du eine?
Ulli: Englisch. Von der Schule und das, was man so braucht. Ich kann mich jederzeit mit einem Engländer unterhalten oder Zeitung lesen meinetwegen, aber nicht perfekt.
Fichte: Was möchtest du sonst noch sprechen?
Ulli: Alle Sprachen am liebsten.
Fichte: Ich glaub, du kannst die Kesselflickersprache, nicht?
Ulli: Die Kesselkloppersprache. Ja, die kann ich.
Fichte: Wurde die bei euch zu Hause gesprochen?
Ulli: Mein Vater schon. Also hauptsächlich die Hafenarbeiter, na ja, Kesselklopper, das sind die Kettelklopper, und so heißt die Sprache ja auch Kettelkloppersprache. Haben die früher schon vor dem Krieg gesprochen, die alten Hamburger, gerade hier auf St. Pauli.
Fichte: Und unterhieltet ihr euch nun nur in dieser Sprache, oder?
Ulli: Wenn ich mit 'nem Bekannten hier zusammen bin, mit irgendeinem, der vom Kiez ist, das sind meistens ja sowieso Hamburger. Ein Ausländer, was heißt Ausländer, ein Quittje, der

von München kommt oder was, der versteht das nicht, der lernt das ja auch nicht. Vorbedingung ist ja, daß du Platt sprechen kannst dabei. Alle Buchstaben, und zwar keine Vokale, sondern alle andern, werden hinten drangesetzt, zum Beispiel bei Mors wird das M hinten rangesetzt und ein i dazu, also dann heißt es Orsmi. Spinner – Innerspi.

Fichte: Lebst du gerne?

Ulli: Ja.

Fichte: Hast du an Selbstmord gedacht?

Ulli: Nein. Hab ich noch nie – könnt ich mir vorstellen, wenn ich in lebenslänglichen Knast müßte und ich würde wissen, daß ich auch da nicht rauskomme, dann könnte ich mir vorstellen, daß ich mir den Püster an die Birne setzen würde und abdrück.

Fichte: Hast du Angst vor dem Tod?

Ulli: Vorm Tod nicht, aber vorm Sterben.

Fichte: Hast du jemand sterben gesehen?

Ulli: Doch. Ertrunken. Da war mal 'ne Frau ertrunken, die ist, in Alsterdorf war das gewesen, hab ich gesehen, wie die ertrunken ist.

Fichte: Hast du Angst vor Toten?

Ulli: Na, so 'n bißchen mulmiges Gefühl hat man ja automatisch.

Fichte: Also nachts würdest du nicht über den Friedhof, allein?

Ulli: Doch. Ja. Angst hab ich ja nicht vor. Aber man hat ja doch irgendwie ein komisches Gefühl. Ich möchte jetzt nicht mit dir hier sitzen, wenn da ein Toter läg, und mit dir jetzt so sprechen.

Fichte: Was hälst du von alten Menschen? Glaubst du, daß sie einsam sind?

Ulli: Es gibt viele, die einsam sind, ja.

Fichte: Glaubst du, daß man ihnen helfen kann?

Ulli: Ja, sollte man auch, finde ich ein bißchen, ja.

Fichte: Bist du alten Leuten gegenüber besonders aufmerksam?

Ulli: Ja. Kauf ich ein und sehe ich 'ne Frau, ein altes verhärmtes Mütterchen, denn ja, was kost das denn – ja soundsoviel – ja nee, dann lassen sie man – dann, das hab ich schon ein paarmal gemacht, daß ich denn sag, hier lassen sie mal, das schreiben sie bei mir mit auf. Oder wenn ich so einen alten Mann, dem hab ich schon so manchmal für Bock einen Heiermann gegeben.

Überhaupt so, wenn man eine gute Tat macht, das ist vielleicht ein Aberglaube auch, aber ich meine immer, das zahlt sich zurück.

Fichte: Was war dein angenehmstes Erlebnis?

Ulli: Meinst du bei der Stoßerei oder?

Fichte: Nee, so überhaupt.

Ulli: Die angenehmsten Erlebnisse sind immer die, wenn ich aus dem Knast gekommen bin, das Rauskommen.

Fichte: Und dein schrecklichstes Erlebnis?

Ulli: Wenn du reingehst. Ich hab so viel erlebt. Als mein Vater gestorben war, würd ich sagen, daß das am schlimmsten war.

Fichte: Warst du dabei?

Ulli: Nein. Ich bin nach Hause gekommen. Sagt mein Bruder, Vater ist tot. Das war wohl das schlimmste.

Fichte: Wie sollte ein Mann deiner Meinung nach sein?

Ulli: Er soll Mann sein.

Fichte: Was heißt das?

Ulli: Stark, intelligent – und gut aussehen, ein bißchen wenigstens, also nicht gut, sondern nicht häßlich und männlich vor allen Dingen.

Fichte: Und eine Frau?

Ulli: Hübsch, das ist das Wichtigste. Und wenns meine wäre, meine Frau, müßte sie auch ein bißchen intelligent sein. Nicht mehr als ich, aber etwas, daß sie nicht gerade beknackt ist. Sauber vor allen Dingen und auch ehrlich.

Fichte: Was hälst du von der Polizei?

Ulli: Gar nichts. Das muß sein, logisch muß sie sein. Aber so, na ja, was soll ich davon halten. Das ist dasselbe, wenn du mich fragst, was hältst du vom Richter.

Fichte: Glaubst du, daß die Polizei auf St. Pauli bestochen wird?

Ulli: Ja, natürlich.

Fichte: Schlägt die Polizei bei Verhören?

Ulli: Ja, das hab ich selbst noch nicht erlebt, aber auf jeden Fall unkorrekt sind sie. Nicht so korrekt, wie sie sein sollen.

Fichte: Glaubst du, daß die Frauen in der Bundesrepublik gleichberechtigt sind?

Ulli: Nein. Rein vom Gefühl her schon so ist die Frau, finde ich, nicht gleichberechtigt. Aber auch mit dem Unterhalt zum Beispiel.

Fichte: Sollte sie gleichberechtigt sein?

Ulli: Nein.

Fichte: Warum nicht?

Ulli: Das finde ich nicht.

Fichte: Sollte der Mißbrauch von Minderjährigen bestraft werden?

Ulli: Ja.

Fichte: Nun hast du aber selbst gesagt, daß du auch auf sehr kleine Mädchen stehen könntest.

Ulli: Sechzehn, siebzehn.

Fichte: Na, die fallen ja im Gesetzbuch auch noch unter Minderjährige.

Ulli: Na ja, auf Antrag. Es muß Gesetze geben. Dasselbe, ich fahr manchmal betrunken, trotzdem heiß ich das gut, wenn man das bestraft, wenn welche betrunken fahren. Trotzdem fahre ich manchmal betrunken. Da möchte ich gar nicht, daß so was aufgehoben wird. So 15 finde ich, das ist auch richtig, die Grenze.

Fichte: Haben dich deine eigenen Gewalttaten bedrückt?

Ulli: Nein. Ich habe nie was Linkes gemacht, ich hab nie einen alten Mann vorn Kopp gehauen oder irgendwas gemacht, wo ich mich schämen müßte.

Fichte: Hast du nie jemanden für sein Leben geschädigt?

Ulli: Ja, aber dann hatte der das auch verdient ein bißchen. Es war vielleicht manchmal ein bißchen mehr, als es hätte sein sollen, aber ich fühle mich eben überhaupt nicht schuldig.

Fichte: Hast du nie im Suff provoziert?

Ulli: Nee, das kann ich nicht sagen. Doch, früher ja, als Junge ja. Aber das bedrückt mich nicht, das macht jeder Halbstarke.

Fichte: Können dich deine Mitmenschen gut leiden oder nicht?

Ulli: Zum Teil ja.

Fichte: Beschäftigt dich das sehr?

Ulli: Gar nicht. Kann ich nicht sagen.

Fichte: Wie sieht dein morgiger Tag aus, wann gehst du ins Bett.

Ulli: Weiß ich noch nicht.
Fichte: Und wann stehst du gewöhnlich auf?
Ulli: Wenn ich wach werde.
Fichte: Wann fängst du zu arbeiten an?
Ulli: Nächste Woche wieder, ich arbeite jetzt eine über die andere Woche. Dann bin ich immer um vier auf der Arbeit und das geht bis morgens fünf, sechs, immer so zwölf bis vierzehn Stunden, fünfzehn Stunden.
Fichte: Machst du dann noch los, oder gehst du gleich ins Bett?
Ulli: Dann geh ich ins Bett, ja.

Wolli III

4. September 1976

Fichte: Wolli, du liegst hier im Tropeninstitut. Wie läuft dein Tag hier ab?

Wolli: Der läuft ab, indem morgens um sechs etwa die Schwester reinkommt, Fieber, beziehungsweise Puls mißt, ne halbe Stunde später die Betten macht, Frühstück, dann steh ich auf, dusch mich im Duschraum und dann fang ich an zu essen, zu lesen, zu schreiben .. Gegen zehn kommt der Arzt und macht seine Visite. Zwischen elf Uhr dreißig und zwölf das Mittagessen. Nach dem Mittagessen noch mal Visite am Spätnachmittag. Halb sechs gibt es Abendbrot. Sonst hast du deine Ruhe, wirst behandelt mit Spritzen.

Fichte: Was liest du?

Wolli: Heute habe ich in der Autobiographie von Gandhi gelesen, dann zwei Reden von Buddha, dann über Hindu-Mythologie, Muttergottheiten, Khamakia. Du weißt, ich komme gerade von Indien, deshalb lieg ich ja hier, beschäftige mich jetzt noch mit indischer Philosophie, indischer Religion.

Fichte: Hast du den Eindruck, du würdest dich gut mit Gandhi verstanden haben?

Wolli: Das ist nach 50 Seiten Autobiographie und .. schwer zu beantworten. In Indien hab ich ihn unwahrscheinlich bewundert. Ich meine, daß das ein Unterschied ist, ob man Gandhi in Indien liest oder ob man Gandhi in Deutschland liest. In Indien dachte ich, daß ich zuhause in der Bibliothek alle die Bilder wegnehmen würde und ein großes Gandhibild hinhängen, während ich jetzt das wahrscheinlich nicht machen würde. Das heißt aber nicht eine Wertminderung von Gandhi .. In Indien ist man für diese Sachen halt aufnahmefähiger, für Religion, seltsame Sachen, die in Europa oder sagen wir in Deutschland seltsam erscheinen.

Fichte: Also du siehst Gandhi nicht unbedingt mit Opa oben in deinem Turm?

Wolli: Nein. Ich glaube, so wie wir bisher gelebt haben, ja daß da Gandhi wohl nicht hochgekommen wäre.

Wohl?

Hubert hätte ihm an den Arsch gefaßt. Franz hätte mit der Keule gewinkt und Opa hätte erzählt, wie er einem einen Elf-

meter in die Niere tritt und Wolli mit allen seinen Pornozeitschriften!

Fichte: Und wenn er hochgekommen wäre?

Wolli: Ja, das wäre ihm wahrscheinlich so gewesen, wie ihn ein Freund in seiner Jugend in ein Bordell geführt hat, so die Hölle des Lasters und wahrscheinlich hätte er . . er wäre wohl erschrokken gewesen und aus dem Teufelskreis schnell wieder geflohen. Oder er hätte Fasten einen Tag mehr eingeschoben.
Mindestens vier Wochen!

Fichte: Was stellen die Ärzte fest? Wie behandeln sie dich?

Wolli: Ja, ich bin jetzt zwei Wochen – es fehlen zwei Tage an zwei Wochen – hier. Man vermutet ja eine verschleppte Malaria. Es hat sich aber bis jetzt nichts dergleichen herausgestellt, wochenlang Durchfall, fühle mich schlecht, hatte Gelenkschmerzen. Die Ärzte haben jetzt festgestellt, daß die Galle auf Reizungen nicht reagiert und ich bekomm täglich drei Antibiotika, 20 Kubik jeweils. Und das ist es eigentlich. Sie haben die Leber untersucht. Darmspiegelung, Röntgen und EKG.
Aber es ist nicht so, daß es ein hektischer Betrieb ist.

Fichte: Aber sie kümmern sich?

Wolli: Ja. Ich hab mehrere Assistenzärzte hier auftauchen sehen. Dann kommt der Professor Dr. Dietrich täglich hier herein. Besonders da die Lymphknoten und auch die Drüsen am Hals angeschwollen sind – also sie kümmern sich. Dann war da am Bein noch so eine Sache. Sie sind praktisch noch ein bißchen am Tasten. Aber ich hoffe, wenn das so weitergeht, daß ich nächste Woche wieder rauskomme.

Fichte: Du warst fast ein Jahr weg. Wie kommt dir Deutschland jetzt vor? Du bist über Frankfurt gekommen.

Wolli: Der Eindruck der ersten Tage war, vielleicht bedingt dadurch, daß einige unserer Freunde schimpfen auf Deutschland und alles kalt und schlecht und beschissen finden – daß man sagt: Mensch, die Leute müssen mal rausfahren und die sogenannte Dritte Welt sehen, um zu sehen, wie weit wir sind. Es kam mir enorm sauber vor, enorm reich. Es ist alles da – so wie sich ein Inder vielleicht das Schlaraffenland vorstellt. Der erste Eindruck ist eben, daß du sagst: Mensch, es ist alles da. Guck mal die Auslagen an. Die Menschen sind gut gekleidet. Die Straßen sind sauber. Am Flughafen, die Gepäckabfertigung, das funktioniert alles. Das hier, das ist schon enorm.

Fichte: Und die Menschen?

Wolli: Die Menschen fand ich sehr viel freundlicher und netter, als ich sie in Erinnerung hatte. Ich entsinne mich, als ich letztes Jahr in Indien war, vom Februar bis Mai, dann landete ich in Amsterdam auf dem Flughafen, das kam mir wie ein brutaler Schock vor aus der Gelassenheit und der Nettigkeit der Leute in Indien – die hastigen, mürrischen, getriebenen Gesichter, die Unpersönlichkeit, daß man sagte, jetzt bist du wieder in der Scheiß-Europaatmosphäre. Aber ich meine, das hat sich geändert, vielleicht weil die Leute mehr reisen, auch in weitere Länder, in den Orient und so. Es kommt doch vor, daß ein Auto am Zebrastreifen dem Fußgänger den Vortritt läßt. Ich meine, Deutschland ist freundlicher, ist menschlicher geworden.

Fichte: Kann es nicht vielleicht auch daran liegen, daß du in dieser Zeit freundlicher und weniger aggressiv geworden bist und deshalb die Menschen auf dich weniger aggressiv reagieren?

Wolli: Nein, das glaube ich nicht. Ich glaube sogar, daß ich etwas nervös wiedergekommen bin, unduldsamer als vorher. Vielleicht bedingt durch . . daß ich mich gesundheitlich doch nicht gut fühlte, als ich herkam . . Und es ist ein Unterschied. Ich war das letzte Mal in Südindien, das sehr viel freundlicher – also den lieben Inder findet man mehr in Südindien. Also Nordindien hat die letzte Zeit, Delhi die letzte Woche hat schon ganz schön genervt.

Fichte: Du warst in Frankfurt jetzt bei Michel. Wie erschien dir Michel jetzt nach einem Jahr?

Wolli: Doch! Wenn ich nachdenk, eigentlich wie immer, nett. Vielleicht erschien mir Deutschland auch nett, weil der Übergang von Indien nach Deutschland, mit der Übergangsstation Michel, die natürlich Deutschland ist, aber Michel ist ja nicht der typische Deutsche, der typische Straßenbürger, den man so sieht. Das war so ein gelassener, sanfter Übergang. Da hat man einen durchgezogen, da hat man gegessen und relaxed. Michel erschien mir mächtiger noch, zehn Zentimeter gewachsen und schwerer geworden. Ich hatte Michel nicht so groß und kräftig in Erinnerung. Vielleicht war Michel vorher etwas ausgeglichener. Etwas blumenkinderhafter. Das war natürlich auch ne Mode damals. Alle Leute in unserem Kreis bemühten sich damals, sanft zu sprechen. So wie man ein Jahr das Wort Törnen drauf hat und ein Jahr: Da flipst du aus. So hat man da gesagt: Ach, ja, schön! Daß du wieder da bist! – So diese sanfte Welle, die mehr oder weniger eine gemacht sanfte Welle ist. Bei Igor auch, daß plötzlich Leute, die du als ziemlich brutale Leute kennst, plötzlich sagen: Wie schön! Ach, schau mal! – Und so: Deine Augen. Schön, deine Stimme wieder zu hören und so.

Fichte: So sanft zu sprechen und ein bißchen hoch zu sprechen!

Wolli: Ja, ja!

Kann vielleicht kein Sensibler ganz vorbeigehn dran. War bei Michel vorher mehr und jetzt . .

Fichte: Dann kamst du über Heidelberg nach Hamburg.

Hast du hier Veränderungen festgestellt?

Wolli: Um es übertragen zu sagen: Hamburg ist für mich eine Geliebte, die ich mal sehr begehrt habe, die ich beinahe auch erobert hatte, um beim Bild der Geliebten zu bleiben, und die langsam ihren Charme verloren hat für mich . . Also vor vier fünf Jahren noch, wenn ich nur mal acht Wochen weg war von Hamburg und fuhr dann vom Bahnhof mit der Taxe die Reeperbahn runter in die »Freiheit«, damals lebte ich noch auf der »Freiheit«, heute in der Thalstraße, dann faßte mich so das gelinde Schaudern, also so in die Hans-Albers-Stimmung, die Armhaare standen zu Berge und zwei Stufen mehr und man hätte Tränen in den Augen gehabt.

Diesem Gefühl trauert man so ein bißchen nach und jetzt ist es eben eine Straße: Das ist die Reeperbahn. So wie ne Geliebte, mit der man viel geschlafen hat und die man sich abgewöhnt hat.

Fichte: Wie erklärst du dir das? Hat sich Hamburg verändert oder sind wir älter geworden und können wir solche Empfindungen nicht mehr haben?

Wolli: Ich glaube bei allen Dingen, die nicht einen wirklichen Wert in sich selber haben, einen geistigen, die gewöhnt man sich ab. Kunst gewöhnt man sich nicht ab. Ich glaub nicht, ich könnte mir abgewöhnen, in den Louvre zu gehen oder in den Prado und die Bilder toll zu finden, wahrscheinlich auch, wenn man Jahre in Madrid leben würde. Aber in eine Stadt sieht man viel hinein und wenn das Geheimnis dann erlischt, dann bleibt nicht mehr viel übrig, dann ist es halt ne Stadt.

Fichte: Diese Möglichkeit, eine Sehnsucht zu empfinden, eine Erregung, die hat nicht nachgelassen, die hat nur Hamburg gegenüber nachgelassen?

Wolli: Ich weiß es nicht. Weil ich keine Stadt so begehrt habe. Ich bin als richtiger ausgemisteter Rummelplatz-Junge nach Hamburg gekommen.

Das war eben die Stadt von Hans Albers: Einmal noch nach Bombay, Hamburg Reeperbahn. Ich hab mal Madrid sehr geliebt. Ich hab da mal drei Monate gelebt. Jetzt war ich zehn oder zwölf Jahre nicht mehr in Madrid. Ich könnte mir denken, daß es mir ähnlich gehen würde, wenn ich wieder nach Madrid käme. Ich wollte es mal machen. Ich hab es aber hinausgezögert, weil ich Madrid noch so wie die Geliebte in Erinnerung habe, vielleicht kommt das dann auch nicht wieder rüber. Das weiß ich nicht.

Fichte: Wenn man als Kind vierzehn Tage mit der Schule verreist war, dann hat man sich doch fast gefreut, oh, jetzt ist das alles wieder fremd geworden. Die Ecke mit dem Kaufmann, die war mit Mal größer geworden oder kleiner geworden. Es gab ein andres Licht. Und später mußten diese Abstände, damit man das Fremde empfinden konnte, die mußten länger sein.

Als du jetzt auf den Kiez zurückkamst, war da so etwas Fremdes, sahst du die Dinge in einem anderen Licht? Sahst du sie, als hättest du sie noch nie gesehen?

Wolli: Früher, wenn ich ne Zeit weg war, hab ich mich gefreut, in bestimmte Lokale zu gehen; ich bin da schnell rein gegangen, weil ich wußte, die freun sich auch, dich wiederzusehn, was zu erzählen, mit den Jungs zu trinken. Ich hab mich diesmal durch Querstraßen an den Lokalen vorbeigeschlichen und bin in keins reingegangen und hab versucht, keinen einzigen zu treffen.

Fichte: Warum? Du hast ja auch aus Frankfurt kaum angerufen

und du wolltest ja auch nicht, daß man wußte, daß du zurückseist.

Wolli: Das sind verschiedene Gründe gewesen. Einer ist, daß ich sowieso eine große Aversion gegen Telefonieren habe. Der Punkt zwei: Daß ich mich gesundheitlich schlecht fühlte. Und wenn man sich lange nicht gesehen hat, dann will man sich in einer guten Stimmung wiedersehen. Und dann kam hinzu, daß ich nicht wollte, daß Leute im Laden wissen, daß ich überhaupt wieder in Hamburg bin. Denn die erwarten doch, daß ich dann gleich in den Laden geh. Das wär doch ein ziemlich unverschämtes Hemd, wenn ich in Deutschland wär und dort nicht gleich auftauche. Ich war so ganz schön krank und ich wollte mich auch erst so richtig an Deutschland gewöhnen. Ist doch ganz anders. In Indien hat man sich doch viel mit geistigen Dingen beschäftigt und der Übergang über Michel in Frankfurt war ganz gut schon. Das war schon ganz eingeplant irgendwie, direkt so, daß man nicht so mit dem krassen Gegenteil konfrontiert wird, so klatsch, klatsch! Als wenn du aus einer Messe in den Puff reingehst.

Fichte: Wie fandst du den Laden wieder?

Wolli: Das Angenehme war, daß der Laden überhaupt noch da war. Daß da nicht ein andrer die Türe aufmachte und sagte: Wer sind Sie denn?! Da hatt ich ein bißchen mit gerechnet – ich hatte aber genauso stark damit gerechnet, daß etwa 20 Mille auf der Bank wären, stattdessen waren 15 Mille minus. Das hat einen geärgert, aber nicht absolut.. Und dann hab ich mich vor allem gedrückt. Ich war in dem Laden zwei Mal ganz kurz drin. Ich hab so eine Neigung seit anderthalb Jahren, die wird unbehaglich stärker, mich zurückzuziehen und Telephon und alles abzustellen und zuhause zu sitzen und so fühl ich mich auch gar nicht so unwohl im Krankenhaus. Das ist auch ein bißchen so eine Art Flucht. Ich glaube, wenn ich den Willen hätte, gesund zu werden, so wie man zu manchen andern Sachen den starken Willen hat: Ich will jetzt schnell gesund werden – daß ich dann schon gesund wäre.

Fichte: Du kommst hier ja auch zum Zeichnen. Du hast einen Fisch gezeichnet, der einen Mund hat wie ein Auge und ein

Auge, das wie eine Blüte ist. Auch technisch machst du große Fortschritte.

Vielleicht möchtest du dich im Augenblick mehr aufs Zeichnen zurückziehen?

Wolli: Gezeichnet habe ich ja auch schon sehr viel, bevor ich weggefahren bin. Ich weiß nicht, ob ich nicht, wenn ich Linda nicht hätte, ob ich dann nicht überhaupt abhauen würde. Ich will mich jetzt nicht zum Heiligen machen oder sagen: Ich will ein Heiliger werden. Aber die ganzen Sachen sind nicht mehr so wichtig. Ich könnte mir vorstellen, in Rischikesch irgendwo rumzugammeln, also nicht im Gammlerlook mit europäischen Hippies, aber mich einfach hinzusetzen und zu denken. Ich denk auch ein bißchen viel jetzt so – ich will nicht direkt sagen, an den Tod, aber an die Stellung, die wir einnehmen in der Welt. Ich hab das Gefühl, nach vierzig Jahren ist es endlich mal Zeit rückwärts zu gucken, was überhaupt passiert ist und nicht mehr vorwärts zu gucken. Das Vorwärtsgucken, das kommt mir so absolut unsicher vor. Und dann hab ich jetzt auch den Drang, viel zu wissen, also über Ausgrabungen zu lesen: »Götter, Gräber und Gelehrte« oder den Wendt: »Ich suchte Adam«. So den Gedanken, das Abitur nachzumachen, alles so Dinge, weil ich wissen will, wo man überhaupt steht, was überhaupt los ist in der Welt. Was ist hier? Um überhaupt weitermachen zu können. Alles, was ich jetzt mache hier, wie son Tappen ins Dunkle, son unbewußtes Irgendwodraufzugehn. Nun war für mich die Wiedergeburt, das war für mich, ne Tatsache, das kann man nicht sagen, das war für mich ne Empfindenstatsache. Und ich möchte jetzt gern den Raum kennen, in dem ich stehe. Und ich habe das Gefühl, ich kenne den Raum überhaupt nicht.

Fichte: Wie alt bist du?

Wolli: 44.

Fichte: 15 000 Mark Schulden. Wo waren die?

Wolli: Also das waren 12 000 Mark rund auf der Bank direkt. Denn die Mieten, das geht ja alles über die Bank. Das war kurz vor Monatsende. Und ich weiß, die neue Miete kommt. Also kann ich mir ausrechnen 15 000 Mark . . Wozu ich sagen müßte, daß dabei Krankenversicherungen für mich und Linda, Wohnungsmiete, Telefon usw. enthalten sind, daß der Laden als solcher also nicht 15 000 Mark Schulden gemacht hat.

Fichte: Wie konnte das dazu kommen?

Wolli: Ja, da gibt es viele Entschuldigungen, daß Mädchen ausgezogen sind, abgeworben worden sind. Ja, wie kann das so kommen in einem Nachtbetrieb. Wenn die Katze nicht im Haus ist, dann tanzen die Mäuse auf dem Tisch.

Fichte: Ging es allgemein schlecht?

Wolli: Ja, wenn man so sagt.. Ich bin jetzt auf dem Kiez etwa 18 Jahre.. Und es ging immer schlecht. Und sprichst du eine Hure, die fünf Jahre anschaffen geht, dann wird sie dir erzählen, ja früher ging es besser. Wenn du jetzt einen 60jährigen Puffboß sprichst, der wird dir sagen: Ja, in meiner Jugend haben die auch schon erzählt: Früher war es besser.
Auf dem Kiez da gehört das Klagen wahrscheinlich dazu, weil die Erwartung wahrscheinlich immer größer ist, als das, was ist. Diesmal war es vielleicht schlecht, da war die Hitzewelle. Da ist ja immer irgendeine Welle.

Fichte: Wer waren die ersten Freunde, die du wiedersahst?

Wolli: Ja, dann warst du der erste. Ich hab von Freunden bisher gesehen: Michael, der war hier im Krankenhaus, nachdem du da warst, Robert, der war am ersten Tag hier im Krankenhaus. Am Freitag. Und das sind die einzigen zwei, die ich überhaupt gesehen hab, bis jetzt.

Fichte: Welchen Eindruck hat dir Michael Mau gemacht?

Wolli: Ich weiß nicht, ob man das Wort reifer sagen kann. Konzentrierter. Ich hielt Michael schon immer besessen von der Malerei. Sehr konzentriert auf die Malerei gerichtet und ich meine, das Konzentrierte hat sich noch verstärkt. Aber auch sehr lebhaft. Er beschäftigt sich auch ziemlich mit Einstein. Michael hat sich ja nicht so viel mit Philosophie und solchen Sachen beschäftigt. Reifer, aber irgendwie auch schwerer auch.

Fichte: Jetzt gibt es eine Frage, die man eigentlich unter Freunden nicht stellt, und die man eigentlich in einem Interview nicht stellen kann. Trotzdem will ich sie mal stellen:
Wie fandst du mich denn?

Wolli: Ja, ich weiß, daß das jetzt kommt. Ja, ich finde, ich habe das schon der Linda vor zwei, drei Tagen mal gesagt, daß wir im Moment ne sehr gute Konnektion wieder haben. Also ne schlechte Konnektion hatten wir noch nie.

Fichte: Daß du mit Linda nach Indien gegangen bist, das finde ich einfach ganz enorm. Es sind ja auch ähnliche Erfahrungen. Du in Indien, ich in Südamerika und Afrika mit Leonore.

Wolli: Aber wieso findest du das so enorm, daß ich nach Indien gegangen bin? Du interviewst mich und jetzt frage ich dich.. Sieh mal, wieviele Leute gehen nach Indien, wieviele Leute reisen und jeder erlebt eine Reise anders. Meine Interessen haben sich ja nicht geändert, weil ich nach Indien gegangen bin oder haben sich in Indien anders entwickelt, sondern ich hatte in Indien die Möglichkeit, den Dingen, die mich schon immer interessiert haben, nachzugehen.

Ich meine, Stummi ist hingefahren und Robert ist hingefahren und Opa wird auch mal hinfahren. Und Bockhorn fährt hin. Man könnte Indienfahren im Moment fast ein bißchen als Mode bezeichnen. Indien und Thailand. Der eine fährt eben nach Bangkok und der andre nach Indien.

Fichte: Auf dem Kiez hast du ein bißchen diese Indienmode ausgelöst. Da warst du doch der erste.

Wolli: Ja, ich war mit Stummi zusammen. Ich weiß es nicht. Andre sind vor mir schon nach Thailand gefahren. Auf dem Kiez der Buddy, der hat jetzt seinen geliebten Ferrari verkauft und sich so einen Lastwagen gekauft und der fährt diese Woche oder nächste Woche schon nach Indien. Ein Jahr. Also das mag sein, daß das ein bißchen von mir beeinflußt ist, weil ich schon lange auf dem Kiez bin und auch keinen schlechten Namen habe. Mag sein, wenn ich jetzt nach Brasilien gefahren wäre, daß dann mehr nach Brasilien fahren würden.

Das liegt drin.

Fichte: Dir ist geholfen worden mit Paketen und Zollsachen, von Renate. Was ist Renate für eine Person?

Wolli: Renate ist die Frau von René, der ist Besitzer von diesem, ja ich möchte sagen, mehr als Besitzer von dem »Salambo«-Nightclub. Besitzer und Initiator. René und »Salambo«, das ist irgendwo eins. Und René ist ein langjähriger Freund von mir. Ich bin 1958 nach Hamburg gekommen, hab als Portier angefangen und als ich da als Portier stand, hab ich René kennengelernt und seit der Zeit bin ich mit ihm befreundet. Wir kennen uns 18 Jahre jetzt. Und hatten ein gutes Verhältnis, weil er auch ein weißer Spatz, ein seltener Typ ist. Und er hat ne Wohnung, die immer bewohnt ist.

Fichte: Ist es indiskret zu fragen, ob du mit Renate mal gepooft hast?

Wolli: Ne, hab ich nicht.

Fichte: Hast du Angst gehabt?

Wolli: Ja, das gibt so gewisse Hemmungen. Stell dir vor, ich würde erotisch sehr auf deine Frau stehen und sie auch. Ich glaube nicht, daß ich mit ihr schlafen würde, selbst wenn du sagen würdest, du kannst es machen. Mit ner Frau vom guten Freund, da kann man vielleicht ne Party mit machen, wenn der Freund dabei ist, aber man kann nicht zusammen schlafen. Da erinner ich mich an dein Genet-Interview, also ich hab auch nie Sex ins Leere hinein gemacht, außer, wenn ich vielleicht besoffen bin, da geh ich in den Puff. Aber wenn ich mit jemandem schlafe, bin ich verliebt. Ich kann nicht in die Frau vom Freund verliebt sein, denn ich weiß, wie weit die Liebesbeziehung geht – also, das kapsel ich unheimlich aus. Das sind mehr oder weniger für mich Schwestern.

Oder Mütter oder so, wo ich mal einen Kuß kassieren kann, aber alles so Sachen, wo der Freund plötzlich reinkommen könnte, ohne daß ich ihm wehtun würde, ohne daß er sehr erschrocken wäre dabei.

Fichte: Hat sie es nie gewünscht?

Wolli: Das hat sie und ich wohl immer vermieden, ernsthaft in Erwägung zu ziehen, obwohl wir oft sehr frivol über derartige Dinge geflirtet haben.. Ich meine auch, daß Freundschaft durch körperliche Beziehungen kaputtgeht, ich glaube, wenn ich mit Renate vor acht Jahren geschlafen hätte, daß wir uns dann heute nicht mehr besuchen würden und ganze Abende zusammensitzen. Ich glaube nicht, daß man befreundet sein kann und zusammen schlafen und dann aufhören kann zusammen zu schlafen und weiter befreundet sein. Schlafen kann man mit vielen, aber gerade Frauen – und ich liebe Frauen sehr –, mit denen man befreundet sein kann, gibt es gar nicht so viele. Es gibt mehr Männer, mit denen man befreundet sein kann und unter Frauen wieder mehr Frauen, die miteinander befreundet sein können. Sowas soll man nicht wegen der Fickerei so leichtfertig aufs Spiel setzen. Freundschaft ist ne tolle Sache und vor allem eine heterosexuelle Freundschaft, in der so eine erotische Spannung vorhanden ist und vielleicht so ein bißchen Perversität, denn ich glaube, daß ich mit Renate schlafen könnte – also, wenn der eine von beiden wirklich wollte, dann würde der andre nicht nein sagen. Aber gerade dies Wissen, das gibt eine ganz delikate Spannung.

Fichte: Wie hast du René kennengelernt? Wie hat René hier in Hamburg angefangen?

Wolli: Ich hab ihn kennengelernt, da hat er einen .. na sagen wir ruhig: eine Kneipe in der Bernhardt-Nochtstraße gehabt, die natürlich ein bißchen mehr war, als eine bürgerliche Kneipe, eine etwas exotische Kneipe .. René ist Franzose, deshalb hatte er mehr eine Verbindung zu Südländern. Dann war René drei oder vier Mal verheiratet, einmal mit einer Engländerin, einmal mit einer Russin, einmal mit einer Schwedin oder was. René hat die ganze Welt bereist, kennt überall Leute, ist ein abenteuerlicher Typ, na, gleich und gleich gesellt sich gern. Er hat mir mal erzählt, daß er hier angefangen hat als Flamenco-Guitharist und Flamenco-Sänger im »Tabu«. Na, wie lernt man sich kennen? Wesensverwandtschaft. Man findet sich nett und findet sich sympathisch. Man lernt sich kennen und sieht sich wieder.

Fichte: Dann hatte er diesen Laden in der Freiheit?

Wolli: Ich weiß nicht, wie viele Läden noch dazwischen waren. René ist ja ein unruhiger Mensch. Da waren im Hof mehrere Läden dazwischen. Dann Geschäftsführer in verschiedenen Läden. Die bemerkenswerten Läden waren das »Salambo« in der Freiheit und dann dieses neue »Salambo«. Das ist wohl das bemerkenswerteste Lokal auf St. Pauli.

Fichte: Früher war René doch jemand, der gerne Partouzen machte und jetzt lebt er nur noch für seinen Laden.

Wolli: Man wird älter. Dann mein ich auch, daß er enttäuscht worden ist. René hat seine Läden mehr so im südländischen Typ aufgezogen. Er war Chef, aber auch die Vaterfigur. Seine Angestellten waren zu der Zeit meistens Algerier, Marokkaner, Araber und da ist der Chef Pappa auch, der für das Essen sorgt; da wird zusammen gegessen und zusammen geraucht und zusammen gesungen und so und durch die vielen Betrügereien, die er erlebt hat, hat er die Schnauze auch ein bißchen voll davon. René ist sehr alleine geworden und dann kommt hinzu, damals hatte er ein Lokal, da hatte er Miete zu bezahlen so 1 200 Mark, heute hat er ein Lokal, da hat er 15 000 Mark Miete zu bezahlen im Monat, damals hatte er vielleicht 10 Angestellte gehabt, heute vielleicht 50. Das spielt natürlich alles eine Rolle mit, daß er mehr im Streß ist. Ich bedaure das. René ist sehr im Streß. René hat kaum mehr Zeit für Freunde.

Fichte: Woher kommt bei René diese Idee, ich will das bedeutendste Erotic-Theater der Welt haben?

Wolli: Für René ist im Gegensatz zu den meisten auf dem Kiez und auf der Welt, die ein Nachtlokal haben, das Nachtlokal nicht ein Mittel zu verdienen, sondern eine Berufung.

Und auch mit dreißig ist man etwas lebhafter erotisch als mit 45. René hat ne schwere Jugend gehabt, René war mit zwölf oder dreizehn Jahren im KZ bei den Nazis. Der ist gefoltert worden. Dafür kriegt er jetzt noch eine Rente. Er war als halbes Kind in der Französischen Widerstandsbewegung. Er hat schon viel Schweres erlebt.

Fichte: Du warst mit René in Paris, als er die Rente zugesprochen kriegte?

Wolli: Ja. René liebt Frankreich nicht. Ein Beispiel dafür: Als René sein »Salambo« aufgebaut hat, hatte er viele witzige Ideen, zum Beispiel wenn man sich auf die Toilette setzte, da spielte ein Musikstück in dem Moment und bei René als Franzosen, da spielte die französische Nationalhymne. Das mußte er dann auf polizeiliche Anordnung wegmachen. Aber René will auch provozieren . .

Fichte: In Frankreich auch?

Wolli: Die verscheißert er so. Wenn er da so an dem kleinen Fenster steht und seine Story über Frankreich bringt, da pißt er dann unter das Fenster, daß da so eine kleine Pfütze den Gang runterläuft. Während er da mit som Minister spricht und sone Dinge.

Fichte: Wann hast du deine erste Indienreise gemacht?

Wolli: Zu der ersten Indienreise bin ich gekommen wie die Jungfrau zum Kinde. Das war 1975 im Januar. Ich bin befreundet, auch heute noch, mit meinem ehemaligen Partner im Laden, Stummi, und wir waren schon ein paar Mal zusammen im Urlaub gewesen, also Stummi, Stummis Frau, meine Frau und ich, und jetzt wollten wir wieder drei Wochen in Urlaub fahren. Es stand zur Diskussion Brasilien, oder sollen wir wieder nach Spanien fahren, da warn wir aber schon, Gran Canaria oder Bangkok. Und faul, wie der liebe Köhler ist: Stummi mach man, du wirst es schon machen. Der ist ein guter Geschäftsmann, der wird auch die Reiseroute gut rausfiedeln, dachte ich. Einer, der alles sehr genau plant und ich plane nicht gerne was. Und auf einmal sagt Stummi, du, wir können da ganz günstig nach Indien fahren, das kostet sonst 3 000 Mark. – Indien! Da hab ich ja überhaupt keine Lust.

Indien. Vor anderthalb Jahren dachten die meisten in meinen Kreisen: Halbverhungerte Kinder! Als Europäer lebst du dann in einem phantastischen Bungalow mit Dienern und kannst für ein paar Pfennige essen und lieben und am Fenster gegenüber drücken sich die halbverhungerten Kinder die Nase platt mit aufgequollenen Bäuchen. Und das ist ja alles, was man nicht haben will. Ja, sagt er da: Luxushotel und mit dem Schiff fahren wir da von Bombay nach Ceylon. Ceylon ist auch noch mit drinne und das alles kostet nur 15 hundert Mark. – Das war ein ganz verlockendes Ding. – Na, gut! Denn laß uns mal nach Indien fahren. Und so sahen wir uns auf einmal in Goa. Das war auf drei Wochen geplant und dann hat mich eben dort was angerührt, daß die Familie Stummi und meine Frau nach drei Wochen wieder nach Hause gefahren sind und ich bin noch zwei Monate länger geblieben.

Fichte: Wie hast du die zwei weiteren Monate finanziert?

Wolli: Mit dem Geld, was ich mithatte, denn Indien ist ja nicht teuer. Mein ganzes Gepäck für diese zwei Monate das war nie schwerer als zwei Kilogramm. Das war eine kleine Tasche, die ich über die Schulter hatte und in dem Stil bin ich gereist. Die Kaufkraft von einem Rupi ist wie von ner Mark hier. Ich müßte eigentlich sagen wie von einer Mark 20 und für eine Mark kriegst du drei Rupi dreißig. Also hätte ich hier in Hamburg – Reisen eingerechnet – wahrscheinlich mehr ausgegeben.

Fichte: Wie hast du dich verständigt?

Wolli: Englisch. Ich konnte ein bißchen Englisch von der Schule und auf St. Pauli kommt man ja auch viel mit Ausländern zusammen, mit denen man Englisch sprechen muß. Und wenn man sich ausschließlich Englisch verständigen kann – Indisch konnte ich nicht –, dann lernt man auch schnell. Besonders, wenn man sich für was interessiert. In Madrid hatte ich ja auch soviel Spanisch gelernt, daß ich nachher die Zeitung lesen konnte und mich über den Stierkampf unterhalten.

Und jetzt kommt sone Geschichte, die mehr wie ein Märchen klingt, aber kein Märchen ist und die klang dann in Indien so ein bißchen nach. Ich erinnere mich sehr gut. Als ich zuhause so zwölf, dreizehn Jahre alt war, da waren wir bekannt mit sonem eigenartigen Ehepaar. Der Mann war blind, ein Wahrsager oder so was und als er mich begrüßt hat beim ersten Mal, da legte er mir die Hand auf den Kopf und sagte zu meinen Eltern: Das Leben von diesem Jungen wird sich mal ändern. Der wird mal nach Indien fahren und in Indien ändert sich sein ganzes Leben. Dieser Junge wird entweder ein Verbrecher oder er wird ein großer Mann. – Der war bei uns ziemlich geehrt der Mann, der Familienguru, und in der kleinen sächsischen Stadt da ist Indien so, als ob du sagst, der Peter, der wird mal auf den Mond fahren. Also das war noch über Jahre in der Familie .. noch heute meine Mutter: Ich habs ja gewußt!

Ich meine, daß mich Indien doch sehr beeindruckt hat.

Fichte: Also deine Eltern sind begeistert?!

Wolli: Ja, ja!

Fichte: Was sagen sie?

Wolli: Ja, meine Mutter, die hat da so einen Wunschtraum, daß sie mich am liebsten als Priester sehen würde und das Indien, das kommt ihr dann so ein bißchen entgegen. Und Indien ist für eine sächsische Kleinstadt, wo die Heiligen sind und die tiefe Weisheit, die Maharadschas mit Diamanten an der Stirn rumlaufen und die weißen Elefanten leben. Das ist so das Märchenland, wo Gott noch ab und zu selber auf die Erde kommt.

Fichte: Was sagt dein Vater?

Wolli: Der ist wesentlich nüchterner. Der freut sich natürlich, daß ich die Welt sehe. Der sagt: Das ist eine interessante Sache. Aber paß auf dein Geschäft auf und verzettel dich nicht. Mußt du nun gerade in dem Regengebiet sein in der Regenzeit. – Da kommen dann so die väterlichen Sorgen dazu.

Fichte: Wie lief die Reise ab?

Wolli: Wir sind nach Bombay gekommen. Nicht ganz einen Tag sind wir in Bombay gewesen. Morgens angekommen, abends abgefahren. Da sind wir mit dem Passagierschiff, das war so ein griechisches Charterschiff, nach Ceylon gefahren, einen Tag in Colombo geblieben, dann auf die Lakadiven gefahren. Von da nach Goa. Das war ungefähr eine Woche. Zwei Tage konnte man dann in Goa bleiben. Auf dem Schiff schlafen. Und nach Bombay zurück und dann mit dem Flugzeug wieder nach Deutschland.

Wir sind dann alle vier ausgestiegen und in Goa geblieben in so einem fünf Sterne Hotel. Das hatten wir vorher schon alles gebucht. Also ein Hotel, was in Hamburg wohl dem »Vier Jahreszeiten« entspricht. Da bin ich auch mit der Linda drei Tage geblieben, dann hatte ich die Schnauze voll. Na, in einem Land, wo du ein normales Hotelzimmer für 15 Rupis kriegst, 220 Rupis zu bezahlen. Das war nicht Indien. Da sah man ein paar indische Kellner und sonst Europäer, die sich am Swimming-Pool rumräkelten. Dann bin ich mit der Linda drei Kilometer runtergegangen in so ein normales indisches Hotel und hab da gelebt. In Goa ein bißchen rumspaziert. An der Beach baden gegangen. Mir die Hippies ein bißchen beguckt. Tempel angeguckt. Bis ich sagte: Ich will länger bleiben. Ich will auf jeden Fall nach Südindien gehen.

Das hab ich gemacht. Hab ich die drei noch mit dem Flugzeug nach Bombay begleitet und bin alleine zurückgeflogen nach

Bangalore in Südindien und von Bangalore mit Bussen dann an die südlichste Spitze Südindiens und von dort dann mit Bussen – natürlich immer son bißchen kreuz und quer ins Land reingefahren – nach Madras, von Madras nach Calcutta hochgefahren und dann nach Assam. Assam hat mich sehr beeindruckt. Und im Mai war ich wieder hier und im Oktober bin ich dann für neun Monate wieder hingefahren.

Fichte: Wie war der Service von dieser ersten Reise?

Wolli: Hab ich in mein Tagebuch geschrieben: Korrekter Neckermannservice. Neckermannstandard. Oder Scharnowstandard. Was der normale bürgerliche Tourist so erwartet. Das war nicht das Feinste. Das war auch nicht schlecht. Man hat den Leuten auch was geboten. Es war halt Tourismus.

Fichte: Hast du die Zeit über gezeichnet?

Wolli: Ne, gar nicht, in Indien gar nicht. Auch die neun Monate nicht.

Fichte: Nun hat man doch solche Vorstellungen von den verhungerten Indern, die man morgens aus den Gärten der Luxushotels wegkarrt und von dem unbeschreiblichen Luxus der Maharadschas . .

Wolli: Das ist alles eine unverständliche – na, wenn man die politischen Hintergründe sieht – natürlich verständliche, boshafte Propaganda, die hier gemacht wird. Indien ist für Deutschland die Gandhi und die Gandhi, das ist so ne Mischung aus Hitler und Stalin. Das ist ungeheuer, wie man die Leute belügt. Natürlich ist Indien arm. Indien ist viel ärmer als Deutschland 1945. Aber es ist ein Unterschied zwischen einer Armut, wie Camus einmal sagt, unter blauem Himmel mit grünen Pflanzen vor der Tür, mit ewigem Sonnenschein – das ist eine andre Armut als eine Liverpooler Armut zum Beispiel. Dann gibt es in Indien – Delhi, Bombay, Madras, Calcutta – es gibt in Indien vier große Städte, die sind überfüllt, da ist viel Armut – es leben etwa in Städten 15 Prozent der Bevölkerung. Die Bevölkerung auf dem Land, die hungert nicht, die sind für indische Verhältnisse nicht so arm, wie wir uns in Deutschland hungernde Armut vorstellen. Da gibt es Überschwemmungen, da gibt es Dürre, da gibt es Krisen. Indien hat enorme Probleme mit den Sprachen. Dann sind die Engländer erst dreißig Jahre weg.

Na, das siehst du heute in Afrika, wenn solche Mächte sich zurückziehen, dann fehlt eine geeignete Führungsschicht. Dann herrscht ein Tohuwabohu, und jetzt kreidet man Indien an, was nicht ganz Indien anzukreiden ist.

Zu Anfang, als wir nach Bombay gekommen sind, da sind wir erschrocken und haben gesagt: Wie ist das möglich? Das ist ja die Hölle! Die Menschen liegen alle auf der Straße. Die haben alle keine Wohnung. Das ist alles verfallen. Das ist furchtbar. Wenn man eine Weile da ist, dann sieht man, daß manche Leute wohl ne Wohnung haben, aber ganz gerne auf der Straße schlafen, in diesen warmen Ländern, da ist das luftiger, da sind keine Moskitos wie in den Räumen. Das ist eine ganz andre Lebensauffassung. Nicht jeder, der da auf der Straße liegt, ist einer, der bei uns auf der Straße liegt. Der kann müde sein und da legt man sich eben vor das Haus.

Fichte: Du hast also niemanden gesehen, der auf der Straße vor Hunger gestorben ist?

Wolli: Nein.

Fichte: Nie?

Wolli: Ich hab in Madras.. Wolln wir mal so sagen: Ich hab mehrere Fälle von Lepra gesehen in den Städten.

Fichte: Leute, die an Lepra starben?

Wolli: Ja, einmal morgens in Madras, da hatten sie jemanden mit Lappen zugedeckt, der hatte keine Hände und Füße mehr. Ich weiß nicht, war das ein Mann oder eine Frau. So ein wimmerndes, zuckendes Bündel lag da, das starb und da gingen die Leute vorbei und kümmerten sich nicht drum.

Und dann ist in Indien ein enormer Unterschied seit der Notverordnung – emergency –, die im Juli letzten Jahres eingeführt worden ist. Calcutta, das war wirklich eine danteske Hölle vorher und sieben Monate später erkannte man die Stadt nicht wieder. Fünf Meter vor Luxushotels lagen Hungernde rum und nackte Kinder rum. Das Enorme war, daß in Calcutta kaum gebettelt wurde. In Indien ist Betteln auch ein Beruf, ein vererbter Beruf. Der Vater war Bettler, der Opa, und ich werd auch Bettler. Aber in Calcutta wurde nicht gebettelt, weil man überzeugt war, es gibt einem sowieso keiner was. Das war eigentlich für mich das Erschreckendste in Calcutta, daß selbst Hungernde nicht mehr die Hand ausstreckten.. Genausogut konnte man zum Baum die Hand ausstrecken und sagen: Baum, wirf mir Äpfel runter!

Fichte: Was ging in Madras in dir vor?

Wolli: Ich bin mit dem Nachtbus aus Madurai nach Madras gefahren. Ich war morgens etwa um acht auf dem Busbahnhof. Da fragte ich nach dem Touristoffice und bin mit einer Fahrradrikscha auf den Weg. Und morgens um acht, halb neun, da ist das schon warm. Blauer Himmel mit einer Sonne dran. Ich saß in der Fahrradrikscha, um in das Touristoffice zu fahren und da sah ich auf der Straße diesen Sterbenden. Da war ich doch fertig, sehr fertig, so daß ich weder essen, noch Tee trinken konnte. Und unwahrscheinlich am Überlegen war, was soll man da machen. Ich kam mir sehr schuldig vor in dem Moment. Da müßte man jetzt lange nachdenken, um die richtigen Worte jetzt zu finden, die das genau wiedergeben. Ich hab dann lange überlegt, ob ich da wieder vorbeigehen soll, wieder zurückgehen, ich hatte eine Scheu, wieder zurückzugehen und bin dann mehrere Stunden später doch wieder zurückgegangen, da war die Person nicht mehr da. Weil ich dachte, wenn ich jetzt gehe, ist das jetzt Sensation, ist das ein verkappter Masochismus? Aber am Ende kam das raus: Das ist Sensation. Denn ich kann ja nichts machen. Ich kann dem Menschen nicht helfen. Ich kann nur noch mal vorbei gehen und hingucken. Ist das eigentlich integer, wenn ich noch mal vorbeigehe, um hinzugucken. Sowas zieht einen auf eine geheimnisvolle Weise ja doch an. Verstehst du, wie ich meine? Das ist nicht: O, das möchte ich sehen! – Wenn ich jetzt in eine Stadt komme in Arabien und da ist eine öffentliche Hinrichtung, da wird einer öffentlich ausgepeitscht oder die Hände abgehackt und ich erfahr das, ich weiß nicht, ob man nicht hingehen würde. Man würde hingehen. Man erzählt sich: Ja, man muß das gesehen haben, man muß dies, man muß das. Aber warum genau geht man hin? Man hat praktisch ein Recht hinzugehen, um das zu verhindern, um da einzuschreiten oder zu helfen und wenn man alles nicht kann, warum geht man dann hin? Diese Gedanken gingen mir durch den Kopf. – Sollte man vielleicht son Land erst mal angucken und gar nicht eingreifen. Das ist ein Fehler, den ich mit so ein paar Tribal-Kommunen gemacht habe, das ich gesagt habe, da muß ich Ochsen kaufen gehen und dem muß ich einen Pflug kaufen. Man soll seine Erfahrungen sammeln und erst, wenn man die hat, dann soll man tätig werden. Wenn man nichts versteht, soll man nicht tätig werden.

Auf dieser Indienreise habe ich mich bemüht, mich mehr über Lepra zu orientieren und hab erfahren, daß in Dörfern zum Teil die Polizei mit Gewalt die Leprakranken zu Hospitälern schleppt und daß die Nachbarn verpflichtet sind, die Kranken anzuzeigen, wenn sie Lepra haben und daß die kostenlos behandelt werden.

Daß aus sehr vielen religiösen Gründen, weil man meint, die Lepra kommt von Göttern und daß man versucht, sie mit Gebeten und Blättern und Handauflegen zu behandeln – dann sieht das nämlich ein bißchen anders aus. Der erste Gedanke ist, was sind das für Schweine, die lassen da einen sterben. Ich hab in Bombay Leute gesehen, die keinen Arm mehr hatten, der abgefressen war und wo verknülltes Papier in der Wunde in der Schulter drin war und am Bein Papier reingestopft, die mit der einen Hand noch bettelten. Manche gaben was und manche gaben nichts und manche gingen vorüber.

Die erste Reaktion ist immer Aggression. Da müßte man. Die müßten alle bestraft werden. Da geht die Polizei vorbei. Wie ist das möglich, daß eine Regierung so etwas zuläßt. Man ist ganz schnell beim Urteilen und beim Verdammen, wenn man viele Sachen nicht weiß.

Fichte: Was hat dich auf dieser ersten Reise am meisten interessiert?

Wolli: Freunde findet man – ich will sagen, Freunde in Anführungsstrichen, ich will sagen, Menschen, die an einem interessiert sind und die interessiert sind, einem zu helfen, sei es auch teils aus selbstsüchtigen Gründen, sich mit Weißen zu zeigen, etwas zu erfahren über die westliche Welt, die findet man in Indien, vor allem in Südindien sehr, sehr oft. Dann haben mich Tempel interessiert, Religionen interessiert. An allen Tierreservaten, wo ich vorbeigekommen bin, bin ich noch ne Zeit geblieben, hab da entdeckt, auf der zweiten Reise eigentlich noch mehr, daß es für mich eine völlig neue Lebenserfahrung ist, im Urwald zu sein und Tiere zu beobachten. Das war für mich eigentlich die schönste Sache.

Fichte: War das schon auf der ersten Reise, daß du in den Tempeln auch sehr geheime Dinge sahst?

Wolli: Geheime Dinge möchte ich in Anführungsstriche setzen. Ich möchte das damit vergleichen: Eine katholische Messe in einem bayerischen Dorf ist nicht ein geheimes Ding – aber wenn jetzt ein afrikanischer Neger, der vielleicht auch noch afrikanisch gekleidet ist, da rein kommt und will zugucken, dann kann das für ihn ein geheimes Ding sein. Dann kann das schwierig sein und es kann passieren, daß man ihn nicht reinlassen will. Und diese Art geheime Dinge habe ich in Indien gesehen . . Also ich habe keine Dinge gesehen, die für den Inder auch geheime Dinge sind. Ich bin in Tempel reingegangen, die nur für Hindus erlaubt waren, wo keine Touristen reingelassen wurden, weil ich schnell sehr braun brenn und auch für einen Inder gehalten werden kann. Nicht gerade für einen Inder aus dem Land – aber in Nordindien für einen Südinder, in Südindien für einen Nordinder. Wenn ich nach Spanien komm, denken sie, ich bin ein Portugiese und wenn ich nach Portugal komm, dann denken sie ich bin ein Spanier. Man hält mich nicht gerade für einen Norweger. Nun hab ich mir auch noch die Haare schwarz gefärbt. Haarefärben und Augenbrauenfärben ist in Indien nicht das, was es in Deutschland ist. In Indien ist das durchaus legitim, daß man sich die Haare schwarz färbt, wenn sie grau werden. Das ist kein Geheimnis und da findet keiner was bei, wie sich auch die Männer schon mal die Nägel rot malen.

Fichte: Hast du dir auch dort die Augendeckel geschminkt, was du hier manchmal machst?

Wolli: Ne. Und dann hab ich indische Kleidung angezogen, teilweise Schlafanzüge, weil es bequem ist – also ich bin in indische Tempel als Inder reingekommen.

Fichte: Ist das aber nicht einmal doch ganz kritisch geworden?

Wolli: Das war auf der zweiten Reise. Da sind wir in ein Dorf gekommen. Wir waren in Orissa in Gegenden, wo die Leute noch nie einen Touristen gesehen hatten . . Da war so ein Yoginitempel in dem einen Dorf, den ich mir so gerne angucken wollte und da waren wir sofort von Kindern umringt. Wir sind mit einer Fahrradrikscha dahingefahren, da verkehrte kein Bus in dieser Gegend mehr, und der Fahrer erzählte, daß er schon einmal eine Amerikanerin dahin gefahren hätte und die hätten sie mit Steinen beworfen. Als wir hinkamen, war keine Feindschaft, aber auch keine Freundschaft. Es war ne komische Stimmung und dann habe ich angefangen, mit den Kindern ne Verbindung zu suchen durch Faxen machen und putzige Laute ausstoßen und dann war ich mit Mal der Freund der Kinder und der Erwachsenen und die Kinder machten das nach und wollten das immer noch Mal sehen. Dann war alles wunderbar.

Fichte: Sowas hast du auf der ersten Reise nicht gemacht?

Wolli: Das hab ich auch nicht bewußt gemacht.

Der Inder wird dir im allgemeinen erzählen, daß er nicht so materialistisch ist wie der Westen, nicht so am Geld interessiert. Das stimmt nicht. Der Inder ist enorm am Geld interessiert und der Inder ist enorm daran interessiert, etwas zu bekommen. Der scheut nur, aus welchen Gründen immer, die Anstrengung, das zu erreichen. Ich mag Indien sehr gerne und das wird für einen Inder jetzt nicht so freundlich im Ohr klingen, aber ein ehrlicher Inder muß mir das bestätigen. Und so ist das auch mit den Tempeln. Von zehn Tempeln, in die du nicht reingehen darfst, selbst Kali- und Durgatempel, die ziemlich streng sind, kannst du mit Geld – zwischen 20 und 200 Rupis – kannst du wahrscheinlich alles machen. Du kannst in den geheimsten Kalitempel – es gibt zum Beispiel in ganz Indien nur noch einen Kalitempel, wo noch geopfert wird – allerdings Ziegen, wo Blut läuft – in Calcutta dieser Kalitempel – das ging mit etwa hundert Rupis – also auch ein typischer Amitourist, das ging mit etwa 100 Rupis.

Und ich weiß von anderen Tempeln, wo die Priester rumgetanzt haben wie amerikanische Schauspieler, mit Faxen vor den Götterbildern rumgehüpft sind. Der Priester ist eine ehrenamtliche Sache in Indien. Der Priester wird von der Kirche nicht bezahlt, sondern der lebt von dem, was ihm die Leute geben. Der ist ein Bettelpriester. Und der braucht ja auch nicht abzurechnen. Der gläubige Inder legt das ja nicht der Götterstatue hin. Der Priester ist der Mittler, der dem Gott die fromme Gabe gibt. Und der Schiwalingam braucht das Geld nicht, der frißt ja nicht. Fressen tut der Priester, nicht der Steinpimmel. Und das wird auch gleich hinterher verteilt. Ich hab auch gesehen, daß sich gleich hinterher Zigaretten dafür gekauft wurden und daß damit zum Teeshop gelaufen wird. Das hängt eben von der Qualität der Priester ab, inwieweit sie überhaupt nur noch an den Touristenbussen rumlungern und inwieweit sie sich noch im Tempel zu schaffen machen. Aber ich möchte meinen, ein reiches Time-Lifeteam, das kann so ziemlich jeder Opferung im Tempel beiwohnen.

Fichte: Auch Menschenopfern?

Wolli: Ich glaube, es gibt in Indien keine Menschenopfer mehr. Es gibt Entgleisungen. Wenn, dann nur bei Stämmen, die noch nicht mal wissen, daß die Gandhi Premierminister ist, vielleicht nicht mal wissen, daß jetzt die Engländer nicht mehr das Sagen haben. So Hilltribes, die nichts wissen. Ich hab von Knabenopfern gehört und daß mit einem Strohhalm den Knaben Blut aus der Nase gezogen wird, von Schlangenanbetern. Aber, mein Gott, ich könnte jetzt als Inder auch nach Europa kommen und solche Sachen an Bartsch aufziehen, ich kann nach Amerika fahren und sagen: guckt mal den Mansonfall an. Offiziell und legitim wird nicht mehr geopfert in Indien.

Ich glaube, daß Indien mich insofern verändert hat – verändert ist nicht das richtige Wort – aber mir ist in Indien bewußt geworden, daß die Werte, die wir haben, doch sehr fraglich sind.

Fichte: Schon das erste Mal?

Wolli: Schon das erste Mal. Und das war eigentlich das Faszinierendste von Indien, daß man direkt den Drang hatte, wieder nach Indien zu fahren. Man war bisher in Europa gewesen. Nun gut, Canarische Inseln, das ist nahe an Afrika, aber das

ist noch Europa. Unsere Werte stimmen da noch, mehr oder weniger abgewandelt, aber sie stimmen noch. Während die in Indien nicht mehr stimmen, und da ist mir mit Mal nicht nur theoretisch sondern auch praktisch klar geworden, da gibt es noch Afrika und Südamerika und Australien und Asien und China und da gibt es wahrscheinlich überall andere Werte und da stellt man doch seine bisherigen Werte sehr in Frage.
Ich hab mich nie für einen religiösen Menschen gehalten, aber ich möchte doch meinen, daß mich Indien zu einem religiösen Menschen gemacht hat. Obwohl ich meine Religion nun nicht genau definieren könnte. Ich könnte nicht sagen, ich bin durch Indien zu einem Christen oder zu einem Hindu geworden. Ich war früher in einem Hanumantempel – Hanuman ist dieser Affengott –, der also für uns in Europa ganz lächerlich ist, wenn ich da so ein Image sehe, einen Affen mit Menschenarmen und Schwanz, mit einem Helm auf oder einen Elefantengott, die mehr oder weniger lächerlich sind und dem Aberglauben angehören, und ich habe mich eine Stunde mit dem Priester unterhalten, den ganzen Tag war ich schon mit einem tiefgläubigen Inder zusammen, einem jungen Inder, der gut Englisch sprach und ein Brahmane war – in diesem Hanumantempel und später in so einem Grottentempel – zwei, drei Kilometer sind wir da unter der Erde gekrochen, und das wurde immer niedriger und glitschig, und wenn mich die nächsten drei Tage vielleicht ein Straßenräuber angefallen hätte nachts, dann glaube ich, daß ich geschrien hätte: Hanuman hilf! – Und wäre überzeugt gewesen, daß Hanuman mir geholfen hätte. Das ist eine Sache, die hier undenkbar ist. Hier könnte ich nie schrein: Hanuman hilf! – Und wenn ich hier neben meinem Bett jetzt auch diese Ganeschfigur habe, das ist nicht dasselbe, als wenn diese Figur in Indien ist. Gandhi in Indien zu lesen, ist was andres, als Gandhi hier zu lesen. Auf einmal merkst du, das Philosophie auch geographisch bedingt ist. Und das stellt doch sehr viele Sachen in Frage. Das Älteste an Erde, das finden wir in Südindien, wo die Erde mal von der Sonne abgeplatzt ist, geologisch. Das strömt schon irgendwas aus. Das klingt alles sehr spinnert, wenn man das hier so erzählt. Aber da passiert auf

einmal was, auch wenn du nicht als Theosoph oder als Zeuge Jehovas oder als Spinner dahin kommst, der da was suchen will. Auf einmal sucht das dich. Und du bist völlig aus dem Gefüge rausgeschmissen. Du merkst, auf einmal geschieht hier irgendwas, daß du tatsächlich gläubig vor einer Ganesch- oder Hanumanstatue stehst, und opferst und dir der Priester ein paar Blumen, die wieder von anderen geopfert wurden und eine Apfelsine, die wurde von andern geopfert, schenkt und sagt, die sollst du alleine essen, die ist dir von Hanuman gegeben und durch die Apfelsine kriegst du Kraft und Hanuman beschützt dich dann auf deiner Reise – und guckt dich dann mit seinen Augen an und ein Gesicht formt sich ja nach dem, was man tut und denkt – also einen günstigen Priester, mein ich jetzt, nicht so einen Gaunerpriester – da passiert was, wo man seine Worte sehr genau abwägen müßte, um das genau zu erklären. An und für sich hielt ich mich immer für einen Materialisten, also: Die Basis bestimmt den Überbau, Marx, Hegel und so weiter. Und es war für mich eine ganz klare Sache, daß erst die Menschen waren und dann die Götter. Ganz logisch. Und das ist heute keine ganz klare Sache mehr.

Fichte: Hast du auf deiner ersten Reise sehr viel geraucht? Hast du Opium genommen?

Wolli: Auf meiner ersten Indienreise hab ich nur in Goa Haschisch geraucht. Für den Europäer ist Goa die Hippiebeach. Der Strand. Diese Beach ist nicht Goa. Und Goa ist nicht Indien. Goa ist ein sehr kleines Land. Es war immer unter portugiesischer Herrschaft. Goa ist lebensfreudiger als Indien. Indien war unter englischer Herrschaft. Das indische Denken ist auch heute noch geprägt von der victorianischen Moral. Schon ganz anders ist Madras, wo die Franzosen waren, und noch anders ist es, wo portugiesische Kolonien waren. Goa besteht zu vierzig Prozent aus Christen. Goa hat keine Armut im indischen Sinne. Da gibt es viele Missionsschulen. In Goa trinkt man, in Goa tanzt man, in Goa singt man.

Fichte: Hast du größere Mengen da geraucht?

Wolli: In Goa waren wir drei Wochen und davor waren wir zwei Wochen an der Calangutabeach. Dann haben wir die letzten

Wochen jeden Tag geraucht. Da gabs auch Inder. Aber in erster Linie gabs da Europäer und Hippies, die da saßen, man hörte Elvis Presley und die Rolling Stones und da wurden ewige Tanzfeste gefeiert. Also das war so ne Art Woodstock, so diese Stimmung in Goa.

Die andre Zeit habe ich, glaube ich, überhaupt nicht geraucht. Und in diesen neun Monaten, da hab ich geraucht, also zu zweit, und da hab ich noch manchem Inder was abgegeben, vielleicht 60 Gramm Haschisch.

Fichte: Das ist ja fast, was du sonst am Tag hier geraucht hast.

Wolli: Ne, am Tag nicht, aber sagen wir mal, in der Woche.

Aber warum raucht man hier Haschisch? Ich rauche hier in erster Linie – jetzt, oder bevor ich losgefahren bin, um zu zeichnen, weil mich das in der Art, wie ich zeichne, beeinflußt, günstig, weil ich nicht von außen zeichne, sondern Visionen, die von innen rauskommen. Und Haschisch fördert die Erreichung von visionären Zuständen. Und weil man hier alles kennt, natürlich nicht alles kennt, aber hier in seinem Kreis. Man törnt sich halt an, daß es ein bißchen anders wird. Aber ein fremdes Land wie Indien, das törnt als solches schon an. Man sagt, man lernt es tiefer kennen, Bewußtseinserweiterungen. Aber wahrscheinlich führt jede Droge Wahnvorstellungen herbei und keine Bewußtseinserweiterungen.

Fichte: Hast du nun zwischen den Reisen hier wieder angefangen zu rauchen?

Wolli: Ich hab etwas mitgebracht von da. Ich hab mir in Calcutta 50 Gramm gekauft im November und Ende Juli bin ich gekommen und hatte von den 50 Gramm noch was übrig. Und das hab ich dann geraucht, als wir in Frankfurt saßen. Zwei, drei Tage. Und dann jetzt die ganze Zeit über nicht.

Fichte: Willst du nun wieder anfangen oder willst du es, auch im Hinblick auf deine Gesundheit, Magenschleimhäute, etwas einschränken?

Wolli: Einschränken will ich das eigentlich schon immer.

Der Säufer sagt auch, morgen will ich etwas weniger trinken. Ich weiß, daß ich das nicht brauche. Nun ist das auch immer ein bißchen eine Frage der Gesellschaft. Wenn man natürlich mit fünfen zusammensitzt, die den Joint rumgehn lassen und man zieht ganz gerne, dann raucht man mit. Aber ich glaube, daß ich viel arbeiten werde die nächste Zeit. Ich werde nicht losgehen, um mir was zu kaufen, wenn es mir nicht angeboten wird. Ich werde nicht gehen, Haschisch suchen.

Fichte: Also auch da wäre eine Veränderung durch Indien eingetreten?

Wolli: Ja, das sollte man abwarten. Das kommt vielleicht drauf an, was ich zeichne und was ich gerade vorhabe. Ich schreibe zum Beispiel gerade über Indien. Also schreiben, das klingt son bißchen hochtrabend – wenn ich mir Aufzeichnungen mach von meinen Erinnerungen, dann werde ich natürlich nicht rauchen, weil da .. weil ich glaube, daß ein Dichter besoffen nicht so gut schreiben kann wie nüchtern, ich glaube, daß ein Mathematiker mit bewußtseinserweiternden Drogen nicht so gut Mathematik machen kann und genauso ist das mit Schreiben – aber beim Malen, wenn du visionär malst ..

Fichte: Wunderlich sagt: Die Hand zittert. – Ich glaube, die ganz besondere technische Perfektion deiner letzten Zeichnungen erreichst du nur, wenn die Hand nicht zittert.

Wolli: Ich glaube nicht, daß die Hand zittert. Das kommt drauf an, was du malst. Es gibt eine Art von Malerei und von Zeichnungen, wo die Hand ruhig zittern kann. Die kann wahrscheinlich nicht zittern, wenn du wie Bellmer solche Radierungen machst – da mußt du eine klare Hand haben. Aber es gibt schon Zeichnungen, wo die Hand zittern kann, wo mehr das interessant ist, was du machst ..

Fichte: Aber du siehst, es fällt dir zum Beispiel keiner ein, mit einer zittrichten Hand ..

Wolli: Ich hatte eben Dali im Sinn – aber Dali malt sehr genau und fotografisch. Das kommt auch darauf an, wie du rauchst. Ich glaube auch, daß einer beim Schreiben zwei, drei Schnäpse vertragen kann. Und so ist das beim Haschisch auch. Du kannst ein paar Züge machen, daß du in das Ausgeglichene kommst, daß du das Lässige, das Ruhige kriegst. Das ist eine Sache der Quantität.

Fichte: Wie leben die Hippies in Goa?

Wolli: In Goa kann man eigentlich von 50 Mark im Monat leben.

Fichte: Und wie verdienen die Hippies die?

Wolli: Na, n paar Mark nehmen sie ja schon mit. Also es kommt ja kaum einer nach Indien ohne einen Pfennig. In Goa kannst du dir für 30 Mark eine Hütte mieten. Das gibt auch immer Leute, die dich unter einem Dach mit schlafen lassen. In Goa ist es immer warm. Und Fische liegen immer am Strand rum. Zweimal in der Woche gehen die Fischer fischen und die lächeln, wenn die Hippies sich dann Fische auflesen. Dann ist da jetzt ein Fünf-Sterne-Hotel und die Hippies handeln auch ein bißchen mit Haschisch, worüber die Inder lächeln, obwohl das Handeln auch in Indien strafbar ist. Marihuana kannst du rauchen, Haschisch ist verboten. Aber solange die ausgeflippten Europäer ihre Handeleien unter sich machen und aus Nepal was rüberschmuggeln, der Goaner ist wahrscheinlich einer der allertolerantesten Inder. Laß sie machen. Irgendwelches Geld bringen sie doch ins Land. Sie stören nicht. Da leben dann oft zehn Typen in einer solchen dreißig Marks Hütte. Die waschen sich am Brunnen und dann wird auch so ein bißchen rumgebettelt bei den Touristen. Ich hab einen Typen aus Westfalen gesehen, der so eine Fleischbrühe verkaufte und er bot Frikadellen auf der Straße an. Er konnte auch schon einigermaßen Englisch. Wenn er hörte, da kam ein Deutscher: Hier hast du mal richtige deutsche Frikadellen. Man war natürlich ein bißchen nervös, die zu essen, weil der schon so einen eigenartigen Ausschlag an den Füßen und den Ellbogen hatte. Ich habe auch europäische Bettler gesehen in Goa.

Fichte: Es gibt also mehr heruntergekommene Europäer in Goa als Inder?

Wolli: Nein. Nur wenn du einen Europäer siehst, der wie ein Inder auf der Straße liegt, dann sieht das armseliger aus, dann sieht das doch sehr anders aus. Auf jeden Fall ungepflegter. Das ist ja das Erschreckende, daß die Europäer annehmen, daß die Inder schmutzig sind und das erscheint auf den ersten Blick auch so, wenn du siehst, daß die Leute alles auf der Erde zubereiten, das erscheint für den, der nicht genau hinguckt, als schmutzig. Aber wenn du ein zweites Mal hinguckst, dann siehst du, daß die alle saubere Fingernägel haben und saubere Zehennägel und wahrscheinlich auch einen sauberen Arsch und einen sauberen Schwanz. Und einen sauberen Hals und daß die sich jeden Tag wirklich ganz gründlich waschen, oft unter primitiven Bedingungen unter einem Schlauch, der an der Straße da oben rausspritzt. Während wirklich 80 Prozent der europäischen Hippies, die rumlaufen, verlaust sind, verdreckt sind. Daß du sagst, das sind wirklich die schmutzigen Leute, die da rumlaufen, die ungepflegten Leute. Ich hatte eine Zeit einen Boy, einen indischen Diener, mit dem sind wir dann drei Monate durch Indien gefahren, wir hatten ein wirklich gutes Verhältnis mit dem. Der fragte mich dann, er war 22 Jahre alt: Ja, Wolli, sag.. So mit Hängen und Würgen kam er damit raus: Ihr wascht euch den Hintern alle nicht, wenn ihr auf der Toilette wart, sondern ihr nehmt da nur Papier und schmiert daran rum. – Und das war ihm eine ziemlich unhygienische Angelegenheit, was wir da so machen. Also praktisch gesagt, für den schmierten wir uns den Kot am Arsch breit. Das war für ihn so eine ziemlich schlimme Angelegenheit.

Fichte: Wie setzten sich die anderen auf der ersten Reise mit Indien auseinander?

Wolli: Die hatten eine andere Vorstellung als das, was ich wollte. Die wußten, daß sie drei Wochen hinfahren. Mein Freund arbeitet sehr hart und seine Frau auch im »Palais d'Amour«, und der ist nach Indien gefahren, um sich zu sonnen, gut zu essen und sich zu erholen, um in einem luxuriösen Hotel Urlaub zu machen. Er sagte, ich fahre nicht hin, um irgendwelche Forschungen zu machen, das Land und die Leute kennenzulernen. Sicher, wenn ich das nebenbei mit sehe, guckt man mit hin, aber ich fahr hin, um mich drei Wochen zu erholen und dann ausgeruht wieder an die Arbeit gehen zu können.

Fichte: Und wie war es mit Linda auf der ersten Reise?

Wolli: Ja, Linda ist ja interessiert an allem. Linda fängt ja schlagartig an, Sprachen zu lernen, Hindi zu lernen und selbst die Buchstaben sich einzuprägen. Linda ist weniger die, die sich erholen will.

Fichte: Als Linda dann weg war, was erlebtest du erotisch?

Wolli: Indien ist im ganzen für unsere Begriffe – nun dürfen wir nicht vergessen, wir kamen aus dem Deutschland von 1975, wo du keine Kochzeitschrift kaufen kannst, wo keine nackte Frau das Tablett in der Hand schwenkt, dann ist Indien ein absolut unerotisches Land. Indien ist noch geprägt von der victorianischen Moral. Sie importieren viele amerikanische Filme, da werden selbst die Kußszenen rausgeschnitten.

Fichte: Von den erotischen oder sogar obszönen Bauerntheatern, von denen Willy Haas berichtete, hast du nie etwas gesehen?

Wolli: Nein. Es gibt natürlich auch in Spanien keine Erotik und trotzdem ist für einen, der das begreifen kann, die Farbigkeit des Flamenco etwas viel Erotischeres als ein Strip-Tease in einem St. Pauli Nachtklub. Aber gemeinhin verstehen wir unter Erotik nicht Flamenco, der Deutsche unserer Zeit versteht unter Erotik nackte Figuren und wenn es geht Bummserei, grobe Erotik.

Fichte: Und was hast du in den Monaten gemacht, als Linda nicht mehr da war?

Wolli: Ja, was man so macht. Gewichst.

Fichte: Du bist mit keinen Inderinnen gegangen?

Wolli: Nein. Offiziell gibt es in Indien keine Puffs – außer in Bombay, Calcutta und New Delhi. Da gibt es Puffs, die in Calcutta sogar staatlich kontrolliert sind, also mit der Gesundheitskontrolle. Ein Rotes-Laternen-Viertel. In Bombay und Delhi weiß ich nicht, ob da Gesundheitskontrolle ist. Ich meine nicht. Es sei denn in ein paar Luxuspuffs, die mit staatlicher Genehmigung laufen. Alles andre geht heimlich über die Bühne, wie wahrscheinlich in der DDR, hätt ich beinahe gesagt, aber da ist sie wahrscheinlich gar nicht mehr. So daß du also nicht sagen kannst: Ich geh in Puff – wie du hier in Puff gehst. Ich bin mal in son Puff oder ne Absteige gegangen, die von einem Rikschafahrer vermittelt wird und hab mir auch eine Nutte angeguckt. Aber ich hatte Angst – wie nennt man das? – Beischlaf auszuführen, um mir keine Krankheit wegzuholen. Ich bin da vielleicht ein bißchen ein Feigling. Bei mir geistert da immer noch die Vorstellung rum, wenn du dir im Orient eine Geschlechtskrankheit wegholst, das ist eine ganz schlimme Sache. Und dann weißt du nicht, ob du die richtige Medizin dafür kriegst und beim asiatischen Tripper, da haun sie dir dann den Schwanz weg. Und alle solche Dinger sind mehr im abergläubischen Gehirnteil drin als im rationalen. Aber die genügen schon, daß du . .

Fichte: . . keinen hoch kriegst

Wolli: . . daß du keinen hoch kriegst.

Fichte: Wie ist das in Goa?

Wolli: Da hab ich mich nicht drum gekümmert. Also an der Calangutabeach, das ist ja ein kleines Dörfchen, da ist sowas überhaupt nicht.

Fichte: Homosexualität?

Wolli: Offiziell nicht. Aber sie ist auch nicht so versteckt, wie sie vor der Legalisierung in Deutschland war. In Indien ist die Homosexualität verboten. Ich kenn keinen Fall, daß jemand zur Polizei gegangen ist und einen andern wegen Homosexualität angezeigt hat, ich hab mich drum gekümmert. Mir haben Inder gesagt: Das ist verboten. Das darf man nicht machen. – Ja, und wenn einer einen anzeigt? – Ja, da haben sie gelacht: Ja, dann kriegt der richtige Dresche – der, der anzeigt.

Fichte: Es muß also häufig sein.

Wolli: Es ist insofern häufiger, weil die Trennung zwischen den Geschlechtern viel strenger ist als hier. Knabenschulen, Mädchenschulen. Die Jungens gehen mit den Mädchen abends nicht spazieren – mit Ausnahmen in Bombay, Delhi, Calcutta. Da ist eine educated Schicht. Bombay ist eine westliche Stadt, kann man sagen. Und dann werden die Ehen noch weitgehend arrangiert. Es ist unmöglich, daß ein Junge mit einem Mädchen auf der Dorfstraße Hand in Hand spazieren geht – das ist ein Undings –, aber Jungen und Jungen können Hand in Hand spazieren gehn. Da findet keiner was bei. Ich bin nicht homosexuell. Wenn ich es wäre, hätte ich vielleicht mehr erfahren darüber. Ich glaube, es ist ziemlich einfach möglich. Und mit Indern, mit denen ich darüber gesprochen habe, die sagen, es ist einfach, Jungen zu haben.

Aber die Homosexualität in Indien ist wohl mehr die Knabenliebe. Der Inder sagt: Ja, wenn sie aber über sechzehn sind, dann ist es nicht mehr interessant. Die Homosexualität mit Jungen ist interessant mit Jungen zwischen zehn und sechzehn Jahren, mit denen Männer rummachen und denen auch Geschenke machen. Das können Süßigkeiten sein. – Aber sie sagen: Mehr als 10 Rupis darfst du auf keinen Fall geben. Und dann schlafen die eng zusammen. Selbst Kellner liegen zusammen unter einer Decke auf einem schmalen Bett. Wenn ich da zwei sechzehn-, siebzehnjährige Bengels nur mit Schlüpfer an unter einer Decke liegen sehe und weiß, beide können mit Frauen nicht rumficken, in den kleinen Dörfern gibt es keine Prostitution, ob die nun nicht gemeinsam rumwichsen? Ja, irgendwas werden die wahrscheinlich machen. Da ist ein körperlicher Kontakt. Das ist wahrscheinlich eine Zwangshomosexualität, die verbreitet ist unter den jungen Leuten. Und normale Homosexualität wahrscheinlich nicht mehr verbreitet als sonst in der Welt auch.

Ich weiß, daß im Zuchthaus die Homosexualität verbreiteter ist als im freien Leben draußen – in Deutschland auch.

Fichte: Du bist auf der ersten Reise krank geworden.

Wolli: Da hab ich mir eine blutige Amöbenruhr geholt, die allerdings von keinem ernstzunehmenden Arzt bestätigt worden ist, weil keine Tests gemacht wurden. Der Arzt sagte das, weil ich eine Woche nur Blut gekackt hab. Das war ein ganz guter Arzt. Der hat mir dann drei verschiedene Medikamente verschrieben, schweizer Präparate übrigens. Dann hatte ich Leberschmerzen bei jedem Schritt, aber das hatte sich nach 14 Tagen etwa absolut gegeben.

Fichte: Wie war die Rückkehr nach deiner ersten Reise?

Wolli: Der Inder ist ja sehr nett. Also diesmal bei der Reise, wenn wir mit Stichen und so beim Arzt waren, also von drei Mal, und die haben uns sehr gründlich untersucht, wollten sie zweimal kein Geld haben: Sie sind Tourist in unserem Land und Sie sind in unserm Land krank geworden, nun lassen Sie mal. Alles o. k. Also der Inder ist sehr, sehr nett.

Das erste Mal fand ich die Kluft viel größer, als jetzt. Obwohl ich mich ja jetzt so ein bißchen verkrochen habe. Am Freitagabend bin ich gekommen und am Montag bin ich ins Tropenkrankenhaus gegangen.

Fichte: Das erste Mal bist du gleich in den Laden?

Wolli: Ja. Da war ich ja nicht krank, als ich zurückkam.
Fichte: Und wie fandest du das erste Mal den Laden vor?
Wolli: Ja, da war Linda da. Da war alles o. k.
Da war der Laden ja nicht so alleine. Obwohl Stummi sich diesmal um den Laden gekümmert hat und ich will nicht absolut ausschließen, daß das Geschäft auch schlecht gelaufen wäre, auch wenn ich dagewesen wäre. Es sind Frauen ausgezogen. Nur ich hätte mich verstärkt bemüht, Zimmer wieder vollzukriegen. Was ich natürlich von Stummi nicht erwarten kann. Ich weiß nicht, wieviel Zimmer der Junge selbst hat – vielleicht im Ganzen 100 Zimmer und er hat auch nur 50 besetzt. Also, der wird nicht rumlaufen und für mich Frauen suchen und seine eigenen Zimmer leer lassen. Seine Aufgabe war, und das hat er gut gemacht, daß mir keine Frauen weggeworben worden sind und daß da oben in dem Laden sich nicht geprügelt wird, daß der Laden da oben als solches läuft. Aber sein Dings ist nicht, mir Frauen zu besorgen.
Fichte: Also deine Freundschaft zu Stummi ist ungebrochen?
Wolli: Die ist ungebrochen.
Stummi hat sich völlig korrekt benommen.
Ich weiß, daß Stummi mit Elke in Urlaub fahren wollte übers Wochenende und dadurch, daß wir im Krankenhaus sind, hat er wieder seinen Urlaub verschoben. Und als die Putzfrau nicht da war oben oder die Wirtschafterin, da hat seine Frau oben Dienst gemacht, also ich weiß nicht, für zehn, 15 Mark den ganzen Tag.
Fichte: Wie erschienen dir deine Freunde, als du das erste Mal zurückkamst?
Wolli: Ungebrochen nett. Natürlich, wenn du aus Südindien .. Ich war bei meiner ersten Reise in Südindien. Der Sitz der Religionen ist Südindien. Südindien ist orthodoxer als Nordindien .. Dann ist der Unterschied zu dir, zu Heino, zu Peter, zu diesen Leuten, da ist der nicht so groß, weil ihr nicht gewalttätige Interessen habt. Ihr führt keine gewalttätigen Gespräche. Ob ich nun mit dir spreche oder mit einem gebildeten indischen Schriftsteller – das kommt auf dasselbe hinaus. Während die Interessen auf dem Kiez, die sind eben doch anders, als die

Interessen, die man selber hatte und wenn man dann hört, daß es um Trinken geht, um die Zeche bezahlen, der Freier hat soviel dagelassen und diese Sachen. Das ist das, was da überhaupt nicht war. Man hat nur über liebe Sachen gesprochen, über geistige Sachen, über Religion, über Tempel. Wenn ich mit dir spreche, dann bringt mich das nicht aus der Bahn, während mich das rausbringt, wenn ich mit Leuten spreche, die ihr Geld auf dem Kiez verdienen. Das ist rein beruflich.

Fichte: Ulli ist nach deiner ersten Indienreise gestorben. Wie war dein Verhältnis zu ihm in den letzten Jahren? Wie kam das zu diesem plötzlichen Tod?

Wolli: Mit Ulli war ich mal sehr befreundet. Dann hatten wir einen großen Krach. Dann waren wir verfeindet. Ich bin von Natur kein rachsüchtiger Mensch und auch nicht – doch, nachtragend, doch – und Ulli ist kein nachtragender Mensch. So hatte sich das im Lauf der Zeit wieder soweit eingependelt, daß wir uns gegrüßt haben, wenn wir uns in Lokalen gesehen haben und in der Sauna ein bißchen gesprochen habe, aber nicht viel gesprochen. Ich hab mehr vermieden wahrscheinlich, mit Ulli wieder zusammenzukommen, als er mich vermieden hat. Ich meine, nachdem Ulli wußte, daß er krank ist, mit seiner Beinthrombose, dann kam der Kreislauf dazu und Ulli hat sehr von seiner Kraft gelebt, denn Ulli war irgendwo ein gescheiterter Mensch, Ulli war ein hochintelligenter Mensch, Ulli war ein hochsensibler Mensch, hatte aber nicht mehr die Kraft, aus der Bahn, wo er drinnen war, herauszukommen, hat mehr und mehr gesoffen, hat mehr und mehr Drogen dann auch genommen, ich meine, daß Ulli auf seinen – ich weiß nicht, ob man sagen kann: auf seinen Tod hingelebt hat?! Bewußt? Oder schnell sich kaputtmachen wollte. Er hat aber auch gar nichts getan, um das aufzuhalten. Zum mindesten halbbewußt, denn Ulli war nicht so dumm, daß er nicht wußte, daß er sich kaputtmachte. Ob er nun wollte, daß es so schnell ging, wie das nun mit einmal ging – denn er ist ja ganz plötzlich gestorben – er hat noch nicht mal nen schlechten Tod gehabt, wenn man das so nimmt. Ich mein, er ist betrunken aus der Kneipe gekommen, umgefallen und war tot. *Ein sehr witziger Tod!*

Fichte: Wie kam das zu dieser Thrombose?

Wolli: Ich weiß es nicht. Ich möchte so sagen: Wenn ich mit jemandem gut befreundet bin und es kommt ein ganz ernsthafter Bruch – und das war ein ganz ernsthafter Bruch –, dann bemüh ich mich, an den Menschen nicht mehr zu denken, dann bemüh ich mich, auch nichts mehr über ihn zu erfahren. Also wenn mir dann jemand sagt: Da sitzt Ulli in der Kneipe! oder: Da ist was mit Ulli. Sei das ne Schlägerei, ne Hochzeit oder was auch immer, dann würde ich da nicht reingehn, obwohl ich da reingehn wollte und geh woanders hin, dann bemüh ich mich, die Leute nicht mehr zu sehn. Ich will die irgendwie streichen aus meinem Bewußtsein.

Fichte: Er kriegte ne Thrombose und kam ins Altonaer Krankenhaus.

Wolli: Also wie plötzlich, weiß ich nicht. Er war wohl schon in ärztlicher Behandlung. Ulli hat ja zuletzt in der »Gurke« gearbeitet.

Ich kann dir aus zweiter oder dritter Hand sagen, daß Ulli nicht plötzlich ne Thrombose hatte, das streckte sich ja über zwei oder drei Jahre hin und daß es Ulli absolut verboten war zu trinken, daß Ulli aber heftig weitergetrunken hat. Das sind Sachen, die ich weiß.

Fichte: Dann kam er aus dem Krankenhaus und hatte dieses blutverdünnende Mittel bekommen und lief mit ner kleinen Flasche rum, falls er sich verletzen würde.

Wolli: Ja, er war wohl sone Art Bluter geworden. Das hab ich gehört.

Fichte: Und dann hat er sich doch laufend geprügelt und ist mit irrsinniger Geschwindigkeit durch die Gegend gerast und spielte immer damit, daß er einen Unfall hat und verblutet.

Wolli: Ich weiß nicht wie weit. Denn wenn Ulli getrunken hatte, war er schon immer aggressiv, hat er sich schon immer geprügelt, nur, als er noch jung und kräftig war, hat er die anderen verprügelt, aber inzwischen ist er auch was älter geworden, die letzte Zeit hat er wohl die meisten Prügel gekriegt. Und dann hörte man mehr von Ullis Prügeleien, wenn er mal beim Trinken, das ging ja bei ihm so nebenbei, da wurde dann mal einer vor den Kopf geschlagen, der umfiel und ohnmächtig war, dem ein Zahn rausfiel, dann wurde weitergetrunken. Das wurde gar nicht mehr viel erwähnt sowas. Seit man Ulli dann mit einem blauen Auge rumlaufen sah, da wurde dann über die Prügel mehr gesprochen. Also ich weiß nicht, ob er sich die letzte Zeit mehr geprügelt hat, als er sich sein ganzes Leben geprügelt hat. Nur die letzte Zeit ist er der gewesen, der Prügel gekriegt hat, zur Freude von denen, die er früher verprügelt hat, die natürlich dafür sorgten, daß auch bekannt wurde, daß er Prügel gekriegt hatte.

Fichte: Wie hast du erfahren, daß er gestorben war?

Wolli: Ja, wie hab ich das erfahren? Ich hab das erfahren am nächsten Tag auf dem Kiez. Ich kann dir nicht mehr sagen von wem. So von vier, fünf. Das war das Gespräch auf dem Kiez. Jeden den man sah: Was sagst du zu Ulli? Ist das nicht ein Ding! Das Beste, was ihm passieren konnte. Das dachte wohl jeder, denn Ulli hatte keine Freunde. Ulli hatte in seiner guten Zeit doch Freunde. Aber das Verhalten von Ulli war in den letzten Jahren so, daß er grundsätzlich stänkerte, wenn er betrunken war, mit Freund und Feind. Ulli hatte weder Frau noch Freunde zuletzt. Also da war gar nichts mehr. Weder Geld, der hatte weder ne schöne Wohnung, der hatte weder gute Kleidung, obwohl Ulli immer gut verdient hat. Also die allgemeine Meinung auf dem Kiez war: Nun ist er eben tot. Aber es weinte ihm auch keiner große Tränen nach.

Fichte: Was war deine Empfindung?

Wolli: Man erschrickt wohl immer ein bißchen, wenn einer, der nicht uralt ist, den man sechzehn oder siebzehn Jahre gekannt hat, den man jede Woche mindestens einmal oder mehrere Male gesehn hat, als wir befreundet waren, haben wir uns täglich gesehn, wenn man erfährt, so jemand ist gestorben. Ist man immer etwas betroffen, aber im ganzen hat es mich eigentlich gleichgültig gelassen. Es hat mich nicht sehr berührt und ich wollte mich auch nicht sehr davon berühren lassen. Ulli war für mich ein abgeschlossenes Kapitel.

Fichte: Warst du auf seiner Beerdigung?

Wolli: Nein. So etwas wie das für mich Mauli ist. Ich glaube, wenn

ich jetzt erfahren würde, Mauli ist gestorben, die hat Selbstmord gemacht, dann wäre meine erste Empfindung:
Die erste Empfindung wäre wohl doch ein Schlag in den Bauch Man würde etwas blaß um die Nase werden.
Na, ja, jeder muß mal sterben. Ist sie halt tot. Das Beste für sie. Aber ich würde wahrscheinlich dann doch darüber nachdenken und vielleicht die Schuldrolle, die ich in ihrem Leben drinhatte und so weiter . . Aber es würde mich nicht sehr berühren. Es würde mich nicht daran hindern, wenn ich jetzt am Abend tanzen gehen wollte, ins Madhouse, daß ich nicht tanzen würde.
Ein bißchen das James-Bond-Feeling. Ich geh ja überhaupt nicht mehr tanzen.

Fichte: Wie erklärst du dir diese Kälte?

Wolli: Das ist eine Eiseskälte, um nicht zu brennen. Wenn ich mal jemanden sehr geliebt hab oder sehr bewundert hab und das hört dann mal auf, dann – das klingt ein bißchen theatralisch – dann reiß ich mir das aus dem Herzen, um . . das ist vielleicht irgendwo ein Selbstschutz, weil ich auch nicht sehr fest steh in mir selber. Es kommt der Moment – ich leide da irrsinnig drunter am Anfang, aber ich leide mich aus und ich leide mich dann so aus, daß ich dann absolut ausgelitten bin. Also ich kotz das dann aus. Bei mir passiert dann das, was der Genet sagt: Frankreich auskotzen. – Ich kotz mich dann aus an sowas. Also dann würde mich das wahrscheinlich nicht berühren, so schlimm das klingt, wenn man mir sagen würde . . Oder nimm mal an, als sie wieder oben im Laden war, wenn ich einmal in Laden gekommen wäre und wenn sie gesagt hätten: Maulwurf hat sich aufgehängt. Dann wär man natürlich erschrocken. Normal, nicht? Aber ich glaub nicht, daß mich das sehr kratzen würde.
Weiß ich nicht.
Also ich kann da . . So wie ich irrsinnig brennen kann, so kann ich auch irrsinnig erloschen sein.

Fichte: Du sagtest eben: Schuld. Was würdest du heute als deine Schuld Maulwurf gegenüber betrachten?

Wolli: Das ist ein bißchen sehr diffizil. Das ist ein kompliziertes Thema. Ich wäre Maulwurf gegenüber – so denke ich jetzt – schuldig, so wie ich jetzt das Leben sehe, so alt wie ich jetzt geworden bin. Aber damals war ich wesentlich jünger und damals habe ich eine wesentlich andre Lebensauffassung gehabt und so bin ich, meine ich, nicht schuldig. Wenn ich das jetzt sehe mein Verhalten, so finde ich mein Verhalten damals im ganzen nicht gut. Aber ich glaube jetzt, daß ich auch nie mit Maulwurf zusammengekommen wäre, meine Schuld ist vielleicht, ja, das klingt ein bißchen putzig, wenn man das von sich selber sagt, aber doch, das kann man schon sagen, daß ich mich vorwärts entwickelt hab oder höher und Maulwurf ist stehengeblieben und die geblieben, die sie war. Aber ich weiß nicht, ob man das als Schuld betrachten kann.

Fichte: Du hast Maulwurf noch mal wiedergesehen.

Wolli: Für meine Begriffe ging es ihr schlecht.

Aber ich weiß nicht, ob es ihr für ihre Begriffe schlecht ging. Ich hatte das Gefühl, daß Maulwurf eine total kaputte Persönlichkeit geworden ist, obwohl sie immer kaputt war, aber so wohl nicht. Für unsere Begriffe lebt mancher Inder elendiglich wie ein Hund.

Diese Hunde in Indien, die gar kein Fell mehr haben. Nur Grind.

Aber für seine Begriffe ist das gar nicht elendiglich. Man kann jemandem nicht hinter die Stirne gucken, und Maulwurf war, als ich sie diesmal wiedersah, auch ein abgeschlossenes Kapitel. Ich bin vielleicht etwas darüber erschrocken und hab darüber nachgedacht, inwieweit die erotische Spannung zwischen Leuten eine Rolle spielt für die Fähigkeit, mitzuleiden und sich mit zu freuen. Und mit einmal entdeckt man, wo eine erotische Hochspannung war, das ganze Verhältnis war ja von meiner Seite nur auf erotischer Spannung aufgebaut. Und wenn dann auf einmal kein Strom mehr in der Leitung ist, es sollte normalerweise nicht so sein, aber dann . . ich glaube, das spielt eine ganz schöne Rolle.

Fichte: Wie kam das zu der Trennung?

Wolli: Warum wollen wir unbedingt über Maulwurf sprechen jetzt?

Gut.

Das kam zu der Trennung, weil sie sich in Henry verliebt hatte und meinte, ihre Erfüllung mit dem Henry zu finden, weil ihr klar geworden war, sie mit mir nicht zu finden.

Fichte: Aber sie wollte doch wieder zu dir zurück.

Wolli: Nein, nein, sie wollte nicht wieder zu mir zurück. Maulwurf hatte einen Knatsch mit dem Henry, war seit einigen Wochen praktisch on the road, hatte in Windeseile zwei Drittel aller deutschen Puffs durchgeackert und sich als Straßenanhalterin durchgeschlagen, und da ist ihr eingefallen: In Hamburg da ist der Wolfgang und der hat nen Puff und da kann ich bei dem höchstwahrscheinlich arbeiten. Sie bestand ja auch darauf, daß sie ihre Miete bezahlte und ihr Essen bezahlte und ich hatte keinen Augenblick das Gefühl und bin auch hundertprozentig davon überzeugt, daß sie keinenfalls zu mir zurückwollte. Sie wollte zu Henry zurück und dachte wohl auch, daß Henry sich mit mir in Verbindung setzen würde. Und wie der Henry anrief, ist sie ja auch wieder zu ihm hingegangen und hat wohl von da aus schon wieder Verbindung zu Henry gesucht.

Fichte: Ich will dich nicht quälen. Ich frag mal so und du kannst ja sehen, ob du antworten willst. Ihr hattet euch doch finanziell ganz klar und anständig getrennt?

Wolli: Ja. Ich meine doch. Ich meine doch.

Fichte: Du hattest ihr die Hälfte abgegeben?

Wolli: Ich hab ihr nicht die Hälfte abgegeben. Ich hab gesagt: Ich geb dir die Hälfte ab. Was ich heute richtigen sentimentalen Blödsinn finde. Ich bin heute der Meinung, daß ich ihr hätte überhaupt nichts geben können. Ich hätte ihr 3 000 Mark geben sollen. Und das wär alles gewesen. Das wär auch rechtlich völlig korrekt gewesen. Aber ich hab ihr mehr gegeben. Ich hab ihr wohl 13 000 gegeben und das andre .. Ich hab ihr gesagt, du bekommst noch von mir, so bis auf 40 000. Das war ungefähr das, was da war.

Fichte: Was überhaupt da war?

Wolli: Ne, da war ungefähr 80, wenn man den Puff mit zugrunde legt. Aber ich sag, ich kann dir das natürlich nicht auf einmal geben, weil ich nicht soviel hab. Ich hab ihr zweimal 5 000 gegeben und einmal 3 000. In einer ziemlich kurzen Zeit wohl, so etwa in 6 Monaten. Ich sag, ich kann nicht aus dem Laden

40 000 mit einem Schlag rausziehen. Und ich kann das nicht sagen 100 Prozent, aber 90 Prozent, mit den restlichen 27 000 hat sie sich dann selbst bedient. Die da oben weg waren.

Fichte: Ach, so.

Wolli: Das mein ich zu 95 Prozent. Und insofern hat sie ja ihre 40 gekriegt. Jeder Mensch – und selbst du sagtest ja: Bei mir wär schon lange ein Strich gewesen, damals auf den Mörderbrief hin, auf so verschiedene Sachen. Und dann mit meiner Magensache da, wo sie weggelaufen war. Ich sprech nicht gern jemandem schlecht nach, aber ich hab auch mal was sehr Mieses gemacht, ihr gegenüber. Ich weiß nicht, wie lange das nachgehalten hat, denn Maulwurf war ein Typ, na, ja, ich will das mal bildlich sagen, sinnbildlich sagen, wenn du nun in ein wunderbares Hotel fährst und da gibt es jeden Tag phantastisches Essen und einmal brennt dem Koch die Suppe an, dann wird sie sich nur an die angebrannte Suppe erinnern. Und nach zehn Jahren nur von der angebrannten Suppe sprechen.

Fichte: Das mit der angebrannten Suppe war der Selbstmord?

Wolli: Ne, ne. Das war ein erotisches Plus bei ihr. Wäre ich weiter so gewesen, hätte ich Maulwurf jede Woche aufgebügelt, hätte diese Dinger weitergemacht, rumgefickt kreuz und quer und gesoffen und in diesem Stil weiter, dann wär Maulwurf weiter glücklich gewesen. Das war das, daß sie sich auf einmal verstoßen vorkam, weil ich mich anders .. weil ich mich bemühte .. Na, ja, ich hatt mich weiterentwickelt. Das, was man bürgerlich als anständig .. sie als gleichwertigen Kumpel zu betrachten. Das war das, was sie nicht wollte und das war das, was der Henry wohl auch nie gemacht hat. Der bügelt sie in Kneipen auf, der schlägt sie weiter auf die Fresse und so Dinger .. und das war das, was sie brauchte.

Fichte: Diese Geschichte mit der Pistole, daß du ihr eine ungeladene Pistole gegeben hast und gesagt hast: Bring dich um! – Sie wußte aber nicht, daß die Pistole ungeladen war und sie hat abgedrückt ..

Wolli: Sie hat ja nicht abgedrückt. Dafür hab ich sie ja dann noch mal aufgebügelt, weil sie nicht abgedrückt hat. Da muß ich sagen, daß ich da richtig besoffen war, daß ich da im Potlach ungefähr war. Aber das war nachdem wir uns drei Wochen kannten. Das war ganz am Anfang. Das war so, wie wir zusammengekommen waren. Und das waren Dinger, die ihr unheimlich imponiert hatten.

Fichte: Das würdest du heute nicht mehr machen?

Wolli: Ach! Es sei denn, ich wäre besinnungslos betrunken, da würde ich vielleicht auch meinen Laden anbrennen und den Generalizc zerschlagen, weil ich sag, die Welt taugt nichts oder so. Ich würde überhaupt keine Frau mehr schlagen. Gar nicht mehr. Das ist ein Dings, da trennen mich Welten von.

Fichte: Es gab eine ungeheuer zarte Reaktion von Franz, als er Maulwurf wiedersah im Hof unten. Ich krieg das nicht mehr zusammen.

Wolli: Ja, ich weiß, ich weiß. Aber ich glaube, du theatralisierst diese zarte Reaktion. Ich glaube, daß das nicht nur der Franz gemacht hätte, daß das eine auf dem Kiez typische Reaktion wäre, das ist vielleicht, was einem den Kiez sympathisch macht. Daß Franz sah, wie sie runtergekommen war und sich sagte: Das wird ihr nicht angenehm sein, wenn du sie jetzt erkannt hättst, das sieht sie ja selber, wie runtergekommen sie ist. – Das würde ich auch machen und sagen wir, siebzig von hundert auf dem Kiez. Und das würde man wahrscheinlich als normale Reaktion ansehen. Das finde ich nicht so ungeheuer zart. Das würde man vielleicht in der bürgerlichen Welt weniger machen. Da würde man sich vielleicht hochziehen dran, so in der bösen Intellektuellenwelt, wenn man jetzt den Nannen sehen würde, wie der in den St. Pauli-Nachrichten arbeitet, dann würde man ihn gerade mal besuchen. Aber du mußt das ja auch sehen, daß Franz mit Maulwurf nie Knatsch hatte. Also, daß Franz keinen Grund hatte, ihre Erniedrigung zu genießen. Und da ist Franz ja nicht der einzige. Es wußten ja mehrere, daß Maulwurf da war, die sie kannten von früher und die keine Schritte unternommen haben, sie wiederzusehen.

Oder die Bekanntschaft zu erneuern, nachdem sie gesehen hatten, was da ist. Und dann kommt noch hinzu, daß eine Frau, die so von einem Mann weggeht, wie Maulwurf von mir weggegangen ist, also auf dem Kiez ein Out Cast ist.

Schön wärs!
Ich weiß gar nicht, was du auf dem Kiez machen mußt, um ein Out Cast zu sein!
Also bei jedem Jungen, der was auf sich hält, son ungeschriebenes Kiezgesetz. Also wenn sie auch, so runtergekommen wie sie war, wenn sie in andren Läden hätte anfangen wollen, oder auch wenn sie nicht runtergekommen gewesen wäre, hätten sie gesagt: Ne, bei mir kannst du nicht arbeiten.
Das hängt auch von der Zeit ab, die dazwischen liegt. Das geht nicht ein Leben lang.
In St. Pauli wird nicht so leicht jemand totgemacht. Ochsenharry, der alle die Großen von St. Pauli angezeigt hat nach einer Schlägerei und sie in den Knast gebracht hat, der hatte weiter sein Lokal, dem wurde kein Haar gekrümmt.
Ich hab das nur einmal erlebt in 18 Jahren. Das war der Sergio, der die anderen tyrannisiert hat, da haben sich ein paar Jungen zusammengetan und haben ihn totgeschlagen, morgens, das Gehirn auf dem Pflaster. Der das dann auf sich genommen hat, der sitzt heute noch, inzwischen soll er in der Klappsmühle sein.
Weil man das als beschissen empfindet. Da muß schon einer sehr wenig Banditenmoral in sich haben – die natürlich sehr im Schwinden begriffen ist – ein Bandit, der mit seinen Vorfahren noch an den Berliner Ringvereinen hing – so mit der Ganovenehre, der weicht ja immer mehr dem Aus-Versehen-Bandit, der jetzt so da ist, dem Verräter und Wirtschaftsverbrecher. Das ist ja alles son bißchen anders geworden. Es ist kein Stolz mehr, Bandit zu sein. Man will ja auch nicht mehr wissen, daß man Hure ist. Irgend etwas Standesmäßiges. Als ich nach St. Pauli gekommen bin, Ende der fünfziger, Anfang der sechziger Jahre, war das ganz klar, wenn du auf dem Kiez lebtest und hattest ein bißchen einen Namen, oft genügte das schon, daß du Portier irgendwo warst, daß der Chef dich kannte, der steht da schon ein Jahr Portier, und du kamst, die Schau angucken, daß du dann Hauspreis hattest und für dein Bier zwei Mark bezahltest, für ne Flasche Sekt zehn Mark, und wenn er wußte, du warst Portier, wie Ulli damals, daß er sagte: Gar nichts. Dann hat er dir noch 50 Mark in die Hand gedrückt

und gesagt: Guck dir noch was andres an. Das war ein Unding damals, daß ein Nachtlokalbesitzer in einem anderen Nachtlokal den vollen Preis bezahlte. Also das wäre absolut unmöglich gewesen damals. Und heute kannst du sagen, es ist absulut unmöglich, daß du nicht den vollen Preis bezahlst.

Fichte: Wir haben uns beide durch Willy Hurter kennengelernt.

Wolli: Ich hab Willy, als er von Hamburg wegging, woran ich nicht schuldlos war, nie wieder gesehen. Ich hab das nur von Atze, dem Mann von der Uta, der Lederuta, nicht der Sheriffuta gehört, daß er in Berlin mit einem sehr jungen Mädchen verheiratet war, irgendwo einen Hausmeisterposten ausgeführt hat, das Mädchen ging wohl auf den Strich, hatte dann auch ein Kind von ihm. Das ist alles, was ich gehört hab. Kann ich nicht beweisen. Und daß er ziemlich an der Spritze gehangen hat, also .. Heroin oder Morphium oder so was. Dann wohl gestorben sein soll .. Dann hast du ihn mal auf dem Bahnhof getroffen, das hast du mir erzählt.

Fichte: Ich will mal versuchen, was ganz Kompliziertes rauszukriegen ..

Wolli: Maulwurf?

Fichte: Ja.

Wolli: Maulwurf hat nur Scheiße gesehen praktisch in ihrem Leben. Und die hat in mir einen Gott gesehen. Einen Gott des Bösen irgendwie, und sie fand das faszinierend. Sie sagte, daß ich so liebe Augen hatte und so intelligent sprechen konnte und doch so frech war in Berlin, so abgebrüht war. Und immer die Frauen auf die Ohren gehauen hab und die Löhne gestrichen hab von denen, weil ich da in so einem Machtrausch war, wie ich mit einem Mal Geld verdiente in dem Nachtlokal. Das hat ihr unwahrscheinlich imponiert. Und von diesem Piedestal bin ich selber runtergeklettert und fing mit einem Mal an, mich selbst in Frage zu stellen und Schuld zu suchen in mir und mich im nachhinein zu entschuldigen .. für diese Dinge und diese Dinge nicht mehr gut zu finden. Und dann war ich für sie ein Schwächling wie ihr Vater oder ihr Stiefvater. Da hab ich mich selber .. Also hab ich wieder son Arschloch, sagt sie, wieder. – Da hab ich mich selber runtergemacht, verstehst du, von dem

Westentaschen-Al-Capone bin ich runtergestiegen, der in ihrem Alltag aber doch ein Al Capone war, der das, was sie bewunderte, mit mal anzweifelte und sie damit mit anzweifelte. Das heißt: Das, was du bewunderst, das ist ja richtige Scheiße, das ist ja richtiger Schrott. Der weinende Poet in der Dachkammer, der Rotkehlchen singen hört, der ist ja viel mehr wert, als der drachentötende Siegfried. Das ist das, daß bei ihr wahrscheinlich die Spannung nachließ, denn ich war für Mauli die letzten zwei Jahre wahrscheinlich völlig unerotisch und jeder Beischlaf war praktisch ein Freier-Beischlaf. Ich war eben mit einem Male der von Selbstzweifeln und Selbst-In-Fragestellung gepeinigte Wichser nur. Und der dann noch das machte, anfing zu zeichnen, sie fing ja vor mir an, ich fing auch an zu zeichnen und ich war fleißiger im Zeichnen als sie. Auf einmal war sie da auch noch überrundet, wo sie vielleicht einen Versuch machte, was zu machen und dann hab ich Maulwurf rausgenommen aus dem Anschaffen. Jetzt weiß ich, daß sie glücklich war im Anschaffen. Das war ihre Bestätigung. Sie hatte den kleinen Wolli. Wenn der schöne Hemden anhatte und einen Ring am kleinen Finger hatte – also der brauchte sie. Der ist zwar son kleiner Al Capone – aber durch sie. Sie ist wer. Auf einmal sitzt sie nur in der Ecke und der braucht sie überhaupt nicht mehr und der verdient mit seinen Fickfilmen mehr als sie verdient hat damals im Puff und das alles zusammen, daß sie auf einmal überflüssig wurde, damals hatte ich ja auch so Dinger drauf: Du bist dumm wie ein Schlüterbrot und so. Daß sie sich wirklich wie das dumme Schlüterbrot empfand und sagte: Was soll ich noch hier? Und jetzt kommt in diesem Augenblick der Knastologe Henry, der ganz unten ist, der sie richtig braucht, um wieder leben zu können. Das ist natürlich eine sehr komplizierte Schuld, die dabei herauskommt. Dann ist deine Schuld, daß du gut wirst, daß du nicht mehr böse bist, daß du sagst, die soll nicht mehr anschaffen.

Fichte: Man analysiert sich ja meistens selbst, wenn man andere zeichnet.

Wolli: Nun mal ich ja nicht, das weißt du ja, um damit Geld zu verdienen. Und den Maulwurf hab ich mir so ein bißchen rausgeackert, als ich das »Reqiem für Maulwurf« anfing, als sie noch da war. Also, wenn ich anfang zu dichten . . Ich dichte nur, wenn ich verliebt bin oder wenn ich ganz traurig bin, dann schreib ich mich frei, dann schreib ich mir den Kloß runter und dann bin ich wieder im Gleichgewicht. Das ist irgendwie eine Gottesgabe, wenn du dieses Ventil hast. Ich wüßte nicht, was ich machen würde, wenn ich dieses Ventil nicht hätte. Dann hätte ich mir irgendwie durch den Kopf geschossen . .

Der Hindenburg hat mal gesagt: Treue ist das Maß der Ehrenhaftigkeit. Ich glaube, ich kann alles ab. Die Voraussetzung für die Eiseskälte ist Treulosigkeit bei anderen. Also Treue ist die Tugend, die ich überhaupt am meisten schätze und Treue ist für mich auch Wahrheit – wie Gandhi sagt: Truth. Ich könnt mir vorstellen, wenn die Linda ein Bein verliert und ich würde jetzt die Miß Universum mit 20 Millionen kennenlernen, die sich auch noch für Steinzeitmenschen interessiert, wo ich sag: Das ist se. Da kann ich zehn Mal spritzen am Tag. Da geht alles ab. Daß ich sag: Das tut mir leid. Das geht aber nicht, weil ich da mal ja zu gesagt hätte. Also ich hätte Maulwurf auch nie weggeschickt. Und wir haben uns ja gequält zuletzt und du weißt ja, ich hab mich ja teuflisch gequält mit ihr. Ich bin ja fast blöde geworden. Aber ich hätte das wahrscheinlich bis an mein Lebensende weiter durchgemacht, auch wenn sie mich weiter so behandelt hätte, weil ich mal ja gesagt hatte. Und du kannst in allen Sachen fehlen bei mir. Ich laß mich bestehlen und sonst was, da gibt es ein Verzeihen. Da ist das Gefühl nicht ausgelöscht. Aber bei diesem Moment der Treulosigkeit, da ist die Wurzel rausgerissen. Das hab ich ihr auch gesagt: Überleg dir, wenn du weggehst, das gibt nie ein Wiederkommen. – Und da war sie ja richtig erschrocken: Wieso nicht?

Fichte: Jedesmal wenn deine Familie kommt, betrinkst du dich furchtbar und die Begegnung endet in einem seltsamen Kampf. Willst du dazu etwas äußern?

Wolli: Nein.

Ist ja auch nicht jedesmal. Zweimal war das. Vielleicht hat das mit dem Mond zu tun.

Ich möchte nur das sagen, das kann ich wohl, ohne meine Eltern zu verletzen: Ich glaube, daß ich unter einem großen Ödipuskomplex leide, leide in Anführungsstrichen.

Fichte: Was sagte denn der Kiez, als du zwei Monate später alleine aus Indien wieder zurückkamst.

Wolli: Da ist der Kiez nicht bürgerlich genug zu, um da viel zu zu sagen. Man ist mal einen Monat oder zwei Monate oder ein Jahr im Knast und man ist auch mal ein Jahr in Indien oder so. Der Bockhorn war ein Jahr in Afrika, der ist jetzt in Indien. Der Buddy fährt ein Jahr los. Der Kiez ist frei. Das ist keine große Erschütterung. Man erzählt da, was ist mit de Bräute oder so, tum, tum, tum und so.

Fichte: Warum bist du so schnell wieder hin? War das eine Flucht?

Wolli: Nein. Hätte ich die Linda nicht gehabt, wäre ich hergekommen und hätte Geld locker gemacht, hätte ein Bild verkauft und wär direkt wieder hingefahren. Weil das, was ich mir vorgenommen hatte, nicht abgeschlossen war. Jetzt ist es abgeschlossener, als es damals war. Jetzt sind es in Indien bestimmte Dinge, die mich interessieren. Damals – na, wir leben in einer erotisch unverschämten Zeit – damals hatte ich von dem Mädchen nur die Schamhaare gesehen, ich hatte aber noch nicht damit geschlafen. Jetzt hab ich mit dem Mädchen geschlafen, ich war nicht enttäuscht. Ich würde gerne wieder mit ihr schlafen, aber wenn ich jetzt nicht wieder nach Indien hinkäme, dann wäre das nicht unerträglich für mich. Aber hätte ich nach den ersten drei Monaten nicht hingekonnt, dann wäre es so unerträglich gewesen, wie in der DDR zu leben. Jetzt sind es bestimmte Stämme, die mich interessieren, die Tierreservate. Aber das hängt damit zusammen, daß ich meine Lebensgrundlage verändern will. Ich möchte mein Leben auf etwas anderem aufbauen als auf dem Kiez. Weil ich versuche, eine Sache nur so lange zu machen, nur so lange Geld mit einer Sache zu verdienen, wie ich Lust zu der Sache habe. Ich würde lieber mein Geld verdienen, indem ich über Kadhias und über Missings arbeite, als indem ich einen Puff unterhalte.

Fichte: Wie hast du dich auf deine zweite Reise vorbereitet? Hast du Englisch gelernt?

Wolli: Ich hab mehr Englisch gelernt als vorher. Im ganzen nicht so viel vorbereitet. Vor allem war es, daß ich die Linda dabei haben wollte, wenn man zusammenlebt, lebt man zusammen. Ich find das unfair, wenn sie dann dableibt, sie wollt das ja auch gerne sehen. Ich wollt ihr die Dinge auch gerne zeigen. Das ist auch einer der Gründe, warum ich das nächste Mal auf jeden Fall noch einmal nach Südindien fahre, obwohl ich da kaum was hab, worüber ich arbeiten möchte, denn man muß sich ja doch so ein bißchen spezialisieren, in dem, was man arbeiten will. Indien ist so riesengroß. Aber ich will auf jeden Fall der Linda noch Südindien zeigen.

Fichte: Was hast du auf der zweiten Reise gesehen?

Wolli: Auf der zweiten Reise sind wir nach Delhi gekommen und über Calcutta nach Assam. Assam zieht mich deshalb an, weil ich in Assam doch viel Freunde gefunden habe. Assam ist das Land, wo ich am längsten an einem Ort gewesen bin und was sich mir, zufällig, am meisten geöffnet hat. Und die Tribes. Ich weiß aber nicht, ob ich, wenn ich wieder nach Indien fahre, überwiegend in Assam bleiben würde, wegen der Schwierigkeiten auf der anderen Seite, die Assam hat. Es ist schwierig für mich, diese Tribes zu besuchen und darüber zu arbeiten, durch das absolute Verbot, in diese Grenzländer zu gehen. Daß man insistieren müßte bei Ministern und so weiter. Und inzwischen hab ich festgestellt, daß in Orissa und Andra Pradesh auch interessante Tribes sind Nicht so farbige. Die assamesischen Tribes sind interessanter. Sie liegen näher zusammen. Da hast du auf einer Strecke von hier nach Berlin drei absolut verschiedene Völker, mit absolut verschiedenen Sitten, während du in Orissa zwischen hier und Hannover vielleicht einen hast.

In Assam waren wir auf der zweiten Reise alles in allem ja fast vier Monate. Mit Unterbrechungen. Vorher von New Delhi natürlich nach Katschuaro, diese erotischen Statuen. Das ist ein Witz. Indische Tempel. Hast du die gesehen, diese erotischen Dinger, hast du die gesehen, fragte auch sofort mein Vater. Das wissen sie alle! Diese großen nackten Frauen und daß da gefickt wird in Stein und so weiter. Das sind diese großen Bücher. Das weiß jeder, das ist Katschuaro. Da sind von 80 Tempeln, die da gewesen sein sollen und die da auch sicher gewesen sind,

sind noch 22 erhalten. Aber wenn du nicht weißt, das sind erotische Tempel, dann kann das sein, daß du das gar nicht mitkriegst. Auf diesen Tempeln, da spielt sich das ganze Leben ab. Da spielt sich die Jagd ab, der Tanz, die Hausarbeit und ein Bestandteil davon ist auch die Erotik. Und die Statuen sind nicht so groß, wie man denkt. Also in Orissa gibt es mehr Erotik als in Katschuaro.

Fichte: Was gibt es in Orissa?

Wolli: Da ist der Sonnentempel, der hier bekannt ist als der schwarze Tempel. Da gibt es schon enorme erotische Tempel, die so .. das nützt nicht viel im Interview, wenn ich das mit den Händen zeige – die diesen eigenartigen Aufbau haben.

Fichte: Wie ne Stufenpyramide?

Wolli: Also in Orissa sind die Tempel später behauen worden, da hat man Steine aufeinandergesetzt, von einer breiten Basis ausgehend, zu einem Turm, der oben schmaler wird, und nachdem das ganze Ding aufgebaut ist, dann hat man angefangen, diese Steine am Tempel zu behauen, Figuren zu schlagen. Während in Südindien Säulen und große Figuren aus einem Stück geschlagen sind, zwanzig Meter hohe Figuren, die aus einem Stück geschlagen sind, während sie in Orissa aus kleinen Stükken bestehen.

Dann sind wir in Orissa gereist, lange und kreuz und quer. Bis zu diesen Bondas. Auch die verschiedenen Tribes angeguckt. Dann durch Madhya Pradesh. Das ist auch schon Himalajanähe, das ist nachher Uddar Pradesh. Und von da wieder nach Assam. Dann waren wir wohl fünf, sechs Mal in Calcutta.

Fichte: Als du das letzte Mal nach Assam kamst, da wart ihr schon krank?

Wolli: Ne, in Assam bin ich krank geworden, das letzte Mal und zwar in der Regenzeit, in dem Nationalpark, dem Kaziranka National Park, der ist geschlossen in der Regenzeit. Da ist kein Tourist, weil man da nicht reinkann in der Regenzeit in den Dschungel, weil das alles überschwemmt ist. Ich wollte da ein paar interessante Sachen sehen, weil die Tiere da von der Ebene in die Berge gehen und die Hauptstraße kreuzen, Nashörner und Tiger und alles mögliche. Und dann hatte ich diesen Versuch mit den Mikirs gemacht, diese autonome Tribal-Republic, denen ich zwei Ochsen gekauft habe und einen Pflug. Da ist so ein Dorf, das heißt Rongpy-Village. Rongpy heißt der Headman. Und wie der Headman heißt, so heißt dann auch das Village und die Einwohner die nennen sich dann auch alle Rongpy. Und da hab ich einen Sohn adoptiert,

Der hat mich adoptiert!

der seinem Vater gesagt hat, er ist nicht mehr sein Vater, sondern sein Vater bin ich jetzt.

Fichte: Hast du Ärger gekriegt, weil du denen geholfen hast?

Wolli: Nein, mir ist nur von Freunden gesagt worden, ich sollte mich nicht so sehr darum kümmern, weil Assam ein . .

In jedes indische Land lassen sie dich lieber rein als nach Assam. In Assam hast du vor der Emergency noch sieben Tage Aufenthaltsgenehmigung gekriegt und jetzt einundzwanzig, und wir haben das auf vier Monate gebracht. Kannst dir denken, was wir inzwischen für herrliche Beziehungen gehabt haben. Das assamesische Volk ist, glaube ich, das gastfreiste und aufgeschlossenste in ganz Indien. Das ist ein enorm interessantes Volk, weil das so eine unwahrscheinliche Rassenmischung ist von Tibet, China, Burma. Assam war sechs Jahrhunderte von Thais besetzt, das sind Könige aus Burma. Da ist alles mögliche drin und umrundet und begrenzt von Tribes. Assam wird begrenzt – hinten von Indien, oben von Tibet und China und unten von Burma und dazwischen liegt dieses kleine Assam. Und es kommen immer wieder Stämme und heiraten Assamesen. So kommt immer neues Blut. Assam wird nie alt. Zentralindien stagniert. So daß du in Assam Leute hast, von hellweiß bis dunkelschwarz, Schlitzaugen, tibetanische Typen, Burmatypen mongoloide Typen. Am Rand in Meghalaya,

Das heißt »Königin der Wolken«.

da herrscht noch Mutterrecht. Assam ist umrundet von Militär, du meinst, du bist in einem einzigen Heerlager, weil die Nagas

und einige andere Stämme,

unabhängig sein wollen, die werden von China unterstützt. Da sind ewig Grenzkämpfe, Untergrundkämpfe. Da sind auch schon mal Inder gekommen mit Düsenbombern und haben da rumbombardiert. Man sagt, die Gandhi, die will sich die alle einverleiben, schluckt die ganzen Stämme und die Randländer. Das ist natürlich ne Notwendigkeit. Da ist das große China daneben und das sind so Länder, die vielleicht zwei oder drei Millionen Einwohner haben. Das muß natürlich indisch sein, denn sonst kann China von da ja direkt reinspringen. Jeder hat eben ein Interesse, die weiche Stelle zu finden. Und Assam ist die weiche Stelle. Assam gehört zu Indien. Assam gehörte schon immer zu Indien. Seit der Independence, seit die Engländer weg sind. Aber die Assamesen sagen nicht: Ich bin Inder. Sie sagen: Ich bin Assamese. Und die anderen sind für sie die Hindustani.

Fichte: Und vor was für Schwierigkeiten hatten euch eure Freunde gewarnt?

Wolli: Assam gehört zu den restricted areas – die Randländer sind protected areas, also verbotene Gebiete. Assam ist ein Gebiet mit begrenztem Zutritt. Und wenn jetzt Fremde kommen und fangen an, sich intensiv mit diesen Randstämmen zu beschäftigen, dann vermutet die indische Polizei, daß man Politik machen will. Und man sagte mir: Knie dich nicht zu sehr rein mit den Mikirs und ich war schon ziemlich reingekniet mit den Mikirs, ewig mit dem Headman gegessen und das ist . . und 1 000 Rupis sind ja für einen Inder sehr viel, wenn ein Mann fünf Rupis am Tag verdient. Und jetzt kommt ein Deutscher, immerhin ein Europäer, der hat nicht kolonisiert, aber die Engländer kamen ja auch mal ganz freundlich rein, und der will ne Wasserpumpe bauen, der kauft den allen Geschirr, der kauft denen zwei Ochsen, der will Land kaufen, der kauft denen Pflüge, Saatgut und so und fängt da an das Dorf fast zu ner Kommune umwandeln zu wollen, gemeinsames Feld, das sie zusammen bearbeiten sollen und solche Sachen. Warum tut der das? Das ist auch kein angekündigter Ethnologe, ein Professor, der da forschen will. Man weiß überhaupt nicht, was der macht, woher hat der überhaupt das Geld? Der ist in einem Jahr das zweite Mal in Indien. Er sagt, er ist Maler, der fährt immer wieder nach Assam. Er erzählt, er interessiert sich für die Tiere. Er sagt, er will über die Nashörner forschen. Aber er hängt die ganze Zeit bei den Stämmen rum. Was hat er da vor?

Fichte: Andrerseits seid ihr doch auch sehr anerkannt worden, du bist als Doktor, als Kunstprofessor in Kunstakademien vorgestellt worden . .

Wolli: Das war in Goa. Wir sind auch anerkannt worden und haben die Papiere für Assam verlängert bekommen. Aber Freunde, die auch einflußreich sind, haben mir gesagt, paß auf, die fangen an zu gucken.

Wenn du dich soviel um die Mikirs kümmerst, denn die Mikirs gelten in Assam wiederum als der uninteressanteste Stamm. Ist wahrscheinlich auch der uninteressanteste Stamm, der farbloseste Stamm. Die keine besonderen Kostüme haben. Die laden dich auch nicht ein, weil sie nichts haben. Ich sag das jetzt mit westlichem Vorbehalt. Also der faulste Stamm. Die Inder sagen: Hopeless people . . Wir haben denen Land gegeben und sie noch bezahlt, wenn sie auf ihrem eigenen Land gearbeitet haben, und trotzdem sind sie wieder weggelaufen. Die so primitiv im Busch rumsitzen und nichts tun. Also, was kann der nun an diesen Leuten gefressen haben?! Die aber immerhin durchgesetzt haben, daß sie eine autonome Republik sind und da gibts etwa 300, 400 000. Und man sagt: Was soll man da lange nachforschen, da geben wir ihnen eine freundliche Klitsche auf den Arsch: So, deine Zeit ist jetzt abgelaufen, ne Verlängerung können wir nicht geben.

Fichte: Wie reagierte die indische Bevölkerung auf euch beide?

Wolli: Sehr aufgeschlossen, nun hab ich mich in Assam überwiegend in den Wildreservaten aufgehalten, in so einer Lodge mit einer Dschungelbar. Und arme Leute kommen da nicht hin. Da kommen nur Inder hin, die Geld haben. Die müssen nicht enorm reich sein, aber über dem Mittelstand schon. Und die bleiben im Schnitt zwei Tage, drei Tage. Es ist auch in Assam nicht üblich, daß da viele Europäer rumlaufen. Wir haben da Minister und Gouverneure kennengelernt. Und das einhörnige indische Nashorn, das ist das zweitteuerste Tier, das im Zoo überhaupt gehandelt wird, die gibt es nur in Assam – ein paar noch in Nepal. Und das ist ne Attraktion, dieses Nashorn im Freien zu sehen. Das drittgrößte Säugetier auf der Erde, das zweitgrößte Landsäugetier.

Fichte: Und das habt ihr zu Gesicht gekriegt?

Wolli: Da haben wir schon gar nicht mehr hingeguckt. Wieder sone Kuh. Assam gibt die Garantie, die machen ja auch Werbung in den Zeitungen für indische Touristen: Wir garantieren, daß Sie in einem Tag Nashörner sehen und wir garantieren, daß Sie dies seltsame Swamp Deer, diese Sumpfantilope sehen, die es auch fast nur noch dort gibt und fast sicher garantieren wir, daß Sie den wilden Büffel sehen, den es auch nur noch in Assam und in Orissa gibt. Also an dem Fuß des Himalaja ist die konzentrierteste Tierwelt in Indien.

Fichte: Ist dir das Interesse für Tiere erst in Indien gekommen?

Wolli: Ich hab mit einem Mal das Abenteuer der Schönheit, der Ruhe im Wald entdeckt. Und auch diese gewaltlose Sensation, das gewaltlose Abenteuer. Abenteuer ist in unserer Welt meistens mit Gewalt verbunden. Mit Gefahr, mit Waffen, mit Verbrechen. James-Bond-artig. Das ist ein absolut gewaltloses Abenteuer, kann trotzdem gefährlich sein, vermittelt dir Prickeln und Sensation, aber ein liebes Abenteuer, möcht ich fast sagen. Es ist eine schöne Sache, es ist keine blutige Sache.

Mir ist übrigens noch ne andre Idee gekommen, mit dem ganzen Indien, mit dem ganzen Wechsel des Lebens und so. Bei mir geht das alles von unten los und daran ist wohl auch die Ehe mit Maulwurf, man kann wohl sagen, die Ehe, gescheitert. Ich will hochkommen. Ich meine geistig hoch. Es geht bei mir aber immer alles ganz von unten los. So ging es von unten los, als ich nach Hamburg gekommen bin und wie ich über die Rummelplätze und Zirkus und Puff .. als ich damals von der Schule geflogen bin, als mein Vater sagte: Das wirst du mal sehr bereuen, weil du ein Typ bist, der gerne ..

Ich muß immer ganz von unten anfangen jedesmal.

Fichte: Ist das nun nicht gefährlich mit den Nashörnern? Oder es kann ein Tiger kommen und einen Elefanten angreifen?

Wolli: Ein Tiger greift keinen Elefanten an. Gefährlich ist es nicht. In Assam darfst du in dies Reservat zu Fuß nicht reingehen, sondern nur mit dem Jeep oder mit dem Elefanten. Nicht wegen der Tiger, sondern nur wegen der Nashörner und der Büffel. Das sind aggressive Tiere. Das Nashorn ist ein absolut unbe-

rechenbares Tier, obwohl wir auch da in Manas, das ist ein zweites Sanctuary, zu Fuß gegangen sind.
In manchen andern Sanctuaries war ich mit der Linda alleine unterwegs, den ganzen Tag. Also Kilometer von der Lodge weg und sind da auf diesen Dschungelpfaden rumgeschlichen. Elefantenherden von nahem beobachtet, Büffel von nahem gesehen, uns an irgendwelche Antilopen rangeschlichen, die nicht gefährlich sind, aber die unwahrscheinlich schnell abhauen. Wir standen plötzlich einem Tiger auf 50 Meter Entfernung gegenüber. Ist auch ganz schön nahe.
Dreimal sind wir vom Nashorn gejagt worden. Einmal haben wir zwei Nashörner beim Ficken gestört. Die fingen dann an, den Jeep anzugreifen.

Fichte: Habt ihr Kämpfe unter Tieren beobachtet?

Wolli: Ja, zwei Nashornbullen. 1904 gab es etwa 12 Nashörner noch, inzwischen sind das 700 in Assam geworden.
Das Nashorn ist kein Urwaldtier. Die halten sich mehr in Grasland und Sumpfgebieten auf. Das sind übrigens die wenigsten Tiere, die im Urwald leben. Da will ja nun keines durch dichtes Unterholz kriechen, nicht? Je dichter der Dschungel ist, je weniger ist da drinne los. Da sind weder Hirsche drin, noch sind da Tiger drin.

Fichte: Was für Feinde hat das Nashorn?

Wolli: Das Nashorn hat überhaupt keine natürlichen Feinde außer dem Menschen. Also, wenn das Nashorn nicht so stumpfsinnig wäre, dann wäre das Nashorn der wirkliche König des indischen Dschungels, denn das Nashorn ist das einzige Tier, das den Elefanten angreift. Das schwarze, afrikanische Nashorn, das zweihörnige, soll ja noch wesentlich aggressiver sein – wie nennt man so Filmstars – ja, Diva, man nennt es die Diva der Steppe.

Fichte: Auch der Tiger ist kein natürlicher Feind des Nashorns?

Wolli: Der läuft weg.
'n Tiger frißt sehr gerne Nashornbabys, kleine, und die sind immer in Begleitung der Mutter und da ist der Tiger dann auch so bösartig, das Nashornbaby zu verletzen und läuft schnell weg, weil die Mutter sofort auf ihn losgeht, also mit der Nashornmutter kann er sich nie auf einen Kampf einlassen, da zieht

er den kürzeren. Und dann schleicht er tagelang diesem verwundeten Paar nach. Also die Mutter geht nie von dem Baby weg und er wartet, bis das Nashornbaby stirbt. Im letzten Jahr haben sie sieben Nashornbabys durch Tiger verloren, wenn es dann stirbt, nach einer gewissen Zeit läßt die Mutter das eben allein, sie vergräbt das ja nicht. 'n Tiger wird auch versuchen, ein kleines Elefantenbaby zu fressen, denn ein Tiger ist ein Feinschmekker und 'n Baby ist zartes Fleisch. 'n Tiger ist auch nicht interessiert an einem alten zähen Büffel und wenn ne Familie durch den Dschungel geht, dann würde der Tiger auch eher versuchen, ein kleines Kind zu fressen als einen Erwachsenen. Ein Nashornbaby muß ein besonderer Leckerbissen sein, denn wir haben beobachtet, wie ein Tiger auf der Jagd war nach Antilopen und dann kam ein Nashorn mit einem Baby und da hat ihn keine Antilope mehr interessiert, da ist er nur noch hinter diesem Baby hergelaufen. Die Mutter ist dann mit dem Baby ins hohe Gras gegangen und dann hörten wir dieses Geräusch, also Schnaufen und so weiter und dann kam sic nach ncr Zcit mit dem Baby allein wieder raus. Also hat sie den Tiger auf jeden Fall verjagt. Der war nicht auf Tuchfühlung, aber auf vier, fünf Meter hatte er sich schon rangepirscht, wie wir sahen.

Fichte: Ihr habt euch mit Steinzeitgesellschaften befaßt.

Wolli: Das war ein Stamm. Das war in Orissa, die Kadhias, das ist der englische Ausdruck. Die Inder sagen Karias. Aber man kann wohl sagen, daß im allgemeinen die Stämme in Indien mit den englischen Ausdrücken bezeichnet werden. Die Veröffentlichungen waren alle aus der englischen Besatzungszeit, die englischen Ethnologen haben die Namen geprägt, die Inder selbst haben da nicht viel getan, auf diesem Gebiet.

Der Stamm selber wird sich aber nie mit dem Namen der Engländer nennen, aber auch nie mit dem Namen des Gastlandes. Wenn ein Tribe in Assam lebt, zum Beispiel die Addis, die Assamesen nennen die Abors, das heißt: die Fürchterlichen, sie selbst nennen sich mit verschiedenen Namen, fast immer nennen sie sich »Mann«. Wenn du fragst: Wie nennen die sich selber, dann nennen sie sich die Menschen oder die Männer und die andern sind eben dann nicht die Menschen.

Fichte: Wie habt ihr mit denen zusammen gelebt?

Wolli: Die Kadhias, die leben in Orissa, im Gebiet des Simlipal Park. Das ist ein Gebiet, das ist etwa 3 000 Quadratkilometer groß. Und da gibt es ungefähr 1 500 noch. Das ist ein nomadischer Stamm, der noch auf der Stufe der Sammler lebt. Das sind Wurzelsammler. Die gehen nicht auf die Jagd. Die wissen nicht, daß man pflanzen kann, und die wissen auch nicht, wie man Tiere züchtet. Ihnen sind jetzt im letzten Jahr von den Indern ein paar Hütten hingebaut worden, so zwölf primitive Strohhütten. Das war sehr nahe von diesem Forstrasthaus, wo wir waren. Da lebten etwa 60 Leute dieses Stammes gerade in den Hütten. Man weiß nicht, wie lange, weil die wieder weiterziehen. Aber man hat ihnen auch ein paar Ziegen gegeben, und Kleider und Hühner, weil man versuchen will, die Leute festzusetzen. Einmal, um sie am Aussterben zu hindern und dann will man ja auch wissen, was so passiert. Indien ist auf dem Weg der Industrialisierung und der Bürokratisierung.

Fichte: Du hast dir auch Gedanken gemacht, wie man diese Leute behandeln sollte.

Wolli: Das hab ich dem Direktor des Projektes »Tiger« in Orissa – der Tiger ist ein geschütztes Tier, man sagt, vor 80 Jahren gab es noch 40 000 Tiger, heute gibt es noch 2 000 Tiger in Indien, man will Indiens schönstes und majestätischstes Wild nicht aussterben lassen. Mit dem Direktor waren wir ein paar Tage zusammen – das ist der Mann mit dem gezähmten Tiger, von dem ich dir erzählt habe – der sich da schon ein bißchen interessiert für diese Leute, aber sein Hauptinteresse gilt den Tigern, und ich sagte, man sollte versuchen, diese Leute als Tiere zu betrachten. Das klingt jetzt ein bißchen komisch, ich meine, die Sorgfalt, die man aussterbenden Tieren widmet, die sollte man diesen Tribes auch widmen. Das ist genauso interessant und wichtig, daß sie erhalten bleiben, wie der Tiger. Alles andere wäre wohl ein bißchen übertrieben, also: Das sind Menschen wie wir. Das ist ein Tribe, der aussterben wird, wahrscheinlich. Es gibt ja aussterbende Völker. Der Cromagnon-Mensch ist auch ausgestorben. Es gibt eben Völker, die absolut weg sind, wie es Tierrassen gibt, die absolut weg sind und da kann man nicht sagen, die sind ausgerottet worden von irgend jemandem. Die Lebensbedingungen ändern sich. Alles fließt. Die Geschichte ist ein Rad. Aber wir sind heute in der Lage, daß wir Völker, die uns am lebenden Modell Einblick in unsere Urzeit geben, erhalten können. Man könnte aus diesen Leuten Fremdenführer machen, wenn Touristen kommen, daß man die als Fährtensucher verwendet, denn die kennen genau dieses Gebiet, die haben Sinne, die wir nicht mehr haben. Du kannst ihnen zwei Hölzchen geben zum Feuermachen – das wird wenig Leute geben, die innerhalb einer halben Stunde ein Feuer zustande bringen –, und diese Leute schaffen das in einer halben Minute. Die kennen keine Streichhölzer, die kennen kein Geld.

Fichte: Und der Direktor meinte, es sei möglich, sie so zu integrieren?

Wolli: Ja. Kleine Aufträge gibt man denen schon manchmal. Die Frauen sind natürlich primitiver als die Männer, ich könnte auch sagen: traditionsverhafteter. In ganz Indien ist die Frau mehr der Tradition verhaftet. Du siehst sehr wenig westlich gekleidete Figuren in Indien, aber eher viele westlich gekleidete Männer. Es gibt heute noch Gebiete, wo die Frau das Gesicht verhüllt trägt, übrigens nicht nur bei Moslems, sondern auch bei Hindus. Obwohl das wahrscheinlich eine Sitte ist, die im 12. Jahrhundert durch die Moslems eingeführt wurde.

Fichte: Wie habt ihr eure Eindrücke festgehalten? Habt ihr fotografiert, hast du gezeichnet, hast du Aufzeichnungen gemacht?

Wolli: Ich hab Aufzeichnungen gemacht. Wir haben fotografiert, allerdings mit einer kleinen Pocketkamera, die kostet nur 130 Mark. Die macht sehr schöne Nahaufnahmen von Gebäuden oder so, Familienbilder, aber für eine Veröffentlichung wertlose Bilder. Die Bilder von dem Kampf von Nashorn und Tiger, die kann man als Suchbilder im Rätselheft rausgeben. Dazu kommt, daß wir die Filme aus Unkenntnis neun Monate im Rucksack rumgeschleppt haben da durch die Regenwälder und ich weiß heute, daß das ein unverzeihlicher Blödsinn ist, daß ich da nicht mit einer guten Kamera hingefahren bin. Man weiß nicht, ob man Tiger je so wiedersieht. Wir haben drei Tage lang eine Tigerin mit drei zehn Monate alten Jungen

beobachtet, wie die Büffel gefressen haben. Wir haben einen zahmen Büffel als Opfer an einen Baum angebunden. Wir haben den Kampf von zwei Nashörnern gesehen. Jährlich sterben in Assam etwa acht Nashörner durch gegenseitiges Totbeißen. Die kämpfen nicht mit dem Horn – die kämpfen mit den Zähnen. Das afrikanische Nashorn kämpft mit dem Horn. Die haben sehr lange Zähne im Unterkiefer, wie son Eber, und beißen sich tot. Dann haben wir noch einen toten Nashornbullen gefunden, den haben wir dann noch seziert mit zwei Schweizer Wissenschaftlern zusammen, den Schädel bloßgelegt.
Wollt ich helfen.
Das erste Mal, daß die den Wolli ruhig gesehen haben. Ich war die ganze Zeit am Würgen und Kotzen. Zehn Stunden haben wir da rummalocht. Einige kastenlose Inder waren bis zu den Knöcheln in dem halbverfaulten Aas und schnitten sich kleine Stückchen heraus, um sie zu essen, weil sie denken, sie werden dann so stark wie ein Nashorn.
Ich habe die Kamera nur mitgenommen, auf das Bitten von Linda, weil ich ne große Abneigung zu fotografieren hab. Aber du weißt ja überhaupt, daß ich eine große Abneigung gegen technische Dinge habe. Ich könnte mir ein Auto leisten. Ich hab kein Auto. Ich mag kein Telefon. Ich mag keine Kamera. Ich würde das schön finden, wenn man Autos nur für Ärzte zulassen würde oder für Notfälle, wenn man nach Indien will, daß das ein Jahr dauert, um da hinzukommen. Das Altmodische, das ist irgendwie ein Komplex von mir, weil ich von der Schule runtergeworfen worden bin und gezwungen wurde, Autoschlosser zu lernen. Ich liebe Fotos. Ich bin ein Fotofan. Aber ich komm mir immer vor, als ob ich unerlaubt durch ein Astloch gucke, wenn ich fotografier. Das geht so weit, daß ich ein Nashorn um Erlaubnis fragen möchte, ob ich es fotografieren darf. Aber ich stürz mich auf jeden Fotoband und kauf. Ich komm mir sehr touristisch vor, wenn ich in son Dorf reinkomme, mit der Kamera so umhängen, so Mister Klick-Klick. Und das erschwert Kontakte ungeheuer.

Fichte: Du bist in einen Kalitempel gegangen, wo früher Menschenopfer stattgefunden haben.

Wolli: Wahrscheinlich haben früher in allen Kali- und Durgatempeln Menschenopfer stattgefunden. Meiner war kein Kalitempel, sondern ein Chamundatempel. Chamunda ist Kali in ihrem größten Zorn. Kali, im allerletzten Stadium der Wut, wird zur Chamunda. Das war in Orissa und der Chamundatempel ist der älteste Tempel in Bhubaneshwar. Das ist ein Tempel, der für Nicht-Hindus nicht erlaubt ist. Der ist draußen wunderschön verziert, teilweise mit erotischen Figuren. Drinnen ist ein großes Standbild der Göttin Chamunda, die doch sehr gefährlich aussieht. Da passiert es dann auf einmal mit dir, daß du da drinnen nicht mehr lästern möchtest. Da ist eine überlebensgroße, schwarze Figur, die halb mit einem Tuch verhangen ist, einem roten Tuch, und Augen, an denen Metallringe befestigt sind mit fingerlangen Metallbolzen früher. Keiner durfte Chamunda betrachten. Der Großvater von dem Priester, den wir da gesehen haben, der war noch blind. Der Priester, der Chamunda geweiht wurde, der durfte sie sehen, der ging dann in diesen Tempel rein, ging auf die Metallbolzen zu und stach sich die Augen aus. Der letzte Blick war die Chamunda. Wer die Göttin gesehen hat, darf nichts andres mehr sehen. An gewissen Tagen des Jahres haben Blutopfer stattgefunden, wenn sich die Türen des Tempels – der Tempel hat mehrere Räume – der Opferraum ist so groß wie dieses Krankenzimmer, der ist dunkel, wir haben dann mit der Taschenlampe geleuchtet, gegenüber der Tür ist die Statue der Göttin, an der Seite sind viele kleine Götterfiguren, enorm gut ausgearbeitete Steinfiguren, mit Schlachten, Bauchaufschneiden, Händeabhacken, Schädel und so weiter. Und vor der Tür ist eine Art Richtblock aus Stein mit einer Rinne, die bis zu diesem Altar, diesem Götterbild geht, und da sind Leute geopfert worden, wenn die Sonne aufging, so erzählte der Priester. Jedenfalls haben die ihren Kopf auf den Richtblock gelegt, der blinde Priester hat die Tür aufgemacht, der Mann mit dem Schwert war abgeneigt, abgewendet von dem Götterbild, und diese Leute konnten dann die Chamunda sehen und in dem Moment, wo sie sie gesehen haben und angeguckt haben, da hat er ihnen den Kopf abgeschlagen. Das handelte sich um freiwillige Opfer, und das Blut lief dann

immer an den kleineren Götterbildern vorbei bis zu den Füßen der Chamunda. Der Stein ist schwarz dadrin. Das schwitzt irgendwie und das hat schon eine enorme Ausstrahlung. Wahrscheinlich sogar, wenn du nicht wüßtest, was das für ein Tempel ist. Dieses Bild ist 800 bis 1000 Jahre alt und da sind wahrscheinlich Hunderten von Priestern die Augen ausgestochen worden, also wo der Augenglibber runtergelaufen ist und wahrscheinlich Liter von Opferblut entlanggelaufen – das gibt der Sache schon eine eigenartige Weihe. Da bleibt was von haften. Das ist ja nicht so einfach, sich freiwillig die Augen auszustechen und sich freiwillig den Schädel abschlagen zu lassen. Das sind ja enorme Gefühle und Sachen, die da rauskommen. Ich glaub, daß sowas am Stein klebt und in der Luft hängt.
Das sollt ich wohl keinem sagen. Ich kam mit dem Priester ganz gut ins Gespräch und ich sagte: Ich bin ein Anhänger oder Anbeter der Göttin – er hielt mich für einen Assamesen –, der Göttin Khamakia in Assam. Das ist der wichtigste tantrische Tempel in Assam. Assam ist das Land, wo für Indien der Tantrismus herkommt. Er hat mir dann diese Kette geschenkt, die eine Opferkette ist und zwölf Jahre um den Hals dieser Statue gehangen hat. Das ist eine Kette aus Wachsperlen mit Stoff. Na, ich hab ne Scheu, sie umzubinden. Ich hab sie zu Hause. Ich möchte sie nicht umbinden.

Fichte: Hast du Anhänger von Teufelssekten gesehen?

Wolli: Ja, zwei Mal.

In Benares. Ach, das hatte ich ganz vergessen, wie kann man das vergessen, daß das wahrscheinlich die indischste Stadt in ganz Indien ist – Benares. Über den Ganges brauch ich nichts zu erzählen, daß das der heilige Fluß ist. Interessant ist, daß da täglich etwa 1 000 Leute verbrannt werden, also Tote verbrannt werden und die Asche in den Ganges gestreut. Heilige werden nicht verbrannt, sondern der Sarg wird in den Ganges getan und du siehst bestimmt zwei, drei Mal am Tag Leiber da schwimmen, also so aufgequollene Leiber von Heiligen, die man reingeworfen hat. Und diese Nagas, so nennt man die Sekte, das sind Teufelsanbeter, die könnte man bei uns in den Schwarzen Messen sehen, aber die erotische Komponente muß man da abziehen. Das sind übrigens sehr dunkle Leute und keine Frauen dabei bei den Nagas, die laufen vollkommen nackend und haben durch den Penis einen Ring. Die laufen auch heute in dem keuschen Indien in Benares vollkommen nackend rum, auch im Winter, wenn es kalt ist. Im Winter wird es in Indien nämlich auch ganz schön kalt, teilweise. Selbstverständlich unrasiert, die Haare nicht geschnitten und mit Asche bestreut und so weiter und eine Sache, die ein Muß ist in dieser Sekte, das ist, eine solche angeschwemmte Leiche zu fressen, und dareinzubeißen, also nicht zubereitet, sondern roh. Ich weiß nicht, wie weit der die ganze Leiche essen muß. Das weiß aber jeder, auf jeden Fall fressen die die angeschwemmten Toten und schwimmen die dann auch hin und fressen diese Leichen und wühlen sich auch mit den Gesichtern und den Zähnen und kauen Asche an diesen Verbrennungsplätzen, und jeder Mensch hat Angst vor ihnen und sagt: Früher haben die auch gemordet und geopfert, was natürlich heute verboten ist, aber heute wünschen sie böse Sachen. Und für böse Wünsche bestraft man keinen in Indien. Das ist eine Sekte, die ausstirbt. In Indien ist man sehr tolerant der Religion gegenüber und in Benares ganz besonders, aber das werden immer weniger in der modernen Zeit. Das erledigt sich von ganz alleine. Aber heute hat noch jeder Angst vor diesen Leuten, und wenn die um was fragen, bitten tun die ja nicht, das gibt man ihnen, weil man Angst hat vor den bösen Wünschen.

Fichte: Wie seid ihr denen begegnet?

Wolli: Wir haben einen gesehen mit einem Fahrrad.

Fichte: Nackt?

Wolli: Nackt. Der hat das Fahrrad geschoben. Da ist immer so ein bißchen Abstand zwischen ihm und den Leuten. Und einen haben wir auf dem Bahnhof gesehen. Der wahrscheinlich aus dem Zug gestiegen war.

Fichte: Ihr habt nicht mit ihnen gesprochen?

Wolli: Nein, da kann auch wahrscheinlich keiner Englisch von. Man ist natürlich neugierig und ist auch ein bißchen hinterhergegangen und hat sich in seiner Nähe noch ein bißchen getummelt.

Fichte: Wie ist das in den letzten Jahren: Bist du weniger geil? Wie war das in Indien?

Wolli: Ja. Das mag an folgenden Dingen liegen: In Indien ist es normal, vegetarisch zu essen. Es gibt wahrscheinlich keine Gaststätte, in der man dich nicht fragt, ob du vegetarisch essen willst. In Indien braucht man wohl auch – wie überhaupt in heißen Ländern – nicht so sehr das Fleisch, man vermißt das Fleisch nicht. Ich meine, daß auf Grund der fleischlosen Nahrung die Sexualität doch abnimmt. Man sagt, wenn du hier richtig losmachen wolltest, das ist das beste Aphrodisiakum, dann hau dir ein richtiges Steak rein. Dann spielt wohl auch ne Rolle, daß die Nahrung im ganzen wohl doch wesentlich kraftlos ist in Indien. Ich hab abgenommen. Wenn wir ne Zeit in guten Hotels gelebt haben, wo das Essen gut war, dann nahm der Sex auch wieder zu. Dann hast du in Indien kaum eine sexuelle Außenreizung wie hier, wenn man auf St. Pauli lebt, oder überhaupt in Hamburg. Dann kommt dazu, daß man für unsere Begriffe doch allerhand Bestürzendes sieht, in Städten sieht man Hungernde, in den Tribes sieht man aufgeschwollene Bäuche, die durch einseitige Nahrung verursacht sind, und man sieht doch allerhand Elend, das bei manchen vielleicht sexuell fördernd wirken würde, bei mir das Gegenteil bewirkt.

Fichte: Hat sich Linda beschwert?

Wolli: Die Linda ist dem Sex nicht so unterworfen wie ich. Also Linda vermißt es nicht, wenn die mal ne Woche nicht losmacht. Sie hat mal gesagt. Wir haben eine Woche nicht losgemacht.

Fichte: Das war keine Klage?

Wolli: Keine Klage. Ne belustigte, verwunderte Anfrage vielmehr. Dann kommt dazu, daß ich oft unter Durchfall gelitten habe, mich nicht so wohl gefühlt habe, wir sind oft 200 Kilometer am Tag mit dem Bus gefahren, 30 Kilometer in der Stunde.

Fichte: Ihr hattet auch Diener und Fahrradrikschafahrer?

Wolli: Ja. Und dann mein ich, spielt auch beim Sex ne Rolle, wie du lebst, in welchem Raum. Ich glaube auch, daß der wohlhabende Inder mehr Sex treibt als der, der in der Hütte lebt. Wenn du auf so ner harten Knastpritsche schläfst und so einen völlig asinnlichen Raum hast, wenn du nur spartanisch das

Allernotwendigste hast, vielleicht nur ne ganz dünne Decke, alles das fördert den Sex nicht.

Fichte: Ihr hattet zwei Diener?

Wolli: Ne, einen.

Fichte: Hattest du nicht einen unangenehmen?

Wolli: Das war kein Diener. Das war in Assam, weil da die Küchen alle geschlossen waren, weil keine Touristen mehr waren in der Regenzeit. Da haben die uns einfach einen beigegeben und gesagt: Der holt für dich ein und der kocht für dich. Der gehörte da zu dem Reservat. Das war ein totaler Idiot. Das war übrigens der einzige Betrüger, den ich in Assam kennengelernt habe, der versuchte zu betrügen beim Einkaufen. Also, das war ein unangenehmer Assamese, obwohl er sehr angenehm aussah. Er war zweiundzwanzig. Wir hatten uns einen Diener mitgenommen in Orissa. Der war Fahrradrikschafahrer, und mit dem sind wir etwa zwei Monate durch Indien gefahren.

Fichte: Mit seiner Rikscha?

Wolli: Ne, ne. So. In Bussen. Im Zug. Er war zweiundzwanzig und ein sehr sympathischer junger Mann, den ich eigentlich lieb hatte, wie einen kleinen Bruder. Das war dann auch kein richtiges Dienstverhälnis mehr. Von seiner Seite wohl. Aber das sah dann praktisch so aus, als ob ich einem jungen Burschen eine Freude machen will, dem man sagt: Ich lade dich ein, mit mir zu reisen und aus Freundlichkeit trägt er dafür meinen Rucksack, der ja ziemlich leicht war, geht mal einkaufen für mich, holt mal Eis, wäscht mal ein Hemd, man hat ja nicht viel zum Waschen gehabt. Und macht sich nützlich, holt die Buskarten und solche Sachen. Was er auch nur schlecht konnte, weil er nicht schreiben konnte. Also konnte man ihn auch nur schlecht zum Bahnhof schicken, um festzustellen, wann die Züge fahren. Er war nie aus seinem Dorf rausgekommen. In einem großen Bahnhof wie in Delhi oder Calcutta war er völlig hilflos. Da mußte ich ihm die Fahrkarte kaufen und ihn in den Zug reinsetzen. Das war aber ein so lieber Junge, das hat mir richtig Freude gemacht, mit dem rumzufahren.

Fichte: Zusammengefaßt: Was waren die großen Veränderungen durch Indien.

Wolli: Die Veränderung der Werte, die anfing durch den Genuß von LSD schon hier in Deutschland und durch den Genuß von Haschisch.

Das Wissen, daß man mit sehr viel weniger leben kann. Ich will nicht sagen, daß die Leute da alle glücklich leben. Aber daß man auf viele Dinge verzichten kann, von denen man hier glaubt, nicht auf sie verzichten zu können. Es gibt eine Menge andere Sachen, die man nur erkennen kann, wenn diese Dinge nicht mehr da sind. Das bleiben ja keine leeren Plätze stehen, wenn du auf einmal kein Fernsehen mehr hast, daß das ausgefüllt wird mit etwas, das gleichwertig ist.

Fichte: Wie wird dein Leben weitergehen?

Wolli: Ich will versuchen, soviel zu wissen und zu erkennen.. Mich zu orten. Das betrachte ich als das Allerwichtigste.

Ich möchte mich gerne genauer mit einigen Stämmen, den Kadhias und den Missings in Assam, beschäftigen, weil ich gerne wissen möchte, wie haben unsere Vorfahren mal gelebt. Wo komm ich her? Wie kann man leben als Sammler? Ich möchte gerne mit den Leuten mal einen ganzen Jahresrhythmus verbringen. Das sind ja nicht immer dieselben Pflanzen. Die fangen gewisse Vögel zu bestimmten Jahreszeiten.

Das hab ich mir genau aufgeschrieben, wann sie welche Vögel fangen, was sie dafür bekommen, ihre Preise, und den Preis der Märkte.

Dann möchte ich gerne Sagen, Geschichten und Philosophien von den Leuten sammeln. Was die sich vorstellen, wenn die den Mond sehen, was sie ihren Kindern zum Einschlafen erzählen – was ich bis jetzt erfahren habe, gibt es da über die Kadhias überhaupt keine Veröffentlichung. Ich möchte mir die Möglichkeit schaffen, mit meinen Bildern, die ich natürlich sehr ungern verkaufen würde.. daß ich dahin fahren kann und solche Arbeiten machen kann.

Fichte: Nächstes Jahr?

Wolli: Wenn ich finanziell die Möglichkeit finde, das zu machen.

Fichte: Du sagtest, du wolltest über Muttergottheiten, über die Frau in der Religion arbeiten. Mußt du dich nun nicht entscheiden, ob du nun weiter Feldforschung betreiben willst oder ob du eher anfangen willst, aus bereits vorliegenden Arbeiten eine These zusammenzuschreiben. Du bist heute über vierzig Jahre alt.

Wolli: Ich möchte beides machen. Ich möchte über Kunstäußerungen in Assam und Orissa arbeiten. Die hängen zusammen. Ich habe Stämme gesehen, die absolut kunstlos sind. Ich hab so Versuche gemacht, in den Sand zu zeichnen, auf Seide zu zeichnen, Fabeltiere und so. Da hab ich bei manchen ein absolutes Uninteresse gefunden Ich hab wieder andre Tribes gefunden, die Sandals in Orissa, die sich selbst Matjas nennen, die jedes Haus enorm bemalen, die enorm schöne Sachen, so Götter und eigenartige Figuren an die Häuser malen.

Das andre ist die Rolle der Frau. Die Frau ist das kreisende Geheimnis in meinem ganzen Leben. Die Rolle der Frau in den Religionen, der Mother-Goddess-Begriff. Aber ich weiß, daß das Jahre braucht. Dazu will ich auf meinen Reisen Material sammeln, zu gleicher Zeit Bücher sammeln darüber, lesen, weil ich nicht geil darauf bin, wenn ich nun ein Buch in die Hände krieg, von dem ich nur gehört hab und ich seh, der hat das alles schon gemacht, dann kann man nur noch Nachträge liefern, dann muß das nicht nen Köhler geben, der dasselbe mit andern Worten noch mal erzählt.

Was sie heute ja gerne machen, diese Abschreiberei.

Aber dazu bin ich nicht reich genug, daß ich mich darauf stürzen kann. Das kann man ja nicht in zwei Jahren machen. Hinzukommt, daß man da ja dann noch nach Neu-Guinea muß und nach Malaysia und Borneo. Das hängt ja alles dann zusammen. Aber um das alles zu bestreiten, interessier ich mich für Teilgebiete und die Teilgebiete sind Stämme und die Tiere. Tiere, das ist ne Modesache. Da interessiert sich jeder für. Tierberichte, Tierbilder, die verkaufen sich gut. Das ist interessant, das macht mir Freude.

Jetzt weiß ich auch wieder nicht, wie weit komm ich mit der Malerei klar. Vielleicht knie ich mich da wieder rein, daß ich sag, ich kann jetzt überhaupt nicht wegfahren. Ich muß jetzt noch ein paar Bilder machen oder so.

Fichte: St. Pauli ist doch aber auch eine ganz eigenartige Welt . .

Wolli: Die ich auch nicht ganz verlieren will!

Fichte: Willst du wieder eine Rolle hier spielen?

Wolli: Nein. Ich bin eigentlich mit St. Pauli fertig. Ich bin mit St. Pauli nicht so fertig, wie ich es mit Ulli oder Maulwurf bin, ich bin über St. Pauli nicht resigniert. Aber was St. Pauli mir zu bieten hat, das weiß ich. Und ich glaube, daß der Kiez und St. Pauli das Pflaster für junge Leute ist. Auf den Kiez gehören junge Leute. Eine Hure ist keine Oma .. Ein Nachtklubkellner ist kein Opa. St. Pauli lebt vom Schwanz. Und solange der Schwanz noch .. Wie sagt Villon: Der Saft, der dir den Fidelbogen strafft .. Solange dir der Saft noch den Fidelbogen strafft, solange bist du gut und solange gehörst du dahin. Aber wenn man über vierzig ist, dann rechnet man sich aus, wenn der Saft, der den Fidelbogen strafft, weniger wird, .. Nach St. Pauli gehören sinnliche Leute. Ich sehe St. Pauli nicht nur als Roboter, um Geld zu machen. Denn für was mach ich Geld? Für meine Interessen. An St. Pauli hat mich der Sex interessiert und jetzt interessieren mich die Reisen. Also ich will nicht über die Kadhias schreiben und damit Geld machen, damit ich mich zu Hause hinsetzen kann und mir den Kopf kratzen.
Ich will nicht wegziehen von St. Pauli. Ich will nicht sagen: Mit St. Pauli hab ich nichts mehr zu tun. Ich will in St. Pauli weiter Freunde haben und die werd ich auch haben, weil ich auf St. Pauli fast 20 Jahre lebe und da auch irgendwie hingehöre, aber mehr als Betrachter jetzt. Es sei denn, es fängt wieder an, für mich erotisch zu werden. Wer weiß, was passiert? Aber im Moment langweilt mich ne Striptease-Show, selbst wo ich ein Jahr nicht da war, würde ich nur höflichkeitshalber zu René ins »Salambo« reingehn. Früher machten vielleicht zwei Pärchen ne Lifeshow. Heute machen es vielleicht fünf Pärchen übereinander, wie auf den Witzzeichnungen. Es ist für mich nicht mehr sinnlich. Ich mag nicht mit Sex handeln, wenn ich den Sex nicht empfinde. Für mich war St. Pauli nicht ein Handeln mit Sex, das Handeln mit Sex, die Fickfilme damals, damit habe ich meinen Lebensunterhalt gemacht, aber hätte ich kein Geld dafür gekriegt, einen Puff zu machen, Pornofilme vorzuführen, dann hätte ich mit was anderem Geld gemacht, um mir davon pornographische Filme anzusehen und in Puff zu gehen.

Fichte: Im nächsten Monat wird gewählt. Wirst du wählen?

Wolli: Ich hab noch nie gewählt. Was werd ich jetzt machen? Ich glaube nicht. Weil ich es nicht integer finde zu wählen – für mich nicht. Natürlich möcht ich wählen. Aber ich möchte wissen, was ich wähle. Das gehört zu den Dingen, sich zu orten. Und dazu muß ich wissen, wie ist die SPD und wie ist die CDU. Zwischen diesen beiden wird man ja wählen. Alles andre ist ein Anhänger dazu, womit du den einen stärkst oder den anderen schwächst. Alles son Kleinkram. Aber dazu muß man was über Geschichte und Wirtschaft wissen und mehr darüber wissen, als ich weiß. Wenn du ein bißchen weißt, dann merkst du, wieviel du nicht weißt. Ich kann von der Schule noch ein bißchen Latein. Amo, amas, amat. Aber was essen und trinken heißt, weiß ich schon nicht. Das ist, als ob ich mich in einen Klub reinschleiche, wo nur Latein gesprochen wird und so tu, als ob ich was davon versteh. Und auch schon mal die Hand heb und sag: Der hat Recht. Denn wenn ich nun mein Kreuz wohin mach und einer fragt mich ernsthaft, so wie du mich in dem Interview fragst, dann wäre ich nach zehn Minuten entlarvt und er würde sagen: Du weißt ja gar nicht, was du hier erzählst.

Fichte: Wie beurteilt man Idi Amin in Indien?

Wolli: Also in indischen Zeitschriften, die ich gelesen hab, beurteilt man ihn als das, was ich glaube, das er auch ist: Eine tragische Gestalt. Die von denen aufgebaut worden ist, die heute über ihn lachen, und die aufgebaut worden ist, um darüber zu lachen. Eine ganz hämische, widerliche Schweinerei, die da passiert ist. Man kannte Idi Amin hier vom »Stern« und als den großen Schlächter und so und man sagte, wie ist das möglich, daß sie son Schwein noch empfangen in England, im Buckingham Palast. In der indischen Presse hat man lange den Mann schreiben lassen, der sein Offizier war im Krieg, in der englischen Besatzung, und der von Idi Amin keine schlechte Meinung hat und sagt: Ich kenn ihn nur als anständigen Kerl. Und man hat sich bemüht darzustellen, wo ist Idi Amin hergekommen. Hier ist er auf einmal da. Der ist doch nicht einfach so Präsident der Vereinigung aller afrikanischen Staaten. Der muß doch irgendwo hergekommen sein, wo man hier aber nie ne Aufklärung kriegt. In Indien wird er dargestellt als tragische Gestalt, so daß der – na, ja, das ist ein bißchen theatralisch, wenn der mal vor seinem Gott steht mit seinen blutbefleckten Händen, daß der sagt: Wer hat den denn in den Bluttopf reingetaucht, den Idi Amin, was ist denn mit dem netten Jungen passiert, wer hat denn die Gehirnwäsche gemacht? Wer hat denn den umoperiert?

Fichte: Wer?

Wolli: Die Engländer oder die Amerikaner. Die Engländer halt ich nicht mehr für so mächtig. Ich mein, im Grunde das Kapital. Und das ist noch einer der Gründe beim Wählen. Daß ich glaube, daß die Politik von einigen Leuten gemacht wird, die nirgends auftauchen, die wir nicht wählen. Ob der Kanzler Brandt heißt oder Schmidt, das sind am Ende Laufjungen von irgendwelchen Leuten. Wenn ich ne Zeitung lese, brauch ich nicht die Kommentare zu lesen, da brauch ich nur zu wissen, wer gibt die großen Annoncen. Der bestimmt die Zeitung. Und wer finanziert ne Wahl? Und aus welchem Grund finanziert der? Und diese Leute, die sieht man kaum.

Fichte: Was sagst du dazu, daß die Anzeigen im »Economist« hauptsächlich von arabischen Banken in arabischer Schrift gemacht werden?

Wolli: Es ist doch kein Zufall, daß eine der teuersten Ausstellungen, die je gemacht worden sind, jetzt in London eine islamische Ausstellung ist. Aber ich glaube nicht, daß die Scheichs in der großen Politik, die uns betrifft, schon so groß mitmischen. Auch Politik muß man lernen. Obwohl da unheimlich viel Geld ist, ist das Wissen noch zu ungehobelt. Aber das wird nicht mehr allzulange dauern, denn die Söhne, die kriegen ne gute Schulausbildung, bis der Islam im Vorlaufen ist, und das beeinflußt ja dann Philosophie und Denken und alles zusammen.

Fichte: Findest du Kissingers Politik in dieser Hinsicht richtig?

Wolli: Ich neige dazu, Kissinger nicht zu mögen. Aber ich weiß zu wenig, als mehr dazu zu sagen als Blabla. Du weißt, daß ich mich gar nicht für Tagespolitik interessiere, sondern für Geschichte. Mich interessiert enorm Rußland – aber bis zum Tode Lenins etwa. Was erfahr ich denn jetzt? Ich erfahr das, was die Annoncenleute mir sagen wollen. Woher habe ich mein

Wissen? Das habe ich aus Massenmedien und aus Massenmedien hatte ich mein Wissen über Indien und das hat sich herausgestellt, daß ich da absolut auf dem Holzweg war, daß das eben alles nicht stimmt. Alles was über St. Pauli berichtet wurde, was ich beurteilen kann, wo ich dabei war, das war günstigenfalls eine Halbwahrheit, oft wars nur ne Viertelwahrheit, oft wars überhaupt gesponnen. Ich kann aus einer Wohnung nur die Drecksecke zeigen und ich kann in einer Wohnung nur die gute Stube zeigen und beides stimmt nicht, sondern die Wohnung. Man hat mich schmählich über Indien belogen, und in welchem Interesse hat man mich belogen? Warum wollte man mich manipulieren und mir erzählen, daß die Gandhi der große Diktator ist?
Mit meinem beschränkten Wissen glaube ich, daß sie einer der demokratischsten Ruler ist, die überhaupt da sind. Daß sie mit ihrer Notverordnung solange gewartet hat, weil sie so demokratisch ist. Und weil sie die Sachen abwägt. Das Erbe von Gandhi und Nehru ist ja an der Frau nicht ganz spurlos vorübergegangen. Die hat ja keine ungünstige Schule gehabt, wo sie ihre Politik gelernt hat. 90 Prozent der indischen Bevölkerung, die stehen hinter der Gandhi und die lieben die Gandhi, soweit indische Bauern und Arbeiter überhaupt was von Politik verstehen und sich darum kümmern, dann kannst du sagen, die stehen wie ein Mann hinter der Gandhi. Da stehen nur ganz orthodoxe Bramahnen nicht hinter, wegen ihrer Abschaffung des Kastensystems.
Die Unberührbaren, die müssen heute Regierungssitze haben, selbst wenn sie nicht ganz fähig sind, aber sie müssen mit drinne sein, um eine Veränderung zu schaffen. Und wenn die Frau sagt, wir brauchen keine Wahl. Ich weiß, daß ich mit großer Mehrheit wiedergewählt würde – so wird man das hier wieder interpretieren: Ja, wie in der Ostzone, der Diktator läßt keine Wahlen zu. Sie sagt, wir haben wichtigere Dinge zu tun, als eine Wahl zu machen hier in Indien. Bei einer Wahl muß ich auch den Oppositionsparteien die Möglichkeit geben zu lästern, zu schimpfen, und diesem zu 70 Prozent analphabetischen Volk werden wieder Dinge erzählt.. In Indien geschieht viel mit

Bestechung, dann geht der Stimmenkauf wieder los . . Sie sagt, das können wir uns jetzt nicht leisten.

Fichte: Wie alt möchtest du werden?

Wolli: Das ist eine wichtige Frage. Moment mal! Primitiv aufgefaßt: So alt, wie ich in der Lage bin, geistig stabil und gesund zu sein. Ich möchte nicht als seniler Krüppel irgendwo herumlaufen.

Fichte: Wie stellst du dir deinen Tod vor?

Wolli: Wenn es geht, nicht qualvoll. Wer stellt sich seinen Tod qualvoll vor?! Nicht plötzlich. Ich würde vorziehen, eine gewisse Zeit zu haben, und wenn das zwei Stunden sind, um mich darauf vorzubereiten.

Inhalt